Tami Fischer
A Whisper of Stars

Tami Fischer

A Whisper of Stars

Erwacht

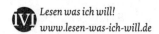
Lesen was ich will!
www.lesen-was-ich-will.de

Originalausgabe
ISBN 978-3-492-70549-3
© ivi, ein Imprint der Piper Verlag GmbH, München 2021
Satz: Satz für Satz, Wangen im Allgäu
Gesetzt aus der Dolly
Druck und Bindung: CPI books GmbH, Leck
Printed in Germany

Für Mona.

Dieses Universum ist für dich.
Mit all seinen Sternen.
Und mit all seiner Liebe.
Seit Anbeginn.

Danke für alles.

Prolog

Lautes Rauschen und ein beißender Geruch holten mich aus der Besinnungslosigkeit. Augenblicklich war ich erfüllt von so unsäglichen Schmerzen, dass mir ein Stöhnen entfuhr.

Die Erinnerungen kehrten mit einem Schlag zurück. Panisch blickte ich mich um, überall war flackerndes Feuer.

Feuer!

»Finn«, flüsterte ich und brach in keuchenden Husten aus. Meine Augen tränten so sehr, dass ich kaum sehen konnte. Alles war voller Qualm, die Luft glühend heiß. Flammen züngelten zwischen Kartons und Müllsäcken und ragten wie eine Mauer empor.

Ich versuchte aufzustehen, jedoch ohne Erfolg. Irritiert fasste ich mir an den dröhnenden Hinterkopf und sah anschließend scharlachrotes Blut an meinen schmutzigen Fingerspitzen glänzen.

Das war nicht alles. Ein reißender Schmerz in meiner rechten Schulter ließ eine Übelkeit in mir aufsteigen, die mir den Magen verknotete und meinen Mund mit Speichel füllte.

Finn. Ich musste Finn finden. Meine Umgebung war ein Durcheinander, eine Welt aus Müll und Flammen.

Ich kämpfte mich auf die Beine, kniff meine tränenden Augen immer wieder zusammen und rief nach meinem besten Freund. Doch der Rauch löste bloß den furchtbaren Husten aus. Röchelnd stieg ich über einen qualmenden Karton. Dann sah ich durch den schwarzen Rauch einen bewegungslosen Körper am Boden.

Alles in mir zog sich panisch zusammen. *Nein!*

Ich schluchzte auf und musste erneut gegen einen Hustenanfall kämpfen. Das Brennen in meinen Augen war so stark, dass ich fast nichts sehen konnte, doch das war in diesem Moment egal.

»Finn!«, schrie ich über das Tosen des Feuers hinweg und ließ mich neben ihm auf die Knie fallen. »Finn, wach auf!« Ich rüttelte an seiner Schulter, gab ihm sogar eine Ohrfeige. Doch es half nichts, er regte sich nicht. Ich sah Blut an seiner Schläfe und entdeckte einen Fleck auf dem verkohlten, löchrigen Shirt, der im Schein der Flammen glänzte.

Nein. Nein. Nein!

Keuchend rüttelte ich meinen besten Freund, der sich einfach nicht bewegen wollte. Ich spürte, wie ich mit jeder weiteren Sekunde schwächer wurde.

Nicht die Fassung verlieren. Du darfst nicht in Panik ausbrechen. Wie bei Whakahara. Du wirst Finn hier rausbekommen.

Schön, meine innere Stimme war nicht ganz so hilfreich wie erhofft – immerhin war es keine Frage der Motivation, wenn es um Leben und Tod ging. Ich musste Finn und mich von hier wegschaffen, sonst würden wir bei lebendigem Leibe verbrennen.

Fiebrig blickte ich mich um, suchte nach einem Ausweg. Mit meiner verletzten Schulter konnte ich unmöglich jemanden tragen, schon gar nicht Finn.

Mit letzter Kraft packte ich ihn an den Armen und zerrte seinen reglosen Körper fort von den Flammen, fort von der Hitze. Meine Atemwege brannten und meine Augen tränten, und all das Blut ...

Sein Blut.

Nicht Finn, nicht Finn, nicht Finn. Die Worte liefen in Endlosschleife durch meinen Kopf, wurden immer lauter und schriller und ließen mich aufschluchzen. *Bitte, bitte sei nicht tot.*

Die Welt schwankte gefährlich wie ein Boot in einem Sturm auf dem offenen Meer. Mein Körper wollte aufgeben. Aber das konnte ich nicht zulassen, noch nicht.

»Komm schon!«, rief ich mit erstickter Stimme.

Wir hatten keine Wahl. Wir mussten durch das Feuer.

Trotz des lauten Rauschens in meinen Ohren vernahm ich ein dumpfes Stöhnen. Ich senkte den Blick und ...

Ein erleichterter Schrei entfuhr mir.

»Finn! Na los, steh auf. Wir müssen hier weg!«

Das Weiß in seinen Augen war leuchtend rot, was mir eine Heidenangst einjagte, doch er war bei Bewusstsein und das war alles, was in diesem Moment zählte.

Finn begann ebenfalls zu husten, als er sich hochkämpfte. Ich stützte ihn, doch als seine Hand nasse, verbrannte Haut an meinem Rücken berührte, stöhnte ich vor Schmerz und fiel auf die Knie. Die Welt schwankte und weiße Punkte tanzten am Rande meines Blickfeldes.

»Olivia«, sagte Finn und sah mich voller Entsetzen an. »Dein Rücken, dein Arm ...«

»Mir geht es gut.« Ich kämpfte mich hoch, hielt mich an ihm fest. Die Flammen hatten uns fast erreicht und ihr goldenes Licht tanzte auf Finns schmutzig glänzendem Gesicht.

»Wir müssen durch die Flammenwand«, stieß ich hervor.

Seine Augen weiteten sich. »Aber dann verbrennen wir bei lebendigem Leib.«

»Das werden wir ohnehin, wenn wir einfach hierbleiben!«

»Gib mir einen Moment, dann denke ich mir etwas aus.«

»Finn, wir haben keine Zeit, uns Pläne auszudenken!« Ich ergriff seine Hand, ignorierte dabei die Schmerzen in meiner Schulter. Meine Lunge brannte wie nie zuvor. »Auf drei, okay?«

Der Blick seiner dunklen, blutroten Augen war gequält. »Verdammt, Olivia! Na gut. Auf drei.«

Keuchend richtete ich den Blick auf das Feuer. Es war, als könnte ich bereits spüren, wie mir die Hitze die Haare und das Gesicht versengte, ehe alles andere folgen würde.

»Okay. Eins ... zwei ... drei!«

Wir rannten los.

Das Feuer wird uns verschlingen. Das wird unser Ende sein.

Die Hitze traf uns schlagartig, der Schmerz wurde unerträglich, so beißend, dass wir ...

Als hätte jemand einen Schalter umgelegt, war das Feuer mit einem Mal fort, mitsamt des Lichts und der Hitze und der Glut.

Einfach so.

Kälte und Dunkelheit brachen über uns herein, wir stolperten über den verkohlten Müll und landeten mit einem harten, unsanften Schlag auf dem Boden.

Der Aufprall beförderte jegliche Luft aus meiner Lunge und in meiner verletzten Schulter erklang ein hässliches Knacken. Ich krümmte mich zusammen, stieß einen erstickten Laut aus, der nach ein paar Herzschlägen zu einem kraftlosen Wimmern verkümmerte.

Einatmen. Ausatmen. Einatmen. Ausatmen. Du bist am Leben. Du lebst.

Ich richtete meine Augen gen Himmel. Die Sterne schienen am Firmament zu tanzen, obwohl ich wusste, dass das nicht sein konnte.

Schritte erklangen in der Nacht. Über mir erschien eine Gestalt.

Als ich sie wiedererkannte, gefror mein Blut zu Eis. Mein Herz krampfte sich zusammen und ein Schluchzen entfuhr mir. »Nein«, flüsterte ich tonlos.

Die Gestalt beugte sich zu mir herunter, während mein Bewusstsein mir immer weiter entglitt. Bei den Sternen. Er würde uns töten. Er war gekommen, um es zu Ende zu bringen.

Seine Stimme war das Letzte, das ich wahrnahm, bevor die Dunkelheit mich in ihre Tiefen riss.

»Das war nur der Anfang.«

PART I

1. Kapitel

Sonnenlicht glitzerte auf dem Wasser und blendete mich. Es funkelte wie Kristalle in den azurblauen Wellen, die sich rollend brachen und in hohen, kraftvollen Gischtwolken an der schwarzen Steinküste zerbarsten.

Mit zügigen Bewegungen ließ ich meine Arme durch das Wasser gleiten und beförderte mich und mein Surfboard weiter raus aufs Meer, in Richtung der Monsterwellen, die vom stürmischen Wind gigantisch geworden waren. Die Mittagssonne brannte auf meinem Kopf und meinem Rücken, doch es tat gut. Das tat es immer. Meine Finger waren bereits schrumpelig, das Band meines schwarzen Bikinioberteils scheuerte im Nacken und die Muskeln in meinen Armen schmerzten vor vertrauter Erschöpfung. Nicht mehr lange, und ich würde das Wasser verlassen müssen. Allein die Vorstellung stimmte mich traurig.

Vor mir baute sich eine Welle auf, funkelnd und voll unbändiger Kraft. Ich schnappte nach Luft, drückte mich und mein Board im letzten Augenblick unter Wasser und tauchte unter dem Wellenkamm hindurch. Für ein paar Sekunden umgab mich Stille. Blaue Unschärfe. Das Salzwasser kühlte mich ab und Luftblasen kitzelten mein Gesicht.

Dann war es vorbei und ich tauchte wieder auf.

Der nächsten Welle unterwarf ich mich nicht. Ich war weit genug draußen, um sie zu zähmen, bevor sie sich aufbauen konnte. Als ich spürte, wie sich der Ozean unter mir zu einem Berg erhob, paddelte ich bäuchlings auf meinem Surfboard los, so schnell ich konnte. Das Board und ich stiegen höher und höher, bis mein Herz raste und Adrenalin durch meine Adern jagte. Dann ging es steil abwärts. Ich kämpfte mich auf meinem Board mit dem Wasser hoch. Ein Jubelschrei entfuhr mir, als ich den Wellenkamm entlangraste. Ich balancierte, wurde schneller und ließ meine Hand in die majestätische Wasserwand gleiten, als sie einen Tunnel um mich bildete, der durch das Sonnenlicht leuchtete. Es war wie ein Rausch, gefährlich, wunderschön und unbeschreiblich zugleich. Ich wusste, ich sollte den Ritt beenden, es nicht hinauszögern. Ich durfte auf keinen Fall die Kontrolle verlieren. Ich sollte auf mein Bauchgefühl hören und den Ritt beenden, bevor es zu spät war und ich ...

»Verdammt!«, keuchte ich, einen Wimpernschlag, bevor die Welt um mich herum plötzlich nur noch aus erbarmungsloser Kraft, Wasser und Druck bestand. Die rohe Gewalt des Ozeans wirbelte mich Dutzende Male umher, drückte mich in dessen eiskalte Tiefen und sorgte dafür, dass die Sicherheitsleine, die mich mit dem Surfboard verband, tief in meinen Knöchel schnitt. Ich schluckte Wasser, meine Lunge brannte und ich wollte schon nach Luft schnappen, als ich mich in letzter Sekunde ermahnte, es nicht zu tun. *Ruhe bewahren. Gleich ist es vorbei. Konzentrier dich und überwinde die Angst. Du bist stärker als die Panik. Du schaffst das.*

Alles war wild und unbändig, ich konnte nicht sagen, wo oben und unten war.

Dann beruhigte sich die Welt um mich herum wieder ein wenig. Ich öffnete die Augen. Das Umherwirbeln war vorbei und ich schwebte schwerelos in eisiger Stille. Ich sah das gebrochene Licht durch das unendlich weite Wasser tanzen, sah, wie es unter mir verschluckt wurde. Die Spitzen ewig langen Seegrases schienen sich aus den Tiefen nach mir zu strecken, als wollten sie mich in eine andere Welt ziehen.

Als ich kurz darauf wieder nach oben trieb und durch die Wasseroberfläche stieß, schnappte ich gierig nach Luft.

Es war ein Kampf, den gewaltigen Wellen zu entkommen. Immer wieder versuchten sie, mich zu erschlagen und unter Wasser zu drücken, doch irgendwie schaffte ich es zurück an die Inselküste, ohne zu ertrinken – auch wenn ich heute wirklich viel Wasser geschluckt hatte. Okay, vielleicht hatte ich es zu weit getrieben. Mal wieder. Der Wellengang war erbarmungslos und furchteinflößend gewesen. Die Farbe des Sonnenaufgangs und die Form der Wolken am Himmel hatten angekündigt, was heute auf Surfer und Seefahrer zukommen würde. Deshalb war ich auch die Einzige im Wasser.

Zitternd hievte ich mein Surfboard an den schwarzen Steinstrand und ließ mich atemlos auf den sandlosen, tiefschwarzen Steinboden fallen. Erst jetzt spürte ich, wie sehr mir der Wellenritt zugesetzt hatte. Alles tat weh. Dafür war ich aber vollkommen von Adrenalin und Glück erfüllt, sodass sich ein Lächeln auf meinem Gesicht breitmachte.

Ich befand mich an einem kleinen Strandabschnitt von Hawaiki, der sich durch schwarze Felsen und dickes Gestrüpp vom Rest der Küste abgrenzte. Hier kam ich am liebsten her, nicht nur, weil die Wellen an diesem Teil der Insel gewaltig werden konnten. Hier hatte ich meine Ruhe. Hier konnte ich allein sein – besonders, wenn es verboten war, ins Wasser zu gehen.

Eine Gischtwolke stob vor mir in den blauen Himmel empor und versorgte mich mit kühlem Sprühregen, während die heiße Sonne und der Wind vom offenen Meer versuchten, mich zu trocknen.

Schwer atmend setzte ich mich auf und löste den Knoten in der Leine, die meinen Knöchel mit dem Surfboard verband. Als ich sah, wie blutig der Schnitt war, entfuhr mir ein leiser Fluch. Das Salzwasser brannte darin wie Feuer. *Noch eine Narbe. Willkommen bei den vielen, vielen anderen.*

Sei es drum, ich würde nie schöne Knöchel haben, dafür waren sie schon zu stark gezeichnet – es war ein Wunder, dass ich mir bei einem Wellenritt noch nie einen Fuß abgerissen hatte, so tief wie einige Einschnitte schon gewesen waren. Vielleicht hatte meine leise Stimme der Vernunft recht gehabt und ich hätte heute nicht herkommen dürfen. Aber *Whakahara* war zu verlockend – die großen, unbezwingbaren Wellen, die nicht dafür gemacht waren, um durch ihre Kämme zu streifen, sondern um Ehrfurcht zu lernen und sich bewusst zu werden, wie mächtig der Geist des Ozeans war. Wir mussten ihn ehren, um in Einklang mit ihm leben zu können. *Whakahara* war ein Schauspiel und kein Gegner, das wusste ich, und doch reizten mich die Monsterwellen immer wieder. Besonders heute.

Seit Tagen fühlte ich mich unruhig und aufgekratzt. Ich konnte nicht mehr richtig schlafen, konnte nicht stillhalten und bekam ohne Grund Herzrasen, immer wieder. Deshalb brauchte ich etwas, das mich von dieser Ruhelosigkeit ablenkte und mir half, sie zu unterdrücken.

Selbst wenn ich einen Preis wie den heutigen zahlen musste.

Ich holte ein Handtuch aus meinem alten Rucksack, der weiter hinten am sandlosen Steinstrand lag, trocknete mich ab und zog mir anschließend ein altes grünes Leinenkleid über den nassen Bikini.

»Olivia!«

Ich fuhr zusammen und blickte alarmiert auf. Das dichte Gestrüpp aus Palmen und Farnblättern, welches den schwarzen Strand umgab, raschelte, ehe eine vertraute, hellhaarige Gestalt erschien.

Bei dem Anblick meines besten Freundes atmete ich erleichtert auf. Für einen Moment hatte ich schon befürchtet, dass es Männer meines Vaters waren, die öfters nach mir sahen – natürlich nur zu meiner eigenen Sicherheit und ganz sicher nicht, um mir *nachzuspionieren*.

»Was machst du hier, Finn? Ich dachte, Toka hätte dich den ganzen Tag am Hafen eingespannt!«, rief ich, stopfte das feuchte, löchrige Handtuch in meinen Rucksack und schulterte ihn, ehe ich das Surfboard auf meinen Kopf hob und Finn entgegenlief.

»Ach, weißt du, ich war nicht wirklich zu etwas zu gebrauchen«, erwiderte er ausweichend.

Als er zu humpeln begann, zog ich die Stirn in Falten. Daher wehte also der Wind; er hatte sich schon wieder verletzt.

»Was ist passiert?«, fragte ich besorgt, als wir voreinander standen, und musterte ihn von oben bis unten. Finn trug lange Jeans und ein blaues T-Shirt, das bereits ziemlich von Motten zerfressen war. Genau wie ich gehörte er zu einer der vier Ältestenfamilien. Seine Haut war jedoch ungewöhnlich hell und er hatte auf Armen und Brust Dutzende dunkle Pigmentflecken, die auf den ersten Blick aussahen wie eine Bemalung. Seine hellen Haare sorgten dafür, dass er noch mehr herausstach, fast als hätten die Sterne und Götter ihn verflucht. Nicht, dass ich daran glaubte, aber es gab genug Menschen auf Hawaiki, die es taten – genauer gesagt alle bis auf Finn und mich.

Mein Blick blieb an seinem linken Bein hängen. »Du humpelst.«

»Du auch«, erwiderte er wie aus der Pistole geschossen.

Ich stieß ein Schnauben aus. »Raus mit der Sprache, was hast du diesmal angestellt?«

Zögerlich nestelte er an einem losen Faden seiner Jeans herum. »Erzähle ich dir später. Wenn dein Vater übrigens erfährt, dass du wieder während *Whakahara* im Wasser warst, wird er dein Surfboard vermutlich endgültig in Stücke hacken.«

Eine starke Windböe peitschte mir ein getrocknetes Palmblatt in die Kniekehlen, was mir einen gequälten Laut entlockte. »Er wird es schon nicht erfahren, dafür sorge ich. Woher wusstest du überhaupt, wo ich bin?«

»Wo hättest du sonst sein sollen?« Ein Grinsen erschien auf Finns Gesicht, das seine dunklen Augen klein werden ließ. Er nahm mir das Surfbrett ab und bedeutete mir, ihm zu folgen. »Und jetzt komm mit. Ich habe etwas für dich.«

Wir stiegen durch die verwucherten Büsche und traten auf die schmale Straße. Sie bestand aus demselben tiefschwarzen Gestein wie der Rest der Insel. Hier war das Gestein jedoch weniger kantig und spitz als an den Stränden, vermutlich dank der Kutschen und wenigen Autos auf Hawaiki. Für meine nackten Füße jedenfalls war es eine Wohltat.

Finn schlug nicht den Weg zum Hafen ein, sondern humpelte geradewegs in die entgegengesetzte Richtung.

»Wo gehen wir hin?«, fragte ich verwundert.

»Lass dich überraschen.«

»Willst du zu den Klippen?«

»Liv, du solltest dich wirklich in Geduld üben.« Er warf mir einen missbilligenden Blick zu, doch ich sah das schelmische Funkeln in seinen Augen.

»Das sagst ausgerechnet du«, brummte ich. Neugierig, wie ich war, hasste ich es, wenn Finn sich so geheimniskrämerisch gab. Nichtsdestotrotz stellte ich keine weiteren Fragen.

Gemeinsam humpelten wir weiter, stiegen eine steile Anhöhe im Gestrüpp auf der anderen Straßenseite hinauf und zogen uns an dicken, knorrigen Wurzeln hoch. Die gesamte Küste besaß unzählige Hügel und steile Anhöhen, nur die Strände und der Hafen waren einigermaßen flach. In Richtung des Leuchtturmes wurde es sogar bergig und das Innere des dichten, heiligen Waldes schien in weißen Wolkenschlieren zu verschwinden. Hawaiki war keine große Insel – soweit man das von unserem Standpunkt aus sagen konnte. Wir besiedelten nur einen kleinen Abschnitt der Insel, welchen man bereits in zwei Stunden gänzlich durchqueren konnte. Der Rest der Insel war bedeckt vom heiligen Wald und dieser wurde nicht betreten. Unzählige Legenden beschrieben Hawaikis Entstehung und wie einst Sterne vom Himmel in den Ozean gefallen waren, bis eine Insel aus dem Wasser emporgestiegen war, schwärzer als die dunkelste Nacht. Nana hatte meiner kleinen Schwester Jasmine und mir die Geschichten so oft erzählt, dass wir sie mittlerweile auswendig kannten – wie jeder auf der Insel.

»Au!«, zischte ich, als sich ein Dorn in meine Handfläche bohrte, kaum dass ich mich an einem Ast die Böschung hochziehen wollte. Dann erreichten Finn und ich endlich die Anhöhe. Wir befanden uns unmittelbar am Rand des heiligen Waldes.

Ich starrte auf das zugewachsene Buschwerk. Die majestätischen, riesigen Farnpalme und grünen Laubbäume mit den dicken, moosbewachsenen Stämmen. Der zwitschernde, melodische Singsang eines Vogels schallte durch die alten, hohen Bäume und wurde auf der nächstgelegenen Palme von einem anderen Vogel erwidert.

Der Wald war das größte Heiligtum unseres Volkes. Niemand wagte es, einen einzigen Baum zu fällen, geschweige denn den Wald zu betreten. Es war mehr als ein einfaches Verbot, mehr als ein Gesetz. Es war der Respekt vor unserem Glauben, Respekt vor den Ahnen, den Sternen und allem, was unserem Volk heilig war.

Ich konnte meinen Blick nicht vom Waldrand lösen. Irgendwas war anders als sonst, das war es schon seit Tagen; seitdem ich so schlecht schlief und ruhelos war. Und doch hatte mich noch nie eine solche Gänsehaut überkommen wie in diesem Moment. Ich spürte, wie sich mir beim Anblick des heiligen Waldes jedes meiner Nackenhaare aufstellte.

Ich schüttelte mich und riss den Blick vom heiligen Wald los. »Na schön. Was genau wolltest du mir zeigen?«

»Schließ die Augen, es ist eine Überraschung«, sagte Finn und grinste breit.

Halbherzig rang ich mir ein Lächeln ab und kam seiner Bitte nach. Ich war nicht sicher, woher meine Nervosität stammte. Ich war kein abergläubischer Mensch, genauso wenig wie Finn – vermutlich waren wir die Einzigen auf Hawaiki –, doch heute ... es fühlte sich nicht richtig an, hier zu sein. »Wehe, du legst mir wieder eine tote Schlange auf die Hand. Dann schubse ich dich die Klippen an der Geisterbucht hinunter«, warnte ich.

Erneut lachte Finn und ich hörte, wie er sich von mir entfernte. Mein Herzschlag beschleunigte sich und mir war unwohl. Nur zu gerne hätte ich gewusst, wieso.

Es raschelte unmittelbar vor mir und Finn ächzte.

»Du kannst die Augen wieder aufmachen.«

Sofort riss ich sie auf und hielt gleich darauf die Luft an. Auf seinen Armen trug Finn eine beachtliche Holztruhe. Sie wirkte alt und abgenutzt und die Eisenbeschläge waren verrostet.

Ich sah meinen besten Freund mit großen Augen an. »Deshalb humpelst du also. Bei den Sternen, du warst wieder in der Geisterbucht!«

Am westlichen Küstenende, nicht weit von hier, gab es eine Bucht, die von sehr steilen, tiefschwarzen Klippen umgeben war. Eigentlich hieß sie *Bucht der Seelen*, doch die meisten Leute nannten sie wegen all der Geschichten über die verlassenen Schiffe Geisterbucht. Es verging kein Tag, an dem kein neues Wrack in ihr zu finden war. Mal waren es majestätische, große Holzschiffe mit weißen Segeln, mal in die Jahre gekommene, lange Frachter voller Container, Kreuzfahrtschiffe oder Jachten in den verschiedensten Größen. Auch wenn Finn und ich schon lange entschieden hatten, dass wir unseren alten Legenden keinen Glauben mehr schenkten, war dieser Ort etwas, das keiner Frage des Glaubens bedurfte. Er war der Beweis für die heiligen Kräfte Hawaikis, denn egal wie groß ein Wrack war, sie blieben nie länger als einen Tag zwischen den schwarzen Felsen. Jeden Morgen befand sich in der Bucht ein neues passagierloses Schiff.

Finns Wangen färbten sich rot und er stellte die alt aussehende Truhe mit einem verlegenen Räuspern ab.

»Ich war nur ganz kurz in der Bucht«, gestand er. »Bis gestern Nacht war dort dieses gigantische Kreuzfahrtschiff, du hättest es geliebt, Liv! Und der Zugang war so nah am Ufer, da konnte ich einfach nicht ...«

Ich holte aus und schlug ihm gegen die Schulter.

»Au! Hey, was soll das?«

»Verdammt, Finnley, wenn dich einer der Springer gesehen hätte, hätten sie ein für alle Mal ihre Drohungen wahr gemacht und dich ausgepeitscht!«

»Ich weiß«, brummte er und rieb sich mit einer Hand über den Nacken. »Na schön, vielleicht war es ein klitzekleines bisschen waghalsig. Ich bin beim Klettern abgerutscht und hab mir dabei das Knie verdreht. Aber ansonsten geht es mir gut und niemand hat mich gesehen, ich schwör's. Vor Sonnenaufgang sind sich die Springer doch sowieso zu fein, die Geisterbucht zu betreten. Außerdem haben die meisten zu viel Schiss, ohne ein ganzes Team runterzugehen. Niemand hätte mich bemerkt.«

Springer nannten wir die Männer, die die verlassenen Schiffswracks erkundeten und räumten. Die Bucht war das Herz Hawaikis, da sie uns mit allen wichtigen Dingen versorgte: Kleidung, Lebensmittel, Baumaterialien wie Holz, Segeltücher und Schiffsbauteile – und am wichtigsten: Diesel. Das brauchten wir für unsere Autos und die Stromgeneratoren.

Ich rieb mir mit beiden Händen über das Gesicht und seufzte schwer. »Wenn sie dich außerdem noch mal an den Klippen erwischen, lassen sie dich niemals Springer werden.«

»Ich weiß doch«, murmelte Finn erneut und wich meinem Blick aus. »Aber ich kann nicht anders. Diese Idioten holen immer die gleichen Dinge von den Wracks, obwohl so viele Schätze auf uns warten. Wir können doch nicht einfach tatenlos dabei zusehen, wie sie tagtäglich so viele Chancen verstreichen lassen.«

»Finnley, wenn du es dir mit dem Chief verscherzt, wird man dich für immer am Hafen arbeiten lassen!« Ich sah ihn eindringlich an. »Tangaroa und die anderen werden dafür sorgen, dass du nie wieder auch nur in die Nähe der Bucht kommst, verstehst du? Das ist mein Ernst, Finn. Versprich mir, dass du nicht mehr in die Bucht gehst. Irgendwann machen sie dich sonst zum Krüppel und brechen dir die Beine!«

Mein Herz wurde bei der Vorstellung schwer und meine Kehle eng. Finn und vor allem ich hatten schon als Kinder beschlossen, dass wir eines Tages Springer werden wollten – Springer werden *mussten*. Hawaiki bot keinen anderen Platz, an den wir hingehörten. Wir waren ein wenig zu waghalsig, zu neugierig und besaßen zu viel Energie. Wo, wenn nicht in der Geisterbucht, sollten wir damit etwas anfangen? Ein Springer zu sein bedeutete außerdem, ein Held zu sein. Diese Männer waren furchtlose Abenteurer. Sie riskierten nicht nur täglich ihr Leben, sie waren auch mutig genug, sich verlorenen Seelen zu stellen oder verflucht zu werden, indem sie diesen heiligen Ort betraten. Jeden Tag bei Sonnenaufgang begannen sie damit, die Wracks zu erkunden und alles mitzunehmen, was man entweder auf der Insel gebrauchen konnte oder was sich vielleicht auf dem Schwarzmarkt des Festlandes verkaufen ließ, zu dem sie alle paar Wochen fuhren – nach *Los Angeles*.

Ein Ort, der so sagenumwoben und bunt klang, als stamme auch er aus Legenden. Würden Finn und ich Springer werden, wären wir ganz sicher keine Außenseiter mehr. Besonders Finn nicht, der mit seinen dunklen Pigmentflecken und den hellen Haaren schon bei seiner Geburt zum Außenseiter degradiert worden war.

Finn stieß mit der Spitze seines schmutzigen Schnürschuhs gegen die Truhe. »Irgendwie kommen wir schon hier weg. Ob mit oder ohne sie.«

»Es ist der einzige Weg«, erwiderte ich blitzschnell und verschränkte die Arme vor der Brust. »Wir müssen uns beweisen und danach wird alles leichter, du wirst schon sehen. Nur noch ein paar Monate, dann ist unsere Zeit in der Lernstätte vorbei und wir können den Springern zeigen, was wir können.«

Ungläubig blinzelte mich mein bester Freund an. »Bei den Sternen, Liv, das glaubst du doch wohl selber nicht. Sie werden uns niemals bei sich aufnehmen.«

Ich zuckte mit den Schultern, was sich kindisch und trotzig anfühlte. »Versprich mir einfach, dass du das nie wieder machst. Geh nie wieder in die Bucht, verstanden?«

Er kniete sich vor die Truhe und hantierte am rostigen Verschluss herum. »Ich kann es nicht versprechen, aber ich werde mein Bestes tun, um mich zurückzuhalten.«

»Mehr als das bekomme ich wohl nicht, was?«

Er lächelte schief. »Ganz genau.« Mit einem Knarzen öffnete Finn die Truhe, und obwohl ich den Inhalt nicht sah, stieg mir ein modriger Geruch in die Nase, als hätte das Ding eine lange Zeit an einem feuchten Ort verbracht.

Ich platzte fast vor Neugierde, wagte jedoch nicht, es Finn merken zu lassen. Immerhin wollte ich ihn keinesfalls darin bestärken, wieder in die Bucht hinabzusteigen. Doch die Wracks waren meine große Schwäche, *unsere* große Schwäche. Ich war fasziniert von ihnen und liebte diesen geheimnisvollen Zauber, der sie umgab.

Er warf mir einen flüchtigen Blick zu. »Ich habe alles eingesteckt, was es vermutlich nicht auf den Hafenmarkt geschafft hätte. Du weißt ja, wie die Springer sind. Das, was diese aufgeblasenen Säcke uninteressant finden, lassen sie einfach auf den Schiffen zurück. Deshalb freue ich mich, dir voller Stolz diese Schätze zu überreichen!« Er warf mir ein breites Grinsen zu und hob einen Stapel Bücher aus der Truhe.

Ich schrie auf. Dann entfuhr mir ein ungläubiges Lachen und ich fasste mir an die Brust. »Bei den Sternen, das ... das sind *Bücher*.« Erst auf den zweiten Blick sah ich, dass auch eine Zeitschrift darunter war, deren Seiten von der Feuchtigkeit wellig und steif geworden waren.

Heiße Tränen schossen mir plötzlich in die Augen und ich rang nach Atem. Begierig und gerührt nahm ich Finn den Stapel ab und inspizierte ihn. »Himmel, das sind vier Stück!« Ich blinzelte angestrengt und versuchte, mich zu zügeln.

»Das ist noch nicht alles«, erwiderte er, ehe er wieder in die Truhe griff und mir einen Rucksack reichte. Er war schwarz und unauffällig.

Absolut perfekt. Keine sichtbaren Löcher, keine Riemen, die wortwörtlich nur noch am seidenen Faden hingen, so wie der meine, der vermutlich nur noch durch irgendeine höhere Kraft auf meinem Rücken gehalten wurde, denn anders konnte ich mir nicht erklären, wie er das Gewicht meiner Sachen aushalten konnte.

Ich konnte nicht anders und sprang meinem besten Freund stürmisch in die Arme. »Danke, Finn. Das ist das Schönste, das jemals jemand für mich getan hat.«

Er erwiderte die Umarmung und strich mir sachte über den Rücken. »Ich tue, was ich kann.«

Wir lösten uns voneinander und ich strahlte ihn so breit an, dass meine Wangen schmerzten. »Das bedeutet aber nicht, dass du wieder in die Bucht gehen solltest.«

»Natürlich nicht«, erwiderte er spöttisch.

»Finn, das ist mein Ernst.«

»Meiner auch.« Er machte ein unschuldiges Gesicht, was mich die Augen verdrehen ließ.

»Wenn du mir Bücher mitgebracht hast, muss für Hana etwas ganz Besonderes dabei sein, oder?«

Diesmal wurden nicht nur Finns Wangen rot, sondern sein ganzes Gesicht. Er griff in seine Hosentasche und fischte eine Kette heraus. Sie war silberfarben und hatte einen kleinen Anhänger in Form eines Herzens.

Ein verlegener Ausdruck machte sich auf seinem Gesicht breit. »Ich habe sie in einer Kajüte gefunden und musste sofort an Hana denken.«

»Sie wird sich unheimlich darüber freuen«, sagte ich, während ich gedankenverloren und glückselig über den Stoff des Rucksackes strich. Ein Windstoß ließ die Seiten der Zeitschrift rascheln, was meine Aufmerksamkeit auf sie lenkte. Offenbar ging es darin um Häuser – zumindest sahen die Gebäude darauf so aus. Die Fenster waren seltsam. Es waren keine Bullaugen aus Schiffen, wie all unsere Fenster. Sie waren groß und eckig, was mich faszinierte. Es würde meine erste Zeitschrift dieser Art sein und ich konnte es kaum erwarten, sie durchzublättern und mehr vom Rest der Welt in mich aufzusaugen. Alle anderen meiner Zeitschriften handelten von Menschen in seltsamen Kleidern, schönen Frauen mit blasser Haut und geschminkten Gesichtern, oder von Liebespaaren, die sich nicht treu bleiben konnten, und Rezepten zum Abnehmen mit Zutaten, die es auf Hawaiki nicht gab.

Meine neuen Bücher waren in einem besseren Zustand als die Zeitschrift. Eines war ein durch die Sonne vergilbtes Wörterbuch, das die englische Sprache ins Französische übersetzte. Es wäre dann wohl mein viertes Englisch-Französisch-Wörterbuch, aber ich beschwere mich nicht und schätzte sie alle. Die anderen schienen Romane zu sein und waren ausnahmsweise nicht auf Spanisch oder Russisch. Ich würde sie lesen können. Ha! Sogar Kriminalromane! Das waren meine Liebsten. So wie ich Finn kannte, würde er die Truhe behalten. Sie passte in sein kleines, feines Reich, das er in seinem Schlafzimmer erbaut hatte. Er war dafür bekannt, die kuriosesten Gegenstände auf dem Markt zu kaufen, die in den Geisterschiffen gefunden wurden.

Ich verstaute die Beute in meinem neuen, makellosen Rucksack und bedankte mich erneut. Noch immer fühlten sich meine Knie weich an und meine Brust eng. Seit ich denken konnte, waren Finn und ich von Büchern besessen. Das war einer der Gründe, weshalb viele auf der Insel uns als sonderbar empfanden. Niemand interessierte sich für sie. Niemand interessierte sich für irgendetwas, das sich außerhalb von Hawaiki abspielte, und ich konnte mir nicht erklären, warum. War es so seltsam, dass Finn und ich uns nach Geschichten und Abenteuern sehnten? Oder waren alle anderen sonderbar, da sie es nicht taten? Alles auf Hawaiki drehte sich stets nur um die Insel: Um Legenden, Geschichten unserer Ahnen, die Sterne und wie sie unser Leben bereicherten, das Fischen und die Familie, alte Traditionen und die Geisterbucht. Wie war es möglich, dass fast fünftausend Menschen hier lebten und scheinbar kein anderer sich für die Bücher interessierte, die in den Geisterschiffen gefunden wurden? Niemand kam auf die Idee, sie zu sammeln und zu hüten. Die meisten nutzten sie sogar, um ihre Feuer zu schüren oder um neue Papierbögen zu gewinnen, auf denen die Frauen ihre Familiengeschichten niederschrieben.

»Du hörst mir gar nicht mehr zu, oder?«

»Was?« Hastig blickte ich auf.

Finn seufzte, schloss die Truhe und stand auf. »Eigentlich bin ich selbst daran schuld, wenn ich dir Bücher in die Hand drücke und glaube, du könntest mich noch hören.«

»Tut mir leid«, sagte ich, als Finn die schwere Truhe erneut auf die Arme nahm. Ich schulterte den Rucksack und schnappte mir mein Surfboard, ehe wir über einen weniger steilen Pfad Richtung Straße gingen. Mich beschlich der Verdacht, dass Finns Humpeln schlimmer wurde, doch offenbar gab er sich Mühe, es sich nicht anmerken zu lassen. Verbissen wie eh und je.

»Also, willst du Hana die Kette auf dem Sternenfest geben?«, fragte ich neugierig.

Er lächelte. »Ganz genau. Und dann bitte ich sie, ihren Eltern von mir zu erzählen.«

Ich runzelte die Stirn. »Denkst du, das ist eine gute Idee?« Hana und Finn waren schon seit einem Jahr ein Paar. Sie hielten ihre Beziehung jedoch vor ihren Eltern geheim, aus Furcht, Hana könnte verstoßen werden, weil sie sich mit einem *Kaurehe* eingelassen hatte. Dieses Wort unserer alten, heiligen Sprache bedeutete *Monster*, doch zugleich bedeutete es so viel mehr als das. *Kaurehe* war eine so tiefe Beleidigung, dass Männer deshalb schon um Leben und Tod gekämpft und sich Familien verfeindet hatten. Wenn man, wie Finn und ich, zu den Ältestenfamilien gehörte, war unser störrisches Verhalten, wie das Surfen während *Whakahara* oder das Herumlungern am heiligen Wald, ja noch verkraftbar. Zumindest zwang der Respekt vor unseren Familien die Leute dazu, die *Verhaltensauffälligkeiten* hinzunehmen. Aber besaß man dann auch noch helles Haar, so wie Finn … Es gab auf der ganzen Insel vielleicht vier oder fünf Menschen mit goldenen Haaren und sie alle wurden gemieden, weil man sagte, dass sie Pech brächten. Finn war zudem der Einzige mit diesen Flecken auf dem Körper. In den Augen vieler ein waschechter *Kaurehe*, eine Missgeburt. Es war wohl nichts weiter als eine Sache von Glück gewesen, dass sie ihn als Säugling nicht im Meer ertränkt hatten, um ein solch böses Omen, ein missgestaltetes Kind, verschwinden zu lassen. Manche schworen sogar, dass es nach seiner Geburt zwei Monate lang Tag und Nacht in Strömen geregnet haben soll, so als hätten selbst die Sterne und Götter gewollt, dass das Wasser ihn ertränkte.

»Es ist die einzig richtige Entscheidung«, sagte Finn nach einem kurzen Moment. »Ich möchte nicht länger ein Geheimnis sein. Eines Tages möchte ich mit Hana eine Familie gründen und das geht nicht, wenn sie ihren Eltern nicht von uns erzählt. Wir sind keine Kinder mehr, sondern siebzehn. Allmählich fängt der Ernst des Lebens an.«

»Manchmal glaube ich, dass du der furchtloseste Mensch bist, der je gelebt hat«, murmelte ich.

Er schnaubte leise. »Ich bin überhaupt nicht furchtlos.«

»Du bist in die Geisterbucht geklettert und hast dich auf ein Wrack geschlichen, obwohl du jederzeit hättest erwischt werden können. Du ziehst nie den Kopf ein, wenn Idioten wie Tangaroa oder Eduardo dich piesacken, sondern bietest ihnen immer die Stirn.« Ich blickte zu ihm auf. »Und du hast mich immer beschützt, egal vor was oder wem. Das ist ziemlich mutig, Finn.«

Es dauerte einen kurzen Moment, bis er wieder sprach. »Wie auch immer. Nicht der Rede wert.« Anschließend wurde es zwischen uns wieder still, während wir humpelnd und voller Kuriositäten über die Insel liefen, sonderbar wie eh und je.

Finn begleitete mich nach Hause. Die Sonne war gerade dabei unterzugehen, färbte die Wolken orange und tränkte den Himmel in purpurfarbenes Licht. Das kleine, schiefe Haus, in dem mein Vater, meine Schwester und ich lebten, lag am Ende einer schmalen Straße, umgeben von vielen anderen seiner Art. Die Palmen hingen nicht tief am Boden wie am Strand, sondern ragten majestätisch schlank in den Himmel, spendeten Schatten und rauschten im Wind. Unser Haus war alt, mit undichtem Dach und knarrender Eingangstür, doch es war solide und aus Stein, hatte sogar ein Obergeschoss, was nur wenige Häuser auf Hawaiki besaßen.

»Sehen wir uns morgen früh an den Klippen über der Bucht?«, fragte ich, während ich die Haustür aufschloss. Wenn wir Glück hatten, würden wir eines Tages endlich mitansehen, wie die Wracks verschwanden und von neuen ersetzt wurden. Das war fast täglich unser Plan. Irgendwann musste der Wechsel stattfinden und Finn und ich hatten uns vorgenommen, dieses Geheimnis zu lüften. Das war immerhin nicht verboten. Wir brachen keine Regeln, wenn wir uns nur an der Bucht und nicht *in* der Bucht befanden.

»Sonnenaufgang«, sagte Finn nickend und mit leuchtenden Augen. »Der übliche Treffpunkt.«

»Dann bis morgen. Und danke noch mal für die Bücher. Und den Rucksack.« Ein Lächeln machte sich auf meinen Lippen breit, ehe wir uns verabschiedeten.

Im Haus erwartete mich kalte, trockene Luft. Es war keine Spur von meiner Schwester Jasmine oder meinem Vater und seinem Springertrupp zu sehen, weshalb ich erschöpft und zufrieden ins

Wohnzimmer schlurfte und das Surfboard an die Wand hinter der Tür lehnte. Mittlerweile pulsierte mein Knöchel heiß.

Ich humpelte in die Küche, schnappte mir den rostigen, verbeulten Erste-Hilfe-Koffer und nahm Salbe und einen Verband heraus. Nachdem ich mich verarztet hatte, schulterte ich erneut meine beiden Rucksäcke und stieg die steile, schmale Treppe zu meinem Zimmer hinauf. Ich konnte es gar nicht erwarten, endlich eines der neuen Bücher anzufangen.

Ich verschloss die Tür, um nicht erwischt zu werden, bevor ich mich auf die dünne, harte Matratze meines Bettes pflanzte. Mit den neuen Büchern wuchs meine Sammlung auf dreißig Stück. Und alle Bücher, die in Stapeln unter meinem Bett standen, waren vergilbt und zerlesen.

Geschichten waren meine einzige Chance zu entfliehen. Bücher erlaubten es mir, an die unterschiedlichsten Orte zu reisen; Paris, London, Los Angeles, New York, Kopenhagen oder Stockholm. Besonders New York und Skandinavien hatten mein Herz erobert. Nicht, dass ich die Wahl gehabt hätte, doch von meinen nun dreißig Büchern waren zwanzig blutige Kriminalromane. Die meisten waren sehr brutal, dafür aber spannend. Und obwohl ich den Ausgang aller Geschichten kannte, las ich sie immer wieder. Ganz besonders faszinierte es mich, dadurch den Rest der Welt kennenzulernen. Auf Hawaiki gab es kein fließendes Wasser in den Häusern. Wir besaßen auch kaum Strom. Wasser gewannen wir durch einen Fluss, der dem Heiligen Land entsprang, und Strom erhielten wir durch sehr laute, stinkende Generatoren.

Der einzige Grund, weshalb ich von einem Leben wie in den Büchern träumte, war, weil ich davon *wusste*. Ich *wusste*, dass es dort draußen eine Welt gab mit Häusern voller Strom und Wasser und kalten Kästen, in denen Lebensmittel frisch gehalten wurden. *Kühlschränke*. Ich wusste, dass es große Wälder gab mit fremden Pflanzen und Strände, die voll weißem Sand waren. Auch wenn ich mir nicht vorstellen konnte, wie das aussehen sollte. Sand an einem Strand. Keine schwarze, steinige Küste. Es gab Länder, die so kalt waren, dass der Regen fror und in weißen Flocken vom

Himmel fiel. Es gab Internet, Telefone und Filme. *Fernseher.* Und vielleicht war all dieses Wissen ein Fluch, denn ich sehnte mich so sehr danach, diese Orte und Dinge mit eigenen Augen zu sehen, dass es mir das Herz zerriss. Manchmal schmerzte mich das Fernweh so stark, dass mir die Tränen kamen.

Deshalb musste ich Springerin werden. Eines Tages. So wie mein Vater. Los Angeles wäre nur der erste Halt. Ich würde nicht zurückkehren. Denn danach wäre der Rest der Welt dran.

2. Kapitel

»Verdammt«, zischte ich, als Finn zu mir an den Rand der Klippe gerobbt kam. »Wir sind schon wieder zu spät dran!«

»Pscht!«, machte er und warf mir durch das Farngestrüpp einen warnenden Blick zu. »Wenn dich ein Springer hört, war's das für uns.«

»Ist doch egal«, flüsterte ich und kroch näher an den Klippenrand. Der Gesteinsboden war scharfkantig und grub sich in meine Handballen, was mich wieder fluchen ließ – diesmal leiser. Die Luft war kühl und die rote Morgensonne erklomm gemächlich den Horizont. Eine salzige Brise wehte über Hawaikis Küste und rauschte in den Farnpalmen.

Tief unter uns in der Geisterbucht hing ein gigantisches hölzernes Schiff zwischen zwei Felsen, die aus dem leuchtend blauen Wasser ragten. Das Schiff hatte große, weiße Segel und wirkte einsatzbereit. Kein Wasser auf Deck zu sehen und die Fässer, die gerade nach und nach von Springern weggeschafft wurden, standen gerade und ordentlich an Bord. Das Schiff sah nicht so aus, als wäre es durch einen Sturm gefahren oder als gehörte es hierher, genau wie die anderen drei in der Bucht. Sie alle wirkten fehl am Platz.

Egal wie viel Mühe Finn und ich uns gaben, egal wie lange wir die Geisterbucht beobachteten, es waren stets neue Schiffe dort unten, wann immer wir zurückkehrten. Nie sahen wir den Wechsel.

Finn brummte leise. »So egal kann es dir gar nicht sein. Du bist es doch, die unbedingt zu denen da unten gehören will.«

»Tu nicht so, als würdest du das nicht auch wollen«, flüsterte ich und warf Finn einen finsteren Blick zu. Die Springer waren eng mit unserem Glauben verbunden, traditions- und pflichtbewusst, was ihnen jede Menge Ansehen einbrachte. Aber überwiegend waren es fanatische, hochmütige, arrogante Mistkerle, die zu viel Rum tranken und glaubten, ihnen gehörte die Insel. Besonders die jüngeren Springer waren Idioten. Es war schwer, etwas zu lieben und regelrecht davon besessen zu sein, wenn jeder ein großkotziger Arsch war, der offiziell damit in Berührung kommen durfte. Bis auf meinen Vater verachteten wir sie so ziemlich alle, denn nur die Springer nahmen es sich heraus, Kinder der Ältestenfamilien zu schikanieren. Alle anderen ersparten, vor allem Finn, die körperlichen Qualen. Ich war *nur eine Frau*, deshalb schlugen sie mich nicht. Vermutlich bekam Finn deshalb oftmals so viel ab – weil er zwei Portionen Schläge einstecken musste. Es waren die Springer, die Finn verprügelten, uns in den Nacken spuckten oder uns öffentlich verspotteten. Ein Teil von ihnen zu werden, würde uns zwar endlich Freiheit schenken, etwas, was wir ansonsten nie erhalten würden, jedoch bedeutete es auch, dass wir vermutlich ein Leben lang mit ihrer Quälerei auskommen mussten.

Mein Wunsch zu entfliehen war größer. Ich sehnte mich so sehr nach all dieser Selbstbestimmung und Macht, dass es mir jede Qual wert wäre. Es gab nichts, wovon ich mehr träumte, als Hawaiki endlich verlassen zu können, um den Rest der Welt zu entdecken. Bis auf Finn gab es niemanden, der diesen Traum teilte. Die Aussicht, ein Teammitglied meines Vaters zu werden, der einen Springertrupp leitete, sah ohnehin nicht rosig aus. Springer*innen* gab es zudem nicht. Das hatte man mir schon mehr als einmal deutlich zu verstehen gegeben. Und dennoch wollte ich diesen Traum nicht aufgeben.

»Mit einer Sache hast du recht«, murmelte Finn. »Ich kann nicht fassen, dass wir wieder den richtigen Moment verpasst haben, den Wechsel der Wracks mitzuerleben. Wie kann das sein?«

»Vielleicht sollten wir ein für alle Mal aufgeben. Du weißt doch, was Nana und Toka immer sagen: *Die Sterne und die Geister unserer Ahnen...*«

»*... gaben uns ein Wunder*«, beendete Finn den Satz mit einem ironischen Lächeln. »*Und Wunder hinterfragt man nicht. Man soll dankbar für sie sein und Demut zeigen.*«

»*Öffne dein Herz und deine Seele für die Mächte, die unser Land gesegnet haben!*«, ahmte ich Nanas Stimme leise nach, ehe wir lachten.

Ein herzhaftes Gähnen entwich mir. »Jede Wette, dass die Trottel da unten wieder die besten Dinge übersehen. Was, wenn wieder Dutzende Karten und Bücher an Bord sind?«

»Liv, du weißt, dass wir daran nichts –«

»Aber es ist unfair!«, zischte ich aufgebracht. »Wenn ich eine von ihnen wäre, würde ich alle Bücher einsammeln und eine Bilothek anlegen.«

»Bibliothek«, korrigierte mich Finn. »Ich glaube, man nennt es Bibliothek. Und was willst du dann machen? Niemand außer uns wird die Bücher lesen.«

»Wir werden es schon schaffen, andere zu überzeugen.«

Er hob eine Augenbraue. »Wir konnten nicht einmal deine Schwester überreden. Sie glaubt, wir sind verflucht.«

Ein Lachen entfuhr mir und ich verdrehte die Augen. »Du kennst sie doch. Jasmine ist zu fromm. Wir könnten Hana überreden.«

»Hana ist noch viel demütiger als Jasmine.«

»Aber Hana liebt dich und würde dir zuliebe sogar zuhören.«

Er legte die Stirn in Falten. »Es ist schwer genug, dass ich aussehe, wie ich aussehe. Wenn sie herausfindet, dass ich nicht an die alten Überlieferungen glaube, Bücher lese – und überhaupt lesen und schreiben kann, so wie eine Frau – und auch noch Springer werden möchte, wird sie nie wieder ein Wort mit mir reden. Das wäre zu viel, selbst für sie.«

»Das glaubst du?«, fragte ich und runzelte die Stirn. Eigentlich mochte ich Hana. Jeder mochte Hana. Sie war freundlich, hatte ein großes Herz und sah ganz nebenbei auch noch fabelhaft aus. Vermutlich gab es niemanden, der sie nicht mochte. Sie und Finn waren schon immer das perfekte Paar gewesen. Ein wenig langweilig, aber perfekt.

»Nein, Liv, das glaube ich nicht, das weiß ich. Ich kenne Hana. Ich weiß, wie sie denkt und wovon sie überzeugt ist.«

Ich stieß ein frustriertes Stöhnen aus und begann, rückwärts zu krabbeln. »Irgendwann wirst du ihr die Wahrheit sagen müssen, Finn. Und wenn sie dich wirklich liebt, wird sie es verstehen.«

Wir befreiten uns aus dem Gestrüpp und klopften den Dreck von unseren Händen und Knien. Mein Knöchel pulsierte noch immer, aber der Schmerz war erträglicher geworden.

Finn grinste mich schief an. »Lass mich raten, du hast schon wieder eine von diesen seltsamen Liebesgeschichten gelesen.«

Ich spürte, wie sich Hitze auf meinen Wangen ausbreitete. »Also in erster Linie ging es in dem Buch um einen Mordfall. Die Liebesgeschichte war nebensächlich. Was tut das zur Sache?«

»Was du da liest, hat nichts mit Liebe zu tun, Olivia. Liebe hat mit Verantwortung und Rücksicht zu tun. Und es liegt in meiner Verantwortung, Hana zu beschützen. Deshalb werde ich ihr niemals etwas von unseren Hirngespinsten verraten.«

Ich zuckte zurück, als hätte er mir einen Schlag verpasst. »Hirngespinste?«, wiederholte ich leise. »Jetzt nennst du das auch schon so?«

Finn zuckte mit den Schultern und wich meinem Blick aus. »Wenn wir wirklich Springer werden wollen, dürfen wir nicht mehr über die Stränge schlagen.«

Ungläubig starrte ich meinen besten Freund an, dann verpasste ich ihm auch schon einen Klaps gegen den Arm. »Bei den Sternen, Finnley, du bist so ein Idiot! Gestern erst warst du in der Bucht und hast dort Dinge gestohlen – ich glaube dir kein verfluchtes Wort!«

Murrend fuhr er sich durch die hellblonden Haare. »Na schön, ja, das stimmt. Regeln befolgen liegt nicht in meiner Natur. Aber gute Absichten haben ist schon mal ein Schritt in die richtige Richtung, oder?«

Ich schnaubte leise. »Du solltest vielleicht dagegen ankämpfen, wenn wir wenigstens die Chance bekommen wollen, Springer zu werden.«

Plötzlich erklang schallendes Gelächter – doch es stammte weder von Finn noch von mir.

Wir fuhren vor Schreck zusammen und wirbelten herum. In den Büschen knackte es und mehrere Gestalten traten hervor.

»Oh nein«, murmelte ich und stöhnte auf. Der heutige Morgen wurde ja immer besser.

Drei Männer traten aus dem Dickicht, durch das es in Richtung Straße ging, und es waren Männer, auf die ich gerade getrost verzichten konnte: Nikau, José und Tangaroa.

Wie die meisten Springer trugen sie Kleidung, die sie vor den scharfkantigen Klippen schützte und dennoch beweglich hielt – auch wenn ich es ihnen nicht abkaufte. Sie wollten nur die Hafenarbeiter auf dem Schwarzmarkt in Los Angeles imitieren, zumindest hatte mir das mein Vater verraten – und er war schon öfter in Los Angeles gewesen.

Die drei Springer waren große, bärenhafte junge Männer. Ihre dunklen, gelockten Mähnen waren zu Haarknoten gebunden oder unter Strickmützen gesteckt. Sie trugen blaue Jeanshosen, ganz ohne Löcher, Nikau ein schwarzes Gewand aus Wolle – einen *Pullover* –, das sogar seinen Hals umschloss, und José und Tangaroa trugen karierte, dunkle Hemden, die an der Brust zugeknöpft waren. Ihre Gesichter waren von Dutzenden *Taotus* geschmückt: schwarze Linien und Muster, die in narbigen Erhebungen von Herkunft, Status und Familienrang erzählten. Die traditionellen Verzierungen begannen am rechten Ohr, verliefen über das Kinn und verschwanden unter ihrer Kleidung, wo sie ihre linke Schulter und den gesamten linken Arm umschlossen, wie es seit Anbeginn bei den Springern gehandhabt wurde.

Besonders Nikau war von den Linien bedeckt. Er war nicht nur Springer, sondern auch der Sohn unseres Chiefs und würde vermutlich bald seine eigene Springertruppe leiten, obwohl er gerade erst zwanzig Jahre alt war. Er war ziemlich hohl in der Birne, aber im Grunde harmlos. Sein gesamter Körper war übersät von den heiligen Zeichen, und er war mindestens ebenso arrogant wie gut aussehend. Nikau gehörte zu den Springern, die Finn und mich nie verletzt hatten, zumindest nicht körperlich. Zwar war er ein einfältiger Trottel, aber als Sohn des Chiefs so pflichtbewusst und traditionell, dass er wenigstens das besser wusste.

Ich spannte mich an und schob die Schultern nach hinten, während Finn und ich zusahen, wie sie sich langsam von ihrem Gelächter einkriegten.

»Bitte!«, rief Nikau grinsend, als er, José und Tangaroa näher kamen. »Redet weiter, wir wollten euch nicht dabei unterbrechen, wie ihr davon träumt, Springer zu werden.« Er schob die Ärmel seines dunklen Pullovers hoch und entblößte dabei noch mehr beeindruckende *Taotus*; auf seinen Fingern, den Handrücken und den sehnigen Unterarmen.

Ich funkelte Nikau und die anderen beiden wütend an. »Es gehört sich nicht, andere zu belauschen!«

Tangaroa schnaubte verächtlich und verschränkte die Arme vor der Brust. »Es gehört sich aber auch nicht, an einem heiligen Ort herumzulungern. Ihr habt keinen Anstand!« Er spuckte uns vor die Füße.

Ich hob eine Augenbraue. »Wäre dir dieser Ort so heilig, würdest du nicht herumspucken.«

»Nicht«, sagte Nikau streng und hielt seinen Freund zurück, als dieser einen Schritt auf mich zu machen wollte.

Nikau hob den Blick und sah Finn und mich mit einem überheblichen Ausdruck auf dem breiten Gesicht an, was mich dazu brachte, die Augen zu verdrehen. Es war immer dasselbe mit seinem autoritären Machtgehabe.

»Ihr zwei habt hier nichts zu suchen und das ist nicht das erste Mal, dass wir euch darauf hinweisen müssen«, sagte er und straffte die Schultern. »Wenn dein Vater davon erfährt, wird er alles andere als erfreut sein, *Ōriwia*.«

»Ich heiße nicht *Ōriwia*!«, fauchte ich. »Egal wie oft du mich so nennst!«

Nikau seufzte. »Nicht das schon wieder. Komm schon, ein so hässlicher, bedeutungsloser Name wie *Olivia* ist kein guter Name für eine Frau wie dich. Der Chief hat dir diesen neuen gegeben und du solltest nicht so stur sein und eine solche Ehre endlich annehmen.«

Der Chief. Wer nannte seinen eigenen Vater *den Chief*? Am liebsten hätte ich aufgelacht.

Tangaroa – auch das war ein Name, den der Chief vergeben hatte – fletschte die Zähne. Seine Mutter hatte ihn eigentlich Charles genannt und er hatte seinen Namen, ohne mit der Wimper zu zucken, abgelegt, als er vor zwei Jahren Springer geworden war. »Wir haben dir schon oft geraten, dass du dich vom *Kaurehe* fernhalten sollst. Diese Missgeburt verdirbt dich und deinen Kopf, *Ōriwia*«, sagte er mit einem fiesen Lächeln auf den Lippen.

Diesmal musste Finn mich zurückhalten, als ich Tangaroa am liebsten ins Gesicht gesprungen wäre. *Dieses widerliche Ekel!*

Ich wandte mich an Nikau. »Es ist mir egal, welchen Namen *dein Vater* mir zugeteilt hat. Meine Mutter hat mir meinen Namen gegeben und ich trage ihn mit Stolz. Und Finn wird niemals solch ein Monster sein wie ihr.«

»*Ōriwia!*«, sagte Nikau streng. Er baute sich vor mir auf, was wohl einschüchternd wirken sollte – bei mir funktionierte seine Taktik jedoch nicht. Dafür nahmen weder Finn noch ich ihn ernst genug. *Treudoofes Schoßhündchen* traf es wohl am besten.

Nikau verengte die Augen zu Schlitzen. »Hüte gefälligst deine Zunge. Du weißt doch, mit wem du gerade sprichst, oder etwa nicht?«

Hinter ihm lachte José leise. Sein neuer Name lautete eigentlich Tiaki, doch er war erst seit wenigen Monaten Springer und ich hatte mich noch nicht daran gewöhnt. »Sie ist eine Frau, Nikau. Erwarte nicht zu viel von ihr.«

Ich stieß ein Knurren aus und wollte auf diesen widerlichen, hochnäsigen Mistkerl losgehen, als es erneut im dichten Gestrüpp raschelte. Wir alle drehten uns gleichzeitig um.

Ich schrie überrascht auf. Dann stieß ich Nikau grob zur Seite, rannte los und sprang meinem Vater in die Arme. »Papa! Du bist wieder da! Seit wann? Ich dachte, du bist noch in Los Angeles!« Meine eben noch brennende Wut auf die Sprüche der Jungs war wie weggeblasen, als mein Vater seine bärenhaften Arme um mich schlang, bis meine Füße den Boden nicht mehr berührten und ich durch die Luft gewirbelt wurde. Er lachte und ich vergrub mein Gesicht in dem weichen Stoff seiner dunklen Weste.

»Ich wollte dich und deine Schwester überraschen.« Mit einem warmen Lächeln stellte er mich auf dem Boden ab und zerzauste mir die Haare, als sei ich noch immer ein kleines Mädchen.

Ich lächelte zurück. »Die Überraschung ist gelungen.«

Mein Vater, Ihaia Crate, war ein großer Mann mit kräftigen Muskeln und stolzen *Taotus*. Im Gegensatz zu Nikau waren sein Gesicht und der breite, kahle Kopf sowie sein gesamter Oberkörper von den heiligen Verzierungen bedeckt. Er war nicht nur Leiter eines Springertrupps, er hatte mit meiner Mutter auch eine Frau geheiratet, die zu einer Ältestenfamilie gehört hatte. Außerdem war er ein wahrer Held, half jedem, wann immer er gebraucht wurde, und fand für jedes Problem eine Lösung. Jeder wusste, dass mein Vater es am meisten verdient hätte, Chief zu sein, doch er hatte seine Chance verpasst. Nach dem Tod meiner Mutter hatte er sich für lange Zeit zurückgezogen. Zu lange.

Auch mein Vater trug robuste Kleidung: Ein weiches Hemd, das ein ähnliches Muster hatte wie die von Tangaroa und José, eine schwarze Weste, eine Jeans und festes Schuhwerk.

Er drückte mir einen Kuss auf den Scheitel. Dann tat er etwas, das mich mit Stolz und Genugtuung gegenüber den Springern erfüllte: Er schloss auch Finn in eine Umarmung. »Es ist schön, dich zu sehen, mein Sohn.«

Ich sah, wie Finn sich entspannte und stolz zu strahlen begann.

»Ihaia!«, sagte Tangaroa eindringlich, als Papa Finn auf die Schulter klopfte und einen Schritt zurücktrat. Ich musste mir auf die Lippe beißen, um das schadenfrohe Grinsen zu unterdrücken, als ich die finsteren Mienen der jungen Männer betrachtete.

»Die zwei haben hier nichts zu suchen! Die Klippen sind nicht gemacht für Leute wie sie und –«

Tangaroa verstummte, als mein Vater sich bedrohlich vor ihm

aufbaute. So arrogant der Springer auch war – er blickte mit eingezogenem Kopf und großen Augen auf.

»Was meinst du mit *Leute wie sie*?«, fragte Papa herausfordernd. »Finn ist Tokas Enkel und seine Familie ist sehr wohlhabend und von höherem Rang als deine. Es ist richtig, dass sie hier nichts zu suchen haben, aber bei den Sternen, Tangaroa, sprich in meiner Gegenwart nie wieder so von meiner Tochter und Finnley.«

Ich sah, wie Tangaroa schluckte, sich hastig räusperte und den Blick senkte.

Bevor meine Schadenfreude allzu große Ausmaße annahm, richtete Papa seinen Blick auf mich und nun war ich es, die den Kopf einzog.

»Jetzt zu euch beiden. Ich möchte nicht erst alt und gebrechlich werden, bis meine Tochter Respekt lernt. Wie oft muss ich euch genau hier, an Ort und Stelle, zurechtweisen? Willst du, dass meine Männer auch vor mir den Respekt verlieren und auf keines meiner Worte hören, so wie du? Möchtest du, dass unsere gesamte Familie an Ansehen verliert? Wieso bereitest du mir ständig Ärger, Olivia?«

Meine Kinnlade klappte herunter und mein Hals wurde trocken. Ich fühlte mich plötzlich wie ein dummes, kleines Kind. »I-Ich ... es tut mir ...«

»Nikau, bringt Olivia und Finn in die Lernstätte«, fiel mein Vater mir ins Wort und drehte sich zu den Klippen um. Die Sonne war nun gänzlich über den Horizont gestiegen und hüllte das weite, tiefblaue Meer und die schwarze, Insel in weiches, warmes Morgenlicht.

Ich war drauf und dran, die Augen zu verdrehen, aber verkniff es mir. Als mein Blick jedoch Finns begegnete, sah ich, wie einer seiner Mundwinkel zuckte, als wüsste er, was mir durch den Kopf ging.

»Natürlich, Ihaia«, sagte Nikau und nickte meinem Vater ergeben zu. »Wir sorgen dafür, dass sie ihre Lektion wirklich lernen.«

Ah, da war es wieder. Mein Bedürfnis, diesem Schwachkopf irgendetwas ins Gesicht zu pfeffern.

»Danke, Nikau«, sagte Papa und wandte sich ein letztes Mal mit strenger Miene an mich. »Ich will euch hier nie wieder sehen, Olivia. Das nächste Mal werdet ihr öffentlich am Hafenbecken bestraft.«

Ich zuckte zurück und schnappte nach Luft. Ich hatte mich doch wohl verhört …?! »E-Eine öffentliche Bestrafung?« Finn und ich tauschten einen beunruhigten Blick und ich spürte, wie sich mein Magen verknotete. Mir wurde sogar richtig heiß.

Mein Vater strich sanft über mein Haar, als wollte er seiner Drohung die Schärfe nehmen, auch wenn wir beide wussten, dass er das nicht tat. Dann wandte er sich ab und kletterte durch die Böschung von der Anhöhe der Klippen. »Denk an meine Worte, Ōriwia.«

Diesmal erstarrte ich zu Eis. »Was?«, wisperte ich beinahe lautlos.

Finn keuchte neben mir. »Hat er dich gerade wirklich …?«

Mir wurde heiß. Ja, das hatte er. Mein Vater hatte mich *Ōriwia* genannt. Bei allen heiligen Sternengöttern. Er hatte mich nie zuvor so genannt! Das war das allererste Mal und … Himmel, ich konnte nicht fassen, was für einen Stich es mir versetzte. Es fühlte sich nicht bloß falsch an, weil es nicht mein Name war, sondern wie Hochverrat. Selbst wenn meine Mutter lange nicht mehr unter uns weilte, wusste jeder, wie sehr mein Vater sie geliebt hatte. Es war eine so große, innige Liebe gewesen, dass er sich nach ihrem Tod nie mit einer anderen Frau vermählt hatte.

»Wie kann er es wagen?«, stieß ich hervor. Noch immer blickte ich auf das tiefgrüne Dickicht aus Farn, durch das er verschwunden war. »Wie kann er es wagen, mich *so* zu nennen?«, flüsterte ich beinahe lautlos und ballte die Hände zu Fäusten.

»*Ōriwia, Kaurehe*«, sagte José und ließ damit Finn und mich aufblicken. »Ihr habt Ihaia Crate gehört, wir sollen euch zur Lernstätte bringen.«

Ich drückte meine Fingernägel in die Handinnenflächen, bis sich ein spitzer Schmerz auf ihnen ausbreitete. Plötzlich war ich von heißer, scharfer Wut erfüllt, die dafür sorgte, dass mein ganzer Körper unter dem löchrigen T-Shirt und den zerfledderten Jeansshorts zu kribbeln begann. Am liebsten wäre ich ihnen allen an die Kehle gesprungen! Ich konnte mir selbst nicht erklären, woher ich die Kraft nahm, es nicht zu tun.

Ich spürte, wie Finn die Hand auf meinen Rücken legte und meine Wut dadurch etwas dämpfte. Wir kannten uns mittlerweile so in- und auswendig, dass ich die Worte fast hören konnte, die er mit Sicherheit an mich gerichtet hätte, wären die drei Springer nicht in Hörweite gewesen. *Lass gut sein, Liv. Das ist den Streit nicht wert. Wir würden es nur schlimmer machen, wenn wir uns von ihnen provozieren ließen. Du kennst die Trottel. Wir stehen da drüber.*

Auch wenn es bloß meine eigenen Gedanken waren, fühlten sie sich an wie seine Worte und beruhigten mich.

Wir folgten Nikau, José und Tangaroa zurück zur Straße. Finn humpelte noch immer, doch ich hatte den Verdacht, dass er versuchte, es sich vor den Jungs nicht anmerken zu lassen. Ein laut brummender Truck schoss an uns vorbei, der eine beißende schwarze Auspuffwolke hinter sich herzog. Dann war die Straße wieder leer. Es war ein kleiner Trost, dass Tangaroa, dieser mutige, fähige und überaus gewiefte Springer, auf dem Moos am schrägen Abhang abrutschte und sich an einer Wurzel die Hand aufschnitt – nicht einmal am rauen, schwarzen Gestein, sondern an einer einfachen Wurzel.

Die Lernstätte lag in der Nähe des Hafens. Sie war anders als die Schulen, die in meinen Büchern geschildert wurden, ähnelte ihnen jedoch. Dort lernten wir alles über die alte Zeit, die Tiere und Pflanzen von Hawaiki, die Seefahrt und den Fischfang. Außerdem erlernten alle Frauen Fähigkeiten, die wir beherrschen mussten – das Flechten von Körben, das Knüpfen von Netzen und das Lesen und Schreiben, um die Familiengeschichte aufzuschreiben, die anschließend in den Archiven des Leuchtturmes aufbewahrt werden würde, wie alle Familientagebücher.

Es war alles andere als überraschend, dass es Dinge gab, die die Frauen im Unterricht nicht lernten. Wie beispielsweise das Jagen von Albatrossen, Taukopas und kleinen Nagetieren, die im Unterholz lebten. Niemand auf Hawaiki erwartete von einer Frau, dass sie in der Lage war zu jagen. Es hatte auch niemand Interesse daran, nicht einmal die Frauen selbst. Wieder einmal tanzte ich aus der Reihe, denn ich wollte mich sehr wohl in der Jagd beweisen. Je öfter man mir sagte, dass ich etwas nicht konnte, zu zart für dies und jenes war, desto mehr fühlte ich mich herausgefordert, exakt das zu tun.

Ich hörte nur mit halbem Ohr zu, während Nikau, Tangaroa und José ins Schwafeln über ihre lange Seereise nach Los Angeles gerieten. Sie erzählten, wie viel sie auf dem Schwarzmarkt verkauft hatten und was Papas Truppe im Gegenzug hatte kaufen können: neue Taschenlampen für das Springerteam. Licht, das ganz ohne Feuer oder dieselbetriebene Stromgeneratoren funktionierte, lediglich mit zwei kleinen Stäben – *Batterien* –, die in kleine Geräte eingelegt wurden. Man brauchte nur einen Schalter hin und her zu bewegen und schon hatte man Licht, das angeblich so hell war, dass José beim Hineinsehen geglaubt hatte, es hätte ihm die Augäpfel verbrannt. Ein Teil von mir wünschte ihm dieses grausame Schicksal. Und ich fühlte mich deshalb nicht einmal schlecht.

Der Klang von rauschenden Wellen und das ohrenbetäubende Brummen der Stromgeneratoren erfüllte meine Ohren, als wir den Hafen erreichten. Ich sah die Spitzen der Schiffe, die in der Hafenbucht angelegt hatten, und die vielen kreischenden Vögel, die durch die Lüfte kreisten und auf Dächern und Fässern saßen. Überall waren Menschen. Karren voll schwarzem Inselgestein, die von Eseln gezogen wurden, überquerten die schwarze Straße und verschwanden in ebenso pechschwarzen Gassen, die zwischen den schiefen Hütten der Fischer lagen. Zwei Ziegen kreuzten unseren Weg und hier und da tuckerte ein Auto entlang, holpernd, alt und stinkend. Auf Hawaiki gab es ein paar Autos, auch wenn keines von ihnen lange überlebte – aus irgendeinem Grund vertrugen sie den Treibstoff nicht, den wir aus den Geisterschiffen gewannen. Vielleicht lag es aber nicht nur am Treibstoff aus den Schiffen, sondern an der Tatsache, dass niemand so richtig wusste, wie man ein Auto bediente, geschweige denn es pflegte.

Der Hafen von Hawaiki war voller Leben. Ein bunter Ort, voller Schätze und Kostbarkeiten. Ich hatte es stets geliebt, herzukommen und die Leute zu beobachten und das ein oder andere Buch zu ergattern.

»Um noch mal auf euer Gespräch zurückzukommen«, begann Nikau und lief dicht neben mir, während wir immer tiefer ins emsige Treiben des Hafens drangen.

Misstrauisch blickte ich zu ihm auf. »Was meinst du?«

»Ihr habt davon gesprochen, Springer werden zu wollen.«

»Na und?«, fragte ich herausfordernd und schnaubte leise. »Das wäre nicht das erste Mal. Und es geht dich überhaupt nichts an.«

Er, José und Tangaroa legten die Köpfe in den Nacken und begannen lauthals zu lachen.

Ich verschränkte die Arme vor der Brust und lief stumm neben den Springern und Finn her. Es entging mir ganz und gar nicht, wie einige der Leute ihnen mit ehrfürchtigen Blicken hinterherstarrten und tuschelten, so als wären sie Götter.

»Lass sie lachen, Liv«, sagte Finn und starrte mit finsterer Miene geradeaus. »Sie haben doch sowieso keine Ahnung.«

»Und ob!«, sagte José und verpasste Finn einen harten Schlag auf den Hinterkopf. Finn stieß ein Grunzen aus und stolperte einen Schritt nach vorne, reagierte jedoch nicht anderweitig. Das war die sicherste Methode für ihn geworden, mehr Schlägen zu entgehen. So konnten die Springer kaum Genugtuung darin finden.

José grinste überheblich und zog seine leuchtend rote Wollmütze ab, die er vermutlich nur getragen hatte, um der ganzen Insel zu zeigen, dass er ein Springer war, und nicht etwa, weil ihm kalt war. Er löste den Knoten seiner lockigen schwarzen Haare und schüttelte den Kopf, bis sie ihm um die Ohren flogen. »Das ist fast schon niedlich. Finnley, du bist eine von den Sternen verfluchte Missgeburt und *Ōriwia* ist eine Frau. Mehr als ein Witz ist das doch nicht. Ihr werdet niemals zu uns gehören!« Wieder lachte er.

Tangaroa grinste breit und hämisch. »Es würde einer Beleidigung gleichkommen, einem *Kaurehe* Zutritt zu den Wracks zu gewähren. Und du, Frau, bist vermutlich so schusselig, dass du stolperst und dir wehtust, bevor du die Klippen überhaupt erreichst. Das wollen wir doch nicht. Wir sind nur um deine Sicherheit besorgt.«

Irgendetwas in mir brannte durch. Ich blieb abrupt stehen und rammte Tangaroa meine Faust ins Gesicht.

Er stolperte zurück und presste sich die Hand auf die Nase. »Scheiße!«

Ich packte ihn am Kragen und funkelte ihn erzürnt an. »Du hast keine Ahnung, du Esel! Ich klettere besser als ihr alle, surfe besser als ihr alle und würde verdammt noch mal eine erstklassige Springerin abgeben. Wenn es bei euch keine Frauen gibt, werde ich eben die erste Frau sein!«

Sofort richteten sich einige neugierige Blicke auf uns. Meine Wut brannte so heiß, dass ich fast explodierte. Ich sah, wie Blut zwischen Tangaroas Fingern hervortrat, und obwohl meine Hand vom Schlag schmerzte, fühlte es sich gut an, ihm endlich eine verpasst zu haben.

Als Nikau laut zu lachen begann, holte ich wieder aus, bereit, diesmal ihn so fest zu schlagen, wie ich nur konnte. Doch bevor meine Faust Bekanntschaft mit seinem arroganten Schönlings-Gesicht machen konnte, wurde sie plötzlich in der Luft abgefangen. Blitzschnell und mühelos umfasste Nikaus große Hand meine Faust und hielt sie fest. Das Lachen verschwand aus seinem Gesicht, stattdessen war seine nächste Bewegung ebenso blitzschnell wie die vorherige: Er zog mich mit einem Ruck zu sich, beugte sich herunter und presste seine Lippen auf meine.

Ich erstarrte.

»Was zum ...!?«, hörte ich Finn neben mir sagen.

Nikau küsste mich. In aller Öffentlichkeit.

Ein ungläubiges Keuchen entfuhr mir, als sich der große, breitschultrige Springer von mir löste. Er grinste mich triumphierend an. »Irgendwann werde ich dich so erziehen, wie es dein Vater bisher nicht geschafft hat.«

»Du Dreckskerl!«, brüllte Finn plötzlich und ging auf Nikau los, doch José kam ihm in die Quere und verpasste ihm kurzerhand eine gehörige Kopfnuss, die Finn sofort zu Boden warf.

»Lass ihn in Ruhe!«, schrie ich, als der Springer mit dem Bein ausholte, um zuzutreten.

Nikau machte bloß eine kurze Handbewegung und schon hörte sein Freund auf.

»Finn!«, rief ich besorgt und versuchte, mich aus Nikaus Griff zu lösen, jedoch ohne Erfolg. »Ist alles in Ordnung?«

Er setzte sich auf und rieb sich den Hinterkopf. Als er seine Hand musterte, war Blut an seinen Fingerspitzen zu erkennen. »Alles halb so wild. Nichts, was ich nicht kenne.«

»Ihr Widerlinge!«, rief ich und kämpfte nun energischer gegen Nikaus Griff an. Ungerührt strich er mit seinem Daumen an meinem Kiefer entlang und schnalzte verächtlich mit der Zunge. »Ōriwia, du hast mir mehr als einmal bewiesen, dass du mich nicht widerlich findest.« Ein Lächeln erschien auf seinen Lippen, das mich vor Scham knallrot werden ließ. Wir hatten noch *nie* darüber gesprochen. Und ganz bestimmt würde ich hier und jetzt nicht damit anfangen, vor allem nicht vor Finn.

Ich schlug Nikaus Hand weg und schubste ihn mit aller Kraft von mir. »Macht, dass ihr wegkommt! Finn und ich finden allein zur Lernstätte!« Hastig trat ich zu ihm und half ihm aufzustehen.

Vermutlich hätte Nikau darauf bestehen können, uns trotz meiner Worte zur Lernstätte zu bringen. Es hätte uns einmal mehr gedemütigt. Doch aus irgendeinem Grund entschied er sich dagegen. Stattdessen klopfte er Tangaroa auf den Rücken und legte ihm einen Arm um die Schulter. »Na los, Jungs, lasst uns zurück zur Bucht der Seelen gehen. Die beiden Spinner finden den Weg, und wenn wir Glück haben, sichern wir in der Bucht ein paar Rumfässer.«

Tangaroa hielt sich die blutende Nase und blickte ein letztes Mal angewidert von Finn zu mir, ehe er uns erneut vor die Füße spuckte.

Sobald die drei Springer fort waren, wandte Finn sich mit eindringlicher Miene an mich. »Olivia, was bei den Sternen ist da gerade passiert?«

»Was meinst du?«, fragte ich und zog den Kopf ein.

»Liv! Nikau hat dich geküsst!«

»Schön.« Ich stöhnte und raufte mir die Haare. »Manchmal treffe ich mich nachts mit ihm in seiner Hütte. Aber es ist nicht so, wie du denkst!«

Finns Augen wurden riesengroß. »Du. Und der hirnlose Nikau. Du ... ihr ... du bist –«

»Es ist kompliziert und es war so nicht geplant«, murmelte ich und presste die Lippen aufeinander.

Finn schwieg, während wir durch den Hafen liefen, was mir ein wenig Angst machte. Der Schock war ihm deutlich anzusehen.

Als mein bester Freund wieder sprach, sah er mich nicht mal mehr an. »Ich kann nicht fassen, dass ausgerechnet du einen Mann wie Nikau liebst. Das überrascht mich einfach. Ich dachte, ich kenne dich. Am schlimmsten ist aber, dass du es mir nicht erzählt hast.«

»Finn, ich liebe ihn nicht!«, stieß ich hervor und packte ihn an der Schulter. Ich zwang ihn, stehen zu bleiben und mich anzusehen. Mein Herz schlug mir bis zum Hals und ich lachte nervös auf. »Ich könnte mich niemals in jemanden wie ihn verlieben. Es ist ... zweckdienlich.«

»Zweckdienlich?«

Ich nickte hastig mit meinem hochroten Kopf. »Und es tut mir leid, dass ich dir nichts davon erzählt habe.«

Seine Miene verriet mir, dass er mir kein Wort glaubte. »Und trotzdem liegst du nachts bei ihm.«

»D-Das hat nichts mit Liebe zu tun. Ehrlich. Es geht nur um ... um diese Sache. Du weißt schon.« Mein Gesicht brannte lichterloh.

Einer seiner Mundwinkel zuckte und seine Augen wurden größer. »Okay. Wow. Es ist ja kein Geheimnis, dass Nikau bei den Mädchen sehr beliebt ist. Aber du und er? Wie bei allen Himmeln konnte das passieren?«

Ich stieß einen gequälten Laut aus. »Erinnerst du dich noch an das Fest zur Wintersonnenwende an der Nordbucht? Dort ist du-weißt-schon-was zum ersten Mal passiert. Wir haben nie darüber gesprochen und ich habe mich dafür geschämt. Zum Kurablütenfest ist es wieder geschehen und dann irgendwie öfter. Ich wollte nicht, dass irgendwer davon erfährt, keine Menschenseele. Wir sprechen immer noch von Nikau. Aber ich schwöre, dass es nie um etwas anderes ging als um den Liebesakt und –«

»Ahh!« Finn hielt sich die Ohren zu und zog ein angewidertes Gesicht. »Bitte erspar mir die Details, ich will es gar nicht wissen!«

»Tut mir leid. Ich werde nie wieder ein Wort darüber verlieren, versprochen. Jetzt, äh, weißt du Bescheid und wir tun so, als hätte dieses Gespräch nie stattgefunden.«

»Sicher.« Finn setzte sich wieder humpelnd in Bewegung. »Sei einfach vorsichtig, Liv, ja? Und tu nichts, was du nicht willst.«

Er wirkte enttäuscht.

»Bist du jetzt wütend auf mich?«, fragte ich und biss mir auf die Lippe.

»Wieso sollte ich wütend sein?« Er lächelte schief. »Ich bin nur etwas angewidert. Aber es ist dein Leben. Du kannst machen, was du willst, und ich habe immer ein offenes Ohr, solange du mir die Details ersparst.«

Erleichtert stieß ich den Atem aus und erwiderte sein Lächeln. »Mit Ekel komme ich klar. Und jetzt lass uns nie wieder darüber reden.«

3. Kapitel

Die Wellen waren heute nicht, wie ich sie mir erhofft hatte, doch sie erfüllten ihren Zweck. Nach dem frühmorgendlichen Unterricht in der Lernstätte war ich geradewegs zurück nach Hause gegangen, um mein Surfboard zu holen, war an den Strand gelaufen und hatte mich in die azurblauen Wellen gestürzt. Normalerweise schaffte es das Meer immer, mich zu beruhigen. Doch diesmal war ich zu aufgewühlt. Es lag nicht an der Sache mit Nikau, die ans Licht gekommen war, auch wenn ich mich noch immer darüber ärgerte. Es war erneut dieses ... Gefühl. Ich hatte mich nicht geirrt, mit jedem Tag wurde es stärker.

Hastig drückte ich das Brett unter Wasser und tauchte unter einer Welle hindurch. Dann paddelte ich bäuchlings weiter durch den sich hebenden und senkenden, funkelnden Ozean.

Finn und ich hatten keine Geheimnisse voreinander. Das war das erste Mal gewesen, dass ich etwas vor ihm verheimlicht hatte, und es war so was von schiefgegangen. Andererseits musste ich Finn nicht alles erzählen. Wir waren kein Liebespaar. Wir waren Freunde. Beste Freunde. Deshalb sollte ich mich nicht schlecht fühlen, oder doch?

Vielleicht lag es aber auch am Geheimnis an sich. Jeder wusste, dass Nikau eines Tages Chief werden würde. Er war nicht nur Springer, weil es ihm und seiner Familie zu einem gewissen Wohlstand verhalf. Er war Springer, um in allen alten Traditionen und Bräuchen gelehrt zu werden, die Hawaiki zu bieten hatte. Es war seine Pflicht. Ihm wurde das Privileg zuteil, in den verschiedensten Dingen gelehrt zu werden, von den geheimen Techniken unserer *Taotus*, Kampfkunst, der Jagd, bis hin zu dem gesamten Wissen über unser Volk, das anderen verwehrt blieb, da es heilig war und nicht an alle weitergegeben wurde. Nikau war immer in Bewegung, wie das Meer, niemals still und niemals zu bändigen. Wäre er kein Großmaul und würde er Finn und mich nicht dermaßen belächeln, wäre er vielleicht bewundernswert gewesen. So sah ihn zumindest der Rest der Insel. Der große, gut aussehende Nikau, zukünftiger Chief und ein zukünftiger Held.

Doch nichts da. Ich meinte es zwar nicht wertfrei, aber es war ein Fakt, dass Nikau nicht der ... hellste Stern am Himmel war. Er war dumm. Wie eine Ziege. Eine blökende, aber ungefährliche dumme Ziege. Und doch führte er sich auf, als hätte ihm jemand all das Wissen unseres Volkes geradewegs in den Schädel gerammt, was letztendlich auch der Fall gewesen war. Im vergangenen Jahr beim Fest zur Wintersonnenwende, am großen Lagerfeuer in der Nordbucht, hatte ich ihn genau deshalb angefahren. Ich hatte ihm meine Meinung an den Kopf geknallt. Ich erinnerte mich noch genau daran, wie ich es bedauert hatte, dass weder Finn noch jemand anderes das miterlebt hatte. Es war schon spät gewesen, so spät, dass die Überreste des großen Feuers nur noch geglüht hatten und die Baumstämme drum herum schon verlassen waren. Am Horizont hatte sich bereits der Himmel erhellt und bis auf eine einzige Fackel hatte kein Licht die sternenklare Nacht durchbrochen. Vielleicht hatte der viele Rum meine Zunge gelockert, vielleicht war mir aber auch einfach der Kragen geplatzt. Jedenfalls hatte ich es zum ersten Mal geschafft, Nikau sprachlos zurückzulassen. Selbst er war darüber verblüfft gewesen. Das anschließende Triumphgefühl war so groß gewesen, meine Wut noch so heiß und er so nah ...

Wir hatten kein Wort gesprochen. Unsere Körper hatten eigenständig gehandelt. Es war nicht sanft gewesen, nicht romantisch. Obwohl ich wegen meines Mangels an Erfahrung Unsicherheit hätte verspüren müssen, war das nicht der Fall gewesen. Diese erste Nacht war hektisch und überwältigend gewesen. Jedoch auch schockierend. Zumindest als wir fertig waren. Ich war erschüttert gewesen, hatte kaum glauben können, dass ausgerechnet Nikau es war, der meinen Körper zum ersten Mal gehalten hatte. Doch er hatte wenigstens einen Hauch von Anstand verspürt und wir waren uns mehrere Wochen aus dem Weg gegangen.

Zum Kurablütenfest, als die ganze Insel von leuchtend gelben Blüten der schnell wachsenden Buschpflanze bedeckt war, war es jedoch wieder geschehen. Wir waren am Leuchtturm gewesen, wie viele andere aus dem Dorf. Mein Vater hatte ein Gespräch zwischen uns angeregt, hatte gewollt, dass Nikau und ich aufgrund unserer Familien endlich miteinander auskamen. Da Nana – wie Finns Großvater Toka – dem Ältestenrat angehörte, besaß unsere Familie eine fast so hohe Position wie die des Chiefs, Nikaus Vater. Diese Position schützte immerhin auch Finn. Also hatte mein Vater Nikau gedrängt, sich mit mir zu versöhnen. Diese *Versöhnung* zwischen Nikau und mir hatte nichts verändert, hatte keinen Unterschied gemacht, und doch hatten wir mitgespielt, hatten uns Mühe gegeben, den Anschein zu erwecken, dass alle Wogen geglättet seien. Wir hatten miteinander getanzt und auf der Feier gegessen. Am Ende des Festes war es wieder geschehen. Und dann wieder und wieder, viele Male. Nicht eine einzige Sekunde hatte ich etwas Romantisches für ihn empfunden, genauso wenig wie er für mich. Er sah wirklich gut aus und wusste genau, was er tat, und das war alles, was ich von ihm wollte. Doch Nikau hatte mich vor aller Welt geküsst und ich wusste, dass er damit bloß seine Macht hatte demonstrieren wollen. Und genau deshalb war das mit ihm und mir auch ein für alle Mal vorbei. Er hatte mich gedemütigt.

Die nächste Welle riss mich plötzlich unter Wasser und aus meinen Gedanken. In letzter Sekunde unterdrückte ich den Reflex, nach Luft zu schnappen. Glücklicherweise war die Welle nicht ansatzweise mit den Monsterwellen vom Vortag zu vergleichen.

Ich surfte, bis meine Finger schrumpelig wurden und die Sicherungsleine am unverletzten Knöchel die Haut wund rieb. Noch mehr Narben. Noch mehr unsittliches Verhalten für eine Frau.

So atemlos und erschöpft ich auch war, als ich aus den brandenden Wellen watete – die vielen Gedanken in meinem Kopf waren nicht leiser geworden. Gleichzeitig fühlte ich mich, wie schon seit Tagen, aufgekratzt. Ich war ruhelos und unruhig und ein wenig verloren.

Vielleicht war mein Körper in Einklang mit meinem Geist und meiner Seele gekommen: Vielleicht wollte er ein für alle Mal fort von hier. Ich wollte auf See, wollte die Welt sehen, so viele Bücher lesen, bis ich jede Sprache sprechen konnte. Ich wollte nicht das traditionelle Leben einer Frau auf Hawaiki führen. Ich wollte alles über die schiffbrüchigen Engländer, Holländer, Portugiesen und Spanier erfahren, die vor vielen, vielen Hundert Jahren an unsere Küsten gespült worden waren. Ich wollte wissen, was mit ihren Kulturen und ihrem Glauben geschehen ist, wieso niemand etwas davon wusste, wieso Englisch die Sprache war, die wir sprachen, und nicht etwa die heilige alte Sprache, die unter Verschluss gehalten und zu einem Privileg ernannt wurde, das nur wenigen zuteilwurde. Die Lust, die ich empfand, wenn Nikau in verstohlenen Nächten auf mir lag, reichte mir nicht. Es war kein Leben für mich. Ich wollte mir auch *Taotus* verdienen, wollte, dass mein Gesicht so dunkel und vernarbt war, dass man kaum mehr die Haut darunter sah, nur noch die Geschichte meiner Herkunft, meines Volkes und all der Dinge, für die ich die Verantwortung trug. Mit anderen Worten: Ich wollte Chief sein. Ich wollte der erste weibliche Chief sein. Und dann würde ich Wissen auf der Insel verbreiten. Jedes noch so von den Wellen zerfressene Buch würde aufbewahrt und gepflegt werden. Und ich würde den ersten weiblichen Springertrupp in der Geschichte aufstellen. All das wäre nur der Anfang.

Hirngespinste!, rief mir eine Stimme in meinem Kopf zu. *Hör endlich auf zu träumen! Wer mit dem Kopf in den Wolken hängt, kann nicht zeitgleich den Meeresgrund erkunden! Mach deinen Vater stolz und sorge für ihn, Jasmine, Nana und Finn. Alles andere steht in den Sternen geschrieben. Aber diese Träumereien vergiften dich nur!*

Als ich zu Hause ankam, war ich erschöpft und frustriert. Es war später Nachmittag, doch die Sonne strahlte noch immer hell und heiß vom Himmel. Zu dieser Tageszeit war mein Zimmer unerträglich warm.

Ich kämmte meine langen dunklen Haare und löste mit einem Holzkamm die Knoten in den noch feuchten, sich lockenden Spitzen. Das löchrige grüne T-Shirt hatte einmal meinem Vater gehört, doch es passte ihm schon lange nicht mehr und ich liebte es. Es reichte mir bis zu den Knien. Ich schlüpfte in eine Jeanshose, die ich auf Höhe der Oberschenkel zerschnitten hatte und mit einem Seil um die Taille an Ort und Stelle hielt. Nachdem ich mit aller Körperkraft die verzogene Holztür meines Kleiderschrankes zugedrückt hatte, verließ ich mein Zimmer, kletterte die schmalen, steilen Treppen nach unten ins Haus und atmete erleichtert auf, als mir dort kühlere Luft entgegenschlug.

Ich folgte dem Klang von Stimmen und dem Brummen unseres nach Abgasen stinkenden Stromgenerators in die Küche und sah meine kleine Schwester Jasmine mit meinem Vater am Tisch sitzen. Unter der flackernden Glühbirne beugten sie sich über ein geknüpftes Fischernetz – vermutlich Jasmines Werk – und ganz offenbar versuchte unser Vater, ihr zu erklären, was sie falsch gemacht hatte.

»Siehst du das?«, fragte er gerade, als ich mich gegen den Türrahmen lehnte. Er deutete auf den gesamten mittleren Bereich. »Hier warst du mit den Gedanken woanders, *Hine*. Mach das noch mal. Wenn du einen doppelten Knoten nimmst, sitzt es vorn nicht mehr so locker.«

Hine war ein alter Ausdruck, der kaum auf der Insel benutzt wurde. Er bedeutete Tochter. Unserem Vater lag viel daran, die alte Sprache zu erhalten, da den Ältestenfamilien das Privileg zuteilwurde, Worte daraus zu kennen. Seitdem Papa seinen eigenen Springertrupp leitete, erlaubten ihm die Ältesten und der Chief, noch mehr Wissen zu erlangen – immerhin hatte er sich als würdig erwiesen. Sie sagten immer, unsere heutige Sprache sei banal und bloß ein Mitbringsel der einst hier gestrandeten englischen Fremdlinge, ein plumpes Kommunikationsmittel, um Informationen auszutauschen. Unsere alte Sprache jedoch war mehr. Sie verband denjenigen, der sie sprach, mit dem Geist des Seins, der Luft, der Erde, dem Wasser, dem Feuer. So war seine Seele dem heiligen Himmelszelt näher. Das war eine zu kostbare Ehre, um sie jedem zuteilwerden zu lassen. Deshalb war es auch eine hohe Auszeichnung, auf die man stolz sein konnte, wenn man vom Chief einen neuen Namen erhielt, welcher der alten Sprache nahe war. Ich für meinen Teil fand unsere *plumpe Sprache*, die wir tagtäglich benutzten, allerdings gar nicht so plump. Immerhin ermöglichte sie mir, Bücher zu lesen, die auf die Insel gelangt waren, und sie erlaubte unseren Springern, mit den Leuten auf dem Schwarzmarkt in Los Angeles zu handeln. Englisch schien eine weitverbreitete Sprache zu sein. Das machte sie auch zu etwas Kostbarem.

»Ich sollte es zerschneiden«, brummte Jasmine, schob den Netzhaufen auf dem Tisch von sich und verschränkte die Arme vor der Brust. »Es ist furchtbar, Papa! Ich habe zwei linke Hände, ich bin für so was nicht gemacht!«

Jasmine war fünfzehn und somit zwei Jahre jünger als ich. Wir waren beide unserer Mutter wie aus dem Gesicht geschnitten, wodurch wir ständig miteinander verwechselt wurden. Dabei hatten wir bereits dafür gesorgt, nicht mehr so ähnlich auszusehen – besonders Jazz war es wichtig gewesen. Sie hatte sich die schweren, welligen Haare auf Kinnlänge abgeschnitten, während mir meine noch immer bis weit unter die Brust reichten. Ihr Gesicht war spitzer als meins, doch wir hatten die gleichen hellgrünen Augen und immerzu von der Sonne verbrannte Haut.

Als unser Vater schwer seufzte, entstieg meiner Kehle ein Lachen. Das ließ ihn und Jasmine aufblicken.

»Tut mir leid«, sagte ich und schlug mir schmunzelnd eine Hand vor den Mund. »Aber ich weiß nicht, wie oft ich diesen Satz schon gehört habe. Aus ähnlichen Gründen.«

Papa schüttelte den mit *Taotus* verzierten, kahlen Kopf. Doch ich sah genau, wie sich seine Mundwinkel hoben und der Ausdruck in seinen Augen warm wurde. »Ihr Mädchen seid zu störrisch. Manchmal weiß ich nicht, was ich noch mit euch machen soll. Der eine Wirbelwind schafft es nicht, ordentliche Körbe zu flechten oder ein Netz zu knüpfen, und der andere schleicht sich immer wieder auf die heiligen Klippen. Was soll ich nur machen?«

Jasmine schnappte empört nach Luft. »Olivia! Du warst schon wieder an den Klippen?«

Ich verdrehte die Augen und setzte mich an den alten Holztisch. »Finn und ich wollten nur wissen –«

»... wo die Schiffe herkommen«, beendete Papa den Satz. Seine Miene verfinsterte sich. »Du weißt, wie oft wir das besprochen haben, Kind. Denk an unsere Ahnengeister und was sie uns mitgegeben haben. Ein Wunder sollte man huldigen und nicht hinterfragen.«

»Ich kenne den Spruch«, brummte ich – schrie jedoch im nächsten Moment erschrocken auf, als Papa mit der flachen Hand auf den Tisch schlug. Auch Jasmine stieß ein Quieken aus.

»*Tochter*. Du hast mich heute wieder vor meinen Männern blamiert. Jedes Mal beleidigst du diese Familie aufs Neue, wenn du dich dem widersetzt, was ich dir sage!«

Ich schluckte schwer. Stille legte sich über den Tisch. Jasmine räusperte sich verhalten und stand auf. »Das ist mein Stichwort. Es reicht mir, eigene Predigten zu bekommen, aber ich bin es leid, mir auch deine anhören zu müssen. Ich gehe schon mal vor.«

Ich blickte zu ihr auf. »Aber ich dachte, wir wollten zusammen zum Leuchtturm laufen!« Jasmine und ich hatten versprochen, Nana und den anderen Ältesten bei den Vorbereitungen für das heutige Sternenfest zu helfen.

Meine Schwester machte eine wedelnde Handbewegung. »Ich möchte auf dem Weg noch Kurablüten für den Kranz sammeln.« Und ohne ein weiteres Wort war Jasmine fort.

Als die Haustür knarzend und schwer ins Schloss fiel, zuckte ich unwillkürlich zusammen.

Ich wandte mich wieder dem strengen, dunklen Augenpaar vor mir zu. »Papa, es tut mir leid«, sagte ich eindringlich und meinte es auch so. Es tat mir wirklich leid. »Ich würde dich niemals absichtlich vor deinen Männern bloßstellen, das schwöre ich.«

»Himmel noch mal, Livi«, unterbrach er mich, diesmal beherrschter. »Wie oft soll ich dir noch sagen, dass du nicht schwören sollst? Das tut deiner Seele nicht gut.«

Gerade so hielt ich mich davon ab, die Augen erneut zu verdrehen. »Tut mir leid. Jedenfalls wollte ich sagen, dass es nicht meine Absicht war.«

»Und doch tust du es immer wieder.«

»Papa –«

»Manchmal frage ich mich, was ich getan habe, dass du all deinen Respekt vor mir verloren hast.«

Mein Herz krampfte sich zusammen. Meinte er das ernst? Glaubte er wirklich, dass ich ihn nicht mehr respektierte? Der Vorwurf schmerzte mich unsäglich. Ich sah Groll in seinen Augen, wie meistens, wenn ich Ärger für das Brechen von Regeln erhielt. Doch diesmal war es anders. Ich sah auch Leid und Verzweiflung.

Er streckte die Hände aus und umschloss damit meine. »Olivia, ich liebe dich mehr als mein eigenes Leben, das weißt du. Aber ich weiß einfach nicht mehr weiter mit dir.«

Die Schuldgefühle und die Scham kamen plötzlich und so stark, dass es hinter meinen Augen zu brennen begann. »Papa, es tut mir leid. Ich weiß nicht, wieso ich so bin! Ich weiß nicht, wieso ich so viel fühle. Ich kann nichts dagegen tun. Ich will nicht neugierig sein. Ich möchte mich nicht nach fremden Orten und Geschichten sehnen, aber ich tue es!« Ein verzweifeltes Keuchen entfuhr mir, das verdächtig nach einem Schluchzen klang. »Es ist ein Teil von mir. Verstehst du das? Ich kämpfe dagegen an, aber ich werde niemals davon loskommen. Es tut mir leid.«

Ich erwartete, Härte in seinem Gesicht zu sehen, Unnachgiebigkeit. Vermutlich hätte ich es verdient. Doch stattdessen sackten seine Schultern nach unten und ein trauriges Lächeln breitete sich auf seinen Lippen aus. »Du bist genau wie deine Mutter. Vielleicht sogar noch wilder als sie.«

Obwohl die Worte mich traurig stimmten, waren sie auch eine überraschende Wohltat. *Du bist genau wie deine Mutter.* Ein aufgeregtes Flattern kitzelte durch meine Brust. Er sprach nie von ihr und oftmals waren diese kleinen Bemerkungen alles, was ich bekam. Und dieser Happen erfüllte mich mit Stolz. Er hatte mich mit ihr verglichen!

»Ich habe etwas beschlossen, *Hine*«, sagte Papa, bevor ich meine Stimme wiederfand.

»Was denn?«, fragte ich krächzend. Hastig räusperte ich mich und blinzelte die Tränen fort. »Was meinst du? Was hast du beschlossen?«

Er sah mich eindringlich an und drückte meine Hände. »Ich möchte dir und Finn eine Chance geben.«

»Eine Chance?«, wiederholte ich perplex.

»Als Springer.«

Mit einem Mal sackte mir das Herz in die Hose, ehe es dreimal so schnell weiterschlug. Bei den heiligen Sternen! Ich schnappte nach Luft. »A-Als Springer!?«

Papa lachte. »Wirst du mir nun alles nachplappern?«

»Tut mir leid!«, stieß ich hastig hervor und setzte mich aufrechter hin. Meine Wangen schmerzten, so breit lächelte ich. Wie konnte das möglich sein? Wann hatte er sich dazu entschieden?

»Was hat deine Meinung geändert?«, fragte ich aufgeregt. »Was, glaubst du, werden deine Männer und die anderen Springertrupps dazu sagen? Meinst du das wirklich ernst? Wann fängt unsere Ausbildung an? Wie lange wird sie dauern? Was müssen wir tun und was müssen wir lernen und wann müssen wir –«

»Olivia!«, unterbrach mich mein Vater lachend. »Diese Chance, die ich dir und Finnley geben möchte, ist an Bedingungen geknüpft.«

»Alles, was du willst«, sagte ich sofort. »Ich werde wirklich alles tun, was du willst, Papa.«

Er lächelte schief und hob die Augenbrauen. »Ich nehme dich beim Wort.«

»Dann haben wir einen Deal?«

»Bei dieser Art zu verhandeln, lasse ich dich nicht zum Schwarzmarkt. Du kannst keinen Handel eingehen, wenn du nicht weißt, was du zahlst, *Hine*.«

Ich biss mir auf die Lippe, um nicht noch breiter zu grinsen. Erneut wollten mir Tränen in die Augen steigen, diesmal jedoch aus Rührung. »Okay, was sind deine Bedingungen?«

»Du wirst Nikau zum Mann nehmen.«

Das Lächeln auf meinem Gesicht gefror. Schlagartig.

»Was?«, wisperte ich wie betäubt. Ich versteifte mich. Wie ein Echo hallten seine Worte in meinem Schädel nach. Hatte er das gerade wirklich gesagt? Wollte er wirklich ...?!

»Es ist noch nicht offiziell, doch es steht bereits fest: Zum Ende des nächsten Sommers wird Nikau zum nächsten Chief ernannt. Chief Paia ist krank und er möchte sich zurückziehen. Wenn Nikau im nächsten Jahr zum Chief ernannt wird, sollte er einen Sohn haben. Deshalb sollst du als Mitglied einer Ältestenfamilie zur Wintersonnenwende sein Kind empfangen.«

Ich sprang so hastig auf, dass mein Stuhl umkippte. »Wie kannst du es wagen?«, flüsterte ich. »Wie kannst du mir das antun, Papa?« Mir war schlecht. Mein eigener Vater hatte mich betrogen.

Diesmal schien die Reue in seinen Augen echt zu sein und er senkte den Blick, wenigstens den Anstand besaß er. »Ihr zwei kommt doch gut miteinander aus, genau wie unsere Familien, und ich dachte ...«

»*Nein*«, fiel ich ihm ins Wort und schüttelte heftig den Kopf. »Nikau und ich mögen uns nicht einmal, Papa. U-Und ich bin keine Nachwuchs-Maschine! Ich werde Nikau niemals Kinder schenken! Du hast versucht, mich reinzulegen, oder? Du willst überhaupt nicht, dass Finn und ich Springer werden.« Ich lachte schluchzend auf und wich zurück. »Natürlich nicht. Das hättest du doch niemals zugelassen. Eine Frau unter den Springern? Es wäre bloß ein kleiner Kompromiss gewesen, damit ich endlich Ruhe gebe. Bis zur Wintersonnenwende sind es nur noch wenige Monate. Du hättest mich wirklich einer Ausbildung unterzogen, damit ich ein paar Wochen Springer spielen kann, bevor ich mich für immer an Nikau binden muss und seine Kinder gebäre? Ich will noch nicht einmal Kinder bekommen! Das wollte ich nie!«

Als mir Tränen in die Augen stiegen und meine Wangen hinunterrollten, machte ich mir nicht die Mühe, sie zurückzuhalten. Ich schluchzte laut auf und bohrte meinem Vater den Zeigefinger in die Brust. Mein ganzer Körper zitterte. »Du hast mich verkauft, Papa. Wie einen verdammten geköpften Fisch.«

Er stand auf und baute sich vor mir auf, doch ich ließ mich von seiner einschüchternden Gestalt nicht verunsichern. »Die Entscheidung liegt bei dem zukünftigen Mann und Nikau hat bereits eingewilligt. Du und Nikau seid verlobt. Stell mich nicht als ein Monster dar, nur weil du selbstsüchtig und störrisch bist!«

Ich schlug meine Faust fest auf den Tisch und verließ die Küche. »Ich werde Nikau nicht heiraten. Das *schwöre* ich. Hast du gehört? Ich habe es verdammt noch mal geschworen und ich werde nie wieder auch nur ein Wort glauben, das deinen Mund verlässt!« Ich warf ihm einen letzten Blick zu, ehe ich die Tür aufriss. »Du bist genau wie alle anderen. Und ich war dumm genug, es erst jetzt zu sehen.«

Als ich eine halbe Stunde später die letzten Fischerhäuser hinter mir ließ und auf den Rand des heiligen Waldes zusteuerte, fühlten sich nicht nur meine Augen vom Weinen geschwollen an, sondern mein ganzes Gesicht. Mit zusammengepressten Lippen setzte ich einen Fuß vor den anderen. Ich konnte nicht glauben, dass ausgerechnet mein Vater mich dermaßen hintergangen hatte. Er und Jasmine, Finn und Nana waren meine Familie. Wir hielten zusammen, liebten und vertrauten einander bedingungslos. Sein Verrat fühlte sich widerlich an, bitter und sauer wie Galle.

Ich war so von dem Gefühlschaos abgelenkt, dass ich erst nach einer Weile bemerkte, wie nahe ich dem heiligen Wald gekommen war.

Ich blieb stehen, legte den Kopf in den Nacken, um die Baumwipfel und Palmwedel zu betrachten, und stieß hart den Atem aus. Schon wieder dieses seltsame Gefühl. Dieses ruhelose Prickeln auf meiner Haut. Es beschleunigte meinen Puls und ließ mich nach Luft schnappen.

Argwöhnisch beobachtete ich den Waldrand und lauschte dem Zirpen der Insekten. Es war kein gewöhnliches Kribbeln, das mich erfüllte. Es war ... elektrisch. Wie sich das anfühlte, wusste ich nur, weil ich Dank unseres Generators bereits den ein oder anderen Stromschlag abbekommen hatte.

»Himmel«, murmelte ich schniefend und schüttelte mich.

Angespannt lief ich weiter und rieb mir ein letztes Mal fahrig über die Augen. Ich konzentrierte mich auf den Trampelpfad, und ehe ich mich versah, wanderte mein Blick erneut wie hypnotisiert zum Waldrand. Satte, lange Farnblätter, moosbewachsene Bäume mit dichtem, knorrigem Blätterdach und hohe, stolze Palmen. Normalerweise löste der Anblick nichts Bestimmtes in mir aus. Jetzt jedoch sorgte er dafür, dass sich jedes noch so feine Härchen auf meinen Armen und im Nacken aufstellte.

Es war, als würde mich etwas anziehen. Wie ein helles Feuer eine Motte. Etwas aus dem Wald rief mich zu sich und ...

Erschrocken stolperte ich zwei Schritte zurück. Bei den Sternen, was war das?

Plötzlich erfüllte mich Angst und im nächsten Moment tat ich etwas, das sich überhaupt nicht gehörte: Ich rannte den Trampelpfad hoch, um dem Waldrand so schnell wie möglich zu entkommen. Diese sonderbare Anziehungskraft war mir nicht geheuer und nach allem, was heute vorgefallen war, war es mir egal, ob mich jemand dabei sah.

Der Weg zum Leuchtturm war holprig und hügelig und ließ die Muskeln in meinen Waden nach kurzer Zeit vor Anstrengung pochen. Viel mehr als am anderen Ende unseres Küstenabschnittes, bei der Geisterbucht, war es hier bergig. Es erschwerte das Leben auf der Insel ungemein, dass bis auf einen Streifen Land an der Küste fast alles auf Hawaiki heilig und verboten war.

Um den Hafen herum quetschten sich so viele Häuser und Hütten, dass die Gassen teilweise nicht einmal breit genug waren, um einen Karren durchzuschieben. Manche Leute lebten in Booten, die man aus der Geisterbucht gezogen hatte und die noch in Schuss waren. Ein paar Häuser standen an den immer steiler werdenden schwarzen Hängen, doch viele hatten Stützen oder waren schief. Je näher man dem Leuchtturm kam, desto seltener sah man im dichter werdenden Grün Häuser von Inselbewohnern. Nur ein paar wenige, die ihr Leben in Einklang mit Natur und Spiritualität gebracht hatten, lebten hier oben zurückgezogen. Sie hatten ihre eigene Gemeinschaft gegründet. Finns Freundin Hana lebte bei ihnen und war die Tochter einer Heilerin und eines Fischers.

Das Land um die Landzunge herum, auf der sich der Leuchtturm befand, war so bergig, dass man keinen richtigen Blick auf das Landesinnere werfen konnte. Der Wald war noch dichter und ragte auf dem schwarzen Gestein hoch hinauf, wie eine Wand. Die Meeresströmung an diesem Teil der Küste war außerdem zu stark, um irgendetwas entdecken zu können, wenn man mit dem Boot die Insel umrundete. Ein paar Mal hatten Finn und ich probiert, auf diese Art Hawaiki zu erkunden. Die Strömung hatte uns aber jedes Mal weit aufs Meer hinausgetragen, sodass es uns eine Ewigkeit gekostet hatte, wieder zurückzufahren, oder der Ozean hatte mit einer so wilden Rauheit an die aus dem Wasser ragenden Felsen geschlagen, dass nicht einmal wir mit dem Boot in die Nähe der Klippen geraten wollten.

Mein T-Shirt klebte mir am Rücken und ich war vollkommen

außer Atem, als ich den weißen Leuchtturm schließlich erreichte. Er war umgeben von leuchtend grünen Gräsern, die im salzigen Meereswind umhergepeitscht wurden, und befand sich am Ende der breiten Landzunge, deren schwarze Klippen viele Meter hinabreichten. Büsche voll gelber Kurablüten zierten den langen, steinernen Weg bis zum Eingang des Leuchtturmes, genauso wie Fackeln, die für das Fest in die Erde gebohrt worden waren. Dutzende *Taukopas*, große weiße Seevögel mit gelben Federspitzen an den Flügeln, segelten am Himmel und erfüllten die warme Seeluft mit ihrem lauten Geschnatter. Die Vögel waren zwar schön anzusehen, ihre Hinterlassenschaften jedoch in keiner Weise. Der Geruch ihrer Brutstätten an den Klippen war beißend. Wenn der Regen aber stark und häufig genug kam und der Wind in die richtige Richtung drehte, roch man es kaum.

Ich wischte mir den Schweiß von der Stirn, als ich schwer atmend den geschmückten Weg zum Leuchtturm hochlief. Die Vorbereitungen für das heutige Sternenfest waren bereits in vollem Gange. Überall waren Männer, Frauen und Kinder, die den Leuchtturm mit selbst gebastelten Kränzen aus Blüten, getrockneten Palmblättern und Stöcken schmückten. Große geschnitzte Holzfiguren von *Nehori* lagen im Gras bereit. *Nehori* war der kopflose Gott in der Gestalt eines Adlers, dem nachgesagt wurde, über den Wald der Insel zu wachen. Sobald die Sonne unterging, würden die majestätischen Holzfiguren hoch in den Himmel ragen und verbrannt werden, zu Ehren von *Ngato*, dem flammenden Schatten, der *Nehoris* Kopf inmitten eines Wirbelsturmes verspeist haben sollte, um die Kräfte des Waldes ins Gleichgewicht zu bringen. So würden wir die alten Überlieferungen ehren, *Ngato* und *Nehori* unsere Kraft spenden und die Götter bitten, uns nicht mit Feuern heimzusuchen. Baumstämme wurden zu den Flächen getragen, auf denen die Feuer brennen würden, und wie es die Tradition wollte, wurden schwarze Steine gesammelt, mit denen wir die alten Symbole auslegen würden, ganz groß, damit die Sterne am Himmelszelt unsere ebenso große Dankbarkeit dafür, dass sie über uns wachten, sehen konnten. Sie standen für den heiligen

Wald, das heilige Meer, den göttlichen Himmel, das Feuer und die ewige Seele.

Das Sternenfest war das wichtigste Fest auf Hawaiki. Es war der heiligste Tag im Jahr und brachte alle Menschen zusammen, damit sie sich auf ihr Glück besinnen konnten, genug Fisch in ihren Netzen, genug Wind in den Segeln und genug Schätze in der Geisterbucht zu haben.

Ich entdeckte Finn und Hana, die dabei waren, mit den schwarzen Steinbrocken das erste Symbol zu legen. Ich winkte ihnen zu, als sie mich entdeckten, kletterte über einen Kurabusch und fiel wieder in einen leichten Lauf, bis ich sie erreichte.

»Glückwunsch, Livi!«, rief Hana anstelle einer Begrüßung und strahlte mich mit leuchtenden Augen an.

»Äh, danke?« Ich runzelte die Stirn und warf Finn einen fragenden Blick zu. Er zog augenblicklich eine betretene Miene und wurde rot. »Ich musste es ihr erzählen. Tut mir leid.«

Hana lachte mich freudig an, legte den schwer aussehenden schwarzen Stein ab und ergriff meine Hände. »Du und der zukünftige Chief. Die anderen Mädchen werden so neidisch sein, wenn sie davon erfahren!«

Ich zuckte augenblicklich zusammen, als hätte sie mich geschlagen. »Hana!«, zischte ich, »Nicht so laut, sonst wird dich noch jemand hören.«

»Tut mir leid«, nuschelte Hana mit eingezogenem Kopf und biss sich auf die Lippe. »Jedenfalls wollte ich euch nur viel Glück wünschen.«

Ich grummelte nur etwas und warf Finn einen finsteren Blick zu, ehe ich ihnen dabei half, aus den schwarzen Steinen das heilige Zeichen zu legen. Hana war ein unglaublich schönes Mädchen. Sie hatte ein rundes Gesicht, große Brüste, einen weichen Bauch und breite, gebärfreudige Hüften. Ich beneidete sie sehr darum, doch ich hatte mich damit abgefunden, dass ich vermutlich niemals aussehen würde wie sie oder ihre sechs Schwestern. Ich konnte essen, wie viel ich wollte, mein Körper wollte einfach nicht kurvig und weich werden wie ihrer.

Als ich Finns Blick begegnete, sah ich, wie er die Stirn runzelte.

»Livi, wieso hast du geweint?«, fragte er und machte einen Schritt auf mich zu.

Oh, verflucht, er hatte es bemerkt.

Nervös lachte ich auf und hielt mir meine Haare aus dem Gesicht, die vom Wind umhergepeitscht wurden. »Es ist nicht der Rede wert. Wirklich nicht.«

Er öffnete den Mund, als wollte er nachhaken. Doch offenbar sah er irgendetwas in meinem Blick, das ihn davon abhielt.

Eine Weile taten wir nichts anderes, als Steine zu legen. Glücklicherweise war Hana taktvoll genug, mir keine Fragen zu Nikau zu stellen, und ich versuchte, mir keine Gedanken über Säuglinge und Hochzeiten zu machen. Eine Hochzeit, die niemals stattfinden sollte. Stattdessen lauschte ich Hanas Geschichte, wie sie und ihr Vater drei Tage auf dem Ozean ausgeharrt hatten, nur um leuchtende Algen zu beobachten. Es war eine willkommene Ablenkung. So musste ich für eine Weile nicht an meinen verräterischen Vater oder das furchtbare Gefühl denken, das mich am Waldrand so plötzlich überkommen hatte.

Gerade als Finn und ich darüber zu streiten begannen, wie weit wir das Symbol der ineinandergreifenden Farnblätter ausdehnen wollten, erklang eine tiefe, polternde Stimme, die uns alle drei aufblicken ließ.

»Kinder! *Kindeeeeer!*«

Ich erblickte Nana und Toka am Anfang der Landzunge, die auf uns zukamen. Meine Laune stieg augenblicklich und ich atmete auf. Jedes Mal, wenn ich meine Großmutter sah, wurde mir warm ums Herz. Jasmine und ich hatten praktisch bei ihr gelebt, wann immer Papa mit seinem Springertrupp aufgebrochen war. Und das war nicht selten geschehen.

Die zwei Greise bewegten sich außerordentlich flink für ihr hohes Alter – nicht, dass irgendwer wirklich wusste, wie alt sie waren. Ich hatte mich immer gefragt, wie die Ältesten – Nana, Toka, der Leuchtturmwärter Maorok und Eda – es schafften, sich so dynamisch zu bewegen. Sie waren so alt, dass ihre wettergegerbte Haut faltig und weich wie Kerzenwachs geworden war. Fast jeder Zentimeter ihrer Körper war von den schwarzen, narbigen Linien bedeckt, mehr als bei allen anderen auf der Insel. Die Geschichten, welche die *Taotus* der Ältesten erzählten, waren durch die Falten jedoch nicht mehr zu entziffern.

»Nana«, sagte ich lächelnd, als sie uns erreichten und sie zur Begrüßung sanft ihre Stirn an meine drückte. »Wie schön, dich zu sehen.«

Finn gab ein Ächzen von sich, als Toka sein Kinn mit einer knochigen Hand packte und ihn von allen Seiten musterte. »Du siehst noch blasser aus als sonst, mein Junge«, knurrte er und verzog das runzlige Gesicht.

Finn verzog ebenfalls das Gesicht. »Ich *bin* blass, Großvater. Dunkler werde ich wohl niemals werden.«

»*Mokopuna*«, sagte Nana und ergriff meine Hand. Jedes Mal, wenn sie das alte Wort für Enkel verwendete, spürte ich, wie mich Stolz erfüllte, obwohl sie Jasmine und mich seit frühester Kindheit so nannte.

Nana lächelte und strich sich einen dünnen geflochtenen Zopf zur restlichen langen weißen Mähne hinter das Ohr. Wie meistens trug sie bunte Stoffe und weite braune Leinenhosen. »Wir brauchen eure Hilfe.«

»Wir brauchen *Tateho*-Pilze«, erklärte Toka, bevor Finn und ich Fragen stellen konnten. Er war um einiges harscher und direkter als Nana. »Aber nur die weißen. Sofort. Du und Olivia müsst schleunigst welche oben am Hang sammeln.«

»Pilze?«, fragten Finn und ich gleichzeitig und warfen einander verwirrte Blicke zu.

»Wofür? Ist jemand krank?«, fragte Hana hinter Finn, senkte gleich darauf jedoch erschrocken den Blick und trat einen Schritt zurück. Es gehörte sich nicht, das Wort an die Ältesten zu richten, wenn man zuvor nicht von ihnen angesprochen worden war. Und war man von niedrigerem sozialem Rang wie Hana, war es fast schon anmaßend, ihnen überhaupt in die Augen zu sehen.

Tokas Miene verfinsterte sich vermutlich genau aus diesem

Grund, deshalb beeilte ich mich, Hanas Frage zu wiederholen, bevor er sie vor allen Leuten maßregeln konnte. »Wofür braucht ihr am Sternenfest *Tateho*-Pilze, Toka? Wieso ausgerechnet jetzt? Was ist mit den Vorbereitungen?«

Der alte Mann machte eine wegwerfende Handbewegung. »Es ist dringend!«

»Und da soll noch mal jemand sagen, ich hätte eine Schraube locker«, murmelte Finn.

Wir grinsten uns an.

»Hier«, sagte Nana und zog einen Stoffrucksack vom Rücken, den ich zuvor nicht bemerkt hatte. Sie drückte ihn mir forsch in die Hände und bedeutete mir, ihn aufzuziehen. »Sammelt die Pilze hier drin. Und beeilt euch!«

»Was zum …«, begann ich, doch da schob uns Toka auch schon energisch nach vorn.

»Los, los, husch!«

»Ist ja gut«, sagte ich und hob abwehrend die Hände. »Wir gehen ja schon.«

Ich sah gerade noch, wie Nanas warme, gutmütige Augen aufblitzten, und musste unwillkürlich lächeln. Ich hatte keine Ahnung, was das zu bedeuten hatte, aber vielleicht war es ein Scherz. Nana war schon immer gern albern gewesen.

Wir liefen los und Finn warf seiner Freundin einen letzten, hilflosen Blick zu. »Hana, vielleicht könntest du …«

»Sie bleibt hier«, fiel Toka ihm harsch ins Wort und legte Hana seine von *Taotus* bedeckte Pranke auf die Schulter.

Ich warf ihr ein mitfühlendes Lächeln zu, ehe Finn und ich uns auch schon auf den Weg machten.

»Und beeilt euch!«, rief Nana uns hinterher. »Wir brauchen große, prachtvolle Pilze!«

»Solche Spinner«, sagte Finn, als die Ältesten außer Hörweite waren.

Ich lachte und verdrehte die Augen. »Glaubst du, manche ihrer seltsamen, plötzlichen Ideen haben mit ihrem Alter zu tun? Werden wir irgendwann auch mal so verrückt sein?«

»Aber so was von.« Finn grinste. »Ich will genauso sein wie Toka und werde jedes Kind auf der Insel in Angst und Schrecken versetzen. Oh warte, den letzten Part erfülle ich ja schon.«

»Was bei den Sternen sollte das gerade? Was wollen sie mit *Tateho*-Pilzen? Vor allem jetzt, einfach so?«, fragte ich und blickte noch einmal über die Schulter. »Es kommt mir vor, als hätten sie uns nur loswerden wollen.«

Finn zuckte mit den Schultern. »Ein weiteres Geheimnis, in das wir nicht eingeweiht sind. Früher oder später werden wir aber wissen, wieso wir so schnell verschwinden sollten.« Er blickte auf und ich sah, wie sich sein Mundwinkel hob.

Wir ließen die Landzunge hinter uns und stiegen die Anhöhe zum Waldrand hinauf. Nanas Rucksack hing unförmig auf meinem Rücken und raschelte bei jedem Schritt.

Wir erreichten den steilen Waldrand. Je näher wir kamen, desto deutlicher wurde erneut das seltsame Gefühl. Dieses elektrische Kribbeln.

Und erneut erfüllte es mich mit Furcht.

Ich zwang mich, den Boden vor dem Waldrand nach den weißen Pilzen mit den schwarz-blau gefleckten Lamellen abzusuchen. »Finn, beeilen wir uns lieber«, sagte ich und spannte mich an.

Eigentlich hätte ich erwartet, dass Finn etwas Spöttisches erwiderte. Als wir aber an den Kurabüschen und dem lichtverschluckenden Dickicht entlangliefen, immer weiter die bergige Landschaft hinauf, und Finn sich zu mir umdrehte, erkannte ich keinerlei Belustigung in seiner Miene. »Du spürst das auch, oder?«

»Ja«, stieß ich hervor. »Was ist das nur?« Seine Worte verblüfften und erleichterten mich zugleich. Bis zu diesem Moment hatte ich geglaubt, dass ich es mir einbildete. Nur Hirngespinste, die ein neues Ausmaß angenommen hatten.

Mein ganzer Körper kribbelte. Selbst mein Puls beschleunigte sich. Und als Finn mich plötzlich am Arm berührte, war es, als würde er mir einen Stromschlag versetzen.

Wir schrien gleichzeitig auf und sprangen erschrocken auseinander. Dabei taumelte Finn und fiel auf den steilen Boden. »Was bei den Sternen war *das*?«, keuchte er und blickte mit aufgerissenen Augen zu mir auf.

»Keine Ahnung!« Ich schnappte nach Luft, blickte von ihm zum Waldrand und wieder zurück. Die Welt schien stehen zu bleiben, mein Blut regelrecht zu singen, und alles wurde mucksmäuschenstill.

Und dann ... dann ging alles sehr schnell.

Plötzlich erfüllte mich nicht nur Furcht, sondern eine so unbändige, wilde Sehnsucht, eine derart starke Anziehungskraft zum Wald, dass ich beinahe ... ich war kurz davor ...

»Liv!«

Ich hatte gar nicht bemerkt, dass Finn sich vom Boden aufgerappelt hatte, doch er packte mich. Und wieder war es, als würde ich einen elektrischen Schlag bekommen, nur ließ er mich diesmal nicht los. »Was um alles in der Welt machst du denn da?«

»Was meinst du?«, erwiderte ich und atmete scharf ein. Diese bebende, überwältigende Kraft ließ selbst meinen Körper vibrieren. Erst jetzt realisierte ich, dass ich mit einem Fuß halb in einem Farngestrüpp stand. Bei den heiligen Sternen, ich war drauf und dran gewesen, den Wald zu betreten! Deshalb hatte Finn mich zurückgehalten!

Das Blut rauschte mir in den Ohren, in meinem Kopf, in meinen Gedanken. Es fraß mich auf. Es riss mich mit. Das Vibrieren wollte mich in einem Sturm aus purer fremdartiger Energie ertrinken lassen, bis ich nichts mehr sehen, hören, tasten, riechen oder schmecken konnte. Sie fühlte sich uralt an, obwohl ich so was zuvor nie gespürt hatte, und dennoch war ich mir sicher. Diese Kräfte waren älter als die Zeit selbst.

»Was passiert hier?«, stieß ich erstickt hervor.

Finns Gesicht war kalkweiß, seine Pupillen riesengroß und er atmete flach. »Ich ... keine ... Ahnung.«

Ich schrie auf.

Und ich verlor. Es war zu stark und berauschte mich. Ich ertrank in der rohen Kraft.

Das Nächste, was ich wahrnahm, war, wie Finn und ich regelrecht in die Büsche taumelten.

Wir drangen in den heiligen Wald ein. Stolperten und kletterten und rannten unaufhaltsam, immer weiter und weiter und weiter.

Und wir konnten nichts dagegen tun.

4. Kapitel

Mein Atem ging schnell. Gehetzt. Entfernt nahm ich wahr, wie ich immer wieder stolperte und auf allen vieren landete, Äste sich in meinen Haaren verfingen und daran zerrten oder mir Steine und Wurzeln in die Hände schnitten, wenn ich mich an ihnen hochzog, weil der Untergrund zu steil wurde. Meine Hände fühlten sich nass an, genauso wie meine Knie. Ob es Blut war oder die Feuchtigkeit des Bodens und der Pflanzen? Ich konnte es nicht sagen. Ich konnte nicht einmal darüber nachdenken. Denn das Einzige, das mich erfüllte, war ziehende, wilde Energie, die mich zu sich rief. Sie war so stark, dass sie mir fast die Seele aus dem Körper riss. Ich nahm Finn dicht hinter mir wahr. Er ... er war wie ich. Er war genauso ausgeliefert.

Im nächsten Moment fiel ich erneut zu Boden und wurde von ihm überholt. Als ich mich zwang, mich kurz auf meine Hände zu konzentrieren, erkannte ich, dass sie tatsächlich zerschnitten und blutig waren. Mein Shirt klebte mir durchgeschwitzt am Körper und auch meine Arme waren von Schnitten bedeckt. Meine Arme ...

Ich schaffte es nicht, dem starken Vibrieren in meinem Kopf zu widerstehen, wurde zurück in seinen Sog gezogen.

Ich erklomm weiter den bergigen Waldboden, als ich mit dem Kopf gegen Finns Rücken prallte.

»Woah!«, entfuhr es ihm, ehe wir plötzlich nach vorn stolperten und einen Hang voller Gräser hinunterrollten. Ich schrie auf und wurde wild herumgewirbelt. Dann war es endlich vorbei.

Ich wusste nicht, wie ich es trotz der Schmerzen schaffte, auf die Beine zu kommen. Ob ich bewusstlos gewesen war?

Für einen kurzen Augenblick konnte ich endlich wieder denken. Das starke, kribbelnde Gefühl zog sich zurück. Jetzt bemerkte ich erst das Zucken in meinen Beinen und den eiskalten Schmerz in meiner Lunge. Meine Hände waren nicht nur voller Blut, sondern auch voll feuchtem Dreck, genau wie meine verschwitzte Kleidung. Ich war so überanstrengt, dass sich alles um mich herum drehte.

»Was passiert hier?«, keuchte ich atemlos und strich mir zitternd eine Strähne aus dem Gesicht. Ich musste mich kontrollieren. Ich wollte keinen einzigen weiteren Schritt machen.

Doch plötzlich kam mir wortwörtlich alles hoch.

Ich erbrach mich ins hohe Gras und musste mich mit den Händen auf meinen zittrigen Knien abstützen.

Finn fluchte lauthals neben mir, doch ich brauchte eine Weile, um mich zu beruhigen.

Ich fuhr mir mit dem Handrücken über den Mund, bevor ich mich aufrichtete und mich taumelnd zu meinem besten Freund umdrehte. Er presste sich eine Hand an den Kopf, und als er sie löste ...

»Finn!«, stieß ich atemlos hervor und stolperte auf ihn zu. »D-Dein Kopf. Da ist überall Blut!«

»Olivia! Sieh doch.« Er packte mich am Arm und ich beeilte mich, seinem Blick zu folgen.

»Oh«, entwich es mir tonlos. Erst jetzt bemerkte ich das gleißende Sonnenlicht, das auf unseren Köpfen brannte – und das, obwohl die Sonne bereits dabei gewesen war unterzugehen.

Vor uns, bergab, lag ein schier unendliches Meer aus Gräsern. Wie ein brausender Sturm auf offener See peitschte der Wind darüber. Hier roch die Luft schwer und herb. Hügel erstreckten sich unter diesem wogenden Grün und die Sonne glitzerte darauf so golden, dass meine Augen zu brennen begannen. Der Wind zerrte an unseren durchgeschwitzten Kleidern und ließ mich frösteln.

Ich wollte mich zu Finn umdrehen, doch ich schaffte es nicht, den Blick von der überwältigenden Weite vor uns abzuwenden. Und als ich ihn auf die andere Seite des Gräsermeers richtete, taumelte ich nach hinten, wie nach einem Schlag in die Magengrube.

Hitze durchströmte mich. Das elektrische Summen stieg in meinen Kopf und ließ mich nach Luft schnappen. Und doch blinzelte ich nicht, doch wandte ich den Blick nicht ab.

Am Ende des hügeligen Gräsermeers ragte eine tiefschwarze Felswand weit in den Himmel empor. Dahinter erstreckte sich eine mächtige Bergkette, noch höher als die kerzengerade Felswand und gehüllt in Wolken, daneben begann wieder der Wald. Die Felswand war schwärzer als unsere Strände und wirkte, als würde sie alles Licht verschlucken.

Der Anblick sandte einen Schauer über meinen Rücken. Finn sagte etwas, doch ich verstand ihn nicht mehr.

Ich schloss die Augen in der Hoffnung, dass das Gefühl verschwand. Doch es wurde mit jeder Sekunde stärker. Adrenalin pumpte durch meine Adern und mein Mund war staubtrocken.

Etwas packte meine Schulter. Es schüttelte mich.

Eine Hand.

Ich schlug die Augen auf und blinzelte in Finns gerötetes, panisches Gesicht.

»... in Ordnung?«

Mein Sichtfeld wurde trüb. Dann rannte ich los Richtung Felswand. Ich rannte, als befände sich hinter mir eine alles verschlingende, tödliche Sturmwelle.

Je näher ich der Felswand kam, desto höher erschien sie mir. Meine Lunge brannte und das Vibrieren in meinem Kopf wurde zu einem rasenden Summen.

Ich schrie hilflos auf. Erst als ich meine Hände an der schwarzen Felswand abstützte, wurde mir klar, dass ich sie erreicht hatte. Dabei war sie so weit weg gewesen. Die Panik in mir wurde von der verzehrenden Kraft überschwemmt. Ich sollte Todesangst haben, doch nicht einmal dazu war ich noch in der Lage. Ich war wie in Trance, wusste allerdings nicht, was ich suchte – ich wusste nur, *dass* ich es suchte. Die Quelle dieser Kraft, was auch immer mich zu sich rief.

Plötzlich war da kein Gräsermeer mehr, sondern wieder Wald. Und die Felswand. Ich rannte wieder, immer weiter, weiter, weiter. *Nur noch ein Stück. Es kann nicht mehr weit sein.*

Die Felswand verschwamm neben mir zu einem schwarzen Schatten und das Gestrüpp des Waldes, rechts von mir, zu einer dichten dunkelgrünen Mauer. Rannte ich sehr schnell? Kroch ich? Oder taumelte ich in Zeitlupe?

Bald. Ich hatte es bald geschafft. Das energiegeladene Vibrieren wurde stärker und stärker.

Die Welt um mich herum verwandelte sich in einen Tunnel und ich hatte das Gefühl, mein Körper entglitt mir. Ich spürte meine donnernden Schritte nicht, nahm mein Keuchen und meinen Herzschlag nicht mehr wahr. Es gab nichts außer den Weg vor mir, immer tiefer ins Heilige Land, immer weiter an der Felswand entlang. Mir war heiß und kalt. Ich konnte nicht sagen, ob ich noch existierte. War das ein Traum? Es musste einer sein.

Abrupt kam ich zum Stehen, als sich ein Spalt in der Felswand auftat. Er sah aus wie ein Riss.

Die Kraft in mir verschwand, fast so, als hätte sich ein Schalter umgelegt. Mit einem Schlag kehrte ich zu mir zurück.

Alles kehrte erbarmungslos zurück.

Der Himmel, das Gewicht meiner Knochen und Muskeln stürzten krachend auf mich ein und eine Sekunde später fiel ich kraftlos zu Boden.

5. Kapitel

Ich lag auf dem Boden. Mein Hinterkopf schmerzte vom Aufprall. Alles drehte sich und meine Lunge fühlte sich an, als würde sie jeden Moment kollabieren.

Mit Mühe wandte ich meinen Kopf zur Seite.

Ich versuchte, mich aufzusetzen, was mir zuerst nicht gelingen wollte.

Nach dem vierten Versuch saß ich endlich aufrecht und blinzelte in die Richtung, aus der ich gekommen war.

Ich entdeckte Finn ein Stück von mir entfernt. Er lag ebenfalls auf dem Boden und atmete flach und schnell.

Wieder konzentrierte ich mich darauf, nicht jeden Moment zusammenzuklappen oder mich zu übergeben. Ich glaubte sogar, für einen Moment das Bewusstsein zu verlieren, denn als ich die Augen öffnete, hatte sich mein Puls beruhigt und ich sah, wie Finn zu mir taumelte. Humpelte. Seine Wangen waren knallrot und Schweiß tropfte von seinem Kinn. Schweiß und Blut, das an seinen blonden Haaren klebte. Er öffnete den Mund und bewegte ihn, doch mehr als atemloses Keuchen löste sich nicht von seinen Lippen. Gut, er war noch nicht so weit. Ich nämlich auch noch nicht.

Dann richtete er seinen Blick auf den Spalt in der schwarzen Felswand. Es war ein Eingang zu einer Höhle.

»Bei ... den ... heiligen Sternen.« Finns Augen weiteten sich und er hob den Kopf in den Nacken, um das Monstrum von Felswand zu betrachten.

Kraftlos blickte ich vom Boden zu ihm auf. Mehr als ein Schulterzucken brachte ich nicht zustande und brach kurz darauf in trockenen Husten aus, verschluckte mich an meiner eigenen Spucke.

Als es endlich vorbei war und ich am ganzen Körper zitterte, griff Finn nach meinen Armen und half mir auf. Ehrlich, ich hatte keine Ahnung, woher er die Kraft dazu nahm, denn er zitterte genauso schlimm. Wie konnte er nach dem, was gerade geschehen war, überhaupt noch gehen und stehen?

»Alles gut?«, fragte er und strich mir eine dunkle Locke aus dem nassen Gesicht. Er stützte mich, weil meine Beine mich nicht trugen.

»Finn, was geht hier vor sich?«, wisperte ich.

»Irgendetwas hat uns hergerufen«, sagte er und zog die Augenbrauen zusammen. Er betrachtete erneut die schwarze Felswand und den Höhleneingang. Der Anblick löste etwas in mir aus, doch ich konnte nicht erklären, was es war. Nicht das gehetzte, besessene Gefühl. Es war eher wie ein Ruf. Kein gewaltsames Zerren. Ein Locken. Ein Wispern, ein Echo, das ich zwar nicht hörte, dafür aber wie ein kitzelndes Zittern auf meiner Haut spürte. Wind blies durch die kühle, feuchte Luft des Waldes und ließ das Dach aus tiefgrünen Blättern über uns rauschen. Und doch fühlte es sich nicht an wie ein Windhauch. Es war mehr als das. Die Böe fegte nicht über uns hinweg. Der Wind ... verschwand in dem Felsspalt. Wie ein mächtiger Meeresstrudel, der alles mit sich in seine Tiefe zog.

Das hier war von höherer Macht. So wie die Geisterbucht. Nein, mehr als das. Das waren Kräfte, von denen ich seit meiner jüngsten Kindheit gehört, sie jedoch nie mit eigenen Augen gesehen hatte.

»Wir dürften nicht hier sein«, flüsterte ich und löste mich von Finn. Ich taumelte ein paar Schritte und meine Knie drohten wegzuknicken, doch etwas hinderte mich daran, wieder zu stürzen. Ich blieb stehen und war mir sicher, dass es mir nicht aus eigener Kraft gelang. Ein plötzlicher Ansturm von Panik erfasste mich. »Finn, wir haben hier nichts zu suchen! Wir sollten nicht hier sein!«

Er sah mich nicht an, sondern starrte noch immer auf den Höhleneingang, in dem der Wind verschwand. Dann strich er sich die nass geschwitzten Haare aus der Stirn. »Du klingst, als hätten wir irgendeine Wahl gehabt.«

»Lass uns zurückgehen«, sagte ich und ballte die Hände zu Fäusten, zuckte jedoch gleich darauf zusammen, als ein bestialischer Schmerz hindurchschoss. Die Schnitte waren so tief, dass Blut aus meinen Handflächen sickerte und zu Boden tropfte. Bei den Sternen!

Der Schock sorgte dafür, dass mir wieder schwindelig wurde. »Gehen wir zurück. *Jetzt*«, wiederholte ich mit erstickter Stimme. Was auch immer ich jedoch mit meinen Worten verärgert hatte, ließ den Wind stärker werden, fast so, als wollte er uns mit sich in die Höhle ziehen. Er pfiff und sang und trieb lose Blätter, Blüten, Staub und Palmwedel in den Felsspalt. Wieder dieses Echo. Dieser lautlose Ruf ...

»Wir müssen hier weg, Finn! Wir dürfen keine Sekunde länger bleiben, sonst werden wir verflucht, falls das nicht längst geschehen ist!«

»Nein.«

Ich sah ihn mit großen Augen an. »Nein? Was meinst du mit Nein?«

»Du hast nichts von dem verstanden, was gerade passiert ist, oder?« Er drehte sich zu mir um. »Wir wurden hierhergebracht, Liv. Von Hawaiki selbst! Das muss irgendetwas zu bedeuten haben und ich glaube, dass die Antwort da drin liegt!« Er deutete auf den Höhleneingang. »Du siehst diesen Wind doch auch. Das ist nicht normal. Das ist der Stoff, aus dem Legenden gemacht werden. Wenn Hawaiki uns hergeführt hat, müssen wir auf diesen Ruf hören!«

Mir wurde schlecht. »Ich –«

»Gib mir den Rucksack.«

Verblüfft fiel mir erst jetzt auf, dass auf meinem Rücken Nanas zerdrückter Rucksack hing, den sie uns für das Pilzesammeln gegeben hatte. Wegen der Überanstrengung und des pochenden

Schmerzes in meinem ganzen Körper hatte ich wohl nicht gespürt, dass es ebenfalls zwischen meinen Schulterblättern schmerzte. Als ich gestürzt war, hatte sich etwas im Rucksack in meinen Rücken gebohrt.

Mit gerunzelter Stirn nahm ich ihn ab und öffnete ihn. Ich griff hinein und schloss meine Finger um einen harten, kühlen Gegenstand. Überrascht zog ich ihn heraus. Er war glatt, metallisch und schwer.

»Eine Taschenlampe?«, flüsterte ich erschrocken. Mit einem Ruck hob ich den Kopf und sah Finn ungläubig an. »Finn, wieso ist in Nanas Rucksack eine Taschenlampe?«

»Ich wusste es.« Mit drei langen Schritten stand Finn vor mir und nahm mir den kühlen Stab aus der blutigen Hand. Eine tiefe Furche erschien auf seiner Stirn, als er ihn musterte. Mit einem Klicken legte er einen kleinen Schalter um und die Lampe leuchtete auf. Das Sonnenlicht, das durch die Blätter fiel, war zu hell, als dass ich viel vom Strahl hätte erkennen können, doch als Finn ihn auf den dunklen Spalt in der Felswand richtete, reichte er tief hinein – sehr, sehr tief.

»Die Höhle ist riesig!«, keuchte ich.

»Irgendetwas geht hier vor sich, Livi«, murmelte Finn, schaltete die Taschenlampe aus und drückte sie mir in die Hand. Er fuhr sich durch die Haare und drehte sich einmal im Kreis, legte den Kopf in den Nacken. »Pilze sammeln. Pilze sammeln! Toka und Nana wussten, was passieren wird. Sie haben uns eine Taschenlampe gegeben und uns zum Pilzesammeln geschickt, gerade als uns diese komische Kraft übermannt hat. Das passt viel zu gut zusammen!«

Mein Magen verknotete sich. »Das kann kein Zufall sein. Nicht in tausend Leben.«

»Sie wussten, dass so was passiert. Was zum Teufel geht hier vor sich?«

»Komm schon, lass uns zurückgehen«, drängte ich verzweifelt. »Ich will nicht länger hierbleiben und die Sonne steht hoch am Himmel, obwohl sie eigentlich bald untergehen müsste. Das ist doch nicht normal. Lass uns Nana und die anderen Ältesten fragen, was es damit auf sich hat und ob sie irgendetwas wissen, aber bitte lass uns ...«

Ich schnappte nach Luft und schrie auf, als eine heftige, eiskalte Böe uns erfasste, sodass Finn und ich zwei Schritte in die Richtung stolperten, in die der Wind wehte.

Geradewegs zum dunklen Felsspalt.

Und dann explodierte wieder die fremdartige, vibrierende Energie in meinem Blut, so schnell und unbarmherzig, dass mir ein schmerzerfüllter, krächzender Schrei entfuhr. Finn brüllte auf. Die ganze Welt schien mit mir zu verschmelzen. Ich war das Licht, ich war der Wind, ich war Körper und Seele und Heiliges Land. Und jede Faser meines Seins sehnte sich nach der Erlösung, nach der Quelle dieser alten Kraft.

Wir wurden vom singenden Wind in die Höhle gedrückt, in die dunklen, eiskalten Tiefen gezerrt. Er ließ uns keine Wahl und führte uns genau dorthin, wo er uns haben wollte.

Ich glaubte zu wimmern, glaubte zu spüren, wie ich stolperte und mich wieder fing. Und gerade als ich mich aufzulösen drohte, zog sich die Energie aus meinem Kopf zurück.

»Nein, nein, nein, nein, nein«, japste ich und fuchtelte in der undurchdringlichen, kalten Dunkelheit mit der Taschenlampe herum, die ich noch in der zerschnittenen Hand hielt. Dann endlich entbrannte ein heller Lichtstrahl und ich sah, wie mein Atem sich in feine Wolken verwandelte.

»Finn?«, rief ich und blickte mich panisch um. Meine Stimme echote weit und tief durch die dunkle Höhle, die dem Klang nach noch größer sein musste, als ich mir vorstellen konnte.

»Finn!«, schrie ich lauter, und es folgte ein ohrenbetäubender Widerhall. Ein unheilvolles Beben grollte durch die Dunkelheit und ließ mich nach Luft schnappen. Vielleicht war es nicht die beste Idee, hier zu schreien.

Irgendwo in der kalten Dunkelheit verklang das Geräusch von Schritten, doch ich konnte nicht sagen, wo. Es schien von überall zu kommen. Alles, was ich wusste, war, dass Finn ganz allein ohne

Taschenlampe tiefer in der Höhle verschwand. Wir waren getrennt worden. Vielleicht war diese Höhle der Grund, weshalb niemand mehr zurückkehrte, der den Wald betrat.

Panisch fuchtelte ich mit der Taschenlampe umher, versuchte, etwas zu erkennen. Ich musste Finn finden und dann mussten wir schleunigst verschwinden.

Das Echo von Finns Schritten klang geisterhaft. Er reagierte auf keinen meiner Rufe. Je tiefer ich in die Höhle vordrang, desto kälter und dunkler erschien sie mir. Ich biss die Zähne zusammen und unterdrückte einen verzweifelten Laut. »Finn, wo bist du nur?«

So viele Fragen schwirrten mir durch den Kopf und die Angst machte mich hellwach. Ich konnte nicht glauben, dass das wirklich passierte. Vielleicht war es nur ein Albtraum. Alles war so schnell und so plötzlich gegangen. Ja. Es musste ein Traum sein! Unmöglich, dass es echt war. Immerhin spielten meine Sinne schon lange verrückt.

Licht zuckte am Rande meines Blickfeldes.

Ängstlich blieb ich stehen und suchte die Dunkelheit ab. Mein Puls verdoppelte sich und ich ließ das Licht der Taschenlampe über schroffe Tropfsteine zucken. Was war hier los? War da etwas? *Nicht stehen bleiben. Du musst Finn finden und sofort verschwinden.*

Ich wollte gerade weitergehen, als wieder etwas in der Dunkelheit aufblitzte. Ein Funkeln. Vielleicht reflektierte irgendetwas das Licht der Taschenlampe?

Ich stand wie angewurzelt da. »Jetzt bloß nicht durchdrehen, Olivia«, murmelte ich vor mich hin. »Nur ein Traum. Das ist nur ein böser Traum.«

Ich atmete tief durch und leuchtete mit der Taschenlampe umher, um mich zu vergewissern, dass nicht doch die Monster aus den alten Legenden hinter den Tropfsteinen lauerten. Ich dachte an *Nehori*, den kopflosen Adler, und erschauderte erneut.

Hier ist nichts. Dir kann nichts passieren.
Alles ist gut.

Ich konzentrierte mich auf den Höhlenboden vor mir. Was konnte dieses Licht verursacht haben? Was war dort?

Mit eisigen Fingern suchte ich nach dem Schalter, um die Taschenlampe auszuknipsen, fand ihn jedoch nicht. Fluchend tastete ich energischer, was den Lichtstrahl wild durch die Höhle zucken ließ. Da entdeckte ich es. Nur einen halben Meter von mir entfernt war ein Loch im Boden. Und das Funkeln schien daraus zu kommen.

Ich machte einen Schritt darauf zu, wich zurück und ging wieder vor. Wenn es ein Loch war, wie hatte ich das Licht sehen können?

Mit vorsichtigen Schritten stellte ich mich an den Rand. Die Öffnung hatte höchstens den Durchmesser von einem Meter.

Ich beugte mich vor, leuchtete mit der Lampe hinunter und versuchte, etwas zu erkennen. Dort war es. Das Funkeln. Nur sah ich nicht, was genau es verursachte.

Als ich mich noch weiter vorbeugte, knackte es plötzlich unter meinen Füßen. Krachend gab der Steinrand nach und ich stieß einen Schrei aus. Ich verlor das Gleichgewicht und fiel, schnell und unsanft.

Mit einem heftigen Schlag landete ich schmerzhaft auf hartem Boden. Kaltes Wasser spritzte mir ins Gesicht und ich krümmte mich zusammen. Verflucht!

Mein Herz setzte einen Schlag aus. Die Taschenlampe flackerte, ehe die Dunkelheit mich verschlang. Aber nicht nur sie. Die vibrierende Energie war mit einem Schlag zurück und überwältigte mich stärker denn je. Ein erstickter Ton kam aus meiner Kehle, meine Muskeln verkrampften sich und ich drückte vor Schmerz den Rücken durch. Ich schrie, doch kein Ton kam heraus. Ein unfassbar lautes Rauschen erfüllte meine Ohren, laut und so stark wie brausende Wellen in einem Taifun.

Nein! Es durfte mich nicht verschlingen! Ich musste weg von hier. Fort! Mit letzter Kraft schaffte ich es, über das eiskalte Gefühl hinweg meine Hände dazu zu bringen, nach der Taschenlampe zu tasten, doch als ich mit den Fingern über den Boden strich, merkte ich, dass ich bis zu den Ellbogen im Wasser saß.

Eine Energiewelle kitzelte mein Hirn, knisterte heiß wie ein einschlagender Blitz. Es fühlte sich wütend und energisch und fordernd an, als verstünde ich etwas nicht. Etwas, von dem diese Kraft wollte, dass ich es endlich verstand.

Als meine Finger etwas im Wasser streiften, ebbte die rohe Energie mit einem Schlag ab und zog sich beinahe sanft aus meinem Kopf zurück. Ich schnappte so gierig nach Luft, als wäre ich zuvor erstickt. *Endlich.* Ich konnte wieder denken. Wieder atmen. Das Vibrieren kroch durch meine Adern, mein Gesicht hinab und brodelte in meinen Gliedern, wartend, suchend. Meine Sinne kehrten zurück. Das Wasser, in dem ich saß, war so kalt, dass es sich wie tausend spitze Nadeln in meine Haut bohrte. Meine Hände streiften haltlos und zitternd durch Sand und …

Sand?

Ich hielt einen Herzschlag lang inne und blinzelte in der Dunkelheit. Dann tastete ich weiter, bevor ich die Taschenlampe packte und zu mir zog.

Doch ich hatte mich geirrt. Das war nicht die Taschenlampe, sondern ein massives Stück Gestein. Ich hob es hoch. Vor mir glühten Sterne, als würden sie an dem Stein haften. Er war glatt und flach wie eine Tafel, nicht viel größer als ein Buch mit festen Klappen. Die bläulich funkelnden Sterne bildeten keine mir bekannte Konstellation. Als täte sich vor mir ein vollkommen neuer, fremdartiger Sternenhimmel auf. Zusammengequetscht auf einem Stück Gestein.

Mein Atem beschleunigte sich. Erst als ich den Stein näher zu mir zog, bemerkte ich es. Das waren keine Sterne. Es waren Sandkörner.

Mit zitternden Fingern fuhr ich über die samtige, sandige Oberfläche des Steins und versuchte, im trüben Licht des schimmernden Sandes etwas zu erkennen.

Das ist sie. Die Quelle der Kraft. Das, was uns gerufen hat.

Eine seltsame und doch überwältigende Gewissheit überkam mich. Sie wurde mit jeder Sekunde stärker, klarer und lauter. Und obwohl ich keine Ahnung hatte, was es zu bedeuten hatte, reagierte mein Körper mit Erleichterung. Noch nie hatte sich mein Herz so schwer und stark und wehmütig angefühlt. Vielleicht war es wahr, vielleicht hatte uns Hawaiki hierhergeführt, was sich viel logischer anfühlte, als es klang, denn endlich ... endlich ...

Ein Schluchzen entfuhr mir.

Endlich fühlte ich mich komplett.

Zähneklappernd vergrub ich meine Hände in dem weichen, warmen Sand. Ein Keuchen entfuhr mir und ich schaufelte ihn begierig auf meinen Schoß, meine eingefrorenen Füße. Ich stöhnte erleichtert auf. Es half tatsächlich gegen das eisige Wasser. Oder ich bildete es mir zumindest ein. Ich starrte auf das kühle Glühen, das der Sand um den flachen, glatten Stein herum abgab. Ich wunderte mich nicht mehr darüber. Das Loch war nicht weniger grotesk als alles andere, was geschehen war.

Nur noch ein kurzer Augenblick und ich könnte aufstehen und versuchen, hier rauszukommen. Ich brauchte bloß eine einzige Minute, um mich aufzuwärmen. Ein wenig Ruhe, nur ganz kurz.

Ich schloss die Augen. Und gab für einen winzigen Augenblick der Erschöpfung nach.

»*Olivia!*«

Die Stimme war nur dumpf zu hören.

Ich bewegte meinen Kopf, was ein Gluckern auslöste. Wieso gluckerte es?

Ich öffnete die Augen. Vor mir befand sich nichts als undurchdringliche Dunkelheit. Irgendwie fühlte sie sich komisch auf meinen Augen an. Rau und kühl, wie Wasser.

Schlagartig setzte ich mich auf und sog keuchend Sauerstoff in meine Lunge. Doch sie schmerzte nicht. Nichts drehte sich.

»Finn?«, rief ich, auch wenn meine Stimme mehr einem Krächzen glich. »Finn! Wo bist du?«

Mit tauben Händen tastete ich nach der Steintafel. Zuerst bekam ich sie nicht zu fassen, doch irgendwie schaffte ich es, meine Finger um eine Kante zu schließen, und presste sie an meine Brust. Sie zu berühren, löste ein Gefühl von Glück und Wärme in mir aus. Ich wollte sie nie wieder loslassen.

Mühsam kämpfte ich mich auf die Beine und lehnte mich gegen die Wand, um nicht gleich wieder zu Boden zu sinken. Die Kälte hatte sich in meinem Shirt und der kurzen Jeans festgebissen.

Plötzlich erschien ein gleißend helles Licht über mir. Ein Grunzen entwich mir und zwang mich auf die Knie.

»Bei den Sternen, Olivia. Was ist mit dir passiert?« Seine entsetzte Stimme hallte durch das kleine Loch und über ihm durch die Höhle.

Ich rieb mir mit zitternden Fingern über die geblendeten Augen und blickte nach oben. »Finn, da bist du ja! Es geht dir gut!«

Der Lichtstrahl verschwand aus meinem Blickfeld und erhellte nun Finns Silhouette, als hätte er die Taschenlampe aus der Hand gelegt.

Die Taschenlampe? Lag die nicht kaputt bei mir hier unten?

Er lehnte sich tief herunter, doch unsere Fingerspitzen berührten sich nur. Ich streckte meinen Körper, stellte mich auf die Zehenspitzen, aber es half nichts. Schwer atmend zog Finn die Arme zurück.

»Verdammt, ich schaffe das nicht allein. Liv, bist du okay? Wieso hast du nicht nach uns gerufen? Warst du bewusstlos? Bist du verletzt?«

»Mir geht's gut«, erwiderte ich. Dann erstarrte ich. »Warte. *Uns!?*« Was bei den Himmeln meinte er mit *uns*?

Ich beobachtete, wie er und der Strahl seiner Taschenlampe vom Rand des Loches verschwanden.

»Finn, was meinst du mit *uns*?«, wiederholte ich panisch.

Gänsehaut bedeckte meine Haut und ich versuchte, das sanfte Pulsieren zu ignorieren, das von der Steintafel ausging.

Argwöhnisch beobachtete ich, wie Finn, gehüllt in gedämpftes Licht, wieder am Rand des Loches erschien.

»Finnley«, sagte ich warnend. »Ist hier außer uns noch jemand?«

Er blinzelte überrascht. »Ja. Natürlich! Wir suchen dich schon seit Stunden!«

Wann sollten Stunden vergangen sein? Das war unmöglich.

»Liv, es ist Stunden her, seit du verschwunden bist. Ich ... ich hatte beinahe geglaubt, dass die Legenden wahr sind und du nicht mehr zurückkehrst.« Er schloss die Augen und atmete tief durch, als hätte er es für längere Zeit nicht mehr getan.

Verwirrung vernebelte meinen Kopf. Das waren niemals Stunden gewesen. Vielleicht war das Zeitgefühl in der Höhle einfach anders.

Und wenn es doch Stunden waren?

Nein. Ich konnte nicht hier und jetzt anfangen, über all diese Dinge nachzudenken.

Ich drückte den Stein fester an mich und streckte einen Arm in die Luft. »Lass es uns noch einmal versuchen.«

Wieder stellte ich mich auf Zehenspitzen, doch erneut berührten sich Finns und meine Finger kaum.

»Spring! Ich bekomm dich sonst nicht zu fassen!«, presste er hervor.

Ich ging in die Knie, um Schwung zu holen, und sprang, so hoch ich konnte.

Er erwischte mein rechtes Handgelenk und zog mich schnaufend höher. Hastig warf ich den flachen Stein aus dem Loch und streckte ihm auch meine andere Hand entgegen. Sein Griff übte einen unerträglichen Druck aus.

Irgendwie schaffte es Finn, mich hochzuziehen. Ich schob meine Ellbogen aus dem Loch und zog mich keuchend höher. Mit vereinter Kraft zerrten wir mich auf den Höhlenboden und rollten uns von der schroffen Öffnung weg.

Mit weit aufgerissenen Augen starrte ich hoch an die weit entfernte Decke, die von einem Lichtkegel angestrahlt wurde.

»Danke«, japste ich atemlos.

Finn keuchte genauso wie ich und lachte erleichtert auf. »Ich dachte wirklich, du wärst ein für alle Mal fort. Verflucht.«

»Ja, verflucht trifft es ziemlich genau«, sagte ich und lachte freudlos. Dann jedoch kehrte das sanfte Vibrieren des Steines in meinen Geist zurück und ich setzte mich schlagartig auf. Panisch sah ich mich um.

»Was ist los?«, fragte Finn alarmiert und richtete sich ebenfalls auf.

Ich konnte nicht atmen. Wo war sie? *Wo war sie?*

»Suchst du das?«

Finn senkte den Strahl der Taschenlampe neben das Loch im Boden.

Als mein Blick die schwarze Steintafel traf, begann plötzlich alles zu pulsieren; mein Körper, jeder Stein, alles, selbst Finn.

»Himmel, was ist das?«, flüsterte er. So wie er aussah, musste er die Energie auch spüren. Ich strich mit den Fingern über den glatten Stein und nahm ihn an mich.

»Ich weiß es nicht«, flüsterte ich zurück. »Es fühlt sich an, als wäre es lebendig.«

Finn streckte die Hand aus, um ihn ebenfalls zu berühren. Und als das geschah, landete die Taschenlampe plötzlich und polternd auf dem Höhlenboden und Finn krümmte sich ächzend zusammen.

Erschrocken griff ich erst nach der Lampe, dann nach seiner Schulter. »Was hast du? Wer ist noch hier? *Wer ist noch hier?*«

Er hob den Kopf. Seine Augen waren im Lichtstrahl leer und er war leichenblass.

Er öffnete den Mund, dann stieß er plötzlich ein so lautes Brüllen aus, dass ich zurückzuckte, vor Angst und vor Schmerz, denn der Schrei knirschte mir in den Ohren, so laut, wie er war.

Die ganze Welt um uns herum erzitterte.

Wortwörtlich.

Die Höhle begann zu beben, als antwortete sie auf seinen Ruf mit einem noch tieferen, bedrohlicheren Brüllen.

Finn hörte endlich auf zu schreien und krallte sich nach Atem ringend am Steinboden fest, suchte nach Halt, doch er bekam nichts zu greifen. Dann war die Luft vom Geräusch bröckelnden Gesteins erfüllt.

»Raus hier!« Ich zerrte ihn auf die Beine. Erst als ich ihn berührte, spürte ich, dass das Beben der Höhle nicht nur von seinem Schrei stammte. Sein ganzer Körper vibrierte, genau wie die Steintafel. Ich verlor fast das Gleichgewicht, doch ich hielt mich auf den Beinen. Nur die Steintafel rutschte mir aus den Fingern und fiel mit einem lauten Platschen zurück in das Loch.

»Nein!«, rief ich entsetzt.

Neben uns landete mit einem dumpfen Schlag ein Stein, der sich von der Höhlendecke gelöst hatte. Doch ein fremder, verzweifelter Teil in mir ließ es mich ignorieren. Ich setzte mich an die Kante des Lochs und blickte noch einmal zu Finn.

Entsetzen breitete sich auf seinem Gesicht aus, als ich die Taschenlampe losließ und mich in Position begab.

»Liv, die verfluchte Höhle stürzt jeden Moment ein!«

»Aber ich brauche diesen Stein!«

Damit stieß ich mich ab und sprang zurück in das Loch.

Das eisige Wasser spritzte in mein Gesicht und ich griff, so schnell ich konnte, hinab. Der erste Gegenstand, den ich aus dem flachen Wasser hervorzog, war die Taschenlampe. Natürlich, ausgerechnet jetzt bekam ich das dumme Ding zu fassen.

Fiebrig wühlte ich weiter durch den warmen, schimmernden Sand.

»Schneller, Olivia!«, schrie Finn kaum verständlich über das laute Grollen der Höhle hinweg. Staub rieselte von der Decke.

Da ist sie.

Finn streckte seine Hand bereits herab und ich reichte ihm den Stein.

Dann nahm ich Schwung und sprang. Er verfehlte meine Hand und fluchte laut. Ein gefährliches Krachen verkündete den Zerfall der Höhle.

Ich nahm mehr Anlauf und sprang, so hoch ich konnte. Finns

Hände umschlossen wieder meine Handgelenke und mit einem Ruck zog er mich hoch. Ein Ruck, der viel zu mächtig war, als dass dieser durch gewöhnliche Muskelkraft zustande gekommen sein könnte.

Ich rollte mich vom Rand des Loches weg, ergriff die Steintafel und rannte, so schnell ich konnte. Ich wusste nicht, wohin, doch die fremde Kraft in mir leitete mich. Leitete uns. Die Staubwolke ließ mich husten und sorgte dafür, dass wir auch im Strahl von Finns neuer Taschenlampe nichts erkannten.

Finn war schneller und das merkte er wohl selbst. Er packte mich am Arm und zog mich mit sich.

Endlich kam der schmale Spalt näher und ich gab mir einen Ruck, heulte auf, als ich mit letzter Kraft meine Schritte beschleunigte, während um uns herum spitze Steine von der Decke fielen. Die Höhle stürzte immer schneller in sich zusammen und eine Flut aus rollendem Gestein verfolgte uns.

Endlich war der Spalt in unmittelbarer Nähe und Finn schubste mich mit einem so harten Stoß hinaus, dass ich regelrecht aus der Höhle katapultiert wurde. Ich überschlug mich und wurde von einer Palme abgebremst. Grashalme und Farnblätter rieben über meine Wange und ein stechender Schmerz schoss durch meinen Kopf.

Plötzlich ließ ein donnernder Schlag die Welt stillstehen.

Obwohl sich alles drehte, setzte ich mich auf. Ich starrte auf die dunkle Dreckwolke und das sich ausbreitende schwarze Geröll. Der Höhleneingang war verschüttet.

Ein entsetzter Schrei löste sich aus meiner Kehle. »Finnley!«

6. Kapitel

»Was?«

Ich wirbelte herum und starrte in ein vertrautes Paar dunkler Augen – unmittelbar vor meinem Gesicht.

Da war er. Genau neben mir auf dem Boden. Seine Wangen waren knallrot und Schweiß rann ihm in dreckigen, blutigen Rinnsalen das Gesicht hinab. Er war hier und nicht verschüttet in der Höhle.

Mit einem Satz schlang ich meine Arme um seinen Hals und klammerte mich keuchend an ihn. Finn erwiderte die Umarmung mindestens genauso fest.

»Bist du verletzt?«, fragte er, packte mich an den Schultern und schob mich ein Stück von sich, um mich zu betrachten.

»Keine Ahnung. I-Ich hab keine Ahnung.« Wenn ich ehrlich war, gab es keine Stelle an meinem Körper, die nicht wehtat. Meine Hände waren zerschnitten und blutig. Ich senkte den Blick, betrachtete sie …

Doch da war nichts.

»Was?«, flüsterte ich, drehte sie hin und her, genau wie meine Arme. Das Blut war fort. Ganz bestimmt wegen des Wassers in dem Höhlenloch.

Aber ich hatte die Verletzungen gesehen, mit eigenen Augen!

»Was ist mit deinen Händen?«, fragte Finn sofort und griff nach ihnen, um sie ebenfalls zu betrachten.

Meine Stimme klang erstickt. »Ich schwöre es dir, da waren überall Schnitte, da war Blut und mein Kopf …« Hastig tastete ich ihn ab. Meine Haare waren nass, verknotet und voller Dreck. Als ich meine Finger jedoch über meine Kopfhaut wandern ließ, fand ich nicht eine offene Stelle.

»Mein Bein«, murmelte Finn und schob im nächsten Moment sein Hosenbein hoch. Die Löcher in seiner Hose über den Knien waren nicht zu übersehen. Und da war Blut, klar erkennbar, noch nicht ganz trocken.

»Olivia, sieh mal«, sagte er und bewegte sein Bein. »Mein Knie tut nicht mehr weh und die Schnitte sind verschwunden.«

Er hatte recht. Bis auf blonde Haare, ein paar dunkle, große Pigmentflecken und Schmutz war an seinem Bein nichts zu sehen.

Der Klang von Schritten ließ mich aufblicken.

Da war eine Gestalt. Die Gestalt eines Mannes mit entstelltem Gesicht.

Und sie kam genau auf uns zu.

»*Ein Geist.*« Ich wollte voller Panik aufschreien, doch meine Stimme war nur ein Flüstern.

Ich packte die Steintafel, die neben mir im Gras lag, und sprang auf. Augenblicklich taumelte ich stolpernd zurück, bis ich hart mit dem Rücken gegen einen Baumstamm stieß. Die Energie, die plötzlich wieder durch mich floss, ließ die ganze Welt für einen Augenblick gefährlich schwanken.

»Liv, immer mit der Ruhe!«, sagte Finn eilig und rappelte sich ebenfalls auf. Es war nicht leicht, ihn durch das Rauschen in meinen Ohren zu verstehen. Es war, als hätte diesmal meine Angst die Energie herbeigerufen. Alles, an das ich denken konnte, war Kraft.

»Liv. *Olivia.*« Finn schloss seine Hände um mein Gesicht. »Beruhig dich! Das ist kein Geist. Dieser Mann hat mir geholfen, dich zu finden.«

Keuchend hielt ich inne und sah Finn an, dann blickte ich an ihm vorbei. Der Mann, der offenbar gar kein Geist war, klopfte dunklen Staub von seiner Kleidung und wagte sich näher zu uns. Er sah bizarr aus. Jemand, den ich noch nie gesehen hatte.

»Finn, d-das ist ein Fremder. Auf der Insel gibt es keine Fremden!«

»Ich hoffe, ihr seid wohlauf!«, rief uns der Mann mit einem seltsam klingenden, melodischen Akzent zu. »Ich habe erst befürchtet, dass ihr in der Höhle eingeschlossen wurdet.«

»Wer ist das?«, zischte ich.

»Ich habe keinen blassen Schimmer«, flüsterte Finn zurück. »Als ich vorhin zu mir gekommen bin, stand ich hier vor der Höhle und konnte dich nirgendwo finden. Ich habe dich überall gesucht, bis er plötzlich aufgetaucht ist und mir geholfen hat. Er hat mir die Taschenlampe und Wasser gegeben. Liv, wieso drückst du dir diesen Stein an die Brust?«

Oh. Mir war nicht aufgefallen, dass ich das tat. Ich konnte jedoch nicht damit aufhören.

Ich wollte etwas erwidern, wollte erklären, dass ich keine Ahnung hatte, doch ich brachte keinen Ton heraus, als der Fremde näher kam. Instinktiv wich ich zurück, stand allerdings bereits mit dem Rücken zum Baum.

»Bei den mächtigen Sternen, du hast sie tatsächlich gefunden«, sagte der Mann, wieder mit diesem fremdartigen Akzent.

»Wer bist du?«, rief ich nervös. »Und wie bist du hergekommen?«

Was mir zuerst ins Auge sprang, war die unübersehbare Narbe in seinem Gesicht. Sie war lang, hässlich und gerötet und zog sich grob von der Schläfe über seine linke Wange. Er schien deutlich älter als wir zu sein, hatte Fältchen um die matten dunklen Augen, und seine Haut war so hell, wie ich es noch nie bei einem lebenden Menschen gesehen hatte, weitaus blasser als Finns. Außerdem trug er äußerst seltsame Kleidung; eine braune Stoffhose und einen blauen Wollpullover, der jedoch keine Ärmel besaß. Stattdessen wurden seine Arme von den weißen Ärmeln eines Hemdes umschlossen, die vom dunklen Staub der Höhle ganz verdreckt waren.

»Mein Name lautet Lloyd Jenkins«, sagte er mit ruhiger Stimme. »Ich bin ein Freund der Ältesten und ein Besucher.«

Bitte was?

»Ein Freund der Ältesten?«, fragte Finn ungläubig. Ich sah ihn vorwurfsvoll an. »Hat er dir dasselbe erzählt?«

»Ich war zu durcheinander, um Fragen zu stellen«, sagte er und rieb sich Staub aus den Augen.

»Ich kann euch helfen. Ich bin ein Freund«, sagte dieser *Lloyd Jenkins* noch immer in ruhigem Ton und hob beschwichtigend die Hände, ehe er noch zwei Schritte auf Finn und mich zukam. Seine gruselige Narbe verpasste mir eine Gänsehaut. Ich konnte nicht aufhören, sie anzustarren.

Sein Blick wanderte zur Steintafel, die ich noch immer fest an meine Brust presste, und seine Augen weiteten sich kaum merklich.

»Darf ich mal sehen?«

Ich blickte auf die Steintafel. Sie pulsierte mit einem sanften Vibrieren in meinen Armen.

»Nein.«

»Nein?«, fragte er verblüfft.

»Nein«, wiederholte ich, diesmal schärfer. »Auf keinen Fall.«

Ich hatte keine Ahnung, weshalb ich mein Leben riskiert hatte, um dieses Ding aus dem Loch zu holen. Aber ich hatte mein Leben ganz bestimmt nicht riskiert, nur um diesem unheimlichen *Fremden* den Stein zu überreichen. Was auch immer vor sich ging, irgendetwas war faul. Ein Fremder auf Hawaiki! Er wollte das Teil? Er hätte es selbst finden sollen. Ich würde es beschützen, bis wir Antworten fanden. Der Wald Hawaikis war nicht nur heilig. Er war verboten. Das gesamte Land, so überwältigend und groß es auch war, es war *koupu*. Wir durften nicht hier sein. Es war mir egal, was er behauptete, ob er ein Freund oder ein Besucher war, interessierte mich nicht. Wir wären fast in einer Höhle verschüttet worden und waren auch noch mitten im Heiligen Land einem Fremden über den Weg gelaufen. Unter keinen Umständen würde ich ihm den Stein überlassen.

Lloyd Jenkins runzelte die Stirn und ließ seine Hand sinken. Finn sagte kein Wort. Wir verfielen in angespanntes Schweigen.

Schließlich begann der Fremde wieder zu sprechen. »Ihr wollt bestimmt Antworten haben und wissen, was passiert ist. Wenn ihr mich lasst, kann ich euch helfen.« Wieder heftete er seinen

Blick auf den schwarzen Stein. »Ich weiß, was das ist. Auch wenn ich es nicht für möglich gehalten habe, dass es tatsächlich existiert. Es tut mir leid, dass wir uns unter diesen Umständen kennenlernen, aber ich musste Jènnye um Hilfe bitten, damit sie euch herbringt und wir endlich reden können.«

»Wer ist Jenny?«, fragte ich verwirrt und zog die Augenbrauen zusammen.

»Nicht Jenny. *Jènnye*.« Lloyd Jenkins deutete auf die schwindelerregend hohe Steinwand und den grünen Wald zu unserer anderen Seite. »Das alles hier ist Jènnye. Es ist der Name dieser Insel.«

»Tut mir leid, Lloyd Jenkins«, sagte Finn langsam. »Vielleicht hat dich dein Schiff an die falsche Küste getrieben oder du bist falsch abgebogen. Aber das ist Hawaiki. Nicht *Jènnye* oder wie auch immer du es nennst.«

»Wir sollten gehen, Finn«, sagte ich, löste mich vom Baum und wich zurück. In meinem Kopf herrschte das reinste Chaos, ich wusste gar nicht mehr, wie Denken funktionierte. Ich fröstelte. Daran, dass meine Kleider und Schuhe vollkommen durchnässt waren, hatte sich nichts geändert.

Die Finger meiner rechten Hand waren steif, als ich sie von der Steintafel löste und Finns Hand ergriff. »Tut mir leid, Mr Lloyd Jenkins. Aber wir werden jetzt gehen und beten, dass niemand jemals herausfindet, dass wir überhaupt hier waren. Ich habe keine Ahnung, ob du nur ein Geist bist oder echt oder ob das alles ein Traum ist. Aber es war ein langer Tag. Auf Wiedersehen.«

Mein Herz raste. Ich zog Finn mit mir und trat in den dichten Wald, von dem ich nie geglaubt hatte, ihn jemals in meinem Leben zu betreten. So oft ich auch die Dinge hinterfragte, ich hatte den Respekt vor unserem Glauben nicht verloren. Und ich hätte niemals betreten, was mein ganzes Leben lang so heilig gewesen war.

»Bitte wartet! Ich muss euch helfen, ich habe alles unternommen, um diesen Tag zu verhindern, aber ich war erfolglos, und jetzt bin ich hier und ihr solltet mich dringend anhören! Olivia! Finnley!«

Finn erstarrte zuerst, dann ich. Langsam drehte ich mich um. »Woher kennst du unsere Namen?«, wisperte ich.

Als Lloyd Jenkins zu uns zwischen die Bäume trat, war seine Miene furchtsam.

»Bitte«, wiederholte er. »Gebt mir eine Chance zu erklären, was vor sich geht. Es ist von größter Wichtigkeit. Ich habe die Wahrheit gesprochen, ihr habt mein Wort. Ich kenne Nana, Maorok, Toka und Eda schon sehr lange. Deshalb weiß ich, wer ihr seid. Sie wissen, dass ich auf der Insel bin, und haben euch losgeschickt. Oder etwa nicht? Sie wussten, dass Jènnye euch heute rufen wird, und haben euch auf den Weg geschickt, nicht wahr?«

Mein Mund klappte auf. *Auf den Weg geschickt.*

»Olivia«, flüsterte Finn. »Vielleicht sollten wir ihm zuhören. Nana und Toka haben uns zum Pilzesammeln geschickt und jetzt sind wir hier. Ich werde vermutlich nie wieder richtig schlafen können, wenn ich nicht sofort Antworten bekomme, was mit uns passiert ist und weshalb wir hier sind.«

Alles in mir schrie danach zu widersprechen. Ich wollte leugnen, dass es diese Kräfte gab und Magie uns hergebracht hatte, aber es stimmte – wir waren hier. Und ich hielt einen Stein fest umschlungen, dessen Energie in stetigem Rhythmus pulsierte. *Ein pulsierender Stein.* Das war nicht normal. Und unsere Geisterbucht war vielleicht so vertraut, dass sie uns normal vorkam, aber auch sie wurde von Kräften gelenkt. Das wusste jeder, nur stellte niemand Fragen.

Außer Finn und ich. Mein Verstand wehrte sich, doch meine Seele und mein Geist wussten, dass all das hier wahrhaftig war.

»Okay«, sagte ich widerwillig und straffte die Schultern. »Wir bleiben.«

Ich sah, wie der Fremde erleichtert aufatmete. Er fuhr sich mit beiden Händen durch die Haare und nickte leicht. »Ich danke euch. Wir sollten jedoch verschwinden. Ihr wollt bestimmt nicht, dass das, was sich darin verbirgt, irgendetwas von dem hört, was ich euch zu sagen habe.«

Mir wurde schlecht. In der Höhle war *etwas*? Es lebte und konnte uns hören?

»Wo sollen wir hin?«, fragte Finn und ließ mich los. »Ich bin auch nicht scharf drauf, länger als nötig zu bleiben. Aber wir sollten vielleicht warten, bis es dunkel wird. Nicht, dass uns noch jemand sieht, wie wir aus dem Wald kommen.« Ein Muskel an seinem Kiefer zuckte. Als Finn meinen Blick erwiderte, wirkte er zerknirscht und mindestens so durch den Wind, wie ich mich fühlte.

Lloyd Jenkins nickte. »Ich habe ein Haus auf der Insel. Dort ist es sicher.«

Hatte er eben nicht noch gesagt, dass er ein Besucher sei? Wie konnte er hier ein Haus haben?

»Schön«, sagte ich erschöpft. »Lasst uns verschwinden.« Hauptsache, wir verließen das Heilige Land. Ich wollte nicht länger hier sein.

Der Fremde drehte sich um und Finn und ich folgten ihm durch den Wald. Wir liefen bergab, an der schwarzen Felswand entlang.

Nach einigen Minuten wurde mir flau im Magen. Wie weit waren wir gerannt? Wie groß war Hawaiki eigentlich?

»Hey, Lloyd Jenkins!«, rief Finn, während wir ihm hinterherstolperten. »Wieso haben wir dich noch nie auf der Insel gesehen?«

»Ich komme nicht oft her«, gestand er und warf uns einen Blick über die Schulter zu. »Jenkins reicht übrigens vollkommen aus.«

»Aber wir haben niemals Fremde auf der Insel«, protestierte ich. »Das ist unmöglich. Du wärst mit Sicherheit aufgefallen, weil ...« Hastig schloss ich den Mund. *Die ganze Insel hätte davon gesprochen, wäre ein weißhäutiger Fremder mit einer großen Narbe im Gesicht gesichtet worden.* Ich schämte mich ein wenig dafür, dass mir die Worte auf der Zunge lagen.

Jenkins nickte. »Es stimmt. Ich habe euer Dorf seit vielen Jahren nicht mehr betreten. Und die, die mich gesehen haben, haben es vermutlich vergessen. Oder es ist ihnen ... egal.«

Ich schnaubte. »Wieso sollte es egal sein?«

Es dauerte einen Moment, bis er antwortete. Ich verstärkte den Griff um die Steintafel und biss die Zähne zusammen, um sie am Klappern zu hindern. Noch immer stand die Sonne am wolkenlosen blauen Himmel. Als sei sie eingefroren. Als sei keine Zeit vergangen.

»Es hat mit der Insel zu tun«, sagte Jenkins zögerlich. Seinen Blick richtete er auf die schwarze Felswand und legte den Kopf in den Nacken. »Sobald wir in Sicherheit sind, werde ich all eure Fragen beantworten.«

Auch wenn es mir schwerfiel, gab ich nach und nickte. Was auch immer ihn dermaßen beunruhigte und mit der Höhle zu tun hatte – es war auch mir nicht geheuer. Das, was uns hergezogen hatte, war unbeschreiblich mächtig gewesen. So mächtig, dass ich sogar dem Unbehagen in Lloyd Jenkins Gesicht vertraute, obwohl er ein Fremder war.

Als wir den Wald neben der Felswand endlich verließen und das große Meer aus Gräsern betraten, konnte ich nicht anders, als innezuhalten und den Anblick aufzunehmen.

»Bei den heiligen Sternen«, flüsterte Finn neben mir und blieb ebenfalls stehen. Erst jetzt, da wir nicht mehr unter dem Einfluss dieser Kraft standen, sahen wir wahrhaftig, wie die Insel jenseits unseres Dorfes aussah. Das Gräsermeer war riesig und lag in einem Tal umgeben vom Wald, Hügeln und schwarzem Gestein, das majestätisch in den Himmel ragte. Das gleißende Sonnenlicht schillerte auf dem tiefen Grün und der Wind rauschte kühl darüber hinweg. Doch das war nicht alles. Es war, als könnte ich es spüren. Hawaiki. Das Gräsermeer. Die Kraft des Windes. Als wäre ich ein Teil davon.

Das Land, das niemand sehen darf. Wir sind Eindringlinge, unbefugt, hier zu sein.

Ich schluckte. »Na los«, sagte ich leise und stieß Finn mit dem Ellbogen an. »Gehen wir weiter.«

Es dauerte eine halbe Ewigkeit, bis wir die andere Seite der Landschaft erreichten und die Hügel erklommen. Mit einer Hand umklammerte ich die Steintafel und mit der anderen zog ich mich an einer Pflanze nach oben. Obwohl mein Körper keine Kraft mehr haben sollte, keine Kraft haben *konnte*, nach allem, was geschehen war, lief ich weiter. Beinahe fühlte es sich an, als würde die Energie, die durch den Stein in meinen Armen pulsierte, auf mich übergehen.

Kurz bevor wir den höchsten Punkt des Hügels erreichten, drang ein vertrautes Geräusch an meine Ohren. Ich horchte auf. Das waren Wellen. Wir mussten jeden Moment an der Küste sein!

Endlich sah ich es. Ein Stück vor uns, umgeben von schwarzen Felsen und Farnpalmen, glitzerte das Meer und erstreckte sich blau, türkisfarben und grau bis zum Horizont. Doch das war nicht alles. Am Ufer befand sich ein hölzerner Steg, an dem ein Schiff aus Metall ankerte. Und vor uns an Land lag ein Haus. Nein, es war mehr als ein Haus. Das war ein Anwesen. Das größte, das ich je gesehen hatte. Es bestand aus dem massiven schwarzen Inselgestein und hatte sogar ein Obergeschoss. Es schien jedoch so groß, dass ich die Zimmerdecke vermutlich nicht berühren könnte, selbst wenn ich sprang. Mit seinem spitzen Dach und den großen Fenstern, die definitiv keine Bullaugen waren, wirkte es wie die Art von Haus, die in Büchern beschrieben wurde. Es sah fast aus wie aus der Zeitschrift, die Finn aus der Geisterbucht geholt hatte.

»Was ist das?«, fragte ich und atmete tief durch.

Jenkins, der gerade dabei gewesen war, den sanften Hügel hinunterzugehen, hielt inne und drehte sich zu Finn und mir um. »Das ist mein Haus.«

»A-Aber wo kommt es her? Wer hat es gebaut?«

Ein Lächeln umspielte seinen Mund. »Ich habe es selbst gebaut.«

Unmöglich. Woher hatte er die Materialien? Wie konnte er so etwas ganz allein bauen? Das musste Jahre gedauert haben.

Ich glaubte ihm kein Wort.

Ganz anders als Finn. »Wahnsinn!«, sagte er und beschleunigte seine Schritte.

Eilig setzte ich mich wieder in Bewegung, um mit ihm und Jenkins mitzuhalten.

Als wir das Anwesen erreichten, klopfte mein müdes Herz schwer und schnell gegen meine Brust.

Ein Keuchen entfuhr mir. »Die Fenster. Sie sind riesengroß! Und was ist das?« Ich deutete auf eine Vielzahl seltsamer Platten, die eine große Fläche neben dem Haus bedeckten.

»Damit gewinne ich Strom«, erklärte Jenkins und trat zwei Steinstufen zur hölzernen Haustür hinauf. »Das sind Solarzellen. Der Strom wird durch die Sonne gewonnen.«

»Durch die Sonne«, wiederholte ich ungläubig und schnaubte leise. »Sicher. Klar doch. Strom durch die Sonne.« Vermutlich konnte er aus Windböen Fische und Hühner machen. Regen verwandelte er bestimmt in Feuer.

Ich war mehr als angespannt, als wir dieses sonderbare, riesige Haus betraten. Es war sehr hell im Inneren, doch die trockene Luft war windstill und außerordentlich wohltuend. Vor uns führte eine weiß bemalte Treppe nach oben. Die Wände waren ebenfalls weiß und der Boden bestand aus vielen Holzplatten, die hübsch aneinandergereiht ein lückenloses Muster bildeten. Es fühlte sich an, als wären wir geradewegs in einer fremdartigen, neuen kleinen Welt gelandet.

Wir liefen einen Gang entlang, an dessen Wänden große Bilder hingen, in goldenen und hölzernen Rahmen. Seltsame Bilder von Schiffen auf einem stürmischen Meer, Fische, der Nachthimmel und Köpfe. *Porträts.*

Durch die unglaublich großen Fenster waren das Meer und das Schiff am Ende des Holzsteges zu sehen. So viel Fremdes und Vertrautes zugleich. Ich fühlte mich noch immer wie in einem wirren Traum. Und je mehr ich von diesem Haus zu sehen bekam, desto mehr fühlte es sich danach an.

Wir erreichten das Ende des Ganges und Jenkins öffnete eine Tür mit zwei Flügeln.

»Ach du heilige …«, entfuhr es Finn, ehe er verstummte.

Ich wäre beinahe zurückgestolpert. Doch ich konnte nicht.

Diesmal hatten übernatürliche Kräfte nichts damit zu tun, dass ich wie magisch angezogen wurde. Denn der große, lichtdurchflutete Raum, den wir betraten, sorgte dafür, dass es mir mehr noch wie in einem Traum vorkam.

Überall waren Bücher, so weit das Auge reichte.

7. Kapitel

»Tee?«

Ich zog mir das weiche Handtuch enger um die Schultern und nickte mechanisch, ohne den Blick von den deckenhohen Regalen zu lösen. Seit gut zehn Minuten starrte ich von meinem Platz an einem langen, massiven Holztisch aus mit aufgerissenen Augen auf die überwältigenden Reihen in Leder gebundener Bücher. Sie bedeckten jeden freien Zentimeter der Wände. Ein Raum aus Büchern und großen Fenstern. Und groß war eine Untertreibung – sie reichten vom Boden fast bis zur hohen Decke.

Der schwarze Stein aus der Höhle lag vor mir auf dem Tisch. Jenkins hatte Finn und mir Schüsseln mit Wasser gebracht, mit denen wir den Schmutz von unseren Gesichtern und Armen gewaschen hatten. Mir war zwar noch immer kalt, doch ich musste gestehen, dass es mir ein wenig besser ging.

»Ich habe noch nie so viele Bücher gesehen«, murmelte Finn neben mir. »Bei den Sternen. Das müssen Tausende sein.«

Ein gedankenverlorenes Lächeln machte sich auf meinen Lippen breit. Eben noch hatte ich das Heilige Land schnellstens verlassen wollen, jetzt war ich mir sicher, dass ich für immer bleiben wollte. Zumindest bis ich jedes dieser Bücher gelesen hatte. Ich hätte überhaupt kein Problem damit, wenn es mein Leben lang dauern sollte. Und das war noch nicht mal alles. Überall standen und hingen Dinge, fremdartiger und kurioser als alle Schätze aus den Geisterschiffen, die ich je zu Gesicht bekommen hatte. Vasen und Tonschalen, Bögen und Pfeile und Federn und alt aussehende

Werkzeuge und Instrumente sowie viele andere Dinge, die ich noch nie gesehen hatte.

Aus dem Augenwinkel sah ich, wie Jenkins die Tür, durch die er eben gekommen war, mit einem Fuß zudrückte. Gerade erst hatte er die Wasserschalen und Lappen fortgebracht und ich fragte mich, wie er so schnell an warmes Wasser gekommen war.

»Ihr mögt wohl Bücher?«, fragte er, als er zu uns trat.

Ein Schnauben entfuhr mir und ich zwang mich, meinen Blick von den Regalen zu lösen. »Mögen? Es ist das kostbarste Gut auf der ganzen Insel.«

»Zumindest für uns«, fügte Finn hinzu. »Die Springer holen die Bücher nicht aus den Geisterschiffen, um sie zu lesen – das tut keiner auf Hawaiki. Sie nutzen sie für Feuer oder um Dinge in Papier einzuwickeln. Es ist grauenhaft.«

Jenkins' Augenbrauen schossen in die Höhe. »Das klingt tatsächlich sehr traurig. Aber es wundert mich nicht, dass sie sonst keiner liest.«

»Ach ja?«, fragte ich verblüfft. Nun hatte er meine volle Aufmerksamkeit.

Er öffnete den Mund und holte Luft. Doch im letzten Moment hielt er inne. »Erst der Tee und eine Kleinigkeit zu essen. Dann reden wir.«

Ich nickte und versuchte, meine Neugierde zurückzuhalten.

Als Jenkins den Raum erneut verließ, wandte Finn sich sofort an mich. »Liv, wie fühlst du dich? Wie geht es dir?«

»Es geht mir gut«, erwiderte ich mit einem erschöpften Lächeln. »Ich weiß nicht, wo mir der Kopf steht. Und du? Was ist mit dir?«

Finns Lächeln wirkte erschöpft. Er war, genau wie ich, noch immer durch den Wind. »Ging mir nie besser. Topfit und voller Energie.«

»Es ist alles wahr, Finn«, murmelte ich und ließ meinen Blick erneut über die vielen Bücher schweifen. »Hast du das da draußen gespürt? Als wir hergelaufen sind? Es war, als wären wir ein Teil von Hawaiki.« Ich nahm die Steintafel vom Tisch und drückte sie

Finn in die Hand. Fast gleichzeitig ließ sie uns nach Luft schnappen. »Spürst du das?«, fragte ich.

Seine dunklen Augen leuchteten regelrecht. »Und wie ich das spüre.«

Er legte den Stein zurück auf den Tisch und blickte zur Tür, durch die Jenkins kurz zuvor verschwunden war. »Ich weiß nicht, wieso, aber ich glaube, dass wir ihm vertrauen können.«

»Wow«, sagte ich und lachte erschrocken auf. »Vertrauen ist ein ziemlich großes Wort. Wir kennen ihn gerade mal seit fünf Minuten, Finn.«

»Du warst ja auch eine Ewigkeit verschwunden. Olivia, überleg doch mal. Dieser Mann redet nicht wie die anderen. Er verbrennt seine Bücher nicht, sondern hat sie hier aufgereiht, genau so, wie du immer geträumt hast. Mit Sicherheit hat er sie alle gelesen. Ich ...« Er holte tief Luft und sah mich durchdringend an. Es hatte fast schon etwas Verzweifeltes. »Ich glaube, er ist anders. Ich glaube, er ist wie wir.«

Mein Mund klappte auf. *Wie wir.*

Jenkins kehrte zurück und hielt ein silbernes Tablett vor sich, auf dem eine Teekanne, Tassen sowie ein Korb voll Obst standen. In diesem Korb befanden sich Früchte, die ich nie zuvor gesehen hatte.

Jenkins verfrachtete die Dinge auf den Tisch und setzte sich uns gegenüber. »Greift zu und nehmt, was immer ihr möchtet.«

Zaghaft nahm ich eine rote Frucht und drehte sie skeptisch hin und her. »Wie isst man das? Soll ich einfach reinbeißen? Ist alles essbar?«

»Sicher«, sagte Jenkins und lächelte. »Das ist ein Apfel. Du kannst alles essen bis auf das Kerngehäuse in der Mitte.«

»Ein Apfel!« Ich warf Finn einen ungläubigen Blick zu. Er lächelte mich schief an. »*La pomme*, oder?«

Ein aufgeregtes Lachen entfuhr mir und ich nickte, ehe ich die rote Kugel mit beiden Händen umfasste und sie an meine Nase drückte, um an ihr zu schnuppern. Doch sie roch praktisch nach nichts. Ein klein wenig enttäuschte es mich.

Jenkins wirkte verblüfft. »Ihr sprecht Französisch?«

Ich schüttelte den Kopf. »Nein, aber wir haben Wörterbücher. Wenn uns langweilig ist, fragen wir einander Worte ab.«

»Verstehe«, sagte Jenkins verwundert und nickte.

Wieder betrachtete ich den Apfel in meinen Händen und nahm zaghaft einen Bissen. Das überraschend feste Fruchtfleisch war säuerlich und süß und saftig. Es entlockte mir ein seliges Seufzen. Bei den Sternen, das war das Beste, was ich je gegessen hatte!

Finn nahm sich ebenfalls einen Apfel und für einen Moment saßen wir da und genossen den Geschmack dieser fremden Frucht. Ich hätte am liebsten gar nicht mehr aufgehört. Abgesehen davon merkte ich erst jetzt, wie hungrig ich war.

Erst als wir die abgeknabberten Kerngehäuse auf dem Tablett ablegten und jeder einen weiteren Apfel nahm, ergriff Finn das Wort.

»Also«, sagte er und wischte sich kauend mit dem Handrücken über den Mund. »Bekommen wir jetzt Antworten?«

Jenkins wartete, bis wir auch die zweite Ladung abgenagter Kerngehäuse ablegten, und reichte uns die dampfenden Tassen.

»Was wollt ihr wissen?«, fragte er.

»Was ist heute passiert?«, platzte es aus mir heraus. Ich konnte es nicht länger zurückhalten. »Wieso ist es passiert? Was war das?«

»Heute ist der erste Tag seit vielen Hundert Jahren, an dem Jènnye auf unsere Rufe geantwortet hat.«

»Was ist dieses *Jènnye*?«, fragte ich, während mein Blick erneut wie magisch von den Bücherregalen angezogen wurde.

Jenkins schien einen kurzen Moment zu überlegen. »Ich fange besser ganz von vorn an. Die Insel ist ein Teil eines Sternes namens Jènnye. Sie ist der mächtigste Stern des Nachthimmels. Kennt ihr die Entstehungsgeschichte eurer Insel?«

»Jeder kennt die Geschichte«, sagte Finn, woraufhin ich nickte. Wann immer ich an die Sage dachte, hatte ich Nanas Stimme im Ohr: *Damals, in der alten Zeit, fielen die Sterne vom Himmel in den Ozean. Sie türmten sich auf wie tosende Wellen, bis eine Insel aus dem Wasser emporstieg, dunkler als die schwärzeste Nacht ...*

»Dann ist sie also wahr?«, fragte ich argwöhnisch.

Jenkins nahm sich einen Apfel und rollte ihn von einer in die andere Hand. »Ein Teil eurer Überlieferungen stimmt tatsächlich; die Insel ist aus dem Gestein der Sterne entstanden. Genauer gesagt aus Jènnyes Gestein. Die Insel ist ihr selbsterschaffenes Reich auf Erden.«

Finn und ich warfen uns einen verwirrten Blick zu.

»Dann ... dann heißt die Insel nicht Hawaiki?«, fragte er.

»Für euch schon. Aber der Name ist nur ein Teil eurer Welt, eurer Realität. Ein Name, der euch gegeben wurde, der aber nicht wahrhaftig ist.«

»Sprichst du immer in Rätseln?«, fragte ich ungeduldig und atmete schwer aus.

Jenkins rieb sich gedankenverloren über die Narbe im Gesicht. Es kostete mich große Mühe, ihn dabei nicht fasziniert anzustarren.

»Es gibt einen Grund, weshalb diese Insel vom Rest der Welt abgeschottet ist. Weshalb die Menschen hier sind, wie sie sind, und das seit Jahrhunderten. Und weshalb ihr anders seid als die anderen in eurem Dorf.«

Ich hielt den Atem an. *Weshalb wir anders sind.* Es gab einen Grund dafür? Unser ganzes Leben lang hatten Finn und ich nicht dazugehört. Wir hatten es versucht, aber es war nie leicht gewesen. Es war mir immer vorgekommen, als seien wir Aliens, die versuchten, sich unter die Menschen zu mischen – und allein die Tatsache, dass ich wusste, was Aliens waren, machte mich zum Außenseiter. Mein Vater hatte mir so oft gesagt, ich würde übertreiben, in einer Fantasiewelt voller Hirngespinste leben. Aber ganz offenbar ... ganz offenbar gab es tatsächlich Antworten!

Mein Herz begann zu rasen.

»Wir haben es uns nicht eingebildet«, wisperte ich. »Wir sind nicht verrückt?«

Erschrocken fuhr ich zusammen, weil etwas mein Bein berührte. Als ich hinabblickte, sah ich, wie Finn sanft mein Knie drückte. Sein Blick war aufgewühlt, doch sanft. Mitfühlend. Ich kannte ihn gut genug, um ihn ohne Worte zu verstehen. In genau diesem Moment musste er dasselbe fühlen wie ich.

»Ihr seid ganz und gar nicht verrückt«, sagte Jenkins und bedachte uns mit einem mitfühlenden Blick. »Vielleicht sind eure Köpfe sogar die klarsten auf der ganzen Insel – abgesehen von den Ältesten natürlich.«

Ich konnte nicht verhindern, dass sich Tränen in meinen Augen sammelten. Es war, als hätte sich ein Knoten in meiner Brust gelöst. Mein Atem beschleunigte sich. War das wirklich möglich?

»Jènnye, eure Insel Hawaiki«, erklärte Jenkins, »ist nirgendwo auf den Landkarten zu finden. Kein gewöhnlicher Mensch hat jemals ein Wort von der Insel gehört. Jènnye vermag man bloß zu finden, wenn sie gefunden werden will. Sie entstand nämlich nicht nur aus dem Gestein des gleichnamigen Sterns, die Insel *ist* der Stern. Zumindest ein Teil davon.«

»D-Die Insel ist ein Stern?«, wiederholte ich perplex und wischte mir fahrig über die Augen. Es klang wie ein schlechter Scherz. Wie Wahnsinn. Eine Geschichte, die man sich bloß unter großem Einfluss von Rum an einem Lagerfeuer erzählte. Hawaiki ein Stern. Hawaiki, die Insel, die eigentlich ganz anders hieß. *Jènnye*. Das war doch irrsinnig!

Jenkins lächelte uns an, als wüsste er genau, wie absurd sich seine Worte anhörten. »Es ist schwer vorstellbar. Sterne sind höhere mythische Wesen, fast göttlich. Mit einem Bewusstsein und einer Seele. Unsere Welten liegen weit auseinander und das hat nichts mit dem Weltall und dieser Art von Entfernung zu tun. Eure Insel jedoch liegt weder in der Welt der Menschen noch in der Welt der Sterne.«

»Was meinst du damit?«, fragte Finn beunruhigt. »Reden wir hier von so was wie Dimensionen?«

»Nicht ganz. Das Prinzip von Dimensionen ist anders. Wir reden von transzendentalen Ebenen.«

»Tran... *was*?«, fragte ich erschrocken. »Das habe ich ja noch nie gehört.«

Jenkins stand auf, trat hinter Finn und mich und öffnete eines der großen Fenster. Sofort wehte ein frischer, kühler Wind herein, der mich frösteln ließ.

Jenkins lächelte. »Wir befinden uns im selben Universum, aber nicht alle auf denselben Ebenen. Seelen und Energien werden für uns niemals sichtbar oder greifbar sein, obwohl sie existieren. Das liegt daran, dass sie auf einer anderen Ebene liegen. Hier ein Beispiel.« Er legte seine rechte Hand auf die Außenseite des Glases und drückte sie dagegen. »Seht euch das Fenster an. Meine Hand ist hier und an ihrer Existenz ändert sich nichts, bloß weil sie auf der anderen Seite des Glases ist. Nur ein Teil von ihr ist von eurer Seite aus mit Sinnen greifbar, denn ihr könnt sie sehen, aber nicht berühren. Selbst wenn ich das Fenster schließe und dabei notgedrungen in zwei Hälften geteilt werde, bleibe ich bestehen, genau wie meine Hand. Daran ändert sich nichts, nur wegen der räumlichen Trennung. Könnt ihr mir so weit folgen?«

Ich nickte. Meine Neugierde wuchs ins Unermessliche. Hand, Fensterglas, Ebenen, Welten, Sterne. Alles klar. Ich wusste so was von genau, was Sache war. Zumindest tat ich so, als würde ich es verstehen. Ich bemühte mich darum. Deshalb nahm ich einen großen Schluck Tee und versuchte, mich auf Jenkins zu konzentrieren.

»Die Welt dort draußen bleibt bestehen, das Glas bleibt bestehen und der Raum hier drinnen auch. Hier und draußen sind verschiedene Orte, aber dennoch ein Teil des Ganzen. Es ist ein und dieselbe Welt, nur durch eine Glasscheibe getrennt.« Er drückte seine andere Hand nun auch von innen an das Glas, genau über seiner anderen. »Meine Hand auf der Außenseite steht für die transzendentale Ebene der Sterne. Meine Hand hier drin steht für die Ebene von uns Menschen. Das Glas steht für die Grenze zwischen den Ebenen. Ein Raum, den man nicht betreten kann, genauso wenig, wie man Mauerwerk betreten kann. Es ist massiv. Zumindest sollte man es nicht können. Dennoch haben die Sterne einen Weg gefunden, diesen Raum als Brücke zwischen den Ebenen zu nutzen, wie ein offenes Fenster.« Er lächelte schief und klopfte gegen das Glas. »Ein Fenster, das man öffnen und schließen kann, zumindest, solange man auf der Seite ist, von der aus man den Hebel bedienen kann.« Jenkins schloss das Fenster wieder und setzte sich zurück zu uns an den Tisch. Er legte die Arme auf das dunkle Holz und verschränkte die Finger ineinander. »Jènnye oder Hawaiki, wie ihr die Insel nennt, ist im hauchdünnen Raum zwischen den Ebenen, nicht hier und nicht dort. Als befänden wir uns inmitten des massiven Fensterglases. Einen Ort wie diesen nennt man eine *Zone*. Es existieren auf der ganzen Welt nur fünf Stück, fünf Zwischenräume in der Grenze unserer Ebenen. Denn diese Zonen können nur von sehr mächtigen Sternen erschaffen werden und von solchen existieren lediglich fünf. Die Mächtigen herrschen über die anderen Sterne und stehen an der Spitze einer ganz eigenen Hierarchie des Nachthimmels.«

»Himmel, Jenkins. Das klingt wie ein verdammtes Märchen«, sagte ich und lachte erschrocken auf. Ich blinzelte mehrmals, wie vor den Kopf gestoßen. Im wahrsten Sinne des Wortes, denn mein Schädel brummte und hinter meiner Stirn pochte es. Das war doch verrückt. Zwischenräume und Ebenen? Das konnte unmöglich sein. Es klang absolut lächerlich. Oder doch nicht?

Finn stimmte in mein Lachen mit ein. »Liv hat recht! Ich meine, Hierarchie der Sterne? Sollte ich jemals ein Buch schreiben, werde ich es so nennen.«

Jenkins lächelte breit, was durch die Narbe ein wenig grimassenhaft wirkte. Er lehnte sich auf seinem Stuhl zurück. »Da bin ich dir leider zuvorgekommen, Finnley. Ein Buch mit diesem Titel habe ich vor vielen Jahren verfasst. Ich studiere die Sterne und ihre Auswirkungen auf unsere Welt schon sehr lange. Wie ich bereits sagte, ist eure Insel eine Zone von Jènnye, dem mächtigsten aller Sterne am Himmel. Niemand weiß, weshalb die fünf mächtigsten Sterne sich in die Leben der Menschen eingemischt haben. Die meisten vermuten, dass sie sich zu den Menschen hingezogen gefühlt haben, da diese seit Anbeginn den Sternenhimmel anbeten.

Ihr müsst wissen, Sterne sind sehr selbstgefällige Wesen. Sie sind nicht nur die kraftvollsten und göttlichsten existierenden Geschöpfe, sie sind auch sehr hochmütig. Der Stolz ist ein natürlicher, äußerst dominanter Teil ihres Wesens. Als Jènnye, die Stärkste der fünf Mächtigen, eure Insel erschuf, wollte sie die absolute Kontrolle über ihre erschaffene Welt. Die Insel tauchte überall auf dem Meer auf, wie es ihr beliebte, stahl sich Boote und Schiffe vom Ozean und ließ sie hier stranden, bis aus den vielen Schiffbrüchigen ein eigenes Volk entstand. Der Name *Hawaiki* stammt aus den polynesischen Kulturen. Vermutlich war es nichts weiter als Zufall, dass die ersten Bewohner der Insel von diesen Völkern abstammten. Ich persönlich vermute, dass Jènnye diese Menschen genommen hat, weil ihre Völker das Wissen der Sterne auf eine Art und Weise nutzen konnten wie sonst kaum andere. Beispielsweise in ihrer Seefahrt. *Hawaiki* steht in den Legenden der Maori zum Beispiel für ihr heiliges Ursprungsland. Bei anderen Völkern steht der Name oder eine Abwandlung davon für die Unterwelt. Ich schätze, dass sich auf diese Weise Hawaiki als Name für diese Insel eingebürgert hat. Mit dem tatsächlichen Ort aus den Legenden hat Jènnyes Insel aber nichts zu tun.

Für ihr eigenes Reich stahl sich Jènnye aber nicht nur Inselvölker. Im Verlauf der Geschichte und der Entwicklung der Menschheit nahm sie alle möglichen Menschen. Sie stahl sehr viele Schiffe, die über den Ozean reisten, und verwischte danach alle Spuren, löschte die Schiffe und die Besatzungsmitglieder einfach aus den Köpfen all jener, die sie kannten oder je von ihnen gehört hatten. Es war ein grausames Spiel, egoistisch und größenwahnsinnig. Hawaiki wurde zu einer Utopie, all die verschiedenen Völker aus aller Welt, die hier zusammenfanden, lebten in sofortiger Harmonie miteinander, widmeten ihr Leben den Sternen und vergaßen ihre eigenen Götter, ihre eigenen Geschichten. Weil Jènnye es so wollte. Es gab keinen Krieg, keine Aufstände und ausufernde Verfeindungen – weil Jènnye es so wollte. Wann immer es in der Menschheit neue Errungenschaften gab, wollte Jènnye sie auch für ihre Insel und sorgte für einen Weg, ihr Volk an dem neu gewonnenen Wissen, diesen Errungenschaften, teilhaben zu lassen. Sie erschuf die Geisterbucht und öffnete damit eine Art Fenster zur Welt der Menschen. Und tagtäglich werden weitere Schiffe von den Sternen gestohlen, um ihre Güter den Menschen zum Leben zu geben.«

Diebstahl. Utopie.

Die Worte hallten in meinem Kopf wieder und ließen mich perplex zurück. Ich sackte auf meinem Stuhl zusammen und blinzelte Jenkins an. Das klang absurd und schlüssig zugleich. Es ergab Sinn. Gleichzeitig jedoch auch nicht, da mein Verstand sich dagegen wehrte. Doch mein Geist nahm Jenkins Worte ohne Zögern an, als hätte er nur auf sie gewartet. Mir war bekannt gewesen, dass es in der Alten Zeit einige Schiffe aus England, Holland, Portugal, Spanien und mehr gegeben hatte, die an Hawaikis Küsten gespült worden waren. Aber es gab in den Überlieferungen kein Wort über Krieg. Niemals. Auf Hawaiki hatte es nie Krieg gegeben. Unser Volk hatte die Schiffbrüchigen aufgenommen und sie zu einem Teil von uns gemacht.

»Ihr betet nicht ohne Grund die Sterne an«, sagte Jenkins und presste die schmalen Lippen zusammen, während mein Herz immer schneller schlug.

»Jènnye hat es also so gewollt«, flüsterte Finn neben mir.

»Aber was hat es damit auf sich, dass wir anders sind?«, krächzte ich.

»Wieso sind wir, wie wir sind?«, fügte nun auch Finn hinzu. Seine Stimme hatte einen verzweifelten Unterton, der mein Herz schwer werden ließ. Doch ich fühlte es auch. Dieselbe Verzweiflung ergriff mich. Das war schließlich die Frage aller Fragen.

Jenkins schien über seine nächsten Worte nachzudenken und sie mit Bedacht zu wählen.

»Ich werde weiter ausholen müssen, damit ihr es versteht. Jènnye sieht die Insel, ihr Reich, als ihr Eigentum. Und ebendieses will sie um jeden Preis schützen. Sie wollte nicht, dass die Menschen versuchten, die angespülten Schiffe zu reparieren und zurück nach Hause zu fahren. Deshalb nahm sie den Menschen die Sehnsucht. Jènnye wollte nicht, dass ihr Volk ruhelos wurde und zu viele Fragen stellte, deshalb nahm sie ihm den Wissensdurst. Sie gab ihm eine hohe Sensibilität für das Spirituelle, für die Energien um sie herum, damit sie im Einklang mit der Natur leben und ihr Herz und ihr Leben der Verehrung der Sterne widmen konnten. Und das ist bis heute so. Jènnye hat ein isoliertes Reich geschaffen, aus Menschen aller Welt, von deren eigentlichen Geschichten und Kulturen kaum ein Echo übrig blieb. Was den Mitgliedern dieses Volkes bleibt, sind nur die heiligen Sterne, das heilige Meer, die heilige Seele und ...«

»... das Heilige Land«, beendete ich flüsternd den Satz und riss die Augen auf. »Ich kenne diese Worte! Jeder kennt diese Worte!«

Finn sprang von seinem Stuhl auf und ließ mich erschrocken zusammenzucken. Er öffnete den Mund und ... nichts. Er sagte nichts. Stattdessen tigerte er einen Moment später ruhelos durch den Raum.

»Ihr wolltet wissen, weshalb ihr anders seid«, sagte Jenkins und warf erst Finn und dann mir einen Blick zu. Mein Atem beschleunigte sich und ich nickte heftig. »Bitte«, flüsterte ich. So lange hatte ich nach Antworten gesucht und nie hätte ich geglaubt, dass ich sie tatsächlich eines Tages erhalten würde.

»Die Geschichte ist ein wenig lang und verstrickt, aber es ist unabdingbar, sie euch zu erzählen, damit ihr verstehen könnt, wer ihr seid. Vor über tausend Jahren wurden die fünf mächtigen Sterne zu größenwahnsinnig. Das sorgte dafür, dass sie einen fatalen Fehler begangen. Die Anbetung der Menschen beflügelte die Sterne am Nachthimmel, genauer gesagt *Jènnyes Insel* beflügelte sie. Ganz besonders aber einer der Sterne verfiel dem Größenwahn: Capella. Er plante einen Putsch gegen die fünf Mächtigen und sammelte Sterne um sich, die genauso gierig waren wie er. Man nennt sie heute die *Hydrus*. Sie töteten viele schwächere Sterne und absorbierten deren Energie, bis sie stark genug waren, um sich gegen die fünf Mächtigen zu stellen. Und tatsächlich waren sie ihnen nahezu ebenbürtig. Ein großer Krieg brach am Nachthimmel aus, bekannt als *der Helle Krieg*, und führte zum Tod vieler Seelen. Letztendlich haben die fünf Mächtigen aber gewonnen und sie verbannten die verbliebenen Hydrus, inklusive ihres Anführers Capella, vom Himmel. Capellas Verrat und der Angriff machten die Mächtigen so zornig, dass ihnen die Endgültigkeit des Todes nicht Strafe genug war. Sie wollten, dass die Hydrus bereuten und litten. Also nutzten sie Jènnyes Zone als eine Art Gefängnis. Die Hydrus waren mehr als zornig, dass sie auf Jènnyes Insel verbannt wurden und dadurch eine menschliche Form annehmen mussten. Sie suchten nach einem Weg zurück an den Himmel, um sich ein für alle Mal an den Mächtigen zu rächen und sie von ihrem Thron zu stoßen. Um Jènnye dazu zu bringen, sie an den Nachthimmel, in ihre Ebene, zurückkehren zu lassen, begannen die Hydrus damit, Chaos über euer Hawaiki ausbrechen zu lassen. Sie schlachteten Jènnyes Volk ab und verwandelten die Welt auf der Insel in die Hölle auf Erden.

Die wenigen Überlebenden flehten Jènnye an, ihnen zu helfen, und weil es schließlich die Schuld der Mächtigen war, dass die Menschen auf der Insel ein solches Leid erfuhren, gaben sie nach und halfen ihnen. Die Mächtigen erschufen ein Artefakt, eine Karte, mit welcher man überall hingelangte, selbst auf die Ebene der Sterne. Vier Krieger des Inselvolkes beschlossen daraufhin, sich zu opfern, um die Überlebenden zu schützen. Sie lockten die Hydrus mit der Karte der Sterne in eine Höhle und in dem Moment, als die Hydrus die Höhle betreten hatten, konnte Jènnye die gefallenen Sterne mit einem Zauber in der Höhle einschließen, sodass sie nie wieder herauskommen könnten.

Wie ich bereits sagte, Sterne sind unglaublich stolze Geschöpfe. Und deshalb würde es ein Stern niemals zulassen, in der Schuld eines anderen Lebewesens zu stehen und schon gar nicht von Menschen – niederen, dümmeren, schwächeren und kurzlebigeren Geschöpfen. Deshalb kamen sie ihrer Schuld nach und schenkten den Nachkommen der vier Krieger, welche sich geopfert hatten, etwas von ihrer Essenz. Und damit die Sterne nicht länger die Schuld ertragen mussten, für so viele Tode auf Jènnyes Insel verantwortlich zu sein, gaben sie auch unserer Ebene etwas von ihren Kräften: Für jeden, der auf Hawaiki getötet wurde, ließen die Mächtigen einen Strahl ihrer Macht in unsere Ebene scheinen, wie viele kleine unsichtbare Sonnenstrahlen. Diese können Ungeborene absorbieren, wenn sie einen solchen unsichtbaren Schein passieren. Damit haben die Sterne den Menschen nicht nur etwas zurückgegeben, sondern gleich zwei Fliegen mit einer Klappe geschlagen: Sie haben diese Menschen auch zu etwas Höherem gemacht, sodass die Sterne nicht länger eine Schuld bei einfachen, schwachen Geschöpfen beglichen haben. Der Nachteil für Jènnye war, dass sie fortan nicht so einfach in die Köpfe dieser besonderen Menschen kam. Ihr Zauber, mit dem sie ihre Insel so gut im Griff hatte, funktionierte nicht richtig bei den neuen besonderen Menschen, weshalb sie jeden Strahl der Macht von ihrer Insel verbannte – um die Kontrolle über ihr Volk zu wahren und es zu schützen.«

Finn unterbrach sein Herumtigern und blieb wie angewurzelt stehen. Auch ich blinzelte Jenkins ungläubig an. Das klang absurd! Das konnte unmöglich echt sein. Und mein Hirn wollte sich weigern, auch nur ein Wort von dem, was er gesagt hatte, aufzunehmen.

»Jenkins, was genau willst du uns damit sagen?«, fragte Finn mit hohler Stimme.

Jenkins sah uns eindringlich an. So eindringlich, dass sich mein Puls beschleunigte. »Was ich euch sagen will, ist, dass ihr zwei Nachkommen der Krieger seid, die sich einst geopfert haben.«

Stille.

Ein schrilles Lachen entwich mir. Hastig schlug ich mir eine Hand vor den Mund. »Tut mir leid.«

Jenkins musterte mich mit gerunzelter Stirn. Dann glitt sein Blick zu Finn, ebenfalls neugierig. Aber Finns Miene war nahezu ausdruckslos. Erschrocken und abwesend.

Die Stille im Raum war kaum auszuhalten. Es war so leise, dass ich Angst hatte, Finn und Lloyd Jenkins könnten meine lauten Gedanken rumoren hören. Unsicher und nervös sah ich immer wieder zu Finn, doch er starrte nur Löcher in die Luft und schien nicht einmal zu atmen.

Nachkommen. Krieger. Ich konzentrierte mich auf die dampfende Tasse vor mir und schloss eine Hand um sie, während die andere zur Steintafel wanderte und an deren unebenem Rand entlangfuhr. Mein ganzer Körper war angespannt und das plötzliche Vibrieren von Energie, das durch mich strömte, sobald ich das seltsame Ding berührte, war nicht gerade hilfreich. Das alles klang falsch. Und es war zu viel. Ich glaubte nicht, dass es sonderlich gesund war, so viel erzählt zu bekommen. Jenkins hatte recht gehabt, diese Geschichte war lang gewesen und konfus und verwirrend. Zumindest glaubte ich, das Gröbste begriffen zu haben: Sterne waren auf Hawaiki gefallen, hatten Menschen getötet, bis sie von vier Kriegern in eine Höhle gelockt worden waren. Jènnye verschloss die Höhle mit einem Siegel, um diese bösen Sterne einzusperren. Und die Sterne gaben den Nachkommen der vier Krieger Kräfte und schenkten den Menschen in unserer Welt ebenfalls Kräfte, um ihre Schuld zu begleichen.

Erschöpft rieb ich mir mit den Händen über das Gesicht. Ich wusste nicht, was ich davon halten sollte. Es klang so unglaublich!

»Ach, verdammt«, sagte Finn nach einer gefühlten Ewigkeit und drehte sich zu Jenkins und mir um. »Weißt du, normalerweise würde ich nicht einfach das Haus von jemandem betreten, den ich nicht kenne. Auf dieser Insel ist das zwar schwer, aber nicht unmöglich, da viele Leute mich meiden, weil sie mich für einen *Kaurehe* halten. Hör zu, normalerweise glaube ich niemals etwas, das ich einfach erzählt bekomme. Aber das alles ... Bei den Sternen, wir befinden uns gerade im Heiligen Land Hawaikis! Das ist heiliges Land, *koupu*, und wir dürften gar nicht hier sein! Und doch sitzen wir in einem Haus mit Dutzenden Büchern und gigantischen Fenstern und Decken, die so hoch sind, dass ich sie nicht berühren kann, wenn ich den Arm ausstrecke. Und wir waren in dieser Höhle. Und wir waren wie besessen von diesem unheimlichen Gefühl. Liv, wir haben es beide gespürt, es gibt Dutzende Beweise, sonst hätte ich vermutlich längst darüber gelacht, aber ... es ist nun mal passiert und wir sind noch immer im Heiligen Land! Und deine Geschichte ist nicht weniger unglaublich und seltsam als das, was uns heute widerfahren ist.«

»Finn hat recht«, stimmte ich mit krächzender Stimme zu. Mehr brachte ich jedoch nicht hervor. Der heutige Tag war real gewesen. Die Geisterbucht war real, die Höhle und dieser kraftvolle Ruf. Und dieses komische Gefühl, wenn ich den Stein neben mir berührte, fühlte sich echt an. Deshalb war es vielleicht gar nicht so verrückt, der ganzen Geschichte eine Chance zu geben. Eigentlich hatte ich nach allem, was heute passiert war, kaum eine andere Wahl.

Ich strich mir fahrig die feuchten, zerzausten Haare hinter die Ohren. »Ich glaube, ich brauche Zeit. Aber i-ich werde versuchen, dir zu glauben, Jenkins.« Ich schloss den Mund und presste die Lippen zusammen. In der Theorie waren die Worte deutlich einfacher gewesen als in der Praxis, denn jede Faser meines Seins versuchte, sich gegen den heutigen Tag zu wehren. Ein nicht gerade kleiner Teil von mir wünschte sich nichts sehnlicher, als sich zusammenzurollen und gänzlich zu vergessen, was passiert war. Sosehr ich mich auch danach gesehnt hatte auszubrechen, woanders zu sein und von Hawaiki zu fliehen, so hatte ich nie zuvor so dringend zurück in dieses alte Leben gewollt. Obwohl ich gerade mal ein paar Stunden entflohen war. Es jagte mir eine ziemliche Angst ein.

»Entschuldigt«, sagte Jenkins mitfühlend. »Das ist eine ganze Menge. Ihr solltet euch ausruhen und eine Nacht drüber schlafen. Ich werde noch ein paar Tage auf der Insel sein. Vielleicht wollt ihr das Gespräch ja ein andermal fortführen.«

Überrascht blickte ich auf. »Aber dann müssten wir erneut das Heilige Land betreten, oder?«

»Es wäre wohl das Beste, bevor mich irgendwer sieht. Die Leute würden reden und es würde euch nicht guttun.«

»Aber was ist mit diesem Zauber?«, fragte Finn und runzelte die Stirn. »Ich dachte, Jènnye würde die Leute kontrollieren.«

»So einfach ist das nicht. Es ist viel verzwickter als das.«

»Wir können den Wald kein zweites Mal betreten«, sagte ich entschieden. »Es ist *koupu* Das ist mächtiger als ein Verbot, weil es auf gesetzlicher *und* spiritueller Ebene stattfindet.«

Jenkins seufzte schwer. »Olivia, der einzige Grund, weshalb es *koupu* ist, ist, damit niemand in die Nähe der Höhle kommt.«

Mein Mund klappte auf. »Du willst damit sagen, dass diese Höhle, in der Finn und ich heute waren, die Höhle ist, in der ...«

Jenkins nickte. »Die Hydrus befinden sich noch immer darin.«

Ich schnappte nach Luft. Das ... das konnte nicht wahr sein. Oder doch? Nein. Alles in mir wehrte sich gegen eine so angsteinflößende Vorstellung und mir wurde glühend heiß. Wenn das, was Jenkins sagte, stimmte, hatten Finn und ich uns zeitgleich mit mörderischen, gefallenen Sternen in ein und derselben Höhle befunden.

Und wir hatten es geschafft zu entfliehen. Nicht einem von ihnen waren wir begegnet. Entweder war die Höhle so groß, dass eine solche Begegnung unmöglich war, oder Jenkins war wahnsinnig und hatte uns ein Märchen aufgetischt. So oder so. Ich brauchte eine Pause. Ich wollte nach Hause, wollte mich ausruhen und mehrere Tage durchschlafen. Ich ... musste das hier verdauen. Denn ich hatte keinen blassen Schimmer, wo mir der Kopf stand.

Meine Beine fühlten sich taub an, als ich mich erhob. Mit steifen Fingern nahm ich die Sterntafel und presste sie an mich. Dass ihre vibrierende Kraft mich augenblicklich erfüllte, machte es nicht gerade leichter. »Wir sollten gehen«, sagte ich mit fester Stimme.

»Aber keine Sorge, Jenkins«, beeilte Finn sich zu sagen und warf mir einen flüchtigen, bedeutungsvollen Blick zu. »Wir kommen wieder. Versprochen.«

Ein empörtes Keuchen entfuhr mir. »Aber, Finn!«

Sein warnender Blick ließ mich verstummen. Himmel noch mal!

Jenkins begleitete uns zurück zur Tür. »Ruht euch aus. Wir werden uns wiedersehen, wenn ihr bereit seid.«

Der Abschied an seiner großen, beeindruckenden Haustür fühlte sich seltsam an. Alles war fremd und komisch und ich spürte Jenkins' Blick im Nacken, selbst als Finn und ich längst den ersten Hügel im Gräsermeer erklommen und anschließend den heiligen Wald betreten hatten.

Ich stützte mich mit einer Hand an einen moosbewachsenen Baumstamm, als wir durch das grüne Gestrüpp marschierten. Das Sonnenlicht funkelte und fiel durch das Blätterdach, was absolut keinen Sinn ergab. Es waren nicht nur meine Knie, die sich taub anfühlten. Mein Hirn fühlte sich genauso an.

»Liv ...«, begann Finn, doch ich schüttelte den Kopf. »Nicht. Ich kann das noch nicht.«

Finn legte mir eine Hand auf die Schulter und zog ein gequältes Gesicht. »Was heute passiert ist, war nicht von dieser Welt, Liv. Ich weiß nicht, wie es dir geht, aber was Jenkins gesagt hat, hat Sinn ergeben. Denk doch mal nach, wir könnten –«

»Finn, bitte«, flüsterte ich. »Ich bin noch nicht so weit. Ich kann jetzt noch nicht darüber reden.«

Ein Muskel an seinem Kiefer zuckte und eine verzweifelte Ruhelosigkeit trat in seine dunklen Augen, die mich meine Worte sofort bereuen ließ. Er brauchte mich. Er musste darüber reden. Das war seine Art, seinen Gedanken Luft zu machen. Doch ich war anders. Ich wollte vor den Gedanken und den Erinnerungen an die Höhle und die mächtige Energie fliehen, bis ich bereit war, mich ihnen zu stellen.

»Tut mir leid«, wisperte ich und trat zurück, bis seine Hand mich nicht mehr berührte. Ich verstärkte den Griff um die sanft pulsierende Steintafel.

Dann ging ich weiter.

Den gesamten restlichen Weg sprachen Finn und ich nicht. Jenkins Worte echoten mir geisterhaft durch den Kopf, auch wenn ich nicht die Kraft hatte, über sie nachzudenken. Zu nichts hatte ich Kraft, außer zum Weitergehen.

Das Grün vor uns wurde dichter, der Farn, herabhängende Kletterpflanzen und das Gestrüpp aus breiten, fächerartigen Blättern tiefer. Es war erschreckend, wie sehr sie das Licht abblockten. Die Luft um uns herum wurde immer kühler und die Schatten dichter, bis jegliches Licht gänzlich verschluckt wurde und uns tiefe Schwärze umgab.

Ich hörte Finn fluchen, ehe ich stolperte, gegen ihn stieß und wir gemeinsam durch das Dickicht taumelten.

»Verdammter Mist!«, stieß ich aus, und wie nicht anders zu erwarten, fielen wir im nächsten Augenblick auch schon unsanft zu Boden.

»Was um alles in der Welt?« Der Schreck in Finns Stimme ließ mich aufblicken.

Oh.

»Bei den heiligen Sternen«, entfuhr es mir und ich riss die Augen auf.

Wir waren nicht länger im Wald, sondern befanden uns genau dort, wo wir den Wald betreten hatten. Auf der Anhöhe in der Nähe des Leuchtturmes. Auch wenn das nicht möglich war. Wir waren nicht auf demselben Weg zurückgelaufen.

Doch das war nicht einmal das Erschreckendste. Der Himmel über uns war tiefschwarz und voller Sterne.

Es war mitten in der Nacht.

»Nein«, entfuhr es mir und ich schüttelte den Kopf. Dann stand ich auf und hielt Finn eine Hand hin, ehe ich ihn auf die Füße zog. »Eben war es doch noch helllichter Tag!«

Nur das Sternenlicht erhellte Finns Gesicht. Er öffnete den Mund, dann schloss er ihn wieder und seufzte. »Na schön. Reden wir morgen drüber.« Ohne meine Antwort abzuwarten, lief er los, bergab in Richtung des Leuchtturmes.

Ich beeilte mich, ihm zu folgen. Himmel noch mal! Jenkins' Worte waren absurd gewesen, aber nicht weniger seltsam als die Dinge, die auf dieser Insel passierten. Vielleicht sollten wir …

Der Kampf, den meine Vernunft und meine tief verwurzelte Neugierde augenblicklich austrugen, war brutal. Letztendlich siegte jedoch die Vernunft und verwies meine Neugierde in eine Box, die ich anschließend fest verschloss. *Morgen ist auch noch ein Tag. Denk jetzt nicht über den ganzen Kram nach!*

Ich blieb abrupt stehen, nahm Nanas Rucksack von meinem

Rücken und stopfte die Steintafel ein wenig zu energisch hinein. Die Erleichterung, das Ding nicht mehr zu berühren, ließ mich aufatmen. Ich schulterte den Rucksack und beschleunigte meine Schritte, um Finn einzuholen.

Als wir den Leuchtturm erreichten, war das Sternenfest noch immer im Gange. Ich hatte nicht den leisesten Schimmer, wie spät es war, aber es war mir egal. Die Totems der alten Götter brannten, die Lagerfeuer ebenfalls und überall waren feiernde Menschen. Es wurde fröhliche Musik gespielt und getanzt.

»Ein Glück, es ist noch nicht vorbei«, sagte ich erleichtert. Genauer gesagt war ich so erleichtert, dass meine Brust eng wurde. Deshalb beschleunigte ich meine Schritte nicht nur, ich rannte los.

»Hey!«, rief Finn mir hinterher. »Nicht so schnell!«

Kurz bevor wir den Weg zum Leuchtturm erreichten, ergriff er meine Hand und drehte mich zu sich herum. »Liv, jetzt warte doch mal kurz. Dir hängen überall Blätter in den Haaren und dein Shirt hat Löcher und ist schmutzig.« Er blickte an sich hinunter. »Und ich sehe nicht besser aus. Irgendwer wird Fragen stellen, vielleicht wäre es klüger, wenn wir nach Hause gehen. Es war ein langer Tag.«

Ich zog eine Grimasse. »Ist mir egal. Das wäre nicht das erste Mal, dass uns irgendwer für seltsam hält. Ich kann noch nicht nach Hause gehen, Finn. Ich muss mich ablenken und auf andere Gedanken kommen.«

Er wirkte hin- und hergerissen. »Na schön. Aber ich will ins Bett. Ich bin total erledigt. Pass auf dich auf, ja? Und renn nicht ohne mich zurück in den Wald.«

»Keine Sorge«, erwiderte ich und lachte nervös auf.

Wir verabschiedeten uns mit einer langen, festen Umarmung. Anschließend beeilte ich mich, zum Leuchtturm zu kommen. Und ich ließ nichts anbrennen. Ich schnappte mir die fast leere Flasche Rum, die an einem Baumstamm am Lagerfeuer lehnte, tanzte ausgelassen zur rhythmischen Musik und ließ mich treiben. Zumindest versuchte ich es. Doch auch wenn der Rum mir im Rachen brannte und meinen Bauch mit Feuer füllte, auch wenn das Tanzen meine erschöpften Muskeln brennen ließ, es half mir kaum. Ich konnte einfach nicht vergessen, was mich mit ruheloser, zerrissener Verzweiflung erfüllte.

»Du solltest aufhören.«

Ich wirbelte erschrocken herum, gerade als ich aus dem kleinen Eingangsraum im Leuchtturm eine weitere Flasche Rum klauen wollte. Zumindest war das mein eigentlicher Vorwand gewesen, jetzt, da die Feier vorbei und so ziemlich jeder zu Hause war. Ich hatte noch nicht vorgehabt zu gehen. Und vielleicht war ich gar nicht gekommen, um mehr Rum zu besorgen. In Wahrheit war ich nicht sonderlich ehrlich zu mir selbst und wollte nach der Steintafel sehen, die ich hinter den aufgereihten Fässern im Rucksack versteckt hielt. Das war ein weiterer Grund, weshalb ich mich, selbst nach Stunden auf dem Fest, nicht entspannen konnte, weshalb ich es nicht schaffte, mich abzulenken und zu vergessen. Weil das sanfte Pulsieren der Tafel mich ständig zu sich zu rufen schien.

»Bei den Sternen, Nikau!«, sagte ich und fasste mir mit empörter Miene an die Brust. »Du hast mich erschreckt.« Der Schein des Feuers hüllte ihn von hinten in flackerndes, goldenes Licht.

Er verschränkte die muskulösen Arme vor der Brust und betrat den Leuchtturm. Seine welligen dunklen Haare steckten in einem Knoten an seinem Kopf und er trug wie so oft einen Wollpullover und Jeans – die typische Erscheinung eines Springers. Er musterte mich von oben bis unten auf eine Art, unter der ich mir entblößt vorkam.

Nikaus Augen verengten sich. »Irgendetwas ist mit dir, Ōriwia. Du siehst aus, als wärst du in einen Taifun geraten.«

»Mir geht's gut«, erwiderte ich hastig und spannte mich an. Ich rang mir sogar ein Lächeln ab. »Alles in bester Ordnung.«

Langsam kam er näher, bis er vor mir stehen blieb. »Dann sag mir, was du hier drin machst, Ōriwia.«

»Ich habe nach Rum gesucht.«

»Das sieht dir nicht ähnlich.«

»Du kennst mich eben nicht.« Ich reckte das Kinn, als mein Herz begann, schneller zu schlagen.

»Irgendetwas ist mit dir«, wiederholte er diesmal mit sicherer Stimme und legte den Kopf schief. Seine Augen wurden noch schmaler, was mir ganz und gar nicht gefiel. »Und ich werde schon noch herausfinden, was es ist.«

Nein. *Nein, nein, nein.* Wieso musste dieser Idiot ausgerechnet jetzt ein Augenmerk auf mich legen?

»Du wirst nichts finden«, sagte ich, packte Nikau, bevor ich weiter darüber nachdenken konnte, am Kragen und zog ihn mit einem Ruck zu mir. »Und jetzt hör endlich auf zu reden, du aufgeblasener Idiot.« Damit stellte ich mich auf die Zehenspitzen und presste meine Lippen auf seine. Ich schlang meine Hand um seinen Hals und küsste ihn fordernd und alles andere als sanft.

Erst war Nikau wie erstarrt. Dann jedoch reagierte der große Springer wie gewohnt.

Er erwiderte den Kuss. Das war jedoch noch nicht alles. Im nächsten Moment löste er sich von mir und schloss die Tür des Leuchtturmes, bis uns pechschwarze, undurchdringliche Dunkelheit umgab. Dann spürte ich seine Hände auf meinem Körper und wie sein Mund den meinen in Besitz nahm. Forsch und fiebrig und haltlos. Hitze schoss durch meinen Bauch und das Kribbeln schien von überall her auf eine ganz bestimmte Stelle zuzusteuern. *Tiefer.* Dort, wo Nikaus Hand ebenfalls hinwanderte.

Kurz darauf fuhren seine Hände gierig und schamlos unter mein löchriges, rissiges Oberteil.

Das hier war weder sanft noch vorsichtig noch liebevoll. Und es war genau das, was ich in diesem Moment wollte. Was ich *brauchte*.

Vielleicht war es heute Nacht die einzige Sache, die mich wirklich vergessen lassen konnte.

8. Kapitel

Meine Augen brannten trocken, als Finn und ich uns am nächsten Tag auf den Weg zu Nanas Haus am anderen Ende des Dorfes machten. Wir beide hatten den Großteil des Tages verschlafen. Der salzige, kühle Wind blies uns entgegen und peitschte mir meine Haare um den Kopf, bis ich sie mit einem finsteren Murren in den Halsausschnitt von Papas liebstem Wollpullover steckte und die Arme um mich schlang.

Am Hafen herrschte, wie an jedem anderen Tag, reges Treiben. Die Leute waren allesamt fleißig und voller Energie dabei, Netze voller Fische in Hütten zu tragen, Holz zu stapeln, Karren mit schwarzem Inselgestein zu schieben oder mit dem Gut aus den Geisterschiffen zu handeln. *Jènnye nimmt den Menschen die Sehnsucht und den Wissensdurst, um sicherzustellen, dass sie Hawaiki nie verlassen werden und das Geheimnis um die Insel gewahrt werden kann.*

Hastig schüttelte ich mich, als könnten die Worte dadurch aus meinem Kopf verschwinden. Aber das taten sie nicht. Sie schienen allgegenwärtig, seit ich vor einer halben Stunde die Augen aufgeschlagen hatte. Seither verspürte ich fast schon so was wie Wut. Früher war mir die Szenerie des Hafens malerisch vorgekommen. Jetzt verpasste sie mir eine Gänsehaut. Konnten die Leute überhaupt selbst denken? Waren sie ganz normale Menschen, die selbst handeln und fühlen konnten? Wie stark waren die Sterne involviert? Konnte man irgendetwas unternehmen, um ihnen ihren freien Willen zurückzugeben?

Ich fluchte, als ich über meine eigenen Füße stolperte und mich im letzten Moment gerade wieder fing. Der Rucksack auf meinem Rücken wurde dabei durchgerüttelt – denn natürlich hatte ich die Steintafel dabei. Allein der Gedanke, sie nicht bei mir zu haben, löste Widerwillen in mir aus. Was auch immer das schon wieder zu bedeuten hatte.

Neben mir lachte Finn auf. »Meine Güte, hast du gute Laune. Klingt fast, als hättest du letzte Nacht zu viel Rum getrunken.«

»Klingt nicht nur so, es war so«, erwiderte ich brummend und kniff bei der nächsten starken Böe die Augen zusammen. Ich hatte letzte Nacht tatsächlich ein wenig über die Stränge geschlagen. Mir war flau im Magen und meine Zunge war pelzig. Und dann noch die Sache mit Nikau.

Nein. Ich bereute es nicht. Wieso auch? Es hatte mir gutgetan und mich abgelenkt, was doch die Hauptsache war. Ich musste mich deshalb nicht schlecht fühlen, nur weil ich eine Frau war. Was mein Vater von mir verlangte, war eine andere Geschichte. Ich würde Nikau nicht heiraten. Das war für mich eine beschlossene Sache.

Ein herzhaftes Gähnen entwich mir. Ich war hellwach und todmüde zugleich. Obwohl ich lange geschlafen hatte, war es alles andere als erholsam gewesen. Wenigstens hatten sich meine Gedanken so weit beruhigt, dass ich es wagen konnte, über die Geschehnisse von gestern nachzudenken. Es beunruhigte mich noch immer und auch der Schock saß tief, doch die Bilder in meinem Kopf sorgten nicht mehr dafür, dass ich schreiend davonlaufen wollte. Eher lösten sie etwas aus ... ein sonderbares Gefühl. Fast so sonderbar wie die seltsame Kraft des Steins in meinem Rucksack.

Ich schüttelte mich und rieb mir mit beiden Händen über das Gesicht. Meine Nasenspitze war eiskalt.

Erst jetzt sanken Jenkins' Worte wirklich ein – immerhin hatten Finn und ich uns auf den Weg zu Nana gemacht, um sie als Erste zur Rede zu stellen. Danach würden Toka sowie Maorok und Eda, die anderen Ältesten, folgen. Erst jetzt merkte ich, dass Jenkins' Erzählungen genau die Erklärungen waren, die uns unser Leben lang gefehlt hatten. Das spürte ich in meinen Knochen. Und genau deshalb fühlte ich mich betrogen. Unser ganzes Leben basierte auf Lügen? Waren all die Ausgrenzung, die Finn und ich von klein auf hatten erfahren müssen, das Produkt einer Gehirnwäsche, die bei uns nicht funktioniert hatte? War es so unfair, wie es sich mein ganzes Leben angefühlt hatte, oder doch eher ein Segen? Ich wusste es nicht. Aber endlich ergab vieles Sinn. Nein, *alles* ergab plötzlich Sinn.

»Liv, lass uns endlich drüber reden.«

Ich warf Finn einen erschöpften Blick zu. Seine hellen blonden Haare waren zerzaust und die Haut auf seiner Nase und den Wangen war gerötet.

»Schön, lass uns reden«, gab ich widerwillig nach.

»Ich habe einen Plan«, sagte er leise. »Na ja, oder zumindest eine Idee für einen Plan. Jenkins ist unsere beste Option, um endlich abzuhauen. Und wir sollten die einmalige Chance ergreifen, Liv. Vergiss die Springer. Lass uns mit Jenkins von hier verschwinden.«

Mein Mund klappte auf. Er ... *Was?!*

Verstohlen blickte ich mich um, um sicherzugehen, dass uns niemand zuhörte. Aber tatsächlich war niemand in Sicht, der uns zuzuhören schien, dafür waren alle zu sehr mit anderen Dingen beschäftigt. »Das kann unmöglich dein Ernst sein!«

»Er hat ein Schiff«, sagte Finn eindringlich und beugte sich näher zu mir. »Jenkins weiß so viele Dinge und er kann uns bestimmt noch viel mehr zeigen. Das ist doch, was wir immer wollten: mehr Wissen und neue Orte kennenlernen. Um ehrlich zu sein, ist Jenkins nicht nur unsere absolut beste Wahl, sondern unsere einzige.« Ich sah Verzweiflung in seinen Augen. Er schluckte schwer. »Was denkst du, Liv?«

»Verflucht noch mal.« Ich stöhnte auf und strich mir zwei dicke Haarsträhnen hinter die Ohren. Wenn ich ehrlich war, hatte ich meine Entscheidung doch schon längst getroffen.

Und Finn kannte mich nur allzu gut.

»Was auch immer gestern für Kräfte auf der Insel erwacht sind und nach allem, was Jenkins uns erzählt hat ...« Ich biss mir auf die Lippe, blickte mich verstohlen um. »Du hast recht, wir müssen weg.«

Das war der Gedanke, der mir am meisten Angst einjagte: dass nie wieder etwas so sein würde, so sein konnte wie zuvor. Hierzubleiben würde uns zerstören. Nikau zu heiraten würde *mich* zerstören. Ich konnte das nicht. Mehr als je zuvor fühlte sich Hawaiki an wie ein wunderschönes, idyllisches Gefängnis, umgeben von der reißenden, traumhaften See.

Und letztendlich war es sogar ein Gefängnis. Immerhin wurden im Landesinneren dunkle, gefallene Sterne in einer Höhle festgehalten.

Mein Hals wurde eng, als ich mir vorstellte, was es bedeutete, wenn wir wirklich und wahrhaftig Hawaiki verließen. Himmel, wir würden unsere Eltern zurücklassen. Jasmine, Papa, Nana, Toka und die anderen. Es war zum ersten Mal zum Greifen nah und nicht nur ein Hirngespinst.

»Finn, wir werden nie wieder leben können wie vor Hawaikis Ruf«, sagte ich leise.

»Jènnyes Ruf.«

»Was?« Irritiert blickte ich zu ihm auf und sah, wie sein Mundwinkel zuckte. Er lächelte ironisch. »Schon vergessen? Unsere Insel heißt nicht Hawaiki.«

Ich lachte erschöpft auf. Ja, richtig. Wenn Jenkins die Wahrheit gesprochen hatte, war es ein weiterer Beweis, dass unser Leben einer Lüge glich.

Während wir zur anderen Seite der Küste unterwegs waren, versuchten wir, die Hauptwege zu meiden. Eigentlich hätten wir am Morgen in der Lernstätte sein sollen und es war gut möglich, dass uns nun irgendjemand sah, der uns in Schwierigkeiten bringen könnte. Aber im Vergleich zu dem, was uns gestern widerfahren war, schien die Aussicht auf Ärger ein Witz.

Als wir das schwarze schiefe Haus meiner Großmutter erreichten, gähnte ich so herzhaft, dass Finn auflachte.

»Wie lang warst du eigentlich auf dem Sternenfest?«

Ich schnaubte leise. »Vielleicht ein klein wenig zu ...«

Die Tür wurde aufgerissen, noch bevor ich meine Hand heben konnte, um an ihr zu klopfen. Mir entfuhr ein erschrockener Schrei. »Himmel, noch mal!«, rief ich und fasste mir an die Brust.

Nana stand vor uns und strahlte uns mit einem breiten Lächeln an. Hatte sie etwa auf uns gewartet?

»Da seid ihr ja, *Mokopuna*! Ich habe eigentlich früher mit euch gerechnet.« Sie ergriff meine Hände und zog mich auch schon ins Haus.

Perplex warf ich Finn einen hilflosen Blick über die Schulter zu, als ich der alten Frau hinterherstolperte.

»Ich habe eben Teewasser aufgesetzt. Habt ihr Hunger? Eda hat mit Jasmine Fische geräuchert. Es ist noch jede Menge da.«

»Äh, danke«, sagte ich und blinzelte verwirrt, während wir die kleine Küche betraten.

»Oh«, entfuhr es Finn, als mein Blick im gleichen Moment auf die anderen fiel. Wie erstarrt blieb ich stehen und Nana ließ mich los.

Die anderen Ältesten waren ebenfalls hier: Toka, Maorok und Eda. Sie saßen am großen Esstisch, der fast den gesamten Raum einnahm. Das Licht war spärlich, obwohl dieser Raum in Nanas Haus die meisten kreisrunden Schiffsfenster besaß.

»Hallo«, stieß ich hervor und blickte sie der Reihe nach verdutzt an. »Was macht ihr hier?«

»Bei den Sternen, ihr habt uns erwartet!«, rief Finn wütend, während Nana seelenruhig Tee in die Tassen auf dem Tisch füllte und sich setzte.

»Ganz offensichtlich«, brummte Maorok. Seine dunkle Haut war so weich und zerlaufen und voller narbiger *Taotus*, dass ich seine Mimik nie genau einschätzen konnte. Mit seinen lichten, schulterlangen weißen Haaren und den schmalen Augen sah der alte Leuchtturmwärter immer ein wenig griesgrämig aus. Nicht wenige hatten sogar Angst vor ihm.

»Na, kommt«, sagte Nana und klopfte auf den Tisch. »Setzt

euch. Nehmt euch Tee. Halten wir uns nicht mit belanglosem Gerede auf und kommen wir gleich zum Wesentlichen.«

»Wow«, stieß ich bloß hervor und funkelte sie an. Ich war vollkommen überrumpelt.

Nichtsdestotrotz kamen Finn und ich ihrer Aufforderung nach und setzten uns den Ältesten gegenüber an den zerkratzten, alten Holztisch. Nanas Haus war chaotisch, aber dafür gemütlich. Überall standen und hingen Dinge: geschnitzte Figuren, Angelhaken, getrocknete Kräutersträuße oder kleine Steine, die sie am sandlosen Strand gesammelt und für besonders befunden hatte. Früher hatte ich Nanas Haus für das lichtdurchflutetste gehalten, weil sie allein in diesem Raum fünf Bullaugen in den Wänden hatte. Nachdem wir aber gestern in Jenkins' Anwesen gewesen waren, kam es mir nur noch halb so hell vor.

Ich nahm mir eine Tasse mit dem dampfenden Tee. Finn jedoch starrte ihn nur an. Dann schien er sich ebenfalls dem Wesentlichen widmen zu wollen. »Was sollte das gestern?«, fuhr er die Ältesten an und funkelte ganz besonders Toka an. »Ihr habt uns den Wölfen zum Fraß vorgeworfen!«

Eda schnaubte leise und schüttelte den runzligen Kopf. »Der einzige Grund, weshalb du überhaupt weißt, was Wölfe sind, sind die Bücher, die du ständig liest, mein Junge.«

»Finn hat aber recht!«, sagte ich aufgebracht. »Ihr habt davon gewusst. Deshalb habt ihr uns zum Pilzesammeln geschickt.«

Nana wirkte tatsächlich betrübt, auch wenn ich es ihr nicht abkaufen wollte. Sie hätten mit uns reden können! Wie hatten sie zulassen können, dass uns das gestern widerfahren war?

»Die Zeit war gekommen«, erklärte Toka mit seiner tiefen Stimme. Es klang fast unheilvoll. »Die Insel hat zu uns gesprochen und wir mussten euch auf diese Reise schicken. Ihr solltet von eurem Erbe erfahren und das erforderte höhere Kräfte.«

»Wir sind fast gestorben«, sagte Finn leise. Diesmal griff er doch nach einer Tasse und der Griff seiner gefleckten Hand schien so fest, dass die Tasse jeden Moment zerspringen könnte, so sah es zumindest aus. »Ihr habt uns nicht einmal vorgewarnt, ihr habt uns *verdammt noch mal* zum Pilze –«

»Finn.« Ich warf ihm einen erschrockenen Blick zu und schüttelte den Kopf. Ich war mindestens so wütend wie er, aber wir sprachen noch immer mit den Ältesten.

Er schien selbst zu bemerken, dass er gerade die Beherrschung verlor, denn er atmete tief durch und schloss die Augen.

Als er sie wieder öffnete, wirkte er gefasster. »Ihr habt unser Leben riskiert, obwohl ihr uns hättet vorwarnen können. Ihr hättet uns in die Geheimnisse einweihen können.«

»Stimmt also alles, was Jenkins uns erzählt hat? Und ihr kennt ihn wirklich? Lloyd Jenkins?«

»Wir wissen nicht, was Jenkins euch erzählt hat«, sagte Nana und trank einen Schluck Tee. »Doch wir kennen Lloyd Jenkins seit vielen Jahren. Er ist ein anständiger und ehrenvoller Mann.«

Ich atmete erleichtert auf. Dann war das also keine Lüge gewesen. »Woher kennt ihr ihn? Was hat das zu bedeuten, Nana?«

»Ich hab genug von den ganzen Geheimnissen«, murmelte Finn und warf mir einen erschöpften Blick zu. Dann sah er wieder zu den Ältesten. »Könnt ihr bitte ganz von vorn anfangen?«

Toka streckte den Arm über den Tisch aus und ergriff sowohl Finns als auch meine Hand. »Wir Ältesten leben schon sehr lange auf Hawaiki. Wir haben Dinge erlebt und gesehen, die keiner für möglich halten würde. Und all das begann, kurz nachdem das letzte englische Schiff an unseren Küsten gestrandet war. Vor dreihundertachtzig Jahren.«

Ich blinzelte. Verstohlen wagte ich einen Blick zu Finn. Das war vollkommen unmöglich. Ich wollte auflachen. Dreihundertachtzig *Jahre*? Vielleicht war das alles nichts weiter als ein schlechter Scherz.

Ich hielt die Luft an und suchte Nanas Blick, dann sah ich wieder zu Toka.

Meine Stimme glich nur noch einem Wispern. »Habt ihr von der Höhle gewusst? Und von dieser Geschichte mit den bösen gefallenen Sternen? Habt ihr je zuvor den heiligen Wald betreten?«

Es war, als würde Toka mich gar nicht hören. »Wir waren in eurem Alter, als Jenkins auftauchte. Er kam aus dem heiligen Wald gestolpert, in Lumpen gekleidet und mit nichts als einem Schultersack bei sich. Er sagte, er hätte ein Schiffsunglück erlitten und sei angespült worden, auf der anderen Seite der Insel, im Heiligen Land.«

Nanas strahlende Augen wirkten mit einem Mal müde und abwesend. »Seit dem Tag, als Jenkins auf die Insel kam, hat es kein weiterer Fremder hierher geschafft. Er war der Letzte, der Jènnye zu finden vermochte. Jenkins erzählte uns von unbekannten Angreifern, die seine Frau töteten, und den Blitzen, die sein Gesicht zeichneten. Dann sahen wir zum ersten Mal in unserem Leben Sternenstaub.«

Unweigerlich musste ich die Luft anhalten. *Sternenstaub.* Es klang so unwirklich und überwältigend zugleich.

Eda ergriff das Wort und ihre gebrechliche Gestalt versank beinahe in ihrem Stuhl. »Der Sternenstaub veränderte uns. Wir waren stärker und schneller und wurden nicht mehr krank.«

»Wir kannten natürlich die alten Geschichten«, sagte Nana. »Die Geschichten von den heiligen Sternen und dem heiligen Wald. Und ähnlich wie ihr waren wir vier anders als alle unseres Volkes. Wir waren stets ruhelos und neugierig. Wir gehörten nicht recht dazu. Und als Jenkins auf der Insel erschien, wussten wir, dass wir mehr wollten als dieses Leben. Wir wollten herausfinden, was auf Hawaiki vor sich geht und was es mit den Hydrus auf sich hatte – das sind die neun dunklen Sterne, die so verdorben waren, dass der Himmel sie auf die Insel spuckte. Vielleicht hat euch Jenkins diese Geschichte bereits erzählt.«

»Dann stimmt es«, flüsterte ich heiser. »All das ist wahr? Die Geschichte von den gefallenen Sternen und Jènnye?«

Maorok, der bisher gar nicht das Wort ergriffen hatte, nickte. »Wir haben die Höhle erforscht, doch sie ist gewaltig. Wir haben die Hydrus nie entdeckt, genauso wenig wie die Überreste der vier Krieger, die sich einst opferten, oder die Sternenkarte, mit der die Hydrus hineingelockt worden waren.«

»Jènnye wollte nicht, dass wir etwas finden«, sagte Toka. »Es war nicht an uns, die anderen Zonen der mächtigen Sterne mithilfe der Karte ausfindig zu machen, um eines Tages die Hydrus zu bezwingen. Diese Aufgabe liegt ganz bei euch.«
Ich erstarrte.
Stille breitete sich in meinem Kopf aus.
»Ich verstehe nicht«, sagte Finn mit seltsam hohler Stimme. Sie hallte in meinem Kopf wider. Er war wie leer gefegt.
Endlich ließ Toka Finn und mich los und ich zog hastig meine Hand zurück.
Nana hob überrascht die Augenbrauen. »Hat euch Jenkins davon nicht erzählt? Von eurer Bestimmung? Ich hatte geglaubt, dass das sein erster Punkt gewesen wäre.«
Ich atmete tief durch. Doch das konnte nicht verhindern, dass mich erneut Wut erfasste.
»Nein«, stieß er hervor, »Jenkins hat uns nichts *davon* erzählt.«
Wovon genau? Wovon bei den Sternen sprachen sie?
Mir wurde schlecht. *Die Hydrus. Bestimmung.*
»Noch mal von vorn«, verlange Finn. »Was hat es mit dieser Bestimmung auf sich?«
Es war das erste Mal, dass ich Nervosität auf den schrumpeligen Mienen der Ältesten sah. Sie wirkten plötzlich unruhig.
»Die Plejaden haben zu uns gesprochen«, sagte Toka. »Seit fast tausend Jahren ist kein Stern mehr auf die Insel gefallen und es ist schon viele Jahre her, dass die Plejaden das Wort an uns gerichtet haben. Zum nächsten Sternenfest ist es wieder so weit und ein Stern wird fallen. Und wenn es passiert, wird Jènnyes Siegel brechen. Die Hydrus kommen frei und werden die ganze Welt in Chaos stürzen, um sie ihre Rache spüren zu lassen. Sie werden so lange Leid und Elend verbreiten, bis die Sterne ihre Pforten öffnen und die Hydrus an den Himmel zurückkehren können.«
Was zum heiligen Henker sind nun schon wieder die Plejaden?
Nana senkte den Blick auf den Tisch. »Um das zu verhindern, sollen die Nachkommen der Krieger unseren Vorfahren gerecht werden. Ihr sollt die Hydrus zurück in die Höhle sperren.«

»Moment«, sagte ich und lachte auf, doch es klang verzweifelt und ein wenig hysterisch. »Das kann unmöglich euer Ernst sein. Das ... das nächste Sternenfest ist schon nächstes Jahr. In so ziemlich genau einem Jahr, wir hatten gestern Nacht erst das Fest!«

»So ist es«, sagte Eda und seufzte betrübt auf.

Mein Herz begann zu rasen. Mir wurde heiß und kalt.

Ich wusste nicht, ob ich es mir einbildete oder ob der Stuhl, der Tisch und der Boden tatsächlich leicht zu beben begannen. Als der Klang von Finns Stimme das Beben zu verstärken schien, zuckte ich zusammen. »Ihr habt unser ganzes Leben lang gewusst, dass wir Nachkommen dieser Krieger sind, und uns nie etwas gesagt?« Sein finsterer Blick pfählte die Ältesten regelrecht. »Ihr habt jahrelang zugesehen, wie Liv und ich ausgegrenzt, schikaniert und für verrückt erklärt wurden. Wir haben nie dazugehört, wir dachten, etwas mit uns stimmt nicht, und jetzt, siebzehn Jahre nach unserer Geburt, erzählt ihr uns, dass es auf alles eine Antwort gibt und dass jede Sekunde Leid, die uns widerfahren ist, hätte vermieden werden können?«

Die Erde begann zu beben, in Nanas Küchenecke klapperte es und die Teetassen auf unserem Tisch vibrierten regelrecht.

»Ihr habt uns belogen!«, rief er aufgebracht, spuckte ihnen die Worte regelrecht entgegen. Ich sprang von meinem Stuhl auf, beugte mich zu Finn, nahm sein Gesicht in meine Hände und zwang ihn, zu mir aufzublicken. »Finn, atme. Ich glaube, du bist es, der die Erde beben lässt. Du musst dich beruhigen!«

Er atmete noch schneller, noch flacher und sah mich mit ruhelosen Augen an.

»Finnley«, wiederholte ich eindringlich, leise. Und tatsächlich: In dem Moment, als seine Schultern nach unten sackten, ließ das Beben nach, bis es langsam verschwand.

»Das ... das war ich?«, murmelte er und blinzelte mich an. Ich nickte. Mein Herz trommelte so schnell gegen meine Brust, dass meine Glieder zitterten. Bei den Sternen!

Ich warf den Ältesten einen finsteren Blick zu. Ihr Verrat grub sich in meine Brust wie eine vergiftete Pfeilspitze. »Ihr habt uns angelogen. Und wehe, ihr versucht, das irgendwie zu rechtfertigen. Komm, Finn.« Ich zog ihn hoch. »Wir gehen.«

»*Mokopuna*«, sagte Nana verzweifelt und schob ihren Stuhl zurück. Sie lief uns hinterher, als wir in Richtung Haustür gingen. Als ich diese öffnete und wir heraustraten, rechnete ich mit einer Entschuldigung, da Nana ihre alten, knochigen Finger um meinen Oberarm schloss. »*Mokopuna*«, wiederholte sie. »Bitte, warte. Ich –«

»Nenn mich nie wieder Enkelin, egal in welcher Sprache!«, zischte ich wütend und entzog ihr meinen Arm. »Wenn es stimmt, was ihr gesagt habt, und ihr wirklich so alt seid, bist du nicht meine Großmutter. Ich ... ich weiß eigentlich gar nicht, was du bist. Alles war eine Lüge! Die Entschuldigungen könnt ihr euch jedenfalls sparen.«

»Olivia, es tut mir so leid. Ihr müsst uns nicht verzeihen und ich werde euch noch nicht darum bitten. Wir haben getan, was wir für richtig gehalten haben, und es diente nur eurem Wohl.«

»Auf Wiedersehen, Nana«, sagte ich und presste die Lippen zusammen. Dann drehte ich mich zu Finn um und ging.

»*Mokopuna!*«, rief Nana uns mit zitternder Stimme hinterher. Ich erwartete wirklich, dass sie uns eine weitere Entschuldigung hinterherrufen würde. Doch ihre nächsten Worte erwischten mich kalt, wie alles andere, was sie und die Ältesten uns erzählt hatten.

»Jenkins erwartet euch beim nächsten Sonnenaufgang! Ihr solltet zu ihm gehen und mit ihm sprechen!«

9. Kapitel

Wellen brachen sich vor uns am steinigen, schwarzen Steinstrand. Zwitschernd und krächzend segelten *Taukopas* durch die Luft oder watschelten unter den Palmen entlang, deren Spitzen sich tief zur Erde bogen.

Ich tigerte vor der schäumenden Brandung auf und ab und raufte mir die Haare. »Ich kann nicht glauben, dass sie uns das all die Jahre vorenthalten haben!«

Die untergehende Sonne warf rot glühendes Licht auf die Küste und glitzerte auf dem Meer. Es stank nach Algen, die haufenweise angespült worden waren und an denen sich Dutzende brummende Fliegen labten.

Im Gegensatz zu mir lief Finn nicht umher. Er saß auf einem ausgeblichenen Baumstamm und sagte kein Wort. Dafür wippte er unruhig mit einem Bein und knabberte an seinem Daumennagel.

»Ist ihnen klar, was das alles zu bedeuten hat?«, fauchte ich, ohne mein Herumtigern zu unterbrechen. »Unser Leben ist eine Lüge! Diese ganze verdammte Insel ist eine Lüge!«

Endlich rührte sich Finn. Er stand auf, drehte sich um und lief los. »Na los, gehen wir zu Jenkins. Ich kann nicht bis Sonnenaufgang warten.«

Mit energischen Schritten folgte ich ihm in die Farnbüsche und das Unterholz. »Die Sache mit der Bestimmung ist Wahnsinn!«

Finn erwiderte nichts, sondern lief stumm weiter. Wieso wollte er nicht, so wie ich, laut wettern und dem Ganzen Luft machen?

Das war sonst immer sein Bedürfnis, wenn ihn eine Sache beschäftigte.

Mir war heiß in Papas übergroßem Pullover, als ich Finn quer über die Insel folgte. Und obwohl ich nichts außer der Steintafel in meinem Rucksack trug, fühlte sich das Gewicht so schwer an, als wollte es mich niederringen.

Die Ältesten hätten es uns sagen können. All die Jahre, unser ganzes Leben. Sie hätten uns vor Jahren in die Geheimnisse Hawaikis – nein, *Jennyes* – einweihen können. Wieso hatten sie es den Kräften der Insel überlassen, uns ins Heilige Land zu ziehen, wo wir beinahe in einer Höhle verschüttet worden wären, anstatt mit uns zu reden und uns alles zu erzählen?

Obwohl ich mich davor fürchtete, wieder in den Wald zu gehen, und sich alles in mir dagegen sträubte, machte ich nicht Halt, als Finn und ich den Rand erreichten und uns verstohlen umsahen. Wir waren allein. Keine Menschenseele weit und breit.

Bei den verfluchten Sternen. Wir betraten schon wieder den heiligen Wald. Wir missachteten erneut das größte Verbot, das es auf Hawaiki gab.

Ich straffte meine Schultern und holte tief Luft, ehe ich einen Fuß zwischen die Bäume und Grünpflanzen setzte und mich mit Finn durch das Dickicht kämpfte. Vermutlich war mein Zorn zu groß und meine Gefühle zu aufgewühlt, als dass ich weiter darüber nachdenken konnte.

Je mehr Erinnerungen vom Vortag mein Hirn fluteten, desto schwerer wurde mir ums Herz. Erst hatte mich mein Vater verraten, dann waren wir vom Ruf der Insel erfasst worden und in dieser Höhle gelandet. Und dann hatte sich auch noch ein für alle Mal herausgestellt, dass nichts so war, wie es schien.

Mit anderen Worten stand unser Leben buchstäblich Kopf. Und zum ersten Mal ging es mir wie Finn. Ich hatte das brennende Bedürfnis, mir alles von der Seele zu reden, um meinen Gedanken Luft zu machen, um den Druck aus meinem Kopf und die Enge aus meiner Brust fortzubekommen. Es war, als hätten wir unsere Rollen getauscht.

»Finnley«, sagte ich, während wir uns, begleitet vom Geräusch raschelnder Blätter, durch den heiligen Wald bewegten.

Mein bester Freund warf mir einen fragenden Blick zu, noch immer hatte er eine finstere Miene aufgesetzt.

Ich erzählte ihm vom gestrigen Gespräch mit meinem Vater und von dessen Lüge. Von unserer falschen Chance, Springer werden zu dürfen. Und davon, was mein Vater von mir verlangt hatte. Von Nikau und der Hochzeit.

»Verdammt, Liv!«, stieß Finn aus. »Wieso hast du mir das nicht gestern schon gesagt?«

Ich schob mir ein Farnblatt aus dem Gesicht. »Hana war bei uns und dann waren wir ja auch schon mitten im Landesinneren.«

Er schwieg für einen Augenblick, ehe er mir einen verstohlenen Blick zuwarf. »Trotzdem hättest du es mir eher erzählen können.«

Ich verdrehte die Augen. »Es ist, wie es ist. Ich kann meinem Vater nicht mehr in die Augen sehen, genauso wie Nana und den anderen. Ich schätze, unser Traum vom Springerdasein ist ein für alle Mal geplatzt, denn ich werde Nikau weder heiraten noch seine Kinder gebären.«

»Tut mir leid«, sagte Finn leise. »Es tut mir leid, dass dein Vater dir das angetan hat.«

Mein Herz zog sich zusammen. Ich musste an etwas anderes denken, die Erinnerungen und Gedanken waren einfach zu schmerzhaft.

Ich blickte über die Schulter, um Finn anzusehen. Schnell räusperte ich mich. »Hast du seit gestern mit Hana gesprochen? Hast du ihr irgendetwas erzählt von dem, was –«

»Nein«, unterbrach er mich verdächtig schnell. Eine tiefe Falte erschien auf seiner Stirn und er wich meinem Blick aus. »Ich habe sie noch nicht gesehen. Sie weiß ja nicht mal von den harmloseren Dingen, wieso glaubst du, dass ich Hana von alldem erzählen würde?«

»Vielleicht weil sie deine Freundin ist?« Ich hob eine Augenbraue.

Eine Weile sagte Finn nichts. Wir konzentrierten uns beide wieder auf unsere Wanderung.

»Ich werde ihr nichts davon erzählen«, sagte er schließlich entschieden. »Ich weiß noch nicht, was ich tun soll. Ich sollte irgendeine Erklärung haben, wenn ich sie verlasse.«

Mein Mund klappte auf. »Warte, sie *verlassen*? Aber du liebst Hana. Du hast Hana immer geliebt!«

»Liv, wir werden vermutlich in wenigen Tagen aufbrechen – zumindest hoffe ich das. Jenkins hat gestern gesagt, dass er nur ein paar Tage auf Hawaiki sein wird. Und wenn wir Hawaiki verlassen, muss ich Hana freigeben. Ich komme nicht zurück. Das will ich nicht.«

Meine Beine weigerten sich weiterzugehen. Finn blieb ebenfalls stehen und ich sah ihn mit angehaltenem Atem an. »Du willst *für immer* fort?«, flüsterte ich.

»Du nicht?«, fragte er und hob die Augenbrauen. »Was dachtest du, was das alles zu bedeuten hat?«

»Für immer ist aber eine ziemlich lange Zeit.«

»Vielleicht komme ich mal zu Besuch, um meine Eltern zu sehen.« Er zuckte mit den Schultern. »Und vielleicht werde ich den Ältesten eines Tages wieder ins Gesicht sehen können. Aber ich glaube, ich werde noch sehr lange nicht bereit dazu sein. Und bis dahin hält mich hier nichts.«

Nichts. Ungläubig schüttelte ich den Kopf. Dann verpasste ich ihm einen Schlag gegen die Brust. »Verflucht, Finnley. Du bist so ein Heuchler! Jahrelang hast du mir die Ohren abgekaut, wie sehr du Hana liebst, und jetzt fällt es dir überhaupt nicht schwer, ihr mir nichts, dir nichts den Rücken zu kehren?«

Seine Miene verfinsterte sich noch mehr und wurde härter. Er setzte sich wieder in Bewegung. »Lass gut sein, Olivia.«

Ich hastete neben ihm her. »So einfach willst du das Thema fallen lassen?«

»Willst du stattdessen über Nikau reden?«

»Du bist doch derjenige, der mit den Details verschont werden möchte. Also mir würde es nicht schwerfallen, einen hirnlosen

Gorilla wie ihn zurückzulassen, weil ich ihn nicht liebe. Und ich glaube nicht, dass es dir mit Hana genauso leichtfallen sollte wie mir mit Nikau.«

»Ich will jetzt verdammt noch mal wirklich nicht über Hana reden! Sollte ich meine Meinung ändern, wirst du es als Erste erfahren, keine Sorge. Und bis dahin lass mich bitte einfach in Frieden damit.«

»Ganz wie du meinst«, schnaubte ich und stampfte weiter. Ich hatte keinen blassen Schimmer, was in Finns Kopf vor sich ging. Seine Worte erschütterten mich jedoch und machten mich wütend. Ich hätte meine Hand dafür ins Feuer gelegt, dass Finn Hana liebte. Ich fragte mich, wie es wirklich in ihm aussah und was diese Wut mit ihm anstellte. Denn zum ersten Mal hatte ich das Gefühl, ihn nicht richtig zu kennen. Meinen besten Freund plötzlich nicht mehr einschätzen zu können, beunruhigte mich. Nach den letzten siebzehn Jahren hätte ich nicht gedacht, dass es überhaupt noch möglich war, neue Seiten an ihm zu entdecken.

Es wunderte mich nicht im Geringsten, dass wir Jenkins' Anwesen sofort erblickten, als wir den Wald verließen. *Jennye* musste gewusst haben, dass wir hierherkommen wollten, und hatte uns wohl kurzerhand genau an dieser Stelle herausgeschmissen. Wie gestern, als wir aus dem Wald in der Nähe des Leuchtturmes gestolpert waren. Und wie gestern schien die Sonne hier nicht leuchtend rot am Rande des Horizonts, sondern strahlte am wolkenlosen blauen Himmel direkt im Zenit herab, unbewegt und erstarrt.

Ich erschauderte. Die Steintafel in meinem Rucksack schien durch die Nähe zu der monströsen schwarzen Steinwand am Ende des Gräsermeers sanft zu vibrieren, fast als würde sie auf sie reagieren. Oder auf einen Ruf antworten, den Finn und ich dieses Mal nicht hörten, ganz im Gegensatz zum Vortag.

Hastig schüttelte ich das mulmige Gefühl ab und riss meinen

Blick von der Felswand los, ehe ich meine Schritte beschleunigte, um mit Finn mitzuhalten.

Ich war ein wenig außer Atem, als wir das Anwesen erreichten. Die schiere Größe sorgte dafür, dass ich eine Gänsehaut bekam. Der Steg, das Boot, die seltsamen Stromplatten neben dem Haus und die großen, schönen Fenster wirkten so fremd, dass ich mir abermals wie in einem Traum vorkam.

Finn hob die Hand und klopfte energisch an die dunkle Holztür.

»Sieh mal«, sagte ich und wies mit einem Nicken auf eine Glocke neben der Tür. Ich läutete sie. Sehr inbrünstig.

Es dauerte ein paar Minuten, dann öffnete sich endlich die schwere Eingangstür und Jenkins stand vor uns. Die kinnlangen hellbraunen Haare hingen ihm zerzaust ins Gesicht und verdeckten zum Teil die erschreckende Narbe auf seiner Wange. Irgendwie sah er noch blasser aus, als ich ihn in Erinnerung gehabt hatte, und erneut trug er seltsame Kleidung, diesmal bestehend aus einer grauen Stoffhose, einer grünen Weste und einem faltenfreien weißen Hemd.

Überraschung stand ihm ins Gesicht geschrieben. »Ich habe euch noch nicht erwartet.«

»Wissen wir«, sagte ich und trat ein, bevor er uns Platz machen konnte.

»Ah«, hörte ich ihn sagen, während er die Tür hinter Finn und mir schloss und ich bereits in Richtung Bibliothek stampfte.

»Dann, vermute ich, wart ihr bereits bei den Ältesten?«

Vor der geschlossenen weißen Doppeltür blieb ich stehen und wirbelte herum. »Was bei den Sternen läuft hier eigentlich? Was für ein Spiel spielt ihr mit uns? Wieso gibt es nicht einen einzigen Menschen auf dieser Insel, der ehrlich zu uns ist?«

»Wir wissen von dieser Bestimmung, Jenkins«, sagte Finn und wieder wirkte er beherrscht, wenn seine Stimme auch ein wenig gepresst klang. Seine Hände waren zu Fäusten geballt. »Die Ältesten haben es uns gesagt. Sie haben uns erzählt, was ihr von uns verlangt.«

Jenkins' Augenbrauen wanderten in die Höhe, sein Blick zuckte zwischen Finn und mir hin und her und er legte den Kopf schief.

»Nun gut. Ich hatte gehofft, euch selbst davon zu erzählen, um die Informationen ausgewählter und vorsichtiger –«

»Stopp«, stieß ich hervor. »Ich halte das nicht mehr aus, okay? Wir wollen keine ausgewählten Informationen. Finn und ich haben mehr verdient als das! Wenn ich es nämlich richtig verstanden habe und die Ältesten keinem Fieberwahn verfallen waren, wollt ihr, dass wir irgendwelche Orte finden, um uns gegen die Hydrus zu stellen. Dunkle, gefallene Sterne, die in einer verfluchten Höhle eingesperrt sind.«

Plötzlich trat Finn dicht vor Jenkins und wieder begann die Welt bedrohlich zu zittern. Er verengte die Augen und funkelte Jenkins an. »Das ist Wahnsinn! Das alles hier, verfluchter Wahnsinn!«

Die feinen, gerahmten Bilder an den Wänden zitterten und das Glas in den Fenstern schien zu vibrieren. Die Tafel in meinem Rucksack machte gleich mit, genauso wie ich. Wie alles. Die ganze Welt. *Alles* zitterte!

»Finnley«, japste ich und sah ihn warnend an.

Er schien mich nicht zu hören und konnte offenbar seine Wut nicht mehr kontrollieren. »Jenkins, wir sind es satt, belogen zu werden! Das wurden wir nämlich unser ganzes Leben schon. Wir brauchen Antworten!«

Jenkins hob kapitulierend die Hände und trat einen Schritt zurück. Sein Blick war alarmiert, doch beherrscht. »Ich verstehe eure Wut. Eure Gefühle sind absolut legitim. Ich muss euch nur bitten, euch zu beruhigen, nicht dass ihr jeden Moment alles in Schutt und Asche legt. Wärst du so freundlich, damit aufzuhören, die Erde beben zu lassen, Finnley?«

Finn blinzelte verblüfft. Er warf mir einen aufgewühlten Blick zu, der mich den Atem anhalten ließ ...

Langsam hörte das Beben auf.

»Verflucht noch mal«, flüsterte ich und sah meinen besten Freund mit großen Augen an. Es war wieder passiert. Wie schon zuvor bei den Ältesten.

Ich trat zu ihm. »Was war das?«

»Keine Ahnung«, sagte er beunruhigt und starrte auf seine Hände.

Jenkins öffnete mit einem Schwung die weißen Flügeltüren. »Kommt. Ich werde versuchen, so viele Fragen wie möglich zu beantworten.«

Er warf mir einen durchdringenden Blick zu. »Und ich werde nichts weglassen, ganz wie ihr wollt.«

Ich spürte, wie ich mich ein klein wenig entspannte. Finns Schultern sackten ebenfalls hinab. Fast als hätten wir uns abgesprochen, drehten wir uns gleichzeitig um und folgten Jenkins in die Bibliothek.

Wie gestern sorgte der Anblick der Bücher dafür, dass mein Herz höherschlug. Doch nicht nur das erweckte diesmal meine Aufmerksamkeit: auch ein gigantischer vergilbter Globus auf einem Holzständer, ein großer Zylinder, in dem Dutzende gerollte Papiere standen, gerahmte Bilder des Sternenhimmels, eine hölzerne Maske voller Federn und mit aufgerissenem Mund, ein kleines, alt aussehendes Kreuz, dessen Holz fast schwarz wirkte, und jede Menge gerahmter Fotografien und Bilder. Die Bücher hatten mich am Vortag zu sehr abgelenkt, als dass ich irgendetwas anderes bemerkt hätte. Und auch diesmal kostete es mich große Beherrschung, mich nicht gleich den vielen vollgestellten Regalen zu widmen. Jenkins' Bibliothek war etwas Besonderes. Erneut hatte ich das Bedürfnis, mich hier einzuquartieren und alles zu erkunden.

Wir setzten uns an den Tisch, doch diesmal waren Finn und ich nicht so durch den Wind und verängstigt. Dieses Mal saßen wir stocksteif da und waren ziemlich wütend.

»Entschuldigt«, sagte Jenkins. »Ich kann mir vorstellen, dass ihr gerade aufgebracht seid. Was haben die Ältesten euch erzählt?«

Ich verschränkte die Arme vor der Brust. »Zum Beispiel, dass ihr alle um die dreihundertachtzig Jahre alt seid?«

Angespannt beobachtete ich Jenkins und war regelrecht erschüttert, als er nickte.

»Das stimmt.«

Finn stieß ein Schnauben aus. »Wenn du genauso alt bist wie sie, warum sind sie dann gealtert und du nicht?«

»Nun, wir vermuten, dass es an Jènnyes Sternenstaub lag. Wir alle haben ihn einst berührt und so vermutlich seine Kräfte oder einen Teil davon absorbiert. Im Gegensatz zu ihnen war ich nie Begabter oder Beschenkter, ich bin nur ein einfacher Mensch gewesen.«

Sternenstaub berührt. Sternenstaub! Dann stimmte es also? So was existierte?

»Begabt oder beschenkt?«, wiederholte Finn verwirrt.

Jenkins lächelte schwach. »Entschuldige. *Begabt* nennen wir die Menschen, die durch die Strahlen der Sterne Kräfte absorbiert haben. Ich habe euch von den Strahlen der Macht erzählt und dass Ungeborene sie aufnehmen können, wenn sie einen solchen Strahl passieren. Von den *Beschenkten* kann es immer nur vier Stück geben, denn sie sind die Nachfahren und Erben der vier Krieger, die sich einst opferten.

Nachdem die Ältesten Kinder bekommen haben, begann ihr Alterungsprozess. Vermutlich liegt es daran, dass sie anschließend keine Beschenkten mehr waren, sondern ihre Kinder, da sie ihr Erbe und ihre Kräfte an sie weitergegeben haben. Das alles sind jedoch nur Vermutungen, mehr wissen wir auch nicht.«

»Was hat es mit diesem Sternenstaub auf sich? Und mit diesen Mächtigen?«, fragte ich aufgeregt. »Und was ist diese Bestimmung, von der die Ältesten erzählt haben? Von was für Kräften sprichst du?«

Ich wollte endlich wissen, was los war. Wollte endlich wissen, was uns alles verschwiegen worden war. Ich *musste* mehr wissen.

Jenkins blickte von mir zu Finn. »Neben Jènnye gehören zu den Mächtigen: Antares, Regulus, Aldebaran und Pollux. Ihr braucht euch die Namen noch nicht zu merken, sie werden euch in Zukunft oft genug begegnen. Du und Finnley seid zwei der vier Beschenkten. Jedoch ist der Zugang zu eurem Erbe mit einem Haken verbunden. Um das, was euch die Mächtigen vermacht haben, voll und ganz zu erwecken, müsst ihr euch den Sternen als würdig erweisen, so wie sich die Krieger als würdig erwiesen haben. Deshalb haben die Mächtigen ihre fünf Zonen auf der Welt versteckt und darin ihren Sternenstaub. Erst, wenn es die Beschenkten schaffen, die Zonen zu finden, sie zu bezwingen und den Sternenstaub jedes Mächtigen zu berühren, erwachen in ihnen ihre vollen Kräfte.« Jenkins streckte die Hand aus und hielt sie mir geduldig hin. Ich blinzelte sie verwirrt an. Dann hob ich fragend den Blick.

»Wie ihr nun wisst, ist eure Insel eine der Zonen, und zwar Jènnyes Zone. Als ihr gestern in den Höhlen wart, habt ihr einen Stein gefunden. Aber das war nicht irgendein Stein.« Erwartungsvoll sah er mich an, ehe einer seiner Mundwinkel zuckte. »Ich nehme an, du hast die Tafel bei dir, Olivia?«

Mein Mund klappte vor Überraschung auf. Verdammt. Er hatte mich einfach so durchschaut?

Widerwillig bückte ich mich zu meinem Rucksack und holte die sanft vibrierende, glatte Steintafel heraus. Die Berührung ließ wieder ihre Kraft durch meine Adern fließen. Ich atmete tief durch und schlang die Arme um sie.

»Warte, du hattest das Ding die ganze Zeit über bei dir?«, fragte Finn und wirkte nun selbst verblüfft.

Ich zog eine Grimasse. »Na ja, ich konnte es schlecht zu Hause liegen lassen.«

»Darf ich?«, fragte Jenkins und streckte seine Hand aus. Wie auch gestern vor der Höhle berührte er den Stein dabei nicht, sondern wartete meine Antwort ab.

Erneut zögerte ich. Doch schließlich nickte ich widerwillig. Noch viel widerwilliger legte ich den Stein vor mir auf die Tischplatte.

Jenkins schien sich zurückhalten zu wollen, doch ich sah, wie seine Augen begierig aufleuchteten. Er ergriff die schwarze Steintafel, musterte sie von allen Seiten und strich beinahe ehrfürchtig darüber. »Die Karte der Sterne«, flüsterte er. »Ihr habt sie wahrlich gefunden.«

Ich blinzelte. »D-Die Karte?«

»Bei den verfluchten Sternen«, sagte Finn wesentlich lauter. »Dieses Steinding ist die Karte ... *aus der Geschichte?*«

Es dauerte einen kurzen Moment, bis Jenkins es schaffte, den Blick von der Steintafel zu heben. »Das ist die Karte, mit der die Hydrus einst in die Höhlen Jènnyes gelockt wurden. Das ist das, was sie, selbst eingeschlossen im Berg, nach über tausend Jahren nicht finden konnten. Die Karte der Sterne ist vielleicht das wertvollste Artefakt auf der ganzen Welt.«

Finn und ich tauschten einen aufgeregten Blick. Bei den Worten schoss mir Adrenalin durch den Körper. »Jènnye wollte also, dass wir sie finden«, schlussfolgerte ich.

»Das vermute ich. Ihr braucht sie, um die anderen zwei Beschenkten und die Zonen der Mächtigen zu finden. Erst, wenn ihr vereint seid und all eure Kräfte erwacht sind, die euch die Sterne vermacht haben, werdet ihr euch den Hydrus stellen können. Eure Aufgabe wird es sein, sie nach dem Fall des Sternes in einem Jahr in den Berg zu sperren, damit Jènnye ein neues Siegel setzen kann, welches Capella und seinen Gefolgsleuten ein für alle Mal die Kräfte entzieht.«

Finn sah blass aus, fast so blass wie Jenkins. »Aber wenn nicht einmal die Mächtigen es geschafft haben, die Hydrus zu töten, wieso sollten wir stark genug sein, gegen sie anzukommen? Wir sind nur Menschen. Und auch, wenn wir den Sternenstaub finden und unsere Kräfte erwecken sollten, werden wir nur Menschen sein. Wieso stellen sich die Sterne nicht selbst den Hydrus entgegen? Wieso sollen wir das für sie machen?«

Jenkins seufzte und legte die Karte zurück auf den Tisch. Schnell nahm ich sie an mich und schlang erneut die Arme um sie.

»Es ist kompliziert. Die Sterne können sich nicht mehr in unsere Welt, unsere Ebene, einmischen. Nur aus einem einzigen Grund wirkt Jènnyes Macht auf der Insel: weil es ihre Zone ist, erschaffen aus ihrer eigenen Substanz. Die Zonen der fünf Mächtigen bilden ein Schlupfloch, weil sie weder in unserer Ebene noch in der Ebene der Sterne liegen. Als die Mächtigen den Menschen auf der Insel damals das Siegel gaben, sind sie nicht nur einer Pflicht nachgekommen, da sie verantwortlich für das Leid und das Chaos waren. Die Mächtigen haben den Menschen geschworen, nie wieder ihre Ebene zu betreten. Sie haben geschworen, dass sie nie wieder aktiv in das Leben auf unserer Ebene eingreifen werden, damit unsere Welt durch ihr Verschulden nie mehr ins Chaos gestürzt wird. In der Welt der Sterne ist ein Schwur ein starker, mächtiger Zauber. Schwört man etwas, kann man es niemals brechen. Ein Schwur der Sterne ist das machtvollste Versprechen, das existiert.

Wie die Hydrus es geschafft haben, für einen Meteoritenfall zu sorgen, weiß niemand. Die Plejaden konnten uns erst jetzt vor diesem Übel warnen, sonst hätte ich euch bereits vor vielen Jahren aufgesucht. Für euer Verständnis: Die Plejaden sind die einzigen Sterne, die seit der alten Zeit je mit den Menschen kommuniziert haben, wenn auch auf sehr indirekten, kryptischen Wegen, die nicht immer einfach zu entschlüsseln waren. Hier waren sie jedoch eindeutig. Offenbar haben die Hydrus noch immer Verbündete am Nachthimmel und diese wollen sie nun befreien. In einem Jahr beginnt die Zeit der Auriga und das war Capellas Sternzeichen. Sozusagen sein Hof, seine von Geburt gegebene Gefolgschaft. Was auch immer dort oben vor sich geht, alles, was die Plejaden mir versicherten, war, dass das Siegel brechen und ein Meteorit fallen wird. Und Sterne können nicht lügen. Es wird passieren.«

Mein Herz schlug so schnell, dass ich kaum atmen konnte. »Dann ... dann ist das also der Grund, weshalb wir uns den Hydrus stellen müssen? Und nicht die Mächtigen?«

Jenkins presste die Lippen zusammen und nickte.

»Und was, wenn wir es nicht tun?«, fragte ich herausfordernd. »Wenn wir uns weigern und einfach hierbleiben?«

Jenkins legte den Kopf schief, sodass eine hellbraune Strähne in sein blasses Gesicht rutschte. Er sah mich lange und durchdringend an, auf eine Art und Weise, die mir einen kalten Schauer verpasste. »Dann wird die Welt in genau einem Jahr ins Chaos gestürzt und es wird nichts und niemanden geben, der die Hydrus aufhalten kann. Niemand auf dieser Insel wird das überleben.«

»Himmel«, flüsterte Finn und fuhr sich durch die Haare. »Das alles ist ... viel zu verarbeiten.«

Viel. Das war vielleicht die größte Untertreibung, die mir je zu Ohren gekommen war.

»Ihr wolltet Antworten«, erwiderte Jenkins ungerührt.

Für einen Moment saßen wir nur da und schwiegen uns an. All die Dinge, die Jenkins uns erzählt hatte, schwirrten wirr durch meinen Kopf. Die Sterne konnten sich nicht mehr in das Leben der Menschen einmischen – abgesehen von unserer Insel, hier in Jènnyes Zone. Und in den anderen vier Zonen der Mächtigen. Dort draußen gab es noch zwei weitere Beschenkte. Und wir mussten die anderen Zonen finden, Sternenstaub berühren und stark genug werden, um neun dunkle gefallene Sterne in einer Höhle einzusperren. Nichts leichter als das! Das klang doch absolut machbar. Und total plausibel. Nun war es wohl an uns, dass wir uns in dieser Welt zurechtfanden.

»Vielleicht«, begann Jenkins ein wenig mitfühlender, »könnte ich euch unterrichten. Ich weiß nicht, wie sinnvoll es ist, euch mit so vielen Dingen zugleich zu überrumpeln. Ich werde mein Bestes tun, um euch so viel wie möglich zu lehren, wenn ihr das möchtet.«

Mein Kopf zuckte hoch und ich starrte ihn an. »Okay«, erwiderte ich sofort.

»Gibt es noch viel mehr zu wissen?«, fragte Finn mit gerunzelter Stirn, woraufhin Jenkins plötzlich auflachte.

»Finnley, es war nicht einmal ein Bruchteil dessen, was ihr nicht wisst.«

Dieser Satz allein sorgte dafür, dass der letzte Zweifel in mir verschwand. Ich hatte meinen Entschluss gefasst, auch wenn es mir Angst einjagte. Ich wollte alles wissen, ohne Ausnahme. Ich wollte jedes Buch darüber lesen, ich wollte herausfinden, was es mit den Mächtigen auf sich hatte, aber ganz besonders wollte ich herausfinden, was das für Kräfte waren, von denen Jenkins gesprochen hatte. Waren die Beben, die Finn ausgelöst hatte, ein Teil davon? Was beinhalteten diese Kräfte? Und was erwartete uns, wenn wir uns tatsächlich auf die Suche nach den Zonen machten?

All das wollte ich fragen, aber vielleicht war es genug für heute. Ich brauchte eine Pause und frische Luft. Vermutlich war es keine schlechte Idee, wenn Jenkins uns unterrichtete.

»Wann brechen wir auf?«, fragte Finn angespannt.

»Sobald ihr bereit seid. Am besten gleich in den nächsten Tagen. Ihr könnt euch denken, dass die Uhr tickt. In einem Jahr müssen wir bereit sein.«

»Dann brechen wir gleich morgen auf«, sagte Finn bestimmt und warf mir einen fragenden Blick zu. Besorgnis durchflutete mich, weil ich die Bedeutung von allem noch nicht begreifen konnte und alles so verflucht schnell ging.

Dennoch nickte ich. »Morgen«, erwiderte ich, ohne mir genau über die Bedeutung des Wortes bewusst zu sein. Andererseits ... es würde ein Traum in Erfüllung gehen. Jenkins könnte uns von der Insel bringen. Wir konnten Hawaiki wahrhaftig verlassen!

Die Art, wie Finn lächelte, als er meinen Blick erwiderte, ließ mich ebenfalls lächeln. Ich konnte nur raten, was er dachte. Doch so verrückt die Dinge auch waren, wir würden alles gemeinsam durchstehen. Und wir würden gemeinsam fortgehen, auch wenn es plötzlich kam.

Unser größter Traum ging in Erfüllung, und das schon morgen.

Wir würden gemeinsam die Welt sehen.

Mein Herz wurde schwerer und Finns Augen leuchteten auf eine Art und Weise, wie ich es noch nie gesehen hatte.

»Großartig«, sagte Jenkins und stand auf. »Ich werde alles vorbereiten. Packt Kleidung ein. Alles andere werden wir auf unserer Reise besorgen.«

Mein Lächeln verblasste. Ich runzelte die Stirn. »Einen Moment. Wie bei den Sternen sollen wir uns das alles leisten?«

»Sorgt euch darum nicht«, sagte Jenkins und bedeutete uns,

ihm zur Tür zu folgen. »Die Ältesten haben bereits Vorkehrungen getroffen. Um alles andere kümmere ich mich.«

Hastig packte ich die Steintafel ein und schulterte meinen Rucksack, ehe wir ihm hinterhereilten.

»Irgendwie wundert mich nicht einmal das«, bemerkte Finn trocken. »Die Ältesten haben wohl schon einiges für uns geplant.«

»Ich verstehe nicht, wie sie uns all das haben vorenthalten können«, murmelte ich. Erneut spürte ich, wie Wut in mir hochkochte. »Es wäre so viel einfacher, wenn wir irgendetwas gewusst hätten und nicht ins kalte Wasser geworfen werden würden!«

»Ich glaube, ich gehe noch mal zu ihnen.«

»Jetzt?« Erschrocken sah ich Finn an, während er die Tür der Bibliothek hinter uns schloss. Er nickte.

»Ich brauche mehr Antworten. Und ich will, dass wenigstens Toka sich entschuldigt. Auch wenn er offenbar nicht mein Großvater ist, er …« Schmerz flackerte in seinen Augen auf. »Toka ist Familie, egal wie viele Generationen zwischen uns liegen. Ich möchte, dass er es mir erklärt, damit ich nachts in Ruhe schlafen kann. Kommst du mit?«

Ich biss die Zähne zusammen, doch ich schüttelte den Kopf. »Ich kann nicht. Nicht heute.«

»Aber wann dann? Liv, wir brechen morgen auf.«

»Vielleicht morgen früh?«, erwiderte ich lahm und spürte, wie sich Verzweiflung in mir breitmachte. Ich liebte Nana mehr, als Worte es beschreiben konnten. Deshalb tat ihr Verrat auch so weh. Was sie und die Ältesten getan hatten – oder vielmehr nicht getan hatten –, war unverzeihlich. Sie hatten stumm zugesehen, wie wir unser ganzes Leben rastlos und ruhelos gewesen waren, immer auf der Suche nach Antworten, stets ausgegrenzt. Und sie hatten dieses Wissen die ganze Zeit über. Es tat weh. Und ich war noch nicht bereit, Nana erneut unter die Augen zu treten.

»Wenn wir morgen wirklich aufbrechen, werde ich Nana einen letzten Besuch abstatten und mich von ihr verabschieden.«

»Das ist nicht nötig«, schaltete sich Jenkins plötzlich ein, als er die Haustür öffnete.

Ich verzog das Gesicht, weil er uns vollkommen schamlos belauscht hatte. Doch seine Worte irritierten mich, wie so ziemlich alles, was er sagte.

»Was meinst du?«, fragte ich argwöhnisch.

Er vergrub die Hände in den Taschen seiner braunen Stoffhose. »Sie werden morgen früh hier sein. Wie ich bereits sagte, ich habe nicht vor dem morgigen Sonnenaufgang mit euch gerechnet und wir wollten gemeinsam mit euch all diese Dinge besprechen. Die Ältesten werden hier sein, wenn wir aufbrechen.«

Ich fühlte mich seltsam betäubt, als wir uns diesmal voneinander verabschiedeten. Es war anders als gestern und ich konnte nicht glauben, dass der gestrige Tag nicht schon einige Tage länger zurücklag. Nach allem fühlte es sich zumindest so an – und außerdem steif und ein wenig peinlich.

Finn und ich sprachen kein Wort, als wir uns durch das wild wuchernde Dickicht kämpften. Jeder hing seinen eigenen Gedanken nach. Erst, als der Wald dichter und dunkler wurde und damit vermutlich den Wechsel zwischen dem helllichten Tag des Inlandes und der anbrechenden Dunkelheit an der Küste einläutete, brach ich die Stille.

»Finn?«

»Hm?«, erwiderte er, ohne sich zu mir umzudrehen.

Als der Waldrand in Sicht kam und schließlich das letzte Licht des Heiligen Landes verschluckt wurde, griff ich nach seiner Hand und hielt ihn fest.

Ich konnte seinen fragenden Blick mehr spüren, als dass ich ihn in der Dunkelheit sah.

Ich wusste, dass es nicht an mir war, doch es gab noch eine Sache, um die ich ihn bitten wollte. »Geh nicht zu den Ältesten. Geh zu Hana.«

Fast als hätte er sich verbrannt, entzog Finn mir seine Hand. »Ich weiß nicht, ob das die beste Idee ist.«

»Du liebst sie und sie ist deine Freundin. Ich kann verstehen, dass du Angst hast, aber –«

»Nein, das ist es ja«, unterbrach er mich, plötzlich aufgebracht.

»Du verstehst es nicht, Olivia. Du hast keine Ahnung, wie schwer das für mich ist!« Er trat einen Schritt zurück, weg von mir. Seine Worte waren wie ein Schlag in den Magen.

»Du hast recht. Ich habe keine Ahnung von Liebe und so was, aber du kannst Hawaiki nicht verlassen, ohne mit ihr gesprochen zu haben!«, fuhr ich ihn an.

»Himmel, ich wäre nicht gegangen, ohne mit ihr zu reden. Verdammt, für was für ein herzloses Monster hältst du mich? Ich ... ich hätte es nur nicht heute Nacht getan!«

»Wann denn sonst? Wenn wir morgen aufbrechen?« Ich schaute ihn herausfordernd an.

»Okay, weißt du was?« Er hob die Hände. »Du hast gewonnen. Ich werde gleich zu Hana gehen. Ich werde ihr sagen, dass sie ... dass sie nicht auf mich warten soll. Und dann werde ich für immer verschwinden.« Er drehte sich um und ging. Sein plötzlicher Gefühlsausbruch ließ mich sprachlos zurück. »Gute Nacht, Olivia. Wir sehen uns bei Sonnenaufgang.«

»Finn!«, rief ich ihm hinterher und stampfte aufgebracht mit dem Fuß auf, ehe ich ihm folgte.

»Geh nach Hause! Ich habe zu tun. Ich muss schließlich das Herz der Liebe meines Lebens brechen.«

Er sagte es, ohne sich zu mir umzudrehen, ehe er im nächsten Moment aus dem Wald trat und durch ein Gebüsch den Hügel hinunterkletterte. Zumindest glaubte ich das. Richtig sehen konnte ich es nicht.

Ich stöhnte auf und fuhr mir mit beiden Händen über das Gesicht. »So ein verfluchter Mist!«

Mit müden Schritten lief ich weiter den Waldrand entlang. Ob ich meinen besten Freund zu Unrecht angefahren hatte? Vielleicht. Ob ich überhaupt noch wusste, wo mir der Kopf stand? Nicht wirklich. Himmel. Ich bereute meine Worte schon jetzt. Es stimmte, ich hatte keine Ahnung und es stand mir auch nicht zu, mich in seine Beziehung einzumischen. Ich wollte doch bloß nicht, dass er einen Fehler machte. Allerdings war es nicht mein Leben, sondern Finns. Und nur weil wir uns nahestanden, bedeutete das nicht, dass ich das Recht besaß, solche Dinge von ihm zu verlangen.

Seufzend kehrte ich dem Waldrand den Rücken zu und lief durch die hohen Gräser, um die Böschung hinabzugehen, als es plötzlich im Gestrüpp vor mir raschelte.

Ich hielt inne. Mit angehaltenem Atem verengte ich die Augen und versuchte, etwas zu erkennen. Doch bevor ich wusste, wie mir geschah, huschte eine Gestalt durch die Dunkelheit und stürzte sich auf mich.

Ein fester Griff schloss sich um meine lädierten Handgelenke und ich verlor jegliche Orientierung, handelte bloß instinktiv. Ich stieß einen spitzen Schrei aus. Mit aller Kraft versuchte ich, mich zu wehren, doch ich hatte keine Chance, besonders als ich harsch zu Boden gerungen wurde. Die Luft wurde mit einem unsanften Schlag aus meiner Lunge getrieben, als mein Kopf hart zwischen den wilden Gräsern aufkam.

Ich stöhnte bei den Schmerzen in meinem Schädel und zwischen meinen Schulterblättern und brüllte erneut, wütend und tief. Mein erster Gedanke galt der Steintafel unter mir im Rucksack und Panik durchflutete mich. Ich wehrte mich mit Händen, Füßen und Fingernägeln, während ich vollends in Panik ausbrach. Meine Gedanken kreisten augenblicklich um die dunklen Gestalten aus der Höhle, um die gefallenen Sterne, die Hydrus, und die Angst in mir wurde so beißend, dass sich mein rasendes Herz zusammenkrampfte, als hätte ein wütender Gott seine Klauen und Krallen hineingeschlagen und zugedrückt. Eine Hand wurde fest auf meinen Mund gepresst, und als plötzlich eine vertraute Stimme erklang, erstarrte ich. Mein kochendes Blut gefror in einem so kleinen Bruchteil einer Sekunde, dass ich das Knacken und Knarzen von Eis in meinen Adern regelrecht spüren konnte.

»Halt deine verfluchte Klappe, Ōriwia!«

Noch immer drückte die große, warme Hand auf meinen Mund, die mit ziemlicher Sicherheit nichts mit den gefallen Sternen in den Höhlen zu tun hatte.

Nikau beugte sich zu mir runter, bis ich in der Dunkelheit sein

Gesicht vor meinem ausmachen konnte. Ein freudloses, kaltes Lächeln legte sich auf seine von *Taotus* bedeckten Züge. Dann drückte er fester zu, bis seine rauen Fingerspitzen sich in mein Gesicht bohrten. Mit aufgerissenen Augen und nach Luft ringend blickte ich zu ihm auf.

»Ich habe alles gesehen«, flüsterte er. »Ich habe genau gesehen, wie du aus dem Wald gekommen bist, Ōriwia. Und ich denke, es ist an der Zeit, dass du vor aller Welt für deine schmutzigen Sünden bezahlst.«

10. Kapitel

UNBEKANNT

Sua stieß ein Seufzen aus und schlug ihr Buch endgültig zu. Den letzten Absatz hatte sie schon vier Mal gelesen, doch bei diesem Geräuschpegel konnte sie sich nicht konzentrieren.

»Nimm das zurück, du Miststück!«

»Wieso sollte ich? Es hat nur einen Mutigen gebraucht, der endlich die Wahrheit ausspricht.«

»Du hast doch keine Ahnung, wovon du da redest!«

Genervt beobachtete Sua, wie Fire und Ever stritten. Sie legte das Buch zur Seite und rieb sich erschöpft mit den Händen über das Gesicht. Die Sonne heizte die große Halle des Lofts auf und sorgte trotz der hohen Decken dafür, dass sich die Luft stickig anfühlte. Fires und Evers wütende Stimmen hallten durch das Zuhause der Begabten. Es war immer dasselbe. Die beiden gerieten ständig aneinander.

Als Sua sah, wie Fire die Hand hob und diese rot aufglühte, sprang sie erschrocken auf und hastete los. »Fire!«, rief sie entrüstet. Sie trat mit energischen Schritten zu den jungen Frauen und funkelte sie an. »Bei den Sternen, nimm sofort deine Hand herunter!«

Fire war ziemlich klein für ihr Alter – okay, niemand wusste so recht, wie alt sie genau war, aber sie vermuteten, dass sie Anfang zwanzig sein musste –, doch Fire hatte das mit jeder Menge Training längst ausgeglichen. Sua selbst war zwanzig und Fire reichte ihr gerade mal bis zum Kinn. Die schmalen Arme der wütenden

Regulus-Begabten waren drahtig und Fires Beine wiesen deutliche Muskeln auf. Ihre braunen welligen Haare waren schulterlang und zerzaust.

»Halt dich da gefälligst raus, Sua«, knurrte Fire, ohne den Blick von Ever zu lösen.

Sua seufzte auf. Sie konnte nicht verstehen, was Fires und Evers Problem war. Wieso mussten sie ständig streiten?

Ever lächelte Fire bloß herausfordernd an und verschränkte die Arme vor der Brust. »Was willst du schon tun? Rennst du wieder zum Wächtersitz nach Chicago, um dich bei Erosil und Yuth auszuheulen? Gib es doch einfach zu und dann haben wir alle unsere Ruhe. Du hast meinen Amethyst gestohlen!«

»Scheiße, ich habe deinen verfluchten Amethyst nicht, Ever!«, fauchte Fire. »Und wenn du es noch einmal wagst, mir etwas dermaßen Unverfrorenes zu unterstellen, werde ich dich zu einem Haufen Asche –«

»Stopp!«, sagte Sua barsch und trat zwischen die jungen Frauen. Sie sah sie streng an. »Wenn ich noch einmal sehe, wie ihr hier drin anfangt zu kämpfen, mache ich euch die Hölle heiß.«

Ever hob eine ihrer perfekt gezupften Augenbrauen. Ihr glattes Haar war von einem goldenen Blond und sie wirkte wie eine menschliche Barbiepuppe. Ganz anders als Sua, deren Haare so silbrig waren, dass sie nahezu weiß wirkten. Ihre Augenbrauen waren jedoch dunkel und verliehen ihrem kantigen Gesicht noch mehr Strenge, während Evers Züge lieblich waren – ganz anders als ihr kratzbürstiges Wesen.

»Ach so?«, fragte Ever herausfordernd. »Und wie willst ausgerechnet du das machen, Sua? Wirst du wieder deinen kleinen Wassereimer holen und uns nass spritzen?«

Obwohl sie spürte, wie ihr Schamesröte ins Gesicht kroch, versuchte sie sich nichts anmerken zu lassen. Sua kannte Evers Sprüche, aber sie würde nicht drauf anspringen wie Fire. Immerhin war Sua nicht umsonst dafür bekannt, einen kühlen Kopf bewahren zu können.

»Ich bin im Nahkampf viel besser als du. Abgesehen davon

würde ich Jamie an Bord holen, wenn ihr versucht, hier drin zu kämpfen. Dann wärst du mit deinem Großmaul wieder so klein.«
Sie hob die Hand und hielt Daumen und Zeigefinger aneinander. Ein Lächeln erschien auf ihren schmalen Lippen. »Mit Hut.«

Fire lachte auf und Evers Miene verfinsterte sich. »Misch dich gefälligst nicht ein. Und Fire, wenn bis spätestens Sonnenuntergang mein Amethyst nicht in meiner Kristalldruse liegt, werde ich deine Matratze aufschlitzen, um ihn zu finden.«

»Was hast du nur mit diesem blöden Stein?«, fragte Sua und verdrehte die Augen.

»Er gehörte meinem Vater!«, erwiderte Ever aufgebracht. »Und inzwischen weiß ja schließlich jeder, was mit meinen Eltern passiert ist! Also, Fire. Bis Sonnenuntergang. Und jetzt geh mir verdammt noch mal aus den Augen!«

Sie hob die Hände und machte eine fortscheuchende Handbewegung. Dadurch traten Sua und Fire jedoch nicht von selbst zurück, sondern eine harte, unsichtbare Druckwelle katapultierte sie nach hinten. Fire taumelte und fing sich im letzten Moment. Sua fiel hingegen zu Boden. Erschrocken keuchte sie bei dem unsanften Aufprall auf und rappelte sich augenblicklich wieder hoch. »Oh, das hast du gerade nicht getan.«

»Hat sie!«, zischte Fire. Diesmal begann nicht bloß ihre Hand zu glühen. Sie ballte ihre Hände zu Fäusten, die einen Augenblick später in Flammen standen und Funken in die Luft stießen.

»Jetzt wird es interessant«, sagte Ever und begab sich in Angriffsstellung: die Füße weit auseinander gestellt und die Hände erhoben.

»Bei den Sternen, hört auf!«, rief Sua. »Ihr zerlegt noch das halbe Loft!«

Im nächsten Moment holte Fire aus und schickte eine helle Stichflamme in Evers Richtung. Sua schrie erschrocken auf und schlug sich eine Hand vor den Mund. Doch Ever konnte dem Feuer gerade noch ausweichen. Sie stürzte sich auf Fire. Die blonde Begabte war wieder im Begriff, mit den Armen für eine Druckwelle auszuholen, als schnelle Schritte im Loft erklangen.

»*Genug!*«, donnerte eine Stimme.

Die Mädchen zuckten zusammen und wirbelten herum.

Sua sah zu, wie Jamie mit erzürnter Miene auf die Kämpfenden zueilte.

»Bei den mächtigen Sternen, habt ihr euren Verstand verloren?«, rief er wütend und rieb sich roten Staub von der Stirn.

»Ich habe euch gewarnt«, murmelte Sua und nahm einen gesünderen Abstand zu den beiden Begabten ein.

»Jamie, Fire hat ...«, begann Ever, doch es bedurfte nur einer knappen Handbewegung von ihm und sie verstummte schlagartig.

»Ever, ich habe dir schon mal gesagt, dass Druckwellen im Loft nicht erlaubt sind! Fire, wehe, ich sehe noch ein einziges Mal Feuer außerhalb des Trainingsfeldes. Wenn Yuth das erfährt, seid ihr erledigt!«

Jamie wirkte erschöpft. Dem Schweiß und roten Dreck nach zu urteilen, der auf seinen gebräunten Armen und dem schmutzigen Shirt haftete, war er wohl gerade bei den Trainingsfeldern auf dem Dach gewesen. Die kurzen braunen Haare waren nass, genau wie sein glatt rasiertes, markantes Gesicht.

Fire warf aufgebracht die Arme in die Luft. »Ever ist übergeschnappt!«

»Jamie, Fire ist eine Bedrohung für uns alle. Sie bringt uns mit ihrem aggressiven Verhalten ständig in Gefahr und sie ist eine Diebin! Wir sollten ein Begabtenhaus für sie finden oder sie endlich rausschmeißen.«

»Himmel, ihr zwei geht mir so was von auf die Nerven«, sagte Jamie und massierte sich mit zwei Fingern die Nasenwurzel.

»Nicht nur dir«, erwiderte Sua und setzte sich zurück aufs Ledersofa.

»Was ist denn hier los?«

Ein schneeweißer Kopf – weiß wie Suas – lugte aus einer der beiden Türen am anderen Ende des großen Raumes. Ozlos Augen weiteten sich, dann schüttelte auch er den Kopf. »Ah. Schon wieder Streit? Wir sind hier nicht im Kindergarten.«

Jamie verschränkte die sehnigen Arme vor der Brust. »Fire, Ever, ich will euch in den nächsten Tagen hier nicht mehr sehen. Ozlo hat recht, das ist kein Kindergarten. Und wer meint, sich verhalten zu müssen, als befänden wir uns in einem, kann gern die entsprechenden Konsequenzen zu spüren bekommen.«

Fire und Ever gaben fassungslose Laute von sich und sahen sich einen Moment lang an.

»Ist das wirklich nötig, Jamie? Eine Sperre? Wo sollen sie denn hin?«, fragte Suas Bruder und trat aus der Tür.

Erschöpft rieb Jamie sich über die Augen. »Ozlo, diese Entscheidung liegt bei mir. Ich trage die Verantwortung für euch.«

Ozlo seufzte ebenfalls. Gemeinsam mit ihm und Jamie sah Sua zu, wie Fire und Ever zur großen Tür des Lofts liefen.

Kurz bevor sie die metallene Doppeltür erreichten, flog sie mit einem Knall auf, der Sua zusammenzucken ließ.

»*Schnell! Bringt sie hierher!*«

Plötzlich war alles hektisch und unübersichtlich. Sua hatte keine Ahnung, was geschah.

Gregor und Stefano kamen in das Loft gestürzt, auf den Armen einen blutüberströmten Körper.

»*Sua!* Sua, hol Wasser!«, brüllte einer der beiden.

Suas Herz machte einen Satz, doch sie sprang sofort auf und rannte in das Zimmer, aus dem ihr Bruder kurz zuvor gekommen war. Was auch immer passierte, es sah nicht gut aus.

Jamie erstarrte, ehe Ozlo, Fire und Ever auch schon aufschrien, als sie das verletzte Mädchen erkannten. »Das ist *Chloe*!«, schrie Ever entsetzt.

Jamie rief seinen Begabten Befehle zu, fluchte und setzte sich in Bewegung.

Ohne zu zögern, schwärmten die Begabten aus, um Handtücher und Verbandszeug zu holen und Gregor und Stefano mit Chloe zu helfen.

»Was ist passiert?«, fragte Jamie und räumte hastig die große Kücheninsel frei, damit Chloe daraufgelegt werden konnte. Offenbar war sie bewusstlos, denn sie rührte sich nicht.

Chloe. Von allen Begabten im Loft war sie am ruhigsten und geradezu zart, insofern das hier jemand sein konnte. Das Bild, wie sie blutüberströmt auf Gregors Armen lag, war schrecklich. Es wirkte vollkommen deplatziert.

»Keine Ahnung«, erwiderte Stefano aufgewühlt. »Wir haben Chloe in diesem Zustand ganz in der Nähe gefunden. Vorhin war sie noch bei Bewusstsein und sagte etwas von Abtrünnigen.«

Jamie unterdrückte einen Fluch und das Bedürfnis, seine Hände in Flammen aufgehen zu lassen. Ein Angriff von Abtrünnigen. Das hatte ihnen gerade noch gefehlt.

Sie legten Chloe auf der Kücheninsel ab.

Gregor presste seine Hände auf eine furchtbar aussehende Wunde an Chloes Bein. »Sieh dir ihre Füße an, Mann. Die sind blutverschmiert und schmutzig, fast so, als sei sie gejagt worden.«

»Auriga!«, keuchte Ever. »Das müssen Abtrünnige der Auriga gewesen sein!«

»Sua!«, rief Jamie und tastete Chloes Bauch mit den Fingern ab. Er erstarrte, ehe er nach Luft schnappte. »Ihr Bauch ist aufgebläht und hart. *Sua, Ozlo!*«

Er packte Chloes blutiges T-Shirt und riss den Stoff mit einem Ruck entzwei.

Stefano, Gregor und Jamie sogen scharf die Luft ein, als quer über dem Oberkörper lange, glänzende Schnittwunden zum Vorschein kamen.

»Nein, nein, nein, nein«, murmelte Jamie. Er wusste nicht, wo er zuerst anfangen sollte, überall war Blut. Erneut rief er nach den Zwillingen.

Endlich eilte Sua mit einem Eimer voll Wasser herbei und stellte ihn auf einen der hölzernen Thekenstühle.

»Weg da, weg da!« Sie schubste Stefano und Gregor zur Seite. Mit zitternden Händen tätschelte sie Chloes Wange. »Chloe, kannst du mich hören?«

Jamies Mund war trocken, während er Sua beobachtete und an Gregs Stelle seine Hand auf die Wunde an Chloes Bein drückte.

Stefano war schon dabei, die Schnittwunden an ihrem Bauch zu versorgen.

Himmel. Noch am Morgen hatten sie alle mit ihr gefrühstückt, gelacht, gelernt und trainiert. Jetzt war alles anders. Jamies Hände waren leuchtend rot und nass.

»Chloe!«, heulte Sua und blickte auf. »Jamie, sie reagiert nicht. Und sie atmet nicht!«

Hastig streckte Jamie eine Hand aus und legte einen Finger an Chloes Hals. »Sua, kümmere du dich schon mal um das Bein, das hat jetzt Priorität. Ich werde solange ... Fuck, sie hat keinen Puls! Stefano, übernimm hier!« Jamie ließ das Tuch an der Wunde am Bein los, legte seine Hände auf Chloes Brust und begann damit, sie wiederzubeleben. »Eins ... zwei ... drei ... vier ...«

Sua schluchzte laut. »Die Hauptschlagader ist verletzt, sie verliert viel Blut.«

»Ruhe bewahren. Du kannst das.«

»Ohne Ozlo sind meine Kräfte nutzlos! Ohne Oz kann ich das Wasser auf Chloe nicht spüren!«

»Bin schon hier!«, keuchte Ozlo endlich und kam atemlos zu den Begabten geeilt. Er reichte einen Verbandskasten an Gregor weiter, streckte die Arme aus und begann über dem Wassereimer hebende und senkende Bewegungen zu vollführen. Derweil versuchte Jamie weiter, Chloe mit der Herz-Lungen-Massage wiederzubeleben, beatmete sie Mund zu Mund und fand mit der Panik in seinen Adern und eisiger Stille im Kopf in den richtigen Rhythmus. *Eins, zwei, drei, vier, fünf, sechs, sieben, acht ...*

Ein unförmiger, großer Ball aus Wasser erhob sich aus dem Eimer. Er wankte einen kurzen Moment in der Luft und schwebte dann genau auf das verletzte Bein zu.

Der Anblick sorgte dafür, dass Jamie schlucken musste. Solche Wunden hatten Sua und Ozlo noch nie geheilt. Meist waren es nur Prellungen, Schnitte oder Brandwunden gewesen, wenn sie trainiert hatten. Das hier war jedoch etwas ganz anderes. Er betete zu den Sternen. »Komm schon, Chloe«, murmelte er und beatmete sie wieder. »Sua. Versuch, dich zu entspannen, auch wenn du

Angst hast. Ich weiß, dass du das schaffst. Du kannst das! Und du auch, Oz. Ihr schafft das, ich glaube an euch.«

Sua kniff die Augen zusammen und atmete zittrig durch. Die Zwillinge schienen gleichzeitig auszuatmen und das Wasser auf Chloes Körper leuchtete in einem schummrig eisigen Licht auf.

Ja!, dachte Jamie. Es klappt! Sie schaffen es!

»Eins, zwei, drei, vier, fünf, sechs ...« In seinen Ohren rauschte es und sein Puls wurde immer schneller. Ihm schien die Stille in seinem Kopf zu entgleiten. *Ruhe bewahren. Du musst Ruhe bewahren. Du darfst dich diesen Gefühlen nicht hingeben.*

»Raus hier!«, rief Ozlo. »Alle, die nichts zu tun haben, raus! Wir können uns nicht konzentrieren!«

Eins, zwei, drei, vier, fünf, sechs, sieben ...

»Ich gehe auf die Suche«, sagte Ever und schnappte sich die Autoschlüssel von der Küchenzeile. »Wer auch immer das war, er oder sie wird dafür bezahlen.«

»Ganz schlechte Idee.« Mit ausgestrecktem Arm versperrte Fire ihr den Weg. »Ich glaube nicht, dass Schwipp und Schwapp heute noch jemanden heilen können. Wenn du gehst, muss ich auch gehen, nur um deinen verdammten Arsch zu retten.«

Jamies Hände drückten immer und immer wieder zu. Es war ein schmatzendes Geräusch, da sich unter und zwischen seinen Fingern rot leuchtendes Blut gesammelt hatte. »Ihr habt Ozlo gehört. Verschwindet. Ich gebe Bescheid, wenn ihr zurückkommen könnt.«

Er wusste nicht, wie viel Zeit verging. Er ... versagte. Denn die Ruhe war nicht länger in seinem Kopf. Seine Emotionen übernahmen die Kontrolle. »Komm schon, komm schon, Chloe.« Jamie murmelte die Worte immer wieder und spürte genau, wie das Feuer in seinem Blut dafür sorgte, dass er selbst zu glühen begann. Er verlor die Kontrolle. Etwas, das er niemals zuließ.

Du musst dich beruhigen. Sofort!

Doch er konnte es einfach nicht.

»Jamie ...«, sagte Sua langsam. Jamie hörte jedoch nicht auf. Er machte weiter.

»*James!*«

Sie schlang ihre Arme um ihn und schluchzte. »Hör auf. Hör auf, okay? Es ist vorbei. Es ist ... vorbei.«

Diesmal erstarrte Jamie.

Er rührte sich nicht mehr und blickte auf Chloe hinab, das lange schwarze Haar, das friedliche Gesicht ... und all die Wunden. Jamie wagte es nicht zu atmen.

»Es ist zu spät«, flüsterte Ozlo.

Noch bevor Sua die Worte aussprach, spürte Jamie, wie sein Blut gefror und seine Schultern nach unten sackten.

»Chloe ist tot.«

11. Kapitel

»Au!«, stieß ich hervor und wehrte mich mit aller Kraft – doch es nützte nichts. Die Fesseln waren unnachgiebig und schnitten mir in die Handgelenke. Meine Arme taten durch die unnatürliche Position weh. Nikau war es egal gewesen, ob ich es gemütlich hatte, als er mich an den Holzstuhl in unserer kleinen Küche gebunden hatte.

»Halt den Mund«, sagte er schroff und beugte sich zu mir herunter. Der Ausdruck in seinen dunklen Augen war kalt und ich sah nichts als Abscheu darin. Es war ein Ausdruck, den ich noch nie auf Nikaus Gesicht gesehen hatte, und es schockierte mich fast so sehr wie die Tatsache, dass er mich gefesselt hatte.

»Du redest erst, wenn wir dich dazu auffordern, *Ōriwia*.«

»Fahr zur Hölle!«, zischte ich und schob das Kinn nach oben. Die nackte Glühbirne über uns leuchtete warm und der Stromgenerator brummte unangenehm laut.

»Olivia«, sagte eine andere Stimme, wesentlich sanfter. Als ich den Kopf zur Seite drehte und Papas aufgewühltem, beunruhigtem Blick begegnete, wurde mir so schwer ums Herz, dass ich am liebsten in Tränen ausgebrochen wäre.

»Es tut mir leid, dass das so kommen musste, *Hine*.«

»Sind diese Fesseln wirklich nötig?«, fragte ich und begann wieder, wild auf dem Stuhl hin und her zu wackeln, bis er kippelte und das raue Seil mir noch tiefer in die Handgelenke schnitt.

Ich sah, wie mein Vater Nikau einen erschöpften Blick schenkte und wie Nikau ihn fast trotzig erwiderte.

»Binde sie los.«

»Sie hat mich geschlagen und gekratzt!«

»Wenn du willst, spucke ich dir auch gern ins Gesicht«, knurrte ich und schenkte ihm einen hasserfüllten Blick. »Macht mich los! Sofort!«

Nikaus Blick landete wieder auf mir und ein kaltes Lächeln erschien auf seinen Lippen. »Das kann ich nicht tun, *Ōriwia*. Du hast eine unverzeihliche Sünde begangen, die eine Gefangennahme erfordert hat, damit mein Vater, Chief Paia, und die Ältesten zu Sonnenaufgang darüber bestimmen können, was als Nächstes mit dir passiert. Bis dahin werden wir dich festhalten.«

Mir platzte regelrecht der Kragen. »Du selten dämlicher Idiot. Wir sind auf einer Insel, Nikau! Ich kann überhaupt nicht fliehen und wir sind alle bereits Gefangene!«

»Dann ist es also wahr?«, fragte mein Vater mit leiser Stimme.

Ich starrte ihn mit aufgerissenen Augen an. »Papa –«

»Hast du den heiligen Wald betreten, Olivia? Ist es so, wie Nikau gesagt hat?«

Verzweiflung machte sich in mir breit. Es war unser größtes Heiligtum. Kaum etwas auf Hawaiki war so präsent wie das *koupu*, das den Wald umgab.

»Es ist nicht so, wie du denkst«, sagte ich mit erstickter Stimme. »Das schwöre ich, Papa, und ich ...«

Plötzlich flog mein Kopf heftig zur Seite und ich sah Sterne. Ein schmerzhaftes Brennen breitete sich auf meiner rechten Wange aus und ein Stöhnen entwich mir.

»Wage es nicht zu schwören«, drohte Nikau leise. »Sollte in dir überhaupt noch eine Seele vorhanden sein, wird sie dadurch nur weiter verderben, *Ōriwia*.«

Mein Vater sprang auf und ich zog bereits den Kopf ein – doch er ging nicht auf mich los.

Sondern auf Nikau.

Er packte ihn mit seiner von *Taotus* bedeckten Hand am Hals und stieß ihn gegen die Küchenwand. »Wage es ja nicht, die Hand gegen meine Tochter zu erheben, Junge.« Er knurrte die Worte regelrecht, und als ich Nikaus ersticktes Ächzen hörte, verspürte ich

Erleichterung und tiefe Genugtuung. Auch wenn mein Gesicht brannte und schmerzte, wo er mich geschlagen hatte.

»*Nie wieder!*«, sagte mein Vater und funkelte ihn erzürnt an. Die vielen Zeichnungen auf seinem nackten Kopf und dem breiten Gesicht ließen ihn noch furchteinflößender wirken. »Hast du gehört, Nikau?«

»Aber sie ... hat es verdient! Und ... s-sie ... meine Verlobte. I-Ich ... habe ...« Er keuchte und krallte sich mit aufgerissenen Augen an Papas Hand, um sie loszuwerden. »Ich habe jedes Recht, sie ... zu schlagen. Sie ... gehört mir.«

Ich hätte mir gewünscht, dass mein Vater Nikau tatsächlich anspuckte, doch er tat es leider nicht. Stattdessen ließ er ihn los und trat einen Schritt zurück. »Du bist nicht länger mit meiner Tochter verlobt. Ich entziehe dir meinen Segen. Denn ich dulde es nicht, dass eines meiner Mädchen geschlagen wird.«

Ein Schluchzen entfuhr mir und mit einem Mal war ich völlig überwältigt. *Keine Verlobung mehr. Er will nicht länger, dass ich Nikau heirate. Ich bin frei.* Auch wenn ich wusste, dass die Heirat niemals stattgefunden hätte, zu wissen, dass mein Vater es nicht mehr verlangte, löste unbeschreiblich viel in mir aus.

»Danke, Papa«, krächzte ich erstickt.

Papa und Nikau drehten sich zu mir um, und als mein Vater meinen Blick erwiderte, überrollte mich sein Zorn regelrecht und erstickte mein Gefühl der Erleichterung im Keim.

»Mit dir bin ich noch nicht fertig, Olivia. Genauer gesagt haben wir noch gar nicht angefangen. Erzähl mir alles. Wieso warst du überhaupt am Wald? Allein? Zu dieser Stunde? Was hast du dort gemacht?«

»Sie hatte das hier bei sich, Ihaia«, sagte Nikau, bückte sich und ...

Mein Herz blieb stehen. *Nein!* Er hielt meinen Rucksack in die Luft.

»Einen Rucksack und einen Stein.«

»Ich wollte nur Pilze sammeln gehen«, log ich mehr als lahm, während mir Adrenalin heiß durch die Adern schoss. »Ich war nicht im Wald! Das würde ich niemals tun. Nikau, es war dunkel und du musst dich geirrt haben. Ich würde etwas so Heiliges niemals beschmutzen, indem ich –«

»Lüg mir nicht ins Gesicht!« Er zog eine hässliche, wütende Fratze. Himmel, wie hatte ich nur so viele Nächte bei ihm liegen können? In diesem Moment war Nikau alles andere als die Personifikation dessen, was ich gern gewesen wäre und werden wollte. Er war niemand, den ich bewunderte und zu dem ich insgeheim aufblickte, obwohl er dumm wie eine Ziege war. Nikau war nichts mehr für mich, nur noch Gift. Ich verabscheute ihn so sehr, dass ich mich am liebsten übergeben hätte.

Wenigstens legte er den Rucksack ab.

»Es wundert mich nicht, dass du mir nicht glaubst«, sagte ich und funkelte ihn an. »Ich bin schließlich nur eine dumme Frau.« Nikau schien wirklich sicher zu sein, dass er mich gesehen hatte. Wenn ich meinen Vater bloß davon überzeugen konnte, mir zu glauben …

Ich durfte meine Chance, Hawaiki zu verlassen, nicht verpassen. Ich musste morgen früh zu Jenkins' Anwesen gelangen, nun dringender denn je.

»Papa, binde mich los«, flüsterte ich und warf ihm einen verzweifelten Blick zu. »Ich will nur ins Bett und schlafen.«

Mein Vater verschränkte die Arme vor der Brust. Er wirkte selbst hin- und hergerissen.

»Ihaia«, sagte Nikau eindringlich. »Deine Tochter hat ein heiliges Gesetz verletzt. Sie muss dafür bestraft werden!«

»Ich weiß«, murmelte mein Vater und ich sah Schmerz in seinen Augen aufflackern. »Deshalb werden wir gleich morgen eine Versammlung abhalten, Nikau. Ich informiere deinen Vater sowie die Ältesten und dann entscheiden wir gemeinsam, wie wir weiter verfahren.«

»Nein!«, stieß ich hervor und schluchzte auf. »Binde mich los! Papa, binde mich los!«

Nikau entspannte sich sichtlich und wirkte mit einem Mal zufrieden. »Sehr gut. Ich danke dir, Ihaia. Dann sehen wir uns gleich morgen früh bei Sonnenaufgang. Ich werde euch abholen kommen.« Sein Blick glitt zu mir, nur richtete er sich nicht auf mein Gesicht. Quälend langsam wanderte er über meinen Körper. »So eine Verschwendung«, flüsterte er. »Es ist eine Schande, dass eine wunderschöne Frau wie du ein *Kaurehe* ist. Du enttäuschst mich schwer. Ich bedaure, was passiert ist. Aber am meisten bedaure ich, dass du getan hast, was du getan hast.«

»Es steht dein Wort gegen meines«, zischte ich.

Endlich sah er mir in die Augen und sein Blick wurde hart. »Ganz genau. Und wir wissen beide, was das für dich bedeutet. Gute Nacht, *Ōriwia*.«

Ich hatte einen Kloß im Hals, als Nikau ging und die Tür hinter sich schloss.

Ich blickte zu meinem Vater auf und schluckte schwer. »Papa –«

»Pscht.« Er warf einen Blick zum Fenster und hielt sich einen Finger an die Lippen. »Hör mir gut zu, Olivia«, sagte er mit erhobener Stimme, noch immer, ohne mich anzusehen. »Ich werde ein solches Verhalten nicht dulden. Heute Nacht sperre ich dich in dein Zimmer ein und hoffe, dass du zu den Sternen betest, dass sie Gnade walten lassen.«

Verwirrt runzelte ich die Stirn. Ganz besonders, als mein Vater im nächsten Moment hinter mir in die Hocke ging und die Fesseln löste.

Meine Handgelenke brannten, und sobald sie frei waren, rieb ich über die geröteten Stellen. »Danke«, flüsterte ich.

»Und jetzt bringe ich dich nach oben. Du wirst mit niemandem sprechen. Du wirst das Haus nicht verlassen und du machst nicht einen Schritt ohne meine Zustimmung.«

Überraschend sanft geleitete er mich zur steilen Treppe. Die trockene Wärme in meinem Zimmer war eine Wohltat, denn ich fröstelte bis in die Knochen. Als mein Vater auch hier das kostbare Licht anschaltete und die Tür hinter sich schloss, biss ich mir fest auf die Lippe.

»Es tut mir leid«, ächzte ich. »Papa, ich –«

»Olivia, sag mir nur eine Sache«, unterbrach er mich leise.

Ich schluckte. »Alles, was du willst.«

»Hast du den Wald betreten oder nicht?«

Es war, als würde ich keine Luft mehr bekommen. Wir starrten uns an und mit jeder Sekunde wurde das Gewicht auf meinen Schultern schwerer. Was sollte ich tun? Was sollte ich sagen? Ich konnte ihm nicht ins Gesicht lügen. Vor allem nicht bei diesem Ausdruck in seinen hellgrünen Augen.

Schließlich gab ich mir einen Ruck und setzte damit alles aufs Spiel.

»Ja«, antwortete ich.

Nichts regte sich in seiner Miene, er blinzelte nicht einmal. Währenddessen musste ich die Luft anhalten, denn ich wagte es nicht, die Stille zu durchbrechen, nicht einmal mit meinem Atem.

»Oh, mein Kind«, flüsterte mein Vater leise und schloss die Augen. »Wieso?«

Ich öffnete den Mund, wollte ihm unbedingt antworten, doch es löste sich kein Ton von meinen Lippen. Also schloss ich ihn wieder. Ich öffnete ihn erneut und schloss ihn. Wie ein Fisch auf dem Trockenen. Tränen sammelten sich in meinen Augen und fielen hinab. Was auch immer Jenkins und die Ältesten uns erzählt hatten, es änderte nichts an den Werten und den Heiligtümern unseres Glaubens. Es änderte nichts daran, wie wir aufgewachsen waren, oder an den Dingen, die uns unser gesamtes Leben begleitet hatten. Deshalb fühlte ich mich wie ein verdorbenes Häufchen Elend, als ich zu schluchzen begann.

»Olivia, ich kann dich nicht mehr ansehen«, sagte mein Vater mit gebrochener Stimme und räusperte sich. Doch es änderte nichts daran, dass seine Augen ebenfalls feucht waren. Er sah mit aufgewühltem, leerem Blick auf den Boden meines kleinen Zimmers.

»Du hast eine schwere Sünde begangen, *Hine*. Ich habe immer versucht, dich vor dir selbst zu beschützen, und immer habe ich gehofft, dass du vernünftig wirst und dich besinnst. Aber meine Hoffnung war offenbar chancenlos. Ich lasse dich jetzt schlafen. Wir sehen uns morgen früh.«

Das Herz rutschte mir in die Hose, ehe es zerbrach. Mein Vater öffnete die Tür und drehte sich ein letztes Mal zu mir um. Fast erweckte es den Anschein, als würde er etwas sagen wollen, doch er sagte nichts. Und der Schmerz in seinen Augen, die sonst immer so stark, so unerschütterlich waren, raubte mir den Atem.

Als er schließlich ging, sank ich auf die Knie und ließ zu, dass mich die Tränen übermannten.

Auf Zehenspitzen schlich ich durch das stille Haus. Die Nacht war tiefdunkel und die kühle Luft drang durch die runden Bullaugenfenster, das undichte Dach und die alte Holztür ins Haus. Ich fluchte innerlich, als die letzte Stufe unserer steilen Treppe knarzte, und zog den Kopf ein. Bei den Sternen. Wenn ich irgendjemanden geweckt hatte, war das mein Ende. Denn es gab keine vernünftige Erklärung dafür, dass ich um diese Uhrzeit mit einem vollgepackten Rucksack auf dem Rücken und einer Steintafel im Arm das Haus verließ. Mein Vater hatte mir klar zu verstehen gegeben, was am Morgen auf mich zukam. Selbst wenn er das nicht getan hätte, stand mir der Fluchtversuch regelrecht ins Gesicht geschrieben. Ich betete außerdem, dass Nikau nicht auf die glorreiche Idee gekommen war, irgendwelche Männer vor dem Haus zu postieren, um sicherzugehen, dass ich blieb, wo ich war.

Lautlos zog ich mir mein altes Paar Schnürschuhe an und nahm mir Papas Pullover vom Stuhl neben der Haustür. Es war keiner der Pullover, die er mir überlassen hatte. Diesen trug er gern und oft und er roch nach ihm.

Deshalb konnte ich nicht widerstehen und nahm ihn mit.

Die Scharniere der Haustür quietschten laut und vor Schreck durchflutete mich noch mehr Adrenalin. Ich beeilte mich, die Tür leise hinter mir zu schließen, das war jedoch ebenfalls erfolglos.

Nichts als Sternenlicht erhellte die Insel, schwach und schummrig. Eine riesige Decke aus Milliarden glitzernder Punkte auf schwarzem Grund. Es war sogar so klar, dass ich die Milchstraße auf den ersten Blick ausmachen konnte. Irgendwo zirpten Grillen in den Büschen zwischen den vielen kleinen Hütten und Häusern. Abgesehen von dem Rauschen des Meeres, das wie üblich zu hören war, herrschte verschlafene Stille. Ruhe.

Das war noch mal gut gegangen, denn aus dem Haus hörte ich auch nichts. Papa war nicht wach geworden. *Jetzt bloß schnell weg von hier, bevor es vorbei ist mit dem Glück.*

»Olivia?«

Ein Schrei entwich mir, den ich in letzter Sekunde mit einer Hand auf meinem Mund erstickte. Ich wirbelte herum. Bei den Sternen!

Meine Schwester stand vor mir. Mitten in der Nacht, in der Dunkelheit.

»Verdammt, Jasmine!«, zischte ich und presste die Steintafel und Papas Pullover fester an meine Brust. »Was machst du denn hier?«, flüsterte ich.

Jasmine trug die gefütterte Jacke, die mir vor ein paar Jahren zu klein geworden war, und hatte die Arme um sich geschlungen. Das kinnlange, dunkle Haar fing das Licht der Sterne silbern ein.

»Ich wusste, dass du noch verschwinden wirst«, sagte sie leise. »Ich habe mitbekommen, was heute Abend mit Papa und Nikau passiert ist. Wo, bei den Sternen, willst du hin? Willst du dich verstecken?«

Plötzlich wurde mir eiskalt. Mein Herz krampfte sich zusammen. Jasmine und ich waren so verschieden. Wir besaßen kaum Gemeinsamkeiten, wir unternahmen fast nie etwas und wir standen uns nicht mehr wirklich nahe, besonders seitdem ich immer deutlicher ausgeschlossen wurde und Jasmine umso mehr dazugehören wollte. Die liebevolle Freundschaft, die uns als Kinder verbunden hatte, war vorüber. Aber dennoch waren wir Familie. Dennoch liebte ich sie.

Es bildete sich ein Kloß in meinem Hals. Ich würde sie vielleicht nie wiedersehen. Vielleicht war dieser Moment alles, was mir blieb. Meine letzte Erinnerung an sie.

Ohne auf Jasmines Frage zu antworten, machte ich einen Schritt auf sie zu und schloss sie in eine feste Umarmung. Ich vergrub mein Gesicht in ihrem Haar und kniff fest die Augen zusammen.

»Es tut mir so leid, Jazz«, flüsterte ich.

»Himmel«, ächzte sie und klang sichtlich verwirrt. »Du erdrückst mich, Livi. Was ist eigentlich los?«

»Ich komme wieder«, sagte ich, ehe ich mich von ihr löste. »Versprochen.«

»Was ...?«, begann sie, doch da hatte ich mich auch schon in Bewegung gesetzt. Mit schnellen Schritten entfernte ich mich von unserem Haus und lief die schmale Straße hinab. Ich klammerte mich an die Steintafel und Papas Pullover, als könnte ich zerbrechen, wenn ich es nicht täte.

Auf meinem Weg zu Jenkins drehte ich mich nicht mehr um. Der Abschied von meiner Schwester war unzureichend gewesen, plump, überstürzt und unbefriedigend. Lieblos.

Doch es war alles, was ich bekommen würde.

12. Kapitel

Ich konnte nicht sagen, ob die Sonne bereits aufgegangen war oder ob es am Landesinneren der Insel lag. Jedenfalls wurde es im zwielichtigen Wald immer heller, während ich über Wurzeln und moosbewachsene Äste stieg. Breite, lange Laubblätter von baumartigen Grünpflanzen verpassten mir eine ordentliche Ladung Morgentau, als ich sie mir aus dem Gesicht halten wollte. Außerdem verhakten sich Ranken in meinen Haaren, was nicht besonders angenehm war.

Ich fühlte mich völlig leer und es brach mir das Herz, dass ich mich nicht von meinem Vater hatte verabschieden können und wir mit einem solchen Knall auseinandergegangen waren.

Als ich die letzten Meter auf Jenkins' Anwesen zulief, drückten mir die Riemen meines prall gefüllten Rucksackes in die Schultern. Unter Papas Pullover, den ich übergezogen hatte, wurde es unerträglich heiß und die Steintafel in meinen Armen vibrierte sanft vor sich hin, wie immer, seit ich sie gefunden hatte.

Ich wollte gerade auf die Haustür zugehen und klopfen, als ich merkte, dass sie offen stand.

Irritiert blinzelte ich und verlangsamte meine Schritte. Was hatte das zu bedeuten?

»Olivia!«

Um zu sehen, wer nach mir gerufen hatte, drehte ich mich um und entdeckte Jenkins, der durch Farne und Gräser auf mich zu kam. Er hob den Arm und winkte. Hinter ihm glitzerte das Meer in der Sonne und auf dem Holzsteg standen bereits zwei Taschen.

»Du bist früh dran!«, rief er, ehe ich ihn lächeln sah. Wie auch die letzten Male trug er Stoffhosen und ein Hemd. Nur einen Pullover trug er diesmal nicht, stattdessen hatte er die Ärmel seines Hemdes bis zu den Ellbogen hochgekrempelt und entblößte sehr weiße Haut an den Unterarmen. Das hellbraune Haar trug er wie die Springer in einem Knoten am Hinterkopf, nur ein paar zerzauste Haarsträhnen waren herausgerutscht.

»Tut mir leid«, erwiderte ich mit belegter Stimme, als er nahe genug war, dass ich nicht mehr gegen den Wind und das Rauschen der Wellen anschreien musste. Abgesehen davon fühlte ich mich ausgelaugt. Ich hatte keine Lust zu schreien.

»Das macht nichts. Geh schon rein, dann bringe ich deine Tasche an Bord, ja?«

Ich nickte mechanisch und nahm mit einer steifen Bewegung den Rucksack vom Rücken. Die Steintafel behielt ich jedoch bei mir.

Jenkins musterte mich mit aufmerksamen Augen, ehe ein mitfühlender Ausdruck seine Miene erfüllte. Es war fast, als wüsste er, was in meinem Kopf vorging. »Nana wartet in der Bibliothek auf dich. Wenn du sie nicht sehen möchtest, kannst du gern mit mir an Bord kommen. Die Entscheidung liegt ganz bei dir.«

Seine Worte verblüfften mich. Ich hatte nicht damit gerechnet.

»Danke«, murmelte ich. »Ich werde mich von Nana verabschieden. Danach komme ich.« Jenkins nickte und nahm mir den Rucksack ab. »Ganz wie du möchtest. Ich bereite derweil alles vor. Oh, ich habe dir eine Schüssel mit Äpfeln auf den Tisch in der Bibliothek gestellt.«

Wer hätte das gedacht, dieses kleine Detail hellte meine Stimmung tatsächlich ein wenig auf. Deshalb rang ich mir ein Lächeln ab. »Danke, Jenkins.«

Er lief zurück zum Schiff und ich betrat das Haus. Schnurstracks machte ich mich auf den Weg zur Bibliothek und versuchte dabei, mich innerlich für die Begegnung mit Nana zu wappnen. Eigentlich war ich noch nicht so weit. Ich wollte sie nicht sehen. Und zugleich konnte ich es kaum erwarten. Ich sehnte mich nach einer liebevollen, innigen Umarmung. Schöneren letzten Worte als die, die am Vortag gefallen waren. Einem richtigen, angemessenen Abschied.

Je näher ich der offen stehenden weißen Doppeltür kam, desto mulmiger wurde mir. Der Schmerz über den Verrat saß zu tief. Doch ich liebte sie unendlich. Auch wenn sie streng genommen nicht meine Großmutter war, änderte es nichts an der Tatsache, dass Jasmine und ich in dem Glauben aufgewachsen waren. Und eigentlich waren wir noch immer blutsverwandt. Die Vorstellung, dass ich Nana für sehr lange Zeit nicht mehr sehen würde, vielleicht sogar nie wieder, tat unfassbar weh.

Ich schluckte, als ich den wundervollen Raum mit den vielen Büchern betrat. Nana saß am großen Tisch.

»*Mokopuna*«, sagte sie und stand hastig auf. »Du bist gekommen. Ich freue mich so sehr, dass du hier bist.«

Wie so oft trug sie ihre langen weißen Haare offen. Sie hatte lauter kleine Zöpfe hineingeflochten sowie Vogelfedern und bunte Bänder. Irgendwie schaffte Nana es, dass sie eindrucksvoll aussah. Majestätisch. Wie eine Königin. Sie trug bunte Tücher um den Hals und ein Kleid aus ausgeblichenem Leinen.

Ich sagte kein Wort, als sie mich in ihre Arme schloss. Ich genoss nur das Gefühl und atmete tief ihren warmen, vertrauten Geruch ein.

Wir lösten uns wieder voneinander und Nana hielt mich mit ihren schrumpeligen Händen an den Schultern fest. *Dreihundertachtzig Jahre. Die Ältesten und Jenkins sind schon dreihundertachtzig Jahre alt.*

»Du siehst traurig aus, mein Kind. Ich vermute, der Abschied von Jasmine und deinem Vater war schwierig?«

Ein freudloses Lachen entfuhr mir und Nanas von Furchen durchzogene Stirn wurde noch runzliger, als sie die fast haarlosen Augenbrauen hob.

»Nikau hat gesehen, wie ich aus dem Wald gekommen bin. Er hat mich gefesselt und nach Hause geschleift. Und er und Papa bestehen drauf, dass ich zu Sonnenaufgang von euch Ältesten und Chief Paia verurteilt werde.«

Schalkhaft blitzten Nanas Augen auf. »Ach so? Verurteilt also? Ist nicht bald Sonnenaufgang? Sie werden sich bestimmt wundern, dass du fort bist.«

»Nana ...« Ich stöhnte auf. »Es war grauenhaft! Nikau hat mich ... er hat ...« Ich knirschte mit den Zähnen und atmete tief durch. Dann trat ich einen Schritt zurück und schlang meine Arme fester um die Tafel. Ihre Augen leuchteten auf und lagen wie hypnotisiert auf dem Stein.

»Er hat mich geschlagen. Papa hat ihn in die Schranken verwiesen und die Verlobung aufgelöst. Aber ich habe Nikaus wahres Gesicht gesehen. Es hat fast den Anschein gehabt, als hätte er alles darauf anlegen wollen, dass ich in Schwierigkeiten gerate.«

»Hm«, machte Nana und nickte. Es wirkte fast so, als müsste sie sich zwingen, mir wieder in die Augen zu sehen und nicht länger die Steintafel anzustarren. »Das ist wirklich äußerst ärgerlich. Aber mach dir keine Sorgen, *Mokopuna*. Heute Morgen wird ihre Welt wieder ganz anders aussehen. Die Sterne kümmern sich darum. Niemand wird nach dir suchen, mein Kind.«

Ich sah Nana mit großen Augen an. »Verdammt«, stieß ich hervor. »Das klingt überhaupt nicht gut! Himmel, was ist, wenn Papa und Jasmine mich vergessen? Oder Finn? Wenn sie uns beide vergessen?« Ich schnappte nach Luft. Sie durften mich nicht vergessen! Auf keinen Fall. Ich wollte nicht, dass meine Familie, die Menschen, die ich liebte und die auch mich liebten, mich vergaßen!

Die Angst fraß sich tief in mich hinein und klammerte sich mit ihren Krallen an mir fest.

»Olivia«, sagte Nana sanfter, jedoch auch bestimmter. Sie legte mir eine warme Hand an die Wange. »Sie werden euch nicht vergessen. Das verspreche ich dir. Die Ältesten und ich kümmern uns um den Rest. Es wird alles gut, hörst du?«

Mit aller Kraft schluckte ich meine aufbrausenden Gefühle herunter und nickte. »Okay«, flüsterte ich.

»Und jetzt komm. Ich habe eine Überraschung für dich. Und während ich sie dir präsentiere, möchte ich alles über die Karte in deinen Armen erfahren. Und wie es sich anfühlt, sie zu halten.«

Überrascht folgte ich Nanas Blick, den sie erneut begierig auf die Karte gerichtet hatte.

»Wieso nimmst du sie nicht in die Hand?«, fragte ich und war umso verwirrter, als sie den Kopf schüttelte.

»Ich bin bereits seit vielen Hundert Jahren keine Beschenkte mehr, *Mokopuna*. Ich brauche sie nicht zu berühren. Es ist auch nicht meine Aufgabe oder meine Bestimmung. Und jetzt komm. Komm, komm.«

Sie legte mir eine Hand auf den Rücken und führte mich zum Tisch. Erst jetzt sah ich, dass darauf einige Handtücher lagen. Auch Verbandszeug und eine kleine Büchse und Werkzeuge aus Knochen und Stein, die mir sehr bekannt vorkamen.

Ich blieb wie erstarrt stehen. Und wie ich dieses Werkzeug dort auf dem Tisch kannte! Ich hatte mein ganzes Leben davon geträumt, dieser heiligen Prozedur unterzogen zu werden! Nur hatte ich die Hoffnung aufgegeben, jemals eine Chance zu erhalten. Vor allem jetzt.

Damit hatte mich Nana nun einmal mehr kalt erwischt. Ob ich heute schon genug geweint hatte? Offenbar nicht, denn meine Augen begannen gleich wieder zu brennen. Aufregung durchfuhr mich. »Nana, meinst du das ernst?«, wisperte ich.

Sie lächelte und setzte sich an den Tisch. »Natürlich. Und jetzt zieh den Ärmel hoch, damit dein Unterarm freiliegt.«

»Mein Unterarm?«, wiederholte ich irritiert. »Was? Aber ich dachte, unsere traditionellen –«

»Deine ersten *Taotus* werden anders sein als alle anderen, *Mokopuna*. Und ich werde mein Bestes tun, damit du sie mit Stolz tragen kannst und niemals vergisst, wo du herkommst.«

Noch nie in meinem Leben hatte ich solche Schmerzen erlitten. Ganze vier Stunden hatte Nana mir die heiligen Zeichen in die

Haut geritzt, gerieben und geklopft. Wie um alles in der Welt konnte es sein, dass ihr gesamter Körper von *Taotus* bedeckt war? Wie konnte es sein, dass sie durch diese Schmerzen nicht den Verstand verloren hatte?

Finn war noch während unserer Prozedur in Jenkins' Anwesen eingetroffen, doch ich hatte ihn nur kurz zu Gesicht bekommen. Als er gesehen hatte, was Nana mir zuteilwerden ließ, war Toka wie aus dem nichts aufgetaucht und hatte Finn in irgendeinen anderen Raum mitgenommen.

Als wir fertig waren, wickelte Nana mir das Blatt eines Kurabusches um den Unterarm und band es mit einer selbstgedrehten Schnur fest. Ganz so, wie es schon immer auf unserer Insel bei der Gabe von *Taotus* Brauch war. *Auf Jènnye. Nicht Hawaiki.*

Während der Prozedur hatte Nana mir viele Fragen zur Karte und zur Höhle gestellt. Ich hatte mein Bestes gegeben, um ihr zu antworten, aber die Schmerzen waren so groß gewesen, dass ich mich kaum hatte konzentrieren können. Außerdem konnte ich das, was sie und die anderen uns angetan hatten, nicht vergessen. Vielleicht irgendwann. Aber nicht einen Tag später. Ich brauchte Zeit, um die Wunden heilen zu lassen, nun sowohl äußerlich wie auch innerlich.

Ich fühlte mich erschöpft und ausgelaugt, als Nana mich zu Jenkins' Schiff begleitete. Ich konnte die Steintafel nicht mit der linken Hand halten, dafür tat sie zu sehr weh. Ich drückte sie nur mit der rechten Hand an meine Brust und biss die Zähne zusammen.

»Es wird besser«, versprach Nana zum ungefähr hundertsten Mal.

Ich erblickte Finn und Toka am Steg. Und als ich entdeckte, dass Finn sich ebenfalls einen Arm an die Brust hielt, der in ein Kurablatt gewickelt war, musste ich lächeln und spürte, wie mir warm ums Herz wurde. »Ihr hattet das also wirklich geplant, Nana.«

Sie nickte und lief neben mir her. »Manche Dinge sind vorherbestimmt. Es ist schwer zu erklären, *Mokopuna*. Aber die Sterne haben ihre Eigenarten.«

Ich schnaubte. »Die Sterne sind bösartig. Seelenlos und unbarmherzig. Kümmern sie sich eigentlich um irgendetwas anderes als sich selbst?«

»Sag so etwas nicht, Olivia«, erwiderte Nana mit einem scharfen Unterton in der Stimme, der mir einmal mehr bewusst machte, mit wem ich gerade sprach und was ich sagte. Nichtsdestotrotz strafte sie mich nicht mit mehr als diesem Unterton, wofür ich ihr dankbar war. Eda, Toka oder Maorok hätten ganz anders reagiert.

»Die Sterne sind nicht böse. Es gibt kein Gut und Böse. Sterne sind nicht vollkommen, aber das trifft auf kein existierendes Wesen zu. Auch sie machen Fehler. Eine Tat ist niemals vollkommen gut oder böse. Wenn du ein Tier erlegst, nimmst du einem anderen vielleicht den Versorger, die Mutter oder den Vater. Doch was am schwerwiegendsten ist: Du nimmst diesem Tier das Leben. Jedoch ernährst du mit dem Fleisch des Tieres vielleicht dich und deine eigenen Kinder. Die Jagd hält dich am Leben, vielleicht weil die kurzen, kalten Monate besonders hart sind und die Ernte und die Vorräte nicht reich genug ausfallen, um dich durch diese Zeit zu bringen. Du bist nicht vollkommen böse, weil du das Tier getötet hast, und du bist nicht vollkommen gut, weil du damit dich und deine Familie ernähren kannst. Du darfst die Sterne nicht als schwarz und weiß betrachten, *Mokopuna*.« Sie lächelte müde und streichelte mir über den Rücken. »Es gibt noch so viel, das du nicht weißt. Urteile nicht zu voreilig.«

»Aber was ist mit dem Zauber?«, fragte ich und zog die Augenbrauen zusammen. »Der Zauber, der den Menschen hier die Sehnsucht und den Wissensdurst nimmt? Was ist damit?«

»Der Zauber hat auch seine guten Seiten«, wandte Nana ein. »Irgendwann wirst du es verstehen, da bin ich mir sicher, mein Kind.«

Eines Tages. Sicher. Ich hoffte es, denn jetzt verstand ich nichts von dem, was Nana sagte. Dennoch schenkte ich ihr ein trauriges Lächeln, als wir schließlich auf dem Steg neben dem kleinen Schiff standen.

Der Abschied war gekommen. Und die Gefühle, die er auslöste, waren so stark, dass ich für einen Moment nicht einen einzigen Funken meiner verletzten und aufgebrachten Gefühle spürte. Sie waren zweitrangig im Vergleich zu unserer tiefen Verbundenheit. Zumindest hier und jetzt, für diesen Moment.

Finn und Toka hatten sich offenbar verabschiedet, denn Finn ging gerade an Bord. Jenkins, der eine braune Ledertasche auf der Schulter trug, unterhielt sich mit Toka.

»Mein Kind«, sagte Nana und lächelte mich so wehmütig an, wie ich mich fühlte. »Ich wünsche euch auf eurer Reise nur das Beste. Ich weiß, wie viel in dir steckt. Halte dich an Jenkins und Finn. Wann immer ihr uns braucht, wir sind hier.«

Mir wurde schwer ums Herz und ich konnte nicht anders, als Nana fest zu umarmen, auch wenn mein linker Arm dabei unsäglich brannte. »Sehen wir uns wieder?«, fragte ich erstickt.

Erneut strich sie mir sanft über den Rücken. »Ich vermute, dass es noch viele Tage und Nächte dauern wird, bis es dazu kommt. Aber wir werden uns wiedersehen. Ich werde dafür beten, bis die Sterne mich erhören.«

Zittrig holte ich Luft, ehe ich mich von Nana löste. Mit einem Mal wollte ich nicht mehr gehen. Ich wollte wieder ein kleines Mädchen sein, mich auf ihrem Schoß zusammenrollen und mit alten Schlafliedern ins Land der Träume geschaukelt werden. Ich sehnte mich plötzlich so stark nach ihrer Geborgenheit, dass ich aufschluchzte. »Ich liebe dich, Nana.«

Ein zärtliches, warmes Lächeln breitete sich auf ihrem runzligen Gesicht aus. »Ich liebe dich auch, *Mokopuna*. Und nun geh. Es macht ganz den Anschein, als wolle Jenkins ablegen.«

Ich blickte auf, und tatsächlich: Jenkins und Finn befanden sich beide an Bord des Schiffes und schienen bloß auf mich zu warten.

Finn lächelte mich schief an.

Bevor mein schwaches, weinerliches Herz es sich anders überlegen konnte, beeilte ich mich ebenfalls, über das knarzende Holzbrett an Bord zu kommen.

»Nettes Kurablatt«, sagte Finn mit einem breiten Grinsen, während Jenkins das Holzbrett an Bord holte und festzurrte.

Ich konnte nicht anders und erwiderte Finns Grinsen. Währenddessen schien mein linker Arm regelrecht im Takt meines Herzschlages zu pulsieren, heiß und schmerzhaft. »Kann ich nur zurückgeben.«

»Seid ihr bereit?«, fragte Jenkins und vergrub die Hände in den Taschen seiner Stoffhose.

Ich atmete tief durch. Dann nickte ich. »Ja. Sehr sogar.«

»Ich auch«, sagte Finn und blickte mich mit leuchtenden Augen an.

Jenkins winkte Nana und Toka ein letztes Mal zu, ehe er auf der Schiffsbrücke verschwand und irgendwelche Technik bediente, damit wir losfuhren.

Finn und ich standen an der Reling und winkten. Es war so weit. Das hier war real und wir traten tatsächlich diese Reise an.

Wir winkten, bis nicht nur die zwei Ältesten, sondern die ganze Insel in das schummrige Licht eines fremden Sonnenaufgangs getaucht wurde, der weder von der Sonne im Heiligen Land noch von der Sonne, die über unserem Dorf stand, stammte – falls es denn wirklich zwei verschiedene Sonnen waren. Ich hatte nicht den Hauch einer Ahnung. Von so vielem nicht.

Wir winkten so lange, bis Hawaiki, bis *Jennye*, in gräulichen Nebelschwaden verschwand.

13. Kapitel

UNBEKANNT

Schlitternd kam Fire zum Stehen und riss die großen Türen des Lofts auf. »Jamie!«, rief sie atemlos. Hektisch suchte sie die große Halle mit der Küchenzeile, dem breiten Ledersofa und dem langen Esstisch ab, bis sie Jamie zusammen mit Sua und Ozlo neben einer der Türen stehen sah, die zu den Zimmern der Zwillinge führte.

Mit schnellen Schritten setzte sie sich wieder in Bewegung. Ihr Herz raste so sehr, dass ihr ganzer Körper zu beben schien.

Die drei Begabten blickten auf, als sie näher kam.

»Fire, was ist los?«, fragte Jamie alarmiert und lief ihr entgegen. Er und die Zwillinge hatten sich darum gekümmert, dass die Wächter Chloes Körper abholten. Yuth, ihr zuständiger Wächter, und sogar Rena, die Antares-Wächterin, waren am Vortag hierhergekommen, um dabei zu sein und von den Begabten persönlich zu erfahren, was passiert war. Nicht, dass irgendwer tatsächlich Antworten hatte.

Zumindest bis jetzt.

»Ich weiß endlich, was passiert ist!« Fire kam keuchend zum Stehen und wischte sich den Schweiß von der Stirn.

»*Was?*«, fragte Sua schockiert. Ihre eisblauen Augen weiteten sich, genau wie Ozlos. Jamie musterte Fire mit ähnlicher Miene.

»Ich weiß, wer Chloe getötet hat. Es war der Orden!«

Der Orden der Auriga, so bezeichnete sich die größte Organisation aus fanatischen, abtrünnigen Begabten, waren die Wurzel allen Übels, das lernte jeder Begabte von klein auf. Deshalb gab es auf der ganzen Welt Jägereinheiten, die stets darum bemüht waren, die Mitglieder dieser gefährlichen Gruppe ausfindig zu machen, ihre Machenschaften zu stoppen oder Entführungen von Begabten-Kindern zu verhindern. Sie waren vollkommen verblendet von ihrem verqueren Glauben an die falschen Sterne und schienen wie die Kakerlaken überall zu lauern und immer wieder aufzutauchen, egal wie angestrengt man gegen sie vorging und ihre Anführer ausschaltete.

Fire sah, wie sich Ozlos Miene verdunkelte und er sich mit seinen großen Händen durch die weißblonden Haare fuhr. »Woher weißt du das? Und was wollte der Orden der Auriga von Chloe? Wieso haben sie sie getötet? Ich dachte, hier in Arizona gibt es seit Jahren keine Killer mehr!«

Fire schnalzte mit der Zunge. »Ich habe nicht mit ihnen gesprochen, Oz. Und hätte ich sie gesehen, wären sie bereits tot.«

»Was hast du herausgefunden?«, fragte Jamie eindringlich.

»Offenbar sind sie nicht mehr nur darauf aus, Begabte auszurauben oder zu entführen, um sie zu rekrutieren. Sie wollen sie töten. Es gab in der Nähe zumindest keine weiteren Morde an Begabten, auch nicht in den umliegenden Bundesstaaten.«

»Woher weißt du das alles?«, bohrte Jamie nach.

»Wieso Chloe?«, fragte Sua und schien erneut mit den Tränen zu kämpfen. Fire sah jedoch auch die Wut in ihren Augen lodern. »Woher hätten sie wissen können, dass sie eine von uns ist?«

»Vielleicht haben sie unser Loft gefunden und beobachten uns seit einer Weile«, überlegte Fire laut und knirschte mit den Zähnen. »Dieser verdammte Auriga-Abschaum spielt offenbar mit uns. Ich werde sie finden und jeden Einzelnen ausschalten!«

»Nein«, sagte Jamie bestimmt. »Such sie meinetwegen. Spiel mit, um sie kalt zu erwischen. Aber greif sie auf keinen Fall an. Nimm sie fest.« Er sah sie durchdringend an. »Hast du mich verstanden, Fire? Hier kennt vielleicht niemand deinen echten Namen oder weiß, wo du herkommst, aber ich kenne dich mein halbes Leben. Ich weiß genau, wie du tickst. Sieh dich vor. Kundschafte diese Abtrünnigen aus, sammle Informationen, aber unternimm nicht mehr. Wir werden uns mit den Wächtern absprechen, wie wir weiter vorgehen, aber bis dahin dürfen wir nicht angreifen. Sie sollen nicht sterben. Ich will, dass sie sich für den Mord an Chloe dem Gericht stellen und eine härtere Strafe erhalten als den Tod.«

Empört schnappte Fire nach Luft. »Ich darf nicht mal angreifen? Aber, Jamie, ich ...«

Er stöhnte genervt auf. »Gib mir fünf Minuten, ich ziehe mich schnell um. Ich komme mit dir, damit du nichts Dämliches anstellst.«

Damit drehte er sich um und lief in Richtung der breiten Betontreppe, die nach oben in die Trainingshalle und zu seinem Zimmer führte. Auf dem Weg streifte er sich das schmutzige T-Shirt über den Kopf und darunter kam sein trainierter, gebräunter Oberkörper zum Vorschein.

Fire drehte sich zu den Zwillingen und verschränkte die Arme vor der Brust. Dabei versuchte sie, ihre vielen Gefühle unter Kontrolle zu bringen. Sie würde Chloes Mörder schon nicht töten, aber sie wollte sich rächen. Ihr ganzes Leben schon trainierten sie hart, um gefährliche Abtrünnige wegzusperren und die Welt zu einem sichereren Ort zu machen, und jetzt sollten sie nichts davon anwenden dürfen, wenn es wirklich drauf ankam? Das war unfair.

»Du siehst grauenhaft aus, Schwipp. Du genauso, Schwapp«, sagte Fire zu den Zwillingen.

Die beiden Antares-Begabten sahen tatsächlich nicht gut aus. Fire wusste, dass Sua und Chloe sich besonders nahe gestanden hatten. Die Zwillinge schienen seit Chloes Tod keine einzige Sekunde geschlafen zu haben, dementsprechend dunkel waren die Ringe unter ihren Augen.

Fahrig rieb Sua sich über das Gesicht und stieß ein freudloses Schnauben aus. »Und das wundert dich ernsthaft?«

»Ich möchte mit euch kommen, Fire«, sagte Ozlo plötzlich. »Wenn du und Jamie euch diese Abtrünnigen vornehmt, will ich dabei sein.«

»Hast du nicht gehört?«, fragte Fire erschöpft. »Wir dürfen Chloes Mörder nicht töten. Außerdem ist es zu auffällig, wenn wir uns in großen Gruppen bewegen. Du und Sua solltet euch eine Mütze Schlaf gönnen. Wenn es etwas Neues gibt, werden wir es euch wissen lassen.«

Ozlo verzog unglücklich das Gesicht. Doch er widersprach nicht und seufzte bloß. »Verflucht. Vielleicht hast du recht. Ich könnte tatsächlich Schlaf gebrauchen. Aber morgen werde ich euch begleiten. Wir werden euch begleiten. Wir sollten alle mitgehen und uns einen Plan überlegen.«

»Mein Bruder hat recht«, sagte Sua und verschränkte die Arme vor der Brust. »Wir alle sollten uns der Suche nach Chloes ... nach Chloes Mördern anschließen. Ich habe mein Handy auf laut.« Diese Worte sagte sie fast schon drohend. »Wehe, du rufst nicht an und gibst uns Zwischenstände.«

Ah, dachte Fire. Es war tatsächlich eine Drohung.

»Sicher«, erwiderte sie bloß.

Schritte erklangen auf der Treppe, ehe Jamie erschien.

»Wo hast du die Abtrünnigen gesehen? Haben sie deine Anwesenheit bemerkt? Wie sicher bist du dir, dass du nicht verfolgt wurdest, als du zurückgekommen bist? Wie viele waren es? Weißt du, welchem Stern sie angehören?«

»Immer langsam!«, rief Fire und hob die Hände. »Ich ... ich habe ...« Sie blinzelte und runzelte die Stirn. Seltsam. Sie konnte sich nicht richtig erinnern. Fast so, als handelte es sich um einen fernen Traum.

»Es waren drei«, murmelte sie. »Drei Begabte. Sie haben mich nicht bemerkt.« Blinzelnd klärte sich ihr Blick und sie sah Jamie an. Er runzelte die Stirn. Offenbar schien er zu bemerken, wie verwirrt sie war. »Fire, ist alles in Ordnung?«

»Klar«, sagte sie sofort.

Einen weiteren Moment unterzog Jamie sie eines prüfenden Blickes, ehe er ihr schließlich bedeutete, ihm zu folgen. »Und ist das alles, was du weißt?«

Fire schüttelte den Kopf und lief ihm hinterher. »Sie werden versuchen, uns auszutricksen, wenn wir ihnen begegnen, deshalb müssen wir vorsichtig sein. Wir dürfen uns nicht täuschen lassen.«

Wieder blieb Jamie stehen und drehte sich zu ihr um. »Das hört sich nicht nach deinen eigenen Worten an.«

»Stefanos Worte«, erwiderte sie wie aus der Pistole geschossen. »Er, Trina und Ever waren dabei.«

»Was noch? Ich muss mehr wissen.«

»Ich weiß es nicht, Jamie! Ich kann nur wiederholen, was Stefano gesagt hat!«

»Was Stefano gesagt hat?«, erwiderte Jamie perplex.

Fire nickte hastig. »Einer der Abtrünnigen hat eine Wunde im Gesicht, die er bekommen hat, als Chloe sich gewehrt hat. Es könnte jedoch sein, dass seine Wunde mittlerweile von anderen Abtrünnigen wieder geheilt wurde. Wir suchen also entweder nach jemandem mit einer Verletzung oder Narbe im Gesicht. Wir vermuten, unter ihnen sind Winter-Begabte von der üblen Sorte. Antares.«

»Bei den mächtigen Sternen«, sagte Jamie und stieß hart den Atem aus. »Mehr nicht? Mehr weißt du nicht?«

Fire funkelte ihn an. »Steht auf meiner Stirn vielleicht Suchmaschine? Seit wann spucke ich Antworten aus?«

»Gehen wir.«

»Wo willst du suchen? Was, wenn die Abtrünnigen sich außerhalb von Flagstaff aufhalten, so wie wir?«

»In der Nähe des Flughafens gibt es ein Motel und in Flagstaff ist ein gutes Inn. Sie werden die Gegend nicht verlassen, wenn sie Ausschau nach uns halten oder es auf uns abgesehen haben, da bin ich mir sicher. Ich kann mir nicht vorstellen, dass sie Chloe aus einer Laune heraus getötet haben. Irgendetwas haben sie vor – wenn es denn wirklich welche vom Orden waren. Wir werden sie jedenfalls finden. Dann erhalten wir Antworten und sorgen dafür, dass sie den Wächtern übergeben werden.« Jamie zog seine Jacke von einer Stuhllehne und schnappte sich die Autoschlüssel vom Tisch. »Suchen wir einfach überall.«

Gemeinsam eilten sie aus dem Loft. Fire warf einen letzten Blick über die Schulter, doch Oz und Sua waren nirgendwo zu sehen. Die Türen zu ihren Zimmern fielen im selben Moment ins Schloss.

Alles in ihr zog sich zusammen. Aus dem Zimmer neben Suas würde nie wieder die ruhige, kleine Feuerbegabte kommen. Chloe würde die anderen im Loft nie wieder mit ihrem lauten Lachen oder den geschickten Manövern beim Training bereichern. Chloe war tot. Sie war fort. Und sie würde nie wieder zurückkehren. Man hatte sie ihnen gewaltsam genommen.

Chloe war Fire eine Freundin gewesen, von dem Moment an, als sie sich kennengelernt hatten. Die einzige Freundin, die Fire gehabt hatte. Die einzige Freundschaft, die sie seither zugelassen hatte.

Auf dem Weg zu Jamies schwarzem SUV schwor sie sich, alles zu tun, um ihre Freundin zu rächen.

14. Kapitel

Ich stand an der Reling und beobachtete, wie das kleine Schiff rauschend durch das Wasser schnitt. Gedankenverloren spielte ich mit der Spitze des Kurablattes, das noch immer um meinen linken Unterarm gewickelt war. Das Schiff wühlte das Wasser auf und hinterließ weiße Gischt und eine kurze, sprudelnde Wellenspur. Der Anblick hypnotisierte mich regelrecht und beruhigte mein aufgeregtes, schmerzendes Herz. Der Himmel über uns war klar und es war helllichter Tag. Das Seltsame war nur, dass ich die Position der Sonne nicht ausmachen konnte. Es war gleißend hell, doch ich fand den brennenden, leuchtenden Ball am Himmel einfach nicht. Jenkins hatte uns gesagt, dass wir uns noch immer zwischen den Ebenen befanden. *Sorgt euch nicht. Ihr werdet merken, wenn wir eine Ebene betreten oder verlassen.* Ich fragte mich noch immer, was das bedeutete. Und was das für ein Ozean war, auf dem wir fuhren. Das war jedoch nicht einmal ein Bruchteil der Fragen, die mir tatsächlich durch den Kopf schwirrten.

»Hey«, erklang es hinter mir.

Nur langsam schaffte ich es, meinen Blick vom überwältigenden offenen Meer loszureißen. Ich drehte mich zu Finn um. »Fertig mit deiner Erkundungstour?«

Mit einem schiefen Lächeln lehnte er sich an die Reling. »Gezwungenermaßen, ja. Mit dem Ding hier ist man nicht besonders agil.« Er wackelte mit seinem linken Arm, der ebenfalls in ein Kurablatt gewickelt war. Bei dem Anblick durchströmte mich wieder tiefer Stolz und Freude. Nana und Toka hatten uns das eine Geschenk gegeben, das größer war als alles andere auf der Welt: *Tao-*

tus. Und nicht irgendwelche *Taotus*, sondern die heiligen Zeichen unserer Insel. Etwas, das uns immer daran erinnern würde, wo wir herkamen. Die Zeichen der Sterne, die wir auch zu jedem Sternenfest mit großen Steinen auf den Grasflächen neben dem Leuchtturm auslegten.

Die Position der *Taotus* war ungewöhnlich, doch Nana hatte mir versichert, dass es dem Energiefluss unserer Kräfte dienen würde, auch wenn wir noch immer keine Ahnung hatten, was es mit diesen Kräften auf sich hatte. Die *Taotus* würden für Klarheit und Stabilität sorgen. Bis auf das Beben, das Finn schon zwei Mal ausgelöst hatte, hatten sich überhaupt keine Kräfte bemerkbar gemacht, bei keinem von uns. Ich fühlte mich ganz normal und Finn auch. Hoffentlich konnte Jenkins uns auch darauf Antworten geben.

Wir waren schon seit Stunden unterwegs. Ich hatte ein kleines Nickerchen gehalten und mich in meiner Kajüte unten im Schiff eingeigelt. Der Abschied, der letzte Abend mit Papa und Nikau und unser Aufbruch hatten mich mehr mitgenommen, als ich gedacht hätte. Doch letztendlich hatte ich es geschafft, mich zusammenzuraufen. Das schaffte ich schließlich immer. Finn hatte es sich, wie so oft, zur Aufgabe gemacht, alles auszukundschaften, was bei dem kleinen Schiff zwar nicht schwer sein sollte, doch sein linker Unterarm war ihm in die Quere gekommen.

Jenkins war derweil damit beschäftigt, das Schiff zu steuern. Er hatte die Brücke nicht mehr verlassen, seitdem wir abgelegt hatten.

»Wie fühlst du dich?«, fragte Finn sanft. »Du siehst immer noch ziemlich verquollen aus.«

Wie auf Kommando hob ich die Hände an die Wangen und verzog das Gesicht. »Taktvoll und aufmerksam, wie immer, Finnley.«

Er lachte leise. »Du weißt schon, wie ich das meine. Jetzt sag schon, wie geht's dir?«

Ich zuckte mit den Schultern. »Keine Ahnung. Ich glaube ganz gut. Allerdings bin ich müde und mir brummt der Schädel.«

»Geht mir genauso«, murmelte er und blickte nachdenklich aufs Meer hinaus. Seine Wangen waren vom kalten Wind gerötet und unter den dunklen Augen lagen tiefe Schatten. Doch erneut breitete sich ein schiefes, kleines Lächeln auf seinen Lippen aus, während der Wind sein blondes Haar durcheinanderwirbelte.

»Ich kann es kaum erwarten, die richtige Welt zu sehen. All die Orte, von denen wir gelesen haben. Und wir werden es gemeinsam erleben, Liv.«

»Ich weiß«, erwiderte ich und konnte nicht dagegen ankämpfen, als meine Mundwinkel ebenfalls nach oben wanderten. Gemeinsam blickten wir auf die unendliche blaue Weite hinaus, die am Horizont mit dem Himmel zu verschmelzen schien. Das war etwas, das ich wohl Stunden tun könnte, wenn nicht sogar für immer.

»Ich war letzte Nacht bei Hana.«

Überrascht drehte ich mich zu Finn um und blinzelte ihn an. »Und? Was hat sie gesagt? Was hast du gesagt?«

Er schluckte und rieb sich mit einer Hand über den Nacken. »Es war nicht leicht. Und es war nicht schön. Sie hat ... ich ... wir haben Tränen vergossen. Letztendlich war sie aber stinkwütend und hat mir eine verpasst.«

»Was?«, entfuhr es mir.

Er ließ die Schultern hängen. »Ich konnte ihr schließlich nicht den Grund verraten. Ich konnte ihr nicht einmal sagen, dass wir die Insel verlassen würden. Es war unschön.«

»Verflucht, Finn. Das tut mir so leid«, sagte ich und legte meinen Kopf auf seiner Schulter ab. »Aber du hast das Richtige getan. Du hast dich von ihr verabschiedet.«

»Hm«, machte er bloß. Er erwiderte nichts weiter und rührte sich nicht. Also tat ich es ihm gleich.

»Danke«, murmelte er nach einer Weile, noch immer ohne sich zu bewegen.

»Gern geschehen.«

Gemeinsam sahen wir dem Funkeln des Sonnenlichts auf dem Wasser zu.

»Liv, sag mal, hast du eine Ahnung, wo die Sonne ist? Irgendetwas stimmt doch mit dem Himmel nicht.«

Ich lachte auf und trat einen Schritt zurück, ehe ich wie Finn meinen Kopf in den Nacken legte und nach oben blickte. »Keinen blassen Schimmer.« Und obwohl keine Sonne zu sehen war, blendete das Licht so sehr, dass ich die Augen zusammenkneifen musste.

»Olivia, Finnley.«

Wir drehten uns beim Klang von Jenkins' Stimme gleichzeitig um. Er lehnte sich aus der Tür zum Innenteil des Schiffes – falls man das überhaupt so nannte – und schirmte das undefinierbare Sonnenlicht mit einer Hand ab. »Wir werden bald Jènnyes Zone verlassen. Bis dahin wollte ich mich noch einmal mit euch zusammensetzen. Vielleicht schaffen wir es sogar, die Karte zu benutzen.«

»Okay«, sagte ich sofort und war augenblicklich Feuer und Flamme. »Ich hole sie schnell aus meiner Kajüte!«

Finn lachte auf. »Wie, du trägst sie nicht bei dir? Sehr ungewöhnlich.«

»Stimmt gar nicht«, widersprach ich und warf ihm einen empörten Blick über die Schulter zu. »Ich muss sie nicht immer bei mir haben.« Zumindest war das von dem Moment an so gewesen, als wir die Insel verlassen hatten.

»Hmm«, machte Jenkins und tippte sich mit einem Finger gegen die Lippen. »Vielleicht ist es eine von Jènnyes Sicherheitsvorkehrungen, um die Tafel auf der Insel zu schützen. Weil die Hydrus dort ganz in der Nähe sind. Je weiter wir uns von der Insel wegbewegen, desto schwächer sollte dieser Schutzzauber werden.«

»Hoffentlich«, murmelte Finn. »Du warst fast wie Gollum mit seinem Ring.«

Ich verdrehte die Augen. Nachdem Finn und ich als Kinder das erste Mal *der Herr der Ringe* gelesen hatten, hatte er fast zwei Jahre von nichts anderem gesprochen als von den Büchern, die damals sein kostbarstes Gut gewesen waren. Er hatte alles damit verglichen und durch Finns Obsession hatte uns die halbe Insel für noch schräger gehalten, weil sie keine Ahnung hatten, wovon wir und vor allem Finn ständig gesprochen hatten.

»So schlimm war es auch nun wieder nicht«, erwiderte ich, ehe ich mich auf den Weg zu meiner Kajüte machte. »Ich verstehe die Kräfte der Sterne nicht. Mal wirken sie auf uns und mal nicht. Nichts ergibt Sinn.«

»Für uns vielleicht nicht, für die Sterne schon. Oh, vergiss nicht, dein Gepäck in den Schrank zu sperren!«, rief Jenkins mir hinterher, als ich die schmale Treppe zum beleuchteten Unterdeck hinunterlief.

Bewaffnet mit der Steintafel und jeder Menge Adrenalin im Körper, trabte ich schließlich wieder hoch. Es war beinahe schon etwas Vertrautes, wie mein Kopf sich mit der sanften Energie der Steintafel füllte.

Karte. Nicht nur Steintafel. Das ist die Karte der Sterne. Und vielleicht das wertvollste Artefakt auf der ganzen Welt.

Der Raum an Bord war nicht groß. Neben einer winzigen Küchenzeile und einem Tisch, der am Boden festgeschraubt war, genau wie die Drehstühle drumherum, befanden sich auch hier Regale voll Bücher. Diese waren jedoch hinter eine Glasscheibe eingeschlossen. Vermutlich damit sie bei schlechtem Wetter und wilden Wellen nicht herausfielen und beschädigt wurden. Ich hatte zwar noch nie die verlassenen Schiffe in der Geisterbucht betreten, aber dafür unsere Boote und Kutter, mit denen wir aufs Meer fuhren, um Fische zu fangen. Bisher konnte ich noch nicht sagen, warum es sich hier so seltsam anfühlte. Vielleicht lag es am hellen Licht, das von kreisrunden Lampen von der Decke strahlte, oder an den Fenstern. Denn vor ihnen befanden sich seltsame Rollos aus Metall. Auch über der Tür hing ein solches und ich fragte mich, was das zu bedeuten hatte. Fast so, als könnte man hieraus ziemlich schnell einen luftdichten Raum zaubern. Der Gedanke bescherte mir eine Gänsehaut.

»Kommt«, sagte Jenkins und bat Finn und mich mit einer Handbewegung, Platz zu nehmen. »Widmen wir uns der Karte. Und ich ... wo hatte ich bloß ...« Nachdenklich legte er den Kopf schief. Dann drehte er sich um, schloss eine der Glastüren auf und suchte ein Bücherregal ab.

»Was hat er jetzt schon wieder?«, murmelte ich, ehe Finn und ich uns an den quadratischen Tisch setzten. »Er ist total neben der Spur.«

»Ist bestimmt das Alter«, flüsterte Finn zurück und unterdrückte ein Schmunzeln.

»Ich kann euch hören«, sagte Jenkins, auch wenn er weder klang, als ob es ihn störte, noch, als wäre er bei der Sache. Seine Finger glitten über Buchrücken. »Wo war nur ... ich hatte doch ... ah. Da ist es ja!« Er zog ein riesiges, schwer aussehendes Buch mit Ledereinband aus einem der unteren Regalfächer und schleppte es zu uns an den Tisch.

»Liv«, sagte Finn gegenüber von mir und stieß seine Schuhspitze gegen meine. »Schieb das Steinding mal hierher.«

Ich senkte den Blick auf die Steintafel und wunderte mich für einen Moment, dass ich tatsächlich nichts mehr spürte bis auf das sanfte Vibrieren von Energie. Da war kein ausgeprägter Beschützerinstinkt mehr. Kein Widerwille bei der Vorstellung, jemand könnte sie in die Finger bekommen. Und es beruhigte mich ungemein. Wenn ich jetzt darüber nachdachte, kam es mir ziemlich gruselig vor. Vielleicht war Finns Vergleich mit Gollum doch nicht so abwegig gewesen.

Ich legte die Steintafel auf den Tisch und schob sie in dessen Mitte.

»Himmel«, flüsterte Finn, als er sie berührte. Er warf mir einen leuchtenden Blick zu, dann richteten sich seine dunklen Augen wieder auf die tiefschwarze Steinplatte. »Ich spüre Energie, wenn ich die Karte berühre.«

Ich lächelte. »Verrückt, oder nicht?«

Jenkins hievte das schwer aussehende große Buch zu uns und ließ es mit einem dumpfen Schlag neben der Steintafel auf den Tisch fallen. Er setzte sich auf einen der Drehstühle und schlug das alte, vergilbte Buch auf.

»Jenkins!« Voller Empörung blickte ich zu ihm auf. Finns Miene war ebenfalls entrüstet. »Du hast es zerstört!«

Das dicke, riesige Buch besaß ein Loch, verborgen unter Hunderten vergilbter Seiten und dem ledernen Buchdeckel. In der Mitte einiger weiterer Hundert Seiten war ein Quadrat herausgeschnitten worden.

Jenkins tat nicht einmal so, als empfände er Reue, sondern senkte bloß den Blick auf das, was im Buch verborgen lag: eine Metallkassette.

Er griff in den Kragen seines weißen Hemdes und holte eine Kette hervor, an der ein kleiner Schlüssel hing. Mit diesem schloss er die Kassette auf. »Das hier«, sagte er leise, während sich der Deckel quietschend öffnete, »ist Jènnyes Sternenstaub.«

Mein Herz machte einen schwindelerregenden Satz und meine Empörung war augenblicklich vergessen. *Sternenstaub.* In der Kassette befand sich schwarzer Sand. Er schien zu funkeln, gleichzeitig jedoch auch nicht. Er wirkte, als würde er jegliches Licht absorbieren. Wie die majestätische Felswand auf Hawaiki – *Jènnye*. Und je länger ich den Sternenstaub anstarrte, desto wärmer wurde mir. Ich spürte, dass die Steintafel darauf reagierte, obwohl sie eine Armeslänge von mir entfernt lag.

Erst als ich den Sternenstaub fast berührte, bemerkte ich, dass ich mich vorgelehnt und die Hand ausgestreckt hatte. Erschrocken hielt ich inne.

»Nur zu«, sagte Jenkins ermutigend und nickte mir zu.

Ich war aufgeregt und ängstlich zugleich und warf Finn einen Blick zu. Er starrte jedoch wie hypnotisiert auf die Metallkassette. Anders als ich hatte er die Hände zu Fäusten geballt und rührte sich nicht.

Ich gab mir einen Ruck und senkte meine Hand auf den schwarzen Sand. Und dann, plötzlich, kroch heiße Kraft meine Finger hinauf. Ich keuchte. Es war, als würde das ganze Schiff erbeben. Nein, *der Ozean*, der uns umgab, erbebte. Zitternd und unbeschreiblich machtvoll. Tief in mir, in meinen Knochen, meiner Wirbelsäule, in meiner Seele, fühlte es sich an, als würde sich das Meer an diese alte Kraft erinnern – und sie nun wiedererkennen und willkommen heißen. Voller Wissen und Sehnsucht und mit offenen Armen. Ein Ruf, der brodelnd über meine Haut, selbst über meine Haare kroch.

Ich glaubte, Blut zu schmecken, doch meine Sinne spielten verrückt. Es war zu stark. Ich wollte mich zurückziehen, wollte die Verbindung unterbrechen. Doch es klappte nicht. Die rohe Kraft rollte über mich wie eine monströse Welle, wie *Whakahara*, und riss mich in ihre Tiefen. Sie verschluckte mich, wie Jènnyes Ruf, der Finn und mich in den heiligen Wald gejagt hatte. Sie umschloss meinen Geist und mein Herz und ließ es so laut und schnell schlagen, dass ich nichts anderes mehr hörte. Wie ein ohrenbetäubendes Rauschen lag es mir auf den Ohren und summte kraftvoll.

Dann, langsam, zog sich die Kraft wieder aus meinem Geist zurück. Sie verblieb als brodelndes Kribbeln in meinem Blut. Es war unbeschreiblich. Beinahe vertraut.

Und da fiel mir etwas ein.

Ich zog meine Hand zurück und das Summen in meinem Blut war schlagartig fort.

»Bei den heiligen Sternen! Das war ...« Völlig durch den Wind zuckte mein Blick erst zu Finn, der beunruhigt und fasziniert zugleich wirkte, dann zu Jenkins, der hastig und fiebrig irgendetwas auf einen kleinen Block schrieb. Wenige Sekunden später klappte er ihn zu und legte ihn zusammen mit dem schmalen goldenen Stift zur Seite.

»Alles in Ordnung?«, fragte Finn angespannt. »Du hast ausgesehen, als würdest du jeden Moment zusammenklappen.«

Ich atmete tief durch und wartete, bis sich mein Atem allmählich beruhigte. »Mir geht's gut. Aber ich ... ich glaube, ich habe das schon einmal gespürt.«

»Das Gefühl, als uns Jènnye zu der Höhle gebracht hat?«, fragte er und runzelte die Stirn.

»Nein, ich ...« Ein Bild schoss mir durch den Kopf. Das Loch in der Höhle, in dem ich die Steintafel gefunden hatte. Überall war Wasser gewesen.

Und leuchtender Sand.

»Die Höhle«, flüsterte ich und richtete mich in meinem Stuhl auf. »Natürlich. Als ihr nach mir gesucht habt, war ich in diesem

Loch in der Höhle. Es stand unter Wasser und ich war bewusstlos.« Ich schnappte nach Luft, als mir etwas dämmerte. Die Erinnerung, wie ich erwacht war, kehrte zu mir zurück. Wie rau sich das eisige Wasser auf meinen Augen angefühlt hatte.

Hitze breitete sich unter meiner Kleidung aus und kribbelte mir im Nacken. »Ich hätte ertrinken müssen. Aber ich bin nicht ertrunken!«

»Wie meinst du das?«, schaltete sich Jenkins ein.

»Als ich in dem Loch wieder zu Bewusstsein gekommen bin, war mein Kopf unter Wasser.«

Finns Augen wurden groß. »Du denkst, du bist die ganze Zeit unter Wasser gewesen, als wir dich gesucht haben?«

Ich warf Jenkins einen beunruhigten Blick zu. »Ist das möglich? Denkst du, Hawaiki hat mich überleben lassen?«

Mit welcher Reaktion ich auch gerechnet hatte, ein Lächeln gehörte nicht dazu. Die Art und Weise, wie Jenkins mich irritierte, machte mich fast wütend. »Es war nicht Jènnye, die dich hat überleben lassen, Olivia. Du warst es selbst. Ihr habt soeben gespürt, was passiert ist, nicht? Die ganze Welt um uns herum hat auf dich reagiert. Du bist die Beschenkte des Wintersterns. Antares. Die Kräfte dieses Mächtigen haben sich an das Wasser gebunden. Deshalb wird der Ozean wohl auch deinen Ruf erwidert haben.«

Mein Kopf schwirrte. *Sicher doch. Klar.* »Okay. Dann ist das also nicht ungewöhnlich? Dass ich nicht ertrunken bin?«

Die Beschenkte des Wintersterns. Antares.

»Ich denke nicht, dass es ungewöhnlich ist, versprechen kann ich dir jedoch nichts. Die Kräfte der Ältesten haben sich kaum geäußert, was größtenteils an Jènnye selbst liegt. Durch das Siegel, das die Hydrus in der Höhle gefangen hält, sind Kräfte auf der Insel zum Großteil blockiert. Die Kräfte des Sternenstaubs wirken deshalb nur bedingt. Bisher hat es nie Beschenkte gegeben, die die Karte berührt haben, da sie seit Anbeginn verschollen war.«

Ich erinnerte mich noch genau an Finns Brüllen und wie kurz danach die Höhle zusammengebrochen war.

»Finn«, sagte ich und blickte erschrocken auf. »Als du mich aus der Höhle gestoßen hast, war das ziemlich stark. Und du hast nur eine Hand gebraucht, als du mich das zweite Mal aus dem Loch gezogen hast. Und dann dieses Beben ...«

Er blinzelte mich an, ehe eine Furche auf seiner Stirn erschien. »Jenkins, wenn Livs Kräfte ans Wasser gebunden sind, sind meine dann vielleicht an die Erde gebunden?«

Jenkins griff in die Kassette mit dem Sternenstaub, nahm eine Handvoll davon – und schüttete ihn auf die Oberfläche der Steintafel.

Mit einem Mal fühlte es sich an, als würde uns ein mächtiger Windstoß erfassen, kraftvoll genug, um uns von den Stühlen zu fegen. Doch es rührte sich nichts. Und es erklang auch kein Donnergrollen, obwohl es sich so anfühlte und sich meine Nackenhaare aufstellten. Nur das starke Gefühl wehte unsichtbar und lautlos durch Jenkins' Schiff. Das war jedoch noch nicht alles: Der schwarze Sternenstaub war nicht länger schwarz.

Er glühte bläulich auf der steinernen Tafel, wie Dutzende winzig kleine Sterne. Genau wie der Sand in der Höhle.

Augenblicklich begann Jenkins wieder in seinen kleinen Notizblock zu schreiben »Finnley, du bist wohl Aldebarans Beschenkter«, sagte Jenkins. »Aldebaran ist der Herbststern. Seine Kraft manifestiert sich in der Tat in der Erde. Ich kann euch jedoch keine Gewissheit geben. Ihr seid die ersten Beschenkten, die je erwacht sind, da zum Erwachen eurer Kräfte nicht nur Jènnyes Sternenstaub, sondern auch die Karte der Sterne vonnöten war. Ich kenne einige Begabte – Menschen, die durch die Energiestrahlen der Mächtigen Kräfte erhalten haben. Sie alle besitzen Fähigkeiten, die sich in Wasser, Erde, Feuer und Luft äußern. Doch die Begabten sind nicht wie ihr Beschenkte. Sie verfügen nur über einen Bruchteil an kosmischen Kräften. Deshalb könnte bei euch beiden alles möglich sein.«

»Begabte und Beschenkte«, murmelte ich. »Hättet ihr euch nicht wenigstens Namen aussuchen können, die weniger gleich klingen? Das werde ich niemals auseinanderhalten können.«

Wieder erschien ein Lächeln auf Jenkins' Gesicht. »Ich würde vorschlagen, dass ihr die Karte berührt.«

»Wieso bist du dir so sicher, dass wir sie nur berühren müssen?«, erwiderte Finn.

»Ich habe gelernt, dass die Macht der Sterne auf Verbindungen aufbaut. Nicht im chemischen Sinne, sondern im energetischen. Eine physische Berührung stellt eine Verbindung von Energien her. Es ist naheliegend, doch natürlich nichts weiter als eine Vermutung. Sollte ich jedoch richtig liegen, wird uns die Karte der Sterne zeigen, wo sich das erste Ziel unserer Reise befindet.«

Finn fluchte leise und starrte weiter auf den Sternenstaub. Mir war nicht entgangen, dass er ihn noch immer nicht berührt hatte. Aus irgendeinem Grund schien er sich zurückzuhalten. Er wirkte neugierig, doch auch angespannt. »Wie genau funktioniert das, Jenkins? Was müssen wir tun, damit aus dem Stein eine Karte wird?«

Jenkins zuckte mit den Schultern.

»Wir werden wohl ausprobieren müssen, wie sie funktioniert.« Er hielt Stift und Notizblock bereit. »Wenn ihr so weit seid, möchte ich, dass jeder von euch eine Ecke der Karte ergreift.«

Finn und ich nickten und warfen einander einen letzten Blick zu.

Ich berührte eine Ecke der Steintafel zeitgleich mit Finn und das Vibrieren überflutete mich erneut so schlagartig, dass es mich vermutlich von den Füßen gerissen hätte, hätte ich nicht gesessen. Es war ein anderes Gefühl als bei der Berührung des Sternenstaubs. Es fühlte sich an, als würde eine rasende Kraft brennend und dickflüssig in meine Finger sickern, summend vor Energie. Sie strömte durch meine Hände, meine Arme und meine Schultern hinauf, bis sie schließlich meinen Geist erfüllte.

Der Sand auf der schwarzen Karte schimmerte nicht länger. Er begann zu glühen. Nein, er leuchtete!

Finn stieß einen kurzen erstickten Laut aus.

Von diesem Moment an wurde alles schemenhaft, es war ein

ähnliches Gefühl wie das, als Jènnye uns zur Höhle gebracht hatte. Die Erinnerungen waren schwammig und unklar, denn meine Sinne waren getrübt. Ich hatte das Gefühl als würde sich meine Seele aus meinem Körper lösen und gleichzeitig mit ihm verschmelzen. Mit ihm, mit der Karte der Sterne und Finn und Jenkins und dem Schiff. Ich war die Luft, ich war der Sternenstaub und ich war der Ozean.

Ich glaubte zu schreien. Oder es fand bloß in meinem Kopf statt. Vielleicht war alles erdrückend leise, vielleicht aber auch so laut, als wäre mein Trommelfell kurz davor zu bersten. Die reine Energie flutete durch mich hindurch, bis sich die Welt zu drehen begann und gleichzeitig zum abrupten Stillstand kam. Mit jedem Funken gab sie mir klar und deutlich zu verstehen, dass eine Macht wie ihre nicht dazu gemacht war, durch einen sterblichen Körper zu strömen. Eine solche Macht gehörte den Sternen und war ausschließlich ihnen vorherbestimmt.

Der Sand leuchtete nun gleißend hell. Er schien auf dem schwarzen Stein zu zerlaufen, zu schmelzen wie Kerzenwachs.

Ich blinzelte erneut. Oder waren meine Augen länger geschlossen geblieben? Wie dem auch sei, der Sand war im nächsten Moment ... verschwunden.

»Ich glaube, es funktioniert!«, drang Jenkins Stimme dumpf zu mir durch.

Plötzlich zogen sich haarfeine, strahlend helle Linien durch den Stein. Ich konnte mich nicht rühren. *Ich war die Luft, der Stein, der Ozean und Sternenstaub.*

An einer Ecke der Gesteinstafel erschien eine Art Symbol. Ich erkannte kaum etwas, es war so hell, dass es sich in meine Netzhaut einbrannte und meine Augen tränen ließ.

»Das ist das Zeichen des Sommersterns!« Jenkins Stimme hallte in mir nach wie in einer unendlichen Schlucht. Der Laut zerriss mich beinahe, doch die wummernde Energie in mir hielt mich beisammen. Erst da erkannte ich das Zeichen. Es war eines der heiligen Zeichen Hawaikis! Das Symbol des Feuers: zwei aneinanderliegende Wirbel.

Meine Finger zuckten unkontrolliert. Allmählich hielt mein Körper die Energie der Sterne nicht mehr aus.

Weitere Linien zogen sich wie Risse durch die Oberfläche der Tafel, bis ich schließlich erkannte, dass es eine richtige Karte war. Zumindest glaubte ich, es zu wissen, gesehen hatte ich eine solche schließlich noch nie. Mein Gefühl sagte es mir, auch wenn ich nicht glaubte, dass es sich tatsächlich um *mein* Gefühl handelte. Es war *ein* Gefühl, das sich in mich fraß. Und es fühlte sich an wie uralte Gewissheit.

Mein Mund öffnete sich. Obwohl ich die Worte nie ausgesprochen hatte, nicht einmal kannte, erfüllten auch sie mich mit Klarheit.

»Arizona«, sprach mein Mund.

»Arizona?«, hörte ich Jenkins verblüfft fragen.

Meine Augen brannten und ich glaubte, Finn keuchen zu hören.

Ich spürte es mehr, als dass ich Finns nächste Worte hörte: »Flagstaff, Arizona.«

Sie verblüfften mich, schockierten mich, gleichzeitig beruhigten sie mich, denn ich schmeckte die Worte, die Laute, Silbe für Silbe auf meiner Zunge. Es war pure, reine Wahrheit. Dort war unser erstes Ziel.

Ich stand kurz davor, die Fassung zu verlieren. Es fühlte sich an, als bekäme ich keine Luft mehr, weil mein Körper dabei war zu verlernen, wie man atmete.

Und doch ... doch erlaubte es mir die Kraft, mich von der Karte zu lösen. Jetzt, wo wir erfahren hatten, was wir wissen mussten. Die Energie zog sich aus meinem Kopf zurück und Finn und ich ließen zeitgleich los.

Ich sackte in meinem Stuhl zusammen. Die rauschende Energie endete so abrupt, dass ihr plötzliches Fehlen einen Moment lang schmerzte. All meine Sinne schossen ohne Gnade zurück in meinen Körper. Ich hatte mir definitiv auf die Zunge gebissen.

Die leuchtenden Linien und Zeichen auf der schwarzen Steintafel waren verschwunden. Sie verblassten nicht oder verschwammen, sondern waren einfach fort.

Meine Hände waren kalt und schwitzig, als ich mir wirre Haarsträhnen aus dem Gesicht strich. Die ganze Welt drehte sich.

»Alles in Ordnung mit euch?«, fragte Jenkins leise.

Ich nickte, auch wenn ich mir alles andere als sicher war. Ich fasste mir ins Gesicht und blickte auf meine bebenden Handflächen.

»Das war ... der Wahnsinn«, sagte Finn atemlos.

Ich schaute auf, um ihn anzusehen, und schreckte gleich darauf zurück. Eine Blutspur drang aus seiner Nase und tropfte ihm vom Kinn. Er machte nicht den Anschein, als würde er es überhaupt bemerken.

Oh. Auch mir war Blut aus der Nase gelaufen, über die Lippen, und tropfte von meinem Kinn.

»Ich hole euch Wasser.« Hastig schloss Jenkins die Metallkassette mit dem Sternenstaub ab und verstaute das große, schwere Buch im Regal. »Ihr seht entsetzlich aus. Bei den Sternen.«

Ich konnte mich kaum rühren, als Jenkins eine Schüssel voll Wasser holte und Finn und mir frische Handtücher reichte. Es dauerte eine ganze Weile, bis mein Körper und mein Geist sich von dem erholt hatten, was soeben geschehen war.

»Was waren das für Linien?«, fragte ich, während ich mir über Nase und Mund wischte.

»Hast du etwas gespürt, Jenkins?«, fragte Finn. »Als wir die Karte berührt haben?« Ich sah ihn mindestens ebenso neugierig an, doch Jenkins schüttelte den Kopf und schielte auf den kleinen Notizblock, auf den er wohl fleißig geschrieben hatte. »Leider habe ich nichts gespürt. Aber ihr könntet mir beschreiben, was ihr gefühlt habt. Vielleicht erfahre ich auf diese Weise mehr über eure Kräfte.«

»Arizona«, murmelte ich. »Das ist ein Ort, oder?«

»Flagstaff, Arizona«, fügte Finn hinzu und senkte den Lappen, mit dem er sein Gesicht gesäubert hatte. »Verflucht, ich habe keine Ahnung, woher ich weiß, dass es ein Ort ist.«

»Es ist nicht nur ein Ort«, sagte Jenkins und sah uns ernst und eindringlich an. »Olivia, Finnley, ihr habt wahrscheinlich den

Standort der nächsten Zone gefunden. Oder einen Ort, an dem es einen Hinweis auf die Zone geben wird. Vielleicht erwartet uns dort jedoch auch etwas vollkommen anderes, ich kann es nicht sagen. Die Sterne waren diesbezüglich jedenfalls eindeutig. Wir sollten hinfahren.«

Ich wurde aufgeregt und unruhig, genauso wie Finn.

Und der Ozean. Das Schaukeln des Schiffes wurde zunehmend stärker.

»Ich glaube, ein Sturm zieht auf«, sagte Finn.

»Es zieht kein Sturm auf. Wir sind kurz davor, den Zwischenraum, Jènnyes Zone, zu verlassen und die echte Welt zu betreten. Olivia, schließ die Karte zu den Büchern in den Schrank, damit sie nicht zu Schaden kommt. Und dann folgt mir.«

Mit weichen Knien zwang ich mich, vom Stuhl aufzustehen und Jenkins' Bitte nachzukommen. Ich legte die Steintafel auf eine Reihe Bücher im verglasten Regal, während ich argwöhnisch beobachtete, wie er die Metallrollos vor die Fenster zog. Finn und ich folgten ihm, ehe er auch die Tür zum Schiffshäuschen schloss und ein weiteres Rollo vor diese zog.

Wir stiegen ein Deck höher und standen auf der Brücke. Hier befanden sich das Steuerrad, andere Navigationsgeräte und eine Reihe sonderbarer Stühle, die an der Wand befestigt waren. Das war jedoch nicht das Seltsamste. An den Stühlen und an Metallösen an der Wand waren gepolsterte Eisenketten befestigt. Es sah fast so aus, als wären sie dafür gemacht, jemanden zu fesseln …

Ich fing mich hastig an Finn ab, der aus irgendeinem Grund nicht einmal ansatzweise ins Wanken geriet. »Tut mir leid!«, stieß ich hervor. Währenddessen machte Jenkins irgendetwas an den Steuergeräten des Schiffes, drückte Knöpfe, betätigte Hebel und bediente das Steuerrad.

»Vorsicht, Liv!«, warnte mich Finn, während das Schiff immer mehr zu schaukeln begann. Die Vorderseite der Schiffsbrücke war verglast, wodurch wir sehen konnten, wie düster der Himmel und wie bedrohlich dunkel die Farbe des aufgewühlten Wassers wurden. Es schien, als befände sich im Fensterglas ein Netz aus Draht.

Vielleicht diente es zur Verstärkung, denn Jenkins zog dort keine Rollos herunter.

Ich taumelte hin und her, doch Finn blieb so ruhig und unerschüttert stehen, als seien seine Beine mit dem Boden verwurzelt.

»Wie machst du das?«, fragte ich und hielt mich an ihm fest. »Wieso stolperst du nicht?«

Mit aufgerissenen Augen erwiderte er meinen Blick. »Äh, keine Ahnung. Jenkins?« Er blickte zu ihm, doch das stürmische Schwanken des Schiffes wurde immer stärker. Jenkins war voll und ganz damit beschäftigt, sich einen Weg zu den Sitzen an der Wand zu bahnen.

»Setzt euch!«, rief er uns zu. »Es wird jeden Moment so brenzlig, dass nicht einmal du stehen kannst, Finnley!«

»Liv«, sagte Finn eindringlich und beugte sich näher zu mir.

»Was?«, erwiderte ich und blickte fragend zu ihm auf.

»Dein Arm. Tut er noch weh?«

Irritiert blinzelte ich. Dann blickte ich auf meinen linken Unterarm hinab, der noch immer in das Kurablatt gewickelt war. Verblüffung machte sich in mir breit. »Oh. Nein, ich spüre nichts. Was um alles in der Welt hat das zu – *Woah*!«

Jenkins behielt recht. Die Wellen wurden so wild, dass nun auch Finn das Gleichgewicht verlor und stolperte. Es begann in Strömen zu regnen, was ein ohrenbetäubendes Prasseln auf dem Metalldach zur Folge hatte. Der Wind pfiff und das Rauschen des Meeres wurde bedrohlicher und lauter.

»Setzt euch!«, schrie Jenkins uns erneut zu. »Es wird jetzt ungemütlich! Schnallt euch an, so fest ihr könnt!«

Finn und ich kamen seinem Befehl endlich nach, taumelten und stolperten zu den Sitzen und ließen uns drauffallen. Ein lautes Grollen ertönte von draußen und Angst stieg in mir auf.

»Wie funktioniert das?«, rief ich Jenkins beunruhigt zu.

»Schnallt euren Oberkörper mit den gepolsterten Ketten fest! Ihr müsst sie unten am Sitz auf beiden Seiten einhaken! Mit den Karabinerhaken!«

Ich hatte keine Ahnung, wovon Jenkins sprach, doch in der

Hektik und der plötzlichen Aufregung ging ich davon aus, dass diese seltsam geformten Haken am Ende der gepolsterten Ketten die erwähnten Karabinerhaken waren. Ich überkreuzte sie und hakte sie in den Mettallösen neben den Sitzen ein. Mein Körper wurde an den Sitz gepresst.

»Okay!«, schrie ich Jenkins zu. »Fertig!«

»Ich auch!«, rief Finn. »Verdammt, das ist eng!«

»Seid froh drum!«, schrie Jenkins über den pfeifenden Wind und das laute Rauschen hinweg. »Ihr werdet gleich sehr dankbar dafür sein!«

»Was ...?«, begann ich, doch meine Stimme erstarb. Denn kurz darauf spürte ich etwas, das mir nur allzu vertraut war. Etwas, das ich immer gespürt hatte, wenn ich surfen gegangen war. Unter uns baute sich eine Welle auf. Ich spürte, wie der Ozean höher stieg, als würde er sehr tief Luft holen. Doch er hörte nicht auf. Er atmete immer weiter ein. Wir wurden schneller. Das kleine Schiff, in dem wir uns befanden, stieg höher und höher auf dem sich aufbauenden Wellenkamm.

»Verfluchte *Hölle*!«, brüllte ich, als ich merkte, dass das Wasser nicht aufhörte. Ich klammerte mich an den Ketten meines Sitzes fest, und ganz wie Jenkins gesagt hatte, war ich nun mehr als dankbar für sie. Der Ozean stieg höher. *Immer. Höher.* Und das in einer so rasenden Geschwindigkeit, dass es mir in den Ohren pfiff und auf den Magen drückte.

»Jenkins!«, schrie Finn. »Was passiert hier?«

»Wir verlassen Jènnyes Zone!«, rief Jenkins zurück. »Seid unbesorgt!«

Ich biss fest die Zähne zusammen, als mein Magen drohte, sich umzudrehen. Der Wellenkamm stieg so hoch, wie es niemals möglich sein sollte. Wie es nicht möglich sein *konnte*. Immerhin waren wir bereits kurz davor, die Wolkendecke zu durchschneiden. Es wurde zunehmend kälter und die Luft immer dünner. Durch die Fenster der Schiffsbrücke sah ich kaum mehr als vorbeirasende Wolken und nebligen Dunst. Es wurde so bitterkalt, dass ich meinen Atem deutlich vor mir sah.

»Alles klar! Wir müssten uns jetzt fast auf zehntausend Metern Höhe befinden!«, rief Jenkins, und obwohl er gefasst wirkte, war nicht zu übersehen, wie ihm jegliche Farbe aus dem Gesicht gewichen war. Es war stiller im Schiff geworden, da der Regen nicht mehr auf das Dach traf. Dafür pfiff der Wind beängstigend laut und das Brodeln des ansteigenden Wasserberges unter uns war ebenfalls nicht zu überhören.

»Bei den Sternen!«, keuchte Finn. »I-Ich glaube, mir ist schlecht. Ich glaube, i-ich muss mich übergeben.«

Ich warf ihm einen besorgten Blick zu.

»Wie geht's dir, Liv?«, fragte er und konzentrierte sich dabei auf irgendeinen Punkt in der Luft.

»M-Mir ist schwindelig, aber schlecht ist mir nicht.« Zumindest noch nicht.

»Ein Glück«, murmelte Finn.

»Okay, Kinder«, sagte Jenkins. »Es ist so weit. Haltet euch gut fest.«

Da sah ich genau, was er meinte. Ich sah es nicht nur, ich spürte es auch. So mächtig das Gefühl auch war, auf der Spitze einer *zehntausend Meter* hohen Welle zu schaukeln. Noch überwältigender war es zu spüren, wie es sich mit der Ruhe zu Ende neigte.

Wortwörtlich.

Das Schiff schien sich nach vorzubeugen. Und damit sahen wir erstmals, wie weit oben wir uns wirklich befanden. *Bei den heiligen Sternen.* Der Rest des Meeres war eine blaue, weit entfernte Fläche. Von hier oben sah die Erdoberfläche gekrümmt aus, rund. Ich erkannte Wolken auf verschiedenen Höhen und sah, wie sehr, *sehr* weit entfernt das undefinierbare, quellenlose Sonnenlicht auf dem leuchtend blauen Ozean leuchtete.

Das hier war es.

Das hier war das wahre *Whakahara*. Ein Spektakel, das einen lehrte, den Ozean und seine Macht und seinen Geist zu ehren, nicht, sich ihm zu stellen.

Schließlich war es so weit. Die Welle, dieses *Monstrum*, war kurz davor zu brechen.

Dann fielen wir. Mit halsbrecherischer Geschwindigkeit rasten wir diese zehntausend Meter auf einem steilen Wellenkamm zurück nach unten.

Und noch nie in meinem Leben hatten Finn und ich so laut und aus tiefster Seele geschrien.

PART II

15. Kapitel

Ich übergab mich erneut. Mit zitternden Gliedern klammerte ich mich an den Mülleimer, der an einem Pfeiler des Stegs am Hafen befestigt war. Mein Magen rumorte und meine Knie waren weicher als der rohe Glibber eines Vogeleis.

Nach Atem ringend rieb ich mir mit dem Handrücken über den Mund. »Bei den Sternen«, ächzte ich. »Mir war noch nie so ... so ... schl...«

Und wieder hing ich über dem Mülleimer.

»Du meine Güte«, hörte ich Jenkins sagen, ehe ich im nächsten Moment spürte, wie eine Hand über meinen Rücken rieb. Doch das machte es nur schlimmer. Dadurch wurde mir definitiv schlechter.

Großartig. *Willkommen in der Neuen Welt.* Das war also der Hafen von *Los Angeles.* Das hatte Jenkins zumindest gesagt. Mein erster Eindruck jedenfalls war ziemlich zum Kotzen.

Als es endlich vorbei war, legte Jenkins mir einen Arm um die Mitte und half mir, vom Steg hinunterzulaufen. Ich bekam nur am Rande mit, dass Finn ebenfalls schlecht war, doch er konnte auf eigenen Beinen stehen und hielt mit uns Schritt. Woher um alles in der Welt nahm er bloß diese Kraft? Er schaffte unser Gepäck, auch das von Jenkins, von Bord, ohne sich eine Sekunde zu beschweren. Vielleicht lag es ja an seiner Kraft, die er als Beschenkter erhalten hatte. Ich war mir nicht sicher. Wenn ich ehrlich war, wusste ich sowieso nichts mehr mit meinem Hirn anzufangen. Es war matschiger als Matsch. Es war eine reife Beere, die von einem blutrünstigen, tonnenschweren Ungeheuer zerdrückt worden war.

Ich schaffte es ja gerade so, die Steintafel an mich zu drücken – wie sollte es auch anders sein –, und selbst das fühlte sich wie eine große Last an.

Meine Augen tränten und die Luft war drückend heiß. Überall ankerten gigantische Schiffe am Hafen. Solche hatte ich bisher nur in der Geisterbucht gesehen, jedoch selbst dort nicht aus nächster Nähe. Vor uns erstreckten sich Türme aus bunten Containern und Straßen, die zwischen diesen lagen. Sie sprühten jedoch nicht vor Leben, so wie ich es mir seit meiner Kindheit ausgemalt hatte, eben wie der Hafen auf Hawaiki, nur größter. *Nein, nicht auf Hawaiki, sondern auf Jènnye.*

Bloß langsam sickerte zu mir durch, was gerade passierte. Wir waren tatsächlich hier. Wir hatten die Insel tatsächlich verlassen!

Meine Gefühle übermannten mich so sehr, dass sich mein Hals zuschnürte. Ich suchte Finns Blick, dabei hatte ich jedoch keinen Erfolg, weil sein grünes Gesicht so fasziniert wirkte, wie ich mich fühlte, und er den Kopf hin und her drehte, als würde er jedes noch so kleine Detail unserer Umgebung in sich aufsaugen.

Seltsame Fahrzeuge mit gestapelten Paletten fuhren herum sowie riesige Autos mit sehr langen Körpern und stinkenden Abgasen. Ein piepender, schwindelerregend hoher Kran hielt einen Container in der Luft und bewegte ihn an eine andere Stelle, was beängstigend und beeindruckend zugleich aussah. In der Ferne konnte ich sehen, dass es noch mehr solcher Kräne gab. *Faszinierend.* Die ersten Menschen, die wir sichteten, schienen offenbar Hafenarbeiter zu sein. Ihre Kleidung ähnelte denen der Springer, was mich kaum wunderte. Doch einige von ihnen trugen über ihrer robusten Kleidung grellorangene Westen, die es unmöglich machten, sie zu übersehen.

»Wie um alles in der Welt …?«, begann ich, brach jedoch ab und atmete tief durch. Auf keinen Fall wollte ich mich erneut übergeben.

»Was sagst du, Olivia?«, fragte Jenkins.

»Wie um alles in der Welt kann es sein, dass die Springer immer und immer wieder hierher an diesen Hafen kommen? So einen Höllentrip vergisst man doch nicht.«

Finn lachte hinter uns nervös auf. »Also ich werde ihn bestimmt nicht mehr vergessen. Und ich wünschte, dass ich es könnte.«

Vermutlich stützte ich mich ein wenig zu sehr auf Jenkins ab, als wir am Ende des Stegs stehen blieben, doch er ließ es kommentarlos über sich ergehen. »Nun, vielleicht ist euch bereits aufgefallen, wie überaus *fromm* die Springer sind. Keiner auf der Insel steht so stark unter Jènnyes Zauber wie diese Männer. Immerhin verlassen sie die Zone regelmäßig und könnten ohne den stärkeren Zauber entweder in die Versuchung kommen, jemand Fremdes auf die Insel zu bringen oder zu viel preiszugeben.«

»Wo ist der Schwarzmarkt überhaupt?«, fragte ich und sah mich um. »Allzu weit kann er nicht sein, oder?« Freude und Aufregung machten sich in mir breit. Sicher, Finn und ich mussten den Traum vom Springerdasein aufgeben, aber endlich bekamen wir die Möglichkeit, einen Blick darauf zu erhaschen, wie dieses Leben aussehen könnte – auch wenn ich nach der Reise eigentlich nicht unbedingt erneut auf einer Monsterwelle reiten wollte.

Jenkins blickte sich ebenfalls um und ließ mich los. »Ehrlich gesagt habe ich den Schwarzmarkt nie gesehen. Ich wüsste nicht, wo er liegen soll und was genau sie dort tun und verkaufen. Oder mit wem die Springer eigentlich handeln. Es würde mich jedoch nicht wundern, wenn dieser Schwarzmarkt ebenfalls ein Teil des Zaubers ist.«

Finn und ich sahen uns an. Ich sah, wie ihm der Mund aufklappte. Kälte breitete sich in mir aus und eine böse, hässliche Vorahnung beschlich mich, als ich erneut zu Jenkins aufblickte. »Sag mir nicht, dass dieser Schwarzmarkt ... dass der Schwarzmarkt nicht existiert.« Allein die Worte auszusprechen sorgte dafür, dass sich mein Hals zusammenzog. Das durfte nicht stimmen. Wie oft hatte mein Vater von Los Angeles erzählt und Jasmine und mir Kleinigkeiten mitgebracht? Wie oft hatten wir bei Nana bleiben müssen, weil er und sein Springertrupp tagelang fortgewesen waren? Einmal hatte er sich auf einer solchen Reise sogar das Bein gebrochen und einer seiner ältesten Freunde war vor ein paar Jahren auf der Seereise nach Los Angeles tödlich verunglückt. Es durfte keine Lüge sein! Sie lebten doch dafür. *Wir* lebten dafür. Ich wusste nicht, ob mein Herz und meine Seele das verkraften würden, sollte es nichts weiter als ein schaler Zauber sein.

Jenkins betrachtete mich nachdenklich. Auch Finn sah er an. Dann senkten sich seine Schultern und ein mitfühlendes Lächeln erschien auf seinem Gesicht. »Ich denke schon, dass der Schwarzmarkt existiert. Ich bin davon überzeugt, dass es diesen Ort irgendwo hier gibt. Beim besten Willen kann ich mir nicht vorstellen, dass Jènnye nur dafür sorgt, dass die Springer denken, irgendwo gewesen zu sein, wo sie gar nicht waren. Immerhin bringen sie auch Ware mit, nicht wahr?«

Diesmal hatte es nichts mit meinem empfindlichen Magen zu tun, dass mir übel war. Entweder Jenkins log, damit wir uns nicht schlecht fühlten, oder er sprach die Wahrheit und er wusste selbst nichts Genaues. Ich wusste es nicht – ein Satz, der mich schon immer frustriert hatte. Alles war möglich. Vielleicht war das Geheimnis um Hawaiki, um *Jènnyes Insel*, etwas, was wir erst lösen konnten, wenn der Spuk mit der Karte, den Hydrus und dem Sternenstaub vorbei war. Das Kapitel war noch lange nicht abgeschlossen. Und ich betete, dass Finn und ich eines Tages die Möglichkeit erhielten, Antworten zu finden und die Geheimnisse unserer Heimat aufzudecken.

»Ich rufe uns ein Taxi«, sagte Jenkins und zog etwas aus seiner Hosentasche. Ich vermutete, dass es ein Telefon war, es sah zumindest ähnlich aus wie die Telefone, die manchmal in meinen Zeitschriften beworben wurden. Wie hypnotisiert beobachteten wir, wie Jenkins eine Nummer wählte. »Das Taxi bringt uns zum Flughafen von Los Angeles und von dort aus reisen wir mit einem Privatflugzeug nach Arizona.«

»Sagtest du Flugzeug?«, fragte Finn und lachte erschrocken auf. Mein Herz vollführte einen aufgeregten Hüpfer. Flugzeug! Von Flugzeugen hatte ich etliche Male gelesen. Wir würden also nicht nur eines zu Gesicht bekommen – wir würden damit fliegen!

Jenkins nickte. »Bis ich euch offizielle Dokumente besorgt habe, wird sich das Reisen als ein wenig schwierig erweisen. Bis dahin nutzen wir meine Maschine. Es ist kostspieliger, aber es erfüllt seinen Zweck.«

»Okay«, sagte ich langsam. »Du hast ein eigenes Flugzeug. Ich glaube, ich habe genug gelesen, um zu wissen, dass das nicht normal ist. Das ist doch nicht normal, oder?«

Verlegen rieb Jenkins sich über das Kinn. »In den letzten Jahrhunderten habe ich ein paar Sicherheiten geschaffen. Irgendwann haben sie sich ausgezahlt.«

Finn pfiff durch die Zähne. »Nicht schlecht. Ich glaube, sobald ich irgendwann mein erstes Geld verdient habe, werde ich mir auch ein eigenes Flugzeug kaufen. Sind die Teile sehr teuer?«

Ich stieß ein belustigtes Schnauben aus. »Finn, wer besitzt schon eigene Flugzeuge?«

»Keine Ahnung. Das kannst du doch selbst nicht wissen«, erwiderte er trotzig. »Wer sagt, dass das nicht total normal ist?«

Auch Jenkins schmunzelte. »Vielleicht fängst du mit einem Auto an, Finnley. Deine Meinung zum Fliegen wirst du bis zu unserer Ankunft in Arizona vermutlich noch einmal überdenken. Aldebaran und Antares, die beiden Mächtigen, von denen ihr eure Kräfte bezieht, sind nicht gerade dafür bekannt, Höhen gut abzukönnen.«

Na großartig. Dann hatten uns die Sterne wohl nicht bloß Stärken, sondern auch Schwächen verliehen. Als hätte die Sache nicht bereits genug Haken gehabt.

Während wir auf das Taxi warteten, reichte Jenkins uns Wasserflaschen und zog sich ein wenig zurück, um sich um sein Schiff zu kümmern und um zu telefonieren. Obwohl mein linker Arm nicht mehr schmerzte, seit ich Jènnyes Sternenstaub berührt hatte, wagte ich es nicht, das Kurablatt wegzunehmen. Auch ließ ich die Karte nicht eine Sekunde aus den Augen, obwohl ich nicht mehr diesen Beschützerinstinkt verspürte, wie noch zu Hause. Genau gesagt spürte ich nichts mehr, bis auf die leicht vibrierende Kraft. Doch sie löste nichts in mir aus. Sie zog mich weder an noch drang sie in meinen Geist. Finn legte sich neben mich auf den Boden und starrte in den Himmel. Ihm war nicht nach sprechen, das konnte ich sehen. Eine tiefe Furche war auf seine Stirn getreten und er fuhr sich gedankenverloren mit einer Hand über das Kurablatt an seinem linken Unterarm.

Jenkins erklärte uns ein paar Minuten später, dass er Leute angeheuert hatte, die sich um sein Schiff kümmern würden, und wir uns um nichts zu sorgen brauchten. Er hätte *alles geregelt*, was auch immer das heißen sollte. Es faszinierte mich, ließ mich jedoch auch mit noch mehr Fragen zurück. Wer war Lloyd Jenkins überhaupt? Wo kam er her und was war er für ein Mensch? Finn und ich wussten rein gar nichts über ihn. Alles, was wir wussten, war, dass die Ältesten ihm vertrauten und er durch Sternenstaub so was wie unsterblich geworden war. Zumindest sah er aus wie ein Mann in seinen Dreißigern. Ich fragte mich, welchen Nutzen er sich von alldem hier erhoffte. Ohne Zweifel musste doch auch etwas für ihn rausspringen, wenn er Finn und mir half, diese Reise zu bestreiten. Was hatte er nur vor? Und konnten wir ihm wirklich vertrauen?

Ich musterte Jenkins nachdenklich. Als er meinen Blick erwiderte und mir ein höfliches Lächeln schenkte, zwang ich mich wegzusehen. Alles, was nun zählte, war, dass Finn und ich es endlich geschafft hatten, Hawaiki zu verlassen. Jènnyes Insel. Was auch immer Lloyd Jenkins vorhatte und wer auch immer er eigentlich war, ob gut oder böse oder von gänzlich anderer Natur – das würde sich wohl noch zeigen.

Jenkins hatte recht behalten. Fliegen bekam Finn und mir überhaupt nicht gut. Es war mit Abstand eines der grauenhaftesten Erlebnisse, die ich je hatte durchleben müssen. Die Monsterwelle, die uns von der Insel zwischen den Ebenen in diese Welt gebracht hatte, war holprig und brutal gewesen. Der Flug jedoch ... er hatte mich einfach nur ausgelaugt. Noch nie war mir so schlecht gewesen wie in diesem Ding. Was mich vermutlich am meisten ärgerte, war die Tatsache, dass ich nicht einmal die Kraft gehabt hatte, das Flugzeug zu erkunden, geschweige denn die Welt aus den Fenstern zu beobachten. Wäre mir nicht schlecht gewesen, hätte ich mit meiner Nase an einem der kleinen Fenster geklebt, doch ich hielt es nicht aus. Die Neue Welt zu erkunden musste wohl noch warten, auch wenn der Blick aus der Luft wirklich atemberaubend war. Erst hatte ich immer wieder der Klokabine einen Besuch abgestattet, dann hatte ich wie erstarrt auf meinem Sitz gesessen. Jenkins' kleines Privatflugzeug war schick und luxuriös, auf eine Art und Weise, wie ich sie mir nie hätte vorstellen können. Schwarzes Leder, glänzendes dunkles Holz und ein grüner Teppich. Jedoch war es auch laut und vibrierte und rüttelte ununterbrochen. So sehr, dass ich die Kraft der Steinkarte auf meinem Schoß kaum noch wahrgenommen hatte. Den Piloten hatte Jenkins offenbar beim Namen gekannt, den Rest der Leute jedoch nicht, was mich nur vermuten ließ, wie wohlhabend er tatsächlich war. Er hatte wirklich viele Leute zur Hand, die für ihn arbeiteten. Das konnte für einen Wissenschaftler doch unmöglich normal sein – andererseits war Jenkins auch nicht normal, das war mir bewusst, auch ohne zu wissen, wer er war.

Bis wir Flagstaff endlich erreichten, verging viel Zeit. Diese Welt war so *groß*. So viele Stunden waren wir unterwegs und sie schien einfach kein Ende zu nehmen. Da war noch immer so viel Land, das es zu erkunden gab! Und soweit wir dank Jenkins wussten, bewegten wir uns gerade mal über einen Bruchteil von Nordamerika.

Es bekam mir gar nicht gut, dass es taghell war, als wir in unserem *Motel* in Flagstaff ankamen. Mein Hirn dröhnte, war gänzlich überfordert von der fremden Umgebung, den seltsamen Bäumen, der seltsamen Erde und den seltsamen Häusern. Mein Bauch war leer, ich sehnte mich nach einem Apfel und nach einem Bett, das sich weder in einem Flugzeug noch auf einem Schiff befand. Ich wollte einfach nur schlafen. Am liebsten gleich mehrere Tage am Stück. Finn schien es nicht anders zu gehen. Er wirkte blass und hatte dunkle Augenringe.

»Da wären wir«, sagte Jenkins, als er die Holztür zu unserem *Motelzimmer* öffnete. Das Zimmer besaß neben einem staubigen, braunen Teppich ein großes Bett, einen hölzernen Schreibtisch und eine Kommode in einem ebenso dunklen Holzton. Die Gardinen waren vergilbt und das Nachtlicht hatte einen breiten orangefarbenen Schirm. Der Geruch war seltsam, irgendwie rauchig und gleichzeitig staubig. Es war nicht so schick wie in den Magazinen mit den schönen Häusern, die Finn mir aus der Geisterbucht mitgebracht hatte, doch es war *echt*. Wir waren hier. Und für uns war alles vollkommen neu.

»Ich habe das Zimmer nebenan, falls ihr etwas braucht. Kommt, ich zeige euch schnell, wie alles funktioniert.« Offenbar merkte Jenkins uns an, wie unglaublich erschöpft wir waren, denn er fasste sich kurz. Er zeigte uns das kleine Badezimmer mit der Dusche, der Toilette und dem Waschbecken, dann zeigte er uns, wo sich die Lichtschalter befanden und wie man das schmutzige Fenster neben unserer Tür öffnete und schloss.

»Wenn ihr noch Fragen habt, meldet euch. Ich vermute, dass ihr euch erst einmal eine Mütze Schlaf holt?«

Ich versuchte mich an einem Lächeln. »Ist das so offensichtlich?«

»Macht es euch wirklich nichts aus, in einem Zimmer zu schlafen? Ich könnte noch ein drittes buchen.«

»Schon in Ordnung«, sagte ich und warf Finn einen Blick zu, den er genauso müde erwiderte. »Wir haben als Kinder dauernd in einem Bett geschlafen.« Abgesehen davon gefiel mir die Vorstellung nicht, in dieser neuen fremden Welt allein zu sein. Es war tröstend zu wissen, dass Finn bei mir war. Und andersherum. Vermutlich ging es ihm ähnlich.

»Schön. Dann schlaft gut«, sagte Jenkins lächelnd und zog die Tür unseres Motelzimmers hinter sich zu.

Seufzend drehte Finn sich um und ließ sich auf das Bett plumpsen. Dann stieß er ein Stöhnen aus und schloss die Augen. »Bei den Sternen. Liv, setz dich sofort hierher. Du hast keine Ahnung, wie weich dieses Bett ist.«

Neugierig legte ich die Steintafel auf dem leeren Schreibtisch ab, dann setzte ich mich neben ihn und schnappte erschrocken nach Luft. Ich versank praktisch in der Matratze!

Mit offenem Mund starrten wir einander an. Finn strahlte mich an. So breit, dass seine Augen ganz klein wurden. »Liv, wir sind wirklich hier. Das ist die echte Welt.«

Ich lachte sogar auf, als er mich in die Arme schloss, und erwiderte die Umarmung fest. »Eben waren wir noch zu Hause und haben davon geträumt und jetzt ist es wahr geworden!«

»Ich weiß«, stimmte er zu und lachte.

Eine Weile blieben wir genau so sitzen. Irgendwann spürte ich jedoch, wie Finns Schultern hinabsanken. Er legte das Kinn auf meiner Schulter ab und seufzte, lange und schwer. »Ich frage mich, was Hana gerade denkt. Was sie macht. Und wie es ihr geht.«

Mitgefühl stieg in mir auf und ich drückte ihn noch ein wenig fester. »Es tut mir so leid.« Es war jedoch nicht nur Mitgefühl. Auch ich empfand Reue, wenn ich an Papa, Jasmine und Nana dachte. Obwohl es die richtige Entscheidung gewesen war, fühlte es sich an, als hätte ich sie im Stich gelassen.

»Danke, Liv«, murmelte Finn. »Ich weiß, dass ich nicht wirklich eine Wahl hatte. Also irgendwo schon, aber wenn ich mich nicht auf die Reise eingelassen hätte, wären wir am Ende alle den Hydrus ausgeliefert. Oder nicht? Jenkins sagte, dass sie sich rächen wollen. Sie werden die Welt ins Chaos stürzen, um sich für die Gefangenschaft zu rächen. Ich werde vielleicht nicht mit Hana zusammen sein können, aber ich werde die Chance bekommen, ihr Leben zu beschützen. Und lieber sehe ich sie wohlauf als tot. Nicht mit ihr zusammen sein zu können ist wohl das kleinere Übel.«

Ich löste mich von meinem besten Freund und sah ihn verblüfft an.

»Was ist?«, fragte er und runzelte die Stirn.

»Das klingt irgendwie reif.«

Ein ironisches Lächeln hob seine Mundwinkel an. »Tja, so bin ich eben. Älter und weiser als du.«

»Du bist nicht mal ein Jahr älter und genauso siebzehn wie ich.« Ich schnaubte und stieß ihn mit dem Ellenbogen an. Da fiel mein Blick auf meinen Unterarm. Ich hatte es zwar nicht abnehmen wollen, doch mittlerweile juckte das Kurablatt ziemlich. Also hob ich meinen Arm an den Mund und begann, am festen Knoten der Schnur zu knabbern, die das Blatt an Ort und Stelle hielt.

»Was machst du da?«, fragte Finn erschrocken.

»Tut nich' mehr weh, also brauch ich's nich' mehr«, nuschelte ich, ehe sich der Knoten endlich löste und ich mir Schnur samt Kurablatt vom Arm nahm. Die Haut darunter war schwitzig und voller Abdrücke. Und als ich meinen Arm schließlich drehte, sah ich *sie*.

Wehmut und überwältigender Stolz erfüllten mich.

Ein Stück über meinem Handgelenk saßen die fünf heiligen Symbole. Die beiden ineinandergreifenden Farnblätter, die sich spiegelnden Wellen, die zwei aneinander liegenden Feuerwirbel, die parallel liegenden Linien, die sich an entgegengesetzten Enden rollten wie ein junges Farnblatt, und der Wirbel, der von einer Sichelform durchbrochen wurde – das Zeichen der Sterne. *Die Zeichen der Sterne.*

»Liv«, flüsterte Finn. Ich zuckte zusammen, als er mit den Fingern die Symbole auf meiner Haut berührte. »Sie sind wunderschön.«

Ich biss mir auf die Lippe, ehe ich die Zeichen ebenfalls streichelte. Unter meinen Fingerspitzen spürte ich, wo sich die Linien befanden. Es waren keine wulstigen Erhebungen, wie es bei den *Taotus* der Ältesten, Papa oder den Springern der Fall war, was vermutlich am ungewöhnlichen Heilungsprozess lag. Die Haut war nicht vollkommen glatt, wenn auch die Erhebungen nicht groß waren. Irgendwie kam es mir nicht richtig vor, doch ich war so überwältigt, so stolz und glücklich darüber, diese *Taotus* tragen zu dürfen, dass es mir egal war. Ich liebte sie und ich liebte Nana und Toka dafür, dass sie Finn und mir dieses Geschenk gemacht hatten. Ich würde mir Mühe geben, ihnen zu verzeihen, auch wenn ich es noch nicht konnte. Irgendwann waren wir so weit. Und dann würden Finn und ich nach Hause zurückkehren und uns bei ihnen bedanken. Ich fragte mich, was für Menschen wir dann sein würden. Ich fragte mich, ob wir noch immer *wir* sein würden und was bis dahin alles geschah. Ganz besonders fragte ich mich erneut, was es mit unseren Kräften auf sich hatte.

Finn wollte auch das Kurablatt an seinem linken Unterarm abnehmen, doch er zuckte zusammen. »Komisch. Meine schmerzen noch immer.«

Ich runzelte die Stirn und legte den Kopf schief. »Vielleicht liegt es daran, dass du Jènnyes Sternenstaub nicht berührt hast, sondern bloß die Steintafel.«

»Gut möglich.«

»Wieso hast du es nicht getan?«, fragte ich, ehrlich interessiert. »Ich habe gesehen, dass du es wolltest. Was war los?«

Er ließ vom Kurablatt ab und fuhr sich mit der gefleckten Hand über den Nacken. »Na ja. Ich weiß nicht. Das letzte Mal, als ich den Sternenstaub berührt habe, hat mich die Kraft innerlich fast zerrissen. Und ich habe mit meinem Brüllen eine Höhle zusammenstürzen lassen, was uns fast das Leben gekostet hätte, also …« Er ließ das Ende des Satzes in der Luft hängen und zuckte mit den Schultern. »Vielleicht habe ich ein wenig Angst vor diesen Kräften. Das ist alles.«

Ich wollte mir nicht anmerken lassen, wie sehr mich Finns Worte verblüfften. Es war überraschend, wie anders wir auf all diese neuen Dinge, diese Neue Welt, reagierten. Wo Finn sonst immer direkt und impulsiv und furchtlos gewesen war, war er nun nachdenklich und zurückhaltend. Das kannte ich gar nicht von ihm. Andererseits erkannte ich auch mich kaum wieder. Ob es normal war, so neben der Spur zu sein, wenn sich das halbe Leben umkrempelte? Ich war noch immer neugieriger, als gut für mich war, besaß noch immer einen Dickkopf. Doch irgendwie tat es mir nicht mehr gut, alles für mich zu behalten. Auf einmal machte es mich nervös und ruhelos. Ich wollte darüber sprechen. Nein, das war es auch nicht. Ich wollte Antworten und so lange nachhaken, bis ich diese endlich erhielt.

»Ich leg mich aufs Ohr«, sagte Finn und streifte sich die Schuhe von den Füßen. »Was auch immer uns erwartet, wenn wir wieder aufbrechen, vermutlich wird es nicht weniger aufregend werden.«

Er hatte recht. Abgesehen davon konnte ich mich nicht erinnern, wann ich zuletzt eine richtige Portion erholsamen Schlaf bekommen hatte.

Ich schlüpfte ebenfalls aus meinen Schuhen und Papas Pullover und suchte anschließend in meinem prall gefüllten Rucksack nach einem der alten knielangen T-Shirts, die ich am liebsten zum Schlafen anzog. Anschließend warf ich neben Finn die große, weiche Decke zurück und krabbelte ins noch viel weichere Bett.

Ein seliges Seufzen entfuhr mir, als mein Kopf im flauschigen Kissen versank. »Ich glaube, ich habe mich gerade verliebt. Ich will nie wieder weg«, murmelte ich und gähnte herzhaft.

Wir warfen uns einen Blick zu. Ich sah das heitere Funkeln in Finns dunklen, vertrauten Augen. Dann lachten wir gleichzeitig los, trotz Erschöpfung, trotz Reizüberflutung.

Es tat gut, meinen besten Freund bei mir zu haben. Ich wäre ratlos und verloren gewesen, wenn er nicht wäre.

Ich hätte mich in dieser fremden, einschüchternden Neuen Welt nicht halb so sicher gefühlt, wie ich es neben ihm tat. Besonders nicht, als mich kurze Zeit später der Schlaf in seine stillen, dunklen Tiefen zog.

16. Kapitel

UNBEKANNT

»Nichts! Keine Spur von ihnen.«

»Hab doch gesagt, dass sie nicht mehr in Flagstaff sind. Typisch. Abtrünnige bleiben nie an einem Ort«, sagte Fire und verschränkte die Arme vor der Brust. Sie beobachtete, wie Gregor am Seitenstreifen der Route 66 wütend auf und ab lief und sich die kurzen dunklen Haare raufte. Es war lange her, dass sie ihn so außer sich erlebt hatte. Um einen Regulus-Begabten wie Gregor aus der Ruhe zu bringen, brauchte es einiges. Und Chloes Tod *war* einiges.

Ein einzelnes Auto schoss an ihnen vorbei und verschwand an der nächsten Biegung hinter einer Gruppe schmaler, hoher Tannen.

Jamie stieg nun ebenfalls aus seinem Wagen und beobachte Gregor. »Steig wieder ein. Wir sollten Begabte suchen und Fragen stellen, bis wir von irgendwem einen Hinweis bekommen und die Spur aufnehmen können.«

Gregor stieß seine Faust hinab, was einen Feuerball in die Erde schießen ließ. Eine Dreckwolke samt Funken stob in den wolkenlosen Himmel. »Bei den mächtigen Sternen, es ergibt keinen Sinn.« Er stöhnte frustriert. »Wieso haben die Abtrünnigen sie töten wollen? Was war ihr Motiv? Wenn sie Chloe nicht einmal gejagt haben, wieso zum Teufel haben sie sie getötet?«

Jamie nickte. »Irgendwas stimmt hier nicht, das spüre ich. So stark habe ich es schon lange nicht mehr gespürt.«

Fire und die beiden Jungs liefen zurück zum Wagen und stiegen ein.

»Wohin geht es jetzt?«, fragte Gregor vom Rücksitz.

Ohne Antwort zu geben, startete Fire den Motor und wartete, bis Jamie sich angeschnallt hatte, ehe sie mit einem Ruck losfuhr.

»Hey, Miststück! Greg hat dir eine Frage gestellt!«, rief Ever hinter ihr.

»Zurück nach Flagstaff«, zischte Fire durch zusammengebissene Zähne. »Und wenn du mich noch einmal Miststück nennst, landet eine heiße Ladung Funken in deinem Gesicht, versprochen.«

»Das will ich sehen«, erwiderte Ever brummend.

»Wir müssen etwas übersehen haben.« Jamie zog ein Handy aus seiner Jeanstasche und schien wie immer ungerührt von der eisigen Stimmung zwischen den Mädchen. »Ich sage den anderen Bescheid. Wir fangen noch einmal von vorn an, aber diesmal teilen wir uns strategisch klüger auf. Ever, Stefano, Trina, ihr habt Downtown im Blick, Fire, Gregor und Henry überwachen den Flughafen, die Zwillinge kümmern sich um das Inn und ich beobachte das Motel. Wir haben dem alten Begabten-Paar in der Nähe des Bahnhofes ebenfalls Bescheid gesagt. Wenn ein Ordensmitglied der Auriga wirklich eine Wunde im Gesicht hat, muss sich jemand in Flagstaff daran erinnern. Solche Touristen vergisst man nicht so schnell.«

»Es ist keine Wunde«, widersprach Trina, die zwischen dem hünenhaften Gregor und Ever auf der Rückbank eingequetscht war.

»Stefano sagte, es sei eine Narbe auf der linken Gesichtshälfte.«

»Nein, es ist eine Wunde, die Chloe ihm zugefügt hat«, widersprach Ever.

»Wieso hat Stefano euch unterschiedliche Dinge erzählt?«, fragte Jamie plötzlich und drehte sich zu den Begabten um. Misstrauisch verengte er die Augen. Sein ganzer Körper spannte sich an. »Leute, was geht hier vor?«

Fire sah durch den Rückspiegel, wie Ever ihn anfunkelte. »Frag doch Stef und nicht uns!«

»Und nicht vergessen«, sagte Trina, »sollten wir Chloes Mörder finden, dürfen wir uns nicht von ihrem Schein hinters Licht führen lassen. Wir werden diese widerlichen Ratten kaltblütig –«

»Auf sofortigem Wege zu mir bringen, damit ich sie den Wächtern übergeben kann«, schnitt Jamie ihr das Wort ab. »Bei Regulus, wie oft soll ich euch das noch sagen? Was ist plötzlich in euch gefahren? Wir werden die Abtrünnigen der Auriga nicht töten. Wenn wir zu Mördern werden, sind wir nicht besser als sie. Wir werden sie Yuth und Rena und den anderen Wächtern überbringen.«

Seufzend setzte er sich gerade hin und rieb sich mit der Hand über das Gesicht. Die Erschöpfung hatte sie alle im Griff, und das nicht erst seit dem heutigen Tag. Fire sah Jamie jedoch erst recht an, dass ihm die gesamte Lage zu schaffen machte. Er war schließlich ihr Hüter. Und eines Tages würde er Wächter werden. Es war ihm in die Wiege gelegt worden. Die Verantwortung auf seinen Schultern war nicht leicht und jetzt kam auch noch eine Begabte aus seiner Einheit ums Leben. Fire konnte sich nur vorstellen, wie schwierig es für Jamie sein musste.

»Verdammt«, murmelte er und schüttelte den Kopf. »Irgendetwas stimmt nicht. Ich spüre es in meinen Knochen. Ich weiß nicht, was es ist, aber irgendetwas läuft gewaltig schief.«

17. Kapitel

»Komm schon. Langsam wird es lächerlich.« Kein bisschen überzeugt musterte ich das Glas in meiner Hand und ließ das Wasser darin hin- und herschwappen. »Wie lange soll ich es noch anstarren? Ich kann mir wirklich nicht vorstellen, dass unsere Kräfte auf diese Art und Weise funktionieren, Finn. Vielleicht sollten wir Jenkins holen und ihn fragen, wie es geht. Bestimmt gibt es irgendeinen Trick, der alles viel einfacher macht.«

Finn rieb sich ein letztes Mal mit dem weißen Handtuch durch die nassen Haare, ehe er es aufs Bett warf. Beim *Duschen* war ihm die glorreiche Idee gekommen, dass wir unsere Kräfte ausprobieren sollten. Und nun tat ich seit fünf Minuten nichts anderes, als dieses Glas Wasser in meiner Hand anzustarren. Aber nichts da. Es war lediglich ein blödes Glas Wasser und verwandelte sich nicht in glitzernden Funkelregen, nur weil meine Augen durch das Starren schon zu tränen begannen. Es war bereits sehr spät und draußen stockfinster, weshalb wir das Deckenlicht angeschaltet hatten. Wir waren durchweg irritiert, dass nirgendwo das Brummen eines Stromgenerators zu hören war.

Mit freiem Oberkörper und in ausgeblichenen Jeans ließ Finn sich auf den Schreibtischstuhl gegenüber vom Bett fallen. Auf dem Tisch lag noch immer die Steintafel und pulsierte vor sich hin. Finns Haut war auf seinen gesamten Armen und zum Teil auch auf der Brust von großen dunklen Pigmentflecken geschmückt. Er hatte das Kurablatt mittlerweile ebenfalls abgenommen und die Symbole an seinem linken Unterarm waren deutlich sichtbar.

Seine Wunden waren tatsächlich nicht gänzlich verheilt, so wie meine, und doch sahen sie so aus, als wären sie mindestens eine Woche alt. Auf den *Taotus* und um sie herum hatte sich dunkler Schorf gebildet und der linke Unterarm war gerötet und geschwollen.

»Liv«, sagte Finn eindringlich. »Ich ... ich – *Hatschi*!« Er stieß einen Schrei aus und verdeckte sein Niesen mit einer Hand. »Verflucht, die Luft hier ist so trocken und staubig. Was ich eigentlich sagen wollte: Ich weiß, dass wir das schaffen, okay? Jenkins ist nicht unser Babysitter. Wir können ruhig auch mal etwas allein ausprobieren.«

Ich runzelte die Stirn. »Wo kommt das denn plötzlich her?«

Er zuckte mit den Schultern und rückte auf die Kante seines Stuhles, bis unsere Knie sich fast berührten. »Ich meine ja nur. Ich bin ihm total dankbar für das, was er für uns tut, und ich bewundere ihn für all sein Wissen. Ich habe aber keine Lust, länger an Tischen zu sitzen und mir Geschichten anzuhören, die ich mir sowieso nicht merken kann. Lass uns selbst herausfinden, was die Sterne uns geschenkt haben.«

Ein Grinsen machte sich auf meinen Lippen breit und ich schüttelte den Kopf. »So kenne ich dich. Und ich habe mich schon gefragt, wo der alte Finn geblieben ist.«

»Schließ die Augen«, befahl er und rieb schmunzelnd die Hände aneinander. »Und dann konzentrier dich auf das Wasser, ja?«

Ich verdrehte die Augen, ehe ich sie schloss. »Du meinst, ich soll mich so konzentrieren wie die letzten fünf Minuten? Hat ja ganz wunderbar funktioniert.«

»Halt die Klappe, Olivia. *Husch, husch!*«, ahmte er Tokas tiefe Stimme nach.

Ich biss mir auf die Lippe und atmete tief ein. Dann atmete ich wieder aus. Und wieder ein. Das Glas in meinen Händen war kühl. Das Bett war weich, mein Rücken tat deshalb immer noch weh und meine nackten Füße strichen über den rauen Teppich des Motelzimmers. Und einatmen. Und wieder ausatmen. Meine Finger rutschten am Glas entlang, um es besser greifen zu können. Ich seufzte.

»Und? Spürst du was? Irgendwas?«

»Nein«, brummte ich.

»Vielleicht konzentrierst du dich nicht genug.«

Ich schlug die Augen wieder auf und verzog das Gesicht. »Ich weiß ja nicht einmal, auf was ich mich konzentrieren soll.«

»Aufs Wasser natürlich. Schwachkopf.«

»Hey!«, sagte ich, steckte meine Hand ins Glas und spritzte Finn ein paar Tropfen ins Gesicht. »Das hast du davon, mich so zu nennen!«

Er zuckte nicht mal mit der Wimper, sondern wirkte im nächsten Moment bloß neugierig. »Gute Idee, das Wasser anzufassen, Liv. Hat Jenkins nicht irgendetwas von physischen Verbindungen gesagt? Vielleicht klappt es nur, wenn du das Wasser berührst, damit sich deine Energie ...«

»Mit der Energie des Wassers verbindet«, beendete ich seinen Satz und spürte, wie sich tatsächlich Aufregung in mir breitmachte. So dämlich war die Idee gar nicht!

Also rutschte ich auf dem Bett in eine gemütlichere Sitzposition und schloss die Augen. Diesmal hielt ich meine Hand ins Glas. Ich konzentrierte mich nicht auf das Hotelzimmer. Ich richtete meine gesamte Aufmerksamkeit auf das Wasser, das meine Hand berührte. Und als ich tief ein- und langsam wieder ausatmete ... da spürte ich es. Tatsächlich. Da war etwas!

Leise. Sanft. Fast nicht auszumachen. Mein Geist erfasste ein schwaches Vibrieren, das vom Wasser ausging.

Aufgeregt schnappte ich nach Luft und riss die Augen auf. »Finn, ich spüre das Wasser! Bei den Sternen!«

Das Lächeln auf seinem Gesicht verschwand und seine Augen weiteten sich. »*Ernsthaft?* Du kannst wirklich etwas spüren?«

Hastig schloss ich die Augen und bemühte mich, das Gefühl wiederzufinden. Und obwohl ich diesmal wesentlich unruhiger atmete, konnte ich das schwache, sanfte Vibrieren von Kraft noch immer mit meinem Geist erfassen.

»Was soll ich jetzt machen?«, fragte ich aufgeregt.

»Was spürst du?«

»Es kribbelt, aber nur sehr schwach.«

»Okay, äh ... gib mir einen Moment. Ich denke mir etwas aus.«

Fragezeichen tanzten durch meinen Kopf. Es fühlte sich nicht an, als könnte ich irgendetwas tun. Die schwache Kraft des Wassers war einfach da.

Ich hörte Finn seine Sitzposition ändern, wobei sein Knie meins streifte. Plötzlich war die Kraft des Wassers kein Flüstern mehr, sondern ein greifbares Rauschen. Doch so schnell, wie es gekommen war, war es wieder vorbei, als Finn mich nicht mehr berührte.

»Los, Hände auf meine Knie«, befahl ich.

Einen Moment später spürte ich, wie Finn meinen Worten Folge leistete und seine Hände auf meine nackten Knie legte.

Erneut wurde die Kraft des Wassers deutlich greifbar. Jetzt, da ich wusste, wie ich sie mit meinem Geist finden und spüren konnte, erschien sie mir ganz deutlich. Sie fühlte sich wie ein Teil von mir an. Ein Teil, der nur darauf wartete, ergriffen zu werden.

Ich riss die Augen auf, ohne das Gefühl für das Wasser zu verlieren. Mir wurde heiß und ein kribbelnder Schauer rieselte meinen Rücken hinab. Hastig nahm ich meine Finger aus dem Glas in der festen Annahme, damit die Verbindungen zu unterbrechen – doch sie blieb bestehen, wenn auch nicht ganz so laut. Doch noch immer deutlich und sanft und kühl.

»Ich spüre es noch immer«, flüsterte ich und hob das Glas höher, bis sich die gelbliche Deckenbeleuchtung des Zimmers darin brach.

»Bei allen Himmeln«, sagte Finn, ohne seine Hände auch nur einen Zentimeter zu bewegen. »Was genau spürst du?«

Blinzelnd starrte ich das Glas an. »Es ist schwer zu beschreiben. Ich spüre das Wasser auf dieselbe Weise wie Jènnyes Ruf, den Sternenstaub oder die Karte. Aber es fühlt sich vollkommen anders an. Ergibt das Sinn?«

Mit gerunzelter Stirn sah Finn mich an. »Nicht wirklich.«

Ich presste die Lippen zusammen. »Ich kann es nicht besser

beschreiben. Es ist, als wären die Kräfte von Jènnyes Ruf, dem Sternenstaub und der Karte unterschiedliche Früchte. Und das Wasser ist ... Gemüse.«

»Gemüse?«

»Ich weiß doch auch nicht!«

»Das ist der beste Vergleich, der dir eingefallen ist? Gemüse?«

Mit finsterer Miene sah ich meinen besten Freund an. »Denk du dir doch etwas Besseres aus.«

Er grinste. »Kannst du denn irgendetwas mit dieser Kraft machen?«

Ich richtete meinen Blick wieder auf das Wasserglas. Gerade wollte ich den Kopf schütteln, doch etwas hielt mich davon ab. Es war die Art und Weise, wie die Kraft des Wassers meinen Geist berührte. Tatsächlich war es nicht einfach, es zu beschreiben. Jènnyes Ruf war erdrückend und fordernd gewesen. Ich konnte mich kaum mehr daran erinnern und es fühlte sich an wie ein ferner Traum. Ähnlich dem Gefühl, als ich den Sternenstaub berührt hatte. Rau und machtvoll. Die Kraft des Wassers aber war anders. Sie war nicht rau, sie überwältigte mich nicht. Sie bereitete mir keine Schmerzen und trübte auch nicht meine Sinne. Sie fühlte sich weich an. Vertraut und unbekannt zugleich. Kühl und wohltuend und lebendig. Eine Kraft, die meinen Geist umgarnte, anstatt ihn in ihren Tiefen zu ertränken. Unweigerlich schoss mir ein Bild von Hawaikis Küste in den Kopf. Der Blick vom Strand auf den Ozean. Die Art, auf die das glasklare, blaue Wasser sanft schaukelte, im Sonnenlicht funkelte und sich majestätisch, mächtig und ruhig zugleich bis zum Horizont erstreckte, als hätte man eine Handvoll Diamanten darauf verteilt.

So fühlte sich die Kraft des Wassers an. Doch genauso, wie ich die Wellen berühren, durch das Meer schwimmen und darin tauchen konnte, so konnte ich die Kraft des Wassers mit meinem Geist greifen. Es war unmöglich, es zu beschreiben, doch das Gefühl erfüllte mich mit Bestimmtheit. Gewissheit. Also tat ich, was sich am natürlichsten anfühlte. Ich ergriff die Kraft des Wassers mit meinem Geist.

Ein Zittern erfasste die Oberfläche des Wassers. Finn lehnte sich weiter vor. »Warst du das?«

Ich lachte auf. Glück und Aufregung durchströmten mich. »Ja!«

»Wahnsinn«, flüsterte er und strahlte mich an. »Kannst du es ... bewegen?«

»Keine Ahnung«, erwiderte ich.

Plötzlich klopfte es laut an der Zimmertür. Vor Schreck entglitt mir die Kraft und ich wirbelte herum.

Finn sprang auf, wodurch mir auch der letzte Rest an Kraft verschwand, und hastete zur Tür. Er riss sie auf. »Hallo! D-Du bist schon wieder wach?«

Ich sah, wie Jenkins verwirrt die Stirn runzelte. Dann landete sein Blick auf mir und er legte den Kopf schief. »Alles in Ordnung bei euch?«

Ich atmete auf und umfasste das Glas mit beiden Händen. »Ja, es ist alles in Ordnung. Finn und ich haben nur versucht herauszufinden, wie unsere Kräfte funktionieren.«

Finn zog sichtbar den Kopf ein und machte ein schuldiges Gesicht, als wären wir auf frischer Tat ertappt worden. Jenkins jedoch wirkte nicht, als störte ihn, dass wir ohne ihn unsere Versuche gestartet hatten. »Hattet ihr Erfolg?«

»Beinahe«, gestand Finn und machte einen Schritt zur Seite, damit Jenkins eintreten konnte.

»Ich konnte die Kraft des Wassers greifen«, sagte ich und spürte, wie sich erneut das breite, aufgeregte Lächeln auf meine Lippen schlich.

Jenkins Augen leuchteten auf und ein Lächeln erschien auf seinen Lippen. »Tatsächlich? Wie ist es dir gelungen?« Er setzte sich auf den Platz, auf dem Finn zuletzt gesessen hatte. Mir entging nicht, wie Finns Mundwinkel dabei nach unten wanderten. Er schloss die Tür und kam langsam zu uns, ehe er sich neben mich auf das Bett setzte.

»Die Sache mit den Verbindungen ist so, wie du erklärt hast«, sagte ich. »Als ich das Wasser und Finn gleichzeitig berührt habe, war es fast kinderleicht. Ich musste mit meinem Geist nur nach dem Wasser greifen.«

Diesmal strahlte Jenkins. »Das ist großartig! Und hast du herausfinden können, wie du das Wasser bewegst?«

Ich schüttelte den Kopf, ehe meine Schultern nach unten sackten. »Ich habe nicht den leisesten Schimmer.«

»Vielleicht kann ich dir helfen. Wenn es ähnlich funktioniert wie bei den Begabten, wird es dir als Beschenkte sicher nicht schwerfallen. Finnley, wärst du so gut und stellst eine Verbindung zwischen Olivia und dir her?«

Offenbar hatte Finn sich wieder eingekriegt, denn er zögerte keine Sekunde, ehe er mir eine Hand aufs Knie legte.

Na los, konzentrier dich. Du kannst das. Erneut griff ich mit dem Geist nach der Kraft des Wassers. Ohne es zu berühren, war es schwieriger, den Zugang zu finden, doch als ich ihn schließlich hatte, summte es wie auch das erste Mal im Einklang mit mir, umgarnte kühl mein Bewusstsein, liebkoste mich.

Wieder vibrierte die Oberfläche im Glas. »Okay«, sagte ich und lächelte. »Ich hab es.«

Jenkins nickte. »Wo spürst du die Kraft? Gibt es eine Stelle in deinem Körper, wo sie am präsentesten ist?«

»In meinem Kopf«, antwortete ich automatisch. Und es stimmte. Die Kraft war dort, wo mein Bewusstsein saß. Genau hinter meiner Stirn.

»Gut, Olivia. Ich möchte, dass du die Kraft des Wassers aus deinem Kopf schiebst. Nana und Toka haben den Energiepunkt in euren Händen verstärkt. Bitte versuche, die Kraft des Wassers in deine linke Hand zu lenken.«

Irritiert blinzelte ich, nickte jedoch. Ehrlich gesagt hatte ich keine Ahnung, wie ich das anstellen sollte. Eine Weile saß ich nur da und tat nichts anderes, als mir den Kopf zu zerbrechen.

Mein Blick huschte erst zu Finn, dann zu Jenkins und ich verzog das Gesicht. »Es funktioniert nicht.«

»Vielleicht hilft das: Stell dir zwei Hände vor. Siehst du sie vor dir?«

Ich nickte.

»Und jetzt stell dir vor, sie wären ein Bildnis deines Geistes. Stell dir vor, wie du mit diesen Händen die Kraft des Wassers nach unten drückst. Schritt für Schritt. Erst durch deinen Kopf, dann durch deinen Hals, die Schultern und immer so weiter, bis hinab in deinen linken Arm.«

Langsam atmete ich aus, und bevor ich es verhindern konnte, fielen mir die Augen zu. Ich tat wie geheißen: Ich stellte mir vor, wie ich die Kraft des Wassers aus meinem Kopf in Richtung meiner Hand drückte. Zunächst kam ich mir albern vor ...

Doch es funktionierte. Aufregung erfüllte mich. Ich spürte, wie das sanfte Vibrieren durch meinen Kopf wanderte, wie es mich im Hals und in den Schultern kitzelte, mein schlagendes Herz überspülte und schließlich meinen linken Arm hinunterwanderte. Meine Finger prickelten. Es fühlte sich an wie das kribbelige Taubheitsgefühl, wenn mir im Schlaf die Blutzufuhr abgequetscht wurde und das Blut plötzlich wieder durch meine Hand strömte.

Ich schlug die Augen auf. Vom Wasserglas aus ließ ich meinen Blick zu Finn wandern. »Ich habe es.«

Seine dunklen Augen blitzten auf und er drückte sachte mein Knie.

»Fabelhaft, Olivia«, sagte Jenkins. »Jetzt musst du vorsichtig sein. Konzentrier dich auf das Gefühl in deiner Hand. Dann möchte ich, dass du sie hebst.«

Hastig nickte ich. Ich starrte auf das Glas und richtete all meine Konzentration auf die summende und kitzelnde Kraft. Dann, ganz vorsichtig, hob ich meine Hand.

Das Wasser rührte sich. Es zitterte nicht nur, sondern stieg aus dem Glas empor! Mein Herz machte einen gewaltigen Satz und Finn neben mir stieß ein ungläubiges Keuchen aus. »Bei den mächtigen Sternen!«

»Es schwebt!«, sagte ich und lachte begeistert. »Ich hab es geschafft! Ich bewege das Wasser!«

Jenkins lachte ebenfalls auf. »Du machst das großartig. Wunderbar!«

Eine Gänsehaut schoss mir den Rücken hinab und glasklares, pures Glück erfüllte mich. Es war genau dasselbe Gefühl, das ich bekam, wenn ich beim Surfen durch eine Pipe raste und meine Hand durch die klare Wellenwand gleiten ließ.

Den Arm hatte ich mittlerweile durchgestreckt und zusammen mit ihm befand sich der durchsichtige, unförmige Ball aus Wasser in der Luft. Er glitzerte im Deckenlicht. »Und was jetzt?«, fragte ich. »Was kann ich damit machen?«

»Du könntest zum Beispiel ...«

»Ha... Ha...« Finns Nase zuckte und es machte den Anschein, als ob er jeden Moment –

»*Tschi!*« Er nahm die Hand von meinem Bein, um sie sich vor den Mund zu halten.

Im selben Moment war die Kraft des Wassers fort, so weit weg und leise, dass ich sie wieder nur erahnte. Der Wasserball über mir landete mit einem Platschen auf meinem Kopf und ich zuckte erschrocken zusammen.

»Verdammt, entschuldige!«, rief Finn sofort, sprang auf und nahm sein Handtuch, das er mir anschließend nicht gerade sanft über den Kopf warf.

»Finn!« Ich zog es wieder runter und rieb mir das Wasser ab. Ein Lachen entfuhr mir. »Vielen Dank auch.«

»Tut mir leid«, wiederholte er mit einem schiefen Lächeln.

Jenkins stand auf und wirkte überaus zufrieden. »Noch eine Stunde bis Mitternacht. Ich nehme an, dass euch nicht danach ist, schlafen zu gehen?«

Ich stand ebenfalls auf, stellte das leere und vollkommen trockene Glas auf dem Schreibtisch ab und fuhr mir noch einmal mit beiden Händen über das Gesicht. »Nein, auf keinen Fall! Ich glaube, ich werde die Dusche ausprobieren. Das war bestimmt ein Zeichen.«

Finn erhob sich ebenfalls. »Also ich finde, es sollte gefeiert werden. Es gibt eine Menge zu feiern. Du hast deine Kräfte benutzt, wir sind in der richtigen Welt angekommen und wir haben *Taotus* erhalten!«

»Das wären genug Gründe, um eine ganze Woche durchzufeiern«, stimmte ich grinsend zu.

»Vergiss es. Mach gleich einen ganzen Monat draus. Wir sollten irgendwo hingehen, wo es Musik und starken Rum gibt.«

Ein begeistertes Kribbeln durchfuhr mich und ich klatschte in die Hände.

»Vielleicht beschränkt ihr euch auf heute Abend«, warf Jenkins ein.

»Können wir hier irgendwo tanzen gehen?«, fragte ich. »Irgendwo muss es doch auch hier so einen Ort geben.« Zumindest hoffte ich es.

Einen kurzen Moment schien er nachzudenken. »Ich könnte euch ein Taxi rufen, das euch nach Downtown bringt – also in die Innenstadt.«

»Du willst nicht mitkommen?«, fragte Finn überrascht.

»Irgendjemand muss auf den Sternenstaub und die Karte aufpassen. Ich würde mich nicht wohl dabei fühlen, sie unbeaufsichtigt zu lassen oder sie mitzunehmen. Es besteht immer die Möglichkeit eines Diebstahls oder eines Raubüberfalls.«

»Raubüberfalls?«, wiederholte ich verblüfft. »Hier gibt es Räuber?«

»Nein. Ja. Nicht unbedingt.« Jenkins runzelte die Stirn. »Gab es so was selbst nach all den Jahrhunderten nicht auf Jènny?«

»Manchmal versucht jemand auf dem Markt etwas einzustecken. Aber nie im großen Stil«, warf Finn ein.

»Nicht ansatzweise wie in diesen blutrünstigen Kriminalromanen«, fügte ich hinzu.

Jenkins fuhr sich nachdenklich mit den Fingern über seine Narbe. »Nun, dann liegt das mit Sicherheit am Einfluss der Sterne. Es gibt kaum Orte auf der Welt, die so frei von Kriminalität sind wie eure Insel.«

Ich runzelte die Stirn. »Ist Flagstaff denn sehr gefährlich?«

Jenkins lief zur Tür und machte eine wegwerfende Handbewegung. »Keineswegs. Der Sicherheits-Index ist gut und die Kriminalitätsrate war nie hoch. Aber gehen wir lieber auf Nummer sicher. Außerdem möchte ich meine Notizen auf meinen Laptop übertragen. Das wird noch eine Weile dauern. Ich habe keine Zeit, um tanzen zu gehen.«

Oh. Von Laptops und Computern hatte ich zumindest schon gelesen.

Finn schien Feuer und Flamme zu sein. »Wann ist das Taxi hier?«

»Ich spring schon mal unter die Dusche!«, sagte ich aufgeregt und stürzte mich auf meinen Rucksack, um frische Kleidung herauszuholen.

»Ich werde sofort eins für euch bestellen. Ich denke, in etwa fünfzehn bis zwanzig Minuten wird es hier sein.«

»Danke«, hörte ich Finn sagen, doch da hatte ich mir schon meine Kleidung geschnappt und die Badezimmertür hinter mir geschlossen.

18. Kapitel

Diese Neue Welt war eine einzige Offenbarung. Ich kam zum ersten Mal in den Genuss einer Dusche mit heißem Wasser und es war so warm, dass es beinahe wehtat. Doch ich wagte es nicht, den Wasserstrahl umzustellen. Manchmal hatten wir zum Baden Wasser in Töpfen erhitzt oder den Regen in dunklen Kunststofftonnen aufgefangen, die auf den Schiffen in der Geisterbucht gefunden worden waren. Die Sonne hatte es im Sommer so warm werden lassen, dass es ebenfalls wohltuend gewesen war, darin zu baden. Doch nichts davon war ein Vergleich zu dieser Dusche. Der Wasserstrahl war hart und heiß und die Luft im kleinen Badezimmer erfüllt von Wasserdampf. Einzig dieser seltsame Geruch des Wassers gefiel mir nicht. Es roch alles andere als natürlich.

Zum dritten Mal schon schäumte ich meinen Kopf mit der herrlich riechenden flüssigen Seife ein, die in einer Flasche auf einer rostigen, kleinen Ablage stand. Meine verknoteten Haare fühlten sich dadurch seidig weich und sauberer an als je zuvor. Genau wie mein Körper. Als ich mich schließlich abtrocknete und mit dem Handtuch über den beschlagenen Spiegel fuhr, blickte mir ein von der Sonne stets gebräuntes Mädchen mit geröteten Wangen und hellen grünen Augen entgegen, in dessen Blick Verwunderung lag. Ich wrang mir die langen, dunklen Haare über dem Waschbecken aus. Dabei fiel mein Blick auf die *Taotus* auf meinem linken Unterarm und Glück erfüllte mich. Das alles hier hatte auch seine guten Seiten. Es gab Schmerz, aber auch Freude. Und diese schien heute Nacht so groß, dass ich sie kaum in mir behalten konnte, sie schien überzusprudeln.

Ein durchdringendes Klopfen an der Badezimmertür, ließ mich erschrocken zusammenfahren. »Liv, das Taxi ist jeden Moment da.«

»Komme gleich!«, rief ich zurück und beeilte mich, meine wirren, nassen Haare zu kämmen und anschließend in Unterwäsche, eine Jeans ohne Löcher und ein einfaches rotes T-Shirt zu schlüpfen. Ich mochte es, weil der Ausschnitt den Eindruck erweckte, dass ich große Brüste besaß, auch wenn das leider nicht der Fall war. Ich gab mich aber gern der Illusion hin.

Hastig beseitigte ich die Unordnung im Badezimmer, hängte mein Handtuch auf, öffnete das kleine vergitterte Fenster und entriegelte die Tür.

»Schon fertig«, sagte ich ein wenig atemlos und stopfte mein Schlafshirt zurück in meine Tasche.

»Gerade noch pünktlich«, sagte Finn grinsend und stand von der Bettkante auf. Er hatte sich ein langärmliges schwarzes Oberteil angezogen, das nur seitlich an der Naht ein paar Löcher aufwies. Die Ärmel hatte er hochgeschoben, sodass seine Pigmentflecken und die stolzen, heilenden *Taotus* sichtbar waren.

Er schien mich ebenfalls zu mustern, ehe er mir seine dünne Jacke mit dem Reißverschluss zuwarf. »Draußen ist es bestimmt kalt. Du wirst sie brauchen.«

Ich bedankte mich, schlüpfte hinein und zog mir anschließend meine alten Schnürschuhe an. Ein paar Minuten später klopfte auch schon Jenkins an unserer Tür. Er drückte Finn ein kleines silbernes Telefon in die Hand und erklärte uns kurz, welche Knöpfe wir betätigen mussten, um seinen Kontakt zu wählen und ihn anzurufen. Ich hatte schon oft genug von Handys gelesen. Es war seltsam, eines wahrhaftig in der Hand zu halten, doch Finn und ich lernten schnell. Es schien nicht sonderlich kompliziert, Jenkins' Nummer zu wählen, da es die einzige war, die er eingespeichert hatte. Ich fragte mich, ob er ein solches Telefon immer dabeihatte und wie viele er besaß. War es wirklich für uns? Und das Geld, das er uns gab, gehörte tatsächlich den Ältesten? Oder war es seines? Es fühlte sich seltsam an. Nein, irgendwie fühlte es sich falsch an. Als hätten wir etwas Wichtiges ausgelassen, als hätten wir das Geld nicht verdient – was letztendlich auch der Fall war.

»Ruft mich an, wenn ihr etwas braucht oder Fragen habt«, sagte Jenkins zum ungefähr zehnten Mal, als er uns durch den Hof des Motels zur Straße begleitete.

»Machen wir«, sagte ich und Finn nickte eilig. »Wir bekommen das hin, Jenkins. Gegen Morgengrauen sind wir spätestens wieder da.«

»Und den Schlüssel für euer Zimmer hast du bei dir, Olivia?«

Ich war kurz davor, die Augen zu verdrehen. Er klang wie ein besorgtes Elternteil. »Jepp. Hier.« Ich fischte ihn aus meiner Jeanstasche und wedelte mit ihm herum, ehe ich ihn verstaute.

»Sehr gut. Und wenn etwas sein sollte, dann –«

»Rufen wir an«, beendete Finn den Satz und lächelte schief. »Entspann dich. Wir sind keine kleinen Kinder und wollen nur ein wenig feiern gehen.«

Jenkins erwiderte das Lächeln und nickte. »Nun gut. Die Karte der Sterne und der Sternenstaub sind in Sicherheit. Ich werde bis zu eurer Rückkehr auf euch warten.«

Das Taxi stand bereits auf dem Parkplatz des Motels, welcher sich in der Mitte der Anlage befand.

Jenkins öffnete die Beifahrertür des Taxis und sprach mit dem Fahrer, vermutlich, um ihm zu sagen, wo er uns hinbringen sollte, während Finn bereits eine der hinteren Türen öffnete und einstieg. Gerade wollte ich es ihm gleichtun, als mich ein seltsames Gefühl überkam.

Argwöhnisch warf ich einen Blick über die Schulter. Doch im spärlich beleuchteten Hof des Motels war nichts und niemand zu erkennen. Da war nichts bis ein paar parkende Autos und undurchdringliche Schatten.

»Alles in Ordnung, Liv?«, fragte Finn.

»Sicher. Alles in Ordnung.« Hastig schüttelte ich das komische Gefühl ab.

Finn winkte mich in den Wagen. »Na, dann steig ein.«

Das ließ ich mir nicht zweimal sagen. Ich kletterte in das Taxi und schloss die Tür, ehe wir auch schon mit erstaunlicher Geschwindigkeit losfuhren, um unser neues Leben gebührend zu feiern.

Die Lichter der Straßen von Flagstaff waren atemberaubend, obwohl sie so schlicht waren; Straßenlaternen und beleuchtete Schilder. Es war faszinierend, sie überall in der Dunkelheit zu sehen. Die Straßen waren hell und gleichzeitig still, kein flackerndes Feuer oder das Brummen von Stromgeneratoren in der Nähe. Strom war hier genauso normal wie heißes, fließendes Wasser. Ganz genau wie in den vielen Geschichten. Die Häuser waren ebenfalls atemberaubend. Keines von ihnen war klein, schwarz und schief. Sie alle wirkten ... bizarr. Wunderschön. Nicht, dass sie protzig wären, das waren sie nämlich nicht. Sie waren einfach anders, hatten Fenster, die größer waren als unsere Bullaugen, Obergeschosse und manchmal sogar Ladenfronten. Zu beiden Seiten der Straße verliefen Wege, die wohl extra für Fußgänger gemacht waren. Ich konnte es kaum erwarten, nach dem Tanzen mit Finn zusammen Flagstaff zu erkunden.

Das Taxi brachte Finn und mich zu einem Club. Zumindest war es das laut dem Fahrer. Es sah nicht so aus, wie ich mir einen Club vorgestellt hatte. Vermutlich hatte Jenkins den Fahrer im Vorfeld bezahlt, denn er fragte nach nichts und fuhr weg, nachdem Finn und ich ausgestiegen waren. Obwohl die Straßen Flagstaffs zu dieser späten Stunde verschlafen gewirkt hatten, war es in dieser Straße noch recht lebendig. Der Club, vor dem wir nun standen, schien gut besucht.

Ich hatte viel über Partys gelesen. Über Elektromusik und lauten Bass. Diese Dinge hatten kaum eine Rolle in den Geschichten gespielt, waren kaum mehr als Kulisse gewesen, die für die richtige Atmosphäre hatten sorgen sollen, doch mir hatten die Beschreibungen geholfen. Ich hatte mich immer gefragt, wie wohl ein Neonschild aussah. Jetzt glaubte ich, es zu wissen, als ich das

Schild des *Breeze* sah. Und ich hatte mich auch immer gefragt, wie all diese tollen Kleider aussehen mochten, die die Frauen trugen, die sich für den Abend schick gemacht hatten. Zwar hatte ich einige Zeitschriften gelesen, in denen Frauen Kleider getragen hatten, doch das hier war anders.

Hier lag kein roter Teppich auf dem Boden aus. Dafür führte ein grüner Teppich zum Eingang des Clubs und es stand eine Schlange davor. Finn und ich besaßen keine Ausweise und laut Jenkins waren wir in dieser Welt nicht alt genug, um tanzen und feiern zu gehen. Ich fragte mich, ob wir heute Abend überhaupt weit kämen. Wenn wir Glück hatten, würden wir nicht nach einem Ausweis gefragt werden wie die vielen jungen Leute, die vom Türsteher hineingewunken wurden.

»Finn«, murmelte ich, als wir in der Schlange aufrückten und dem Eingang näher kamen. »Was, wenn sie uns nicht reinlassen? Wo gehen wir dann hin?«

Sein unbekümmertes Lächeln ließ mich die Stirn runzeln. Er warf mir einen Arm um die Schulter. »Jetzt mach dir mal nicht ins Hemd, Livi. Wir kommen schon rein.«

Nervös kniff ich die Lippen zusammen. Keine Ahnung, woher er diese Selbstsicherheit nahm.

»Entspann dich«, sagte Finn noch einmal und klang diesmal ein wenig feinfühliger. »Das ist unser Abend. Wir feiern diese Welt, deinen Erfolg mit den Kräften und unser neues Leben. Selbst wenn sie uns nicht reinlassen, können wir noch immer die Stadt unsicher machen. Wir sind schließlich hier und die Entdeckungstour hat noch nicht einmal richtig angefangen.«

Finn schaffte es tatsächlich; ich entspannte mich und stieß ein Seufzen aus. Er hatte recht. Selbst wenn wir nicht in diesen Club kämen – Flagstaff zu erkunden, war bestimmt noch spannender.

»Na schön. Du hast gewonnen. Versuchen wir es einfach und hoffen das Beste.«

Tatsächlich hätte ich gar nicht bangen müssen, denn als wir an der Reihe waren und ich den Blick des Türstehers mit großen Augen erwiderte, winkte er uns mit gelangweilter Miene weiter.

Ich war ziemlich verblüfft, als wir schließlich an der kleinen Kasse standen, Eintritt bezahlten und uns Stempel auf die Handrücken drücken ließen. Es war ein Rechteck aus dicht nebeneinanderliegenden Strichen, und ich fragte mich, ob es in dieser Welt die Art und Weise war, wie man sich *Taotus* auftrug.

»Willkommensdrink?«, fragte eine junge Frau mit geflochtenen Haaren, nachdem ich Finns Jacke an einer *Garderobe* abgegeben hatte. Dort hingen hinter einer Theke viele Jacken von vielen verschiedenen Leuten. Man hatte mir einen Zettel mit einer Nummer darauf in die Hand gedrückt, den ich mir in die Hosentasche geschoben hatte.

Die Haare der jungen Frau waren genauso blond wie die von Finn. Sie trug Jeans und ein schwarzes Hemd, war groß und wirkte freundlich.

Ha! Wir hatten den Club kaum betreten und schon entwickelte sich diese Nacht zu einer der besten überhaupt.

Wir nahmen unsere Gläser entgegen. Sie waren kühl, leuchtend gelb und rot, mit kleinen Schirmchen darin. Der Bass wummerte durch die Luft und ließ meinen ganzen Körper erbeben – ich liebte das Gefühl. Die fremde Musik war zügig, rhythmisch und beflügelte mich.

Finn und ich ließen uns treiben und betraten mit einigen anderen den Clubbereich, während wir von unseren Getränken kosteten. Der Drink war süß und fruchtig, besaß im Abgang jedoch die scharfe Note des Alkohols, die ich leicht vergaß, wenn ich mich nicht darauf konzentrierte. Ich war nie der größte Fan von Rum gewesen, der auf Hawaiki – nein, auf *Jènnye* – getrunken wurde. Manchmal hatten die Springer auch Bierfässer und Weinflaschen gefunden, doch auf Festen floss seit jeher hauptsächlich Rum. Es gehörte irgendwie dazu.

Im Club war es ohrenbetäubend laut und sehr voll. Ich hakte mich bei Finn ein, damit uns die sich vorbeischiebenden Körper nicht trennten. Überall tanzten Menschen. Das Licht …

Ich schnappte nach Luft. »Finn!«, rief ich gegen die Musik an. »Sieh dir das Licht an!«

Er lachte auf und sah mich mit leuchtenden Augen an, ehe sein Blick, genau wie meiner, zu den Lichtern zurückkehrte. Sie waren blau, violett und rosafarben und zuckten durch den ganzen Club. Doch nicht nur das. Als das nächste Lied einsetzte, schienen die vielen Leute es wiederzuerkennen, denn sie begannen kollektiv zu jubeln und von irgendwo her drang Rauch auf die Tanzfläche.

Mein erster Impuls war Alarmbereitschaft. Doch niemanden schien der Rauch zu stören. Er roch nicht einmal nach Rauch. Eher süßlich. Fruchtig. Was mich mehr als irritierte.

Diese Welt war sonderbar und wundervoll.

Und am liebsten wollte ich für immer hierbleiben.

Eine halbe Ewigkeit verbrachten wir voller Euphorie auf der Tanzfläche. Es hatte nicht lange gedauert, bis ich angefangen hatte zu schwitzen, aber Finn und ich hörten trotzdem nicht auf zu tanzen. Für kurze Zeit hatte Finn sich in Luft aufgelöst, war dann jedoch mit zwei eiskalten Flaschen zurückgekehrt. Ich hatte keine Ahnung, was genau sich darin befand, doch es war dunkel, schmeckte süß, war kribbelig und besaß ein leuchtend rotes Flaschenetikett, auf welchem das Wort »Cola« prangte.

Wir tanzten weiter und ich trank dabei. Der Geschmack war fremd und überwältigend und genau in diesem Moment beschloss ich, dass es mein neues Lieblingsgetränk sein würde. *Cola.*

Etliche Lieder später war mir nicht nur glühend heiß, ich hatte auch Finn aus den Augen verloren, nachdem er sich auf die Suche nach einer Toilette gemacht hatte. Deshalb tastete ich nach den Geldscheinen, die ich mir vorn in die Jeanstasche gesteckt hatte, klemmte mir ein paar Haarsträhnen hinter die Ohren und schob mich zwischen den Feiernden hindurch. Finn hatte von einer Bar gesprochen, also suchte ich nach ihr. Es war nicht sonderlich schwer, sie zu finden, da sie durch schummriges violettes und blaues Licht regelrecht zum Glühen gebracht wurde. Sie bestand aus einer langen Theke, hinter der ein paar Männer und Frauen standen, die die Clubgäste bedienten. Hinter ihnen waren lauter Dinge, die ich noch nie gesehen hatte, Dutzende Gläser und noch mehr Flaschen in den verschiedensten Formen und Größen. Dort stand auch ein Schrank, vermutlich ein Kühlschrank, mit Glastür.

Und in diesem befanden sich jede Menge *Cola*-Flaschen.

Aufgeregt beschleunigte ich meine Schritte und schob mich an weiteren Menschen vorbei, bis ich an der Theke stand. Der Boden war unangenehm klebrig unter meinen alten Schnürschuhen, aber es machte mir nichts aus. Was um einiges ermüdender war, war das lange Warten. Dutzende Leute wurden vor mir bedient und immer dann, wenn ich mit einem Winken auf mich aufmerksam machen wollte, wurde ich übersehen oder man gab mir zu verstehen, dass ich gleich an die Reihe kommen würde.

Gedankenverloren strich ich mit meinen Fingerspitzen über meine *Taotus* und wippte zur rhythmischen, feurigen Musik mit. Ich fühlte mich ganz benommen, fast wie an den Abenden, an denen ich zu viel Rum getrunken hatte. Nur dass es hier nicht daran lag, sondern an den Tausenden neuen Eindrücken. Die Reizüberflutung fühlte sich an wie ein Rausch.

Endlich ergatterte ich die Aufmerksamkeit eines Barmannes. Ich lehnte mich zu ihm und strahlte ihn an. »Eine Cola, bitte!«

Erst schien er mich nicht zu verstehen, weshalb ich mich noch einmal wiederholte, nur lauter.

Schließlich nickte er, drehte sich um und öffnete den leuchtenden Kühlschrank mit der verglasten Front. Selbst mit dem Abstand nahm ich die angenehm kühle Luft wahr, die aus ihm drang.

Er öffnete die Flasche für mich und nannte mir den Preis.

Ich war gerade dabei, das Geld aus meiner Hosentasche zu fischen, als ich im Augenwinkel sah, wie sich jemand neben mich an die Bar stellte.

»Ich übernehme das.«

Überrascht blickte ich auf. Neben mich war ein großer Typ getreten. Groß und muskulös und ziemlich gut aussehend. Er trug ein graues T-Shirt, hatte einen gebräunten Teint, breite Schultern und kurze braune Haare. Sein Gesicht war markant und so schön, dass ich gar nicht wegsehen konnte.

Fasziniert starrte ich ihn an, als er den Arm ausstreckte und dem Mann hinter der Bar einen Geldschein reichte. »Passt so!«, rief er dazu und nickte mit einem umwerfenden höflichen Lächeln. Er nahm meine kleine Glasflasche entgegen. Und plötzlich lag seine Aufmerksamkeit auf mir, genauso wie sein Blick.

Bei den Sternen. Seine Augen schienen aus purem Gold zu bestehen. So rein und klar und tief. Das war es jedoch nicht, was mich nach Luft schnappen ließ.

Diese goldenen Augen glühten wie Feuer.

Ich wagte es kaum zu atmen, als unsere Blicke sich trafen. Ein heißes Ziehen sorgte dafür, dass sich mein Herz auf einmal ziemlich schnell um die eigene Achse drehte und anschließend ein wenig fester gegen meine Brust schlug.

Er löste seinen Blick von meinem, heftete ihn auf die Flasche und stellte sie vor mir auf der Theke ab. Dann sah er mich wieder an.

Ich kam vielleicht von einer Insel, die vom Rest der Welt abgeschnitten war, doch eine Situation wie diese war mir nicht gänzlich unbekannt. Also lehnte ich mich zu ihm und stellte mich auf die Zehenspitzen, bis meine Wange seine streifte und ich über die laute Musik nicht schreien musste.

»Danke«, sagte ich und lehnte mich mit einem vorsichtigen Lächeln zurück.

Irgendwas schien ich jedoch falsch gemacht zu haben, denn sein Lächeln verblasste plötzlich. Seine Miene schien regelrecht zu entgleisen und ich sah die verschiedensten Emotionen darin. Überraschung, Verwirrung und schließlich Schock.

»Was?«, fragte er.

Mein Lächeln verblasste nun ebenfalls und ich runzelte die Stirn. Dann lehnte ich mich noch einmal zu ihm, diesmal nicht ansatzweise so nah wie zuvor. »Danke«, wiederholte ich. »Dass du mir das Getränk ausgegeben hast.« Fragend blickte ich auf und schlang unbeholfen die Arme um mich. Noch mehr verwirrte es mich, als der Ausdruck auf seinem Gesicht noch bestürzter zu werden schien. Eine Falte trat zwischen seine dunklen Augenbrauen und er legte den Kopf schief, als sei nicht er, sondern ich das Rätsel, das es zu entschlüsseln galt. »Ich ...«

Fragend und erwartungsvoll sah ich ihn an. Ein Muskel zuckte an seinem Kiefer und er schien sich zu versteifen.

»Ich komme darauf zurück«, erwiderte er.

»Was?« Ich war vollkommen verwirrt und beugte mich der lauten Musik wegen wieder zu ihm. »Wie meinst du das?«

Wir waren uns plötzlich so nahe. Sein Körper strahlte so viel Wärme aus, als hätte er ebenfalls den ganzen Abend getanzt. Außerdem roch er gut. So gut, dass ich das schlagartige Bedürfnis verspürte, mein Gesicht an seiner Halsbeuge zu vergraben und tief einzuatmen. Und dieses Bedürfnis erschreckte mich so sehr, dass mir augenblicklich jede Menge Hitze in die Wangen schoss.

Doch der schöne, einschüchternde Fremde ließ sich nicht anmerken, ob er Notiz von der Farbe meiner Wangen genommen hatte. Er musterte mich auf eine Art und Weise, die mir mehr als unangenehm war. Nicht anzüglich, er ließ seine Augen nicht über meinen Körper gleiten. Ich hatte das Gefühl, dass sein Blick kurz auf meinen *Taotus* verweilte, dann lag er wieder prüfend auf meinem Gesicht. Der Augenblick wurde mit jeder Sekunde seltsamer und der Fremde schien immer entsetzter zu werden. So als hätte ich ihn mit irgendetwas kalt erwischt. Aber was hatte ich schon getan? Er hatte mir ein Getränk spendiert, um mir Avancen zu machen – zumindest glaubte ich das, weil mir keine andere Erklärung einfiel –, und ich hatte mich dafür bedankt. Hatte ich dabei etwas übersehen? Irgendetwas falsch gemacht?

Er blinzelte schließlich irritiert, drehte sich um und ging.

Verblüfft stand ich da und starrte ihm mit offenem Mund hinterher. Er war einfach gegangen. Was um alles in der Welt war das denn? Ich starrte noch immer auf die Stelle, wo er zwischen den feiernden Leuten im Club verschwunden war, und rührte mich nicht.

Was für ein komischer Kerl. Wieso hatte er mir die Cola überhaupt bezahlt? Hatte ich verloren gewirkt? Hatte er mir helfen wollen? Oder hatte er vielleicht wirklich flirten wollen? Nein, das konnte nicht sein. Er hatte so angespannt und verwirrt gewirkt. Vielleicht war er ja total betrunken gewesen oder aber die Männer in Flagstaff, Arizona, hatten das so an sich. Dies war immerhin wortwörtlich eine andere Welt.

Ich schüttelte mich, um mich zu sammeln, wandte mich wieder der Bar zu und griff nach meinem Getränk.

»*Au!*«, stieß ich hervor, als stechender Schmerz durch meine Hand schoss. Hastig zog ich sie zurück und schüttelte sie. Verdammt, war die Flasche heiß!

Der Mann hinter der Bar lehnte sich zu mir. »Alles in Ordnung, Süße?«

Ich steckte mir meinen Zeigefinger in den Mund, den es am schlimmsten getroffen hatte, und schüttelte den Kopf.

»Nein!«, rief ich. »Ich hab mich verbrannt!«

Seine Augenbrauen schossen bis zum Haaransatz. »Bitte was?«

»Verbrannt!«, rief ich zurück.

»Ich hab dich schon verstanden, Kleine! Aber das kann nicht sein. Die Flasche kam frisch aus dem Kühlschrank!«

Ich zuckte mit den Schultern und deutete auf die Flasche. Ohne es auszusprechen, verstand er mein »*Dann überzeug dich doch selbst*« genau richtig. Mit gerunzelter Stirn ergriff er die Flasche – und ließ sie mit einem erschrockenen Laut los, was sie mit einem Klirren umkippen ließ.

»Fuck! Was zum verfluchten Teufel ist das denn?« Mit schmerzerfüllter, ungläubiger Miene starrte er auf seine Hand.

Ein anderer Mann hinter der Theke kam dazu und wischte das schäumende, dampfende Getränk auf. »Alles in Ordnung, Ryan?«, rief er seinem Kollegen zu. Doch dieser starrte auf die Flasche und dann zu mir. Schließlich drehte er sich um, nahm ein neues Getränk aus dem Kühlschrank, öffnete es und reichte es mir.

Die neue Flasche war eiskalt. Und ich war mehr als irritiert, als ich das kühle Glas an meine Lippen führte und das süße Getränk gierig in einem Zug austrank.

Wie seltsam war denn das? Und der Kerl, der mir die Cola ausgegeben hatte?

Ich machte mich auf den Weg zurück zur Tanzfläche. So komisch ich mich fühlte, mein Hoch wurde dadurch trotz allem nicht erschüttert. Zumindest nicht vollständig. Ein wenig Verwirrung und eine kleine Verbrennung konnten mir nichts abhaben.

Ich schob mich zurück zwischen die Tanzenden und hielt dabei Ausschau nach Finn. Er war schon eine ganze Weile fort. Vielleicht hatten wir uns aber auch bloß verloren. Irgendwo wuselte er bestimmt herum, hatte das Klo nicht gefunden oder hatte wieder mit einer seiner impulsiven Entdeckungstouren angefangen. Verübeln könnte ich es ihm nicht. Hier gab es immerhin einiges zu entdecken. Wäre die Musik nicht so gut und die Stimmung auf der Tanzfläche nicht so ausgelassen gewesen, hätte ich mich vielleicht auch dazu hinreißen lassen, den Club ein wenig genauer in Augenschein zu nehmen.

Nach dem nächsten Song war ich wieder vollkommen außer Atem. Doch ich fühlte mich glücklich. Leicht und unbeschwert, trotz schmerzender Hand und pulsierendem Zeigefinger.

Mit geschlossenen Augen ließ ich die Arme über mir in der Luft treiben und gab mich den vibrierenden, schnellen Klängen hin. Ein Lächeln lag auf meinen Lippen und Hitze staute sich auf meiner Haut.

Dann spürte ich einen Körper dicht hinter mir.

Überrascht schlug ich die Augen auf und warf einen Blick über die Schulter. Goldene Augen erwiderten meinen Blick, mit einer Intensität, die mich in die Knie zwingen wollte. Ich rang nach Luft. Wieder dieses markante, umwerfende Gesicht; gebräunter Teint, wohlgeformte Lippen, eine gerade Nase und eine kantige Kieferpartie. Finger berührten mich an der Taille und der Fremde lehnte sich näher. »Schenkst du mir einen Tanz?«

Einmal mehr war ich überrascht. Obwohl er mir erneut ein umwerfendes Lächeln schenkte, war da keine Wärme in seinem Blick. Was ich von seinem Körper allerdings nicht behaupten konnte, denn er glühte regelrecht. Doch seine Stimme war klar und tief und so angenehm, dass ich augenblicklich erschauderte. Besonders seine Höflichkeit überraschte mich. Er tanzte nicht einfach drauflos, wie es einige Jungs zu Hause auf den Festen getan hätten, sondern fragte um Erlaubnis.

Ich drehte mich zu ihm um, hob den Kopf an und lächelte ihn an. Offenbar langte ihm das als Antwort. Im nächsten Moment waren nicht nur Finger auf meiner Taille. Seine großen, warmen Hände legte er selbstsicher an meine Hüfte und zog mich so nah an sich, dass uns kein Zentimeter mehr trennte. Ein atemloser Laut entfuhr mir und mein Herz machte einen gewaltigen Satz.

Dann begannen wir zu tanzen.

Die stickige Luft vibrierte förmlich. Der Bass der Musik pulsierte durch meinen Körper und die Menschen um uns herum schienen uns noch näher aneinanderzudrängen, bis ich gar nicht anders konnte, als meine Arme um seinen Hals zu legen.

Er roch nach Wald und Honig. Ich konnte nicht anders, als jede seiner rhythmischen Bewegungen zu erwidern, bis wir uns im Einklang zur durchdringenden, mitreißenden Musik bewegten. Mein Herz hämmerte und ich wagte es nicht zu atmen. Nicht für eine Sekunde schaffte ich es, seinem Blick auszuweichen, und er wich dem meinen ebenfalls nicht aus.

Die Musik erfüllte mich. Sein Geruch, seine Nähe und seine Hitze erfüllten mich. Jeder Schritt, jede Bewegung war fließend und ließ eine Gänsehaut über meinen Körper schießen. Ich strich mir meine Haare aus dem Gesicht, ehe meine Hände ihren Weg auf seine Schultern fanden. Bevor ich es mir anders überlegen konnte, schlangen sich starke Unterarme um meine Taille. Sein Atem traf auf meine Lippen und für einen langen, verführerischen Moment überlegte ich, was passieren würde, sollte ich einfach mein Kinn nach oben recken und ihn küssen. Doch plötzlich machte er eine schnelle Bewegung und befand sich in der nächsten Sekunde unmittelbar hinter mir. Erschrocken schnappte ich nach Luft.

»Welcher Stern?«, flüsterte er an meinem Ohr, sodass sein heißer Atem die feinen Härchen an meiner Wange regelrecht versengte. Er war so unerträglich heiß, dass mir ein Schrei entfuhr. Der wurde jedoch von der lauten Musik geradewegs verschluckt.

Ich wollte mich von ihm lösen, doch mit einem Mal wurde sein Griff um mich unnachgiebig. Hier stimmte etwas nicht. Das war nicht normal. Der Typ war nicht normal!

»W-Was?«, erwiderte ich, als mir Tränen in die Augen schossen und mein Herz zu rasen begann.

»Welcher Stern?«, wiederholte er schärfer. »Welcher ist dein Mächtiger?«

Mein Atem beschleunigte sich, ich war vollkommen vor den Kopf gestoßen. Wie konnte das sein? War es ein Zufall, dass mir gleich an unserem ersten Abend in Flagstaff jemand begegnete, der mir diese Frage stelle? Himmel, wie lautete noch mal der Name meines Mächtigen?

»I-Ich ... Antares. Antares ist mein Stern!«, stieß ich hervor.

Als hätte der Fremde auf diese Antwort gewartet, spürte ich, wie er mich im nächsten Moment an sich presste und mein Körper plötzlich von innen zu brennen begann. Der Schmerz war so bestialisch, dass mir erneut ein Schrei entfuhr, diesmal spitzer und lauter, doch seine Hand erstickte ihn sofort. »Was auch immer du für ein Spiel spielst, es ist hier und jetzt vorbei. Ich werde dich in Gewahrsam nehmen und dich den Wächtern übergeben, damit du und deine Leute für das bezahlt, was ihr getan habt.«

Mit aufgerissenen Augen starrte ich ihn an und schüttelte seine Hand vom Mund fort. »Wer bist du? Und was willst du von mir?«, rief ich panisch und kämpfte gegen seinen Griff an. Kalter Schweiß kroch meinen Rücken hinunter und mein Herz krampfte sich zusammen.

»Tu nicht so«, erwiderte er harsch. »Ich habe euch gesehen und bin euch bis zum Club gefolgt. Du kannst mir nichts vormachen, Abtrünnige.«

»Abtrünnige?«, wiederholte ich verwirrt.

Er verengte die goldenen Augen. »An deiner Stelle würde ich einfach kooperieren. Wir werden euch zur Rechenschaft ziehen, das geht auf die leichte wie auch auf die harte Tour. Also komm nicht auf falsche Ideen, verstanden?« Als meine Knie nachgaben, schaffte ich es, zur Seite zu stolpern und mich von ihm zu lösen.

Himmel! Ich hatte keine Ahnung, wieso er mich auf die Sterne angesprochen hatte oder woher er wusste, dass ich ebenfalls Kräfte besaß und von solchen Dingen wusste. Was hatte mich verraten? Wie konnte das sein?

Es blieb keine Zeit für weitere Fragen. Der Fremde mit den goldenen Augen schien ganz offensichtlich zu meinen, was er sagte, denn der Ausdruck auf seinem schönen, furchteinflößenden Gesicht war hart. »Du hast es so gewollt.«

Ich überlegte fieberhaft meine nächsten Schritte. Ich konnte mich nicht gerade körperlich wehren. Hier auf der Tanzfläche erst recht nicht, abgesehen davon sah er nicht nur durchtrainiert aus, sondern hatte irgendwie für die Hitze und die Schmerzen gesorgt. Die Cola! Ich konnte es mir unmöglich eingebildet haben. Dieser Fremde vor mir besaß Kräfte, daran bestand kein Zweifel. Und es machte meine Situation noch um einiges schwieriger, auch wenn ich keine Ahnung hatte, was er von mir wollte.

Also tat ich das Einzige, was mir blieb: Ich drehte mich um und rannte so schnell davon, wie ich konnte, in der Hoffnung, er würde mich nicht kriegen. Denn dass er mir augenblicklich folgen würde, stand außer Frage.

19. Kapitel

Atemlos stolperte ich durch eine Hintertür, schloss sie von draußen und sah mich panisch um. Ich entdeckte große Mülltonnen, die ein paar Meter weiter von einer Straßenlaterne in schummriges Licht getaucht wurden. Holzpaletten und gefüllte blaue Säcke türmten sich neben ihnen.

Irgendwie hatte ich es geschafft, den Fremden mit den Kräften in der Menge aus Menschen, den tanzenden Lichtern und dem süßlichen Rauch abzuhängen, aber ich wusste selbst, dass ich nicht lange sicher war. Also packte ich eine der Mülltonnen und zerrte an ihr. Sie war so schwer, dass es nahezu unmöglich schien, sie zu bewegen, aber kläglich quietschend kam sie schließlich in Bewegung.

Ich schaffte es, sie vor die Hintertür zu schieben, dann wischte ich mir hektisch die Hände an der Jeans ab und sah mich um. Verdammt. Wo war Finn? Wo war ich? Und was ging überhaupt vor sich?

Alles begann sich zu drehen. Ob Finn verschwunden war? War er deshalb so lange fort? Weil er diesem Begabten ebenfalls über den Weg gelaufen war? Wo steckte er?

In diesem Moment hörte ich ihn. Ich erkannte seine Stimme in dem Schmerzensschrei, der in der kühlen Nacht zu mir drang.

Meine Füße setzten sich augenblicklich in Bewegung. Die Gewissheit, dass dieser Schrei von Finn stammte, jagte mir riesige Angst ein. Deshalb rannte ich los, raus aus der Gasse und eine enge Straße entlang. Irgendwo hier musste Finn sein!

Da entdeckte ich ein schummriges, flackerndes Licht, das aus einer kleinen Gasse stammte.

Schlitternd kam ich zum Stehen und registrierte mehrere Dinge gleichzeitig: Finn befand sich am Ende einer Sackgasse. Vor ihm standen drei Gestalten, eine besaß in Flammen stehende Hände, die sie auf Finn gerichtet hatte. Hände, die in Flammen standen! Es waren zwei Frauen und ein großer, schlaksiger Mann. Sie umzingelten Finn und sie hatten ihm ganz offensichtlich wehgetan, denn sein schwarzes Oberteil hing nur noch in verkohlten Fetzen an ihm.

»Du seelenloser Hydrus-Abschaum!«, zischte die Frau mit den brennenden Händen wütend. Ich sah ihr Gesicht nicht, nur leuchtend rote Haare und schwarze Kleidung.

»Wir wissen genau, was du bist und zu wem du gehörst! Du und deine Auriga-Freunde werdet für Chloes Tod bezahlen!«

»Wir waren das nicht«, sagte Finn verzweifelt, ehe sein Blick plötzlich auf mir landete und sich seine Augen weiteten. Im selben Moment stieß die Frau mit den roten Haaren einen animalischen Laut aus und hob die Hände, fast als wollte sie …

»*Stopp!*«, schrie ich und trat einen Schritt auf sie zu.

Die drei Gestalten drehten sich zu mir um.

Ich biss die Zähne zusammen und ballte die Hände zu Fäusten. »Was wollt ihr von uns? Wieso greift ihr uns an?«, fragte ich und biss die Zähne zusammen, damit sie nicht unkontrolliert aneinanderschlugen. Das Adrenalin in meinen Adern ließ mich beben.

Die zweite Frau war schlank und blond und besaß ein liebliches Gesicht, das nun hasserfüllt und finster funkelte.

»Fehlt nur noch einer«, sagte sie und blickte sich um. »Wo ist der andere? Wo habt ihr euch versteckt?«

Die Rothaarige schnappte nach Luft. »Ich bringe diese kleine Schlampe um. Ich werde bloß ein Häufchen Asche von ihr übrig lassen!«

»Nein«, sagte die Blondine harsch. »Trina, du weißt, was Jamie gesagt hat, er –«

»Ist mir so was von scheißegal. Ever, diese Begabten haben Chloe getötet! Ich werde nicht tatenlos zusehen, wie sie von den Wächtern in Gewahrsam genommen werden. Ich will Rache! Chloe ist *tot*!«

Ich erstarrte. *Begabte.* Natürlich! Jenkins hatte uns von ihnen erzählt, von den Menschen, die Kräfte der Mächtigen besaßen, von den Energiestrahlen aus der Ebene der Sterne und dass ungeborene Kinder diese Kraft absorbieren konnten.

Deshalb hatte der Fremde mich nach den Mächtigen gefragt. Er und auch die drei Gestalten in der Gasse waren Begabte!

»Liv, verschwinde!«, rief Finn mir zu. »Sie tun dir sonst weh!«

»Halt die Klappe!«, fauchte die Begabte namens Trina und wirbelte zu Finn herum. Mit derselben Bewegung ließ sie einen Feuerball auf ihn los.

Finn brüllte vor Schmerz, als das Feuer seinen Arm traf, und fiel auf die Knie.

»Finn!«, schrie ich panisch, ehe ich die drei Begabten zitternd vor Wut anfunkelte. »Ihr Monster!«

»Stell dich dahin«, befahl der große schlaksige Mann mit den schwarzen Locken und dem Vollbart angriffslustig und deutete zu Finn. »Na, wird's bald?«

Ich hastete zu Finn und stolperte fast über meine eigenen Füße.

»Bei den Sternen«, sagte ich und beeilte mich, ihm aufzuhelfen. »Was ist passiert? Seit wann bist du überhaupt hier und wieso haben sie dich angegriffen?«

Er stöhnte, als ich ihm auf die Beine half. Die Brandblasen auf seinem Bauch und seinem Arm sahen übel aus. Voller Horror registrierte ich, dass ihm irgendwer ins Gesicht geschlagen hatte, denn seine Unterlippe war aufgeplatzt. Himmel!

»Liv, ich hab keine Ahnung. Einer von denen hat mich gepackt und durch den Hinterausgang gezerrt und plötzlich waren wir hier und sie haben mir lauter Dinge vorgeworfen. Aus irgendeinem Grund glauben sie, dass wir eine Begabte getötet haben.«

»Getötet? *Wir?*«, wiederholte ich schrill.

»Hört auf zu reden!«, rief die Blondine und hob bedrohlich ihre

Hände. »Wir fragen jetzt ein letztes Mal. Wer von euch hat Chloe getötet?«

Panik übermannte mich. Ich blickte wieder zu den dreien auf. »D-Da liegt eine Verwechslung vor, ich schwöre es! Wir haben niemanden getötet. Wir können es beweisen!«

Sie verengte die Augen und kam einen Schritt näher. »Ach ja?«

Hastig sprach ich weiter. »Wir sind erst vor wenigen Stunden in Flagstaff angekommen. Wir waren nie zuvor hier.«

»Sie lügt«, sagte der Mann, ehe die Flammen in Trinas Händen heller und ihre Mienen noch finsterer wurden. Der Mann hob ebenfalls die Hände, genauso wie die Blondine. »Trina, Ever, sie sind es. Ich weiß es. Das sind die, die wir gesucht haben.«

»Töten wir sie!«, zischte Trina. »Jamie muss nichts davon erfahren, tun wir es!«

Als der Mann auszuholen schien, erstarrte ich zur Salzsäule, doch Ever, die Blondine, drehte sich zu ihren Begleitern um. »Okay, stopp! Habt ihr euren beschissenen Verstand verloren? Jamie findet alles heraus. Das können wir nicht machen!«

»Wenn der Dritte in ihrem Bunde der ist, den Stefano beschrieben hat, werde ich den Teufel tun und auf Jamie warten«, knurrte Trina und blickte dann zu dem Mann. »Komm schon, Stef, richten wir sie hin! Töten wir sie! Wie auf einem Scheiterhaufen!«

Finn stieß ein leises, gequältes Stöhnen aus und wir beobachteten, wie die blonde Begabte ihre Freunde mit großen Augen ansah und langsam die Hände sinken ließ. »Scheiße, was ist mit euch los? Hast du gerade Scheiterhaufen gesagt, Trina? Sind wir im Mittelalter? Für so was könnte Jamie dich rausschmeißen!«

»Bitte«, sagte ich verzweifelt. »Wir sind unschuldig. Lasst uns gehen, dann können wir –«

»Eine allerletzte Frage«, unterbrach der große Mann, Stefano, und machte einen Schritt auf Finn und mich zu. »Gehört ein Mann zu euch, der eine große Narbe im Gesicht hat?«

Mir stockte der Atem. Woher wussten sie von Jenkins' Narbe? »I-Ich …« Mir versagte die Stimme und ich blickte zu Finn.

Unerschütterlich waren seine dunklen Augen auf die Begabten gerichtet.

»Ja, die hat er«, sagte er schließlich. »Und das ändert nichts an der Tatsache, dass Olivia und ich unschuldig sind!«

Die Begabten schwiegen kurz und tauschten Blicke aus. Ever schüttelte den Kopf, murmelte etwas wie »Fuck, ohne mich« und ging. Dann waren nur noch Stefano und die rothaarige Trina mit den in Flammen stehenden Händen übrig. Ein kaltes, triumphierendes Lächeln machte sich auf ihren Lippen breit. »Keine Sorge. Es wird nicht schnell gehen. Ihr werdet langsam und qualvoll sterben.«

Meine Augen weiteten sich. »Halt!«, schrie ich, als der Begabte seine Hände in die Luft hob und nach vorn stieß. Doch gerade als ich einen Schritt machen wollte, stieß plötzlich etwas gegen uns, substanzlos und unsichtbar, jedoch steinhart und mit so halsbrecherischer Geschwindigkeit, dass Finn und ich von den Füßen gerissen wurden und innerhalb eines Sekundenbruchteils gegen die Wand der Sackgasse prallten.

Das Letzte, was ich spürte, waren stechender Schmerz und ein Knacken in meiner rechten Schulter. Dann glitten wir die Wand hinab, und bevor wir aufkamen, wurde alles um mich herum pechschwarz.

20. Kapitel

Lautes Rauschen und ein beißender Geruch holten mich aus der Besinnungslosigkeit. Augenblicklich war ich erfüllt von so unsäglichen Schmerzen, dass mir ein Stöhnen entfuhr.

Die Erinnerungen kehrten mit einem Schlag zurück. Panisch blickte ich mich um, überall war flackerndes Feuer.

Feuer!

»Finn«, flüsterte ich und brach in keuchenden Husten aus. Meine Augen tränten so sehr, dass ich kaum sehen konnte. Alles war voller Qualm, die Luft glühend heiß. Flammen züngelten zwischen Kartons und Müllsäcken und ragten wie eine Mauer empor.

Ich versuchte aufzustehen, jedoch ohne Erfolg. Irritiert fasste ich mir an den dröhnenden Hinterkopf und sah anschließend scharlachrotes Blut an meinen schmutzigen Fingerspitzen glänzen.

Das war nicht alles. Ein reißender Schmerz in meiner rechten Schulter und ließ eine Übelkeit in mir aufsteigen, die mir den Magen verknotete und meinen Mund mit Speichel füllte.

Finn. Ich musste Finn finden. Meine Umgebung war ein Durcheinander, eine Welt aus Müll und Flammen.

Ich kämpfte mich auf die Beine, kniff meine tränenden Augen immer wieder zusammen und rief nach meinem besten Freund. Doch der Rauch löste bloß den furchtbaren Husten aus. Röchelnd stieg ich über einen qualmenden Karton. Dann sah ich durch den schwarzen Rauch einen bewegungslosen Körper am Boden.

Alles in mir zog sich panisch zusammen. *Nein!*

Ich schluchzte auf und musste erneut gegen einen Hustenanfall kämpfen. Das Brennen in meinen Augen war so stark, dass ich fast nichts sehen konnte, doch das war in diesem Moment egal.

»Finn!«, schrie ich über das Tosen des Feuers hinweg und ließ mich neben ihm auf die Knie fallen. »Finn, wach auf!« Ich rüttelte an seiner Schulter, gab ihm sogar eine Ohrfeige. Doch es half nichts, er regte sich nicht. Ich sah Blut an seiner Schläfe und entdeckte einen Fleck auf dem verkohlten, löchrigen Shirt, der im Schein der Flammen glänzte.

Nein. Nein. Nein!

Keuchend rüttelte ich meinen besten Freund, der sich einfach nicht bewegen wollte. Ich spürte, wie ich mit jeder weiteren Sekunde schwächer wurde.

Nicht die Fassung verlieren. Du darfst nicht in Panik ausbrechen. Wie bei Whakahara. Du wirst Finn hier rausbekommen.

Schön, meine innere Stimme war nicht ganz so hilfreich wie erhofft – immerhin war es keine Frage der Motivation, wenn es um Leben und Tod ging. Ich musste Finn und mich von hier wegschaffen, sonst würden wir bei lebendigem Leibe verbrennen.

Fiebrig blickte ich mich um, suchte nach einem Ausweg. Mit meiner verletzten Schulter konnte ich unmöglich jemanden tragen, schon gar nicht Finn.

Mit letzter Kraft packte ich ihn an den Armen und zerrte seinen reglosen Körper fort von den Flammen, fort von der Hitze. Meine Atemwege brannten und meine Augen tränten und all das Blut …

Sein Blut.

Nicht Finn, nicht Finn, nicht Finn. Die Worte liefen in Endlosschleife durch meinen Kopf, wurden immer lauter und schriller und ließen mich aufschluchzen. *Bitte, bitte sei nicht tot.*

Die Welt schwankte gefährlich wie ein Boot in einem Sturm auf dem offenen Meer. Mein Körper wollte aufgeben. Aber das konnte ich nicht zulassen, noch nicht.

»Komm schon!«, rief ich mit erstickter Stimme.

Wir hatten keine Wahl. Wir mussten durch das Feuer.

Trotz des lauten Rauschens in meinen Ohren vernahm ich ein dumpfes Stöhnen. Ich senkte den Blick und …

Ein erleichterter Schrei entfuhr mir.

»Finn! Na los, steh auf. Wir müssen hier weg!«

Das Weiß in seinen Augen war leuchtend rot, was mir eine Heidenangst einjagte, doch er war bei Bewusstsein und das war alles, was in diesem Moment zählte.

Finn begann ebenfalls zu husten, als er sich hochkämpfte. Ich stützte ihn, doch als seine Hand nasse, verbrannte Haut an meinem Rücken berührte, stöhnte ich vor Schmerz und fiel auf die Knie. Die Welt schwankte und weiße Punkte tanzten am Rande meines Blickfeldes.

»Olivia«, sagte Finn und sah mich voller Entsetzen an. »Dein Rücken, dein Arm...«

»Mir geht es gut.« Ich kämpfte mich hoch, hielt mich an ihm fest. Die Flammen hatten uns fast erreicht und ihr goldenes Licht tanzte auf Finns schmutzig glänzendem Gesicht.

»Wir müssen durch die Flammenwand«, stieß ich hervor.

Seine Augen weiteten sich. »Aber dann verbrennen wir bei lebendigem Leib.«

»Das werden wir ohnehin, wenn wir einfach hierbleiben!«

»Gib mir einen Moment, dann denke ich mir etwas aus.«

»Finn, wir haben keine Zeit, uns Pläne auszudenken!« Ich ergriff seine Hand, ignorierte dabei die Schmerzen in meiner Schulter. Meine Lunge brannte wie nie zuvor. »Auf drei, okay?«

Der Blick seiner dunklen, blutroten Augen war gequält. »Verdammt, Olivia! Na gut. Auf drei.«

Keuchend richtete ich den Blick auf das Feuer. Es war, als könnte ich bereits spüren, wie mir die Hitze die Haare und das Gesicht versengte, ehe alles andere folgen würde.

»Okay. Eins... zwei... drei!«

Wir rannten los.

Das Feuer wird uns verschlingen. Das wird unser Ende sein.

Die Hitze traf uns schlagartig, der Schmerz wurde unerträglich, so beißend, dass wir...

Als hätte jemand einen Schalter umgelegt, war das Feuer mit einem Mal fort, mitsamt des Lichts und der Hitze und der Glut.

Einfach so.

Kälte und Dunkelheit brachen über uns herein, wir stolperten über den verkohlten Müll und landeten mit einem harten, unsanften Schlag auf dem Boden.

Der Aufprall beförderte jegliche Luft aus meiner Lunge und in meiner verletzten Schulter erklang ein hässliches Knacken. Ich krümmte mich zusammen, stieß einen erstickten Laut aus, der nach ein paar Herzschlägen zu einem kraftlosen Wimmern verkümmerte.

Einatmen. Ausatmen. Einatmen. Ausatmen. Du bist am Leben.
Du lebst.

Ich richtete meine Augen gen Himmel. Die Sterne schienen am Firmament zu tanzen, obwohl ich wusste, dass das nicht sein konnte.

Schritte erklangen in der Nacht. Über mir erschien eine Gestalt.

Als ich sie wiedererkannte, gefror mein Blut zu Eis. Mein Herz krampfte sich zusammen und ein Schluchzen entfuhr mir.

»Nein«, flüsterte ich tonlos.

Die Gestalt beugte sich zu mir herunter, während mein Bewusstsein mir immer weiter entglitt. Bei den Sternen. Er würde uns töten. Er war gekommen, um es zu Ende zu bringen.

Seine Stimme war das Letzte, das ich wahrnahm, bevor die Dunkelheit mich in ihre Tiefen riss.

»Das war nur der Anfang.«

21. Kapitel

JAMIE

Noch bevor Jamies Stimme in der dunklen Gasse verklungen war, hatte das Mädchen sein Bewusstsein verloren. Er beeilte sich, ihren Puls zu überprüfen, ehe er sich schnell dem jungen Mann zuwandte und sich anschließend erhob. Sie waren nicht tot und schienen keine lebensbedrohlichen Verletzungen zu haben. Zumindest hatte Jamie auf den ersten Blick keine feststellen können, weshalb er sofort die Zwillinge brauchte. Sie mussten sich so schnell wie möglich um die beiden kümmern. Er selbst war kein Heiler und vor Ort besaß er nicht die Mittel, um die beiden zu versorgen. Mit dem Tod wollte er die Abtrünnigen nicht davonkommen lassen. Immerhin gab es eine Sache, die ihn bis ins Mark erschüttert, ihn vollkommen aus der Bahn geworfen hatte: Diese Begabte hatte sich bei ihm bedankt. Und das zweimal hintereinander! Jamie konnte sich nicht erklären, wie das möglich war. Jeder Begabte wusste schließlich, was eine Gefälligkeit bedeutete. Wie stark die Sterne involviert waren.

Deshalb erfüllten ihn Zweifel. Irgendetwas stimmte nicht. Seine Hüterfähigkeiten erlaubten es ihm, Dinge wie Gefahr und Hilflosigkeit zu spüren, fast wie ein übernatürlicher Instinkt. Doch als er an der Bar dieser abtrünnigen Begabten in die hellgrünen, vollkommen offenen Augen geblickt hatte, hatte er nichts von alledem gespürt.

Und nun hatte er sie gewarnt. Denn dies war tatsächlich bloß der Anfang gewesen. Jamie würde sie den Wächtern übergeben, genauso wie es geplant gewesen war. Ihre Verurteilung würde nicht in einer kleinen Gasse stattfinden, man würde sie nicht bei lebendigem Leib verbrennen, denn so barbarische Vorgehensweisen waren dem Orden der Auriga vorbehalten, nicht einer hoch angesehenen Jägereinheit der Wächter, welche Jamie und seine Begabten schließlich waren.

Er war im letzten Moment gekommen. Ein paar Sekunden später und die Flammen hätten von ihnen gekostet und sie verschlungen.

Bei den mächtigen Sternen, kein Begabter, den Jamie kannte, besonders in seiner Einheit, könnte je etwas so Grausames tun! Vielleicht steckte der Abtrünnige mit der Narbe im Gesicht dahinter. Jamie war nicht entgangen, dass der dritte Begabte, den er am Motel aus den Schatten heraus beobachtet hatte, nicht bei ihnen gewesen war. Er hatte sie nicht begleitet, als Jamie dem Taxi gefolgt war, mit dem die zwei jungen Begabten nach Downtown zum Club gefahren waren. Vielleicht hatte er seine Gefährten ausschalten wollen. Um Spuren zu verwischen? Wer wusste schon, was diesen Fanatikern durch den Kopf ging?

Er wandte der Gasse mit den bewusstlosen Abtrünnigen den Rücken zu, zückte sein Handy und wählte die Nummer der Zwillinge.

»Sua«, sagte er, als sie nach dem dritten Klingeln abhob. »Ich habe sie gefunden, zumindest zwei von ihnen. Jemand hat sie hinter dem *Breeze* angegriffen und jetzt liegen sie bewusstlos in einer Sackgasse. Sie brauchen umgehend medizinische Versorgung. Die sichtbaren Verletzungen der beiden halten sich in Grenzen, aber nur ihr könnt spüren, wie es mit inneren Blutungen aussieht. Bringt genug Wasser mit und schickt Gregor und Fire los, damit sie sich im Club und Umgebung um Augenzeugen kümmern. Das Feuer ist mit Sicherheit jemandem aufgefallen. Oh, und packt Waffen ein, für den Fall, dass ihr von anderen Abtrünnigen angegriffen werdet.«

»Jamie, ich glaube nicht, dass wir Waffen brauchen werden«, sagte Sua zögerlich.

Ihr Tonfall ließ ihn aufhorchen. »Wieso?«, fragte er argwöhnisch.

»Es war kein anderer Abtrünniger, der die beiden angegriffen hat. Ever, Trina und Stefano sind eben angekommen. Jamie, e-es waren Stef und Trina! Sie haben das getan! Ever ist immer noch ganz neben der Spur.«

Jamie erstarrte, als sein Herz erst drei Schläge aussetzte und dann sehr schnell weiter schlug. »*Was?*«, keuchte er.

Augenblicklich setzte er sich in Bewegung und hastete zu seinem Wagen. »Sag mir bitte, dass das ein Scherz ist.« So schnell er konnte, stieg er in den schwarzen Jeep, ließ den Motor aufheulen und drückte das Gaspedal durch.

Durch die Freisprechanlage hörte er Sua freudlos und verzweifelt auflachen.

»Kein Scherz«, erklang nun Ozlos Stimme. »Stefano und Trina sind wie verhext! Ich erkenne sie beide nicht wieder, es ist richtig gruselig.«

»Ich werde mich sofort darum kümmern«, versprach Jamie zähneknirschend und legte auf. Mit halsbrecherischer Geschwindigkeit raste er durch die Straßen von Flagstaff, stadtauswärts. In seinem Kopf herrschte das reine Chaos und Adrenalin und das dumpfe, schwere Gefühl des Entsetzens strömten durch seine Adern. Das konnte alles nicht wahr sein. Wie war es möglich, dass zwei der Begabten, *seiner* Begabten, etwas so Barbarisches taten? Was um alles in der Welt war in sie gefahren? Er kannte Stefano und Trina, und das schon seit Jahren. Zumindest hatte er das geglaubt. So etwas sah ihnen überhaupt nicht ähnlich.

Ein paar Minuten später sah Jamie den SUV der Zwillinge an ihm vorbeischießen und er atmete erleichtert auf. Er hoffte, dass die Abtrünnigen überlebten. Er wollte nicht, dass dieser Kerl und das Mädchen mit den hellgrünen Augen starben, denn er brauchte unbedingt Antworten. Außerdem wollte er Gerechtigkeit für Chloe und die würde er nur bekommen, wenn er Fesseln aus Onyx an ihren Handgelenken sah und die Wächter sie abführten. Auch wenn Jamies Einheit hart trainierte, um so tödlich wie möglich zu sein. Sie waren keine Mörder. Sie waren nicht unmenschlich und gewissenlos. Wann immer sie Abtrünnige in die Finger bekamen, ob vom Orden der Auriga oder anderen sektenähnlichen Vereinigungen, übergaben sie diese an die Wächter oder deren Gefolge, so wie es für Jägereinheiten üblich war.

Jamie lenkte den Wagen auf den unebenen, ungepflasterten Weg, der zum Loft führte. Nadelbäume zierten den Weg und wurden vom aufblendenden Licht seiner Scheinwerfer getroffen. Als er das ehemalige Industriegebäude aus rotem Backstein schließlich erreichte, entdeckte er auch schon Stefano und Trina auf dem Parkplatz.

Ruckartig drückte er das Bremspedal durch, zog die Handbremse an und sprang gleich darauf bei laufendem Motor aus dem Auto. Mit hastigen Schritten lief er auf die beiden Begabten zu. »Was, bei den Mächtigen, ist passiert?«

»Jamie!«, rief Trina aufgeregt und lief ihm entgegen. »Mach dir keine Gedanken, wir haben sie ausgeschaltet, wir haben Chloe gerächt!« Die rothaarige Begabte lachte begeistert auf und klatschte in die Hände, woraufhin Jamies Mund aufklappte.

Noch perplexer war er, als selbst Stefano sehr breit und triumphierend grinste. »Wir haben sie hingerichtet! Und wenn Ever nicht gewesen wäre, hätten wir ihren Todesschreien bis zum Schluss lauschen können.«

Jamie blieb wie angewurzelt stehen. »Stef, ist dir bewusst, was du da sagst? Ist euch beiden klar, was ihr von euch gebt?«

Trina machte eine wegwerfende Handbewegung. »Mach dir keine Sorgen. Es ist vorbei. Eigentlich hätten Stef und ich eine Auszeichnung oder so verdient. Diese Monster sind endlich tot und wir alle können wieder unserem Leben nachgehen.«

»Die Abtrünnigen sind nicht tot«, sagte Jamie, diesmal weitaus aufgebrachter. Was auch immer mit den beiden los war, ihr Verhalten machte ihn unfassbar wütend.

Er sah genau, wie Stefano und Trina sich versteiften und der triumphierende Ausdruck aus ihren Gesichtern wich.

Dann setzten sie sich plötzlich in Bewegung. Jamie reagierte instinktiv, stellte sich ihnen in den Weg und hob seine Hände, die kurz darauf in roten Flammen aufgingen. Er verengte die Augen zu Schlitzen. »Wo wollt ihr hin?«

Es schockierte ihn, als Trinas Hände ebenfalls aufflammten – eine Kampfansage von seinem eigenen Teammitglied. Verflucht, er hatte Stefano und Trina für loyal gehalten!

»Lass uns vorbei, James«, knurrte Stefano und kam noch einen Schritt auf Jamie zu. »Wir bringen zu Ende, was wir angefangen haben.«

»Den Teufel werdet ihr tun«, erwiderte Jamie und spannte sich an.

Nun hob selbst Stefano die Hände und Jamie wusste, wie kraftvoll seine Druckwellen waren. Doch Jamie trat noch immer nicht zur Seite.

»Ihr geht nirgendwo hin«, sagte er laut und deutlich. »Ihr lasst mir keine andere Wahl, ich werde euch zusammen mit Chloes Mördern den Wächtern übergeben. Eure Zeit in meiner Einheit ist vorbei, Leute wie euch will ich nicht hier haben. Was ihr getan habt, war falsch und unverzeihlich. Dafür werdet ihr zur Rechenschaft gezogen!«

»Wie kannst du es wagen?«, fauchte Trina. Fast schon in Zeitlupe sah Jamie, wie sie ihre Arme bewegte, sich Flammen von ihren Händen lösten und auf ihn zuflogen. Es war jedoch kein Geheimnis, dass er aufgrund seiner Ausbildung als Hüter der fähigste Begabte im Loft war. Er reagierte genauso schnell wie Trina, spannte die Oberarme an, sammelte die vibrierende Kraft um sich herum und stieß seine Hände kraftvoll vor. Eine weiße Stichflamme schoss auf Trinas Feuer zu, doch anstatt dass die Feuer aneinander zerbarsten, drückte seine brennende Energie die gesamte Ladung zu Trina. Sie wurde so schnell von den Füßen gerissen, dass er es kaum mitverfolgen konnte, doch im nächsten Moment drang ihr spitzer Schrei durch die Nacht, sie wurde durch die Luft geschleudert und landete im Dreck.

»Trina!«, brüllte Stefano und machte zwei Schritte auf sie zu. Dann wirbelte er jedoch zu Jamie zurück und sah ihn so hasserfüllt an, dass Jamie seinen früheren Freund kaum wiedererkannte.

»Das wirst du bereuen, James Eden. Wenn ich mit den Abtrünnigen fertig bin, werde ich dich fertigmachen!«

»Verflucht, Stef! Ich erkenne dich nicht wieder und wir leben seit vier Jahren zusammen!«, rief er ihm zu.

Der Begabte lächelte freudlos, ehe er seine Hände bedrohlich hob. »Du hast eben keine Ahnung, wer ich bin. Und jetzt geh zur Seite oder ich werde dich –«

»Was?«, fragte Jamie herausfordernd. »Dann willst du mich umbringen? Für was?«

»Misch dich nicht in Dinge ein, die dich nichts angehen!«

»Es reicht! Genug!« Bevor Stefano reagieren konnte, zog Jamie alle Energie um sich in sich auf, bis das Blut und die Kraft von Regulus in seinen Adern brodelten. Er holte aus und stieß die kräftigen Arme vor.

Das Feuer war so hell und stark, dass Stefano wie bei einer seiner Druckwellen zurückgeschleudert wurde. Er landete mit einem Ächzen neben Trina auf dem Boden.

Sofort setzte Jamie sich in Bewegung. Er hastete zur großen Eingangstür des Lofts, riss sie auf und stürmte hinein.

»Gregor!«, bellte er. »Fire! Ever!«

Wenige Augenblicke später waren seine Begabten allesamt zur Stelle.

»Stef und Trina sind draußen auf dem Parkplatz. Sie haben mich angegriffen und werden vermutlich versuchen, zurück zu den abtrünnigen Begabten zu kommen, um zu Ende zu bringen, was sie angefangen haben. Sie sind wie verhext.«

Gregor, der hünenhafte Regulus-Begabte, riss die Augen auf. »Unser Stef und unsere Trina? Niemals. Zu so etwas wären sie niemals imstande.«

Ever schlang die Arme um sich und blickte finster drein. »Ich sagte doch, dass sie durchgedreht sind, aber ihr wolltet mir ja nicht glauben.«

Jamie nickte. »Ich weiß auch nicht, was in sie gefahren ist. Ihr müsst sie in Gewahrsam nehmen und darauf achten, dass sie das

Loft nicht verlassen, bis wir eine Lösung finden. Vielleicht solltet ihr ihnen Onyxfesseln anlegen, damit ihre Kräfte blockiert sind und sie sich nicht wehren können.«

»Fuck«, sagte Fire und fuhr sich mit den Händen durch die braunen Haare. »Und was machst du so lange?«

Jamie hielt inne. Er war bereits dabei gewesen, das Loft zu verlassen, doch er drehte sich noch einmal zu den Begabten um. »Ich suche nach Antworten.«

Mit schnellen Schritten lief er zu seinem Wagen und zwang sich, Stef und Trina keinen Blick zuzuwerfen. Besonders, als er hörte, wie sie protestierten, als Gregor, Ever und Fire sich ihnen widmeten.

Jamies Herz raste und zog sich schmerzhaft zusammen. Er wusste genau, dass etwas nicht stimmte, dafür brauchte er nicht einmal seine Hüter-Fähigkeiten. Irgendetwas war faul. Und er würde herausfinden, was es war. Er hatte recht behalten, als er der abtrünnigen Begabten mit den grünen Augen gesagt hatte, dass das nur der Anfang gewesen war. Er würde sofort die Wächter kontaktieren und er würde den Mann mit der Narbe finden. Er würde herausfinden, wieso Chloe sterben musste und was das alles zu bedeuten hatte.

Jamie machte sich auf die Suche nach Antworten.

Und diese würde er auch bekommen.

22. Kapitel

Ich wagte es nicht, meine Augen aufzuschlagen. Die Schmerzen in meinem Körper waren so groß, dass ich mich nicht bewegen konnte. Ich konnte nichts weiter tun, als still zu hoffen und zu beten, zurück in die Besinnungslosigkeit abzudriften, wo der Schmerz mich nicht erreichte.

Doch eine Sache hinderte mich daran, in der Dunkelheit zu versinken.

»Finn«, stieß ich beinahe lautlos hervor. »Finn ...«

Irgendwo in meiner Nähe vernahm ich ein Geräusch. Ein leises Rascheln, dann ein trockenes, kraftloses Husten. »Bin hier.«

Diesmal konnte ich nicht anders. Ich riss die Augen auf, und auch wenn ich noch immer genau spürte, wo mein Hinterkopf pochte, drehte ich mich zur Seite und versuchte, in der kalten Dunkelheit etwas zu erkennen. Wir lagen in der finsteren Sackgasse. Ich konnte nicht sagen, wie viel Zeit vergangen war, seit die Begabten verschwunden waren, besonders der Begabte mit den goldenen Augen. *Das war nur der Anfang.*

Er würde zurückkommen, das spürte ich. Entweder er oder die anderen drei. Irgendjemand würde zu Ende bringen, was begonnen worden war.

Sie würden uns töten und wir würden nie erfahren, wieso.

»Es ... es tut mir leid«, erklang Finns heisere Stimme.

»Was tut dir leid?« Es war so anstrengend zu sprechen. Ich wünschte, die Sterne hätten uns die Fähigkeit gegeben, nur mittels Gedanken zu kommunizieren. Oder unverwundbar zu sein.

Finn hustete und stöhnte anschließend auf. »Wir hätten nicht ... herkommen dürfen. Es tut mir leid.«

Unglaube erfüllte mich. »Entschuldige dich nicht für ein Verbrechen, das du nicht begangen hast. Wir wurden angegriffen. Das war kein Zu...« Ich begann ebenfalls zu husten und kniff die Augen zusammen. »Kein Zufall.«

Eine Weile schwiegen wir, während ich mich zusammenkrümmte und nach Atem rang. Ich war so erschöpft wie noch nie. Mein Körper fühlte sich schwer und unnütz an. Kraftlos. Ich würde nicht von allein aufstehen können, genauso wenig wie Finn.

Immer wieder ging ich in Gedanken durch, was wir falsch gemacht hatten. Wo lag unser Fehler? Wie hatten die Begabten herausgefunden, dass wir ebenfalls Kräfte besaßen, und wieso wollten sie uns umbringen? Wer war dieses Mädchen, das getötet worden war? Und wie war es möglich, dass sie uns verdächtigten, obwohl wir gerade erst in dieser Stadt, in dieser Welt angekommen waren?

»Finnley?«, wisperte ich.

»Hm«, erklang es neben mir erschreckend müde. Nein, er durfte nicht einschlafen! Was, wenn er nicht wieder aufwachte? Nie wieder?

»Bleib bei mir, ja?«, flüsterte ich erstickt. »Nicht einschlafen.« Ich musste daran denken, wie es war, als Finn und ich das erste Mal, während *Whakahara*, surfen gegangen waren. Wir waren zwölf gewesen, die Wellen hatten ihn bis auf den Meeresgrund gedrückt und er wäre beinahe ertrunken. Er hatte sich dabei die Wade am schroffen Steinboden der Brandung aufgerissen und ich erinnerte mich, wie wütend seine Mutter gewesen war. Und Toka. »*Riaka*, Finn«, hatte dieser gerufen, als Finn vor Schmerzen wie am Spieß geschrien und nicht hatte aufhören wollen. Er hatte ihm das Wort der alten Sprache in diesem Moment einfach so verraten und irgendwie hatte es Finn geholfen, die Schmerzen auszuhalten, obwohl sich die Wunde anschließend entzündet und er Fieber bekommen hatte. Finn hatte aus dem alten Wort Kraft geschöpft, hatte es immer und immer wieder vor sich hin gemurmelt.

Mein Hals wurde eng und ich atmete tief und zittrig durch.

»Riaka«, flüsterte ich. »*Sei stark. Sei stolz. Sei mutig.* Hörst du?«

Eine Weile blieb es still. So still, dass ich es mit der Angst zu tun bekam. Dann jedoch erklang ein leises Husten, das mich dermaßen mit Erleichterung erfüllte, dass ich beinahe geschluchzt hätte.

»Riaka«, hörte ich ihn mit schwacher Stimme flüstern. »Stark ... Stolz ... Mutig. *Riaka ... Riaka ...*«

Mein Herz zog sich zusammen. Und dann tat ich etwas, was ich schon seit sehr langer Zeit nicht mehr getan hatte: Ich betete zu den Sternen. Ich betete, dass wir das hier gemeinsam durchstanden. Dass wir es schafften. Denn sollte ich das hier überleben und Finn nicht ...

Ich würde die Welt in Schutt und Asche legen, nur um ihn zu rächen.

Ich versuchte, mich aufzusetzen, doch in meiner rechten Schulter knirschte es, was eine Welle von Übelkeit auslöste. Okay, schön. Schlechte Idee. Dann würde ich eben nicht aufstehen. Was dann? Wir konnten unmöglich hierbleiben. Irgendwie mussten wir Jenkins kontaktieren.

Jenkins.

Aufregung durchfuhr mich. Natürlich, das Handy! Jenkins hatte uns dieses Telefon gegeben. Wenn ich mich doch nur drehen könnte, um es aus meiner Hosentasche zu ziehen ...

Plötzlich zuckten Lichter durch die Dunkelheit und ließen mich zu Eis erstarren. Reifen rollten hörbar durch die schmale Straße, die an die Sackgasse grenzte, und das Licht der Scheinwerfer blendete mich, bis ich die Augen zusammenkneifen musste. Dann erstarb das Geräusch des brummenden Motors. Das Öffnen und Zuknallen von Türen erklang.

Nein. *Nein, nein, nein.* Tränen stiegen in meine Augen und mein Herz begann rasend schnell zu schlagen. »Finn, keinen Mucks«, flüsterte ich. Doch es erklang keine Erwiderung und das machte mich noch viel panischer. »Finn?«, wiederholte ich, doch ich erhielt keine Antwort.

»Hier vorne, Sua!«, rief eine tiefe Stimme, noch bevor ich mir einen Plan überlegen konnte. Die Situation schien aussichtslos. Nein, sie *war* ganz sicher aussichtslos. Was immer geschehen war, so schnell würde unsere Reise wieder enden. Die Begabten waren zurückgekommen und würden uns töten.

Mit brennenden Augen beobachtete ich, wie zwei Silhouetten im hellen Lichtkegel der Autoscheinwerfer auf uns zukamen.

»Stell es neben dem da ab, Ozlo«, erklang eine weibliche Stimme. »Ich sehe von hier aus, dass er bewusstlos ist. Du checkst seine Vitalzeichen und ich sehe mir das Mädchen an.«

Ich hatte keine Ahnung, was vor sich ging. Doch ich hörte ein sehr vertrautes Geräusch. Ein Geräusch, das Hoffnung in mir aufkeimen ließ.

Wasser.

Mein Atem beschleunigte sich. Wenn ich es schaffte, Finn zu berühren, könnte ich es vielleicht zu unserer Verteidigung nutzen. Auch wenn ich keine Ahnung hatte, wie.

Eine der Gestalten kniete sich neben mich und plötzlich waren da Finger, die meinen Kopf hielten, und ein helles Licht, das mir geradewegs ins Auge gehalten wurde.

»Sieht gut aus. Ist bei Bewusstsein. Hey, wir werden euch jetzt heilen.« Ihre Stimme war schroff, was nicht zu ihren sanften Bewegungen passte. Das helle Licht wechselte zu meinem anderen Auge und ließ mich blind zurück. Ich gab ein Ächzen von mir.

»Gibt es irgendwelche Körperteile, die du nicht mehr spüren kannst? Wie fühlst du dich?«

Unsicher, wie ich reagieren sollte, überlegte ich hastig. »I-Ich ... ich habe Schmerzen in der Schulter. Die rechte.«

»Mhhmh«, erwiderte die weibliche Stimme bloß, während sie meinen Körper bereits abtastete. Es fühlte sich jedoch seltsam an. Erst legte sie mir die Hände an den Kopf, dann auf die Brust, auf die Arme, auf den Bauch und auf die Beine. Sie drückte nicht zu, sondern schien sich auf diese Art und Weise bereits ein Bild zu machen. Zumindest spürte ich es. Ihre Energie auf mir, *in* mir, wie ein sanfter Windhauch unter meiner Haut. Sie musste ebenfalls eine Begabte sein.

Als Nächstes fühlte es sich an, als würde sie Wasser schöpfen. Sicher war ich mir jedoch erst, als sie es mir geradewegs auf die Schulter klatschte.

Ein erschrockener Laut entfuhr mir. »Was soll das?«

»Was soll was?«, erwiderte das Mädchen kühl.

»Was tust du da?«

»Wonach sieht es denn aus? Ich werde deine Verletzung heilen und ich bekomme besseren Zugang, wenn die Wunde nass ist.«

»Heilen?«, flüsterte ich ungläubig.

»Lass die Spielchen. Wir wissen längst, wer ihr seid.« Wieder gab sie Wasser auf meine Schulter.

»Bitte«, sagte ich und stöhnte auf. »Ich habe wirklich keine Ahnung. Wir sind nicht die, die ihr sucht.«

»Ist klar«, erklang die tiefe Stimme der anderen Gestalt, gefolgt von einem Schnauben. »Sua, komm her. Wir müssen diese Blutung, so schnell es geht, stoppen. Er hat eine Rauchvergiftung, Verbrennungen und eine Gehirnerschütterung. Diese Fleischwunde ist aber das wirklich Kritische.«

Jetzt, da mich die kleine Lampe nicht mehr blendete, gewöhnten sich meine Augen an die Dunkelheit und ich sah, wie die Begabte, Sua, sich im Licht der Autoscheinwerfer erhob und neben Finn und die andere Gestalt hockte. Soweit ich es ausmachen konnte, hatten beide sehr helle Haare. Sie waren groß, schlank und muskulös, selbst das Mädchen.

Heilen. Neugierde mischte sich in meinen Argwohn und die Angst. Besonders als ich erneut das Geräusch von Wasser vernahm und sah, wie der Begabte seltsame Bewegungen mit den Händen vollführte. Erst da registrierte ich den kleinen Verbandskasten und den Kanister, aus dem sie offenbar das Wasser gewonnen hatten. Einen Moment später sah ich, wie sich ein unförmiger Wasserball aus der schmalen Öffnung erhob, deutlich größer und eleganter als der, den ich vor wenigen Stunden im Motelzimmer erschaffen hatte.

Bei den Sternen! Sie waren wie ich! Begabte vom Stern Antares! Sie hatte von Heilung gesprochen. War das also eine der Fähigkeiten, die ich ebenfalls beherrschen würde? Wie funktionierte diese Heilung?

Als hätten sie meine Fragen gehört, bekam ich kurz darauf Antworten. Denn der Wasserball schwebte auf Finn zu, legte sich auf seinen Bauch und leuchtete im nächsten Moment hell auf.

Meine Augen weiteten sich. Das Wasser leuchtete auf eine Art und Weise, die mir eine Gänsehaut verpasste. Es war kristallklar und strahlend blau zugleich. Am magischsten waren jedoch die Lichtspiele, die an die verrußten Wände der Sackgasse geworfen wurden. Sie erinnerten mich an das gebrochene Licht, wann immer ich im Ozean unter Wasser schwebte und hinauf zur Wasseroberfläche blickte. Der Anblick war hypnotisierend und er versetzte mich, trotz der Angst und der Gefahr, in Aufregung.

Zumindest, bis Finn zu brüllen begann.

Ich zuckte so heftig zusammen, dass mir selbst ein grauenhafter Schmerz durch den Schädel und die Schulter schoss.

Vollkommen gelassen, als hätte sie es schon Dutzende Male getan, legte die Begabte Sua Finn eine Hand auf den Mund und erstickte seine qualvollen Laute.

»Stopp!«, stieß ich atemlos hervor. »Was macht ihr mit ihm? Foltert ihr ihn? Hört auf, ihm wehzutun!«

»Wir foltern ihn nicht, wir heilen ihn. Das weißt du genauso gut wie ich.«

Verzweifelt keuchte ich auf. »Nein, das weiß ich nicht. Hört auf, ihm wehzutun. *Bitte!*«

»Sua ...«, sagte der Begabte leise und beinahe zweifelnd, doch Sua schnitt ihm barsch das Wort ab.

»Nein, Oz! Fire hat uns doch gewarnt. Sie ziehen eine Show ab. So was bekommen Leute wie die von klein auf beigebracht, das ist nichts weiter als eine Maske, um uns zu manipulieren. Ignorier ihr Gejammer!«

Ich konnte nicht aufgeben, obwohl sich mein Hals wund anfühlte und ich erschöpft war. Besonders, weil Finns erstickte

Schreie nicht verebbten, nur weil die Begabte ihm eine Hand auf den Mund presste.

»Was kann ich tun, um euch zu überzeugen?«, fragte ich verzweifelt. »Bitte, glaubt uns. Wir sind unschuldig! Wir sind erst heute in dieser Welt angekommen! Wir kennen keinen von euch. Das ist so falsch. Bei den Sternen. *Bitte!*«

»Andere Welt?«, wiederholte der Junge irritiert.

»Ozlo«, warnte Sua. »Ignorier sie. Bitte. Sonst enden wir noch wie Chloe.«

Diesmal konnte ich nicht anders. Wut stieg in mir auf, heiß und rasend und hilflos. »Wir kennen keine Chloe! Wir haben keine Chloe getötet! *Scheiße*, wir kennen euch nicht und ich habe keine Ahnung, wieso ihr uns töten wollt!«

Sua stöhnte auf. »Halt bitte endlich deine verdammte Klappe, ja?«

»Sua, du wirst zu schnell«, sagte der Begabte in dem Moment leise, als das Licht des Wassers heller aufleuchtete und Finns Schrei unter ihrer Hand schriller wurde. Seine Arme und Beine zuckten unkontrolliert.

Die Begabte schnappte nach Luft, ehe das Wasser schummriger wurde und Finn sich beruhigte. Am liebsten wäre ich aufgesprungen und auf diese Monster losgegangen!

»Seine Blutung ist gestoppt, das sollte fürs Erste genügen«, sagte Sua, bevor das Leuchten des Wassers erlosch.

Ich hörte Finn leise stöhnen, als sie sich von ihm abwandten.

Finns Brust hob und senkte sich. Er war also nicht tot. Er lebte! Die Erleichterung schwemmte durch meinen Kopf und sorgte dafür, dass mir schwindelig wurde.

Nun war wohl ich an der Reihe, denn Sua und Ozlo beugten sich über mich.

Ich gab mir Mühe, im Licht der Autoscheinwerfer etwas zu erkennen. Die beiden sahen sich sehr ähnlich. Vermutlich waren sie Geschwister oder sogar Zwillinge? Ihr Haar war nicht bloß hell, sondern beinahe weiß. Nur ihre Gesichter konnte ich, vor allem gegen das Licht, nicht erkennen.

Ich fluchte kraftlos, als sich erneut der Wasserball aus dem Kanister erhob und zitternd und schwankend auf meiner rechten Schulter landete.

»Warte«, stieß ich hervor, bevor die Begabten das kalte Wasser aufleuchten lassen konnten. Ich wusste nicht, ob sie uns tatsächlich heilten oder irgendetwas anderes taten. Woher auch?

»Gebt mir eine Chance«, sagte ich mit bebender Stimme. Ich war so müde. »Bitte. Ich mache alles, was ihr wollt. Aber bitte, hört mir zu.«

Sua stieß lang und ausgiebig den Atem aus. »Na schön. Du bekommst einen einzigen Versuch, hast du kapiert?«

»Klar«, sagte ich sofort, ohne drüber nachzudenken. »Alles, was ihr wollt.«

»Dann schwöre auf die Sterne.«

Neben ihr wurde hörbar nach Luft geschnappt. »Sua Cupa! Wage es ja nicht, einem anderen Begabten einen Schwur abzuverlangen, das ist barbarisch!«

»Sie wollte doch ihre Chance«, erwiderte Sua schnaubend und wandte sich wieder mir zu. »Also, Abtrünnige«, sagte sie. »Erzähl uns, was du zu deiner Verteidigung zu sagen hast, und schwöre auf die Sterne, dass es der Wahrheit entspricht. Wenn du anschließend tot bist, beweist es, dass du gelogen hast.«

»Sua, das können wir nicht machen. Wir sind nicht befugt, andere auf die Sterne schwören zu lassen. Wenn Jamie oder die Wächter das herausfinden, werden sie –«

»Oz, sie werden es nicht herausfinden, wenn diese Abtrünnige ohnehin stirbt, sollte sie lügen. Wir erzählen ihnen, dass sie ihren Verletzungen erlegen ist. Niemand kann nachweisen, dass das Gericht der Sterne sie getötet hat.«

»Okay«, sagte ich und begann bereits zu reden, bevor ich mir selbst die Frage stellen konnte, was das alles zu bedeuten hatte. »Mein Name ist Olivia. Das ist Finnley. Wir kommen von einer Insel namens Hawaiki, zumindest haben wir das bis vor einer Weile geglaubt. Jetzt wissen wir, dass es Jènnyes Insel ist, in ihrer Zone, und dass ...«

Ein Lachen erklang. »Ja, sicher. Jènnyes Zone. Und ich bin eine Kreuzung aus Weihnachtsmann und Osterhase.«

»Sua, lass sie ausreden, das ist das Mindeste«, murmelte Ozlo.

Ich schluckte und fuhr fort. »Finn und ich sind erst heute in Flagstaff angekommen. Wir haben erst vor Kurzem erfahren, dass wir Kräfte besitzen, und wir sind aufgebrochen, um uns auf die Suche nach dem Sternenstaub der Mächtigen zu machen. Wir haben eure Freundin Chloe nicht getötet und haben nichts damit zu tun. Wir sind neu in eurer Welt, eurer Ebene. Wir ... sind absolut unschuldig.«

»Schwör es«, verlangte Sua leise. »Na los, schwör auf die Sterne.«

»Sua, verflucht noch mal, hör auf!«

Ich atmete tief durch. Angst und Verwirrung erfüllten mich. Ich hatte keine Ahnung, was das zu bedeuten hatte, besonders als ich den Mund öffnete.

»Ich schwöre auf die Sterne, dass ich die Wahrheit sage.«

Stille. Ich schwieg, genau wie die beiden Begabten. Es schien, als würden sie abwarten, also wartete ich auch ab. Suchend glitt mein Blick umher, ehe ich ihn auf den Nachthimmel richtete. Durch das helle Scheinwerferlicht sah ich kaum etwas, doch zumindest erahnte ich einen Teil vom weit entfernten Funkeln.

Und dann war es plötzlich so weit.

Es war, als würde die gesamte Luft zu beben beginnen. Erst nur leicht, dann mörderisch stark. Und plötzlich war ich von Energie erfüllt. Sie war brutal und fremd und übermächtig und fühlte sich an, als würde diese Kraft Tausenden verschiedenen Seelen zugleich gehören. Und irgendein Gefühl in mir, ein Teil, der gewusst hatte, dass wir nach Arizona reisen mussten, wusste mit einem Mal auch, dass mich diese glühend heiße Kraft ... *prüfte*.

Sie prüfte mich nicht bloß. Sie erfüllte mich mit einer Gewissheit.

Das war das Gericht der Sterne.

Ich litt Qualen, die mit Worten nicht zu beschreiben waren. Mein Kreuz bog sich durch, senkte sich und bog sich wieder durch, sodass ich am Boden zappeln musste wie ein Fisch, den man von der Angel geradewegs an Bord geschmissen hatte. Es war wie flüssiges Feuer, das durch meine Adern glitt, mein Herz besetzte und schließlich nicht nur meinen Kopf flutete, sondern vor allem meine Seele. Sie prüften meinen Geist. Alles von mir, bis auf den letzten Rest.

Und dann war es endlich vorbei. Langsam zog sich das Gericht der Sterne zurück.

Japsend und röchelnd rang ich nach Atem. Alles drehte sich so schnell, als wäre ich ein einsames Blatt, das in die wütenden Böen einer Windhose geraten war.

Und doch lebte ich. Ich war hier. Ich war nicht gestorben, obwohl die Begabte so fest davon ausgegangen war. Was auch immer passiert war, es hatte mich mehr Kraft gekostet, als ich übrig gehabt hatte. Weit mehr als das. Deshalb spürte ich, wie mein Körper aufgeben wollte. Ich sah, wie bereits weiße Punkte am Rande meines Blickfeldes tanzten.

Ein entsetzter Schrei erklang und ich sah, wie Sua aufsprang. »Ozlo! Sie ist noch am Leben. Sie ist noch am Leben!« Ihre Stimme war so schrill und laut, dass sie mir in den Ohren schmerzte. Gleichzeitig fühlte es sich aber auch an, als stünde zwischen mir und der Welt eine dicke Wand aus Watte.

»Das Gericht der Sterne hat dich leben lassen. D-Du bist ... ihr seid keine Abtrünnigen? I-Ihr seid –«

»Unschuldig«, wisperte ich mit letzter Kraft und seufzte erleichtert. Zumindest fühlte es sich für diesen Moment wie eine Art Triumph an.

Dann entglitt mir das Bewusstsein und die Dunkelheit zog mich in ihre schwarzen, eisigen Tiefen.

23. Kapitel

Als ich erneut erwachte, lag ich noch immer in der Gasse. Doch mehrere Dinge hatten sich geändert: Mir war nicht mehr kalt und ich hatte kaum noch Schmerzen. Ich brauchte einen Moment, bis ich merkte, dass eine Decke auf mir lag. Und dass durch meine geschlossenen Augenlider Licht hindurch flackerte.

Nur schwerfällig schaffte ich es, die Augen zu öffnen. Ich erblickte Finn. Er lag jedoch nicht regungslos am Boden, sondern saß fast aufrecht an der geschwärzten Wand der Gasse. Wieder leuchtete Wasser auf seinem Bauch, das für das tanzende, kühle Licht verantwortlich war, doch anders als zuvor brüllte er dabei nicht vor Schmerz. Die beiden Begabten saßen neben ihm und keiner sprach. Sie schienen voll in ihre Konzentration versunken zu sein.

Ich schluckte, wobei sich mein Hals und meine Zunge trocken anfühlten, doch mein Rachen war kaum mehr rau. Kein Vergleich zum wunden Schmerz von zuvor. Vorsichtig ließ ich meine rechte Schulter kreisen.

Sie tat nicht mehr weh.

Verblüfft setzte ich mich auf, streifte mir die Decke vom Oberkörper und rieb mir mit den Händen über das Gesicht.

»Liv, du bist wach«, sagte Finn und seufzte erleichtert.

Auch die Begabten drehten die Köpfe zu mir.

»Wie fühlst du dich?«, fragte Ozlo, ohne die dezenten Bewegungen seiner Hände zu unterbrechen.

»Gut?«, log ich. Ich räusperte mich. »Grauenhaft«, korrigierte ich mich zögerlich. »Aber meine Schmerzen sind weg.«

Sua nickte. »Gut so. Gib uns noch eine Sekunde, dann wird Finn ebenfalls fit sein.«

»Und ... geschafft. Fertig«, sagte Ozlo, vollführte eine seltsame Bewegung mit seinen Händen, die den Wasserball schließlich mit einem Gluckern wieder in den Kanister gleiten ließ. Das Licht des Wassers erlosch und die Sackgasse wurde nur noch von den Autoscheinwerfern erhellt.

Finn rieb sich mit den Händen über den Bauch. »Wahnsinn«, sagte er und blickte auf. »Sie ist weg. Die Wunde.«

»Gern geschehen«, murmelte Sua, ehe sie den Verbandkasten nahm und sich erhob. »Jetzt, da keiner mehr unser Auto vollblutet, sollten wir verschwinden und uns ein wenig unterhalten, meint ihr nicht?«

Na endlich, schoss es mir durch den Kopf. Ich kämpfte mich ebenfalls auf die Beine, doch schlagartig wurde die Welt vor meinen Augen schwarz.

»Vorsicht!« Sua hielt mich am Ellenbogen fest. »Immer langsam. Lass dir Zeit.«

Ozlo erhob sich ebenfalls, hob den Kanister am Henkel hoch und hielt Finn eine Hand hin. Doch mein bester Freund ignorierte die Geste und kämpfte sich mit erstaunlicher Kraft auf die Beine.

»Wer seid ihr?«, fragte ich, als ich meinen Gleichgewichtssinn in den Griff bekommen hatte, und trat zurück, bis die Begabte mich nicht mehr berührte.

»Ich bin Sua, das ist mein Zwillingsbruder Ozlo«, antwortete sie. Sie klang noch immer angespannt, jedoch nicht mehr halb so kalt wie vor meinem Schwur auf die Sterne. *Sie ist noch am Leben!* Das Echo von Suas Stimme hallte noch immer in meinen Gedanken nach und hinterließ große Fragezeichen.

»Ihr seid Begabte von Antares«, sagte ich und blickte von Sua zu Ozlo. Sie standen stocksteif da, ohne sich zu bewegen. *Sua und Ozlo. Seltsame Namen.*

»Und ihr seid keine Abtrünnigen der Auriga, was?«, erwiderte Ozlo mit einem schiefen Lächeln. Er hatte ein breiteres Gesicht als seine Schwester und ein eckigeres Kinn, ansonsten sahen sie einander sehr ähnlich, von den schmalen Lippen, der recht großen Nase über die blauen Augen bis zu den Augenbrauen, die viel dunkler waren als die weißblonden Haare.

»Was ist das?«, fragte Finn verwirrt. »Was sind die Abtrünnigen der Auriga und wieso habt ihr uns für diesen Mord beschuldigt?«

»Kommt mit«, sagte Sua und setzte sich in Bewegung. »Eins nach dem anderen. Ich würde vorschlagen, dass wir irgendwo hingehen, wo es ruhig ist und wir ungestört reden können.«

»Fahren wir ins Motel«, schlug ich vor und folgte Sua. »Wir haben dort ein Zimmer. Außerdem ist Jenkins dort. Er ist so was wie unser Begleiter. Vermutlich viel besser darin, Fragen zu beantworten, als wir.«

»Ist Jenkins der Kerl mit der Wunde?«, fragte Ozlo und verfrachtete den Kanister in den Wagen.

»Wunde?«, wiederholte Finn verblüfft. »Was für eine Wunde?«

Sua schien zu zögern, ehe sie auf den Fahrersitz kletterte. »Unsere Freundin Chloe war Regulus-Begabte. Sie wurde kürzlich getötet und einer ihrer Mörder wurde als Mann mit Wunde im Gesicht bezeichnet – oder eben Narbe, je nachdem, ob er bereits von Antares-Begabten geheilt wurde oder nicht.«

Erschrocken blinzelte ich. »Jenkins hat tatsächlich eine Narbe im Gesicht. Aber er war die ganze Zeit über bei uns, ich schwöre es.«

»*Argh!*«, machte Ozlo und hielt sich die Ohren zu. »Bitte hör auf zu schwören. Damit machst du mich ganz verrückt.«

Die Worte klangen, als könnten sie genauso gut von meinem Vater stammen. Offenbar spielte es keine Rolle, in welcher Welt man war. Schwüre kamen nicht gut an. Insbesondere die auf die Sterne. *So* einen würde ich bestimmt nicht noch einmal aussprechen.

Als wir schließlich alle im warmen Fahrzeug saßen, ließ Sua den Motor aufheulen.

Ich starrte aus dem Fenster, sah zu, wie der Wagen die schmale Straße hinter dem Nachtclub verließ.

Ozlo seufzte. »Das kommt mir alles so falsch vor. Was auch immer wir davor geglaubt haben, wer auf die Sterne schwört und es überlebt, spricht die Wahrheit. Was du sagst, stimmt. Also kann es nur bedeuten, dass etwas nicht mit rechten Dingen zugeht.«

»Was geht hier vor?«, fragte Finn. Gedankenverloren rieb er sich mit einer Hand weiter über den geheilten Bauch. »Glaubt ihr, jemand wollte uns den Mord anhängen?«

»Gut möglich«, erwiderte Sua. »Aber es könnte auch nur ein blöder Zufall gewesen sein.«

»Schwesterherz, du glaubst doch wohl selber nicht, dass das ein Zufall war«, sagte Ozlo. »Olivia und Finn sind offensichtlich ebenfalls Begabte und haben gerade gesagt, dass sie aus einer anderen Welt kommen!« Er drehte sich zu uns um. »Hast du wirklich Hawaiki und Jènnye gesagt, Olivia?«

»Ja«, erwiderte ich ungerührt. »Das ist das erste Mal für uns in dieser Welt.«

»Liv«, sagte Finn leise und berührte mich an der Hand. »Was hast du ihnen erzählt? Wie konntest du sie von der Wahrheit überzeugen?«

»Erzähl ich dir später«, flüsterte ich eindringlich. »Versprochen.«

Ozlo wandte sich an seine Schwester. »Siehst du? Wenn sie das sagt und die Sterne sie haben überleben lassen, muss es die Wahrheit sein.«

»Bei den Mächtigen«, murmelte Sua. »Wer auch immer euch den Mord an Chloe angehängt hat, wollte, dass euch etwas zustößt.«

Ich spannte mich an. »Aber wie kann das sein? Niemand hätte von uns wissen können!«

Durch den Rückspiegel warf Sua mir einen skeptischen Blick zu, während sie den Wagen auf eine größere und breitere Straße lenkte. »Wirklich niemand?«

Ich öffnete den Mund, doch Finn war schneller als ich. »Außer Jenkins. Aber er hat damit nichts zu tun.«

»Kennt ihr ihn so gut, um für ihn die Hand ins Feuer zu legen?«

Finn und ich warfen einander im dunklen Wageninneren einen Blick zu, während wir durch die leeren Straßen Flagstaffs fuhren. Und leider kannten wir beide die Antwort: Wir hatten keine Ahnung, wer Jenkins war. Es war so viel passiert und wir hatten so viel Neues erfahren, dass die Kennenlernstunde einfach zu kurz gekommen war. Schön, die Ältesten hatten ihn einmal sehr gut gekannt, aber in mehreren Hundert Jahren konnte sich einiges ändern, oder nicht? Andererseits war Jenkins ein Mensch, ganz und gar ohne Kräfte. Was würde es ihm nutzen, uns erst nach Flagstaff zu bringen und dann für unseren Tod zu sorgen? Hätte er uns tot sehen wollen, wäre es doch schon längst geschehen, oder nicht?

Ein flaues Gefühl drückte mir schwer auf die Brust.

Ich sah, wie ein Muskel an Finns Kiefer zuckte. »Ich glaube wirklich nicht, dass Jenkins dahintersteckt. Er ist auf unserer Seite und will uns helfen.«

»Aber was ist mit seiner Narbe?«, fragte Ozlo zweifelnd.

»Ich habe keine Ahnung, was das zu bedeuten hat, aber wenn der Mord erst kürzlich geschehen ist, kann Jenkins es nicht gewesen sein«, sagte ich. »Er war bei uns auf Hawaiki.«

»Wie dem auch sei«, sagte Sua, während sie an einer roten Ampel hielt. »Es tut mir leid, dass ihr da hineingezogen wurdet. Und dass ihr fast getötet wurdet. Ich weiß, dass Worte diese grauenhafte Sache nicht besser machen, aber ich möchte, dass ihr wisst, wie leid es uns tut. Und natürlich mein ... harsches Verhalten. Ich erwarte keine Erwiderung darauf, ich wollte es nur loswerden.«

Meine Schultern sackten erleichtert hinab und ich rieb mir erschöpft über die Augen. Dieser erste richtige Tag in der Neuen Welt ... gelinde gesagt war er die reine Katastrophe. Wir hatten bloß ein wenig feiern wollen. Wir waren so glücklich gewesen. Dann waren wir angegriffen, nein, fast getötet worden und all das war innerhalb weniger Stunden geschehen.

Ich sehnte mich so sehr nach unserem weichen Bett im Motel, dass sich mein Herz zusammenzog.

»Vielleicht sollten wir unser Gespräch auf morgen verlegen«, schlug Ozlo vor. »Ihr seid ziemlich angeschlagen. Ich weiß nicht, wie viel Sinn es ergibt, uns jetzt auszusprechen. Nichts für ungut, aber ihr seht aus, als würdet ihr jeden Moment einschlafen.«

»Verflucht«, murmelte Finn. »Okay. Ich war noch nie in meinem Leben so müde.«

Es war mir egal, dass ich müde war, am liebsten hätte ich darauf bestanden, augenblicklich Antworten zu erhalten. Das hier war vollkommen anders als Finns und meine Nahtoderfahrung in den Höhlen vom Heiligen Land. Das eine wäre ein Unfall gewesen, heute Nacht jedoch hatte man versucht, uns zu töten!

»Bis wir am Motel sind, können mein Bruder und ich euch bestimmt ein paar Fragen beantworten, wenn euch etwas besonders auf der Seele brennt«, sagte Sua mitfühlend.

»Das tut es tatsächlich«, sagte ich sofort und warf Finn hastig einen Blick zu. Seine Augen waren jedoch geschlossen. Bei einer kleinen Bodenwelle zuckte er zusammen, blinzelte und hielt wieder tapfer die Augen offen.

»Ich dachte, Begabte sind nicht so …« Ich suchte nach den richtigen Worten, fand sie jedoch nicht. »Ich dachte, Begabte sind nicht so wie ihr. Ich wusste nicht, dass ihr eure Kräfte gegen andere einsetzt.«

Ozlo gab einen Laut von sich, der gequält klang. »Das tun wir normalerweise auch nicht. Aber da draußen gibt es Begabte, die nach ihren eigenen Regeln spielen. Sie unterliegen nicht den Wächtern.«

»Den Wächtern?«, wiederholte ich verwirrt.

Die Zwillinge schweigen einen Moment.

»Herrje«, sagte Ozlo und seufzte. »Ihr habt wirklich keinen blassen Schimmer, oder?«

»Wir leben im Verborgenen«, erklärte Sua. »Auf der ganzen Welt. Es gibt Tausende von Begabten, sozusagen eine geheime Gesellschaft inmitten der normalen Gesellschaft. Die meisten Begabten lernen in Begabtenhäusern, mit ihren Kräften umzugehen und sie zu kontrollieren, danach leben sie ganz normale Leben, studieren, gründen Familien, arbeiten und so weiter und so fort. Die Wächter regieren über uns. Die Begabtenhäuser unterliegen der Verantwortung der Hüter, das sind Begabte, die ebenfalls von Jènnye Fähigkeiten erhalten haben, die jedoch nicht zu Wächtern auserkoren sind. Wächter und Hüter sind die einzigen Begabten, die neben ihren gewöhnlichen Kräften von Regulus, Antares, Aldebaran und Pollux Fähigkeiten von Jènnye erhalten haben, um uns zu schützen. Diese Gaben dienen allesamt der Geheimhaltung unserer Existenz und sorgen für unsere Sicherheit.«

Ich blinzelte. Einmal, zweimal. Finn wirkte mindestens ebenso verblüfft. »Bei den Sternen. Wieso hat uns Jenkins nichts davon erzählt?« Was auch immer ich mir vorgestellt hatte, so was war mit Sicherheit nicht dabei gewesen. In dieser Welt gab es viel mehr als nur Sternenstaub und geheime Zonen und ein paar Menschen, die als Ungeborene die Kräfte der Mächtigen absorbiert hatten. *Es war so viel mehr.* Und Jenkins hatte es mit keinem Wort erwähnt.

Finn rieb sich mit beiden Händen über das Gesicht. »Und wer genau seid ihr? Seid ihr auch in einem Begabtenhaus oder führt ihr ein normales Leben?«

»Unsere Einheit ist kein Begabtenhaus im klassischen Sinne«, sagte Ozlo.

»Was seid ihr dann?«, fragte ich.

Ozlo warf seiner Schwester einen Blick zu, als diese sich räusperte. »Man könnte sagen, dass wir eine Art Jägereinheit sind.«

»Ozlo.« Suas Stimme klang warnend. Ich wurde hellhörig und wieder einmal ungesund neugierig. Dann gehörten sie also keinem normalen Begabtenhaus an. Und was für eine Gruppierung sie auch bildeten, offenbar erzählten sie es Fremden nicht.

»Was sind Jägereinheiten?«, murmelte Finn.

Ozlo ignorierte den Blick seiner Schwester und drehte sich erneut zu uns um. »Kurz runtergebrochen: Jägereinheiten sorgen dafür, dass Begabten, die kriminellen Organisationen, Sekten oder dem Orden der Auriga angehören, das Handwerk gelegt wird. Sie sind eine Bedrohung für unsere Geheimhaltung und missbrauchen ihre Kräfte, um andere zu töten, zu foltern, zu bestehlen oder einfach um Chaos zu verbreiten. Jägereinheiten spüren sie auf, jagen sie und bringen sie hinter Gittern. Es gibt von uns verschiedene Formen, Spezialeinheiten, Kampftruppen, Agenten, Spione. Ist ziemlich komplex, aber wenn es euch interessiert, kann ich euch Bücher dazu geben.«

Ich setzte mich aufrechter hin und lächelte. »Wir lesen praktisch alles, was wir in die Finger bekommen!«

Sua schien das Thema wechseln zu wollen. »Olive, habt ihr wirklich erst kürzlich erfahren, dass ihr Begabte seid?«

»Olivia«, korrigierte ich und unterdrückte ein Gähnen. »Kürzlich ist noch untertrieben. Wir haben unser ganzes Leben auf Jènnyes Insel verbracht. Das alles hier ist neu für uns.«

Ozlo drehte sich auf dem Beifahrersitz um, um mich mit großen Augen anzustarren. »Bei den Sternen, *Jènnye*. Tatsächlich? Tut mir leid, man hört nur echt viele Legenden über die Zone des *verflucht noch mal mächtigsten existierenden Sternes*. Ich kann nicht fassen, dass diese Insel wirklich existiert. Wie ist es dort? Wie sieht es dort aus? Leben dort viele Begabte oder seid ihr die Einzigen?«

»Oz, du erschlägst sie mit Fragen«, brummte Sua, ohne die Straße aus den Augen zu lassen.

»Tut mir leid«, erwiderte Ozlo sofort, offenbar verlegen. »Sua hat recht. Lasst uns morgen in Ruhe weiterreden.«

Enttäuschung machte sich in mir breit, doch als ich Finn betrachtete, gab ich nach. Es überraschte mich nicht, wie schnell er eingeschlafen war. Am liebsten hätte ich ebenfalls meine Augen geschlossen, doch in Gegenwart der zwei Begabten wagte ich es nicht. Dank meines Schwures trauten sie uns zwar, aber das bedeutete nicht, dass das auf Gegenseitigkeit beruhte. Sie hatten auf gar nichts geschworen und ihre Leute hatten versucht, uns umzubringen. Erst, wenn wir wussten, was vor sich ging, würde ich ihnen vertrauen können.

»Nach einer solchen Heilung empfiehlt es sich durchzuschlafen«, sagte Sua. »Es ist etwa drei Uhr. In zehn Stunden holen Oz und ich euch ab, okay?«

»Klar«, sagte ich und gähnte herzhaft. »Sicher.«

Als wir das Motel erreichten, war der Himmel noch immer schwarz und mit Sternen übersät. Meine Knie fühlten sich weich an, als wir ausstiegen und zu unserem Motelzimmer liefen. Ozlo und Sua begleiteten Finn und mich, deshalb bemühte ich mich, nicht auf allen vieren zu krabbeln.

Aus Jenkins' Zimmer erklang kein Mucks und es war kein Licht zu sehen, als ich unsere Tür aufschloss. Vermutlich schlief er bereits. Ich konnte es ihm nicht verübeln, immerhin war es spät.

Das Deckenlicht unseres Motelzimmers sprang in blendender Helligkeit an, als ich den Schalter betätigte und Finn und ich eintraten. Trockene, staubige Luft empfing uns. Licht und Stille waren eine Kombination, an die ich mich noch gewöhnen musste.

»Na dann«, sagte ich und drehte mich zu den Zwillingen um. »Gute Nacht.«

Sua nickte. »Schlaft gut. Wir sehen uns morgen früh.« Mit diesen Worten drehte sie sich um und ging.

Ozlo hingegen zögerte kurz. Er zog ein betroffenes Gesicht. »Es tut mir wirklich leid, was passiert ist. Ich wünschte, ihr hättet all das nicht erleben müssen. Wir finden für alles eine Lösung und Antworten, okay? Gute Nacht, Olivia. Finn. Bis morgen.« Unbeholfen hob er eine große Hand zum Abschied, dann verschwand auch er.

Langsam ließ ich die Zimmertür ins Schloss fallen. Ich drehte sogar den Schlüssel um. Vermutlich würde das nichts bringen, wenn es wirklich darauf ankäme, aber für mehr hatte ich keine Kraft mehr. Ich war so erschöpft.

Als ich mich zu Finn wandte, sackten meine Schultern ab und ein Zittern breitete sich in mir aus, als hätte ich es unterbewusst die ganze Zeit zurückgehalten. Beinahe hätte ich aufgelacht. Es war dermaßen irrwitzig. Das heute waren nur Begabte gewesen. Wie sollten wir jemals die Kraft haben, gegen die Hydrus anzukommen? Neun *Sterne*? Das schafften wir niemals. Nicht in Hunderten von Jahren und erst recht nicht in einem. Wie konnten

Jenkins und die Ältesten nur von uns verlangen, es zu versuchen, wenn es doch dermaßen aussichtslos schien?

Müde und mit geröteten Augen sah Finn mich an. Er schlurfte zu mir, nahm mich in den Arm und lehnte seinen Kopf an meinen. »Ich hasse die Neue Welt«, murmelte er.

Mir fehlte die Kraft, um seine Umarmung zu erwidern, deshalb stand ich nur da und lehnte mich an ihn. Für diesen kurzen Moment war ich einfach nur dankbar, meinen besten Freund nicht verloren zu haben.

Mit einem Seufzen schloss ich die bleischweren Augen. »Lass sie uns gemeinsam hassen.«

24. Kapitel

Trotz der Erschöpfung fand ich keinen ruhigen Schlaf. Dutzende Male wurde ich wach und konnte fast mitverfolgen, wie es vor den Fenstern mit den vergilbten Gardinen heller wurde, bis schließlich die Sonne aufging. Wann immer ich eindöste, ließen mich grauenerregende Bilder hochschrecken: gigantische Monsterwellen, die mich in die Tiefen des Ozeans rissen. Höhlen, deren Gestein auf mich niederregnete, oder brennender Müll, der mich umgab und immer näher rückte.

Letztendlich lag ich also mit trockenen Augen und schweren Gliedern da und beobachtete Finn beim Schlafen. Nicht, dass er sonderlich entspannt wirkte, Schweiß stand ihm auf der Stirn und seine Augenbrauen waren zusammengezogen. Doch er wachte nicht ständig auf, so wie ich.

Als die ersten warmen Sonnenstrahlen durch die Fenster des Motelzimmers fielen und den Staub in der Luft tanzen ließen, entschied ich mich aufzustehen. Ich warf die warme Bettdecke zurück, krabbelte vom Bett und zog mir frische Kleider an. Zwar beschleunigte sich vor Anstrengung mein Puls und die Welt schaukelte für ein paar Sekunden, doch ansonsten ging es mir ... *gut*. Ich war am Leben.

Der Anblick des schmutzigen, blutverschmierten Kleiderhaufens neben meinem Rucksack sorgte dafür, dass sich mein Herz zusammenzog. So zerstört, wie die Hose und das Shirt waren, konnte ich sie wegschmeißen.

Unter dem heißen Wasser der Dusche versuchte ich, mich zu entspannen.

Feuer. Schmerz. Ein Knirschen in der Schulter. Es wollte mir einfach nicht in den Kopf, wie furchtbar unsere erste Nacht in Flagstaff gewesen war, wo sie doch so verheißungsvoll begonnen hatte. Vielleicht bildete ich es mir bloß ein, doch es fühlte sich fast an, als breitete sich eine Spannung in meiner Schulter aus, wo die Zwillinge mich geheilt hatten. Sie zog sich meinen Nacken hinauf, wie ein Muskelkater, allerdings stechender. Als erinnerten sich auch meine Muskeln und Knochen klar und deutlich daran, wie es ihnen erst vor ein paar Stunden ergangen war und dass es unnatürlich war, nichts mehr von alledem zu spüren. Nachdem Finn und ich aus Jènnyes Höhle gekommen und ebenfalls geheilt gewesen waren, hatte es sich nicht so angefühlt. Es war natürlicher gewesen. Anders. *Besser.*

Ich kniff die Augen zusammen und hielt mein Gesicht in den Wasserstrahl. *Denk an etwas Schönes.* Ächzend kauerte ich mich auf dem Wannenboden zusammen und atmete tief durch. Von diesen heißen Duschen würde ich wohl nie genug bekommen. Auch wenn ich mich gerade viel mehr danach sehnte, zu Hause mit meinem Surfboard in die rauschende Brandung zu rennen, war dies ein kleiner Trost. Allerdings stank das Wasser nach wie vor. Ich vermisste das Meer und meine Familie. Ich vermisste Papa, Jasmine und Nana. Den lebendigen, bunten Hafen, die Geisterbucht und den Anblick der verlassenen Schiffe. All das fehlte mir so sehr, obwohl ich fast mein ganzes Leben von zu Hause hatte fliehen wollen. Obwohl Finn und mir so viel Unrecht angetan worden war.

Doch zumindest für diesen kurzen Augenblick erlaubte ich es mir zu vermissen.

Ich wusch mir die Haare, schäumte meinen Körper ein und putzte mir die Zähne. Selbst die Zahnpasta schmeckte besser als zu Hause, obwohl unsere dank der Geisterbucht ebenfalls aus dieser Welt stammte.

Als ich in einer löchrigen Jeans und Papas altem Pullover zurück ins Zimmer ging, fielen bereits mehr Sonnenstrahlen in den Raum und tränkten ihn in goldenes, warmes Licht.

Finn schlief noch, weshalb ich mich bemühte, leise zu sein. Ein

Blick auf die Uhr verriet mir, dass es erst sieben war. Himmel, war das früh. Sua und Ozlo würden erst in vielen Stunden bei uns sein.

Ich schlüpfte in meine alten Turnschuhe und setzte mich neben Finn aufs Bett. Vielleicht war Jenkins bereits wach. Ich könnte ihm erzählen, was passiert war, und ihn auf den neusten Stand bringen. Vielleicht hatte er ja einen weisen Rat. Er wusste bestimmt, was wir als Nächstes tun mussten.

Erschöpft warf ich Finn einen letzten Blick zu und strich ihm vorsichtig eine blonde Haarsträhne aus der feuchten Stirn. Seine gleichmäßigen Atemzüge blieben unverändert. Ein wenig beneidete ich ihn für den tiefen Schlaf.

Feuer. Rauch. Blut. Schreie.

Ich schüttelte mich hastig, um die Bilder von letzter Nacht loszuwerden, stand auf und entriegelte die Tür unseres Zimmers.

Die Morgenluft war überraschend kühl. Sie roch vollkommen anders als zu Hause. Feucht und herb, durchzogen vom Duft fremder Pflanzen und einer fremden Welt. Das Motel hatte die Form eines Hufeisens. In der Mitte befand sich der Parkplatz, auf dem einige Autos standen, schön und glänzend und vollkommen anders als zu Hause. Bei unserer gestrigen Ankunft hatte ich all das kaum wahrgenommen. Wir waren müde und ausgelaugt gewesen. Doch nun war ich wieder vollkommen klar im Kopf und konnte die Eindrücke voll und ganz in mich aufnehmen. Jede der Zimmertüren sah gleich aus. Was mich jedoch faszinierte, war, dass es weit mehr als ein Obergeschoss gab. Es gab drei Obergeschosse! Und das mussten bestimmt um die zweihundert Zimmer sein. Dieser Ort versprühte seine ganz eigene Magie. Der Himmel war blau und irgendwo krächzte der fremdartige Ruf eines Vogels.

Vorsichtig schloss ich die Tür hinter mir und schlich zu Jenkins' Zimmertür.

Es überraschte mich, als ich dumpfe Geräusche aus seinem Zimmer hören konnte. Und es versetzte mich augenblicklich in Alarmbereitschaft, besonders als ich eine Stimme vernahm, die nicht nach Jenkins klang.

Schnell duckte ich mich, damit man mich durch das Fenster neben der Tür nicht sah. Mein Atem und mein Puls beschleunigten sich. Verflucht. Hatte ich mich nur verhört? Vielleicht erkannte ich Jenkins' Stimme einfach nicht wieder. Immerhin kannte ich auch ihn erst seit Kurzem. Vermutlich telefonierte er nur. Das musste es sein ...

Doch nach allem, was gestern geschehen war, traute ich nichts und niemandem mehr. Natürlich bis auf Finn.

Ich strengte mich an, um in der morgendlichen Stille lauschen zu können. Aber es war unmöglich zuzuhören, dafür drang die Stimme zu dumpf zu mir. Was redete er da? Und mit wem?

Meine Neugierde brachte mich fast um. Ich konnte gar nicht anders, als mich vorsichtig nach oben zu lehnen, um durch das Fenster zu spähen.

Gerade als ich versuchte, durch die vergilbten Gardinen etwas zu erkennen, wurde die Tür plötzlich aufgerissen.

Ein erschrockener Laut entfuhr mir und ich landete geradewegs auf meinem Hintern. »Au!«, japste ich, blickte auf –

Und erstarrte.

Oh nein. Das war definitiv nicht Jenkins.

Meine Augen weiteten sich. »D-Du!?«

»Du«, sagte er im selben Moment und verengte die goldenen Augen zu Schlitzen. *Der Begabte aus dem Club.*

Plötzlich packte er mich am Handgelenk und zog mich auf die Füße. »Ich habe keine Ahnung, wie ihr es geschafft habt, selbst Sua und Ozlo um den Finger zu wickeln, aber mich führst du nicht hinters Licht.«

Diesmal brach ich nicht in Panik aus und ich bekam auch nicht das ängstliche Bedürfnis, die Flucht zu ergreifen.

Nein, ich kochte vor Wut.

»Wie kannst du es wagen?«, zischte ich und entriss ihm meinen Arm. »Wegen euch haben wir die Hölle durchgemacht und ihr habt uns wortwörtlich in Flammen aufgehen lassen! Ihr wolltet uns töten, aus Rache für ein Verbrechen, das wir nicht begangen haben!«

»Lüge«, sagte der Begabte ungerührt, packte mich erneut und zog mich in Jenkins' Zimmer.

Keuchend stolperte ich von ihm fort, während er die Tür schloss. Abschloss, um genau zu sein. Fahrig blickte ich mich um, doch von Jenkins war keine Spur zu sehen. Sein Gepäck stand ordentlich neben dem gemachten Bett. Nur auf dem Schreibtisch lagen Bücher und ein Laptop, der noch leuchtete.

Die Steintafel.

Ich schnappte nach Luft. War sie in Sicherheit? Hatte Jenkins sie an sich genommen? War *er* in Sicherheit? Wo war er und wo war die Karte? Jènnyes Sternenstaub?

Mir wurde glühend heiß. Panik breitete sich in meinem Körper aus und mein Atem beschleunigte sich.

»Also«, sagte der Begabte mit seiner ruhigen, klaren Stimme und drehte sich zu mir um. »Wir zwei werden uns jetzt unterhalten. Und du wirst mir alles sagen, was du weißt. Und wehe, es deckt sich nicht mit dem, was mir dein englischer Freund erzählt hat.«

»Wo ist Jenkins?«, fragte ich aufgebracht. »Du Monster, wo ist er? Was hast du ihm angetan?«

»Das tut nichts zur Sache. Er ist unverletzt, aber ich habe ihn in Gewahrsam genommen.«

»In Gewahrsam«, wiederholte ich. Dann funkelte ich ihn an, ballte die Hände zu Fäusten und ging wutentbrannt auf ihn los. »Was fällt dir ein?«

Er schloss die Hände um meine Handgelenke und plötzlich schoss flüssiges Feuer durch meine Adern. Ich schrie auf, doch es währte nicht lange und erschreckte mich mehr, als dass es mir wirklich Schmerzen zufügte. Allerdings reichte es aus, um mich sprachlos zu ihm aufblicken zu lassen.

Der Begabte erwiderte meinen Blick mindestens so wütend wie ich, doch er wirkte gefasster. Kontrollierter.

»Das war ein lächerlicher Angriff«, sagte er langsam. »Besonders für eine Abtrünnige der Auriga. Werdet ihr nicht im Kampf ausgebildet?«

Aufgebracht knirschte ich mit den Zähnen. Bei den Sternen,

für wen hielt sich der Kerl eigentlich? »Ich kämpfe schlecht, weil ich keine verfluchte Abtrünnige bin. Aber wenn du nicht aufpasst, verpasse ich dir die schlimmste Kopfnuss, die du in deinem jämmerlichen Leben je bekommen hast, du Mistkerl!«

Er legte den Kopf schief. Dann ließ er mich los und trat einen Schritt zurück. »Sag mir, wo du herkommst.«

»Haben dir Sua und Ozlo nicht erzählt, was passiert ist?«

»Ich stelle hier die Fragen. Und ich rate dir, sie auch zu beantworten.«

Herausfordernd reckte ich das Kinn in die Höhe. »Wieso? Hast du vor, den Raum in Flammen aufgehen zu lassen und mich einzusperren, bis ich bei lebendigem Leib verbrenne? Das scheint ja ganz euer Stil zu sein.«

»Beantworte meine Frage«, wiederholte der Begabte, noch immer mit ernster, ruhiger Stimme.

Ich gab ein frustriertes Stöhnen von mir und warf die Arme in die Luft. »Schön! Dann eben noch ein Verhör! Wir kommen von Hawaiki oder Jènnye oder wie auch immer du es nennen willst. Jenkins hat Finn und mich gestern erst hergebracht, das ist das erste Mal für uns auf dieser Ebene und wir haben eure Freundin Chloe nicht umgebracht. Wir sind keine Abtrünnigen der Auriga und ich schwöre es auf die Sterne!«

In dem Moment, als ich sah, wie sich seine goldenen Augen weiteten, spürte ich es erneut und im selben Moment bereute ich meinen Schwur auch schon.

Die Kraft der Sterne. Eine Kraft, die ich nie wieder spüren wollte, da sie zu mächtig für mich war, zu groß, zu heiß und zu stark, als könnte meine Seele durch sie zerbersten.

Ich fiel auf die Knie und riss den Mund in einem stummen Schrei auf, als die brodelnde, kochende Macht sich durch mich hindurchfraß. Ich sah nichts mehr, hörte nichts mehr, schmeckte oder roch nichts mehr. Ihre Prüfung war brutal. Mein Herz und mein Geist standen kurz vor dem Zerreißen, alles in mir war kurz davor, und gerade als ich dachte, dass mein Puls zu schnell für meine sterbliche Hülle wurde, als ich spürte, wie das Blut in meinen Adern zu zucken begann, zog sich die Kraft der Sterne aus mir zurück.

Mein Körper erschlaffte und kippte zur Seite. Nach Atem ringend und mit schnell hebender und senkender Brust lag ich da. All das konnte nicht länger als ein paar Sekunden gedauert haben, höchstens eine Minute. Oder nicht? Hatte es doch länger gedauert? Kürzer? Ich konnte es nicht sagen. Alles, was ich spürte, war, dass ich unter Papas Pullover schweißgebadet war und mir meine langen braunen Haare in dicken Strähnen am nassen Gesicht klebten.

Einatmen. Ausatmen. Einatmen.

Mehr als dazuliegen brachte ich nicht zustande.

Dann waren da plötzlich Hände. Arme, die mich erstaunlich sanft aufhoben. Da war ein weicher Untergrund, auf dem ich im nächsten Moment saß. Oh, jetzt lag ich. Die ganze Welt drehte sich. Mir war flau im Magen und mein Mund war staubtrocken und klebrig zugleich. *Einatmen. Ausatmen. Einatmen.*

»Geht es wieder?«

Blinzelnd öffnete ich die Augen. Ich hatte nicht einmal gemerkt, dass sie zugefallen waren. Allmählich nahm ich meine Umgebung etwas besser wahr. Der Begabte stand vor mir und hielt einen Lappen und ein Glas Wasser in den Händen.

Ohne meine Antwort abzuwarten, drückte er mir zunächst den Lappen in die Hand. Vielleicht hatte er aber auch abgewartet und ich hatte einfach nicht reagiert, weil ich nach dem Schwur noch durch den Wind war. Der Lappen war nass, wie ich verwundert feststellte.

»Für dein Gesicht«, erklang die Stimme des Begabten. »Du hast da ein wenig Blut.«

Ich nahm den nassen Lappen und wischte mir über Nase und Mund. Und tatsächlich: Auf dem Stoff blieben rote Schlieren zurück.

Irgendetwas sagte mir, dass ich besser nicht zu oft auf die Sterne schwören sollte. Denn diesmal hatte es sich wirklich angefühlt, als hätte ihre viel zu große Kraft beinahe meine Seele zerrissen. Vermutlich brauchte mein Geist eine Weile, um sich von einem solchen Eingriff zu erholen, oder aber ich sollte es einfach nie wieder tun. Mein menschlicher Körper war nicht dafür gemacht, mit solchen Kräften in Berührung zu kommen. Vermutlich war kein Körper auf dieser Ebene, in dieser Welt, dazu gemacht.

Ich trank einige Schlucke vom Wasser, das der Begabte mir reichte. Er wirkte geduldig und bombardierte mich nicht mit Dutzenden Fragen. Er wartete nur ab, bis ich mich fing, und lehnte mir gegenüber am Schreibtisch, wo noch Jenkins' Sachen lagen. Als hätte man ihn mitgenommen, ohne ihm eine einzige Sekunde zu geben, sich zu erklären oder irgendetwas in Sicherheit zu bringen.

Die Tafel.

Erneut beschleunigte sich mein Puls. Meine Sorgen kehrten zurück und ich blickte mich hektisch um. Hatte er sie versteckt? Konnte Jenkins sie in Sicherheit bringen? Wo war sie?

»Ist alles in Ordnung?«, fragte der Begabte, was mich abermals zusammenfahren ließ.

»N-Nein, ich ...«, erwiderte ich, doch meine Stimme verstummte. Instinktiv, ohne dass ich es bewusst wahrgenommen hatte, hatte ich meinen Geist ausgestreckt und den Raum nach der Karte der Sterne abgesucht.

Und ich hatte sie gefunden.

So wie ich auch Jènnyes Ruf hatte spüren können, spürte ich das sanfte, vertraute Vibrieren der Steintafel in meinem Kopf. Es war nicht sonderlich stark, doch definitiv vorhanden, sodass ich es schwer ignorieren konnte.

Erleichtert sackte ich zusammen. Sie war in Sicherheit. Die Karte war hier. Und wenn das leichte Echo, das meinen Geist streifte, sich nicht irrte, war auch Jènnyes Sternenstaub hier. Vermutlich waren sie in Jenkins' Sachen verstaut.

»Mir geht es gut«, sagte ich diesmal mit weitaus festerer Stimme und sah den Begabten angespannt an.

»Okay«, sagte er langsam, nahezu entwaffnend, als wollte er mich nicht verschrecken. Alles an seiner Haltung war nun anders als vor meinem Schwur. Die Wut war aus seinen Augen verschwunden und auch sonst wirkte er gelassener. Die überaus breiten Schultern und sein trainierter Oberkörper, der in einem schwarzen Kapuzenpullover steckte, waren entspannt. Keine Angriffshaltung mehr, er hatte sie komplett aufgegeben. Dann war da noch der Ausdruck auf seinem Gesicht. Es war eine Mischung aus den verschiedensten Gefühlen: Reue, Verwirrung, Unglaube, Schock und Sorge.

»Glaubst du mir jetzt?«, fragte ich herausfordernd, auch wenn es nicht ansatzweise so triumphierend klang wie beabsichtigt.

Wieder erschien diese Falte zwischen seinen Augenbrauen. Er sah mich nachdenklich an. »Es tut mir leid.«

»Schön«, erwiderte ich kurzerhand. Hoffentlich erwartete er nicht, dass mich das beschwichtigte. Oder war ein *Es tut mir leid* in der Welt der Begabten auch etwas Tödliches oder Magisches, so wie ein Schwur auf die Sterne? Hier schien alles möglich!

»Diesmal stelle ich die Fragen«, sagte ich kühl. »Verstanden?«

»Okay«, erwiderte er. Sein Blick war vollkommen offen. Er war wohl nicht darauf aus, sich provozieren zu lassen. Oder selbst zu provozieren. Das konnte ich sehen. Offenbar hatte der Schwur auf ihn einen noch stärkeren Effekt gehabt als letzte Nacht auf Sua und Ozlo. Der große, einschüchternde Begabte vor mir wirkte wie aus allen Wolken gefallen.

Nur war mir das total egal. Was auch immer er oder diese anderen Begabten fühlten, änderte nichts daran, was sie uns angetan hatten. Wir waren nicht die Bösen, die sich nun dankbar zeigen mussten, weil sie ihre Unschuld unter Beweis hatten stellen können.

»Wer bist du?«, fragte ich und verengte die Augen.

»James Eden«, sagte er wie aus der Pistole geschossen. »Jamie. Ich bin Hüter und Regulus ist mein Mächtiger.«

Hüter, hallte es in mir nach. Von all den tausend Dingen, die in den letzten Tagen auf mich eingeprasselt waren, war das definitiv ein Wort, das ich wiedererkannte. Und es dauerte einen Augenblick, bis ich etwas damit anfangen konnte. Die Zwillinge hatten uns erst vor wenigen Stunden davon erzählt. Hüter und Wächter zogen ihre Kräfte nicht nur von ihrem Mächtigen, sondern hatten von Jènnye Fähigkeiten verliehen bekommen. Hüter leiteten Begabtenhäuser.

Er war also ihr Anführer.

»Jamie«, wiederholte ich leise. »Bist du gekommen, um Finn und mich zu töten?«

»Nein!« Er klang erschrocken und richtete sich ein wenig auf. »Ich bin gekommen, um dich und den anderen festzunehmen. Nicht, um euch wehzutun.«

»Festnehmen?«, wiederholte ich verdutzt.

Jamie nickte. Er öffnete den Mund, um etwas zu sagen, schloss ihn jedoch wieder, offenbar, um seine Worte mit Bedacht zu wählen. »Normalerweise greifen wir nicht ohne Grund an. Niemals. Wir würden immerhin das Risiko eingehen, mit unseren Kräften entdeckt zu werden.«

»Ja, normalerweise«, brummte ich.

»Hör zu, was letzte Nacht geschehen ist, ist ein grauenhaftes Vergehen gewesen und es ist nicht entschuldbar. Ich weiß selbst nicht, was in meine Leute gefahren ist. Ich habe ihnen ausdrücklich befohlen, euch unter keinen Umständen anzugreifen, sondern euch in Gewahrsam zu nehmen. Sie haben sich jedoch meinem Befehl widersetzt. Als ich letzte Nacht gesehen habe, was sie getan haben, und das Feuer in letzter Sekunde löschen konnte, bin ich gleich darauf los, um nach Antworten zu suchen.«

Ungläubig sah ich Jamie an. Wieder schnaubte ich verächtlich. »Du hast uns einfach sterbend in dieser Gasse zurückgelassen. ›*Das war nur der Anfang.*‹ Erinnerst du dich? Das waren deine Worte!«

Etwas flackerte in seinen Augen auf, doch ich konnte es nicht deuten. »Ich bin kein Heiler und hatte nichts bei mir, mit dem ich euch hätte helfen können. Ich habe euch nicht sterbend zurückgelassen, sondern Hilfe geholt. Ich wollte, dass ihr für Chloes Tod die angemessene Strafe erhaltet und euch den Wächtern und ihrem Gericht stellt. Der Tod selbst ist niemals eine gerechte Strafe. Das steckte hinter meinen Worten. Euer Prozess hatte nämlich gerade erst begonnen.«

»Und hast du Antworten gefunden?«, fragte ich und verschränkte die Arme vor der Brust. Wachsam folgte sein Blick der Bewegung.

»Nicht wirklich. Ich war fest davon überzeugt, dass ihr Abtrünnige der Auriga seid. Einer meiner Begabten hat eine passgenaue Beschreibung von Jenkins abgegeben: Brite, Mitte dreißig, kinnlange Haare und eine große Narbe auf der linken Wange. Noch gestern Nacht bin ich hergekommen und habe Jenkins festgenommen. Er hat mir erzählt, dass er ein Mensch und kein Begabter sei. Und er hat mir eine ähnliche Geschichte erzählt wie du, nur ausführlicher. Es war absurd. Er hat von Hawaiki und Jènnye, den Mächtigen und den Hydrus gesprochen und dass ihr zwei nichts weiter als einfache Begabte seid. Du von Antares und der Junge von Aldebaran.«

»Er ...« Mit offenem Mund sah ich Jamie an. Wieso bloß hatte Jenkins das getan? Wieso hatte er gelogen und Jamie verschwiegen, dass Finn und ich Beschenkte waren und keine Begabten? Welchen Nutzen zog er daraus? Was es auch war, es sorgte dafür, dass ich ein wenig vorsichtiger wurde, zumindest bis ich herausfand, was es mit dieser Geheimniskrämerei auf sich hatte.

Jamie runzelte die Stirn. Noch immer beobachtete er mich und fuhr sich nachdenklich mit dem Daumen über die Unterlippe. »Selbst wenn ihr nicht unter Verdacht gestanden hättet, Abtrünnige der Auriga zu sein und Chloe getötet zu haben, hätte ich euch diese Geschichte niemals abgekauft. Jènnyes Insel ist nichts als ein Märchen, ähnlich wie Atlantis. Eine Geschichte, die man Kindern erzählt. Das Gefängnis der Hydrus, ein mythischer Ort zwischen den Ebenen, die Zone des mächtigsten Sterns. Ich ... Himmel.« Er stieß hart den Atem aus. »Wenn ich eben gerade nicht mit eigenen Ohren gehört hätte, wie du auf die Sterne geschworen hast, hätte ich dich vermutlich für verrückt gehalten.«

»Tja«, sagte ich und stand auf. Meine Knie fühlten sich noch immer weich an, aber ich versuchte, es mir nicht anmerken zu lassen.

Offenbar schien Jamie sehr gut kontrollieren zu können, welche Regungen er preisgab, aber ich meinte, kurz zu sehen, wie Neugierde auf seinem Gesicht aufblitzte. Und genau wie am Vorabend kam ich nicht umhin zu bemerken, wie schwer es mir fiel, meinen Blick von seinen Augen zu lösen.

Tödlich, unangenehm und schön. Wie ein Unwetter. Wie Whakahara.

Ich räusperte mich und wandte mich von Jamie ab. Hoffentlich hatte er nicht bemerkt, dass ich gestarrt hatte. Aber selbst wenn, war es mir eigentlich egal.

Ich lief zur Tür und entriegelte sie. »Ihr solltet euch lieber überlegen, wie ihr euren Mordanschlag von gestern wiedergutmachen könnt. Und ihr solltet euch beeilen, wir wollen Flagstaff nämlich bald verlassen.« Zumindest glaubte ich das. Ehrlich gesagt hatte ich keine Ahnung von unseren Plänen. Wir hatten noch keine Zeit gehabt, welche zu schmieden, immerhin war plötzlich alles so schnell gegangen.

Doch was auch immer ich erwartet hatte, als ich die Tür von Jenkins' Motelzimmer öffnete und mir erneut die hellen Strahlen der Sonne entgegenschienen, Jamies nächste Worte waren es ganz sicher nicht.

»Auf keinen Fall.«

Entrüstet drehte ich mich um und funkelte ihn an. »Jetzt hör mir mal zu, nur weil du so was wie das Oberhaupt eines Begabtenhauses bist, heißt das noch lange nicht, dass du uns irgendetwas befehlen kannst!«

Jamie folgte mir nach draußen und schloss die Tür hinter sich. »Das wollte ich damit nicht sagen. Aber offenbar hat jemand versucht, euch einen Mord anzuhängen, und das in der Sekunde, als ihr Jènnyes Zone verlassen habt und hier gelandet seid. Ihr kommt ausgerechnet von dort, einem Ort, der für die meisten nur eine Legende ist, und plötzlich wärt ihr beinahe getötet worden? Meinst du nicht, dass mehr dahintersteckt als eine zufällige, unglückliche Verwechslung? Wenn ich mir überlegen soll, was ich unternehmen kann, um wiedergutzumachen, was passiert ist, kann ich euch nur unseren Schutz anbieten. Außerdem werde ich herausfinden, wer Chloes Mörder ist, der euch offenbar ebenfalls nach dem Leben trachtet. Wer weiß, was euch passiert, wenn ihr eure Zelte abbaut und woanders hinreist? Vielleicht wird euch wieder ein Mord angehängt. Und wenn andere Begabte scheitern sollten, euch zu töten, wird spätestens ein erneuter Schwur auf die Sterne dafür sorgen, dass dein Geist in tausend Stücke gerissen wird.«

Bei den Worten rutschte mir das Herz in die Hose. Ungläubig erwiderte ich seinen Blick. Hoffentlich bluffte er nur. Würde ein weiterer Schwur tatsächlich meinen Geist zerreißen? »Wir haben also keine andere Wahl. Willst du mir das damit sagen?«

»Theoretisch ja«, gab Jamie zu, was überraschend entschuldigend klang. »Ich kann nicht zulassen, dass noch mehr Begabte getötet werden.«

»Du bist unmöglich!«, fauchte ich und warf die Arme in die Luft. »Dann willst du uns also festhalten, bis ihr Chloes Mörder gefunden habt? Das könnt ihr nicht machen!«

»Nicht festhalten. Wir beschützen euch.«

Ich trat dicht vor ihn und hob den Kopf – es gefiel mir überhaupt nicht, dass er so viel größer war als ich und ich zu ihm aufblicken musste. »Angenommen, wir würden es uns überlegen und über dein Angebot nachdenken, wie würdet ihr uns überwachen? Was ist mit Privatsphäre?«

»Die bieten wir euch, so gut wie eben möglich, bei uns im Quartier. Es gibt Kameras, allerdings nur auf dem Gelände um das Loft herum, nicht in den Räumen, und wir haben eine gute Alarmanlage. Es wird euch auch niemand auf die Pelle rücken, keine Leibwachen oder Ähnliches.«

Ich beeilte mich, Abstand zwischen uns zu bringen, und schlang die Arme um meinen Oberkörper. Es klang so falsch. Unheimlich. Wir konnten nicht still sitzen und uns überwachen lassen, während wir längst auf der Suche nach einer Zone sein müssten! Immerhin hatten wir nur ein Jahr Zeit. Andererseits ergaben Jamies Worte Sinn. Was, wenn wir aufbrachen und wieder irgendwer versuchen würde, uns umzubringen? Diesmal nicht durch einen Hinterhalt oder ein verzwicktes Spiel, sondern geradeheraus? Wir hatten keine Ahnung, wie wir unsere Kräfte nutzen konnten, um uns zu verteidigen, deshalb würden Angreifer ein leichtes Spiel haben. Vielleicht war es gar nicht so schlecht herauszufinden, was die Wurzel des Übels war. Die mussten wir schließlich bekämpfen. Die Symptome hatten wir nun bereits kennengelernt.

Ich strich mir die Haare hinter die Ohren und verengte die Augen. »So eine Entscheidung kann ich nicht allein treffen. Ich will, dass Finn und Jenkins für sich selbst entscheiden.«

»Hm«, machte Jamie leise und vergrub die Hände in den Taschen seiner dunkelblauen Jeans. Er legte den Kopf schief und betrachtete mich. »Und welche Entscheidung hast du getroffen?«

Wieder war es Scham, die mir im Nacken kribbelte. Ich hasste es, irgendetwas vor diesem Regulus-Begabten zuzugeben.

Ein kühles, freudloses Lächeln machte sich auf meinen trockenen Lippen breit. »Ich nehme das Angebot an.«

Mit diesen Worten fischte ich den Schlüssel aus meiner Hosentasche und steckte ihn ins Türschloss.

»Okay«, sagte Jamie genauso ruhig wie die letzten Male. »Ich werde meine Begabten über den neuen Stand der Dinge informieren und dann mit Jenkins reden. Du und der andere Begabte –«

»Finn«, sagte ich. »Sua und Ozlo haben gesagt, dass sie uns abholen.«

»Jetzt bin ich hier, also wird das nicht mehr nötig sein. Ich erwarte dich und den anderen Begabten in zehn Minuten bei meinem Wagen. Es ist der schwarze SUV, gleich da vorne.« Er deutete auf den Parkplatz.

Alles in mir schrie danach, ihm augenblicklich Widerworte zu geben. Ich wollte sie ihm um die Ohren hauen, aber ich hielt mich zurück. Jenkins war nicht hier, Finn und ich waren allein. Auf uns gestellt. Vielleicht war es tatsächlich das Beste, Jamie zu begleiten, auch wenn es mir gehörig gegen den Strich ging.

»Schön. Tolle Sache. Dann bis gleich.« Ich drehte mich um und schloss die Zimmertür auf.

»Warte.« Jamie berührte mich am Ellbogen, was mich heftiger zusammenzucken ließ, als ich wollte. Doch mein Geist und mein Körper hatten sich längst nicht beruhigt und waren noch in Alarmbereitschaft. Überrascht warf ich einen Blick über die Schulter. Die Erschöpfung konnte man mir vermutlich an den Augen ablesen.

Jamies Blick wanderte über mein Gesicht, was mich aus einem unerfindlichen Grund schlucken ließ.

»Was ist?«, fragte ich herausfordernd.

Vielleicht bildete ich es mir nur ein, doch ich glaubte zu sehen, wie einer seiner Mundwinkel zuckte, was überhaupt nicht zu seinem ernsten, attraktiven Gesicht passte. »Du hast mir deinen Namen noch nicht verraten.«

»Olivia Crate«, erwiderte ich barsch. »War es das oder darf ich jetzt meine Sachen packen?«

»Das war's. Denk dran, zehn Minuten. Und vielleicht packt ihr Jenkins' Sachen ebenfalls ein.« Damit drehte sich Jamie um und lief zum großen schwarzen Wagen, dem SUV, wie er ihn genannt hatte, der auf dem Parkplatz des Motelhofes stand.

Eine Sekunde lang starrte ich ihm hinterher. Dann floh ich ins Motelzimmer und weckte meinen besten Freund.

25. Kapitel

Wir sprachen kein Wort, als Finn und ich zu Jamies ins Auto stiegen. Finn neben mir auf der Rückbank schien besonders angespannt zu sein, stellte keine Fragen und erweckte den Eindruck, als wäre ihm schlecht. Er sah ungefähr so aus, wie ich mich fühlte: furchtbar.

Ich verstärkte meinen Griff um die Tasche auf meinem Schoß, in welcher sich Karte und Sternenstaub befanden, und warf einen verstohlenen Blick auf den Regulus-Begabten, während er vom Parkplatz des Motels fuhr. Jamies Hände umschlossen das Lenkrad und er wirkte angespannt und konzentriert. Der Stoff des schwarzen Kapuzenpullovers spannte um seine Schultern und Oberarme. Irgendwie erinnerte mich seine Statur an die der Springer. Breitschultrig und muskulös. Doch an den Stellen, an denen die meisten Springer massig waren und ihre kräftigen Muskeln unter einem wohlgenährten Polster lagen, war Jamie drahtig und schlank.

Ich wandte den Blick ab und lehnte mich tiefer in den Sitz. *Feuer. Rauch. Blut.* Die Geschehnisse der vergangenen Nacht kamen mir unwirklich vor. Als Jamie im Club neben mich an die Bar getreten war, war er mir nicht beängstigend vorgekommen, vielleicht ein wenig seltsam. Etwas ernst und angespannt, aber auch attraktiv und überaus anziehend. Das war aber definitiv vorbei. Ganz besonders, nachdem sein glühender Atem und seine Finger mir Verbrennungen zugefügt hatten und er mich durch den Club verfolgt hatte.

Bei der Erinnerung daran, wie wir getanzt hatten, verzog ich das Gesicht. Besonders als ich daran dachte, dass ich ihn auf der Tanzfläche ernsthaft hatte küssen wollen. Grauenhaft!

Wir fuhren kurze Zeit später aus der Stadt hinaus. Meine Augen klebten regelrecht an der Scheibe und saugten den Anblick der fremdartigen Landschaft gierig auf. Das Gras besaß kein so sattes Grün wie zu Hause auf der Insel. An manchen Stellen war es braun, sogar rötlich, als wären die sanften Hügel ein wenig verbrannt. Knorrige Nadelbäume zierten die glatte graue Steinstraße. So vieles wirkte andersartig und gleichzeitig vertraut. Besonders der blaue Himmel mit den weißen, getupften Wolken. Ich hätte Stunden damit verbringen können, die malerische Landschaft zu betrachten. *Eine andere Welt. Die richtige Welt.*

Wir verließen die breite Straße und fuhren eine Weile schmale Straßen entlang. Die Nadelbäume um uns herum wurden dichter und größer, besonders nachdem wir ein offenes Metalltor passierten. Die holprige Straße ließ uns alle drei zwischen Sitz und Sicherheitsgurt auf und ab hopsen und in jeder anderen Situation hätte mich das wohl zum Lachen gebracht. Aber weder Finn noch Jamie sprachen ein einziges Wort.

Zumindest bis sich der seltsame karge Wald lichtete. Vor uns erschien ein sehr großes quadratisches Gebäude aus rotem Stein. Es war überwältigend und besaß eine riesige metallene Eingangstür.

»Wir sind da«, sagte Jamie, als er den Wagen neben drei anderen schwarzen SUVs vor dem Gebäude parkte. »Ich bringe eure Sachen rein.«

Jamie stieg aus und schloss die Wagentür. Wie angekündigt, holte er einen Teil unseres Gepäcks aus dem Kofferraum, hauptsächlich das von Jenkins, da Finn und ich unsere Rucksäcke bei uns hatten. Er lief los. Noch in derselben Sekunde atmete ich auf, löste meinen Gurt und wandte mich Finn zu. »Alles in Ordnung?«

Es sah aus, als würde er sich das Lächeln abringen, dadurch glich es jedoch mehr einer Grimasse. Unter seinen geröteten Augen lagen tiefe Schatten und er sah blass aus. »Keine Ahnung.

Werden wir wohl sehen. Liv, die haben versucht, uns zu töten, und jetzt sind wir inmitten ihres Quartiers.«

»Ich weiß. Aber was hätten wir tun sollen? Irgendwer wollte uns einen Mord anhängen, gleich am Tag unserer Ankunft. Außerdem ist Jenkins hier. Und sie glauben uns endlich, dass wir ihre Freundin nicht getötet haben.«

Er ließ seinen Blick argwöhnisch zum Eingang des großen Gebäudes wandern, welches Jamie betrat.

Ich biss mir auf die Unterlippe, folgte seinem Blick und drückte die Tasche auf meinem Schoß fester an meine Brust. »Finn, ich hab ein schlechtes Gefühl wegen Jenkins.«

»Wegen Jenkins?«, wiederholte er verwirrt.

Ich zuckte mit den Schultern. »Na ja, immerhin sind die Begabten nur auf uns gekommen, weil einer von ihnen einen Mann mit Narbe im Gesicht beschrieben hat. Es ist doch gut möglich, dass Jenkins mal ein guter Kerl gewesen ist, so wie die Ältesten ihn beschrieben haben. Aber wer sagt, dass er immer noch ein anständiger Mann ist?«

Finn rutschte tiefer in den Rücksitz und zog eine nicht gerade glückliche Miene. »Verflucht, Liv! Gut möglich. Ich weiß nicht mehr, was ich denken soll. Aber was ich weiß, ist, dass du der einzige Mensch bist, dem ich traue.«

Ich lächelte schwach. »Das beruht auf Gegenseitigkeit.« Dann hieß es also wieder *Finn und Liv gegen den Rest der Welt*. Wir würden uns gegenseitig den Rücken stärken und das gemeinsam durchstehen. Die Vorstellung war wenigstens ein kleiner Trost.

»*Riaka*«, sagte ich leise und griff nach seiner Hand. *Sei stark. Sei stolz. Sei mutig.*

Finn drückte meine Hand und atmete tief durch. Die Geste und der Ausdruck auf seinem Gesicht waren so vertraut, dass es mir Trost spendete. »*Riaka*, Liv.«

Ein Klopfen an meiner Scheibe ließ uns vor Schreck auseinanderfahren und ich wirbelte herum. Stechend blaue Augen erwiderten meinen Blick und blinzelten mich an.

Sua.

Hastig öffnete ich die Tür und stieg aus dem Auto. Mit klopfendem Herzen schulterte ich meinen prall gefüllten Rucksack und legte mir den Riemen von Jenkins' Tasche um, in welcher sich die Tafel und der Sternenstaub befanden. Hoffentlich sah man mir nicht an, wie aufgewühlt und erschrocken ich war.

Bei Tageslicht sahen die Zwillinge vollkommen anders aus. Ozlo war muskulöser und Sua zwar schmal gebaut, doch ebenso groß und durchtrainiert wie ihr Bruder. Eine Sache stach mir besonders ins Auge: Ihre Haare waren nahezu weiß. Das hatte ich noch nie gesehen.

Mein erster Reflex war Mitleid. Zu Hause auf Hawaiki – auf Jènye – wären sie, genau wie Finn, als *Kaurehe* beschimpft worden. Mehr als Finn. Denn im Vergleich zu ihnen besaß Finn fast sonnengeküsste, dunkle Haut und sein Haar erinnerte mehr an die Farbe von Stroh als an Wolken im warmen Dämmerlicht.

»Da seid ihr ja«, sagte Ozlo und lächelte erleichtert. »Es tut mir so leid. Mein Bruder und ich haben Jamie gesagt, was passiert ist, aber er wollte uns nicht glauben. Ich denke, die letzte Nacht und der Verrat unserer Leute haben viel durcheinandergewirbelt.«

Finn stieg ebenfalls aus und schloss die hintere Tür. Er schwankte und hielt sich hastig am Wagen fest, um das Gleichgewicht zu halten. Dieses Bild sorgte dafür, dass sich mein Herz zusammenzog.

»Wie auch immer«, murmelte ich und trat an den Kofferraum, um unser restliches Gepäck herauszuholen. »Jetzt sind wir schließlich hier, oder nicht?«

Sie nickte bloß. Die große, weißblonde Begabte legte mir eine Hand auf die Schulter und schloss die Augen. Sie atmete tief durch und zog in Konzentration die Augenbrauen zusammen. »Deine Verletzungen sind fort. Das ist gut.« Sie wiederholte die Geste bei Finn. »Die Nachwirkungen kann man leider nicht verhindern, egal wie gut die Heilung war. Ihr werdet vermutlich mit Phantomschmerzen zu kämpfen haben, aber mit einer ordentlichen Portion Schlaf sollte morgen alles beim Alten sein. Falls eine der Verletzungen zurückkommt, kümmern wir uns sofort darum.«

»Wie meinst du das, dass die Verletzungen zurückkommen können?«, fragte Finn mit neugierig gerunzelter Stirn.

Die Zwillinge begleiteten uns zur großen Eingangstür des roten Steingebäudes. »Wenn eine Verletzung nicht gänzlich geheilt ist, greift der Zauber nicht«, erklärte Sua. »Ähnlich wie Nähte, die sich lösen, wenn du die Enden nicht verknotest.«

Intuitiv bewegte ich meine Schulter. Tatsächlich. Irgendwie fühlte sie sich stetig steifer an.

»Willkommen in unserem Heim«, sagte Ozlo zaghaft und schenkte uns ein kleines Lächeln. Er und Sua öffneten die Tür und ließen uns eintreten.

Finn und ich blieben wie angewurzelt stehen. Mein Mund klappte auf und ich legte den Kopf in den Nacken, um die unglaubliche Größe des Raumes auf mich wirken zu lassen. Das waren gut und gerne sechs oder sieben Meter an Deckenhöhe! Und so viel Platz! Neben der Tür stand ein riesiger Metalltisch mit einigen Stühlen daran, daneben befand sich eine Küche. Eine Insel, an der Barhocker standen, eine große L-förmige Zeile aus Metall mit Kochfeldern, Schränken an den Wänden und einem großen Waschbecken.

»Bei den Sternen«, flüsterte ich. »Was ist das?«

»Keine Ahnung«, wiederholte Finn, genauso flüsternd. Doch ich war wie magisch von diesem Ort angezogen, auch wenn es das Quartier der Leute darstellte, die uns hatten töten wollen. Die Fenster waren noch größer als die in Jenkins' Anwesen! Sie ragten neben einem langen, weich aussehenden Sofa und Bücherregalen bis an die Decke. *Bücherregale.* Sofort juckte es mich in den Fingern, zu ihnen zu treten und sie mir genauer anzusehen, aber das tat ich natürlich nicht. Ich traute mich nicht, was mich besonders ärgerte.

Das warme Licht der Morgensonne fiel in sichtbaren Strahlen in den Raum. Überall gingen Türen ab und rechts von der Küchenzeile führte eine breite Treppe aus Beton in ein Obergeschoss.

Von Jamie war keine Spur. Auch sonst war niemand zu sehen und das ließ meine Nervosität ins Unermessliche steigen.

»Setzt euch«, sagte Sua und zeigte auf die Stühle am langen Esstisch. »Die anderen sind noch oben, trainieren.«

Trainieren. Und das um diese Uhrzeit.

Die Fragezeichen in meinem Kopf wurden immer größer. Was hatte es nur mit diesen Begabten auf sich?

Finn und ich kamen Suas Bitte nach. Währenddessen gab ich mir große Mühe, nicht nervös und aufgeregt zugleich dreinzuschauen. Wenn ich zuvor geglaubt hatte, dass Nanas Esstisch groß war, hatte ich mich offenbar gewaltig geirrt. Das war mit Abstand der größte Tisch, den ich je gesehen hatte! Alles hier war so riesengroß, dass mein Herz einen aufgeregten Hüpfer machte.

»Wir haben den anderen Bescheid gegeben. Sie werden gleich hier sein«, sagte Sua und setzte sich Finn und mir gegenüber an den Tisch. »Ihr habt Glück, einer der Wächter ist heute Morgen wegen der Begabten gekommen, die euch gestern angegriffen haben. Und wegen eurer Festnahme und dem Mord an Chloe.«

Finn keuchte auf. »*Festnahme?* Aber ich dachte –«

»Oh, nein, nein!«, sagte Ozlo und machte eine hastige Handbewegung. »Das war der ursprüngliche Grund. Jetzt stehen die Dinge ja anders. Ihr werdet von niemandem festgenommen, keine Sorge. Wir kümmern uns darum. Ihr seid in Sicherheit.«

»Sicherheit«, wiederholte ich ungläubig. Ein Lachen entfuhr mir und ich sank tiefer in den Stuhl. »Klar doch, Sicherheit.«

Wieder erklangen Schritte von der breiten Treppe, ehe Jamie zusammen mit Jenkins erschien.

Ich hielt die Luft an, als sich mein Blick auf ihn heftete. Da war er also. Und er wirkte vollkommen unversehrt.

Ich spürte, wie sich mein Magen verknotete. Jenkins war nicht gefesselt und sah nicht aus, als hätte er die Hölle durchgemacht. Ganz im Gegensatz zu uns. Ich hatte gedacht, er wäre festgenommen worden! Irgendetwas stimmte nicht. Und ich wurde das Gefühl nicht los, dass Jenkins nicht der war, für den er sich ausgab. Oder vielleicht doch. Wir hatten nur keine Ahnung, wer er war.

Mit steifen Gliedern stand ich auf und ballte die Hände zu Fäusten.

Jenkins' Gesicht hellte sich auf, als er uns sah. »Da seid ihr ja! Entschuldigt die Unannehmlichkeiten, die euch wohl letzte Nacht –«

»*Unannehmlichkeiten?*«, spuckte ich aus. »Wir sind beinahe getötet worden! Und das nennst du Unannehmlichkeiten?«

Finn sprang ebenfalls auf. Mit einem Mal spürte ich, wie der Boden unter mir zu vibrieren begann. Der Blick, den mein bester Freund Jenkins schenkte, war so aufgebracht, dass selbst ich ein wenig Angst bekam. »Ist dir eigentlich klar, was wir durchmachen mussten?«

Erschrocken drehte ich mich zu meinem besten Freund um. Ich griff nach seinem Arm und drückte ihn leicht. »Finn, beruhige dich.« Auch wenn ich geflüstert hatte, war ich mir sicher, dass jeder ihn einwandfrei hatte hören können und mit Sicherheit war ich nicht die Einzige, die spürte, wie die Erde vibrierte. In den Schränken der großen Küche begann es sogar zu klappern.

Jenkins hob die Hände zu einer kapitulierenden Geste. »Ich wusste nicht, was euch passiert ist, das schwöre ich. James und einer der Wächter haben mich gerade erst aufgeklärt. Es tut mir leid, dass ihr das durchmachen musstet, und vergebt mir meine unangemessene Wortwahl.«

Ich wollte es schlucken, doch die Wut kroch durch meine Adern wie flüssiges Feuer. *Unannehmlichkeiten.* Ich konnte einfach nicht glauben, dass Jenkins das, was uns widerfahren war, mit einem Satz klein machte. Er hatte keine Ahnung, was uns passiert war! Es sei denn, er steckte dahinter. Es sei denn, er war für den Angriff verantwortlich. Himmel, was, wenn Jenkins doch böse war?

Böse, hallte es in meinem Kopf nach. Das Wort klang beinahe albern. Aber war es nicht möglich, dass Jenkins zu diesen Abtrünnigen der Auriga gehörte?

Finn und ich würden es herausfinden. Bis dahin würden wir jedoch genauestens aufpassen, was wir in Jenkins Gegenwart taten und sagten. Ich traute ihm nicht mehr über den Weg. *Finn und ich gegen den Rest der Welt.*

»Ein Begabter Aldebarans also.«

Als ich sah, wie aufmerksam Jamie Finn musterte, hielt ich die Luft an. Besonders nervös wurde ich, als die anderen Begabten auftauchten. Von der breiten Betontreppe her erklangen erneut Schritte. Zuerst erblickte ich einen großen Mann, der nur aus Muskeln zu bestehen schien. Er hatte dunkle Haut, kurz geschorenes schwarzes Haar und war mindestens zwei Meter groß. Als der Muskelprotz seinen Blick auf mich richtete, bekam ich das Bedürfnis, meine Beine in die Hand zu nehmen und das Weite zu suchen. Doch ich blieb natürlich an Ort und Stelle. Hinter ihm erschien eine junge Frau mit braunen Haaren. Sie war im Gegensatz zu ihm klein und wirkte zierlich, doch je näher sie kam, desto klarer wurde mir, dass sie ebenso aus Muskeln zu bestehen schien. Genau wie alle anderen.

Nervös wich ich zurück.

»Keine Sorge«, sagte Jenkins und trat zu Finn und mir. »Die Begabten tun euch nichts. Dank deines Schwurs, Olivia, konnten sie sich von eurer Unschuld überzeugen.«

Ich verzog das Gesicht. »Es hätte niemals dazu kommen dürfen.«

»Olivia, es tut mir so leid«, sagte Ozlo mitleidig. »Ich weiß, dass wir niemals gutmachen können, was wir euch angetan haben, aber ich hoffe, dass wir euch im Gegenzug nun beschützen können, vor wem auch immer!«

Die nächste Person, die nun auf der Betontreppe erschien, trug keine Sportkleidung wie die Begabten. Es war ein stattlicher Mann in einem weißen Umhang. Er hatte graues Haar, faltige Haut und strahlte Strenge und Autorität aus. Was mir aber besonders ins Auge stach, war die große silberne Kette, die offenbar die beiden Enden seines Umhangs zusammenhielt. An dieser Kette hingen Symbole, die mir nur allzu vertraut waren. Es waren die Zeichen, die Finn und ich als *Taotus* auf unseren Unterarmen trugen; die Zeichen der Mächtigen.

Der Blick des Mannes richtete sich auf uns, war prüfend und aufmerksam.

Jamie trat näher zu uns. »Wenn ich vorstellen darf, das ist Yuth, einer der Wächter. Unsere Einheit ist ihm unterstellt.«

»Wächter«, flüsterte ich leise. Das war also einer derjenigen, die das Sagen hatten. Die Ehrfurcht in den Augen der Begabten sagte mir genug, um zu wissen, dass die Wächter offenbar eine ähnliche Stellung innehatten wie die Ältesten auf Hawaiki oder der Chief. *Nein, nicht auf Hawaiki. Auf Jennyes Insel. Wann würde ich das mit den Namen nur endlich hinbekommen?*

Der Wächter vollführte eine ausladende Handbewegung zum Tisch. »Setzt euch. Bedauerlicherweise habe ich nicht viel Zeit, also kommen wir gleich zur Sache.«

Die Zwillinge, Jamie, der hünenhafte Muskelberg und das braunhaarige Mädchen setzten sich, ohne zu zögern. Auch Jenkins nahm Platz. Finn und ich warfen einander einen Blick zu, dann taten wir es ihnen gleich.

Yuth blieb vor dem Tisch stehen, zog eine goldene Taschenuhr unter dem weißen Umhang hervor, warf einen Blick darauf und steckte sie mit einem Seufzen wieder ein. Dann sprach er zu uns. »Hier hat sich eine Tragödie zugetragen. Eine junge Regulus-Begabte wurde grausam ermordet und zwei kürzlich gefundene Begabte, die unserer Welt noch fremd sind, wären für dieses Verbrechen beinahe hingerichtet worden. Trina und Stefano erwartet ein Verfahren wegen versuchten Mordes in unserem Hauptsitz in Chicago. Ever hat sich bereits auf den Weg zum Sitz gemacht und wird als Zeugin aussagen. Die Ermittlungen haben bereits begonnen und die anderen Wächter und ich haben eine Spezialeinheit aus Phoenix beauftragt, diesem Fall auf den Grund zu gehen. Chloes Mörder sind noch immer auf freiem Fuß und das tolerieren wir nicht.« Der Wächter wandte sich uns zu. »Wir werden unser Bestes tun, um dieses Verbrechen aufzuklären. Bis zur Festnahme von Chloes Mördern werdet ihr hier Obhut erhalten, ohne jegliche Gegenleistungen. Seht es als Gefälligkeit. Denn nach letzter Nacht steht Jamies Einheit in eurer Schuld.« Er nickte Jamie zu, der es schweigsam erwiderte.

»Jamie wird sicherstellen, dass es euch an nichts fehlt. Sollte in einem Monat kein positives Ermittlungsergebnis vorliegen, sehen wir weiter. Lasst uns jedoch auf das Beste hoffen und abwarten, wo wir dann stehen. James, ich übergebe an dich. Ich werde nun nach Phoenix reisen, um die Spezialeinheit zu unterweisen. Wenn ihr mich braucht, wisst ihr, wie ihr mich kontaktieren könnt. Viel Glück.«

Damit drehte sich der Wächter um und verließ das Loft durch die große Eingangstür.

Es schien, als atmeten alle am Tisch gleichzeitig auf, als die Tür mit einem nachhallenden Schlag ins Schloss fiel. Auch das erinnerte mich an die Reaktion der Menschen auf die Ältesten. Es war deutlich zu spüren gewesen, welch einnehmende Präsenz der Wächter ausgestrahlt hatte. Ein solcher Besuch war bestimmt nichts Alltägliches.

»Heiliger Himmel«, sagte der hünenhafte Begabte. Er lehnte sich tief in seinen Stuhl und blies die Wangen auf, als er den Atem ausstieß. »Von allen Einheiten muss ausgerechnet unsere in so einen zwielichtigen Scheiß verwickelt werden.«

Ozlo machte ein betrübtes Gesicht. »Ich hoffe, sie finden Chloes Mörder so schnell wie möglich. Die Spezialeinheit in Phoenix ist die beste.«

»Äh, zweitbeste, Oz«, sagte der große Begabte mit einem schiefen Grinsen. »*Wir* sind die beste Einheit. Aber wir dürfen uns nicht selbst drum kümmern. Verflucht noch mal.«

Mein Mund hatte sich wie von selbst geöffnet. »Euer erster Versuch, euch darum zu kümmern, scheint auch hervorragend funktioniert zu haben.«

Mit einem Mal lagen alle Blicke auf mir. Ich spürte Hitze in meine Wangen steigen, doch ich machte mich nicht klein, das hatte ich nämlich satt.

Der Muskelberg war es, der die unangenehme Stille durchbrach. Er lachte auf und fuhr sich verlegen mit einer Hand über den Nacken. »Schätze, da hast du recht.«

Jamie erhob sich von seinem Stuhl. »Ich möchte euch im Namen aller in unserem Heim willkommen heißen. Yuth hat bereits alles gesagt, aber ich selbst möchte noch einmal betonen, dass wir euch unseren Schutz garantieren. Mein Name ist James Eden, ich bin Regulus-Begabter und Hüter dieser Einheit. Die Zwillinge kennt ihr bereits, sie sind Antares-Begabte und unsere Heiler. Und das hier sind Gregor und Fire, ebenfalls Regulus-Begabte.«

Jenkins stand auf und strich sich über sein weißes Hemd, das vollkommen zerknittert war. »Wir wissen zu schätzen, dass ihr euch unserer annehmt. Mein Name ist Jenkins, das sind Finnley und Olivia.«

Ich brachte kein Lächeln zustande. Stattdessen presste ich die Lippen zusammen.

»Wir sind nicht grundlos nach Flagstaff gekommen. Wir suchen nach Hinweisen, die uns zur Zone eines Mächtigen führen. Wisst ihr zufällig um etwaige Gerüchte oder Legenden?«

Finn und ich hielten den Atem an, als die Begabten Jenkins mit offenem Mund anstarrten. Dann geschah etwas, womit ich nicht gerechnet hatte und was mich erschrocken zusammenzucken ließ. Sua prustete los und mit einem Mal schlossen sich ihr die anderen an. Nur Jamie nicht.

»Eine Zone!«, heulte Gregor und schlug mit seiner Hand auf den Metalltisch. »Wirklich guter Witz!«

Langsam setzte Jenkins sich, doch er verzog keine Miene. »Keineswegs. Das ist der einzige Grund, weshalb wir hergekommen sind. Wir wollen den Sternenstaub der Mächtigen finden.«

Ich sah, wie Jamies Augen sich verengten. Er verschränkte die Arme vor der Brust und legte den Kopf schief. »Der Sternenstaub der Mächtigen ist nichts als eine Legende.«

»Ach«, sagte ich leise. »Genauso wie Jènnyes Zone?«

Gregor schüttelte den Kopf. »Hör mal, Kleine, du glaubst doch selbst nicht, dass euch irgendwer abkauft, dass ihr aus Jènnyes Zone kommt.«

»Aber es ist wahr«, beharrte Finn, was erschreckend erschöpft klang. »Wir haben immer auf Hawaiki gelebt.«

»Greg, sie haben auf die Sterne geschworen«, erinnerte ihn Ozlo. »Das haben Sua und ich dir doch erzählt.«

»Vor mir hat das Mädchen heute Morgen ebenfalls auf die Sterne geschworen«, sagte Jamie und sah mich dabei geradewegs an.

»Bei den Sternen, Olivia!«, sagte Jenkins leise. »Bitte sag mir nicht, dass du innerhalb eines einzigen Tages gleich zwei Mal auf die Sterne geschworen hast.«

Entrüstet löste ich meinen Blick vom Hüter und funkelte Jenkins vorwurfsvoll an. »Was wäre mir denn anderes übrig geblieben? Du warst weg, Finn hat geschlafen und ich war ganz allein mit ihm! Er hätte mich vielleicht gefoltert oder getötet!«

»Hätte ich nicht«, warf Jamie ein. »Ich sagte dir bereits, dass ich gekommen bin, um euch festzunehmen.«

»*Hawaiki?*«, wiederholte Fire ungläubig und hob die Augenbrauen. »So nennt ihr Jènnyes Insel?«

Gregor sah uns mit offenem Mund an und seine Augen weiteten sich. »Warte, dann ist alles wahr? Die Zonen der Mächtigen existieren? *Sternenstaub* existiert?«

Jenkins nickte. »Vom Sternenstaub über die Zonen, dem Gefängnis der Hydrus auf Jènnyes Insel bis hin zu den Beschenkten. Es ist alles wahr.«

Vielleicht bildete ich es mir nur ein, doch ich hatte das Gefühl, dass das, was Jenkins sagte, dafür sorgte, dass Unruhe die Begabten ergriff. Gespannte Stille legte sich über den Tisch.

Finn und ich warfen einander einen Blick zu. Unauffällig legte er unter dem Tisch seine Hand auf meine und brachte mich so dazu, nicht länger die Fingernägel in meine Knie zu bohren.

»Okay«, sagte Jamie langsam. »Wie kommt ihr zu der Annahme, dass sich hier in Flagstaff irgendwelche Informationen über die Sterne befinden könnten?«

»Die Plejaden haben zu mir gesprochen.«

Wieder schnaubte Gregor. »Als würden die Plejaden irgendjemandem außer den Wächtern –«

»Gregor!«, zischte Sua. »Jetzt lass sie verdammt noch mal ausreden.«

»Was über die Hydrus gesagt wird, ist wahr«, erklärte Jenkins.

»Jènnye hält sie in einer Höhle auf ihrer Insel gefangen. Die Plejaden verrieten mir jedoch, dass in einem Jahr erneut ein Stern auf die Insel fallen wird, was dazu führt, dass das Siegel der Mächtigen bricht, das die Hydrus gefangen hält. Mit anderen Worten: In einem Jahr kommen die Hydrus frei und werden sich höchstwahrscheinlich für ihre Gefangennahme an unserer Welt rächen. Wenn wir den Sternenstaub der Mächtigen nicht finden und die Beschenkten suchen, haben wir keine Chance gegen sie.«

Ein Schaudern erfasste mich. Obwohl Finn und ich diese Worte kannten, unser *Schicksal* kannten, fühlte es sich erneut wie ein schweres Gewicht an, das sich auf meine Schultern legte.

Jamie räusperte sich und setzte sich wieder hin. »Wie war Ihr Name noch gleich?«

»Jenkins.«

»Ihr voller Name.«

»Lloyd Jenkins.«

Betretenes Schweigen. Neugierig huschten meine Augen hin und her. Wieso sahen die Begabten aus, als stände vor ihnen ein sprechender Fisch?

Sua lachte nervös auf. »Sicher. Lloyd Jenkins sitzt an unserem Tisch.«

Jenkins zuckte mit den Schultern. »Glaubt es oder glaubt es nicht. Das ist ganz euch überlassen.«

»Wieso sollte er nicht Jenkins sein?«, fragte Finn verwundert. Ratlos sahen wir uns an.

Ozlo lehnte sich vor, um uns anzusehen, und sein Gesichtsausdruck wurde sanfter. »Lloyd Jenkins hat vor Hunderten von Jahren gelebt. Er war der erste und einzige nicht begabte Mensch, der die Macht der Sterne erforscht hat. Und er hat die wichtigsten Lehrbücher geschrieben, über unsere Kräfte und die Sterne und die Deutung der Plejaden, wenn sie mit ...« Ozlo verstummte. Er richtete seinen Blick erneut auf Jenkins und ich sah, wie er schluckte. Er wurde blass, auch wenn das bei seinem Teint gar nicht mehr möglich sein sollte. »... wenn sie mit Auserwählten kommunizieren.«

Jenkins nickte ihm zu. »Das ist richtig, Ozlo.«

»Crate hat es geschworen«, erinnerte Jamie und blickte seine Begabten der Reihe nach an. Ich wusste nicht wieso, doch irgendwie brachte es mich ziemlich auf die Palme, dass er meinen Familiennamen anstelle meines Vornamens benutzte.

Ich verzog das Gesicht.

Fire schob ihren Stuhl zurück, legte die in Sportschuhen steckenden Füße auf dem Tisch ab und schlug die Knöchel übereinander. »Okay, Leute. In eurer ganzen Geschichte gibt es nur ein Problem.«

»Und das wäre?«, fragte ich herausfordernd und zog meine Hand unter Finns hervor, um die Arme zu verschränken.

Sie schnaubte verächtlich. »Wenn die Hydrus freikommen sollten und man deshalb den Sternenstaub der Mächtigen finden muss, schön und gut. Aber die Beschenkten?«

Gregor schüttelte nun ebenfalls den Kopf und veränderte seine Haltung. Er wirkte deutlich ernster und angespannter. »Nur über meine Leiche.«

»Sind die Beschenkten für euch nicht auch nur ein Märchen?«, fragte ich und zog verwirrt die Augenbrauen zusammen.

»Nein.«

Mein Kopf zuckte zur Seite und ich erwiderte Jamies durchdringenden Blick. Der Hüter beobachtete mich auf eine Art und Weise, als könnte er mir geradewegs in den Kopf schauen.

»Sie sind kein Märchen«, sagte er mit seiner klaren, ruhigen Stimme. »Zumindest glauben wir nicht daran, dass sie nur ein Märchen sind.«

»Ach nein?«, fragte nun auch Jenkins, sichtlich verblüfft. Noch immer löste Jamie seinen Blick nicht von meinem. »Unsere Einheit ist eine Spezialeinheit und wir trainieren nur aus einem einzigen Grund: Nach der Ausbildung werden wir uns auf die Suche nach den Beschenkten machen. Und dann schalten wir sie einen nach dem anderen aus.«

26. Kapitel

»Ist das ein schlechter Scherz?«, stieß ich hervor und lachte erschrocken auf. *Wir schalten sie einen nach dem anderen aus.* Mir wurde schlecht. Genauer gesagt wurde mein Magen erst hart wie Stein, dann zog er sich zusammen und rutschte mir in die Hose. Mit aller Kraft zwang ich mich, Jamies Blick zu erwidern, ohne mir den Horror, der mich mit einem Mal erfüllte, anmerken zu lassen.

»Wieso sollte das ein Scherz sein?«, fragte er und hob eine Augenbraue. Die Art und Weise, wie sich seine goldenen Augen dabei verengten, sorgte dafür, dass sich meine Nackenhaare aufstellten.

»Selbst die Wächter glauben an die Existenz der Beschenkten.«

»Tatsächlich? Das ist mir aber neu«, sagte Jenkins. Trotz allem klang er noch erstaunlich gefasst.

»Aber wieso wollt ihr sie ausschalten?«, fragte ich, was unüberhörbar aufgebracht klang. »Du sagtest, ihr seid keine Mörder! Aber das war offensichtlich eine Lüge. Ihr würdet diese Menschen ohne mit der Wimpern zu zucken töten!«

»Himmel noch mal, jetzt komm mal wieder runter«, murmelte Fire und nahm die Beine vom Tisch. »Die Beschenkten sind das pure Böse. Wenn wir sie nicht ausschalten, werden sie uns ausschalten, und zwar einen nach dem anderen. Jenkins, Sie haben den beiden wirklich gar nichts beigebracht, oder?«

»Fire, er ist ein Mensch«, erinnerte Gregor. »Vielleicht wusste er es nicht. Selbst wenn er der ist, für den er sich ausgibt, spielen die Wächter ihm bestimmt keine Informationen zu.«

»Wohl wahr«, brummte Jenkins. »Sich als nicht begabter

Mensch bei den Wächtern beliebt zu machen, ist nicht die einfachste Angelegenheit.«

Gregor wandte das Wort an mich und machte ein halbwegs freundliches Gesicht. »Beschenkte sind mehr Stern als Mensch, Kleine. Und die Kräfte der Sterne sind vielleicht ganz nett, aber Menschen sind nicht dafür gemacht, dass ihre pure Essenz in ihren Adern fließen kann.«

»Vielen hat es bereits den Geist zerrissen, wenn sie nur auf die Sterne geschworen haben«, sagte Ozlo. »Es ist ein Wunder, dass du das unbeschadet und ohne bleibende Schäden überstanden hast.«

»Und das zwei Mal hintereinander«, fügte Jamie hinzu und sah mich erneut durchdringend an. »Du hast ziemliches Glück gehabt, Crate. Dein Geist scheint sehr stark zu sein.«

Mir wurde heiß und kalt. Hatte er mich durchschaut? *Uns* durchschaut? Wusste er etwa Bescheid? Würden sie uns töten?

»Hoffen wir es«, erwiderte ich mit dünner Stimme. »Ob Schäden zurückgeblieben sind, wird sich noch zeigen.«

Jamie erhob sich in einer fließenden Bewegung vom Tisch. »Ich denke, es wäre das Beste, wenn wir euch ...«

Ich hielt die Luft an und sah ihn mit schreckgeweiteten Augen an. Wir mussten weg. So schnell wie möglich. Sofort!

»... erst einmal ankommen lassen. Sua, Ozlo, bitte bringt sie in die zwei leeren Zimmer. Ich denke, wir alle haben einige Informationen erhalten, die wir erst mal verdauen müssen.«

»Was?«, fragte ich und sah Jamie hinterher, der bereits die breite Betontreppe erklomm. »Du gehst einfach?«

Er warf mir einen Blick über die Schulter zu. »Keine Sorge, Crate. Wir sehen uns bald wieder.« Damit verschwand er nach oben.

Ich rümpfte die Nase. Dieser ... Mistkerl.

»So ist er, unser Hüter. Immer auf Zack«, sagte Gregor und seufzte. Er löste den Blick von der Treppe und lächelte vorsichtig. »Hey, tut mir leid, was passiert ist. Ich hoffe, ihr seid einigermaßen wohlauf.«

»Sehr freundlich, Gregor«, sagte Jenkins und nickte ihm zu. »Ich denke, es ist keine schlechte Idee, wenn wir zunächst die Möglichkeit erhalten, uns zurückzuziehen und zu sammeln. Es liegen ein paar holprige Stunden hinter uns.«

»*Holprig?*«, presste Finn hervor. Ich warf ihm einen warnenden Blick zu. Es war bestimmt keine gute Idee, vor diesen Begabten etwas anderes zu zeigen als eine starke Einheit. Ich traute keinem von ihnen. Ganz besonders jetzt nicht mehr, da wir wussten, was ...

Was sie wirklich waren.

Mörder. Unsere zukünftigen Mörder.

Wir schnappten uns unser Gepäck und ich presste mir Jenkins' Tasche mit der Tafel und dem Sternenstaub fester als nötig gegen die Brust. Ein unangenehmes Gefühl saß in meiner Magengegend, als die Zwillinge Finn, Jenkins und mich nach oben geleiteten. Die breite Betontreppe war genauso nackt und kalt wie die hohen Wände und schließlich standen wir vor einer Tür aus undurchsichtigem, milchig wirkendem Glas.

Sua drückte die Klinke nach unten und ging mit zügigen Schritten voran.

Kühle, trockene Luft schlug uns entgegen und überall standen merkwürdig aussehende Trainingsgeräte und riesige Matten. Der Raum war ebenso riesig wie die untere Etage und wies sogar Seile auf, die von der Decke hingen, sowie eine gänzlich verspiegelte Wand. Diese war wohl auch der Grund, weshalb mir der Raum noch viel größer vorkam.

Ein Schauer lief über meinen Rücken. Dieser Raum diente dazu, Krieger zu erschaffen. Krieger, deren Bestimmung es war, eines Tages die Beschenkten der Mächtigen zu suchen und auszuschalten. *Uns.*

Die, die uns ihren Schutz versprochen hatten, nachdem sie versucht hatten, uns zu töten, würden eines Tages alles daransetzen, uns tatsächlich umzubringen. Der blanke Horror saß mir in den Knochen, eiskalt und brennend zugleich.

Die Zwillinge brachten uns zu den Zimmern auf der anderen Seite der Halle.

»Das da vorne sind Jamies Räumlichkeiten«, sagte Sua und wies auf eine geschlossene Tür. »Die beiden Zimmer sind für Gäste. Meistens Dozenten. Trinas, Stefs und Evers Zimmer liegen im Erdgeschoss, aber sie wurden bisher noch nicht geräumt, also ist das alles, was wir euch anbieten können.«

»Sagtest du gerade Dozenten?«, fragte Jenkins neugierig. Finn und ich bedachten ihn im selben Moment mit finsteren Blicken. Wie konnte er so ruhig bleiben? Wie konnte er noch immer mit den Begabten plaudern und neugierige Fragen stellen?

Sua deutete ein Lächeln an. »Ja, einmal im Monat schicken uns die Wächter verschiedene Lehrer und Trainer für unsere Ausbildung.«

»Ah, verstehe.«

Ozlo öffnete die linke Tür und bedeutete uns einzutreten. Das Zimmer war geräumig und besaß ein breites Fenster, vor dem weiße Vorhänge hingen. Außerdem befanden sich hier ein hölzerner Schreibtisch, ein Schrank und zwei schmale Metallbetten.

»Finn, Jenkins, wenn ihr möchtet, könnt ihr hier schlafen. Olivia, du kannst das Zimmer nebenan beziehen.«

»Nein!«, sagte ich ein wenig zu eilig und blieb abrupt stehen. Mein Herz machte einen Satz und Finn und ich tauschten einen erschrockenen Blick. »I-Ich meine, ich würde mein Zimmer gern mit Finn teilen. Wenn das in Ordnung ist.«

Ein wissender Ausdruck trat auf Ozlos Gesicht und er lächelte uns zu, was mir überhaupt nicht gefiel, doch es erfüllte seinen Zweck. »Überhaupt kein Problem.«

»Wir würden gern einen Blick auf eure verheilten Verletzungen werfen«, sagte Sua, als Jenkins seine Sachen abgelegt hatte. »Außerdem wäre es gut, wenn ihr euch noch ein wenig ausruht. Nehmt es mir nicht übel, aber ihr seht schrecklich aus.«

Ich lächelte zerknirscht, nickte jedoch. Sua bedeutete uns erneut, ihr zu folgen. Jenkins blieb zurück und ich musste mich zusammenreißen, ihm deshalb keinen bösen Blick zu schenken. Er ließ uns einfach im Stich.

Das Zimmer nebenan sah identisch aus. Das Fenster war groß,

die Luft staubig und kühl und die Zimmerdecke hoch. »Sollen wir für euch die Betten zusammenschieben?«, fragte Sua.

»Nicht nötig«, sagte ich hastig, während Finn im selben Moment ein seltsames Geräusch ausstieß und rosige Wangen bekam. »Liv und ich sind nur Freunde«, erklärte er und räusperte sich. »Deshalb braucht ihr das wirklich nicht tun.«

»Wir wollen bloß lieber zusammenbleiben«, erklärte ich wahrheitsgemäß. »Diese neue Welt ist ziemlich erschreckend für uns. Es ist schön, darin nicht vollkommen allein zu sein.«

Ozlo machte ein betroffenes Gesicht. »Ihr Armen. Und dann muss ausgerechnet eine so schlimme Sache wie letzte Nacht passieren.«

»Sollen wir die Wächter bitten, euch einen Therapeuten herzuschicken?«, fragte Sua und bekam denselben mitfühlenden Ausdruck in den stechend blauen Augen wie ihr Zwillingsbruder.

»Nicht nötig«, sagte ich hastig und presste die Lippen zusammen.

»Okay, aber das Angebot steht. Nach einem traumatischen Erlebnis kann es wirklich helfen, darüber zu sprechen. Ihr könnt auch jederzeit auf Oz und mich zukommen. Ich weiß, dass wir euch fremd sind, aber ... wir werden unser Bestes geben, um für euch da zu sein.« Suas Lächeln wirkte so ehrlich, dass mir erneut schlecht wurde.

Wenn sie nur wüsste. Dann würde sie bestimmt nicht mehr lächeln.

Ozlo klatschte in die Hände. »Jetzt holen wir euch aber erst mal Wasser und kümmern uns um euch! Wir sind in fünf Minuten wieder da«, versprach er, ehe die beiden das Zimmer verließen und die Tür hinter sich schlossen.

Noch in derselben Sekunde entwich mir ein panischer Laut und ich setzte mich auf eines der Betten. »Scheiße, Finn!«

»Okay, okay, okay«, sagte er und tigerte los, erst auf die eine Seite des Zimmers, dann zur anderen. Er raufte sich die Haare. »Bei den Sternen, wir dürfen jetzt nicht durchdrehen. *Riaka.* Alles wird gut. Liv, hast du gehört?«

Die Panik zerfraß mich und ich schüttelte den Kopf. »Wir müssen verschwinden!«, zischte ich. »Sofort! Bei den verfluchten, verdammten Sternen!«

Das Gesicht meines besten Freundes war so blass, als würde er jeden Moment umfallen. Er ging vor mir in die Hocke und ich spürte, wie seine Hände bebten, als er sie auf meine Schultern legte. »Lassen wir uns heilen, holen uns eine Portion Schlaf und dann stellen wir Jenkins zur Rede. In was für einen zwielichtigen Mist er auch verstrickt ist, wir machen da nicht mit!«

»Also steht es fest, wir hauen ab«, wisperte ich. Finn nickte hastig und lachte aufgekratzt. »Wir stecken regelrecht mit dem Kopf in einem Nest von Felsenwespen. Natürlich hauen wir ab. Wir sollten uns aber einen Plan überlegen. Da draußen ist noch immer ein Mörder unterwegs. Oder mehrere.«

Ich starrte auf unsere geschlossene Tür. »Oder aber er ist mit uns in diesem großen Haus.«

Finn schwieg. Schließlich erhob er sich und ließ sich neben mir aufs Bett fallen. »Ja. Oder das. Hoffen wir, dass das nicht der Fall ist.«

Die Zwillinge kehrten kurz darauf zurück, diesmal mit einem großen Eimer Wasser, den Ozlo trug. »Am besten legt ihr euch hin. Gut möglich, dass ihr während der Heilung einschlaft, dann müssen wir euch nicht noch einmal wecken.«

Ich schlüpfte aus meinen alten Turnschuhen und wühlte so lange in meinem Rucksack, bis ich mein übergroßes Schlafshirt herausgezogen hatte. Die Bewegung hinterließ einen dumpfen und zugleich stechenden Schmerz in meiner Schulter. *Aha.* Der Beweis, dass sie schlimmer geworden war, ganz wie die Zwillinge vorhergesagt hatten.

Ozlo und Sua drehten sich um, während Finn und ich uns umzogen. Wieso sie uns deshalb den Rücken zukehrten, verstand ich zwar nicht, aber vielleicht gehörte es ja zu ihrer Etikette.

Anschließend legte ich mich aufs Bett, unterzog mich ihrer Untersuchung und schloss meine brennenden Augen. Es fühlte sich an, als wären wir in einem Albtraum gefangen.

Ein Albtraum, der leider viel zu real war und nicht enden wollte.

Dieses Mal war die Heilung wesentlich angenehmer als letzte Nacht, doch erneut wurde mir eiskalt. Die Zwillinge erklärten währenddessen, dass es ganz auf die Verletzung ankam. Je größer sie war, desto schmerzhafter und kälter der Heilungsprozess.

»Eure Tattoos sind übrigens wunderschön«, hörte ich Sua sagen. Ich zitterte am ganzen Leib, während sie sich um die Blutergüsse und meine Schulter kümmerten. »So was habe ich noch nie gesehen. Die Zeichen der Mächtigen sehen so ursprünglich aus. Es gefällt mir viel besser als der Prunk der Wächter.«

»*Taotus*. Ein Geschenk der Ältesten«, keuchte ich. Die Welt um mich herum entfernte sich zunehmend. »Damit ... wir nie vergessen, wo wir herkommen und wer wir sind.«

Und wäre ich nicht so furchtbar erschöpft gewesen, hätte ich vielleicht gelacht. Denn nie war mir bewusster gewesen, wer ich war, als hier, inmitten der Höhle der Löwen.

27. Kapitel

Der Himmel war in das rote Licht der Abendsonne getränkt, als Finn und ich erneut wach wurden. Ich konnte kaum glauben, wie spät es war, als wir die grün leuchtenden Ziffern der kleinen Uhr auf dem Schreibtisch sahen. Wir hatten fast zwölf Stunden geschlafen!

Ich war desorientiert und ermattet, doch zugleich war ich auch erholt. Mein Körper tat nicht mehr weh und mein Geist war weniger aufgewühlt. Fast so, als hätte man ihn mit warmem, beruhigendem Tee übergossen.

Ein metallisches Knarren durchbrach die Stille, als Finn sich auf seinem Bett bewegte.

Ich starrte an die Wand, auf welche die Abendsonne schien und den ganzen Raum in ein warmes, weiches Licht tauchte. »Bist du wach?«, flüsterte ich, ohne mich zu bewegen.

Wieder war ein Quietschen zu hören. Ein zustimmendes Brummen erklang, das so typisch für meinen besten Freund war, dass ich schmunzeln musste.

Ich setzte mich auf, wobei auch mein Bett Geräusche machte, und streckte mich ausgiebig.

»Wie fühlst du dich?«, fragte ich, als ich aufstand und einen frischen Pullover aus meinem Rucksack zog. Er war nicht ganz so groß und grob gestrickt wie der von Papa, doch ich liebte ihn ebenfalls. Meine alten Jeans mit den Löchern zog ich einfach wieder an und schlüpfte in meine Schuhe.

»Ganz okay«, erwiderte Finn und setzte sich auf. »Hungrig, aber okay.«

Als hätte mein Magen nur auf dieses Stichwort gewartet, gab er ein lautes Knurren von sich.

»Oh.« Ich fasste mir an den Bauch. »Wann haben wir eigentlich zuletzt etwas gegessen?«

»Die Äpfel, kurz bevor wir in Jenkins' Flugzeug gestiegen sind«, erinnerte mich Finn.

Ich blinzelte ihn an. Richtig. Jenkins' Flugzeug. Es kam mir vor, als sei es bereits viele Tage her, dabei war es gestern gewesen. Gestern. Wie konnte in so kurzer Zeit so viel passiert sein? Selbst das Sternenfest und Jènnyes Ruf schienen weit weg, dabei waren auch diese Ereignisse nicht lange her. Wie hatte sich unser Leben nur so schnell ändern können? Beinahe kam es mir vor wie ein Traum.

Finns blonde Haare standen in alle Richtungen ab. Doch am wichtigsten war: Die dunklen Schatten unter seinen Augen waren fort, auch die Blutergüsse auf seinen sehnigen, gefleckten Armen. Er rieb sich gedankenverloren über seine *Taotus*. Die Zwillinge mussten die Haut dort ebenfalls geheilt haben, denn von der schwachen Rötung war nichts mehr zu sehen. »Heute Nacht überlegen wir uns einen Plan«, sagte Finn leise und kämpfte sich aus dem Bett. »Und dann hauen wir hier ab.«

Aufregung durchflutete mich und ich nickte angespannt. »Ich versuche herauszufinden, wo Jenkins sein Geld versteckt. Sobald er für längere Zeit sein Zimmer verlässt, schlagen wir zu.«

»Abgemacht. Vielleicht könnte einer von uns ihn solange ablenken.«

»Aber was ist mit den Begabten? Was ist, wenn sie uns dabei erwischen, wie wir abhauen wollen? Und was, wenn wieder jemand versucht, uns zu töten?«

Finn hatte gerade den Saum seines Shirts gepackt, um es sich über den Kopf zu ziehen, als er zögerte. Er schien scharf nachzudenken. »Wir sollten an unseren Kräften arbeiten. Je eher wir herausfinden, wie wir uns mit ihnen verteidigen können, desto höher sind unsere Chancen zu überleben.«

Er hatte recht. Wenn wir auch nur den Hauch einer Chance haben wollten, mussten wir stärker werden.

Ich fand das Badezimmer glücklicherweise hinter einer unauffälligen Tür direkt neben unserem Zimmer. Nacheinander machten Finn und ich uns frisch und erkundeten anschließend den seltsamen, großen Trainingsraum. Auch wenn das hier vermutlich der letzte Ort war, an dem wir sein sollten, wollte ich die Gelegenheit nutzen, um mehr zu erfahren. Ich wollte mehr wissen, alles über die Begabten und ihre Beweggründe und ihre Kräfte. Über die Wächter. Und über Spezialeinheiten. Gab es viele solcher Spezialeinheiten? Begabte, die nur darauf trainiert wurden, eines Tages die Beschenkten zu jagen und zu töten? Wenn es so war, konnte ich einfach nicht glauben, dass Jenkins uns nicht vorgewarnt hatte. Es war unmöglich, dass er in all den Jahrhunderten noch nie davon gehört haben sollte, dass irgendwelche Begabte nach dem Leben der Beschenkten trachteten. Ich fragte mich, ob irgendetwas an ihren Gründen dran war. Ob wir eine Bedrohung, eine Gefahr werden würden, wenn wir eines Tages den Sternenstaub aller Mächtigen berührten, weil unsere menschliche Hülle nicht für die Kraft der Sterne gemacht war. Würden wir uns verändern? Der Gedanke jagte mir Angst ein. Ich wollte mir gar nicht vorstellen, was geschehen würde, wenn wir machtvoll genug waren, um dem Erbe der Mächtigen würdig zu sein. Mächtig genug, um nicht gegen einen Stern, sondern gleich neun von ihnen ankommen zu können, und das in einer totalen Unterzahl.

»Was glaubst du, für was diese Dinger sind?«, fragte ich leise, als wir über blaue Matten stiegen, und wies auf zwei Holzringe, die an Seilen von der Decke hingen.

Finn zuckte mit den Schultern. »Keinen blassen Schimmer. Aber sie sehen nicht halb so gruselig aus wie dieser komische Stuhl.« Er deutete auf einen Apparat, der wohl dafür gemacht war, um darauf zu sitzen. Jedoch besaß er ein seltsames Gestell, auf dem man die Beine ablegen konnte, und eine Art Hebel in der Mitte.

Ich schüttelte mich und senkte meine Stimme noch mehr. »Bei den Sternen, ich kann nicht fassen, dass das alles hier nur dazu dient, die Beschenkten auszuschalten.«

Finn gab ein Brummen von sich. »Dann lies lieber nicht, was auf den Türen da hinten steht.«

Natürlich folgte mein Blick sofort dem seinen. Ein Stück von uns entfernt, hinter den Trainingsgeräten – oder Folterinstrumenten, das wussten wir schließlich nicht –, waren zwei Türen. An einer stand *Waffenkammer* und an der anderen *Schießstand*.

Ein kalter Schauer kroch mir über den Rücken. Wir waren so was von geliefert.

Das Zuschlagen einer Tür erklang und ließ Finn und mich erschrocken herumwirbeln.

»Ah, da seid ihr ja!«, rief Ozlo von der undurchsichtigen gläsernen Tür aus. »Ich wollte gerade kommen und nach euch sehen.«

Halbwegs erleichtert stieß ich den Atem aus, ehe Finn und ich zu ihm liefen. Diese Schreckhaftigkeit musste ich mir schleunigst abgewöhnen. So kannte ich mich gar nicht. Ich war kein Angsthase. Das genaue Gegenteil war meist der Fall gewesen und vermutlich hätte mir dann und wann ein wenig Furcht gutgetan.

»Wie geht es euch?«, fragte Ozlo zaghaft, als wir ihn erreichten.

»Der Schlaf hat geholfen«, erwiderte ich ausweichend.

»Das ist gut. Wollt ihr mit aufs Dach kommen? Wir sind bei unserer letzten Trainingsrunde für heute angekommen.«

Vermutlich wäre es besser gewesen, jegliche Angebote auszuschlagen. Finn war jedoch schneller als ich und ich bekam gleich ein ungutes Gefühl, als ich sah, wie seine Augen neugierig aufleuchteten.

»Ihr trainiert auf dem Dach?«, fragte er. »Wieso nicht hier in dieser großen Halle?«

Ozlo strahlte uns an. »Das kann ich euch zeigen. Kommt mit!«

Ich bedachte Finn mit einem abfälligen Blick, bevor wir Ozlo folgten, er zuckte jedoch bloß hilflos mit den Schultern.

Die Betontreppe führte noch ein Stockwerk höher und wurde schmaler. Als Ozlo die Metalltür öffnete, quietschte sie und Geräusche schlugen uns entgegen, die mich augenblicklich hellhörig machten. »Was ist ...« Meine Stimme versagte, als Ozlo zur Seite trat und ich sah, was sich auf dem Dach befand.

Ich schnappte nach Luft. Heiliger Himmel! Umgeben von einer Mauer aus den gleichen roten Steinen wie der Rest des Gebäudes, lagen vier riesige quadratische Felder auf dem großen Dach. Eines davon, rechts von uns, war ein flaches Wasserbecken. Links von uns lag ein Feld voller Geröll. Das hintere linke Feld, auf dem Jamie, Gregor und Fire standen, war umgeben von brennenden Fackeln, und das hintere rechte Feld bestand aus Dutzenden dicken Matten.

Finn neben mir keuchte auf. »Ozlo, was ist das hier?«

»Das sind unsere Trainingsfelder«, gab Ozlo stolz zurück. »Hier trainieren wir unsere Kräfte.«

Ich schaffte es nicht, meinen Blick von den Feldern zu nehmen. Insbesondere nicht vom hinteren Feld mit den Fackeln, denn die Regulus-Begabten kämpften dort miteinander.

Jamie klebte ein schmutziges weißes Shirt am Körper und er wirkte hoch konzentriert. Den Blick auf die anderen Begabten gerichtet, hob er die Hände. Dann plötzlich leuchteten seine Fäuste im roten Licht der Abendsonne auf. Seine Arme spannten sich an und schossen nach vorne. Eine rot glühende Stichflamme löste sich aus seinen Händen und flog auf die Regulus-Begabten zu, was mich augenblicklich die Luft anhalten ließ.

Feuer. Schmerz. Brennender Müll. Die Erinnerungen ließen meinen Puls in die Höhe schnellen. Gebannt beobachtete ich, wie Gregor Jamies Angriff mit einer kleineren, doch helleren Stichflamme erwiderte, sodass ein oranger Funkenregen in den Himmel stob. Noch bevor sie alle erloschen waren, entbrannte ein unübersichtlicher Kampf zwischen den Begabten. Wortwörtlich. Alles bestand nur noch aus rauschendem Feuer, weißen Funken und schnellen, geschickten Körpern. Es war wie ein Tanz. Ein Feuerwerk. Und es hypnotisierte mich.

»Beeindruckend, nicht?«

Ich wirbelte herum.

Der legendäre, berühmte Lloyd Jenkins stand hinter uns in der

Tür zum Dach und hatte die Hände in den Taschen seiner braunen Stoffhose vergraben. Das wellige Haar steckte in einem Knoten an seinem Hinterkopf und einzelne Strähnen waren herausgerutscht. Ich musterte ihn, die verdächtig entspannte Körperhaltung und schließlich seine Augen. Dann funkelte ich ihn wütend an.

»Ist das wirklich alles, was dir dazu einfällt?«

Mit hochgezogenen Augenbrauen wurde sein Blick fragend. »Habe ich etwas Falsches gesagt?«

Mein Blut begann zu kochen. »Du hast ja keine Ahnung, du ...«

»Livi.« Finn ergriff meine Hand und zog mich zurück. »Komm schon, nicht hier.«

»Was ist hier los?«, fragte Jenkins und verengte die Augen.

»Ich denke, wir sollten uns unterhalten«, erklärte Finn kühl. Kurz zuckte sein Blick zu Ozlo, der gerade seine Schuhe auszog und ins flache Wasserbecken stieg.

»Bald«, fügte Finn hinzu. »Später. Aber definitiv noch heute!«

Jenkins nickte. »Wir hatten seit unserer Ankunft noch keine Gelegenheit, ungestört zu sprechen. Ich denke, das ist keine schlechte Idee, Finnley.«

Ich konnte einfach nicht warten, ich musste es sofort wissen. »Wieso hast du es uns nicht gesagt?«, fragte ich mit gesenkter Stimme. »Du hast mit keinem Wort erwähnt, dass Begabte Jagd auf Beschenkte machen!«

Jenkins' Augen weiteten sich. »Olivia, ich hatte keine Ahnung. So etwas habe ich noch nie gehört, nicht ein einziges Mal. Es ist mir vollkommen unbekannt, dass Begabte überhaupt an die Existenz der Beschenkten glauben. Bisher haben es selbst die Wächter für alte Legenden gehalten.«

»Aber klar doch«, sagte Finn und seine Stimme triefte nur so vor Sarkasmus. Jenkins schien zu merken, dass er unser Vertrauen verloren hatte, denn auf sein Gesicht legte sich ein betrübter Ausdruck.

»Ich wünschte, ich könnte ungeschehen machen, was euch widerfahren ist, doch es ist mir nicht möglich. Verzeiht mir. Hätte ich gewusst, welche Gefahr euch hier erwarten würde, hätte ich euch niemals allein losziehen lassen, geschweige denn nach Flagstaff gebracht.«

Ich verschränkte die Arme vor der Brust. »Und das sollen wir dir glauben?«

»Ich versuche selbst noch herauszufinden, wie es möglich sein kann. Meine Vermutung ist, dass ich nichts davon mitbekommen habe, weil ich ein Mensch bin. Die Wächter haben es noch nie gutgeheißen, dass ich dermaßen in ihre Welt involviert bin. Es ist erst hundert Jahre her, dass ich herausfand, dass auch sie mit den Plejaden kommunizieren können.«

Ich funkelte ihn an. »Und das hättest du nicht eher erwähnen können?«

»Olivia, ich sagte euch bereits, dass es weit mehr zu wissen gibt als das, was ich euch bisher erzählt habe. Bedenke, wie überwältigend die Fülle an Informationen gewesen ist. Ich habe versprochen, euch zu lehren. Nur weil ich etwas noch nicht erwähnt habe, bedeutet das nicht, dass ich euch Informationen vorenthalten habe.«

»Na schön«, sagte Finn. »Dann sollten wir mit dem Unterricht fortfahren, was?«

Jenkins nickte. Wie meistens war seine Miene nicht lesbar und es machte mich wahnsinnig. Ich wollte ihn einschätzen können und es war einfach nicht möglich!

»Seht euch das Training der Begabten an. Seht, auf welche Art und Weise sich die Kräfte der Mächtigen äußern können.«

Ich hasste es, wie er Finn und mir den Wind aus den Segeln nahm. Ich wollte kein Wort von dem glauben, was Jenkins uns sagte. Denn ich wusste nicht mehr, was ich glauben sollte. Der Zufall des Angriffes auf uns war zu groß gewesen, um ein solcher zu sein.

Jenkins führte irgendetwas im Schilde. Das versicherte mir mein Bauchgefühl. Zudem richtete sich sein Blick nun aufmerksam auf das Feuerfeld der Regulus-Begabten. So, als wäre das Gespräch damit beendet. Als wäre alldem nichts mehr hinzuzufügen.

»Jenkins«, sagte Finn leise. »Wir müssen hier weg. So schnell wie möglich.«

Ich warf Finn einen erschrockenen Blick zu. Verflucht noch mal! Wieso hatte er das gesagt? Nun wusste Jenkins, dass wir gehen wollten, und hatte vermutlich nun einen besonders scharfen Blick auf uns!

Mit gerunzelter Stirn sah Jenkins erst Finn und dann mich an. »Ich befürchte, dass das nicht möglich ist.«

Ich hielt die Luft an. *Ha. Hab ich es doch gewusst.*

»Und wieso nicht?«, stieß ich hervor.

»Weil wir uns keiner direkten Anweisung eines Wächters widersetzen dürfen. Das würde kein gutes Ende nehmen. Yuth hat uns den Schutz dieser Einheit zugesichert und wir wären Narren und würden Misstrauen schaffen, wenn wir dieses Angebot nicht annehmen würden.«

Zu spät, dachte ich. *Wir sind jetzt schon Narren.*

»Ist dir eigentlich klar, in welcher Gefahr wir schweben?«, flüsterte ich und blickte mich verstohlen auf dem Dach um. Doch keiner der Begabten war in Hörweite. Die Regulus-Begabten waren noch immer auf ihren rauschenden, feurigen Kampf fokussiert, von Sua war keine Spur zu sehen und Ozlo stand inmitten des knöcheltiefen Pools. Er bewegte sich nicht, schien sich jedoch zu konzentrieren.

»Ich fürchte, fürs Erste bleibt uns nichts anderes übrig, als bei diesen Begabten auszuharren, Olivia. Bis dahin müssen wir uns unauffällig verhalten. Wir schaffen das schon. Sie werden keinen Verdacht schöpfen, dafür lege ich meine Hand ins Feuer.«

Ich konnte nicht anders: Ich lachte auf. Normalerweise war ich nicht so gehässig. Normalerweise kam es aber auch nicht vor, dass ich fast getötet wurde und anschließend im Nest meiner zukünftigen Mörder feststeckte.

Hinter uns öffnete sich erneut die Tür zum Dach und Sua erschien. Sie balancierte ein Tablett voller Flaschen in den Händen und schob sich durch den Türspalt, ehe die Tür von selbst wieder zufiel. »Habt ihr Durst? Ich habe etwas zu trinken besorgt.«

Ich zwang mich, meine Wut und den Groll herunterzuschlucken, um mir nichts anmerken zu lassen, und lächelte Sua angestrengt an. »Nur, wenn das Wasser nicht genauso chemisch schmeckt wie das aus den Leitungen.«

Verblüfft blinzelte sie mich an. »Chemisch?«

»Ah«, sagte Jenkins und lächelte vorsichtig. »Sie meint das Chlor. Die meisten nehmen es kaum mehr wahr, aber wenn man es nicht gewohnt ist, kann ich mir vorstellen, dass es einem wohl ein wenig penetrant vorkommt.«

»Ist es nicht giftig?«, fragte Finn und runzelte die Stirn. »Wieso ist es überhaupt im Wasser?«

»Liegt am Grundwasser«, erklärte Sua. »Die wenigsten Orte haben ordentliche Aufbereitungsanlagen, deshalb wird in den Staaten größtenteils Chlor beigefügt.«

Ich rümpfte die Nase.

»Aber keine Sorge«, sagte Sua. »Das hier ist Quellwasser. Ganz ohne Chlor. Je reiner das Wasser, desto besser können wir dessen Energie spüren.«

Zögerlich nahm ich mir eine Flasche, genau wie Finn. Zwar wäre mir Brot, Fisch oder Eintopf lieber gewesen, aber Wasser war besser als nichts. Durstig war ich nämlich auch.

»Ihr solltet euch unserem Training anschließen«, sagte Sua, ehe sie mit den Flaschen in Richtung Feuerfeld lief. »Zeigt doch mal, was ihr schon könnt.«

»Oh ja!«, rief nun auch Ozlo vom Wasserbecken aus und strahlte uns an. »Olivia, du bist auch Antares-Begabte, richtig? Bist du Heilerin oder beherrschst du das Wasser?«

Mein Blick wanderte wieder zu den beängstigenden, gleißend hell aufleuchtenden Flammen der Regulus-Begabten. Meine Kehle wurde staubtrocken. »I-Ich ... beherrsche das Wasser. Irgendwie.«

»Großartig! Dann zieh deine Schuhe aus und komm her. Finn, leider ist momentan kein Aldebaran-Begabter hier, der dich unterrichten könnte.«

»Warte, woher weißt du, dass ich Aldebaran-Begabter bin?«, fragte Finn erschrocken.

Ozlo lächelte. »Wir haben heute Morgen alle gespürt, wie du die Erde hast beben lassen. Wenn du möchtest, kannst du versuchen, deine Kräfte auf dem Erdfeld zu benutzen. Tob dich aus, aber bitte versuch die Beben sein zu lassen. Nicht, dass noch das Gebäude einstürzt.«

»Austoben«, wiederholte Finn ungläubig.

Wir schienen Jenkins im selben Moment hilflos anzuschauen. Dass er noch immer so gelassen wirkte, weckte in mir den Drang, ihn zu schütteln.

»Eure Kräfte sind nicht ausgereift. Es sollte nichts Verdächtiges passieren können«, sagte er leise.

Ich verzog das Gesicht, dann sahen Finn und ich uns ein letztes Mal hilflos an, ehe ich mich missmutig daranmachte, meine Turnschuhe auszuziehen und meine Jeans hochzukrempeln.

Das Wasser im Becken war überraschend kalt, als ich hineinstieg, und es ließ mich erschaudern.

»Hast du das Wasser schon mal beherrscht?«, fragte Ozlo, unschuldig und neugierig.

»Gestern das erste Mal«, gab ich widerwillig zu und klemmte mir die Haare hinter die Ohren.

Seine Augenbrauen schossen hoch. »Das erste Mal? Aber woher wusstest du dann, dass du Begabte bist?«

Ich erstarrte. Augenblicklich verkrampfte sich mein Magen. »Ich meine bewusst!«, korrigierte ich mich hastig. »I-Ich habe es noch nie bewusst geschafft.«

Ozlo nickte. »Oh, das kenne ich. Wenn die Emotionen hochkochen, handelt man oft instinktiv. So wie Finn mit seinem Beben.«

»Genau!«, erwiderte ich und lächelte strahlend, auch wenn es sich überdreht anfühlte.

»Dann lass uns doch etwas Einfaches probieren«, sagte Ozlo und stellte sich im knöcheltiefen Becken ein wenig breitbeiniger hin. »Versuch dich auf das Wasser zu konzentrieren und schließ die Augen, ja?«

Ich nickte und tat wie befohlen. Wie auch er stellte ich mich breitbeiniger hin und schloss die Augen. Es sorgte jedoch nicht gerade dafür, dass ich mich entspannte.

»Okay. Versuch ruhig zu atmen. Wenn du dich daran erinnern kannst, wie du gestern die Kraft des Wassers mit deinem Geist ergriffen hast, sollte es dir heute ebenfalls gelingen.«

Entspann dich. Versuch, dich einfach zu entspannen. Niemand wird dich angreifen, niemand weiß, wer du bist. Es kann nichts passieren. Alles ist gut. Total in Ordnung.

Mit einem harten Stoß atmete ich aus und zwang mich dazu, meine Konzentration voll und ganz auf das Wasser zu fokussieren. Es dauerte einen kurzen Moment, bis ich das sanfte Vibrieren an meinem Geist spürte, doch als es schließlich so weit war, nahm ich es klar und deutlich war. Selbst Ozlo spürte ich, spürte jedes Körnchen Dreck im Becken, jede Rille und jede Fliese. Fast so, als würden meine Sinne auf der weichen, kühlen Wasseroberfläche zerfließen, auf der sich der brennende Himmel spiegelte.

Ozlo hatte recht. Es fiel mir tatsächlich wesentlich leichter als gestern, die Kraft des Wassers zu packen. Und es war erschreckend, wie natürlich es mir bereits jetzt vorkam.

»Mit jedem Tag wird es dir leichter fallen«, sagte er, fast schon so, als hätte er meine Gedanken gelesen. »Ich zeige dir jetzt etwas Einfaches und du versuchst es nachzumachen, okay?«

»Was auch immer du vorhast, ich werde es vermutlich nicht hinbekommen«, sagte ich und wich intuitiv einige Schritte zurück.

»Keine Sorge, es ist wirklich nicht schwer. Greif mit deinem Geist einfach nach dem Wasser und konzentrier dich auf mich.« Er schloss die Augen und trat genau in die Mitte des Beckens. Seine Brust hob und senkte sich gleichmäßig und seine Schultern schienen sich zu entspannen. Eine ganze Weile tat er nichts anderes, als ein- und auszuatmen.

Ich wurde zunehmend nervöser, doch ich bemühte mich, meine Konzentration auf ihn und das Wasser zu richten. Als Ozlo die Augen wieder öffnete, lag eine bemerkenswerte Ruhe in ihnen. Er war vollkommen entspannt.

Zunächst bewegte er seine Arme vor und zurück und zog dann mit ihnen große Kreise über seinem Kopf. Er schwang seine Arme und Hände im Takt einer lautlosen Musik. Es sah majestätisch und hypnotisch zugleich aus.

Einen Moment lang sah ich ihm gebannt zu, bis mir wieder einfiel, dass ich mich auf etwas ganz anderes konzentrieren sollte. Hastig schloss ich die Augen und richtete meine Aufmerksamkeit auf ihn und seine Energie. Es war fast, als könnte ich fühlen, wie er es tat, genauso wie meine Augen die Bewegungen erfasst hatten, tat mein Geist nun das Gleiche.

Er hatte die Kraft des Wassers ergriffen. Und mit den kreisenden Bewegungen schien es, als würde er es zu sich rufen, es bitten, seinem Wunsch zu folgen.

Es war verblüffend und zugleich erfüllte mich Vertrautheit. Ich musste an den Ruf des Ozeans denken, als wir Jènnyes Zone verlassen hatten. Er hatte sich ganz ähnlich angefühlt, auch wenn es hier natürlich vollkommen anders war. Doch das, was Ozlo dort tat, erfüllte mich mit einer Art von Selbstverständlichkeit, so als hätte es schon immer in mir geschlummert.

Ein Lächeln breitete sich auf meinen Lippen aus. Mit meinem Geist verfolgte ich gespannt, wie er das Wasser immer näher und näher zu sich rief. Mit jeder rhythmischen Drehung, mit der Ozlo die Kraft des Wassers beugte, schien es, als würde immer mehr von meinem Geist erwachen. *Ja. Ja, natürlich. Natürlich dreht er die Kraft des Wassers um sich, um es zu sich zu ziehen! Wie soll es auch anders sein?*

Mein Lächeln wurde breiter, aufgeregter und ich öffnete die Augen, ohne meine Konzentration zu verlieren. Gleichzeitig spürte ich, wie mich das Wasser an den Beinen kitzelte. Es drehte im Becken Kreise, bewegte sich von allen Seiten auf Ozlo zu. Das Wasser wurde schneller und reichte ihm bereits bis zu den Knien. Mich kitzelte es nur noch an den Fußsohlen, wo es in den Fugen der Fliesen strömte, ehe mich schließlich kein einziger Tropfen mehr berührte. Je schneller es wurde, desto mehr begann es zu rauschen. Und das Gefühl versetzte mich in Euphorie. Ich lachte auf.

Ozlo stimmte mit ein. Seine Bewegungen wurden von Mal zu Mal schneller und das Wasser wurde innerhalb weniger Sekunden zu einem wilden Strudel. Es verschluckte ihn, bis auch die letzte weiße Haarsträhne in der funkelnden, beeindruckenden Säule verschwunden war.

Staunend starrte ich Ozlo an und wie er schwerelos zu schweben schien. Es war eins der beeindruckendsten Dinge, die ich je gesehen hatte.

Nach und nach gab das Wasser Ozlo schließlich wieder frei, bis es auch mir wieder zu den Knöcheln reichte. Es preschte nicht an die Ränder des Beckens zurück, sondern floss genauso langsam, wie es vor wenigen Momenten von dort verschwunden war.

Ich konnte nicht anders und klatschte in die Hände. »Wow! Ich meine, das war absolut ... du ... das war der totale Wahnsinn!«

Ozlo grinste breit und fuhr sich durch die Haare. Überrascht stellte ich fest, dass sie nicht vollkommen trocken waren. Auch seine Kleidung war feucht, es schien ihm aber nichts auszumachen.

»Du bist dran«, sagte er keuchend und stellte sich zu mir an den Rand des Beckens. »Ich hoffe, du konntest mir folgen.«

Hastig nickte ich und nahm den Platz in der Mitte des Beckens ein. Doch als ich meinen Blick über das große Dach schweifen ließ, begegnete ich geradewegs Jamies Blick.

Mein Herz machte einen Satz. Er stand auf dem Feuerfeld. Noch immer leckten rote Flamen an seinen Händen und für den Bruchteil eines Augenblickes rührte er sich nicht und tat nichts anderes, als mich anzusehen. Mich zu beobachten.

Mein Lächeln verblasste. Es war, als würden sich seine Flammen genau vor mir befinden, denn mit einem Mal wurde mir ziemlich warm.

Hastig sah ich woanders hin und schüttelte mich, um wieder einen klaren Gedanken zu fassen. So heiß mir für einen kurzen Augenblick auch geworden war, fühlte es sich im nächsten Moment doch an wie eine Ladung eiskaltes Wasser, das mir über den Kopf geschüttet worden war.

Sosehr ich auch Ozlos Übung ausprobieren wollte, wir durften keine Aufmerksamkeit auf uns ziehen. Ich hatte bereits unbeschadet auf die Sterne geschworen, und das zwei Mal hintereinander. Wir konnten nicht riskieren, gleich noch einen Anlass zu liefern, der Misstrauen weckte.

Deshalb horchte ich in mich hinein, als ich schließlich die Augen schloss. Es brauchte nicht viel, bis ich das Wasser greifen konnte. Und ich war überrascht, wie *gut* es nun klappte. Deshalb ging ich so vorsichtig wie möglich vor. Ich wusste, ich könnte das Wasser genauso bewegen, wie Oz es getan hatte. Es würde einfach so funktionieren, nicht nur, weil ich Antares' Beschenkte war, sondern auch, weil ich bereits Sternenstaub eines Mächtigen berührt hatte. Doch ich tat es nicht. Stattdessen probierte ich etwas anderes. Mit meinem Geist packte ich die vibrierende Kraft des Wassers und versuchte dabei, eine angestrengte Miene zu machen.

»Du musst deine Arme bewegen«, wies mich Ozlo an.

»Okay«, sagte ich und atmete tief durch. Vielleicht war es mein Glück, dass Ozlo das Becken verlassen hatte. Denn es war gut möglich, dass er sonst gespürt hätte, wie ich die Kraft des Wassers fast gänzlich losließ, bis ich kaum mehr etwas vom sanften, kühlen Vibrieren bei mir behielt.

Doch es war die richtige Entscheidung. Um jeden Preis musste ich unser Geheimnis wahren.

Ich hob die Arme über den Kopf und drehte sie vorsichtig im Kreis. Zaghaft.

»Größere Kreise«, forderte Ozlo mich auf. »Und denk daran, die Kraft des Wassers auf deine Hände zu konzentrieren.«

Ich nickte und machte größere Bewegungen, griff gerade genug Wasser, um leichte Unruhen in die Wasseroberfläche zu bekommen.

»Super!«, hörte ich nun Suas Stimme, auch wenn ich mir nicht sicher war, ob sie tatsächlich meinte, was sie sagte. Immerhin bewegte ich kaum etwas.

»Das machst du ganz toll, Olivia.«

Ich versuchte, noch ein wenig konzentrierter, noch ein wenig angespannter zu wirken, so als würde mich das alles hier große Anstrengung kosten. Und ich betete zu den Sternen, dass die Begabten es mir abkauften.

Nach nur wenigen Minuten stieß ich hart den Atem aus, ließ meine Arme fallen und öffnete die Augen.

»Ich kann das nicht. Tut mir leid.«

Ozlo lächelte mitfühlend. »Das ist in Ordnung. Solche Dinge brauchen Zeit und Training. Aber du hast das Wasser bewegt und das ist ein ziemlicher Erfolg, finde ich.«

Ich erwiderte das Lächeln und kam aus dem Becken. »Wie lange hast du gebraucht, bis du es geschafft hast?«

Er überlegte einen Moment, während ich wieder in meine Schuhe schlüpfte, dann zuckte er mit den Schultern. »Ein paar Wochen. Besonders schnell bin ich auch nicht. Es gibt viel schnellere Begabte als mich. Dafür liegt meine Stärke in der Beständigkeit. Ich hätte die Wassersäule eine Ewigkeit halten können, wenn ich lange genug die Luft anhalten könnte.«

Noch bevor ich es verhindern konnte, entschlüpften mir die Worte. »Dann kannst du also nicht ewig die Luft anhalten.«

Er runzelte die Stirn. »Nein, wie kommst du denn darauf? Wer kann das schon?«

Finn, der in Hörweite stand, weitete kaum merklich die Augen.

Ein aufgekratztes Lachen entfuhr mir und ich strich mir die Haare hinter die Ohren. »Ich habe Geschichten über Meerjungfrauen gelesen, deshalb ...«

Sua und Ozlo lachten und ich stimmte mit ein, während sich meine Schultern wieder entspannten. *Glück gehabt.*

»Schön wär's«, sagte Sua. »Ich wäre die Erste, die eine Stadt unter Wasser gründen würde. Das wäre unglaublich cool.«

»Ich hab es immer gesagt«, sagte Ozlo und seufzte schwer. »Atlantis ist real und wurde früher mal von Antares-Begabten bewohnt. Ich weiß es einfach!«

Sua verdrehte die Augen und öffnete erneut die Tür zur Treppe nach unten. »Ignorier Oz einfach. Er ist ein Träumer. Manchmal hängt er mit dem Kopf in den Wolken.«

»Hey!«, sagte Ozlo empört, doch ich sah, wie er dabei schmunzelte.

Finn trat zu uns und rieb sich nicht vorhandenen Schweiß von der Stirn. »Keine Chance. Ich habe keine Ahnung, wie ich auch nur einen einzigen Stein zum Wackeln bringen soll.«

»Mach dir nichts draus«, sagte Sua, die mit dem leeren Tablett an der offenen Tür stehen geblieben war. »Die Anfänge sind besonders schwer. Und ich habe schon von vielen Aldebaran-Begabten gehört, dass es nicht einfach ist, die Erde die ersten Male zu greifen. Ihre Energie soll viel rauer und gewichtiger sein. Aber ich bin mir sicher, dass du es eines Tages hinbekommen wirst.«

Finn lächelte verkniffen und strich sich die blonden Haare aus der Stirn. »Danke. Ich weiß den Aufmunterungsversuch zu schätzen.«

Sua fuhr heftig zusammen und ließ das Tablett fallen. Scheppernd landete es auf dem Boden, was folglich auch Finn und mich zusammenzucken ließ. Ozlo riss erschrocken die Augen auf.

»Was ist?«, fragte ich alarmiert.

Jenkins machte ein komisches Geräusch. »Bei den Sternen. Olivia, Finnley, ihr solltet euch niemals bei anderen Begabten bedanken. Hätte ich früher gewusst, dass wir sofort welchen begegnen, hätte ich euch gewarnt, doch –«

»Finn!«, unterbrach Sua Jenkins mit schriller Stimme und hob hastig das Tablett vom Boden auf. »Hiermit befreie ich dich von deiner Gefälligkeit.«

»Bei allen Himmeln«, stieß Ozlo hervor. »Wieso tust du so was?«

»Was genau?«, fragten Finn und ich im Chor, der mindestens so verwirrt und erschrocken klang, wie ich mich fühlte.

»Du hast dich bedankt«, sagte Jenkins.

Ich stöhnte auf und unterdrückte den Impuls, frustriert aufzustampfen. »Ja und? Was ist daran so schlimm?«

Sua lachte nervös auf und sah Jenkins mit aufgerissenen Augen an. »Mr. Jenkins, wenn Sie so bewandert sind, wie Sie behaupten, hätte die Lehre über Dankbarkeit das Erste sein sollen, was Sie diesen Begabten hätten beibringen müssen.«

»Wir waren noch nicht so weit«, sagte Jenkins. »Wären wir euch nicht begegnet, hätte ich ihnen all das heute erzählt. Der Unterricht hat noch nicht richtig begonnen.«

»Begabte bedanken sich nicht beieinander«, erklärte Ozlo hastig. »Unsere Kräfte stammen von Sternen und es liegt nicht in der Natur der Sterne, sich zu bedanken. Immerhin haben die Sterne den Menschen nicht freiwillig Kräfte vermacht. Gefälligkeiten und Schuldbegleichung zeichnen also den Ursprung unserer Geschichte. Wenn man den Legenden glaubt, wie die Hydrus auf Jènnyes Insel verbannt wurden, vier Krieger sich opferten und –«

»Oz«, fiel Sua ihm ins Wort. »Du holst schon wieder viel zu weit aus.« Sie sah Finn und mich eindringlich an, vom entspannten Lächeln war nichts mehr übrig. »Dadurch, dass wir Kräfte der Sterne in uns tragen, dulden es die Sterne nicht, dass Begabte sich dazu herablassen, sich bei anderen zu bedanken. Es verletzt den Stolz der Sterne, besonders weil wir ihre Kräfte in uns tragen. Deshalb greift ihre Macht ein, wann immer wir es tun. Wenn sich ein Begabter bei einem anderen Begabten bedankt, bindet es ihn an einen machtvollen Schwur, der nicht so einfach gebrochen werden kann, außer das Gegenüber befreit denjenigen aus der Gefälligkeit, so wie ich es eben bei dir getan habe, Finn. Bedankt man sich, erlaubt die Macht der Sterne dem Gegenüber, verlangen zu können, was auch immer derjenige will. Ich hätte meine Gefälligkeit bei dir einlösen können, indem ich von dir verlangt hätte, dass du für einen Monat die Luft anhältst. Die Sterne würde mit ihrer Magie dafür sorgen, dass du diesen Schwur einhältst, ob aus eigener Kraft oder aus ihrer. Letztendlich würdest du ersticken, weil du um jeden Preis dieser Gefälligkeit nachkommst. Würde ich von dir verlangen, dass du nie wieder ein Wort sprichst, würdest du bis zu deinem Tod nie wieder ein Wort sprechen. Eine Gefälligkeit kann man selbst nicht lösen, man kann nur von dem befreit werden, bei dem man sich bedankt hat. Deshalb darf man sich nie, niemals bei einem anderen Begabten bedanken!«

Mit schreckgeweiteten Augen sah ich Sua an. »Bitte sag mir, dass das ein schlechter Scherz ist.«

Finn lachte ungläubig. »Es gibt also Schwüre auf Sterne, die einen töten können, und magische Gefälligkeiten, denen man nicht entkommen kann, sobald man sich bedankt? Gibt es noch irgendetwas, das wir bedenken müssen, bevor uns vielleicht noch das Hirn explodiert?«

Zum ersten Mal wirkte Jenkins Lächeln zerknirscht. »Nein, Finnley. Gefälligkeiten und Schwüre sind die einzigen mächtigen Kräfte, auf die man in unserer Ebene zurückgreifen kann. Verzeiht mir. Ich hatte nicht damit gerechnet, dass wir so schnell anderen Begabten begegnen, sonst hätte ich euch sofort über Gefälligkeiten aufgeklärt. Glücklicherweise konnten wir es gleich hier und jetzt aufklären. Vielleicht sollten wir gleich morgen früh mit unserem Unterricht beginnen, was meint ihr?«

Ich blinzelte. Plötzlich erfüllte mich ein ungutes Gefühl. Mein Hirn arbeitete ratternd und ächzend.

Und dann schlich sich eine Erinnerung in meinen Kopf und ich erstarrte zu Eis.

Letzte Nacht. Die Bar. Jamie. Schreckgeweitete Augen.

Und ich ...

Ich hatte mich nicht ein Mal bei ihm bedankt.

Ich hatte mich zwei Mal bei ihm bedankt.

»Nein«, flüsterte ich und fuhr mir langsam durch die Haare. »Nein, nein, nein, nein.«

»Was ist?«, fragte Finn alarmiert.

Mir wurde heiß und kalt und mein Herz schlug plötzlich so laut und schnell, dass es in meinen Ohren zu rauschen begann.

Bevor ich meine Beine daran hindern konnte, liefen sie los. Immer schneller. Mit energischen Schritten hastete ich auf das Feuerfeld zu.

Als Jamie sah, dass ich auf ihn zukam, gab er den anderen Regulus-Begabten ein Handzeichen und kam mir entgegen.

Nein, nein, nein! Die Worte liefen wie in Endlosschleife durch meinen Kopf.

Mit flachem Atem blieb ich vor ihm stehen. »Ich habe mich bei dir bedankt«, stieß ich hervor. Verflucht, meine Stimme zitterte.

Er betrachtete mich und rieb sich mit dem Handrücken über die Stirn. »Ich weiß«, erwiderte er. »Gleich zwei Mal.«

Heiße Panik breitete sich in mir aus. »Befrei mich sofort von den Gefälligkeiten!«

Er runzelte die Stirn und ich sah nicht nur seine goldenen Augen aufleuchten, sondern auch wie sich einer seiner Mundwinkel hob. Er ... lächelte.

»Ich denke nicht dran.«

Entsetzt schnappte ich nach Luft. Was fiel ihm ein, einfach zu lächeln!? Dieser verdammte Mistkerl! »Was? Aber wieso? D-Du bist Hüter!«

»Ganz richtig erkannt«, sagte er und trat noch einen Schritt auf mich zu. Das Lächeln verschwand wieder. »Aber meine Hüterfähigkeiten erlauben es mir, Gefahr zu spüren, und ihr drei strahlt jede Menge davon aus. Deshalb wäre ich ein Dummkopf, wenn ich gleich auf zwei Gefälligkeiten verzichten würde.«

»Aber wir haben Chloe nicht getötet!«, fauchte ich und ballte vor Wut die Hände zu Fäusten. Nun zitterte nicht nur meine Stimme, sondern gleich mein ganzer Körper.

Gregor Fire und auch Finn und die anderen waren näher gekommen, offenbar zogen wir sämtliche Aufmerksamkeit auf uns.

Jamies Lippen wurden zu einer strengen, dünnen Linie. »Das ändert nichts daran, dass ich euch nicht einen Millimeter über den Weg traue.«

»Du ... du ...« Meine Stimme versagte und voller Scham musste ich feststellen, wie meine Augen zu brennen begannen.

Ich drehte mich um und stürmte davon. Ich rannte auch an Finn, Jenkins und den Zwillingen vorbei und die Betontreppe herunter, bis ich regelrecht in die Trainingshalle stürzte. Ein wütendes Schluchzen entfuhr mir und ich raufte mir die Haare.

Dieser verfluchte Hüter. Dieser widerliche, aufgeblasene Mistkerl! Wir würden hier keine Sekunde bleiben. Ob mit oder ohne Jenkins. Finn und ich würden so schnell wie möglich von hier abhauen. Denn meine letzte Hoffnung bestand darin, dass dieser grausame Regulus-Begabte die beiden Gefälligkeiten nicht einlösen konnte, wenn ich über alle Berge war. Zumindest hoffte ich es. Ich betete darum. Und für diese Hilflosigkeit und dieses brennende Gefühl, ihm ausgeliefert zu sein, hasste ich Jamie noch so viel mehr.

Wie hatte ich mir nur wünschen können, Hawaiki zu verlassen? Ich war das alles hier bereits jetzt schon so satt. Für mich würde unsere Insel niemals *Jènnye* heißen. Sie war Hawaiki und das würde sie immer bleiben. Ich hätte einfach zu Hause bleiben sollen. Ich hätte mich dem Zorn der Ältesten und des Chiefs stellen sollen, als ich noch die Chance gehabt hatte. Das hatten wir nun davon, *koupu* gebrochen zu haben, indem wir den heiligen Wald betreten hatten.

Finn und ich waren verflucht.

28. Kapitel

Trotz unseres Vorhabens, das Loft der Begabten so schnell wie möglich wieder zu verlassen, waren Finn und ich auch am nächsten Tag noch dort. Genauso wie am Tag darauf. Abzuhauen und eine Flucht vorzubereiten war schwieriger als gedacht, vor allem wenn man rund um die Uhr unter Beobachtung stand. Wenn es nicht die Begabten waren, war es Jenkins, der in unserer Nähe war. Wie versprochen startete er gleich am nächsten Morgen seinen Unterricht, während die Begabten auf dem Dach und in der Trainingshalle trainierten. Zu Beginn wiederholte Jenkins bloß alles, was wir bereits wussten, damit wir es verinnerlichen konnten. Die Entstehungsgeschichte der Insel, der Helle Krieg, der Fall der Hydrus und die Unterschiede zwischen Begabten und den vier Beschenkten der Mächtigen. Ich versuchte, mir diesmal Notizen zu machen und mir die Namen der Mächtigen einzuprägen. Antares, Regulus, Aldebaran, Pollux und Jènnye. *Wasser, Feuer, Erde, Luft und der mächtigste Stern des Nachthimmels.* Die Kräfte der Mächtigen konnten sich bei Begabten auf zwei Arten äußern: entweder in Form der physischen Beherrschung des Elements oder durch eine andere Fähigkeit. Bei Antares waren es Heilkräfte, wie bei Sua. Regulus-Begabte konnten neben dem Feuer eine Art Druckwelle erschaffen. Das war auch diese unsichtbare Kraft gewesen, die Finn und mich in der Gasse zurückgeschleudert hatte. Aldebaran verlieh seinen Begabten große physische Kraft und Pollux-Begabte konnten fliegen. *Fliegen!* Vermutlich würde ich es erst glauben, wenn ich es sah. Jedoch konnten Begabte nur eine Fähigkeit ihres Mächtigen in sich tragen. Ausschließlich uns Beschenkten war es vergönnt, die Kräfte ihres Mächtigen in allen Facetten nutzen zu können. Deshalb mussten wir vor den Begabten umso vorsichtiger sein. Sollte ich das Wasser aus Versehen aufleuchten lassen oder sollte Finn große physische Kraft zum Vorschein bringen, wären wir aufgeflogen. Deshalb beschlossen wir auch, unsere Kräfte vorerst überhaupt nicht mehr zu nutzen.

Auch am folgenden Tag waren wir noch im Loft. Die meiste Zeit waren die Begabten mit sich selbst und ihrem Training beschäftigt. Und Jamie behielt uns im Auge. Genau wie er angekündigt hatte. Auch wenn ich das Gefühl hatte, dass selbst er mit jedem Tag ein wenig entspannter wurde, was uns anging. Das beruhte jedoch nicht auf Gegenseitigkeit. Ich hasste ihn dafür, dass er mich nicht aus den Gefälligkeiten befreite. Selbst Sua und Ozlo hießen es nicht gut. Ich gab mir große Mühe auszublenden, weshalb die Begabten tagtäglich so viel lernten und trainierten, doch der wahre Grund holte mich immer wieder ein und wollte mich dazu bringen, das Weite zu suchen. Ich war es nicht gewohnt, solche Angst zu empfinden, und es gefiel mir überhaupt nicht, ich konnte jedoch nichts dagegen tun.

Ein kleiner Trost war das Essen. Als wäre es ein Friedensangebot gewesen, hatte Jenkins Finn und mir Unmengen verschiedener Äpfel besorgt. Man konnte hier sogar den Saft von Äpfeln kaufen, und das literweise! Vermutlich aß ich zu viele von ihnen, aber das war mir egal.

Wir nahmen unsere Mahlzeiten auf unserem Zimmer ein und wurden dort oder auf dem Gelände des Lofts von Jenkins unterrichtet, ganz wie er versprochen hatte.

Auch an diesem frühen Morgen unseres vierten Tages waren wir draußen, um von Jenkins unterrichtet zu werden.

Ich stieß ein gefrustetes Seufzen aus und schlang die Arme um mich. Die Luft war kalt und das Morgengrauen war in ein zartes Violett getränkt. Vor den braun-gelben Hügeln und den knorrigen Tannen hatte es etwas Idyllisches. Besonders mit dem Nebel in der Ferne und der schmalen, leuchtenden Mondsichel am Himmel.

»Wann brechen wir endlich auf, Jenkins?«, fragte ich und ließ meine Hand über die raue Rinde einer Tanne wandern.

»Bald«, versprach er. »Sobald wir wieder etwas von den Wächtern hören. Jamie hat mir berichtet, dass die Sondereinheit aus Phoenix einer heißen Spur auf den Fersen ist. Sie versuchen wirklich alles, was in ihrer Macht steht.«

Finn schnaubte leise und vergrub die Hände in den Taschen seines Pullovers. »Wir haben nur ein verdammtes Jahr Zeit, bis die Hydrus freikommen. Willst du wirklich über einen Monat hier verschwenden?«

Eine Weile schwieg Jenkins. Er sah nachdenklich aus, wie er so zwischen Finn und mir spazierte. Auch er hatte sich an dem kühlen Morgen etwas Warmes übergezogen. Es war ein grüner Mantel, der ein wenig abgenutzt, aber dennoch kostbar aussah. Die Kälte hatte seine Narbe gerötet und seine gewellten, noch feuchten braunen Haare trug er offen. »Ich habe lange darüber nachgedacht. Solange ihr den Begabten eure Kräfte nicht offenbart, kann euch nichts entlarven. Ich denke aber, dass ihr euch ihrem Krafttraining anschließen solltet. Wenn wir schon hier feststecken, sollten wir das Beste daraus machen und die Zeit nutzen, um euch stärker zu machen.«

Mein Mund war bereits offen, weil ich widersprechen wollte, als ich jedoch zögerte. Das ... klang gar nicht so dämlich. Noch immer sehr riskant, aber es ergab Sinn.

»Keine so schlechte Idee«, murmelte Finn. »Und wenn sie fragen, ob wir mit ihnen unsere Kräfte trainieren? Was sagen wir dann?«

»Ihr habt keine Zeit«, erwiderte Jenkins und zuckte mit den Schultern. »Neben dem Krafttraining werden wir jede freie Minute dazu nutzen, mit dem Unterricht fortzufahren. Ich bin mir sicher, dass sie dafür Verständnis haben werden.«

»Was macht dich da so sicher?«, fragte ich argwöhnisch.

»Sie wissen, wer ich bin«, erwiderte Jenkins bloß und zuckte wieder mit den Schultern.

Ich lachte auf. »Toll. Super. Dann weiß wenigstens irgendwer, wer du bist. *Der große Lloyd Jenkins.*«

»Hey, wie wäre es, wenn wir den Unterricht ausfallen lassen und wir eine Art Kennenlernstunde machen?«, schlug Finn vor. Er warf mir einen kurzen, unauffälligen Blick zu, doch ich wusste genau, was mir mein bester Freund damit sagen wollte. Diese Kennenlernstunde sollte sich einzig und allein um Jenkins drehen, nicht um uns.

Jenkins schien überrascht. »Natürlich. Was immer ihr möchtet.«

»Gut«, erwiderte ich ein wenig zu schnell und überspielte meine Übereifrigkeit mit einem Lächeln. »Wir haben nämlich keine Ahnung, wer du eigentlich bist. Du bist einfach auf Hawaiki aufgetaucht und hast unsere Welt auf den Kopf gestellt. Wer du bist, wissen wir aber immer noch nicht.«

Er machte ein betretenes Gesicht – und irgendwie kaufte ich es ihm sogar ab. »Ich bedaure sehr, dass ich mich euch noch nicht richtig vorgestellt habe. Entschuldigt. Normalerweise bin ich nicht so zerstreut, doch seitdem die Plejaden mir verrieten, dass die Hydrus freikommen werden, stehe ich ein wenig neben mir. Was möchtet ihr wissen?«

»Alles«, erwiderte Finn sofort. »Fang ganz von vorne an.« Ich hoffte, dass Jenkins die Kälte in seinem Tonfall nicht bemerkte.

Ich war erleichtert, als er bloß nickte und die Hände in seinen Manteltaschen vergrub. »Meine Frau und ich wurden 1642 an der Küste Jènnyes angespült.«

»Wieso?«, frage ich und stieg über einen moosbewachsenen Stein. »Was ist passiert? Wie seid ihr dort gelandet und von wo seid ihr gekommen?«

Auch das ließ ihn lächelnd nicken, als hätte er vollstes Verständnis für meine Reaktion. »Dann ganz von vorne. Es ist eine lange Geschichte. Ich war achtundzwanzig Jahre alt und Handelsmann. Ich stamme aus einem kleinen Dorf in England, das es heute nicht mehr gibt, in der Nähe von Harwich. Meine Frau Josephina und ich sind gleich nach unserer Hochzeit von England in die Niederlande zu ihrer Familie emigriert. Erst kurz zuvor hatten wir einen Vertrag unterschrieben, um uns Josephinas Schwester und ihrem Mann Abel Tasman bei einer Expedition der niederländischen Ostindien-Kompagnie anzuschließen. Zwei Wochen bevor wir nach Terra Australis aufgebrochen wären, ereilte uns die Nachricht, dass meine Mutter zu Hause in England wegen Hexerei zum Scheiterhaufen verurteilt worden war. Ihr müsst wissen, meine Mutter war immer eine außergewöhnliche Frau gewesen. Sie war im Dorf bekannt gewesen wie ein bunter Hund und war stets von Geheimnissen umgeben. Der Scheiterhaufen brach mir das Herz, doch es war keine Überraschung für uns gewesen, auch für meine Mutter nicht. Josephina und ich reisten nach England, um sie ein letztes Mal zu sehen und ihre letzten Wünsche entgegenzunehmen. Deshalb trugen wir auch ihre Asche an Bord, als wir uns anschließend auf den Weg zurück in die Niederlande machten, von wo aus wir zur Expedition aufbrechen wollten. Als ich jedoch Mutters Asche ihrem Wunsch entsprechend in die Wellen streute, umgab uns plötzlich dichter Nebel und die See wurde stürmisch. Ich weiß nicht, wie und weshalb, aber ich bin der festen Überzeugung, dass meine Mutter eine Begabte gewesen ist. Anders kann ich mir nicht erklären, was danach passierte. Unser Boot geriet in einen Sturm und Josephina und ich strandeten schließlich an einer Küste. Erst nahmen wir an, uns in den Niederlanden zu befinden, doch der Strand war schwarz.«

Jenkins' Blick wirkte traurig und leer.

Verstohlen sah ich zu Finn, dann wieder zu Jenkins. Diese Geschichte war überhaupt nicht das, was ich erwartet hatte. Er klang ruhig und sachlich, jedoch schwang auch etwas Wehmütiges in seiner Stimme mit. Ob er sich bei diesem Schiffsunglück seine Narbe zugezogen hatte?

Er fuhr fort: »Wir erkundeten den fremden Ort. Das Boot war so schwer beschädigt, dass wir nicht mehr ablegen konnten. Ich hatte geglaubt, dass es irgendwo eine Siedlung geben müsste, Josephina und ich waren schließlich nicht lange auf See gewesen. Doch wir fanden nichts als diesen tropischen Wald und weite Felder vor. Irgendwann beschlossen wir, in der Höhle zu übernachten, die wir während des Auskundschaftens entdeckt hatten. Doch als wir begannen, darin unser Lager für die Nacht herzurichten, wurden wir angegriffen. Wir wussten nicht, wer oder was es war, wir sahen nur Lichtblitze und Chaos, also flüchteten wir blindlings aus der Höhle, höher die Berge hinauf. Wir konnten nichts sehen, aber wir wussten, dass wir verfolgt wurden. Dann endlich waren wir im Freien. Josephina und ich fanden uns auf einer hohen Klippe wieder. Wir waren unseren unbekannten Angreifern ausgeliefert, weil es kein Entkommen gab, wir waren in einer Sackgasse.« Ein bitterer Ausdruck trat auf Jenkins' Gesicht, er wurde langsamer, ehe er stehen blieb. »Josephina hatte furchtbare Angst. Ich wollte sie beruhigen und ihr Mut zusprechen, doch da wurde sie von einem dieser Lichtblitze getroffen und stürzte die Klippen hinab.«

Ich hielt die Luft an. Wie gebannt blickte ich ihn an. Finn und ich schienen eine halbe Ewigkeit darauf zu warten, dass Jenkins weitersprach. Offenbar hatten ihn die Erinnerungen auch Jahrhunderte später noch fest im Griff.

Nach einem kurzen Augenblick hob er eine Hand und fuhr mit den Fingerspitzen über die Narbe auf seiner linken Wange. Er lächelte schwach. »Einer der Lichtblitze streifte mein Gesicht. Und als mir klar wurde, dass ich wohl oder übel ebenfalls sterben würde, sprang ich Josephina hinterher.«

Mein Herz machte einen Satz, ehe ich einen verstohlenen Blick zu Finn warf. Er war *hinterhergesprungen?*

»Auch heute noch ist es mir ein Rätsel, ob Jènnye wollte, dass ich überlebte und die Finger im Spiel hatte«, fuhr Jenkins fort und lehnte sich gegen einen Baum. »Ich landete auf einem Felsvorsprung an einem der vielen Höhleneingänge. Bei dem Aufprall brach ich mir einen Arm und beide Beine, doch ich schaffte es, mich in den Felsspalt hineinzuziehen. Die Luft dort war bitterkalt und schneidend. Das einzig Warme war der schwarze Sand, auf dem ich saß. Ich grub mich ein, um so die Nacht zu überstehen. Als ich aufwachte, waren meine Knochen verheilt, als hätte ich sie nie gebrochen, und die Wunde in meinem Gesicht war geschlossen. Ich war mir sicher, nur der Sand konnte der Grund dafür gewesen sein. Ich habe ein paar Tage in diesem Schacht ohne Wasser und Nahrung durchgehalten. Von den Angreifern gab es keine Spur und ich konnte mir nicht erklären, was geschehen war. Ich wusste nur, dass Josephina fort war. Ich hatte meine Frau verloren.

Obwohl ich nichts sah, wagte ich mich erneut in die Höhle. Der Wind leitete mich jedoch durch die Dunkelheit, wie ein drängender, energischer Wegweiser, und nach Tagen gelang mir endlich die Flucht. Ich hatte noch immer kein Wasser oder etwas zu essen und doch hielt mich die Insel bei Kräften. Dann erreichte ich endlich die Klippen auf eurer Seite des heiligen Waldes. Die Ältesten fanden mich nahe eures Dorfes, fast so, als hätten sie gewusst, dass ich kommen würde. Sie haben sich um mich gekümmert, bis ich wieder bei Kräften war, und wir begannen damit, die Insel gemeinsam zu erkunden, brachen in die Archive des Leuchtturmes ein und –«

»Ihr seid in die Archive eingebrochen?«, fragte ich erschrocken.

Erheiterung blitzte in Jenkins Augen auf und einer seiner Mundwinkel zuckte nach oben. »Ist es das, was dich von all den Dingen am meisten schockiert, Olivia?«

Ich blinzelte irritiert. Hitze kroch mir in die Wangen und ich lachte auf. »Nein, ich ... das war nicht ... tut mir leid.«

Er lächelte, doch seine Narbe verzerrte dabei sein Gesicht zu einer Grimasse. »Ja, Olivia, wir haben tatsächlich die Archive im Leuchtturm gestürmt. Aber bis auf Dutzende Familiengeschichten haben wir nicht viel gefunden, außer eine Falltür. Toka, Nana, Maorok und Eda schienen darauf zu reagieren. Die Falltür führte uns in eine Grotte, eine Art Tempel, weit unter den Leuchtturm. Wir wissen nicht, seit wann es diesen Ort gibt und wer ihn erbaut hat, aber er muss sehr alt sein.«

»Warte«, sagte Finn und räusperte sich hastig. »Unter dem Leuchtturm liegt ein Tempel? Und die Ältesten wissen davon?«

Jenkins nickte. »Maorok ist nicht nur der Wärter des Leuchtturmes. Er hütet den Tempel der Plejaden und alles, was sich darin befindet.«

Ich wurde hellhörig. »Was befindet sich denn darin?«

Diesmal schien Jenkins' ganzes Gesicht aufzuleuchten. »Jede Menge Kristalle, Höhlenmalereien mit Konstellationen und Sternenbilder. Und Jènnyes Sternenstaub. Höchstwahrscheinlich hat die Grotte, in welcher der Tempel liegt, vor sehr langer Zeit einmal eine Verbindung zum Höhlensystem der Insel gehabt, davon ist allerdings nichts mehr übrig. Die Grotte öffnet sich allerdings zu den steilen Küsten am Bergland hin.

Zum damaligen Zeitpunkt war der Tempel der einzige Ort, von dem aus wir mit den Sternen in Kontakt treten konnten. Wir haben den Tempel nach den Plejaden benannt, weil sie die einzigen Sterne sind, die je geantwortet haben, und das hat sich bis heute nicht geändert, abgesehen von Jènnyes Ruf. Dass euch von allen Sternen Jènnye selbst zu ihrer Höhle gerufen hat, ist höchst außergewöhnlich. Ein Phänomen. Und ein Zeichen dafür, wie dringlich unsere Lage ist. Den Plejaden nach zu urteilen, ist es *über tausend* Jahre her, dass Jènnye oder ein anderer Mächtiger einen Ruf erhört hat.«

Ich knirschte mit den Zähnen und atmete tief durch, als mich eine Welle der Empörung durchströmte. Der Leuchtturm war unser ganzes Leben genau vor unserer Nase gewesen. Nicht nur das, Finn und ich waren schon unzählige Male darin gewesen. Es war Bitterkeit, die in mir aufstieg, wenn ich mir vorstellte, dass so viele Geheimnisse noch näher vor uns gelegen hatten, als wir geglaubt hatten. Ausgerechnet der Leuchtturm! Wenn ich nur darüber nachdachte, wie oft wir ignoriert, gepiesackt oder ausgeschlossen worden waren, nur weil wir anders gewesen waren ...

Der Frust lag mir schwer im Magen.

Jenkins sah uns mitfühlend an. Es war, als würde sein Blick ausdrücken: *Tut mir leid, wie die Dinge gekommen sind.*

Stattdessen stieß er sich vom Baum ab und lief weiter. Finn und ich trotteten ihm hinterher, während er mit seiner Erzählung fortfuhr. »Durch den Tempel und die Plejaden stießen wir zunächst auf willkürliche Informationen. Ich hatte es mir zur Aufgabe gemacht herauszufinden, was mit Josephina geschehen war, also blieb ich einige Jahre auf der Insel und lernte von den Sternen und ihrer Geschichte. Immerhin hielt mich nichts mehr in meiner Heimat. Mein Vater war früh gestorben, ebenso meine großen Brüder, als sie zum Krieg einberufen worden sind, meine Mutter war auf dem Scheiterhaufen verbrannt worden und die niederländische Ostindien-Kompagnie musste schon Wochen zuvor ohne mich nach Terra Australis aufgebrochen sein. Die Sterne gaben mir einen neuen Sinn, ein neues Ziel. Ein paar Jahre später verließ ich Jènnyes Insel, um meine Suche an anderen Orten auf der Welt fortzusetzen und um wieder zu studieren, in allen möglichen Bereichen. Alles, was mir bei meinen Forschungen zu den Sternen half. In all den Jahren kehrte ich immer wieder zurück und Jènnye ließ mich gewähren. Ich *musste* immer wieder zurückkehren und konnte nirgendwo sesshaft werden außer im Heiligen Land, fernab von den anderen Menschen, da ich aus unerfindlichen Gründen nicht mehr alterte. Deshalb baute ich über die Jahre dieses Haus und widmete mein gesamtes Leben der Forschung und der Kommunikation mit den Plejaden.«

Mit großen Augen starrte ich Jenkins an. In Finns Gesicht lag dieselbe Faszination.

Er kann es unmöglich sein. Die Stimme in meinem Kopf war laut und deutlich und ließ mich hin- und hergerissen zurück. Ich wollte mein Misstrauen nicht aufgeben. Aber Jenkins hätte doch weitaus einfachere Möglichkeiten gehabt, uns zu töten. Selbst jetzt, in diesem Moment, könnte er uns einfach umbringen und niemand würde je wissen, dass er es gewesen war. Himmel, vermutlich würde man uns nicht einmal mehr finden, an diesem Morgen waren wir ziemlich weit gelaufen. Mein Kopf und mein Herz fochten einen Kampf aus. Mein Herz schrie mir zu, dass wir Jenkins vertrauen konnten, mein Kopf jedoch ermahnte mich, kein Narr zu sein. Ausgerechnet jetzt sollte ich nicht naiv werden.

»Danke, dass du uns das alles erzählt hast, Jenkins«, murmelte Finn. Einen Moment später erstarrte er. »Warte, dürfen wir uns überhaupt bei dir bedanken?«

Jenkins lächelte. »Ich bin nur ein Mensch, Finnley. Bei mir greifen vielleicht Schwüre auf die Sterne, aber keine Gefälligkeiten. Trotz allem solltet ihr euch dringend abgewöhnen, euch zu bedanken, nicht, dass es euch vor den Begabten noch herausrutscht.«

»Dann wissen wir es ... zu schätzen?«, schlug ich vor.

Begeistert nickte Jenkins. »Sehr gut, Olivia. Das ist eine gängige Art und Weise unter Begabten, wenn sie sich dankbar erweisen wollen, ohne es auszusprechen. Was haltet ihr davon, wenn wir ins Loft zurückkehren, ein Frühstück zu uns nehmen und mit dem Training beginnen?«

Das Frühstück und jede andere Mahlzeit konnte ich, wie immer, kaum erwarten. Ein wenig Nervennahrung würde mir vor allem jetzt guttun.

»Nichts wie los«, sagte ich und gähnte in der kalten Morgenluft. Und wenn ich Glück hatte, würde es wieder Bagels geben und die braune, süße Nusscreme, die ich am liebsten inhalieren würde.

Diesmal würde ich vermutlich genau das tun.

29. Kapitel

Am Ende unserer ersten Woche im Loft hatte ich mich damit abfinden müssen, dass wir noch eine Weile hierbleiben würden. Finn und ich hatten unseren Plan abzuhauen fürs Erste auf Eis gelegt, denn Jenkins hatte recht: Hier konnten wir trainieren, und solange die Begabten nicht wussten, wer wir waren, sorgten sie für unsere Sicherheit.

Fire hielt sich von uns fern, doch sie schien sich auch für die anderen Begabten nicht zu interessieren. Sie war eine Einzelgängerin und machte mit ihrer trockenen Art ziemlich deutlich, dass sie nichts für uns übrig hatte. Jamie schien durchweg unter Strom zu stehen. Wenn er nicht gerade mit den anderen trainierte, war er unterwegs. Kehrte er zurück, sah er müde und erschöpft aus. Ich hatte keine Ahnung, was die Aufgaben eines Hüters alles umfassten, aber was es auch war, er schien sehr beschäftigt zu sein. Nicht, dass ich Mitleid mit ihm gehabt hätte. Er war mir herzlich egal, was er machte, war mir egal, und wenn er uns argwöhnisch beobachtete, war mir das auch total und absolut egal.

Während unseres Unterrichts bei Jenkins erfuhren Finn und ich mehr über Begabtenhäuser und Jägereinheiten. Begabten-Konstellationen wie hier im Loft schienen nicht ungewöhnlich zu sein. Die meisten Jägereinheiten bestanden aus Regulus-Begabten, denn ihre unsichtbaren Druckwellen und Feuer waren leichter zu erklären als fliegende Menschen, Gesteinsbrocken oder glühende, schwebende Wasserbälle. Meist besaßen die Jägereinheiten jedoch Antares-Begabte als Heiler, wie die Zwillinge. Begabten der anderen Mächtigen fanden sich meist in anderen

Diensten der Wächter wieder. Was das jedoch zu bedeuten hatte, wollte Jenkins sich für eine andere Unterrichtseinheit aufsparen. Je mehr er uns erzählte, desto komplexer, komplizierter und größer kam mir die Welt der Begabten vor.

Wir verinnerlichten und wiederholten weiterhin das, was Jenkins uns bereits erzählt hatte: die Art und Weise, wie transzendentale Ebenen funktionierten, und wer die Hydrus waren. Was das anging, ging Jenkins endlich mehr ins Detail. Er erzählte uns von ihrem Anführer Capella, seinem Hof der Auriga und welche Geschichten Jenkins über die Hydrus in Erfahrung hatte bringen können. Die Namen der Sterne waren allesamt seltsam: *Markab, Scheat, Sirius*. Die anderen konnte ich kaum mehr aussprechen. Mein Wissen wurde dafür immer beständiger: Jènnye, Antares, Regulus, Aldebaran und Pollux – das waren die Mächtigen. Es gab Begabte, Hüter, Wächter und Zonen zwischen den Ebenen, von denen niemand wusste, wo genau sie lagen. Und dann waren da noch Finn und ich. *Beschenkte*. Zumindest zwei von ihnen. In einem Jahr mussten wir also nicht nur die Zonen der Mächtigen gefunden, ihren Sternenstaub berührt und gelernt haben, mit unseren Kräften umzugehen, sondern auch noch irgendwie die übrigen zwei Beschenkten ausfindig gemacht haben. Ich hatte wirklich keine Ahnung, wie wir das anstellen sollten. Ehrlich gesagt ... ich glaubte nicht, dass wir auch nur den Hauch einer Chance besaßen.

Deshalb nutzten Finn und ich jede Nacht und jede Gelegenheit alleine, um an unseren Kräften zu arbeiten.

Auch in der zweiten Woche nach unserer Ankunft hatte sich nicht viel verändert. Chloes Mörder waren noch immer auf freiem Fuß und wir steckten noch immer bei den Begabten fest. Manchmal verließ Jenkins das Loft, ohne uns zu sagen, wohin er ging und was er trieb. Dafür tauchte am Ende der zweiten Woche der Wächter Yuth wieder auf, zusammen mit der Spezialeinheit aus Phoenix, von welcher er berichtet hatte. Darunter waren einige ernst und grimmig dreinschauende Begabte – allesamt von Regulus. Yuth hatte berichtet, dass nun auch die anderen Wächter involviert werden würden, da es keine Spur von den Mördern gab. Offenbar hatte es schon lange keinen solchen Fall mehr gegeben und es beunruhigte jedes Begabtenhaus, das Wind davon bekam. Nach Jenkins' Worten gab es mehr als Dutzende auf der ganzen Welt.

Weiterhin nahm ich meine Mahlzeiten auf dem Zimmer ein, während Finn und Jenkins sich im Laufe der zweiten Woche den Begabten angeschlossen hatten. Finn verbrachte viel Zeit mit den Zwillingen und sogar mit dem Riesen, Gregor. Durch Ozlo und Gregor konnte er sich endlich mit anderen als mit mir über Mittelerde austauschen, sogar bis tief in die Nacht hinein – obwohl diese eigentlich uns und unserem heimlichen Training gehörte. Ich war ein wenig eifersüchtig. Andererseits wusste ich, dass ich das Richtige tat. Ich wollte auf der Hut bleiben, also war ein wenig Einsamkeit und Eifersucht das kleinere Übel. Ich wusste, ich würde die Begabten zu sehr mögen, sollte ich zu viel Zeit mit ihnen verbringen, deshalb konnte ich das nicht zulassen. Früher oder später würde es mich nur noch schwächer machen. Deshalb beschloss ich, mein eigenes Ding durchzuziehen. Wenn Finn lieber gute Miene zum bösen Spiel machen wollte, war das seine Entscheidung. Nachts, wenn alle schliefen, trainierte ich meine Kräfte eben allein. Dazu schlich ich mich aufs Dach, übte die Figur, die Ozlo mir gezeigt hatte, und verbrachte die meiste Zeit damit, meinen Zugang zum Wasser zu festigen. Je öfter ich die kühle, vibrierende Kraft ergriff, desto leichter ging es mir von der Hand. Allmählich hatte ich den Dreh raus, wie ich die Energie in meinen Händen stauen und so das Wasser bewegen konnte. Meine neuen Kräfte und die neu gewonnene Kontrolle verliehen mir ein Gefühl von Sicherheit. Einen Funken Hoffnung. Die Chance, hier lebend wieder herauszukommen.

Ich wälzte mich im quietschenden Metallbett herum. Hellwach starrte ich in die Dunkelheit und versuchte vergeblich, mich endlich zu entspannen. Doch es nützte nichts. Mein Magen knurrte hörbar. *Hunger. Du hast schon wieder nicht zu Abend gegessen.* Ich war selbst daran schuld. Ich hatte mich den Mahlzeiten der Begabten nicht angeschlossen, war den Äpfeln treu geblieben und hatte mich, wann immer es ging, im Schlafzimmer verbarrikadiert, um meine Notizen zu lesen oder zu trainieren. Auch wenn es sich tagsüber darauf beschränkte, dass ich mich mit einem Wasserglas in unserem Zimmer einschloss, oder ewig lange unter der Dusche stand, um die Kraft des Wassers um mich herum zu greifen. Mein Apfelvorrat war jedoch erneut aufgebraucht und ich hatte mich noch nicht getraut, Jenkins um mehr zu bitten. Nun bereute ich, dass ich mich den anderen zum Abendessen nicht angeschlossen hatte. Nicht nur Finn, auch Sua und Ozlo hatten mich dazu eingeladen. Doch ich hatte abgelehnt. So lief es jeden Abend, besonders seitdem Finn und Jenkins ihre Mahlzeiten mit den Begabten einnahmen und nur ich mich abschottete.

Wieder drehte ich mich herum und seufzte. Es war Sonntagnacht. Das Ende unserer zweiten Woche bei den Begabten. Yuth und die Einheit aus Phoenix waren wieder aufgebrochen, um weiter nach Chloes Mördern zu suchen. Schon seit Stunden lag ich da und hörte Finns lauten, gleichmäßigen Atemzügen zu. Ich war zu aufgedreht und viel zu hungrig, um zu schlafen. Deshalb setzte ich mich auf und warf einen verstohlenen Blick auf die grün leuchtende elektronische Uhr auf dem Schreibtisch. Fast drei. *Montag.* Um diese Uhrzeit war mit Sicherheit keiner der Begabten mehr wach, schließlich begann in wenigen Stunden ihr Training.

Also tapste ich barfuß und nur in meinem knielangen Schlafshirt zu unserer Zimmertür und entriegelte sie vorsichtig. Lautlos huschte ich in die Trainingshalle, schloss die Tür hinter mir und lief mit eiligen Schritten durch die Dunkelheit auf die andere Seite der Halle. Auch diese Tür öffnete ich absolut geräuschlos. Als ich sie jedoch gerade hinter mir schloss und die kalten, nackten Betonstufen nach unten schleichen wollte ... sah ich schummriges Licht. Es kam von unten.

Jemand war noch wach.

Wie angewurzelt blieb ich stehen. Ohne einen Mucks zu machen, hielt ich den Atem an und verharrte, wo ich war. Himmel, wer war um diese Uhrzeit noch wach? Sollten nicht alle im Bett sein? *Vielleicht ist es ein heimliches nächtliches Treffen*, schoss es mir durch den Kopf.

Ein aufgeregtes Kribbeln erfüllte mich. Vielleicht gab es mir die Möglichkeit, Informationen zu erlauschen, an die ich sonst nicht kommen würde!

Doch ich vernahm keine Stimmen, nur dumpfe Geräusche. Sich öffnende und schließende Türen und ...

»Ich weiß, dass jemand auf der Treppe steht«, erklang aus dem nichts plötzlich eine Stimme.

Mein Herz machte einen Satz. Ich kannte diese Stimme. Es war Jamie. So ein Mist! Wie hatte er mich bemerkt? Ich hatte kein Geräusch verursacht, da war ich mir sicher!

»Na los«, erklang seine Stimme erneut, doch nicht scharf oder harsch. Sondern ruhig. »Komm runter.«

Kurz schloss ich die Augen und presste die Lippen zusammen, während mir ein Dutzend Szenarien durch den Kopf schossen. Ich könnte einfach wieder zurück ins Bett rennen und die Tür verschließen, er würde nie herausfinden, dass ich hier gewesen war. Oder ich könnte rauf aufs Dach.

Aber natürlich tat ich es nicht, da mein Magen plötzlich wieder so laut knurrte, dass selbst er es unmöglich hätte überhören können. Deshalb lief ich widerwillig die Treppe hinunter und schlang die Arme um mich.

Ich entdeckte Jamie in der offenen Küche.

Seine sonst so undurchschaubare Miene ließ deutlich Überraschung erkennen und ich sah, wie seine Schultern sich ein wenig senkten, fast so, als würden sie sich entspannen, sicher war ich mir jedoch nicht.

»Olivia«, sagte er überrascht. »Du bist noch wach?«

»Hmh«, brummte ich bloß und kam näher. »Ich kann nicht schlafen.«

»Geht mir genauso«, erwiderte er leise und lehnte sich mit dem

Rücken gegen die Küchentheke. Meine Augen registrierten, dass er sich einige Dinge zurechtgelegt hatte: Gemüse, eine Pfanne und eine seltsam aussehende braune Packung.

Es sah so aus, als seien seine dunklen kurzen Haare feucht. Er trug Schlafkleidung, eine dunkle rote Stoffhose und ein graues T-Shirt, das an seinen breiten Schultern und den muskulösen Oberarmen spannte. In den vergangenen zwei Wochen hatten wir kaum ein Wort miteinander gewechselt. Doch Jamie hatte uns stets im Auge behalten, fast so sehr wie ich ihn. Von all den Begabten hier war er schließlich meine größte Bedrohung. Er hatte die beiden Gefälligkeiten noch immer nicht eingelöst. *Aus Sicherheitsgründen*, wie er selbst dann noch beharrt hatte, als Sua und Ozlo ihn zur Vernunft hatten bringen wollen.

»Was machst du da?«, fragte ich vorsichtig und blieb auf der anderen Seite der Kochinsel stehen. *Aus Sicherheitsgründen*. Ha.

Er zögerte. Offenbar schien er zu überlegen, ob er es mir erzählen sollte oder nicht. »Ich musste wegen einer Besprechung mit den Wächtern das Abendessen ausfallen lassen. Und ich schlafe schlecht, wenn ich nichts im Bauch habe, deshalb wollte ich mir noch schnell ein Omelette machen.«

»Ein was?«, fragte ich und zog die Augenbrauen zusammen. »Das klingt irgendwie Französisch.«

Jamie legte den Kopf schief und schmunzelte. »Wie kann es sein, dass du feststellen kannst, dass dieses Wort französisch klingt, aber nicht weißt, was ein Omelette ist?«

»Gab es auf Hawaiki nie«, erwiderte ich bloß und zuckte mit den Schultern.

»Hawaiki«, wiederholte er leise. »Seltsam, dass ihr Jènnyes Zone so nennt.«

Ehrlich gesagt hatte ich keine Ahnung, wie viel ich Jamie anvertrauen sollte, anvertrauen *wollte*. Doch irgendwie hatte mein Mund eigene Pläne und begann von selbst zu sprechen.

»Wir wussten nicht, dass unsere Insel eine Zone ist«, gestand ich und setzte mich auf einen der Barhocker. »Wir wussten nicht einmal, dass es Begabte und Zonen und all das überhaupt gibt. Hättest du mich vor einem Monat gefragt, hätte ich dich vermutlich ausgelacht.«

Seine Augenbrauen schossen in die Höhe und er löste die angespannte Haltung seiner Arme. »Warte. Vor einem Monat?«

Ich lachte auf. »Nicht mal ganz einen Monat.«

»Ihr wisst seit nicht mal einem Monat von euren Kräften und von den Mächtigen?« Zum ersten Mal wirkte Jamie tatsächlich bestürzt.

»Hätte es die Geisterbucht nicht gegeben, hätten wir wohl nie an übernatürliche Kräfte geglaubt.«

Seine goldenen Augen leuchteten überrascht auf. »Geisterbucht.«

Ich gab mir einen Ruck und erzählte Jamie von der Insel. Von der Geisterbucht, den besatzungslosen Schiffen, von den Springern und wie unsere Leute sich versorgten. Und mit jedem Wort wirkte er faszinierter. Im Gegensatz zu unserem Gespräch im Motelzimmer musste ich nicht erst auf die Sterne schwören, damit er mir glaubte.

Jamie lachte auf und schüttelte den Kopf. »Bei den Mächtigen. Das klingt so unglaublich, dass man es sich nicht ausdenken könnte.«

»Wohl wahr«, murmelte ich. Gedankenverloren strich ich über die *Taotus* an meinem linken Unterarm und dachte an die schwarzen, rauen Strände, an Jasmine und Papa, Nana, Toka, Maorok, Eda und alle anderen, die an dem beschaulichen Küstenabschnitt lebten. Mit einem Mal bekam ich solches Heimweh, dass mein Herz schmerzte.

»Es fehlt dir, oder?«

Ich blickte auf. Jamie betrachtete mich und ich konnte nicht anders, als langsam zu nicken. »Ja«, flüsterte ich. »Sehr. Ehrlich gesagt wünsche ich mir momentan nichts mehr, als die Zeit zurückzudrehen und alles ungeschehen zu machen.« Das war das erste Mal, dass ich mir erlaubte, diese bittere Wahrheit auszusprechen, und es fühlte sich gut an.

Langsam stieß sich Jamie von der Küchentheke ab und trat zu mir an die Kochinsel.

Ich spannte mich augenblicklich an.

»Hey, ganz ruhig. Du brauchst keine Angst vor mir haben.«

Empört lachte ich auf und setzte mich aufrecht hin. »Wieso um alles in der Welt sollte ich bitte vor dir Angst haben?«

»Ich kann es spüren.«

Er ... *Was?*

»Meine Hüterfähigkeit«, erklärte er beinahe verlegen.

Meine Gesichtszüge entgleisten mir. »I-Ich dachte, die beinhaltet nur, dass du Gefahren spüren kannst«, sagte ich beunruhigt und biss mir auf die Zunge. Ich fühlte mich ertappt.

»Ich kann es nicht kontrollieren oder es abstellen. Meistens ist es bloß Gefahr, die ich spüre, aber ab und zu spüre ich mehr. Besonders deine und Finns Emotionen scheinen manchmal ziemlich durch.«

Ich räusperte mich und versuchte, trotz des Schrecks eine starre Miene aufzusetzen. »Was willst du damit sagen?«

Jamie ließ seine goldenen Augen auf eine Art und Weise über mein Gesicht wandern, dass ich mir entblößt vorkam. »Ich weiß nicht, woran es liegt, aber manchmal spüre ich euch deutlich. Das passiert zum Glück nicht oft. Meistens vernehme ich nur ein Echo. Wenn du aber sehr wütend, verängstigt oder traurig bist, erreicht mich etwas davon und in den letzten Tagen ist es immer öfter vorgekommen. Es sind keine Gedanken oder Worte, nur Gefühle.«

Röte schoss mir vor Scham in die Wangen und ich verzog das Gesicht. »Na, großartig.«

»Tut mir leid. Ich weiß, es steht mir nicht zu, dermaßen in eure Privatsphäre einzudringen und es ist auch das Letzte, was ich will, aber meine Gabe lässt sich nicht steuern. Könnte ich es abstellen, würde ich es tun.«

Ich stieß ein Schnauben aus. »Dann bin ich für dich also wie ein offenes Buch?«

Plötzlich lachte Jamie auf. Und erschreckenderweise musste ich feststellen, dass sein Lachen schön klang.

Wunderschön und gefährlich. Wie Whakahara.

Er stützte sich vor mir auf der Kücheninsel ab und lehnte sich vor. »Du glaubst nicht wirklich, dass du wie ein offenes Buch bist, oder?« Das erheiterte Lächeln wirkte auf seinem sonst so ernsten Gesicht beinahe fremd.

»Das hast du doch eben quasi gesagt, oder nicht?«, erwiderte ich und funkelte ihn an.

»Olivia Crate, du bist ein unlösbares Rätsel. Immer wenn ich glaube, dass ich schlau aus dir werde, gerate ich in die nächste Sackgasse. Und normalerweise gehört es zu meinen Stärken, Antworten zu finden.«

Ich versuchte, es mir nicht anmerken zu lassen, wie sehr mich seine Worte verblüfften, doch vermutlich konnte Jamie es durch seine Hüterfähigkeiten trotzdem spüren.

»Und zu welchem Schluss bist du gekommen?«, fragte ich herausfordernd. »Immerhin strahlen wir doch eine solche Gefahr aus, oder nicht?«

Langsam verblasste das Lächeln auf Jamies Lippen wieder. »Jetzt gerade verspüre ich keine Gefahr von dir ausgehend. Wann immer aber du, Finn und Jenkins zusammen seid, überkommt mich fast schon eine Gänsehaut, so stark kann ich das Unheil spüren. Wenn du allerdings so vor mir sitzt ... dann spüre ich nur dich.«

Ich wusste nicht, woran es lag, ob an seinen Worten oder daran, wie tief und leise seine klare Stimme wurde. Doch ich musste schlucken, als mich ein Schauer erfasste und sich die Härchen auf meinen Beinen und Armen aufstellten. Mein trügerischer Körper reagierte vollkommen unangemessen und ich unterdrückte es so energisch, wie ich nur konnte.

»Hör zu«, sagte Jamie leise. »Es war mein Ernst, als ich sagte, dass du vor mir keine Angst zu haben brauchst. Ich möchte euch beschützen und ich werde mir nie verzeihen, was mit euch passiert ist.« Ich sah, wie sich sein Kiefer anspannte und ein gequälter Ausdruck auf seine Miene trat. »Und wenn ich vorsichtig und misstrauisch bin, dann nicht, weil ich dir und den anderen beiden das Leben schwer machen möchte. Die ganze Situation momentan ist sehr angespannt, eine von meinen Begabten ist genau vor meiner Nase gestorben, ohne dass ich etwas dagegen tun konnte. Das hier ist mehr als nur irgendeine Spezialeinheit, die ich leite. Diese Leute sind meine Familie und ich habe darin versagt, sie zu beschützen. Wenn irgendetwas passiert, Dinge schiefgehen oder jemand verletzt wird, werde ich nicht nur von den Wächtern dafür verantwortlich gemacht, ich *bin* dafür verantwortlich. Also ist es meine Schuld, dass Chloe getötet wurde, es ist meine Schuld, dass euch meine Begabten angegriffen und ebenfalls fast getötet haben, und es wird meine Schuld sein, wenn Chloes Mörder nicht gefasst werden.«

Er atmete tief durch und wandte den Blick von mir ab. »Es ist nichts Persönliches, dass ich euch nicht vertraue. Es hat nichts mit Streitlust oder Provokation zu tun, wenn ich deine Gefälligkeiten nicht auflöse. Ich trage eine große Verantwortung und ich versuche alles, um dieser Rolle gerecht zu werden. Deshalb ...« Wieder stockte er und blickte suchend umher, so als könnte er die richtigen Worte aus der Luft greifen. »Deshalb bitte ich dich um Verständnis.«

Oh. Himmel. Was auch immer ich erwartet hatte, so viel Ehrlichkeit war es nicht gewesen. Ganz besonders nicht von Jamie. Es gab so viele Gründe, weshalb ich bloß Abscheu und Widerwillen verspüren sollte. Jamie hatte mir viele von diesen Gründen selbst gegeben, von der ersten Sekunde an. Doch verflixterweise gab es da eine leise Stimme in mir, die wie eine kühle Welle über meine kochenden Gefühle schwappte. Eine Stimme, die meinen Zorn schon immer einfangen konnte, wie auch als Nana und ich uns verabschiedet hatten, als wir Hawaiki verlassen hatten. Diese Stimme sorgte dafür, dass ich genau das verspürte, was ich in diesem Moment überhaupt nicht gebrauchen konnte: Verständnis. Es war, als hätte er mir einen winzigen Einblick in seinen Kopf gegeben, und dieser war voller Verantwortung, Druck und Pflichtgefühl. Gewissensbisse und Schuldgefühle und vielleicht sogar auch Versagensängste. Das hier war das erste halbwegs normale

Gespräch zwischen uns. Und zum ersten Mal hatte ich das Gefühl, dass dieser Regulus-Begabte und Hüter ein richtiger Mensch mit Gefühlen und Sorgen war, nicht nur diese stille, lauernde Gefahr, für die ich ihn hielt. Jamie hatte die Begabten hier als seine Familie bezeichnet und so, wie er von ihnen sprach, musste sie wohl eine tiefe Zusammengehörigkeit verbinden. Er klang aufrichtig und ehrlich, und obwohl mein Misstrauen allem und jedem gegenüber – Finn ausgenommen – in den letzten zwei Wochen enorm gewachsen war, sorgte meine leise, besänftigende Stimme dafür, dass ich Jamie gegenüber Verständnis empfand. Ich glaubte ihm. Ich glaubte den Worten und daran, dass sie wahr waren. Ich glaubte ihm, dass er aufrichtig war. Ich vertraute darauf. Und niemanden überraschte dies mehr als mich selbst.

»Okay«, sagte ich leise und starrte auf die Kücheninsel.

»Okay?«, fragte Jamie genauso leise.

»Du hast mein Verständnis«, sagte ich zögerlich. In der Stille der Nacht waren unsere Stimmen so deutlich und durchdringend, dass ihre behutsamen Klänge eine Gänsehaut auf mir auslösten.

Vermutlich war es mehr als töricht und unangemessen, dass mein Atem für den Bruchteil eines Augenblickes ins Stocken geriet, als Jamie schief lächelte.

Hastig blickte ich woanders hin und betrachtete wieder die Dinge, die er auf der Theke bereitgestellt hatte. *Omelette*. Allein durch den Anblick der vielen fremden Lebensmittel fühlte sich mein Magen an, als würde er jeden Moment so laut knurren, dass er das gesamte Haus wecken würde.

»Das machst du oft.«

Erschrocken sah ich Jamie wieder an. Hatte er etwa gespürt, wie ich mir gerade vorgestellt hatte, alle seine Zutaten roh zu verputzen?

Doch Jamie deutete auf meine Hand. »Du streichst oft über dein Tattoo, wenn du nachdenkst.«

Ich blinzelte perplex, ehe ich meinen Blick dem seinen folgen ließ. *Das* war ihm aufgefallen?

»Oh«, sagte ich verblüfft. Ich hatte nicht bemerkt, dass ich schon wieder an meinem Unterarm entlanggestrichen hatte. Ich hörte sofort damit auf. »Irgendwie beruhigt es mich.«

»Darf ich mal sehen?«, fragte er und streckte die Hand aus. Er berührte mich nicht, sondern wartete geduldig meine Antwort ab.

Erstaunt runzelte ich die Stirn. Ich wusste nicht, was hier eigentlich gerade geschah, doch die Neugierde in seinem Blick war unübersehbar.

»Sicher«, sagte ich schließlich.

Womit ich nicht rechnete, war, wie sanft Jamie mein Handgelenk ergriff und näher zu mir trat. Es erwischte mich sogar so kalt, dass ich hörbar nach Atem rang, und mir war mehr als deutlich bewusst, dass Jamie es registrierte. Durch dichte Wimpern sah er kurz zu mir auf, ehe er wieder meinen Unterarm betrachtete. Seine Finger berührten die leicht narbigen Erhebungen mit der dunklen Farbe.

Er zog die Augenbrauen zusammen. »Solche Tattoos von den Zeichen der Mächtigen habe ich noch nie gesehen. Sie sind kaum vergleichbar mit dem Schmuck, den die Wächter tragen.«

»*Taotus*«, korrigierte ich. »Für uns sind sie mehr als nur Körperschmuck. Es ist eine große Ehre, die Zeichen tragen zu dürfen. Sie stehen für unser Dorf, unser Volk, die Geschichte unserer Insel und …« Meine Stimme versagte, als Jamies Fingerkuppen hauchzart jedes der Zeichen entlangfuhren. Mir wurde heiß und seine Berührung schien knisternd bis in meine Knochen zu reichen. Ich sprach ein wenig lauter, um mehr Kraft in meine Stimme zu legen. »Und sie stehen für den Einklang mit der Welt um uns herum.«

»Wunderschön«, murmelte er. Ein letztes Mal ließ er seine Finger über die beiden ineinandergreifenden Farnblätter fahren, genau unter meinem Handgelenk. Als er mich losließ, zog ich meinen Arm hastig zurück. Glücklicherweise ließ mein Magen im gleichen Moment ein anklagendes Knurren vernehmen.

»Hoppla«, sagte ich und fasste mir an den Bauch.

»Gib mir zehn Minuten, dann bin ich fertig.«

»Was genau meinst du damit?«

Er trat zurück an die Küchentheke, öffnete den Kühlschrank

und holte weitere Dinge heraus. »Ich habe dir doch gesagt, dass ich noch etwas zu essen machen wollte.«

Irgendwie fühlte es sich komisch an, dass Jamie das für mich tat. Auch wenn wir jetzt dieses Gespräch geführt hatten, änderte es nichts an der Tatsache, dass Finn und ich hier nicht sicher waren. Auch änderte es nichts daran, dass er meine Gefälligkeiten nicht aufgelöst hatte – und dass er unsere Emotionen lesen konnte. Manchmal zumindest. Auch wenn die Begabten uns gegenwärtig nicht töten wollten, so mussten wir jedoch ein gefährliches Geheimnis vor ihnen hüten. Diese Art von Versteckspiel war nichts für mich. Ich mochte es überhaupt nicht, ständig auf der Hut sein zu müssen. Und es sah mir überhaupt nicht ähnlich, ständig so angespannt zu sein. Ich vermisste das Meer, ich vermisste es, frei zu sein, und vor allem vermisste ich es, ich selbst zu sein.

Aufmerksam sah ich dabei zu, wie Jamie das Essen zubereitete. Er legte das Gemüse auf ein Schneidebrett und schnitt es mit sehr geschickten, schnellen Bewegungen klein. Ich war vollkommen gebannt. Die Lebensmittel in dieser Welt waren so anders als die, die wir auf Hawaiki hatten. Ganz besonders die Obst- und Gemüsesorten. Ich musste allerdings zugeben, dass ich bisher nicht besonders viel hatte probieren können, da ich mich in unserem Zimmer verschanzt hatte, wann immer die anderen zu Abend gegessen hatten. Ich hatte mich meistens mit Brot oder Nudeln oder eben Äpfeln zufriedengegeben, um dann in Ruhe und für mich meine Kräfte trainieren zu können. Letztendlich war mir das wichtiger gewesen, als neue Gerichte auszuprobieren. Doch jetzt, wo ich hier mit Jamie in der Küche war, konnte ich meine Neugierde kaum stoppen.

Ich stand auf und stellte mich zu Jamie.

»Was ist das?«

Überrascht blickte er auf und hörte auf zu schneiden. »Das hier? Das, äh, ist eine Gurke.«

»Aha.« Ich biss mir auf die Lippe. »Darf ich ein Stück probieren?«

Erneut wirkte Jamie verblüfft, dann nickte er. »Greif zu.«

Ich nahm mir ein Stück und steckte es mir in den Mund. Langsam kaute ich und runzelte die Stirn. »Hmm«, murmelte ich. »Irgendwie schmeckt es nach nichts.« Meine Aufmerksamkeit sprang sofort weiter und ich deutete auf eine braune Verpackung. »Was ist das?«

»Da sind Eier drin.« Jamie öffnete die Packung.

Oh. Natürlich. Eier kannte ich. Nur die braune Hülle war mir fremd.

Ein Lächeln machte sich auf meinen Lippen breit. »Ich muss dir wie ein Trottel vorkommen, oder?«

Jamie erwiderte mein Lächeln schief. »Überhaupt nicht. Ehrlich gesagt ist es wirklich faszinierend zu sehen, dass du die Dinge, über die ich mir nie Gedanken gemacht habe, für so spannend hältst und so neugierig bist.«

»Dass ich neugierig bin, wurde mir schon immer gesagt«, murmelte ich schnaubend und schlang die Arme um mich. »Meistens ist es mir zum Verhängnis geworden.«

»Wieso das?«

»Na ja. Auf Hawaiki herrscht eine Art ... Zauber.« Vermutlich fiel es nicht nur mir auf, wie zögerlich meine Stimme klang.

»Wie meinst du das mit dem Zauber?«, fragte Jamie und runzelte die Stirn.

Ich versuchte, meine Worte mit Bedacht zu wählen. Ich sollte nichts Falsches sagen. »Damit die Menschen auf der Insel nicht versuchen, Jènnyes Zone zu verlassen oder das Geheimnis der Insel zu verraten, hat Jènnye den Menschen auf Hawaiki die Sehnsucht und den Wissensdurst genommen. Es ist sehr grausam, finde ich. Die Leute, die nicht begabt sind, sind deshalb nicht in der Lage, sich für die echte Welt zu interessieren. Auf den Schiffen in der Geisterbucht gibt es unzählige Bücher und niemand liest sie, weil sich niemand dafür interessieren kann. Finn und ich waren immer die Einzigen, die herausfinden wollten, was es mit der echten Welt auf sich hat. Wir waren immer Außenseiter. Alle haben uns für seltsam gehalten und niemand dachte, dass es eigentlich sie sind, die seltsam sind. Unser ganzes Leben haben wir uns nach mehr gesehnt. Das war nicht immer einfach.« Ich schloss den Mund und presste die Lippen zusammen. Jamie unterbrach das Schnippeln erneut. Er betrachtete mich einen Moment lang. »Davon habe ich noch nie gehört. Das klingt irgendwie traurig.«

Mir wurde schwer ums Herz. »Jenkins hat uns bewiesen, dass wir nicht verrückt sind, und dafür werde ich ihm auf ewig dankbar sein. Finn wurde immer als *Kaurehe*, als Monster, bezeichnet. Nicht nur wegen seiner Pigmentflecken, der blassen Haut oder der blonden Haare, sondern weil er so anders ist. Bücher waren unsere einzige Möglichkeit, die echte Welt kennenzulernen. Die meisten Leute auf Hawaiki nutzen die Bücher, um Feuer zu machen oder um aus dem Papier neue Bögen herzustellen und darauf die Geschichte unseres Volkes festzuhalten.«

Ich hob den Blick. Jamie beobachtete mich und wirkte mehr als verwundert.

Hastig machte ich eine wegwerfende Handbewegung und stellte mich aufrechter hin. »Wie auch immer. Jetzt sind wir schließlich hier und haben endlich Beweise dafür, dass es die *echte* Welt tatsächlich gibt und dass wir recht hatten. Darf ich?« Ich deutete auf die schmalen hellen Scheiben, die Jamie gewürfelt hatte. »Was ist das?«

»Käse«, erwiderte er und nickte. »Nimm. Du brauchst nicht zu fragen.«

Das ließ ich mir nicht zwei Mal sagen, griff nach dem Käse und schob ihn mir in den Mund. Der Geschmack überraschte mich ungemein. So etwas hatte ich ebenfalls noch nie geschmeckt. Es war köstlich.

Wir fuhren damit fort, dass ich Fragen stellte, immer wieder probierte und Jamie von Hawaiki erzählte. Es war, als schienen wir gleichermaßen fasziniert von dem, was der andere zu erzählen hatte. Meine Augen lagen wie gebannt und leuchtend auf den Utensilien, die Jamie nutzte. Ganz besonders dann, als er die Eier in einer Schüssel mit einem *Schneebesen* verrührte und die Zutaten hineingab. Er stellte die Pfanne auf die Herdplatte und schaltete sie an. Es irritierte mich noch immer, dass kein lautes Brummen eines Stromgenerators zu hören oder Gas zu sehen war. Die Herdplatte leuchtete einfach auf. Es war wie Magie. Ganz besonders auch, als ein sanftes Zischen erklang und kurz darauf die Luft vom köstlichsten Geruch erfüllt war, den ich je gerochen hatte.

Ich war gerade dabei zu erklären, was Springer waren, als Jamie das Omelette in der Mitte teilte und auf zwei Teller gab. Er trug sie jedoch nicht zum Esstisch, sondern stellte sie auf der Kücheninsel ab. Ich musste mich zusammenreißen, mich nicht bei ihm zu bedanken. Stattdessen setzte ich mich wieder auf den Hocker, auf dem ich vorhin schon gesessen hatte, und zog das köstlich dampfende Omelette näher zu mir. Jamie reichte mir eine Gabel und ein Messer. Er lehnte sich neben die Insel und zog seinen Teller näher zu sich. »Guten Appetit.«

»Dank...« Hastig schloss ich den Mund. »Nein, ich werde mich nicht bedanken!«

Um seinen Mund herum zuckte es und seine goldenen Augen wurden groß. »Das hoffe ich doch.«

Er häufte ein wenig vom Omelette auf seine Gabel und begann zu essen.

Ich tat es ihm gleich und schob mir meine voll beladene Gabel in den Mund. Und da konnte ich nicht anders. Ein wohlwollendes Seufzen entfuhr mir und ich schloss die Augen. Der aromatische Geschmack entfaltete sich in meinem Mund und es war vermutlich das Köstlichste, was ich jemals gegessen hatte. Besser noch als Äpfel!

»Bei den Sternen«, seufzte ich, »das ist das Beste, was ich jemals gegessen habe. Wieso kannst du das so gut?«

Jamie lachte auf. »Ich glaube, das ist das erste Mal, dass mich jemand so sehr für ein einfaches Omelette gelobt hat. Ich weiß das sehr zu schätzen, Olivia.«

»Wie macht ihr das eigentlich?« Ich sah ihn wieder an und schluckte hastig, um mir gleich den nächsten Bissen in den Mund zu schieben. »Ich meine, dass ihr euch nie bedankt? Ist das nicht schwer?«

Er schüttelte den Kopf. »Wir sind damit aufgewachsen. Uns wurde von klein auf gesagt, dass man sich niemals bedanken darf, deshalb passiert es uns nicht.«

Ich nickte bedächtig. Das erklärte einiges. Und mal wieder waren Finn und ich Sonderlinge. Wir hatten keine Ahnung von dieser Welt. Und ich fragte mich, wie lange es wohl dauern würde, bis ich mir abtrainieren konnte, mich zu bedanken. Denn das war zum Beispiel etwas, das tief in mir verwurzelt war. Vermutlich bedankte ich mich ständig für Kleinigkeiten, ohne mir dessen bewusst zu sein. Wenn man mir Gesundheit wünschte, einen guten Appetit, wenn man mir etwas Brot reichte oder einen Krug voll Wasser. Immer dann, wenn es die Höflichkeit verlangte.

Eine Weile aßen wir stumm weiter und ich genoss jeden einzelnen Bissen. Als mein Teller schließlich leer war, blickte ich traurig auf ihn hinab.

Ohne ein Wort zu sagen, schob Jamie mir den Rest seines Omeletts auf den Teller.

Überrascht sah ich auf. »Das musst du nicht tun. Du hast selbst Hunger.«

»Ich denke, es ist genug, um in Ruhe schlafen zu können. Außerdem macht es viel mehr Spaß, dir beim Essen zuzusehen, als selbst zu essen, so sehr, wie du es genießt.« Er lächelte träge.

Ich spürte, wie meine Wangen warm wurden, doch ich wich seinem Blick nicht aus. Ich erwischte mich sogar dabei, wie ich sein Grinsen erwiderte. Wie konnte es geschehen sein, dass ich nun hier, mitten in der Nacht, zusammen mit dem Hüter saß und gemeinsam aß? Ausgerechnet mit Jamie. Der mich offenbar ziemlich zur Weißglut treiben konnte. Doch in dieser Nacht, so hatte ich zumindest das Gefühl, hatte ich eine andere Seite an ihm kennengelernt. Diesmal sprach ich nicht mit dem Hüter einer Jägereinheit, der angespannt war und alles unter Kontrolle halten wollte aufgrund von Pflicht- und Verantwortungsgefühlen. Ich sprach einfach nur mit ... Jamie.

Als ich auch den letzten Rest verputzt hatte, räumte Jamie die Teller ab und ich sah stumm dabei zu, wie er die Sachen in eine

Maschine räumte. Er erklärte mir anschließend, dass das eine *Spülmaschine* war. Ich hatte schon von Spülmaschinen gelesen, doch eine zu sehen war wirklich seltsam und faszinierend zugleich.

Als er fertig war, schlang ich die Arme um mich und seufzte schwer. »Kann ich dich noch etwas fragen?«

»Sicher. Was auch immer du möchtest.«

Ich biss mir auf die Lippe. Ich war mir nicht wirklich sicher, ob ich es ansprechen sollte. Doch andererseits wurmte es mich zu sehr, als dass ich es für mich behalten konnte. »Ich kann mir einfach nicht vorstellen, dass ihr alle eines Tages Mörder sein werdet. und das freiwillig.«

Der Ausdruck auf Jamies Gesicht war so verblüfft und so erschrocken, dass ich mich auch erschreckte.

»Wie meinst du das denn?«

»Die Beschenkten«, erklärte ich. »Du hast gesagt, dass ihr sie eines Tages töten werdet, wenn eure Ausbildung vorbei ist. Ich kann es nicht verstehen. Wieso töten? Wieso wollt ihr Mörder werden und wie könnt ihr das mit eurem Gewissen vereinbaren? Ist das wirklich okay für euch? Menschen zu jagen und sie umzubringen? Ich dachte, es ist das, was ihr verachtet.«

Tiefe Falten erschien auf Jamies Stirn und er wich meinem Blick aus. »Es ist nicht so, wie du denkst.«

»Dann erklär es mir.«

»Du musst wissen, dass die Beschenkten keine Menschen sind.«

Ein erschrockenes Lachen entwich mir und ich saß kerzengerade da. »Sie tragen nur die Essenz der Mächtigen in sich. Wieso sollte es sie nicht zu Menschen machen, nur weil sie etwas Zusätzliches in sich tragen? Was, wenn sie vollkommen unschuldig sind und eines Tages plötzlich von euch gejagt und getötet werden, obwohl sie nichts verbrochen haben oder für irgendwen eine Gefahr darstellen?«

Verflucht. Es war nicht zu überhören, wie aufgebracht ich war. Und wie verdächtig ich klang.

»Bitte«, sagte ich mit etwas ruhigerer Stimme. »Ich möchte es nur verstehen. Wenn ihr wirklich Mörder seid, möchte ich nicht mehr hier sein. Dann möchte ich nichts mit euch zu tun haben. Und für mich spielt es keine Rolle, wer diese Beschenkten wohl sein mögen. Ihr werdet auf andere Jagd machen und sie umbringen, obwohl sie niemandem etwas getan haben.«

Jamie sah mich mit harter Miene an. Es war, als hätte er eine Maske aufgezogen. »Du verstehst das nicht, Crate. Die Beschenkten sind nicht unschuldig. Die Beschenkten stellen eine Gefahr für die ganze Menschheit dar.«

»Aber wieso um alles in der Welt glaubt ihr das?«

»Wir wissen, was passieren wird, wenn die Beschenkten der Mächtigen an die Macht gelangen werden. Früher oder später werden sie sich den Hydrus verpflichten, genau wie der Orden der Auriga. Und sie sind mächtig genug, um Chaos in unserer Welt zu verbreiten. Deshalb müssen wir verhindern, dass sie jemals an die Macht gelangen. Sie werden das Chaos der gefallenen Sterne über uns bringen sowie Leid und Tod.«

Meine Augen weiteten sich. »Wie kannst du das behaupten? Ihr verurteilt lebende Wesen, ob mehr Mensch oder Stern, ohne sie zu kennen. Ihr werdet sie abschlachten!«

»Es ist unsere Pflicht, unsere Welt zu beschützen. Und die Beschenkten stellen die größte Gefahr dar, die existiert. Sie sind Monster, denen die Kraft der Sterne innewohnt, zerstörerisch und entgleist.«

Mechanisch schüttelte ich den Kopf und konnte nicht anders, als Jamie anzufunkeln. »Du hast doch keine Ahnung«, flüsterte ich.

Diesmal schien es fast, als würde Jamie hellhörig werden. Und noch in dem Moment, in dem ich die Worte ausgesprochen hatte, bereute ich sie auch schon und spürte, wie mein Blut zu Eis gefror. Oh nein. Ich hatte etwas gesagt, das ich nicht hätte sagen dürfen. Und offenbar war ich nicht die Einzige, der es aufgefallen war, denn Jamies Haltung veränderte sich und er lehnte sich näher zu mir.

»Crate, wie meinst du das?«

»I-Ich will damit nur sagen, dass ihr absolut unmenschlich

handeln werdet! Wir, äh, haben von klein auf gelernt, dass jedes Leben wertvoll ist. Und was ihr tut, ist falsch. Würde es dir nicht schon helfen, die Beschenkten bloß einzusperren? Muss man sie denn gleich töten?«

Offenbar hatte meine Erklärung die Wogen etwas geglättet, denn Jamie schien sich wieder ein wenig zu entspannen. Sein Gesichtsausdruck wirkte entschuldigend, beinahe betrübt. »Wir haben keine andere Wahl. Und ich werde alles tun, um diese Welt zu beschützen. Das ist unser Gebot und es ist das, wozu uns die Wächter verpflichtet haben.«

Kurz flackerte Panik in mir auf, doch ich versuchte sie mit aller Kraft zu unterdrücken.

Doch offenbar hatte ich kein Glück, denn im selben Moment verengte Jamie die Augen. »Du hast Angst.«

Ich starrte ihn mit aufgerissenen Augen an. »Hör auf damit.«

»Jetzt ist es Panik. Crate, was hat das zu bedeuten?«

Verflucht.

Verflucht, verflucht, verflucht! Was sollte ich jetzt machen? Was sollte ich sagen? Selbst wenn ich versuchte, die richtigen Worte zu finden, konnte ich nichts dagegen tun, dass Jamie meine Gefühle lesen konnte, wenn sie zu stark wurden. Und jetzt gerade hatte ich nicht die Kontrolle darüber, wie stark meine Gefühle wurden. Jetzt, wo er sogar ausgesprochen hatte, dass er genau spüren konnte, wie es mir ging, schien es meine Angst und meine Panik noch weiter zu beflügeln.

»I-Ich bin nur schockiert darüber, dass du und die anderen tatsächlich in der Lage seid, so einfach über Leben zu richten. Und das macht mir Angst. Das ist es, was mich in Panik versetzt. Und es widert mich an, dass du mir in den Kopf schauen kannst. Ich bin müde. Ich gehe jetzt ins Bett. Gute Nacht, Jamie.«

Ich wirbelte herum und lief zur Betontreppe. Mein Puls rauschte mir in den Ohren und meine Füße tapsten viel zu laut über die nackten Stufen. Ich flüchtete jedoch nicht zurück in mein Zimmer, weil ich befürchtete, dass er mir vielleicht in die Trainingshalle folgen würde, sondern ging nach oben.

Ich rang nach Atem, als ich aufs Dach stolperte, und schloss sachte die schwere Metalltür hinter mir. Es war erschreckend kühl und der Himmel war übersät mit Sternen. Es war ein fremder Himmel. Konstellationen, die ich nicht kannte. Fast so, als wäre es ein völlig anderer Himmel. Es hätte mich nicht einmal gewundert, wenn dem tatsächlich so war.

Mit klopfendem Herzen lief ich zum Wasserbecken und rieb mir mit beiden Händen über das Gesicht. Was war nur in mich gefahren? Was machte ich hier überhaupt? Ich hätte nicht eine Sekunde mit Jamie sprechen dürfen. Ich hätte mit knurrendem Magen zurück ins Bett gehen sollen! Auch wenn es nett gewesen war. Ich hatte mir gerade selbst bewiesen, wie unmöglich es war, diese Scharade aufrecht zu halten, und wie schnell mir die falschen Worte entschlüpfen konnten. Meine größte Errungenschaft des Abends war jedoch das Wissen um Jamies Hüterfähigkeiten. Dass er nicht nur Gefahr spüren konnte, sondern auch sehr starke Gefühle. Irgendwie würde ich es schaffen, meine Gefühle unter Kontrolle zu bekommen. Ich musste unbedingt Finn und Jenkins darüber informieren. Ich durfte nicht zulassen, dass Jamie ein weiteres Mal misstrauisch wurde, jetzt, wo er doch gerade dabei gewesen war, sich in meiner Gegenwart zu entspannen.

30. Kapitel

Mit geschlossenen Augen stand ich am Becken. Die Nacht – oder der frühe Morgen – war eiskalt, besonders, da ich nichts weiter trug als das knielange T-Shirt, das einst meinem Vater gehört hatte, und Unterwäsche. Die Wasseroberfläche war unberührt und spiegelglatt. Lediglich meinen Geist ließ ich von der kühlen Kraft liebkosen, schöpfte Trost aus dem sanften Vibrieren und wie es durch mich floss und in meiner Wirbelsäule warme Schauer verursachte. Durch meine Kräfte hatte ich das Gefühl, dass ich sehr aufmerksam war und jegliches Geräusch wahrnahm. Deshalb erschrak ich umso mehr, als die Tür, die aufs Dach führte, mit einem Schlag ins Schloss fiel.

Ich wirbelte herum und fand mich in der Dunkelheit Jamie gegenüber. Er starrte mich an und sagte nichts. Doch langsam kam er näher.

Mein Herz machte einen gewaltigen Satz und meine Stimme klang verräterisch dünn. »Was tust du hier?«

»Dasselbe könnte ich dich auch fragen.«

Ich war so angespannt, dass mein ganzer Körper zu zittern begann. Vielleicht lag es aber auch an der Kälte oder der Angst, die Jamie vermutlich deutlich spüren konnte.

»Also, Crate«, sagte er leise. »Was ist los?«

Ich lachte erschrocken auf. »Ich schnappe bloß frische Luft! Ich sagte doch, dass ich nicht schlafen kann.«

Im Licht der Sterne konnte ich erkennen, wie seine Augen sich verengten. Er trat näher. »Ich löse eine Gefälligkeit bei dir ein.«

Mein Blut wurde immer heißer und mein Hals immer enger.

»Was?«, wisperte ich entsetzt. Das konnte doch unmöglich sein Ernst sein. Jetzt? Hier? *Nein!*

Mein Herzschlag wurde so schnell, dass ich nichts anderes mehr hörte. Mit einer Gefälligkeit konnte Jamie alles von mir verlangen, alles, was er wollte.

Ich schüttelte den Kopf, erst langsam, dann immer schneller. »Nein«, keuchte ich erstickt.

»Ich löse meine erste Gefälligkeit ein: Von jetzt an wirst du mir immer die Wahrheit sagen und nichts als die Wahrheit.«

Die Macht der Sterne war gnadenlos. Plötzlich durchzuckte mich glühend heiße Energie und ich schrie auf. Wie ein Blitz schoss sie mir durch den Kopf, schmerzhaft und intensiv, und breitete sich über meine Wirbelsäule im ganzen Körper aus. Es dauerte nicht lange, vielleicht ein paar Sekunden, aber lange genug, um mein Herz rasend schnell gegen meine Brust trommeln zu lassen.

Atemlos rang ich nach Luft und stolperte zurück. »Nein«, wiederholte ich. Mein Hals war jetzt so eng, dass es ein Wunder war, dass ich überhaupt noch Luft bekam.

»Ich löse auch meine zweite Gefälligkeit ein«, sagte Jamie mit harter und seltsamer Stimme. »Wann immer ich dir eine Frage stelle, wirst du mir antworten.«

Und erneut passierte es. Ich sank auf die Knie, als mich die Macht der Sterne durchströmte. Es war nicht vergleichbar mit der bestialischen Energie, die einen erfüllte, wenn man auf die Sterne schwor, aber es fühlte sich nicht weniger machtvoll an. Nur zerriss es mir nicht die Seele noch drohte es mir damit.

Ich legte mir die Hände an den Kopf und schluchzte auf. Voller Horror hörte ich, wie Jamie langsam näher kam. In der Dunkelheit und Stille der frühen Morgenstunde waren seine Schritte so laut, dass mir das Geräusch in den Ohren dröhnte.

Langsam kniete er sich vor mich auf den Boden, begab sich auf Augenhöhe. Ich spürte, wie seine Hand sich auf meine Schulter legte.

»Crate?«, sagte Jamie leise. »Wie lautet dein voller Name?«

»Olivia Crate«, antwortete ich mit erstickter Stimme – und voller Entsetzen musste ich feststellen, dass mein Mund einfach gesprochen hatte und ich nichts dagegen unternehmen konnte.

»Wie alt bist du, Olivia Crate?«

Wieder konnte ich nichts dagegen tun. Selbst, als ich alles daransetzte, um meinen Mund daran zu hindern, die Worte zu formen, entwichen sie mir. Und ich tat wirklich alles, um nicht zu sprechen, ich biss die Zähne zusammen, biss auf meine Zunge, bis sie schmerzte, hielt die Luft an. Mein Körper gehorchte nun jedoch den Sternen. Er gehörte der Gefälligkeit, die Jamie soeben eingelöst hatte, und nicht länger mir. Gegen eine solche Kraft, eine solche Macht, konnte ich rein gar nichts ausrichten.

Ein Schluchzen entfuhr mir. »Ich bin siebzehn Jahre alt«, antwortete mein Mund erstickt.

»Welcher Stern?«, fragte Jamie. Und mit jeder Frage hatte ich das Gefühl, dass seine Stimme fordernder wurde.

»M-Mein Mächtiger ist Antares.«

»Wer ist dieser Jenkins?«

»Lloyd Jenkins ist ein Mensch und er lebt seit über dreihundert Jahren, weil er Jènnyes Sternenstaub berührt hat.«

Jamies Augen weiteten sich. »Sternenstaub? Tatsächlich? Hast du auch schon mal den Sternenstaub eines Mächtigen gesehen?«

»Ja«, wisperte ich. Ich hasse meinen Mund dafür, meinen Körper dafür, dass er einfach nicht aufhören wollte, Jamie zu antworten. Ich hasste es. Ich hasste es so sehr, doch am meisten hasste ich ihn. Dafür, dass er mich gezwungen hatte, ihm das zu erzählen. Ich hasste ihn dafür, dass er die Gefälligkeiten eingelöst und mir mit ihnen meinen freien Willen genommen hatte!

»Hast du Jènnyes Sternenstaub berührt, Olivia?«, fragte Jamie eindringlich.

»Ja, verdammt!«

»Eine letzte Sache muss ich wissen, dann werde ich dich in Ruhe lassen. Bist du eine Begabte?« Er sah mich so durchdringend an, dass es mir in der Seele wehtat.

Diesmal schluchzte ich so laut auf, dass ich mir die Hand vor den Mund schlagen musste. *Nein!*, schrie eine Stimme in mir. *Bitte. Bitte nicht.* Ich durfte diese Worte nicht aussprechen. Ich durfte nicht auf seine Frage antworten. Und ich durfte nicht die Wahrheit sagen. Das konnte nicht sein! Wie war es möglich, dass er mir ausgerechnet diese Frage stellte? Was hatte ich getan, um einen solchen Verdacht bei ihm auszulösen?

Mit aller Kraft, die ich besaß, drückte ich mir die Hände auf den Mund, doch es änderte nichts daran, dass meine Lippen die Worte formten. Auch wenn man sie nicht direkt hören konnte, glaubte ich nicht, dass sie Jamie entgingen.

»Nein!«, schluchzte ich. »Nein, bin ich nicht!«

Es war zu spät. Mit großen Augen starrte ich Jamie an und mit großen Augen starrte er zurück.

Es fühlte sich an, als würden nicht nur ein paar Herzschläge vergehen, sondern Stunden. Es fühlte sich an wie eine Ewigkeit. Wie die grausamste Ewigkeit, die ich je durchgemacht hatte.

Obwohl es dunkel war und nur das Licht der Sterne mich etwas erkennen ließ, sah ich sehr wohl, wie jegliche Farbe aus Jamies Gesicht wich. Er wurde leichenblass. Entsetzen breitete sich auf seiner Miene aus und ich sah, wie sich sein Atem beschleunigte, wie seine Brust sich schneller hob und senkte.

»Ich muss es hören«, stieß er hervor. »Bist ... bist du eine Beschenkte?«

Ich krabbelte rückwärts weg von ihm, doch es gab kein Entkommen. Er kam näher, näher noch als zuvor, und hielt mich fest. Wieder schluchzte ich.

Erneut öffnete sich mein Mund. Ich spürte, wie sich meine Zunge bewegte und sich Töne aus meinem Hals lösten.

»Ja«, wisperte ich. Und obwohl man es kaum verstehen konnte, wusste ich, dass Jamie mich gehört hatte.

Da geschah etwas Seltsames.

Erst weiteten sich Jamies Augen. Dann konnte ich sehen, wie sie plötzlich leer wurden. Das Gold in ihnen verschwand. Es war, als würden seine Pupillen sich von innen nach außen fressen, bis nicht einmal ein winziger Kreis seiner Iris übrig blieb. Und das konnte ich so gut erkennen, weil Jamies Gesicht genau vor meinem schwebte. Sein ganzes Gesicht wurde auf beunruhigende, unmenschliche Art und Weise leer.

Panik brach in mir aus. Ich hatte keine Ahnung, was passierte. Ich hatte das Gefühl, dass es nicht länger Jamie war, der vor mir stand. Ich konnte mir nicht erklären, wieso ich dieses Gefühl hatte. Doch dieses leere, ausdruckslose Gesicht mit den schwarzen leblosen Augen ...

Das sah falsch aus. Grotesk und seelenlos und beängstigend.

Bevor ich meinen Mund öffnen konnte, um etwas zu sagen, schnellte plötzlich Jamies Hand nach vorne. Sie packte mich am Hals und mir entfuhr ein Ächzen.

Dann drückte Jamie zu.

31. Kapitel

Mit einem harten Schlag schlug mein Kopf auf dem Boden auf. Jamie setzte sich auf mich und griff nun auch noch mit seiner anderen Hand an meinen Hals, umklammerte ihn stählern.

Meine Augen traten hervor. Ich kratzte an seinen Armen und zappelte mit den Beinen, doch ich hatte keine Chance. Jamies Gesichtsausdruck war leer, dunkel und besessen. Es spielte keine Rolle, wie sehr ich versuchte, seine Hände von meinem Hals zu lösen.

Die ganze Welt begann sich zu drehen. Und mit einem Mal übernahmen meine Instinkte die Oberhand. Ohne darüber nachzudenken, ergriff mein Geist die Kraft des Wassers im Pool. Mit allem, was ich war, mit Körper, Geist und Seele, zog ich die Kraft zu mir, war mir nicht einmal sicher, was ich da tat. Doch im nächsten Moment erklang ein tiefes Rauschen.

Plötzlich war Jamie fort, genau wie die Hände an meinem Hals, und überall war eiskaltes Wasser.

Japsend und hustend drehte ich mich auf die Seite und rang nach Atem. Orientierungslos blickte ich umher, fasste mir an den Hals und versuchte, einfach nur zu atmen. Noch nie war ich so dankbar gewesen, Luft zu bekommen. Doch ich konnte mich nicht ausruhen oder eine Sekunde länger sammeln, denn das Adrenalin in meinen Adern sorgte dafür, dass ich ziemlich schnell registrierte, wie Jamie sich, verblüffenderweise einige Meter entfernt, wieder vom Boden aufrappelte und mit einer wahnsinnigen Geschwindigkeit auf mich zukam.

»Stopp!«, schrie ich ihm mit krächzender Stimme zu. Fast so, als hätte ich noch nie etwas anderes getan, rief ich das Wasser wieder zu mir, ballte die Hände zu Fäusten und begab mich in Verteidigungsstellung. »Jamie! Ich stehe nicht auf der Seite der Hydrus! Was auch immer du glaubst, es ist falsch! Ich bin keine Gefahr und ich werde niemals eine Gefahr für dich und andere Begabte darstellen! Bitte, Jamie! Ich habe keine Ahnung, wieso ihr denkt, dass die Beschenkten böse sind, aber hör mir zu. Du irrst dich. *Ihr irrt euch!* Und ich würde es jederzeit auf die Sterne schwören, damit du mich nicht tötest!«

Plötzlich blieb Jamie wie angewurzelt vor mir stehen. Die Hand, die gerade noch hell erleuchtet gewesen war, erlosch nun. Einen Augenblick lang rührte sich keiner von uns beiden, während ich noch immer krampfhaft nach Atem rang.

Dann keuchte Jamie auf. Er fiel auf die Knie und presste sich die Hände an den Kopf. Er stieß einen seltsamen Laut aus und krümmte sich.

Ich konzentrierte mich auf meinen Atem und Jamie konzentrierte sich auf ... was auch immer er da tat. Er hatte wohl Schmerzen, nur war mir das herzlich egal. Ich stolperte von ihm weg, fiel jedoch auch zu Boden, weil meine zitternden Beine mich nicht länger halten konnten.

Schwer atmend blickte Jamie auf. »Was ...« Er hustete und fasste sich an den Kopf. Er keuchte wieder und kämpfte sich auf die Beine. In der Dunkelheit war zwar nicht besonders viel zu erkennen, doch ich sah, wie er sich mit dem Handrücken über das Gesicht fuhr, und offenbar blieb eine dunkle Spur zurück.

Blut, dachte ich erschrocken und verwirrt.

»Wage es ja nicht, näher zu kommen, oder ich tue dir weh!«, rief ich ihm zu, die Hände zu Fäusten geballt und bereit zum Angriff. Diesmal jedoch machte Jamie nicht den Anschein, als würde er mich angreifen wollen. Er stand nur da und atmete schwer.

»Bei den verfluchten Sternen«, flüsterte er und fuhr sich noch einmal mit dem Handrücken über das Gesicht. »Ich weiß nicht, was ... fuck.« Mit aufgerissenen Augen starrte er mich an, dann stolperte er zwei Schritte auf mich zu. »Bist du in Ordnung? Habe ich dich ... bist du ...?«

In meinen Ohren rauschte es. Bevor Jamie mir zu nahe kommen konnte, packte ich erneut die Kraft des Wassers, bewegte dabei diesmal meine Hände mit und stieß sie genau in seine Richtung. Seine Augen weiteten sich, doch da kam bereits eine harte Welle auf ihn zu.

Was ich jedoch nicht bedacht hatte, war, dass Jamie ein Krieger war. Ausgebildet im Kampf.

Ich verfehlte ihn. Ein Zischen erklang, ehe ich regelrecht spürte, wie meine Welle zu kochen begann und sich zischend in Dampf auflöste.

Erschrocken wich ich zurück, besonders, als Jamies Blick im Schein seiner noch immer flackernden Hände auf meinen fiel. Das war jedoch nicht alles, was mich erschreckte. In der Dunkelheit hatte ich es nicht erkennen können, doch jetzt sah ich das Blut. Es war Jamie nicht aus der Nase oder dem Mund gekommen.

Es war wie Tränen aus seinen Augen geflossen.

Erst jetzt bemerkte ich auch das spitze Pochen in meinem Kopf. Mein Geist schmerzte, fast so, als wäre er überanstrengt.

Jamie hob kapitulierend die Hände mit den Handflächen nach außen und machte einen Schritt auf mich zu. »Ich ... ich glaube, dass gerade ein Zauber gebrochen ist.«

»Bleib weg von mir!«, schrie ich heiser. Wir beide waren vom Wasser durchnässt und ich fröstelte am ganzen Leib.

»Olivia, es tut mir leid. Ich weiß nicht, was gerade mit mir ... was ich gerade im Begriff war zu ...« Er kniff die blutigen Augen zusammen und zog eine schmerzverzerrte Grimasse. »Das war ich nicht. Bitte. Ich glaube, dass ein ... dass ein Zauber auf mir lag. Ich werde dir nichts tun. Ich glaube nicht, dass ich das je wollte. Ich ... ich war nicht ich selbst. Ich konnte spüren, wie etwas Besitz von mir ergriffen hat. Und jetzt ... jetzt ist es weg.« Er schob die Augenbrauen zusammen und schüttelte den Kopf. »Verflucht. Ich glaube, das ist noch nicht alles. Ich ...« Er fluchte und fiel erneut auf die Knie, was äußerst unsanft aussah. »Mein Kopf.«

Es dauerte einige Herzschläge, bis ich meine Hände wieder sinken ließ.

»Wirst du mich angreifen?«, fragte ich argwöhnisch. Das Brennen in meinem Hals war noch immer pulsierend.

»Nein!«, stieß Jamie hervor. Er wirkte entsetzt. »Nein«, wiederholte er ruhiger. »Bei den Sternen. Ich weiß nicht, was in mich gefahren ist. Darf ich näher kommen und mir deinen Hals ansehen?«

Jamies Gefälligkeiten zwangen mich erneut dazu, ihm augenblicklich eine Antwort zu liefern, und zwar eine, die der Wahrheit entsprach.

»Nein, auf keinen verfluchten Fall!«, krächzte ich.

Er kämpfte sich auf die Beine. Der Ausdruck auf seinem Gesicht wirkte gequält. »Es tut mir so leid«, flüsterte er. »Ich kann nicht glauben, dass ich dich angegriffen habe.«

Atemlos sah ich ihn, das Blut unter seinen Augen an. »Wieso überrascht es dich plötzlich so? Die Beschenkten zu töten ist das, worauf ihr hier schon euer ganzes Leben hinarbeitet. Ihr trainiert jeden Tag dafür. Das hast du mir vorhin erst erklärt.«

Wieder verzog er vor Schmerz das Gesicht und fasste sich an den Kopf. »Nein, das ist nicht ... das ... das stimmt nicht. Bei den mächtigen Sternen, irgendetwas war in meinem Kopf, das mich diese Dinge hat sagen lassen. Und jetzt ... ist es weg. Es fühlt sich an, als hätte man mir ein Stück meines Geistes herausgerissen und als würde er jetzt bluten.« Blinzelnd sah er mich an und wischte sich erneut Blut aus dem Gesicht. »Wir sind eine ganz normale Jägereinheit und jagen Abtrünnige. Das ist es, worin wir hier ausgebildet werden. Was auch immer wir euch über die Jagd auf Beschenkte erzählt haben, es ist ... nicht wahr. Niemand von uns oder von irgendeiner anderen Einheit, die wir kennen, glaubt auch nur an ihre Existenz. Wie konnte ich auch nur eine Sekunde davon überzeugt sein?«

Perplex blinzelte ich ihn an.

»Olivia, ich glaube, jemand hat eine Art Zauber auf uns gelegt«, sagte Jamie eindringlich. »Wir jagen keine Beschenkten!

Alles, was ich dir darüber gesagt habe, sind Hirngespinste, die nicht von mir stammen oder von irgendeinem anderen Begabten hier.«

»Du ... standest unter einem Zauber?«, wisperte ich.

»Ich würde niemals jemanden töten. Egal wen, ob Abtrünniger, Begabter oder Beschenkter. *Niemals*. So bin ich nicht. Ich bin kein Mörder und ich möchte niemals einer werden. Das musst du mir bitte glauben.«

Jamie flehte mich an. Und es sah dem Hüter und Regulus-Begabten überhaupt nicht ähnlich. Zumindest hätte ich ihn so nicht eingeschätzt. Doch Jamie war vollkommen durch den Wind, das sah ich ihm an.

»Ich ... weiß nicht, was ich glauben soll«, gestand ich und fasste mir wieder an den Hals. Der Schmerz war noch immer da, bei jedem Atemzug spürbar.

Jamies Miene wirkte hoch konzentriert. Plötzlich trat er einen Schritt zurück und blickte zum Himmel empor.

»Ich schwöre es auf die Sterne, Olivia«, sagte er mit fester Stimme.

Erschrocken keuchte ich auf. Dann erlosch auch das Feuer auf Jamies anderer Hand und er fiel erneut zu Boden.

»Jamie!«, stieß ich hervor und sank neben ihm auf die Knie. Hatte er den Verstand verloren? Er konnte doch nicht einfach auf die Sterne schwören!

Andererseits ...

Andererseits bedeutete dieser Schwur, dass er die Wahrheit sagte.

Ein erstickter Laut entfuhr ihm und er stützte sich mit den Händen auf dem Boden ab.

Mit kalter Erschütterung ließ ich diese Information sacken. Bei den Sternen, er hatte die Wahrheit gesagt! Er hatte tatsächlich unter einem Zauber gestanden. Jamie und die Begabten wurden gar nicht darin ausgebildet, uns zu töten. Es war der Zauber gewesen. Das hier war nichts weiter als eine gewöhnliche Jägereinheit.

Hastig legte ich Jamie die Hände auf die Schultern und half

ihm dabei, wieder aufzustehen. »Himmel, alles in Ordnung?«, fragte ich aufgebracht.

Er brauchte einen Moment, bis er mir endlich wieder antworten konnte. »Gib mir einen Augenblick.«

»Natürlich«, erwiderte ich sofort und trat zurück. Es war wirklich wahr. Jamie und die Begabten waren genau wie Finn Jenkins und ich unschuldig. Sie wollten weder uns töten noch die Beschenkten jagen. Es bedeutete, dass es tatsächlich irgendjemand darauf abgesehen hatte, uns tot zu sehen. Mit großer Wahrscheinlichkeit war es die gleiche Person, die auch dafür gesorgt hatte, dass Finn und ich in der Gasse angegriffen worden waren. Wirr und unaufhaltsam schossen mir die Gedanken durch den Kopf und das Entsetzen und die Klarheit darüber wurden immer größer. Das alles hier war inszeniert. Jemand wollte um jeden Preis, dass wir ausgeschaltet wurden, und ganz offenbar wollte diese Person sich nicht selbst die Hände schmutzig machen.

»Komm mit«, sagte er und zog mich ins Treppenhaus. Ich folgte ihm ohne Widerspruch die Betonstufen nach unten. Das Loft schlief noch immer tief und fest und wir waren nach wie vor die Einzigen, die um diese Uhrzeit noch wach waren.

Mein Hals pochte noch immer und meine Knie waren weich wie Glibber, als wir in die Küche gingen. Jamie schaltete das Licht an und zog einen Stuhl vom Esstisch zurück. »Setz dich. Bin gleich wieder da, ich wecke die Zwillinge.«

»Aber es ist mitten in der Nacht!«, protestierte ich leise. »Was willst du ihnen sagen? Dass wir miteinander gekämpft haben?«

»Mir wird schon irgendetwas einfallen. Hauptsache, dein Hals wird geheilt. Und wer weiß, was ich dir sonst noch angetan habe. Ehrlich gesagt kann ich mich kaum daran erinnern ...« Er senkte den Blick, so als würde er sich schämen. »Ich weiß nur noch, dass meine Hand sich um deinen Hals geschlossen hat. Was danach passiert ist, kann ich nicht sagen.« Mit gequältem Blick musterte er mich. »Olivia, habe ich dich verbrannt?«

Der Ausdruck in seinen Augen sorgte dafür, dass sich mein Herz zusammenzog. Ich schüttelte den Kopf. »D-Du hast mich gewürgt.« Und hätte ich ihm diese Welle nicht auf den Hals gejagt, wäre ich vermutlich nicht mehr am Leben.

Jamie zuckte sichtlich zusammen. Dann nickte er. »Gib mir einen Moment. Ich komme gleich wieder.«

Diesmal hinderte ich ihn nicht daran, als er sich umdrehte und auf die andere Seite des riesigen Raumes lief, wo sich zwei Türen befanden. Mittlerweile wusste ich, dass dahinter die Schlafzimmer von Sua und Ozlo lagen.

Erschöpft stieß ich den Atem aus, trat an die Spüle und wusch mir das Gesicht. Gründlich. Ich wusch mir auch die Hände und die Arme. Mein Shirt war pitschnass und klebte mir am Körper. Auch meine Haare waren nass und tropften vor sich hin. Ich spürte noch immer, dass mein Geist ausgelaugt war, in Form eines dumpfen Dröhnens hinter meiner Stirn. Die Welle war so groß gewesen, dass sie mir alles abverlangt hatte. Wie hatte ich das überhaupt geschafft? Was hatte ich getan, um eine so große Menge an Wasser zu bewegen?

Als ich mich auf einen Stuhl am großen Esstisch fallen ließ, kehrte Jamie zurück, gefolgt von Sua und Ozlo. Die Zwillinge sahen völlig verschlafen aus. Ozlo trug einen rot karierten Pyjama und Sua ein weißes Nachtkleid. Sie hatte sich die weiß-blonden Haare zu einem Zopf geflochten, aus dem einige Strähnen gerutscht waren. Als sie mich erblickten, wirkten sie sichtlich überrascht.

»Olivia? Was machst du denn hier?«, fragte Ozlo und rieb sich mit der Hand über die Augen.

»Sua, hol etwas Wasser. Ozlo, ich möchte, dass ihr zwei Olivia heilt und keine Fragen dazu stellt, was passiert ist.«

»Was?«, fragte Sua irritiert. »Aber wieso –«

»Bitte, Sua.« Er schenkte ihr einen erschöpften Blick. »Tu mir den Gefallen. Keine Fragen.«

»Okay«, sagte Sua langsam. »Den Gefallen bekommst du. Von mir erfährt niemand auch nur ein Sterbenswort über diese Nacht. Aber nur unter einer Bedingung.«

»Und die wäre?« Jamie trat zur Spüle und wusch sich das Blut vom Gesicht ab.

»Du lässt dich auch von uns heilen.«

»Ich bin aber nicht verletzt.«

Ozlo lachte erschrocken auf. »James Eden, du kannst dir kein Blut aus den Augen waschen und uns währenddessen weismachen, dass es dir gut geht.«

Jamie stöhnte auf und trocknete sich das Gesicht. Anschließend setzte er sich auf die andere Seite des Tisches. »Na schön. Wenn das eure einzige Bedingung ist, geht das für mich klar«, sagte er und sank tief in seinen Stuhl. Unsere Blicke begegneten sich und ich konnte nicht anders, als augenblicklich kerzengerade dazusitzen. Ich war immer noch in Alarmbereitschaft und so schnell würde sich das vermutlich auch nicht ändern. Mir war zum Heulen zumute. Gleichzeitig verspürte ich eine solche Wut auf unseren unbekannten Feind, dass ich am liebsten durch das Loft gewütet und Dinge zerstört hätte.

Achtsam wanderte Jamies Blick über mich. Vermutlich brauchte es nicht einmal seine Hüterfähigkeiten, damit er von meiner Miene ablesen konnte, was in mir vorging. Der Ausdruck in seinen goldenen Augen wurde traurig. »Wie fühlst du dich?«

»Grauenhaft«, erwiderte ich sofort – und dank seiner Gefälligkeit entsprach meine Antwort der Wahrheit. Noch eine Sache, die Wut in mir aufflackern ließ.

Ich sah, dass es hinter Suas Stirn ratterte. Es schien ihr schwerzufallen, die Fragen zurückzuhalten. Doch sie berücksichtigte Jamies Bitte.

Unruhig rutschte ich auf dem Metallstuhl herum und beobachtete, wie die Zwillinge mit einer großen Schüssel Wasser zu mir traten.

»Das könnte jetzt ein wenig kühl werden«, warnte Ozlo und stellte sich vor mich. Er begann damit, seine Hände in mittlerweile vertrauten Bewegungen zu heben und zu senken. Dank Jenkins' Unterricht wusste ich nun endlich, wieso Antares-Begabte bei Heilungen gemeinsam agierten: Ozlo lenkte das Wasser und Sua besaß die heilenden Fähigkeiten. Je verschmutzter das Wasser, desto schwieriger wurde es für Sua, die Energie zu greifen und damit Wunden zu heilen. Ozlos Kräfte sorgten dafür, dass sich das Wasser lediglich auf die Wunden legte, sich aber nicht mit ihnen vermischte.

Ozlo bekam eine konzentrierte Miene und fixierte mit den Augen meinen Hals, während das Wasser in der Schüssel zu zittern begann. Im nächsten Moment löste sich mit einem plätschernden Geräusch ein unförmiger Ball aus der Schüssel, schwebte auf meinen Hals zu und legte sich um ihn. Ich sog scharf die Luft ein, als das kühle Wasser meine Haut berührte.

Während die Zwillinge mich heilten, fielen mir die bleischweren Lider zu. Sie brannten vor Erschöpfung und Müdigkeit und ich sehnte mich danach, einen ganzen Tag durchzuschlafen. Es gab nichts, was ich mehr herbeisehnte. Außer vielleicht einer heißen, langen Dusche.

Die Kälte, die während der Heilung entstand, war so durchdringend, dass ich unmöglich dabei einschlafen konnte, und das helle Licht des heilenden Wassers nahm ich sogar durch geschlossene Lider wahr.

Gerade als ich den Mund öffnen wollte, um die Zwillinge anzuflehen, endlich aufzuhören, war es endlich vorbei.

Erschöpft sackte ich in mich zusammen und rieb mir über die kalte, trockene Haut an meiner Kehle. Vorsichtshalber schluckte ich. Der Schmerz war fort, glücklicherweise in seiner vollen Gänze. Alles, was blieb, war die lebhafte, fast körperlich spürbare Erinnerung an den eisernen Griff von Fingern, die sich erst kürzlich um sie geschlossen hatten.

Es ist vorbei. Jamie stand unter einem Zauber. Es ist endlich vorbei und der Zauber ist gebrochen. Er wird nicht noch einmal versuchen, mich umzubringen.

Die Zwillinge wandten sich ihrem Hüter zu, und wie versprochen stellten sie dabei keinerlei Fragen. Jamies Heilung dauerte nicht einmal eine Minute. Offenbar gab es tatsächlich keine offenen Wunden. Ob es wirklich sein Geist gewesen war, der geblutet hatte? Woher kam dann aber all das Blut?

»Das wär's dann«, sagte Ozlo und lächelte müde. Der Wasserball landete zurück in der Schüssel. »Können wir noch etwas für euch tun?«

Jamie schüttelte den Kopf. »Ihr wart eine große Hilfe. Und ihr habt was gut bei mir. Verliert bloß niemandem gegenüber je ein einziges Wort über das, was hier gerade passiert ist.«

Sua und Ozlo nickten, ohne zu protestieren. Anschließend wünschten sie uns eine gute Nacht, stellten die Schüssel auf der Küchentheke ab und gingen zurück in ihre Zimmer. Das Geräusch ihrer ins Schloss fallenden Türen hallte durch das große Loft.

Die Erschöpfung lag schwer auf meinen Knochen und ließ mich herzhaft gähnen. Ich stand auf, um ebenfalls ins Bett zu gehen, als Jamie zu mir trat und mich vorsichtig am Arm berührte. Erschrocken zuckte ich vor der Berührung zurück, was wieder diesen gequälten Ausdruck über sein schönes Gesicht huschen ließ.

»Tut mir leid«, murmelte ich und blickte zu Boden. Auch wenn ich wusste, dass er unschuldig war, hielt ich es nicht aus, jetzt von ihm berührt zu werden, wo er eben noch versucht hatte, mich umzubringen. Es war schwer begreiflich und noch viel schwerer, meinem Hirn klarzumachen, dass Jamie mich nicht töten wollte.

»Olivia, bitte rede auch du mit niemandem über das, was heute Nacht passiert ist. Wer auch immer diesen Zauber auf meine Begabten und mich gelegt hat, schien gewusst zu haben, was er tut. Ich bitte dich auch darum, weder mit Jenkins noch mit Finnley darüber zu sprechen, auch wenn sie deine Vertrauten sind. Ich habe keine Ahnung, wer dahinterstecken könnte, und ich möchte nicht, dass die Information, dass wir von dem Zauber wissen, an die falschen Ohren gelangt. Das könnte uns in Gefahr bringen.« Er klang eindringlich. Doch nicht nur eindringlich, sondern auch flehend.

Ich konnte nicht anders, als zu nicken. Auch wenn es mir gegen den Strich ging, es Finn nicht zu erzählen, so verstand ich doch, was Jamie meinte. Und je mehr und länger ich darüber nachdachte, was uns widerfahren war – erst der Mordversuch in der Gasse und jetzt Jamies Angriff –, desto stärker wurde mein Verdacht:

Jenkins.
Ein kalter Schauer erfasste mich und ich schüttelte mich. Außer ihm kam niemand infrage.

»Okay. Ich werde keiner Menschenseele davon erzählen, dass du jetzt weißt, wer ich bin, und dass du versucht hast, mich zu töten, und unter einem Zauber gestanden hast, wie vermutlich alle hier«, sagte ich leise und lachte freudlos auf.

Jamie nickte und streckte die Hand aus, so als wollte er mich am Arm berühren, doch er ließ es glücklicherweise bleiben und senkte seinen Arm wieder.

Gerade als ich ihm eine gute Nacht gewünscht hatte und mich umdrehte, um nach oben zu gehen, erklang plötzlich ein durchdringendes, knarzendes Geräusch.

Erschrocken wirbelten Jamie und ich herum.

Ein Schlüssel wurde im Schloss der Eingangstür gedreht.

Jamie atmete hörbar ein und wirkte augenblicklich alarmiert.

»Olivia, stell dich sofort hinter mich und halte die Kraft des Wassers in der Schüssel bereit. Wer oder was auch immer da gerade kommt, trieft nur so vor Gefahr.«

Ich handelte sofort. Stolpernd wich ich zurück und griff im gleichen Moment nach der Kraft des Wassers in der Schüssel. In der Sekunde, als ich das kühle Vibrieren in meinen Händen anstaute, öffnete sich die Haustür und eine Gestalt betrat das Loft. Eine Gestalt, mit der ich nicht gerechnet hatte.

Mein Herz rutschte mir geradewegs in die Hose und ich spürte, wie sich meine Augen weiteten. Was ging hier vor sich? Das war doch ...

»Was ...?«, hörte ich Jamie sagen, ehe seine Stimme versagte.

Die Gestalt, die das Loft betrat und uns nun ebenfalls entdeckte, war niemand anderes als Yuth.

Der Wächter.

32. Kapitel

»Einen schönen guten Abend, euch zwei. Oder wohl eher Morgen«, sagte Yuth und lächelte uns zu. »Ich bin überrascht, um diese Uhrzeit noch jemanden hier anzutreffen.«

Jamie und ich waren gleichermaßen erstarrt.

»Yuth, was tust du hier? Vor allem mitten in der Nacht?«, fragte Jamie.

Der Wächter in seinem langen strahlend weißen Umhang kam langsam auf uns zu. Ich unterdrückte das Bedürfnis, einen Schritt zurückzuweichen oder mir auf irgendeine andere Art und Weise anmerken zu lassen, dass ich nervös war. Vermutlich war es bloß Glück, dass die Heilung der Zwillinge bereits vorbei war. An mir waren keine Spuren des Kampfes mehr zu sehen. Doch ich trug noch immer nichts als das nasse, übergroße Schlafshirt.

Ein Lächeln erschien auf Yuths Gesicht, das wissend und ein wenig anzüglich wirkte. »Ich könnte euch vermutlich das Gleiche fragen. Aber ich bin mir gar nicht so sicher, ob ich die Antwort tatsächlich hören möchte.« Er lachte leise und betrachtete erst Jamie und dann mich, von unten bis oben, ziemlich langsam, bis es unangenehm wurde, und allmählich bekam ich ein Gefühl dafür, was er glaubte. Vermutlich dachte er, dass Jamie und ich aus vollkommen anderen Gründen hier zu zweit mitten in der Nacht zusammen waren.

Ein Stück vor uns blieb er schließlich stehen. »Ich bin nur gekommen, um ein paar Vorbereitungen zu treffen. Wofür genau, werdet ihr in ein paar Stunden erfahren. Jamie, da du schon mal wach bist, möchte ich vorab ein paar Dinge mit dir klären. Lass uns die Zeit nutzen. Wie heißt es so schön? *Der frühe Vogel fängt den Wurm.*«

»Was ist hier los, Yuth?« Jamie klang unüberhörbar misstrauisch.

Yuth konnte es definitiv auch hören, denn seine Augenbrauen schossen in die Höhe. Der Wächter trat noch näher. »Was soll schon sein, James? Alles ist in bester Ordnung. Du kannst ganz unbesorgt sein. Es ist doch eine wunderschöne Nacht, nicht wahr?«

Perplex beobachtete ich ihre Unterhaltung. Doch noch verwirrter war ich, als ich sah, wie Jamies gesamte Haltung sich wie auf Knopfdruck entspannte. Ein seliger Ausdruck trat schlagartig auf sein Gesicht und sogar ein kleines Lächeln erschien darauf. Er erwiderte Yuths Blick und nickte langsam. »Du hast recht. Es ist tatsächlich eine wunderschöne Nacht.«

»Na los, James«, sagte Yuth, fast schon väterlich, ohne dass sein Lächeln verblasste. »Lass uns gehen. Verabschiede dich von deiner Liebsten und dann komm mit. Keine Sorge, ich werde auch wegsehen.« Belustigung blitzte in seinen Augen auf, dann drehte sich der Wächter mit dem Rücken zu uns und lief zurück zur Eingangstür.

Mit offenem Mund starrte ich ihm hinterher. Was um alles in der Welt hatte das denn zu bedeuten? Das konnte unmöglich echt gewesen sein, oder? Das ganze Gespräch hatte so seltsam und künstlich gewirkt. Doch am schlimmsten und verwunderlichsten fand ich noch immer Jamies Reaktion. Er hatte sich so schlagartig entspannt, fast schon, als wäre er ...

Jamie drehte sich zu mir um und der Ausdruck auf seinem Gesicht ließ mich geradewegs die Luft anhalten. Es war weder Furcht noch Neugierde noch Wut oder Schuld. Nein. Dort lag ein Ausdruck, den ich auf seinem Gesicht nie zuvor gesehen hatte: Es war Zärtlichkeit. Sein Blick war so sanft und liebevoll, dass ich geradewegs erschrak. Ganz besonders, als er ganz nah zu mir trat, seine Hand auf meine Wange legte und sich zu mir nach unten beugte.

»Jamie, was um alles in der Welt tust du da?«, wisperte ich entsetzt.

Doch Jamie antwortete mir nicht. Jedenfalls nicht direkt und nicht mit Worten. Er schlang einen Arm um meine Mitte und zog mich an sich, dann spürte ich auch schon, wie sich seine Lippen an meine Wange drückten. Er küsste sie zärtlich, lange und behutsam, und als er sich von mir löste, strichen sie über meine Lippen.

Mein Herz machte einen schwindelerregenden Satz. Was um alles in der Welt ...?!

»Gute Nacht, Olivia«, sagte Jamie selig lächelnd und fuhr mit seinem Daumen meine Unterlippe entlang. Die Bewegung war so plötzlich und machte mich so perplex, dass ich für einen Moment vergaß, wie man atmete.

»Jamie!«, rief Yuth. »Nun mach schon. Wir haben nicht ewig Zeit!«

Das ließ Jamie sich offenbar nicht zweimal sagen, denn mit einem Mal drehte er sich mechanisch um und folgte Yuth, ohne mir noch einmal einen Blick zuzuwerfen.

Ich starrte den beiden hinterher, bis die Tür des Lofts wieder laut ins Schloss fiel. In mir herrschte Chaos und meine Wange brannte dort, wo Jamie mich geküsst hatte. Das alles war so falsch.

Hier ging nichts mit rechten Dingen zu.

Und mit einem Mal war ich mir gar nicht mehr so sicher, dass Jenkins derjenige war, der hinter alldem steckte. Zumindest nicht allein.

Wer oder was es auch war, ich traute diesem Wächter kein bisschen mehr über den Weg.

33. Kapitel

Ein Klopfen an der Tür riss mich aus dem kurzen unruhigen Schlaf. Mit einem Mal saß ich aufrecht im Bett und war hellwach. Mein alarmierter Blick registrierte zunächst das Zwielicht des frühen Morgens und dann Finns leeres Bett.

Irritiert schlug ich die Bettdecke zurück und stand auf. Ich hatte schwören können, dass Finn noch vor wenigen Stunden, als ich zu Bett gegangen war, tief und fest geschlafen hatte.

Voller Anspannung stellte ich mich vor die Tür und atmete tief durch. Ich durfte jetzt nicht den Kopf verlieren. Was auch immer hier vor sich ging, ich würde es herausfinden. »Wer ist da?«

»Jamie. Mach auf.«

Erleichterung erfüllte mich und ich riss die Tür auf.

»Guten Morgen, Crate«, sagte er mit einem beinahe schon spöttischen Lächeln. Er sah erholt aus, was mich ziemlich verwirrte und seine gesamte Haltung strahlte Gelassenheit aus. Wären da nur nicht die Schatten unter seinen Augen.

»Äh, guten Morgen«, erwiderte ich und runzelte die Stirn.

Als Jamie mich ebenfalls musterte, runzelte auch er die Stirn. »Wieso bist du noch nicht angezogen?«

»Wieso sollte ich schon angezogen sein? Es ist gerade mal, was, sieben Uhr?«

»Crate, das Training hat schon längst begonnen.«

Diesmal war ich tatsächlich perplex und ich gab mir keine Mühe, es zu verbergen. Ich spähte an ihm vorbei in die Halle, doch niemand von den Begabten war zu sehen. Wir waren offenbar alleine. »Jamie, wieso fragst du mich das? Und was ist gestern Nacht mit Yuth passiert?« Ich hatte immerhin noch nie an den gemeinsamen Trainingseinheiten der Begabten teilgenommen. Oder am Frühstück.

»Ich glaube nicht, dass dich das etwas angeht«, erwiderte er und verschränkte die Arme vor der Brust.

Argwohn erfasste mich. Ich trat zur Seite und winkte ihn ins Zimmer. »Komm rein.«

Er runzelte die Stirn. »Wieso sollte ich das tun, Crate? Ich bin nur hier, um dich zum Training abzuholen.«

»Jamie, was geht hier vor sich? Seit wann holst du mich zum Training ab?«

»Lass diesen Unsinn. Ich hole dich jeden Morgen zum Training ab, es ist ein Tag wie jeder andere.« Nichtsdestotrotz kam er meiner Bitte nach und betrat mein Zimmer. Er verengte die goldenen Augen zu Schlitzen und verzog die Lippen zu einer schmalen Linie. »Du verhältst dich seltsam.«

Kaum war er drin, schloss ich die Tür hinter ihm wieder ab. Sein Verhalten bestätigte nur noch mehr, dass etwas faul sein musste. Letzte Nacht war Jamie genauso misstrauisch gewesen wie ich, und gerade als Yuth aufgetaucht war, hatte sich sein gesamtes Verhalten verändert.

»Erklärst du mir jetzt bitte, was hier vor sich geht?«, fragte er harsch.

Ich wich vor ihm zurück, verwirrt und ungläubig. »Weißt du nicht mehr, was letzte Nacht auf dem Dach passiert ist?«

Als Jamie mich fragend ansah, erfüllte mich eiskalte Sicherheit. Bei den Sternen. Er wurde erneut verzaubert!

Ich senkte die Stimme und gab mir Mühe, ruhig zu atmen. »Jamie, wir waren zusammen auf dem Dach und du hast deine Gefälligkeiten bei mir eingelöst. Klingelt da etwas bei dir? Du hast von mir verlangt, dass ich dir stets die Wahrheit sagen muss und dass ich jede Frage, die du mir stellst, beantworten muss.«

Meine Worte lösten irgendwas in ihm aus. Erst wirkte seine Miene nachdenklich. Dann kniff er fest die Augen zusammen und Schmerz huschte über sein Gesicht. Er fluchte und taumelte blind mit dem Rücken gegen die Zimmertür. »Du ... du hast recht. Ich glaube, ich habe es vergessen. Verflucht, mein Kopf!« Er massierte sich die Schläfen und blinzelte mich mehrmals an.

»*Vergessen?*«, wiederholte ich entsetzt, »Jamie, was ist passiert, als du und Yuth weg wart? Wieso kannst du dich nicht mehr daran erinnern, was passiert ist? Weißt du wirklich gar nichts mehr?« Mit einem Mal sickerte Panik durch meinen Bauch, eiskalt und bleischwer. Was, wenn Jamie es wirklich nicht mehr wusste? Was, wenn er wieder glaubte, dass er und die anderen Begabten wirklich eine Einheit waren, die darauf vorbereitet wurde, die Beschenkten zu töten?

Ich konnte auf keinen Fall riskieren, dass Jamie es vergessen hatte, denn das bedeutete, dass er wieder versuchen würde, mich umzubringen. Das konnte ich unmöglich zulassen. Deshalb nahm ich meinen Mut zusammen, trat vor ihn und legte ihm meine Hände auf die Schultern. »Hör mir gut zu. Du hast auf die Sterne geschworen, dass du und die anderen Begabten nur eine gewöhnliche Jägereinheit seid – keine Einheit, die darauf spezialisiert ist, die Beschenkten zu töten. Du hast mir gesagt, dass du niemals jemanden töten würdest. Es gibt keine Einheiten, die Beschenkte töten sollen. Das hast du mir gesagt und du hast auf die Sterne geschworen!«

Jamie erstarrte. Es war, als könnte ich quasi beobachten, wie der Zauber erneut brach. Diesmal jedoch trat kein Blut aus seinen Augen. Ich fragte mich weshalb. Jedenfalls war ich froh, dass er nicht exakt die gleichen Schmerzen wie letzte Nacht durchlebte. Genauer gesagt erholte er sich sogar recht schnell.

»Du weißt, dass du mir glaubst«, fügte ich leise und eindringlich hinzu, ohne zurückzutreten. »Du hast deine Gefälligkeiten bei mir eingelöst, ich kann dich nicht anlügen. Ich sage die Wahrheit.«

»Ich weiß«, flüsterte er mit heiserer Stimme. Seine Atmung beschleunigt sich. Er wirkte haltlos, als er sich im Zimmer umsah, dann trat er zu meinem Bett und setzte sich auf die Kante. »Die Erinnerungen kommen gerade wieder zurück. Gib mir einen

Moment. In meinem Kopf ist ein ziemliches Durcheinander.« Er stützte die Ellbogen auf den Knien ab und vergrub das Gesicht in den Händen.

Ich schlang die Arme um mich und lehnte mich gegen den Schreibtisch. Dann warte ich, bis Jamie sich wieder beruhigt hatte.

Tatsächlich dauerte es eine ganze Weile. Er saß einfach nur da und bedeckte sein Gesicht mit den Händen, während seine Atmung allmählich ruhiger wurde. Mein Blick wanderte dabei zu Finns leerem Bett und erneut fragte ich mich, wo er um diese Uhrzeit bloß stecken konnte. Meine Zähne gruben sich vor Verzweiflung in meine Unterlippe. Das sah ihm überhaupt nicht ähnlich, und abgesehen davon hatte ich höchstens zwei oder drei Stunden geschlafen. Wieso hatte er mir keine Nachricht hinterlassen oder mich geweckt, damit wir gemeinsam hätten aufbrechen können? Er ließ mich nie zurück. Und ich ihn nicht. Wir waren doch ein Team.

Ein ungutes Gefühl beschlich mich.

Ich hörte Jamie trocken auflachen, was meine Aufmerksamkeit zurück zu ihm lenkte.

»Das ist einfach unglaublich. Ich kann mich wieder an alles erinnern. Nicht nur an das, was auf dem Dach geschehen ist. Auch an das, was geschehen ist, als Yuth und ich das Loft verlassen haben«, murmelte er und wippte dabei unruhig mit dem Knie.

Fast hätte ich es nicht gewagt, die Frage zu stellen, doch meine Neugierde war zu groß. »Was hat der Wächter gesagt?«, fragte ich vorsichtig.

Jamie starrte Löcher in die Luft und wirkte dabei hoch konzentriert. »Wir sind nicht weggefahren. Wir sind vor der Tür des Lofts stehen geblieben. Dort hat er mich gepackt und meinen Kopf festgehalten. Er fragte, was passiert ist, und sagte mir, dass ich es ihm erzählen muss. Er sagte, dass ich es will, es meine Pflicht sei und dass ich dieser Pflicht unbedingt nachkommen muss. Dass es nichts gibt, was ich mehr will, als ihm alles zu sagen. Und so war's dann auch. Auf einmal wollte ich nichts sehnlicher, als Yuth alles zu erzählen, also habe ich das auch getan. Ich hab ihm erzählt, was zwischen uns beiden passiert ist und was du mir gesagt hast. Anschließend hat Yuth mir befohlen, dass ich alles, was an diesem Abend geschehen ist, vergessen soll. Die letzte Nacht hat nie existiert. Und er hat mir gesagt, dass ich dich um Punkt sieben Uhr für das Training abholen soll, so wie ich es jeden Morgen täte. Ich ... bei den Sternen!« Erneut fuhr er sich mit den Händen über das Gesicht. Ich konnte nichts anderes tun, als ihn mit offenem Mund anzustarren. »Einfach so?«, wisperte ich. »Er hat es befohlen und dann war es einfach so?«

»Sobald er mir sagte, dass ich etwas wollte, war es auch so. Plötzlich wollte ich es. Und als er mir sagte, dass ich vergessen sollte, was auf dem Dach passiert ist, habe ich es augenblicklich vergessen.«

»Himmel noch mal«, flüsterte ich voller Entsetzen und fuhr mir durch das Nest aus Haaren auf meinem Kopf. »Dann stecken also die Wächter dahinter? *Sie* wollen uns töten? Woher konnte Yuth wissen, dass Finn und ich Beschenkte sind?«

Jamies Augenbrauen wanderten so hoch, dass sie beinahe seinen Haaransatz berührten. Ungläubig blinzelte er. »Warte, Olivia. Finnley ist *auch* ein Beschenkter? Ihr beide seid *Beschenkte!?*«

Ich erstarrte zu Eis und mein Herzschlag beschleunigt sich. Oh nein. Ich war so ein Idiot! Verflucht noch mal!

Eigentlich wollte ich den nächsten Satz nicht aussprechen, doch durch Jamies Gefälligkeiten blieb mir nichts anderes übrig. *Nein!*, wollte ich rufen. Ich wollte auflachen und ihn vom Gegenteil überzeugen, meine Dummheit und meinen unvorsichtigen Mund verfluchen, doch ich konnte es nicht.

»Ja«, flüsterte ich und biss fest die Zähne zusammen. Mir wurde heiß und kalt und ich fühlte mich schuldig und furchtbar. Himmel, das hatte ich ihm nicht sagen wollen!

Jamies Haltung veränderte sich, wurde weniger angespannt. Er stand auf und trat zu mir. »Hey, hab keine Angst. Es tut mir so leid, Olivia. Ich hätte diese Gefälligkeiten niemals bei dir einfordern dürfen. Wäre ich bei klarem Verstand gewesen, hätte ich es niemals gewagt, dermaßen in deine Persönlichkeitsrechte einzugreifen und dir deinen freien Willen zu nehmen. Ich glaube aber, deine Gefälligkeit, mir immer die Wahrheit zu sagen, und mein Schwur auf die Sterne, durch den ich dir unsere guten Absichten versichert habe, sind die einzigen Dinge, die uns gewissermaßen vor diesem Zauber schützen. Es sind die einzigen Dinge, die den Zauber offenbar brechen können. Damit will ich es nicht entschuldigen. Aber ich ... es hat uns beide gerettet.«

Ich atmete tief durch und ballte die Hände zu Fäusten. »Du hast recht«, stieß ich hervor. »Das ändert aber nichts an der Tatsache, dass diese Gefälligkeiten grausam sind.«

»Das stimmt«, sagte er geradeheraus. »Ich sollte dich aus den Gefälligkeiten befreien.«

»Aber noch nicht jetzt«, sagte ich und straffte die Schultern. Jetzt, wo Jamie Yuth erzählt hatte, was auf dem Dach geschehen war, wusste Yuth also auch, dass ich eine Beschenkte war. *Er wusste es.* Was immer das zu bedeuten hatte, es konnte nichts Gutes sein.

»Vielleicht versuchst du in einer Stunde wieder, mich umzubringen, weil Yuth es dir befiehlt. Wenn das der Fall ist, brauche ich irgendwas, um dich daran zu hindern.«

Er nickte. »Keine schlechte Idee. Aber finden wir erst mal heraus, was es überhaupt mit alldem auf sich hat.«

Ein flaues Gefühl breitete sich in meinem Bauch aus. »Was machen wir jetzt?«

»Yuth ist nicht mehr hier. Ich habe ihn zumindest nicht mehr gesehen. Ich lag die ganze Nacht wach und habe mich ...« Er sah mich plötzlich an und ein seltsamer Ausdruck trat auf Jamies Gesicht. Etwas flackerte in seinen Augen auf und ich sah, wie ein Muskel an seinem Kiefer zuckte.

»Was ist?«, fragte ich argwöhnisch.

»Ich ... ich konnte nicht schlafen. Und ich ...« Er räusperte sich und wich meinem Blick aus. »Ich musste mich davon abhalten, nicht zu dir ins Zimmer zu kommen.«

Mein Mund klappte auf und plötzlich wurde mir glühend heiß. »Du ... *was?*«

Die Erinnerung an Jamies Verabschiedung war plötzlich so lebhaft, dass ich beinahe glaubte zu spüren, wie meine Wange noch immer deshalb kribbelte.

»Jamie, das ist auch ein Zauber!«, stieß ich hervor und wich zwei Schritte zurück. Mein Gesicht und mein Nacken begannen zu glühen und der Schreck war so groß, dass es mich Mühe kostete, die Worte auszusprechen. »Als Yuth gesagt hat, dass du dich von mir verabschieden sollst, hat er dir gesagt, dass du dich von ... von deiner Liebsten verabschieden sollst.«

Gequält verzog Jamie das Gesicht und kniff die Augen zusammen. Es war, als hätte ihm jemand einen Eimer Eiswasser über den Kopf geschüttet.

»Tut mir leid!«, sagte ich hastig und biss mir auf die Lippe.

Wieder lachte er auf, doch es klang kraftlos. »Olivia, wieso entschuldigst du dich? Du hast nichts getan. Ich bin der Idiot, der ständig unter irgendeinen Zauber gestellt wird. Ein großartiger Hüter, was?«

»Jamie, ich kann mir nicht vorstellen, dass man einem solchen Zauber überhaupt widerstehen kann.«

»Vielleicht ziehst du dich an und wir gehen nach unten. Die anderen sind alle auf dem Dach und trainieren. Wir überlegen uns einen Plan und ich mache uns etwas zu essen. Wie klingt das?«

»Das klingt gut. Ich beeile mich.« Ich biss mir auf die Zunge. Beinah hätte ich mich wieder bedankt.

Jamie nickte, drehte sich um und war einen Moment später fort. Ich beeilte mich, die Tür hinter ihm wieder abzuschließen, dann nahm ich mir schnell eine Jeans und ein T-Shirt und zog mich um. Keine Minute später schlüpfte ich in meine Schuhe und verließ mein Zimmer.

Gemeinsam durchquerten wir die Trainingshalle und liefen nach unten. Die Ungewissheit über Finn bereitete mir Bauchschmerzen. Ob er bei den anderen Begabten war? Ob er in Sicherheit war?

Auf der obersten Stufe der Treppe blieb Jamie plötzlich abrupt stehen. »Warte«, sagte er leise und hielt mich am Arm fest. Erst wollte ich fragen, was los war, doch dann lauschte ich auf. Es waren Geräusche zu hören, jedoch nicht wie zu erwarten vom Dach, wo die Begabten eigentlich trainieren sollten, sondern von unten.

In dem Moment, als ich erschrocken zu Jamie aufblickte, schaute er zu mir hinab und seine Augen weiteten sich. »Sie sind nicht mehr auf dem Dach.«

Beinahe gleichzeitig liefen wir mit schnellen Schritten nach unten.

Wir beide blieben unten an der Treppe wie angewurzelt stehen. Denn das, was sich uns bot, war ein völlig falsches Bild.

Die Begabten standen alle an der Kücheninsel. Finn und Jenkins waren ebenfalls dabei. Doch das Erschreckendste an dem Anblick war nicht das Gepäck, dass überall stand, oder die Reisekleidung der Begabten.

Nein, es war Yuth.

Er stand vor den Begabten und hielt die Karte der Sterne in den Händen.

Ich konnte nichts dagegen tun, als mir ein entsetzter Schrei entwich. »Nein!«

Kollektiv drehten sich alle zu Jamie und mir um.

Yuth lächelte erfreut. »Na, da seid ihr ja! Wir haben euch schon erwartet.«

Hastig zuckte mein Blick zu meinem besten Freund. »Finn, was geht hier vor?«

Finn trat grinsend auf mich zu. »Na, was wohl? Wir brechen auf. Es ist auch langsam an der Zeit.«

Hilflos wanderte mein Blick erst zu Jamie, dann zu Jenkins. »Was meint er damit?«

»Olivia«, sagte Jenkins sanft, so als würde ich etwas, das glasklar und genau vor meinen Augen war, nicht erkennen. »Du weißt doch, was unsere Mission ist. Wir suchen nach der Zone eines Mächtigen. Und die Karte der Sterne hat uns soeben verraten, dass diese sich im Grand Canyon befinden muss.«

»Was?«, flüsterte ich.

Finn lachte auf und Ozlo und Sua stimmten auf eine Art

und Weise mit ein, die mir einen kalten Schauer über den Rücken jagte.

»Im Grand Canyon befindet sich eine Zone der Mächtigen. Yuth wusste das offenbar bereits, aber die Karte hat es ihm noch mal bestätigt. Das hat er zumindest gerade gesagt«, sagte Finn strahlend.

Aufgebracht machte ich einige Schritte vorwärts. »Das ist totaler Schwachsinn! Yuth kann die Karte überhaupt nicht benutzen oder lesen!«

»Natürlich kann ich das.« Die erschreckend klare Stimme ließ mich zum Wächter herumwirbeln. Panisch sah ich ihn an, und noch bevor ich irgendetwas tun konnte, durchbohrten mich plötzlich seine Augen. Der Blick seiner silbrig-grauen Augen fraß sich regelrecht in meinen Geist. In meine Seele. Und als er die nächsten Worte sprach, vertrieben sie jeden Zweifel.

»Im Grand Canyon befindet sich eine Zone der Mächtigen. Und wir werden uns jetzt alle gemeinsam auf den Weg machen, um diese Zone ausfindig zu machen. Wir werden keinen Halt machen, bis wir Sternenstaub gefunden haben. Du kannst es kaum erwarten, nicht wahr?«

Für einen kurzen Moment konnte ich nichts anderes wahrnehmen, nichts anderes fühlen als das flüssige Silber seiner Augen, in dem ich regelrecht zu ertrinken schien. Erst jetzt fiel mir auf, wie tief diese Augen waren. Welche Ruhe und Wärme sie verströmten, wenn man in sie hineinsah. Meine Panik schien einfach verschluckt zu werden und mein pumpender Herzschlag verfiel wieder in einen sanften Rhythmus. Ich schien in Yuths Blick hinabzutauchen. Wie die Farbe des Ozeans, wenn der Himmel von dunklen Gewitterwolken behangen war. Ein Meer aus flüssigem Silber.

Einen Moment später blinzelte ich. Alles war wieder klar. Normal.

Aber wann war es auch nicht normal gewesen? Yuth hatte doch bloß mit mir gesprochen.

Ich spürte, wie sich ein Lächeln auf meinen Lippen ausbreitete.

Aufregung kribbelte durch meinen Bauch und die plötzliche Euphorie, die mich durchströmte, ließ mich beschwingt auflachen. Ich klatschte in die Hände und drehte mich strahlend zu Jamie um. »Na dann, los. Lass uns die Zone eines Mächtigen finden!«

PART III

34. Kapitel

Während der gesamten Autofahrt konnte ich kaum still sitzen, war aufgeregt und unruhig. Zusammen mit Finn, Gregor, Yuth und Jamie saß ich im Wagen, starrte aus dem Fenster und wippte mit den Knien. Irgendwie hatte ich das Bedürfnis, in Habachtstellung zu gehen, da der Wächter auf der Rückbank zwischen Jamie und mir saß. Doch ich tat es nicht. Besonders nicht, nachdem Yuth mir gesagt hatte, dass ich vollkommen unbesorgt sein könnte und dass die Reise wunderbar verlaufen würde. So sorglos und glücklich wie in diesem Moment hatte ich mich lange nicht mehr gefühlt. Die ganze Fahrt über sprach Yuth mir zu, erzählte und erklärte mir Dinge. Und ich hing förmlich an seinen Lippen – oder eher gesagt an seinen Augen. Sie waren wunderschön und unfassbar einnehmend. Ich war völlig beeindruckt von ihm. Der Wächter strahlte Kraft, Macht und Wissen aus. Es war regelrecht eine Ehre, hier mit ihm zu sitzen und mit ihm reden zu dürfen.

Jamie verhielt sich bloß komisch. Was hatte er nur? Die gesamte Fahrt blickte er starr aus dem Fenster und hatte die Hände in seinem Schoß so fest zu Fäusten geballt, dass die Haut um seine Knöchel herum weiß schien. Es kam mir unhöflich vor, dass er vehement aus dem Fenster starrte, sogar wenn Yuth mit ihm sprach. Nicht ein einziges Mal löste Jamie den Blick von der an uns vorbeiziehenden Landschaft und jede seiner Antworten fiel kurz und knapp aus.

Die Landschaft war … uninteressant. Das hatte Yuth gesagt, als er Jamie getadelt hatte. *Wieso siehst du dir das an? Es sind lang-*

weilige Hügel, Wiesen und Straßen. Uninteressant. Nicht wahr, Olivia? James, wieso unterhältst du dich nicht ein wenig mit uns?

Yuth hatte vollkommen recht. Die Landschaft, die an uns vorbeizog, besaß überhaupt keinen Reiz. Hügel, Nadelbäume und Straßen mit Autos. Es war stinklangweilig und total öde.

»Entspann dich, Mann«, sagte Gregor, während er einen Truck überholte. »Wieso bist du so nervös? Wir werden die ersten Begabten sein, die jemals den Sternenstaub eines Mächtigen berühren!«

Ich sah, wie Jamie die Lippen fest zusammenpresste. Er erwiderte kein Wort. Und so ging es immer weiter.

Als wir endlich den vollen Parkplatz am, wie Yuth sagte, *South Rim* des Grand Canyons erreichten, kam ich aus dem Staunen nicht mehr raus. *Ist es nicht überwältigend, Olivia? Ein wundervoller Ort. Du bist fasziniert, nicht wahr?*

Die raue Landschaft war überwältigend. Auf eine Art und Weise, wie ich es noch nie gesehen hatte. *Faszinierend.* Rostrotes Gestein erstreckte sich bis zum Horizont, mit Schluchten, die sich wie Adern hindurchzogen, so tief, dass man ihren Grund nicht sehen konnte. Sie schienen den Horizont aufgerissen und ihn in ihre unendlichen Tiefen gezogen zu haben. Es war so schön, so überwältigend, dass mir Tränen in die Augen stiegen.

Finn schrie auf dem Beifahrersitz plötzlich auf und sackte in sich zusammen.

»Finn?!«, fragte ich alarmiert, schnallte mich ab und beugte mich zu ihm vor. Augenblicklich war die Szenerie um uns herum vergessen.

»Bei den Sternen, was war das denn? Alles in Ordnung, Kumpel?«, fragte Gregor erschrocken und versuchte, Finn immer wieder einen Blick zuzuwerfen, während er in eine von zwei freien Parklücken neben einer dichten Gruppe Nadelbäume einlenkte.

Finns Hände waren zu Fäusten geballt und sein Gesicht aschfahl. Mein Herz machte einen schwindelerregenden Satz.

»Was hast du?«, fragte ich panisch und berührte ihn an der Schulter, doch es schien, was auch immer es war, nur noch schlimmer zu machen.

»Es passiert wieder«, presste Finn atemlos hervor. Er krallte seine fleckige Hand an der Rücklehne fest und blinzelte mich aus leeren, glasigen Augen an. Und da ... wusste ich es.

Finn wurde gerufen. Genau wie es uns zu Hause mit Jènnye ergangen war.

Noch während Gregor den Motor abstellte, sprang Jamie plötzlich aus dem Wagen und öffnete die Beifahrerseite. »Finnley, was ist los?«

Mein Puls beschleunigte sich. Bei den Sternen, es war also wirklich wahr. Irgendwo dort unten in der rostroten Schlucht befand sich eine Zone! Ich verschluckte mich beinahe an meiner eigenen Zunge. »Finn, wie stark ist es?«

Das war nicht gut. Es war ganz und gar nicht gut. Nicht mehr lange und Finn befände sich abseits vom Hier und Jetzt, wie auf Jènnye, als er mit seinem Brüllen eine Höhle zum Einsturz gebracht hatte. Wie sollte ich das bloß den anderen erklären?

»Er hat Herzrasen«, sagte Jamie beunruhigt und nahm seine Hand von Finns Handgelenk. »Es sieht fast so aus, als hätte er eine Art Anfall.«

»Nein!«, sagte ich hastig und stieg aus. Mit eiligen Schritten lief ich um den Wagen herum und schob Jamie zur Seite. »Vertrau mir, Jamie«, flüsterte ich und sah ihn eindringlich an. Und mehr schien es nicht zu brauchen, denn Jamie erwiderte nichts, sondern trat einfach zur Seite und ließ mich machen.

Mit bebenden Händen schnallte ich meinen besten Freund ab und zog ihn aus dem Wagen. »Finn, wo ist die Karte?«

»Jenk... Jenkins hat sie.« Er kniff die Augen zusammen.

Ich schnappte nach Luft. *Jenkins.* Ausgerechnet bei ihm? Dort war sie nicht sicher! Wieso war sie nicht bei Finn oder bei Yuth?

Der Wächter und Gregor stiegen ebenfalls aus, ehe neben uns

der andere Wagen hielt, aus dem Jenkins, die Zwillinge und Fire stiegen.

»Holt euer Gepäck!«, rief Yuth den Begabten zu. »Wir haben endlich eine Spur zur Zone. Beeilt euch!«

»Das war also sein Plan. Dieser verfluchte Mistkerl«, murmelte Jamie knurrend.

Finn machte einen plötzlichen Satz in Richtung der Nadelbäume. Hastig packte ich ihn an der Hand und zog ihn zurück. »Jamie, hilf mir!«, zischte ich, während Finn sich, ohne uns anzusehen, gegen meinen Griff zur Wehr setzte. Wir zogen ihn weg von den Autos und den anderen Begabten, die an den Kofferräumen damit zugange waren, ihre Taschen herauszuholen.

»Was hat er?«, flüsterte Jamie eindringlich, als niemand mehr in unmittelbarer Hörweite stand.

Finn davon abzuhalten, dem Ruf zu folgen, war schwieriger als gedacht. Ich biss die Zähne zusammen und verstärkte meinen Griff.

»Ich glaube, es ist die Zone. Das ist uns zu Hause auf Hawaiki schon mal passiert.«

Jamie wirkte erstaunt und alarmiert zugleich. »Aber wieso wirst du dieses Mal nicht auch gerufen?«

»Keine Ahnung! Vielleicht weil es Jènnye war und diesmal ein anderer Mächtiger. Vielleicht ist es – Finn, verflucht, kämpf dagegen an!«, zischte ich, als Finn mir die Hand entriss. Eilig griff ich nach seinem Arm und hing mich regelrecht an ihn. Seine Wangen und Lippen hatten einen dunklen Rosaton angenommen und seine Augen leuchteten, so wie ich sie noch nie gesehen hatte.

Ich wandte mich erneut an Jamie. »Vielleicht ist es Aldebarans Zone. Das würde erklären, wieso nur Finn gerufen wird und nicht ich. Wir müssen unbedingt verhindern, dass die anderen merken, dass etwas nicht stimmt.«

Jamie lachte auf. »Sehr witzig, Crate. Ich denke, das hat Yuth bereits übernommen.«

Ich runzelte die Stirn. »Was? Was meinst du damit?«

»Crate, du stehst unter seinem Zauber«, flüsterte er eindringlich. »Denk nach.«

Fahrig ging ich in Gedanken noch einmal die letzten Stunden durch, um herauszufinden, was Jamie meinte.

Unter einem Zauber ...

»Ich weiß es nicht«, gestand ich verzweifelt und zog die Augenbrauen zusammen. Ich hätte ja wohl mitbekommen, wenn ich unter einem Zauber gestanden hätte. Immerhin hatten Jamie und ich erst kurz vor Aufbruch darüber gesprochen.

»Was jetzt?«, fragte ich verzweifelt, als Jamie leise fluchte.

»Ich weiß es noch nicht. Aber ich werde mir etwas einfallen lassen.«

Finns Zerren wurde stärker. Er wurde energischer und ruheloser.

»Los, los!«, hörten wir Yuth rufen. »Finnley weiß, wo es langgeht. Immer ihm hinterher.«

»Das alles hier ist so falsch«, murmelte Jamie. »Yuth scheint genau zu wissen, was hier gerade passiert. Das alles ist doch von vorne bis hinten inszeniert.«

Ich warf dem Wächter einen Blick über die Schulter zu und blickte dabei geradewegs in seine Augen. Für einen kurzen Augenblick schnappte ich nach Luft. Dann drehte ich mich wieder zu Jamie und Finn um.

»Wieso inszeniert?«, fragte ich verwirrt. »Finn weiß, wo es langgeht. Wir sollten ihm folgen.«

»Olivia, wieso verflucht noch mal merkst du nicht, was hier gerade passiert?« Jamie klang überraschenderweise hilflos. Das passte so gar nicht zum arroganten, kühlen Hüter.

»Keine Ahnung, Jamie! Was ist dein Problem?«, fragte ich leise. »Willst du die Zone nicht finden?«

Er starrte mich an. Dann schüttelte er langsam den Kopf. »Hoffnungslos. Tu mir bitte einen Gefallen und sieh Yuth nicht mehr in die Augen, okay? Ich werde das Gefühl nicht los, dass er durch sie in unsere Köpfe gelangt.« Er legte mir eine Hand auf die Schultern und drückte sie erschreckend fest. »Bitte«, wiederholte er eindringlich. »Versuch zu widerstehen. Sieh ihm auf keinen Fall in die Augen, Crate. Verstanden?«

Erschrocken und verwirrt erwiderte ich Jamies Blick. Dann nickte ich zögerlich. »Na schön. Gut. Ich sehe ihm nicht mehr in die Augen.«

»Gut. Dann lass uns jetzt gehen, bevor Finnley tatsächlich noch einen Anfall bekommt, wenn er diesem Ruf nicht folgt.«

Ich nickte hastig.

Äste raschelten hinter uns.

Erschrocken wirbelte ich herum. Jenkins trat auf uns zu und blickte besorgt zu Finn. »Wie geht es ihm?«

Ich spannte mich an. »Er wird gerufen«, gestand ich schließlich. Ich blickte mich verstohlen um und sah zu den anderen Begabten. Sie kamen allmählich ebenfalls auf uns zu.

»Jenkins, wo ist die Karte?«, fragte ich eilig.

»Sie ist in meinem Rucksack«, erwiderte er überrascht. »Wieso?«

Ich löste eine Hand von Finns Arm und streckte sie aus. »Gib sie mir. Sofort.«

Verwirrt sah er mich an und legte den Kopf schief. »Olivia –«

»*Sofort*«, verlangte ich und funkelte ihn an. Jenkins war immerhin unser Hauptverdächtiger, was die Angriffe auf uns anging. Wieso fiel mir erst jetzt ein, ihm die Karte abzunehmen? Seltsam.

Zögerlich nahm Jenkins den Rucksack vom Rücken, öffnete ihn und reichte mir die schwarze Steintafel.

Ich riss sie ihm aus der Hand. Das vertraute, magnetische Vibrieren schoss augenblicklich meine Arme hinauf, als ich sie an mich presste.

Für einen kurzen Moment schloss ich die Augen und atmete tief durch. *Endlich hatte ich sie wieder. Die Karte war wieder sicher.*

»Kann ich irgendwas tun?«

Ich öffnete die Augen wieder und sah, wie sich Ozlo uns zaghaft näherte. Auch Sua war zur Stelle mit alarmierter Miene. »Was ist mit Finn? Irgendein Anfall? Was Allergisches?«

»Nein, nein. Finn geht's gut«, erwiderte ich mehr als lahm, als auch Gregor, Fire und Yuth zu uns traten. Nicht in tausend Jahren hätte ich mir selbst geglaubt. Doch seltsamerweise stellte keiner weitere Fragen, sie schienen es einfach zu akzeptieren, was mir ein seltsames Gefühl bescherte.

»Lasst uns gehen«, sagte ich. »Eine Zone wartet auf uns.«

35. Kapitel

Die Sonne brannte gleißend hell und sorgte dafür, dass sich unter meiner zu dicken Kleidung ein dünner Schweißfilm auf meine Haut legte. Mühsam machte ich größere Schritte, um mit Finn mitzuhalten. Meine Füße glühten und schmerzten in meinen alten Schuhen. Es grenzte an ein Wunder, dass sie überhaupt noch intakt waren.

Nach wie vor presste ich mir mit einer Hand die Steintafel gegen die Brust, in der anderen hielt ich eine Wasserflasche, die bereits bis zur Hälfte geleert war. Sand, Dreck und Steine knirschten unter unseren Schuhen und über uns lag ein makellos blauer Himmel. Wir waren im Canyon und hier unten sah man nichts, bis auf die gewaltigen, rostbraunen Felswände. Das rotbraune Gestein war schwindelerregend hoch. Noch nie hatte ich mich so winzig klein gefühlt wie hier unten in der Schlucht. Hier und da waren Kiefern zu sehen oder *Utah-Wacholder*, wie Jenkins erklärt hatte. Knorrige, seltsam trocken aussehende Bäume mit grünem Blätterdach und kurzen, gebogenen Stämmen. So niedrig, dass ich manche eher als Strauch bezeichnen würde. Es wunderte mich, dass in der karg und trocken aussehenden Szenerie des Canyons überhaupt Pflanzen wuchsen.

Finn, Jamie und ich liefen an der Spitze, gefolgt von den anderen Begabten, Jenkins und Yuth. Es überraschte mich, dass Yuth den Schluss bildete und nicht hier vorne bei uns war. Doch irgendwie beruhigte es mich auch. Meine Gefühle waren wirr. In der einen Sekunde fühlte ich mich in seiner Gegenwart wohl und in der nächsten versetzte sie mich in Panik.

Finn wurde vom lautlosen Ruf geleitet und schien genau zu wissen, wo wir hingehen mussten. Wie besessen preschte er voran, zögerte an keiner Weggabelung zwischen den monströsen roten Gesteinen.

Wir durchquerten einen steinernen Bogen und ich beschleunigte meine Schritte, bis ich neben Finn herlief. »Nicht so schnell«, sagte ich atemlos und drückte ihm meine Wasserflasche in die Hand. »Trink etwas. Es ist heiß und du bist total verschwitzt.«

Er reagierte nicht. Natürlich nicht. Ich legte ihm meine Hand auf die Schulter und schüttelte ihn, ehe er mir einen kurzen Blick zuwarf. »Was ist?«, krächzte er und blickte wieder nach vorne.

Ich wiederholte mich drei Mal. Als Finn endlich die Flasche an die Lippen hob und das Wasser darin in einem Zug leerte, atmete ich erleichtert auf. Doch sofort wurde er erneut vollkommen vom Ruf der Sterne eingenommen.

Er beschleunigte seine Schritte und ich fiel wieder ein Stück zurück.

»Olivia«, erklang Jamies Stimme, ehe er neben mir auftauchte. »Was hat es mit diesem Ruf auf sich?«

Schweiß kitzelte mir auf der Stirn und ich wischte ihn mit dem Handrücken fort. »Ich bin mir nicht sicher. Aber Jènnye hatte uns zu Hause auf der Insel damit bis zur Karte der Sterne geführt.«

»Die Karte der Sterne«, wiederholte Jamie ungläubig. Sein Blick richtete sich auf die Steintafel in meinen Armen. »Ich kann nicht fassen, dass sie tatsächlich existiert. Ich dachte, es sei nichts weiter als ein Teil der Legenden.«

»Woher kennst du überhaupt die Legenden?«, fragte ich, ohne Finn aus den Augen zu lassen.

»Jeder Begabte kennt sie. Es ist unsere Ursprungsgeschichte. Jènnyes Insel, der Helle Krieg, der Fall der Hydrus und die Aufopferung der vier Krieger, um die Welt zu schützen.«

»Der Helle Krieg?«, fragte ich verwirrt.

»Der Überfall der Hydrus«, erklärte Jamie. »Capella und seine Gefolgschaft haben schwächere Sterne getötet, um ihre Energie zu stehlen, ehe sie versucht haben, die Mächtigen zu stürzen. Es gelang den Hydrus aber nicht, sie wurden von den Mächtigen besiegt und auf Jènnyes Insel verbannt.«

Ich nickte. Es war ein seltsames Gefühl zu wissen, dass es nicht nur eine Geschichte war, sondern etwas, was jeder Begabte wusste. *Die Ursprungsgeschichte.*

Abrupt blieb Finn stehen. Er taumelte zwei Schritte zurück, keuchte auf und fasste sich an den Kopf.

Hastig trat ich zu ihm und packte ihn am Arm. »Finn, was ist los? Was hast du?«

Seine glasigen Augen weiteten sich. »Mir ist komisch. Der Boden summt. Er ist unglaublich stark. Verflucht, die Erde ist so laut!«

Mit offenem Mund starrte ich ihn an. »Was meinst du damit?«

Sein Atem beschleunigte sich. »Ich glaube, die Erde unter uns ... sie wird uns mit sich nehmen«, flüsterte er. »Liv. Bleib dicht bei mir.«

»Schnell!«, hörte ich Jamie rufen. »Irgendetwas passiert hier! Beeilt euch und kommt her!«

»Finnley, was ist passiert?«, fragte Jenkins und hastete zu uns. Yuth und die Begabten waren kurz darauf ebenfalls zur Stelle.

»Beeilt euch!«, brüllte Finn plötzlich, was uns kollektiv zusammenfahren ließ.

»Hey, Mann, was soll das?«, fragte Gregor alarmiert.

»Kommt näher! Sofort!« Finn schrie aus vollem Hals, und geisterhaft hallte es in den unendlichen Schluchten des Grand Canyons wider. Vielleicht bildete ich es mir nur ein, doch ...

Die Luft um uns herum begann zu flimmern.

»Was, bei den Sternen?«, stieß ich hervor und legte den Kopf in den Nacken.

Der Boden unter uns begann zu vibrieren, genau wie Finn gesagt hatte. Dann schien sich die Welt um uns herum plötzlich zu bewegen, alles, bis auf den Fleck roter Erde, auf dem wir standen.

Ich stolperte zurück, bis ich gegen Jamie stieß.

»Was geht hier vor sich?!«, fragte Sua panisch.

Es war, als befänden wir uns mit einem Mal im Auge eines

Wirbelsturmes und würden uns mit halsbrecherischer Geschwindigkeit fortbewegen. Bloß bewegten wir uns nicht wirklich. Es rührte sich kein Windhauch. Es war totenstill, obwohl alles um uns herum so schnell im Kreis wirbelte, dass man nichts als Farben erkennen konnte. Der Canyon verschwand, Himmelblau und Sonnenlicht zuckten zwischen den erdigen Tönen des Gesteins und vermischten sich schließlich mit ihnen. Ein Lichtspiel, in einem unendlich hohen, monströsen Strudel, wie es eigentlich nicht möglich war, flackerte und zuckte über unsere Gesichter.

»Heilige Scheiße!«, fluchte Fire und stolperte von uns weg. »Das ist doch nicht möglich! Bei Regulus, Jamie! Yuth! Was ist das?«

»Das ist Aldebaran«, sagte Jenkins leise. Ein Lächeln breitete sich auf seinem Gesicht aus und er blickte nach oben. Es war nichts zu hören. »Das ist Aldebarans Zone. Wir haben die Zone des Herbststernes tatsächlich gefunden.«

»Herbst?«, wiederholte ich verwirrt. Meine Augen beobachteten die in höchster Geschwindigkeit vorbeiziehenden Farbstreifen.

Jenkins nickte. »Viele Begabte schwören darauf, dass ihre Kräfte zu bestimmten Jahreszeiten stärker sind. Aldebaran im Herbst, Regulus im Sommer, Antares im Winter und Pollux im Frühling. Ich persönlich halte es für Aberglaube.«

»Das ist kein Aberglaube!«, widersprach Sua.

Blitzartig verschwand der Farbstrudel und mit einem Mal stach uns das grelle rote Licht einer untergehenden Sonne in die Gesichter.

Erneut stolperte ich zurück und hob eine Hand vor die Augen, um mich vor dem plötzlichen Licht abzuschirmen. Ein kollektives Ächzen erfasste unsere Gruppe.

Die Luft auf meiner Haut war trockener und abgestandener als zuvor, so, als sei sie schon lange nicht mehr durch einen Windstoß aufgefrischt worden.

Schließlich wagte ich es doch, die Hand nach unten zu nehmen. Der Himmel schien zu brennen, so rot war das Sonnenlicht, doch so gleißend es auch war, ich konnte einfach nicht ausmachen, wo sich die Sonne befand. Ich fluchte leise, als mir das Herz geradewegs in die Hose rutschte.

Genau wie im Landesinneren von Jènnye. Und als wir mit Jenkins' Schiff die Zone verlassen hatten!

Wir waren umgeben von sandfarbenen und roten Felsbrocken, in jeder Größe und Form. Die roten Wände der Schluchten des Grand Canyons waren jedoch fort. Wir standen inmitten eines Meeres aus Geröll. Vor uns lag ein Vorsprung, eine kerzengerade Anhöhe, dessen roter Fels mir knapp bis über den Kopf reichte.

»Wo sind wir hier?«, fragte Ozlo erschrocken. Hektisch sah er sich um. »Und wieso geht die Sonne schon unter? Es ist erst Mittag!«

Finn war der Erste, der sich in Bewegung setzte.

Er warf seinen Rucksack zu Boden. Dann rannte er auf die Felswand zu, zog sich mit erstaunlicher Stärke und Geschwindigkeit hoch und verschwand. Weg war er.

Jamie und ich reagierten gleichzeitig und rannten ihm hinterher. Wir ignorierten die verblüfften Blicke und Fragen der anderen. Auf halbem Weg versuchte ich, mich ungeschickt vom Rucksack zu lösen. Wann hatte ich den überhaupt aufgesetzt?

Im Klettern war ich eine Niete und der Vorsprung ragte über meinen Kopf hinaus.

Ich schob die Steintafel auf den Vorsprung, sprang und stemmte meine Hände auf den oberen Rand. Dann zog ich mich keuchend hoch und schwang ein Bein über die Kante. Jamie rannte Finn bereits hinterher, als ich mich auf die Beine kämpfte und mir erneut die Karte schnappte. Ich folgte ihnen mit schnellen Schritten.

Atemlos kam ich neben Jamie und Finn zum Stehen.

Vor uns erstreckten sich keine wogenden Weiten aus grünem Farn, wie das Heilige Land von Hawaiki. Nein, vor uns lagen die Überreste eines verlassenen Dorfes. Wir befanden uns mitten auf einer Straße, die von alten Holzhütten gesäumt wurde. Die Häuserfronten waren aus Holz, mit hübschen, verzierten Vorderseiten und Dächern. Sie sahen aus, als seien sie einmal prunkvoll gewesen, angemalt in Farben, mit weißen Fensterläden und überdachten Eingängen. Nun waren die Farben jedoch stark verblasst, wenn sie nicht bereits abgeblättert waren. Auch besaßen einige Hütten keine Türen, sondern so was wie Schwingklappen. Etwas, was ich noch nie gesehen hatte. Obwohl mir all das hier fremd war, kam mir das verlassene Dorf vor, als sei es einer längst vergangenen Zeit entsprungen. Am Horizont, weit entfernt, ragten seltsam eckig geformte kupferfarbene Felsformationen in den Himmel, getränkt in das Licht eines Sonnenuntergangs, den man nicht ausfindig machen konnte. Alles hier war in dieses brennende, tiefwarme Licht getaucht, das vor allem die Nebelschwaden auf der Straße erstrahlen ließ.

Seltsam, dachte ich. Die Luft war so leblos und trocken und doch gab es hier Nebelschwaden? Das ergab keinen Sinn. Die Landschaft war kahl und bloß hier und da waren die Überreste von vertrockneten Sträuchern zu sehen. Die ausgeblichenen Holzhütten flüsterten nur noch von einst glorreichen Tagen und manche waren völlig zerfallen.

»Was um alles in der Welt ist das hier?«, fragte ich, vollkommen hingerissen.

»Ich habe nicht den blassesten Schimmer«, murmelte Jamie.

Ich starrte die Straße hinauf. Durch das orangerote Licht schien das verlassene Dorf zu brennen.

Finn atmete tief durch und machte einen Schritt nach vorne, dann drehte er sich mit überraschend klarer Miene zu uns um. Jeglicher Rausch schien ihn verlassen zu haben.

Ein feierliches, triumphierendes Lächeln erschien auf seinen rissigen Lippen. »Das hier, meine Freunde, ist die Aldebaran-Zone.«

36. Kapitel

»Bemerkenswert!«

Wir drehten uns um und sahen, wie Jenkins gerade das Plateau erklomm und sich den roten Staub von der Stoffhose klopfte. »Aldebarans Zone ist wirklich bemerkenswert.«

»Verrückt«, murmelte Jamie. »Sieht aus wie das Filmset aus einem alten Westernfilm.«

Ich sah mich um. »Keine Ahnung, was das ist.«

»Ich ... ach, nicht so wichtig.«

Die anderen Begabten und Yuth erklommen ebenfalls das Plateau und betrachteten die verlassenen Ruinen.

Nichts von dem, was wir sahen, passte zusammen.

Ich konnte nicht sagen, woran es lag. Die Kräfte, die hier flossen, schienen uralt zu sein und gleichzeitig passte nichts zusammen, obwohl alles gleichermaßen fremd schien.

Finn strich sich das verschwitzte Haar aus der Stirn und begann, die Straße hochzulaufen. »Ich ... ich kann den Sternenstaub spüren.«

»Ach wirklich?«, fragte Yuth mit einem begierigen Funkeln in den Augen. »Dann los. Führe uns zu ihm!«

Ich biss mir auf die Lippe und verstärkte meinen Griff um die Steintafel. Sollte ich misstrauisch sein? Es machte nicht gerade einen vertrauenerweckenden Eindruck, dass Yuth so auf den Sternenstaub versessen war. Andererseits hatte Yuth mir gesagt, dass ich ganz unbesorgt sein konnte ...

Ich machte mir zu viele Gedanken. Schließlich sollte ich unbesorgt sein.

Gerade wollte ich Finn folgen, da packte Jamie mich am Unterarm und hinderte mich daran weiterzugehen.

»Hey, was soll das?« Ich versuchte, ihm meinen Arm zu entziehen, jedoch ohne Erfolg.

Wortlos zog er mich mit sich zwischen die Häuserruinen.

»Wo geht ihr hin?«, rief Gregor uns hinterher.

Als wir die Rückseite eines Gebäudes erreichten, ließ Jamie mich endlich los und ich sah ihn empört an. »Was sollte das?«

»Danke«, sagte Jamie plötzlich und sah mich durchdringend an.

Ich erstarrte. »*Was?*«, flüsterte ich.

»Ich will, dass du die Gefälligkeit sofort einlöst, Crate. Verlang von mir, dass ich dir nur noch die Wahrheit sagen kann. Ich kann nicht mit ansehen, wie Yuths Zauber dich genauso verschluckt wie alle anderen.«

Mit großen Augen sah ich ihn an. Verwirrt und verblüfft. Was Jamie von mir verlangte, war doch absolut wahnsinnig. Da erinnerte ich mich jedoch auch an seine Worte. Meine Gefälligkeiten bei ihm waren der einzige Grund gewesen, wieso er mich letztendlich nicht getötet hatte. Sie hatten mich gerettet.

Mein Puls beschleunigte sich und mir wurde glühend heiß. Dann nickte ich. »I-Ich löse meine Gefälligkeit bei dir ein. Du darfst mir von jetzt an nur noch die Wahrheit sagen, Jamie.«

Ich sah, wie er kaum merklich zusammenzuckte. Offenbar brauchte er einen Moment, den ich ungeduldig abwartete. Anschließend trat Jamie dicht vor mich und berührte mich am Arm.

»Hör mir gut zu, Crate«, sagte er leise. »Alles, was Yuth dir in den letzten Stunden gesagt hat, ist eine Lüge gewesen. Denk darüber nach. Alles, was er dir gesagt hat, von dem Moment an, als du ihm dabei zum ersten Mal in die Augen gesehen hast, war reine Manipulation.«

Mein Mund klappte auf. Es war, als würden seine Worte mir einen kalten Wind in den Kopf pusten. So kalt, dass etwas in meinem Geist aufzuknacken schien und ein spitzer Schmerz durch meinen Kopf schoss.

Beinahe hätte ich auch die Karte fallen gelassen, als ich mir an den pochenden Schädel fasste. Und dann ...

Dann erfüllte mich Klarheit. Es war, als würden Jamies Worte mir einen erstickenden, dicken Schleier von der Seele nehmen. Das Gefühl, wie er sich löste, war so schmerzhaft und sonderbar, dass ich für einen kurzen Moment nichts mehr sehen konnte und sich mir der Magen umdrehte.

Ich verlor das Gleichgewicht. Zumindest glaubte ich das. Als ich meine Augen wieder öffnete, lehnte meine Wange an Jamies Schulter.

»Es ist alles gut«, flüsterte er. Beinahe sanft strich seine Hand dabei über meinen Rücken. Ich hielt den Atem an. Seine plötzliche Nähe, sein Duft nach Feuerholz und Honig und die tiefe Hitze, die der Körper des Regulus-Begabten verströmte, sorgten dafür, dass ich aufseufzte. Der Zauber war gebrochen. Nichts als Klarheit erfüllte meinen Kopf, schmerzhaft und vollkommen. Meine Erleichterung darüber war so groß, dass ich erschrocken auflachen musste. »Dank –«

Blitzschnell legte sich Jamies Hand auf meinen Mund und brachte mich zum Schweigen.

»Nicht«, sagte er leise. Einer seiner Mundwinkel zuckte und seine goldenen Augen wurden ein wenig kleiner. »Das solltest du dir wirklich dringend abgewöhnen, Olivia.«

Ich verzog das Gesicht und schob seine Hand fort, besonders als ich spürte, wie meine Wangen vor Verlegenheit zu brennen begannen. »Tut mir leid.«

»Kein Grund, sich zu entschuldigen. Und jetzt komm, die anderen fragen sich sicher schon, was wir hier treiben.«

Ich wollte Jamie gerade zurück zur Straße folgen ...

Als ich ein Flüstern hörte.

Ich drehte mich um. Suchend glitten meine Augen über die zerfallenen Hütten. »Hast du das auch gehört?«

»Was?«, fragte Jamie und trat wieder zu mir.

»Hör mal«, sagte ich leise, ohne den Blick vom verfallenen Dorf zu lösen. Instinktiv verstärke ich den Griff um die Steintafel.

Und da war es wieder. Ein geisterhaftes, unverständliches Flüstern. Es glich mehr einem Zischen und Murmeln.

»Bei den Mächtigen«, sagte Jamie. »Ich kann es auch hören.«

Jetzt, wo Jamie und ich es beide gehört hatten, schien es lauter zu werden. Dichter Nebel kroch plötzlich durch die Trümmer und breitete sich am Boden aus.

Ein eiskalter Schauer erfasste mich.

In diesem Moment verschwanden die glühend roten Sonnenstrahlen vom Himmel und wichen düsterem Zwielicht und mit einem Mal schoss uns ein Strahl frostige Luft ins Gesicht.

»Jamie, lass uns verschwinden«, flüsterte ich und wich zurück.

»Einen Moment noch. Ich will wissen, was das ist und was hier vor sich geht.«

Kälte leckte an meinen Beinen, kroch meinen Körper hinauf.

Mit einem erschrockenen Laut sprang ich zurück. »Jamie, da ist etwas!«, stieß ich hervor und ich bildete es mir nicht nur ein. Vor uns im immer dichter werdenden Nebel manifestierte sich eine Gestalt. Zuerst schien sie unscharf, doch dann bekam sie immer mehr Kontur und wurde zum rauchähnlichen Schatten eines ... Menschen.

»Heilige Scheiße«, sagte Jamie neben mir und wich nun ebenfalls ein paar Schritte zurück.

Ein Geist. *Geist!* Panik ergriff mich und ich wollte weglaufen, doch meine Beine gehorchten nicht. Wie angewurzelt stand ich da und wir starrten uns an. Ich und das *Ding*. Das unverständliche Flüstern und Stöhnen und Zischen wurde lauter, die Zeit schien stehen zu bleiben, wie auch mein Herz.

Plötzlich stieß das Wesen einen kreischenden Laut aus, der mich bis ins Knochenmark erschütterte, und bewegte sich auf uns zu.

»Lauf«, sagte Jamie, ergriff meine Hand und zog mich mit sich. Überall war plötzlich dieser dichte, wabernde Nebel und das Flüstern und Zischen schien von allen Seiten zu kommen. Es wurde immer lauter. Eine Sekunde später krochen aus jeder Richtung Schattengestalten und kamen auf uns zu. Wir schienen inmitten von ihnen zu stecken, denn ich konnte Berührungen an mir spüren, die an mir zerrten, zittrig und schwach. Oh. *Die Karte!*

Ich schrie, als wir von den Wesen eingeschlossen wurden, klammerte mich so sehr an die Steintafel, bis meine Finger pulsierten. Im nächsten Moment hatte Jamie uns auch schon auf die Straße der Geisterstadt gezerrt und jegliche Berührungen hörten auf.

Schwer atmend stolperte ich weg von ihm und vom Rand der Straße. Der Nebel drang aus irgendeinem Grund nicht bis hierher. Auch die unheimlichen Schattenwesen betraten die Straße nicht.

»Verflucht noch mal!«, schrie ich panisch. »Geister! Bei den Sternen, ich wusste, dass es Geister gibt!« Angewidert rieb ich mir über die Arme, Schultern und den Bauch, so als könnte ich die Erinnerungen an ihre Berührungen fortwischen. Meine größte Kindheitsangst war damit offiziell real geworden. Die Haare in meinem Nacken standen aufrecht, und obwohl es eben noch so warm gewesen war, war die Luft nun stechend kalt.

»Olivia, alles in Ordnung?«, fragte Jamie, ehe im nächsten Moment eine Flamme auf seiner linken Hand aufleuchtete. Dass es plötzlich nicht mehr taghell war, irritierte mich fast noch mehr. Mit flachem Atem und geweiteten Augen sah er mich an.

»Olivia! Jamie!«, erklang es hinter uns, ehe Sua und Ozlo neben uns im Zwielicht auftauchten. »Was ist passiert? Was ist das für ein Nebel und was ist mit dem Licht geschehen?«

»I-Ich hab keine Ahnung«, stieß ich hervor. »Es war plötzlich weg. Genau wie die Geister.«

»*Geister?*«, hörte ich Fire von irgendwo panisch echoen. »Scheiße, bitte sagt mir nicht, dass die wirklich existieren!«

Ozlo sah sich hektisch um und ich folgte seinem Beispiel. Die Dunkelheit schien ganz plötzlich nahezu alles überschwemmt zu haben. Jamies Feuer blendete mich. Ich konnte die Stimmen der anderen hören, konnte jedoch nicht ausmachen, wo genau sie waren. Vermutlich waren sie Finn gefolgt oder erkundeten ebenfalls die Straße.

»Wo hast du Geister gesehen?«, fragte Ozlo argwöhnisch.

»Wieso betreten sie die Straße nicht?«, murmelte Jamie und lief erneut auf die Ruinen des verlassenen Dorfes zu.

Ich schnappte nach Luft. »Jamie, was machst du denn da?«

Der Nebel wurde immer stärker. Er bildete eine gerade Wand zur Straße und verschluckte die Hütten, bis sie kaum mehr zu sehen waren. Das Flüstern und Zischen war mittlerweile so laut, dass man es nicht mal überhören konnte, wenn man sich darum bemühte. Doch als Jamie mit seiner brennenden Hand den Nebel erreichte, war es, als würden die Schatten einen hohen, fiependen Laut ausstoßen, Hunderte zugleich. Der Nebel wich vor dem Licht und der Hitze zurück.

Mit geweiteten Augen beobachteten wir das Schauspiel.

»Olivia?«, hörte ich Finn irgendwo in der Dunkelheit rufen.

Ich wirbelte herum. »Wo bist du?«, rief ich zurück.

»Hier!«

Ich konnte nicht anders, als die Augen zu verdrehen. Noch spezifischer konnte er es wohl nicht beschreiben.

Ich folgte der Richtung seiner Stimme, konnte sogar Silhouetten ausmachen, als ich den Lichtkegel von Jamies flackernder Hand verlassen hatte.

Ich entdeckte Finn ein ganzes Stück von uns entfernt die Straße hinauf. Er stand einfach nur vor der Nebelwand und rührte sich keinen Zentimeter.

Die letzten Meter zu ihm rannte ich.

»Was machst du da?«, fragte ich, als ich ihn erreichte. Angst erfüllte mich, Angst davor, dass er erneut dem Ruf ausgesetzt war. Offenbar war das aber nicht der Fall. Zwar drehte Finn sich nicht zu mir um, doch er legte sich einen Finger auf die Lippen, um mir zu bedeuten, still zu sein. Er schien ... zu lauschen.

Ungläubig wanderte mein Blick von ihm zum Nebel und wieder zurück.

»Warte mal«, sagte ich leise. »Kannst du etwa verstehen, was sie da flüstern?«

»Verstehst du die Schatten etwa nicht?«, fragte er.

Ich schüttelte den Kopf.

»Hm.« Wieder betrachtete er die Nebelwand. »Vielleicht, weil ich Aldebarans ... du weißt schon.«

»Ja, vielleicht«, flüsterte ich und sah mich verstohlen um. Glücklicherweise war niemand in der Nähe. Nein, es war mehr als das: Von Jenkins, den Zwillingen, Gregor, Fire und Yuth fehlte jede Spur. Nicht einmal Jamie war mehr zu sehen. Finn und ich waren allein.

Seltsam. Wie konnte das sein? Yuth war so begierig auf die Zone gewesen, so begierig auf den Sternenstaub, wieso sollte er einfach das Interesse verlieren? Wieso sollten alle das Interesse verloren haben? Ich konnte mir das Verschwinden nicht erklären.

Eine ganz andere Wut flammte in mir auf, jetzt, wo ich nicht mehr unter Yuths Zauber stand. Ich konnte nicht fassen, dass er den Aufbruch zur Zone dermaßen eingefädelt hatte! Nicht, dass ich mich darüber beschweren sollte, denn immerhin war es mehr als Glück, dass wir so schnell eine der Zonen finden konnten. Nichtsdestotrotz war es nicht richtig, *wie* es geschehen war. Yuth war es, der uns tot sehen wollte, da war ich mir nun sicher. Er musste derjenige sein, der hinter alldem steckte. Eine solche Macht wie die seine war mehr als nur besorgniserregend. Wieso half er uns aber hierbei, wenn er uns töten wollte? Wenn er wirklich hinter allem steckte, wieso hatte er uns dabei geholfen, eine Zone der Mächtigen zu finden?

Sternenstaub.

Mir wurde schlecht. Natürlich. Yuth war nicht hier, um uns zu helfen. Er wollte an den Sternenstaub eines Mächtigen.

Und wir waren der Schlüssel dazu. Deshalb hatte er uns noch nicht getötet. Welche Pläne er auch immer verfolgt hatte, er musste sie geändert haben, als er von der Karte und unserem Vorhaben erfahren hatte.

»Es ist ein Rätsel«, murmelte Finn und riss mich damit aus meinen Gedanken. »Die Schatten wiederholen es immer und immer wieder. Ich ... ich glaube, dass wir nur an den Sternenstaub gelangen, wenn wir das Rätsel lösen. Wir müssen uns Aldebaran würdig erweisen.«

Ein Rätsel? Da fiel mir wieder ein, was uns Jenkins gesagt hatte. Die Mächtigen hatten dafür gesorgt, dass sich die Nachkommen der vier Krieger als würdig erweisen mussten, um ihre vollen Kräfte zu erwecken. Sie sollten sich genauso würdig erweisen, wie sich einst die Krieger als würdig erwiesen hatten. Erst dann würde unser Erbe vollends erwachen.

Ich lachte auf. »Natürlich. Mit anderen Worten: Wir müssen uns den Sternenstaub verdienen.«

Mit jeder Sekunde, die es dunkler wurde, schien der Nebel dichter und das Flüstern lauter zu werden. Ich versuchte, meine Ohren zu spitzen, doch es schien unmöglich, etwas anderes als das Stöhnen und Zischen der Schattengestalten zu verstehen.

»Was sagen sie?«, fragte ich Finn, als er sich endlich von der Nebelwand abwandte und sich wieder in die Richtung in Bewegung setzte, aus der wir gekommen waren.

»Das kann ich dir nicht sagen, Liv.«

»Was?«, fragte ich erschrocken. »Aber wieso nicht?«

Er schnalzte missbilligend mit der Zunge, was ich überhaupt nicht von ihm kannte. »Weil ich es erst Yuth erzählen muss, ganz einfach.«

Mein Herz setzte einen Schlag aus. *Oh nein.*

Abrupt blieb ich stehen, packte Finn am Arm und wirbelte meinen besten Freund in der immer dichter werdenden Dunkelheit zu mir herum. »Finn, wir haben uns schon Dutzende Male beieinander bedankt, oder? Ich weiß nicht, wann das letzte Mal war, aber nachdem wir Jènnyes Sternenstaub berührt haben, ist es bestimmt wieder ein paar Mal passiert. Deshalb werde ich jetzt eine Gefälligkeit einlösen und du musst danach das Gleiche tun, okay? Ich kann nämlich nicht zulassen, dass du noch eine Sekunde länger unter Yuths Bann stehst.«

Mit großen Augen sah er mich an.

Und dann tat ich das, was auch Jamie zuvor getan hatte.

Ich verlangte von Finn nichts als die Wahrheit.

37. Kapitel

Als Finn und ich vom Plateau stiegen, war er so wütend, dass die Erde vibrierte. Seine Miene war finster und er sagte kein Wort. Doch der Zauber auf ihm war gebrochen. Und das war alles, was zählte.

Mit einem Satz sprangen wir von der Anhöhe hinunter, was unangenehm in meinen Knöcheln schmerzte. Doch ich wagte es nicht, auch nur eine Sekunde die Hände von der Steintafel zu lassen. In der kurzen Zeit, in der wir fort gewesen waren, hatten die Regulus-Begabten ein Lager errichtet, in dessen Mitte ein prasselndes Feuer aus den trockenen Holzbrettern der verfallenen Hütten brannte. Es war hell und warm und warf flackernde Schatten auf das umherliegende Geröll. Funken stoben in den tiefschwarzen Himmel und die Rucksäcke lagen verteilt auf dem Boden sowie Matten und eine durchsichtige Tüte voller abgepackter Sandwiches. Sua und Ozlo waren gerade dabei, ein Zelt aufzubauen, und die anderen standen um das Feuer herum. Die Art und Weise, wie Fire und Gregor regungslos in die Flammen starrten, war beängstigend.

»Möchte einer von euch uns vielleicht erklären, was dort oben passiert ist?«, fragte Yuth. Der Wächter kam einen Schritt näher zu uns und ich wich augenblicklich zurück. »Finn«, flüsterte ich alarmiert und senkte den Blick. »Denk daran, was ich dir gesagt habe.«

Ich hatte ihn gewarnt. Wir durften Yuth nicht in die Augen sehen.

»Wir befinden uns in der Aldebaran-Zone«, antwortete Jamie,

bevor wir es konnten. Seine Stimme klang gepresst. »Woher sollte irgendwer von uns wissen, was hier vor sich geht, Yuth?«

»Finnley kann es vermutlich.«

»Finn, beruhige dich«, flüsterte ich, als das tiefe Vibrieren unter unseren Füßen stärker zu werden schien. »Ich glaube, es ist ein Rätsel. Die Schatten haben es geflüstert«, erklärte er knapp. Er rieb sich über das *Taotu* an seinem Unterarm. Eine Geste, die mir sehr vertraut vorkam, denn ich kannte sie von mir selbst. Finn atmete tief durch und endlich ließ das Beben nach.

»Was für Schatten? Und was für ein Flüstern?«, fragte nun auch Jenkins.

Hastig drehte ich mich zu ihm um und versuchte, es zu erklären. »Ich glaube, dass nur Finn es hören konnte, weil er ein Begabter von Aldebaran ist.«

»Aber was meint ihr mit Schatten?«, fragte Fire verwirrt. »Da war nur Nebel.«

Diesmal war ich mehr als verblüfft. Hatte Yuth ihr eingeredet, keine gesehen zu haben?

»Da waren Geister«, erklärte ich langsam. »Sie haben gezischt und geflüstert.«

»Hm«, machte Yuth – und wieder blickte ich angestrengt woanders hin, obwohl mich das plötzliche Verlangen überkam, ihm in die Augen zu blicken. Es war mehr als ein Reflex, den ich zu unterdrücken versuchte. Es war ein Verlangen. Und das jagte mir noch mehr Angst ein.

»Sie können die Schatten nicht sehen«, murmelte Jamie. »Ich kann mir nur nicht erklären, wieso.«

Ich runzelte verwirrt die Stirn. Ob Yuth Jamie erneut unter seinen Zauber gestellt hatte?

Doch als ich meinen Blick durch das Lager schweifen ließ, sah ich, dass Jamie ein wenig abseits stand. Jamie erwiderte meinen Blick und nickte mir zu. Ich hatte keine Ahnung, was das zu bedeuten hatte.

»Was sagen diese Schatten denn nun?«, fragte Sua. »Was ist dieses Rätsel?«

»Diese Schatten erzählen immer und immer wieder dieselbe Geschichte. Sie erzählen von etwas namens *Druide* und einem schlafenden Mädchen und einem Fluch. Wir müssen den Fluch irgendwie brechen. Wir ... wir müssen das Mädchen wecken und ... sie ...«

Finn gab plötzlich ein kraftloses Stöhnen von sich, taumelte und landete auf den Knien.

Augenblicklich war ich bei ihm und hielt ihn fest, bevor er zur Seite kippen konnte. »Hey, immer mit der Ruhe!«, sagte ich und tätschelte seine Wange. Er hustete und seine Augen verdrehten sich.

Die Zwillinge und Jenkins eilten zu uns.

»Finn, ist es wieder die Zone?«, fragte ich besorgt.

Sua und Ozlo übernahmen das Ruder und brachten Finn in eine liegende Position. Sie checkten seine Vitalfunktionen und träufelten Wasser aus einer Flasche auf seine trockenen Lippen.

Finn keuchte und sein Atem beschleunigte sich. Es war das erste Mal, dass der Ruf der Sterne niederringend war statt vorantreibend. Und es jagte mir Angst ein.

Die Zwillinge gingen sofort darin über, nach Verletzungen an seinem Körper zu suchen. Glühendes Wasser warf blaue Lichtreflexe an die rote Felswand und glitt über Finn. Er atmete flach. Selbst im flackernden Licht des Lagerfeuers war er blass geworden.

»Ich kann keine Verletzung finden«, sagte Sua beunruhigt. »Wir können nichts für ihn tun.«

Ich sank neben meinem besten Freund auf den Boden und ergriff seine Hand.

»Finn, kannst du mich hören?«, flüsterte ich.

Es regte sich nichts in Finns Gesicht, auch nicht, als ich ihm eine Hand auf die eiskalte Wange legte. Seine Lippen wurden blau und seine Augenbrauen wirkten angestrengt zusammengezogen, und das selbst im besinnungslosen Zustand. All das war so plötzlich und schnell gegangen.

Mein Hals wurde eng und ich drückte Finns Hand.

»*Riaka*«, flüsterte ich. »*Sei stark. Sei stolz. Sei mutig.* Hörst du, Finn?«

»Was ist das für eine Sprache?«, erklang Jamies leise Stimme hinter mir.

Ein bitteres, trauriges Gefühl machte sich in meiner Brust breit und ich biss mir auf die Lippe. Ich dachte an Nana und Toka, ich dachte daran, wie Finn sich das Bein bei unserem ersten Whakahara-Surf verletzt hatte. *Riaka. Sei stark. Sei stolz. Sei mutig.* Ich dachte an alles, was wir seit diesem Erlebnis als Zwölfjährige mit dem Wort verbanden. Denn es war so viel mehr.

»Es ist unsere heilige Sprache«, sagte ich leise. »Ein paar der wenigen Worte, die uns erlaubt waren zu lernen.«

Jamie ging ebenfalls neben Finn und mir in die Hocke und schraubte eine Wasserflasche auf. »Wenn ich irgendwie helfen kann ...«

Ich zuckte mit den Schultern. »Vielleicht ist die Kraft der Zone zu stark für ihn geworden.«

»Ich verstehe das nicht«, hörte ich Jenkins murmeln. »Geben wir ihm vielleicht noch ein wenig Zeit. Wenn wir bloß ein wenig warten –«

Finn begann zu husten und öffnete flatternd die Augen, was mich erschrocken nach Luft schnappen ließ. »Finn! Kannst du mich hören? Ich bin es, Liv!«

Er murmelte etwas, das ich nicht verstehen konnte. Ich lehnte mich nach unten. »Was?«

»*Riaka.* Liv.«

Erleichterung durchströmte mich und ich drückte wieder seine Hand. Er war noch immer bei Bewusstsein.

»Was ist eben passiert?«, fragte ich besorgt.

»Die Zone. Das Rätsel. Wenn wir es nicht lösen, stecken ... wir für immer hier fest.« Sein leerer Blick glitt gen Himmel. »Sie hören nicht auf zu flüstern.«

Jenkins kniete sich zu uns. Seine welligen Haare waren ihm aus dem Knoten im Nacken gerutscht und hingen ihm nun ins Gesicht. »Was sagen diese Schatten, Finnley?«

Finn versuchte zu schlucken. Ich nahm Sua die Wasserflasche aus der Hand und gab einen winzigen Schluck auf Finns Lippen. Es schien ihm ein wenig Linderung zu verschaffen. »Wenn wir es nicht bald lösen ... tötet ... es mich.«

Ich erstarrte zu Eis. »Was?«, fragte ich lautlos. »A-Aber wie? Warum? Woher weißt du das?«

»Die Sterne«, wisperte er. Wieder gab ich ihm einen Schluck Wasser. Vielleicht bildete ich es mir nur ein, doch ich hatte das Gefühl, dass meine Berührung ihm Kraft gab.

»Liv, wir müssen das Rätsel lösen«, keuchte er. »Wir brauchen ein Gegenmittel. Sie sprechen von einem schlafenden Mädchen. Wir müssen es finden und wecken. Das ... ist das Rätsel. Das richtige Mittel für das schlafende Mädchen.«

Plötzlich hörte ich Yuth hinter uns auflachen und ich fuhr zusammen.

»Wunderbar! Dann lasst uns gleich aufbrechen und unser Glück versuchen!«

Ich spürte Wut in mir hochkochen und knirschte mit den Zähnen.

Ich ließ Finns Hand los, stand auf und drehte mich zu Yuth herum. »Das reicht! Siehst du nicht, dass es Finn nicht gut geht?«

»Olivia«, hörte ich Jamie leise warnen.

Yuth legte den Kopf schief. Ich starrte den Wächter an –

Und wandte hastig den Blick ab. Nein, ich durfte ihm nicht in die Augen sehen.

Er bewegte sich fort vom Feuer, jedoch nicht zu mir, sondern zu den anderen Begabten. Vor Fire und Gregor blieb er stehen und ich beobachtete, wie wütend und finster sein wettergegerbtes Gesicht wurde. »Seht mich an, wenn ich mit euch spreche.«

Ich schnappte nach Luft. Sie schienen dagegen anzukämpfen, doch letztendlich erwiderten sie Yuths Blick, alle beide. Selbst ich verspürte das Verlangen, ihn anzusehen.

»Nein«, hörte ich Jamie flüstern.

Zufrieden lächelte Yuth. »Was ist unsere höchste Priorität?«

»Sternenstaub finden«, erwiderten Gregor und Fire plötzlich

im Chor, doch nicht nur Fire und Gregor, auch Jenkins und die Zwillinge.

Jenkins.

Das Blut in meinen Adern gefror. Besonders, als Yuths Lächeln breiter wurde. »Ganz genau. Und wer sich uns dabei in den Weg stellt, wird ausgeschaltet.«

Sua keuchte erschrocken auf. »Was?«

Der Wächter drehte sich zu den Zwillingen um. Wie auch Gregor und Fire erwiderten sie seinen Blick sofort.

»Ich wiederhole mich nur ungern, Sua«, sagte er mit leiser, drohender Stimme, was Sua ganz blass werden ließ. »Wer sich unserer Mission, den Sternenstaub zu finden, in den Weg stellt, wird ausgeschaltet. Es ist das, was du am meisten willst. Oder hast du das schon wieder vergessen? Wie sieht es mit dir aus, Ozlo?«

»Jamie«, wisperte ich panisch. »Was sollen wir tun? Wir können nicht nur zusehen!«

»Liv, gib mir die Karte und hilf mir auf«, krächzte Finn und packte den Rucksack, der neben ihm lag, mit erstaunlicher Kraft. Achtlos schüttete er den Inhalt aus. Wem auch immer der Rucksack gehörte.

Ich hatte keine Ahnung, was Finn vorhatte, doch ich hakte nicht nach, sondern reichte ihm unverzüglich die Steintafel, die er anschließend im Rucksack verstaute.

»Was willst du mit meiner Tasche?«, fragte Jenkins und runzelte die Stirn.

»Erkläre ich dir später. Und jetzt helft mir auf«, stieß Finn hervor. Jamie und ich zogen Finn auf die Beine und für einen Moment befürchtete ich fast schon, dass Finn sich übergeben würde. Doch er hielt sich wacker aufrecht.

»Schnell«, flüsterte Finn atemlos. »Jenkins, gib mir den Sternenstaub.«

Jenkins versteifte sich. Er verengte misstrauisch die Augen. »Aber wieso sollte ich das tun, Finnley? Bei mir ist er sicher und das ist Yuth am wichtigsten.«

Ein wütender Laut entwich Finn, der die ganze Welt erbeben

ließ. »Du weißt schon«, sagte er sarkastisch. »Mission und Priorität und so. Wir brauchen ihn, Jenkins. Jetzt. Gib ihn uns!«

Ich sah, wie Jamies Augen sich weiteten. »Bei den heiligen Sternen, ihr habt ihn dabei?«

Keiner von uns antwortete. Jenkins griff widerwillig in seinen Kragen und holte ein kleines braunes Säckchen hervor, das an einer dünnen Lederkette hing. Jenkins stand ganz offensichtlich ebenfalls unter Yuths Zauber, denn er sah uns ernst an und nickte. »Für die Mission.«

Yuth drehte sich zu uns um und ich konnte genau sehen, wie er uns als Nächstes fixierte und sich in Bewegung setzte.

»Nichts wie weg hier!«, sagte Finn, zog sich die Kette mit dem Lederbeutel um den Hals, schulterte den Rucksack und wandte sich zur roten Wand der Anhöhe. Jamie war sofort zur Stelle und half ihm hoch.

»Was tut ihr da?«, fragte Yuth.

»Wir lösen das Rätsel!«, rief Finn ihm hinterher, als Jamie und ich ebenfalls damit begannen, nach oben zu klettern.

Jenkins legte mir die Hände unter einen Fuß, um mir hoch zu helfen, als ich abrutschte.

Doch ich hörte ihn plötzlich ächzen und spürte, wie seine Hand verschwand, gerade als ich es geschafft hatte, meine Ellenbogen nach oben zu stemmen. Plötzlich packte eine andere, kältere Hand meinen Knöchel. Ich wusste genau, wem diese Hand gehörte.

Mit geweiteten Augen blickte ich zu Jamie auf. »Geht!«

»Verflucht, Olivia, wir können dich hier nicht –«

»Jamie, lauft!«, rief ich, ehe ich von Yuth mit einem brutalen Ruck zurück nach unten ins Lager gezogen wurde.

38. Kapitel

Es war Nacht. Stille und Dunkelheit erfüllten die Zone, die nur vom schummrigen Licht der Sterne erhellt wurde. Bis auf das Knirschen unter meinen Schuhen war nichts zu hören, als ich die verlassene Straße entlangeilte, noch immer umgeben von der dichten Nebelwand. Es sah aus, als hätte jemand mit einem glatten Schnitt zwei dunkle Gewitterwolken gespalten und sie auf die Zone fallen lassen. Vom Dorf war kaum eine Spur mehr zu sehen.

Die anderen schliefen bereits und Finn und Jamie waren schon eine Ewigkeit fort. Oder? Es musste so sein. Nein, ich war mir sicher, dass es so war. Oder nicht?

Ein Seufzen entfuhr mir. Ich machte mir unglaubliche Sorgen. Hoffentlich ging es Jamie gut. Ich wusste nicht, was ich tun sollte, wenn ihm etwas zustieß. *Das würde ich nicht überleben. Jamie ist mein Leben und alles, was ich habe. Ohne ihn will ich nicht sein. Lieber sterbe ich, als ihn zu verlieren.*

Noch immer hatte ich keine Ahnung, was es mit dem Rätsel der Zone auf sich hatte und was ich tun musste, doch ...

Yuth verließ sich auf mich. Ich war seine letzte Hoffnung und ich würde ihm beweisen, dass es die richtige Entscheidung gewesen war, mir die Zone des Herbststernes anzuvertrauen. Diese Mission war das Wichtigste für mich. Für mein Leben. Für unser aller Leben. Ich würde für Yuth den Sternenstaub finden.

Angst wallte plötzlich in mir auf.

Ich griff mir in die Hosentasche, wo ein paar Nüsse und ein Stück Brot steckten. Ein ziemlich einfältiger Versuch, aber besser als nichts. Wir mussten einem schlafenden Mädchen ein Gegenmittel liefern? Das würde ich tun. Und ich würde alle Möglichkeiten in Betracht ziehen, durfte nichts unversucht lassen, auch wenn etwas so Einfaches wie Essen unglaublich banal wirkte.

Ich darf Yuth nicht enttäuschen.

Ich muss es probieren.

Es war nicht fair gewesen, dass Jamie und Finn beschlossen hatten, sich allein aufzumachen. Sie vertrauten mir nicht, glaubten nicht daran, dass ich in der Lage war, von Nutzen zu sein. *Immerhin bin ich nur eine Frau. Und Frauen sind nur dafür gemacht, sich um ihre Familie zu kümmern.*

Ein verächtliches Schnauben entfuhr mir. Dass Finn so etwas sagte, sah ihm ähnlich. Er hielt nichts von mir. Das hatte er noch nie. Doch Jamie?

Es glich einem Schlag ins Gesicht. *Jamie ist meine Familie. Er ist mein Leben.* Natürlich sorgte ich mich deshalb um ihn, deshalb würde ich ihm auch beweisen, dass selbst ich von Nutzen sein konnte. Das tat ich, indem ich das Rätsel dieser Zone löste.

Jeder meiner Schritte echote in der Stille. Die Luft war kühl und die Sterne am Himmel schienen heller geworden zu sein und warfen spärliches Licht auf die Überreste der Hütten, die aus dem dichten Nebel lugten. Die Sterne leuchteten sogar so hell, dass ihr Licht einen leichten Schatten warf.

Ich holte tief Luft. *Jetzt oder nie.*

Mit einem Satz sprang ich von der Straße runter, hinein in den Nebel.

Wachsam sah ich mich um. Ich war vollkommen allein. Von den Schattenwesen war keine Spur.

Unsicherheit überkam mich. Wollte ich das wirklich durchziehen?

Natürlich willst du das. Yuth verlässt sich auf dich.

»Hey!«, rief ich in die Nacht hinaus. »Ich habe euer Heilmittel! Ich bin hier, um ... ich bin hier, um das Rätsel zu lösen!«

Meine eigene Stimme nachhallen zu hören langte bereits, um meine Handflächen klamm werden zu lassen. Das hier war dermaßen gruselig. Wieso mussten es irgendwelche körperlosen Gestalten sein? Wieso nicht Schlangen? Oder Fledermäuse? Alles wäre besser als Geister!

Genauso wie bei Sonnenuntergang legte sich blitzschnell eine Eiseskälte um mich. Sie waberte meinen Körper hinauf, beginnend bei meinen Füßen.

Ich atmete tief durch, doch mein Puls beschleunigte sich. *Okay. Nicht durchdrehen. Du kannst das. Du schaffst das. Für Yuth. Für Jamie.*

»Ich kann das Rätsel nur dann lösen, wenn ihr mich zu diesem Mädchen bringt«, sagte ich und hoffte, so vielleicht den Berührungen der Geister zu entgehen.

Doch ich irrte mich.

Der Nebel am Boden baute sich auf, höher und höher, bis sich einzelne Gestalten manifestierten.

In mir zog sich alles zusammen. *Tief durchatmen. Das ist alles bloß Teil des Rätsels. Es gibt keine echten Geister.*

Sie gaben diesmal keinen Laut von sich. Doch ihre Präsenz war nahezu greifbar. Ein beißend kalter Druck von den Schultern bis hin zu den Kniekehlen schob mich plötzlich nach vorne.

Ein spitzer, entsetzter Laut entfuhr mir. Bei allen Sternen, sie konnten mich nicht nur berühren, sie hatten sich wahrhaftig *manifestiert!*

Ich stolperte nach vorne, als ich dem Druck nicht länger standhalten konnte. *Nicht in Panik ausbrechen. Ruhig bleiben. Du kannst das. Du schaffst das.*

Die Schatten führten mich durch dichten Nebel hinter die Gebäude. Ich stolperte durch Ruinen, deren Holz gefährlich knackte.

Gerade als wir einen zerfallenen hölzernen Torbogen durchquert hatten, veränderten sich die Ruinen. Aus Holz wurde Geröll. Das Geröll wurde zu kniehohen, hüfthohen, brusthohen und schließlich nahezu unbeschädigten Dorfüberresten.

Der Nebel wurde lichter und waberte träge über den unebenen, sandigen Boden.

Die Schatten schubsten mich drängender vorwärts, härter und gröber. Sie zischten und stöhnten an meinen Ohren und ich fiel beinahe hin.

Zwischen den schwarzen Silhouetten der Hütten erspähte ich plötzlich Licht.

Erleichtert schrie ich auf.

Jamie! Den Sternen sei Dank! Ich hatte meinen Liebsten endlich gefunden!

Die Schatten stießen die heruntergekommene Holztür einer gigantischen steinernen Hütte auf, durch deren Türspalte das flackernde Licht drang. Ich wollte vor Erleichterung weinen. Wo Jamie und Finn waren, war bestimmt auch das schlafende Mädchen!

Doch als ich in den hellen Raum gestoßen wurde, war von meinen Freunden keine Spur.

Ich musste das helle Licht mit den Händen abschirmen. Die Tür hinter mir fiel klappernd ins Schloss, woraufhin die Schatten verstummten und verschwanden, so als seien sie nie hier gewesen.

Als ich mich an das Licht gewöhnt hatte, sah ich mich um. Ich war wieder allein. Der Raum war leer, bis auf ein Podest aus Stein in der Mitte. Ein Podest, das mir ungefähr bis zur Hüfte reichte und auf dem, umgeben von Flammen, eine Gestalt lag. Es sah aus wie ein brennendes Bett. Doch keine der Flammen rührte sich. Fast so, als seien sie eingefroren. Gelb, golden, orange und wohl auf ewig dazu verdammt, niemals zu verglimmen.

Da ist sie. Mein Puls beschleunigte sich und ich wurde aufgeregt. Die Schatten hatten mich tatsächlich geradewegs zu ihr geführt.

Stark gelocktes, kohlschwarzes Haar umgab einen kleinen Körper, und das ruhende, wunderschöne Gesicht mit der makellosen dunklen Haut raubte mir den Atem. Ihre zarten Züge schienen so zerbrechlich, so unschuldig, dass ein Beschützerinstinkt in mir aufwallte.

Ich machte noch einen Schritt, bis ich das Podest berührte. Von Nahem sah das kleine Mädchen noch schöner aus. Seine Augenlider hatten einen sanften Schwung. Sie wirkte sehr alt, trotz ihrer Kindeserscheinung. Alt und jung zugleich.

»Die Medizin«, flüsterte ich lächelnd. »Ich habe dir Medizin mitgebracht und werde dich von deinem Fluch befreien, hörst du? Ich löse für Yuth das Rätsel, hier und jetzt.«

Ohne den Blick von ihr abzuwenden, fischte ich eine Erdnuss aus meiner Tasche.

Vorsichtig streckte ich meine zittrige, schmutzige Hand zu ihrem Mund aus.

Behutsam ließ ich die Nuss zwischen ihre Lippen gleiten. Das Klopfen meines Herzschlages dröhnte laut in meinen Ohren und ich erschauderte.

Dann wartete ich.

Irgendwo im Raum knackte es. Ich konnte nicht ausmachen, woher es kam. Ich hörte es einfach.

Hoffnung machte sich in mir breit und ich lachte vorfreudig auf. So weit, so gut!

Ich beugte mich ein wenig über das Mädchen, ohne den erstarrten, heißen Flammen zu nahe zu kommen.

Ihre Lippe zuckte.

Dann erlosch das Feuer schlagartig und tauchte mich in tiefschwarze Dunkelheit.

Es war von der einen Sekunde auf die andere, als hätte jemand einen Schalter umgelegt, und ich war plötzlich umgeben von stechend kalten, reißenden Berührungen. Krallen, nein, Finger, die an mir rissen und stöhnende, gellende Töne von sich gaben.

Die Schatten. Die Geister waren zurück.

Wie vom Blitz getroffen paralysierten sie mich. Es knirschte in meiner Schulter, als sie mit einem Ruck meinen Arm zur Seite rissen. Ich stolperte nach vorne und schrie auf. Es hatte nicht geklappt. Na schön, *Nahrung* war definitiv nicht die Lösung des Rätsels!

Die krallenähnlichen Hände rissen an meinen Haaren, bis diese mir wild über das Gesicht hingen.

»HILFE!«, brüllte ich. Die Hände fassten mir nun sogar in den Mund, was mich Staub und Dreck aushusten ließ. Sie schrien und zischten und pressten sich an mich, sodass ich das Gefühl hatte, zerquetscht zu werden. Mir wurde schlecht.

»Jamie! Finn!« Ich spürte, wie sich Hoffnungslosigkeit in mir breitmachte.

Ein lautes Reißen gab mir in der tiefen Dunkelheit zu verstehen, dass sie nun auch den Kragen meines Shirts aufgerissen hatten.

Sie rangen mich zu Boden. Ich kam hart mit dem Bauch auf der Erde auf, meine Zähne schlugen aufeinander.

Ich wurde von ihnen verschluckt.

»Bitte.« Meine Stimme war kaum mehr als ein Flüstern. »Aufhören.«

Die Schatten ließen sich nicht beeindrucken. Manche der zerrenden Hände erstarrten an meinem Körper. Andere gaben seltsame Laute von sich, doch rissen sie noch immer an meinem Shirt, meiner Hose und meinen Haaren.

»Ich ... ich habe noch ein anderes Gegenmittel!«, log ich und trat nach einem der Schatten, der mir den Schuh ausziehen wollte. »Verschwindet! Ich habe noch eine andere Lösung für das Rätsel! Lasst mich in Ruhe!«

Es wurde still. Ich hörte nichts außer meinem schnellen Atem.

Die kalten Hände waren noch immer auf mir, so, als zweifelten sie mich an. So, als könnten diese Dinger denken.

Hoffnung machte sich in mir breit. Sie hatten aufgehört. Sie waren zwar immer noch da, doch sie hatten aufgehört, an mir zu zerren. Das bedeutete, sie verstanden mich. Ob es die Überreste derer waren, die einst selbst versucht hatten, den Sternenstaub zu finden und dem Mädchen ein Heilmittel zu geben? Oder waren sie wirklich nur ein Teil des Rätsels? Ein Teil von Aldebarans Zauber?

Mit weichen Knien schaffte ich es, mich aufzusetzen. Die bebenden, kalten Griffe ließen sofort von mir ab, als ich mich erhob.

»Verschwindet«, flüsterte ich. »Und lasst mir diesen Versuch.«

Verdammt, wenn ich doch bloß wüsste, was ich hier eigentlich machte.

Humpelnd bahnte ich mir einen Weg durch die Schatten. Als

sie mir Platz machten, spürte ich plötzlich ein Rauschen in der Luft.

Stille.

Im nächsten Moment knarzte die Holztür und die Flammen loderten wieder auf, ehe sie wieder erstarrten.

Erneut war ich allein.

Keuchend lehnte ich mich gegen das Podest und schloss die Augen. Was um alles in der Welt sollte ich jetzt machen? Ich durfte Yuth nicht enttäuschen. Ich hatte kein weiteres Mittel und die Schatten würden früher oder später merken, dass ich gebluff hatte. Ich brauchte einen Plan. Irgendeine geniale Idee und das in den nächsten Sekunden.

Ich öffnete die Augen und starrte das schlafende Mädchen an. Seufzend erhob ich mich und griff nach der kleinen Hand. Sie war so kalt wie die Schatten.

Ich fragte mich, wo Finn und Jamie wohl waren. Ob es ihnen gut ging? Wo hatten die Schatten sie hingebracht?

Der Anblick der starren Flammen versetzte mir einen Stich. Wieso hatte Jamie mich nicht mitkommen lassen? Er wusste doch, dass ich Antares' Beschenkte war.

Ich seufzte und strich mit der Hand durch die Flamme.

Mit einem Aufschrei riss ich meine Hand zurück und hielt sie an meine Brust gepresst. Schmerz breitete sich in ihr aus und ich krümmte mich.

Verflucht! Ich war davon ausgegangen, dass die Flammen genauso kalt sein würden wie das Mädchen und die Schatten. Immerhin waren sie bewegungslos. Es war kein richtiges Feuer. Und doch war es heiß wie welches.

Mir kam eine Idee.

Die Tür hinter mir knarzte und ich wirbelte herum. Mein Herz machte einen Satz. Dumpfes Zischen und Stöhnen drang durch das alte Holz der Hütte. Himmel, mir blieb nicht mehr viel Zeit.

Eilig griff ich nach einem der Stoffe, in die das Mädchen gewickelt war. Sie wirkten edel und prunkvoll und passten nicht zum Rest dieses geisterhaften Dorfes. Ich zog einen schillernden grünen Stoff von ihr runter.

Das Mädchen bewegte sich noch immer nicht. Vielleicht fürchteten die Schatten das Licht, so wie sie und der Nebel bereits vor Jamies Feuer zurückgewichen waren.

Vielleicht würden sie mich nicht angreifen, wenn das Stück Stoff brannte.

Gerade als eine Ecke des Stoffes Feuer fing und die Flammen begierig und lebendig daran leckten, wurde der Raum erneut in tiefe Dunkelheit gehüllt. Die Holztür flog mit einem ohrenbetäubenden Schlag auf und die Schatten drangen in die Hütte.

Ich taumelte zurück, doch ... sie näherten sich nicht. Sie berührten mich nicht, wagten es nicht, in den Schein des kleinen Feuers zu treten, das sich langsam durch den Stoff fraß.

Ich lachte auf vor Erleichterung. Sie griffen mich nicht an! Sie fürchteten das Licht!

Vorsichtig lief ich zur Tür, darauf bedacht, dass die Flamme nicht erlosch. Als ich näher an den Eingang trat, konnte ich sehen, dass die Schatten die Tür aus den Angeln gerissen hatten. Sie hatten sie zerstört. Holzbretter lagen über den Boden verteilt.

Ich legte den Stoff auf den Boden, als es allmählich zu heiß wurde, ihn festzuhalten. Dann begann ich damit, die trockenen, alten Bretter auf das Feuer zu legen. Es dauerte nicht lange, bis die hellen Flammen auch an ihnen züngelten.

Eines der Holzstücke hob ich auf und hielt die Kante in das Feuer. Als der obere Teil des Brettes endlich Feuer gefangen hatte, hielt ich meine provisorische Fackel vor mich.

Jetzt würde ich meine Freunde finden.

Die Schatten folgten mir auf Schritt und Tritt, als ich ziellos die Hütte verließ, immer bloß so weit entfernt, dass sie nicht in den Lichtkegel kamen.

Meine Stimme war so heiser, dass ich mich beinahe selbst nicht verstand, wenn ich die Namen meiner Freunde rief.

Kurz bevor ich aufgeben wollte, konnte ich es endlich hören.

Leise Stimmen.

Ich beschleunigte meine Schritte und stolperte über Dreck und die Überreste eines Schuppens. Tränen stiegen mir vor Erleichterung in die Augen, ich rannte um die Ecke und –

Der Sturz kam schnell und hart und presste mir die Luft aus der Lunge. Außerdem flog mir die Fackel aus der Hand, klapperte funkensprühend über den Boden und blieb liegen. Das Feuer erlosch nicht.

Nur war es zu weit weg von mir.

Die Schatten kamen, noch bevor ich ein zweites Mal blinzeln konnte.

Ich stieß ein Kreischen aus, als sie mich packten und mit sich zerrten. Ich schleifte über den Boden, war umgeben von Ächzen und Seufzen.

»Nein, nein, nein, nein!«, schrie ich.

Sosehr ich konnte, wandte ich mich in ihren Griffen. Ich schmiss mich hin und her und versuchte ihre staubigen, eisigen, zittrigen Hände abzuschütteln, versuchte, nach ihnen zu treten und zu schlagen, doch es nutzte nichts. Es waren einfach zu viele.

Gerade als ich spürte, wie die Schatten mich erneut verschlucken wollten, wurde es plötzlich gleißend hell.

Ich schluchzte vor Schmerz auf, als die Hitze tief in meine Haut drang. Die Schatten waren fort, so plötzlich, wie das Feuer gekommen war. *Feuer!* Meine Fackel!

Die Hütten um mich herum brannten und knisterten lichterloh. Funken und Rauch stiegen in den Himmel empor.

Schlagartig setzte ich mich auf.

Das war nicht die Fackel gewesen. Jamie war hier. Und er kam geradewegs auf mich zu.

39. Kapitel

Ich stürzte auf Jamie zu und prallte fest gegen ihn, als ich ihm in die Arme sprang.

»Bei den Sternen, du bist hier!« Ich schluchzte auf und klammerte mich an ihn. Seine Körperwärme linderte die stechende Kälte, die die Schatten hinterlassen hatten. Endlich war ich nicht mehr allein. Endlich war Jamie bei mir.

Sachte legte er seine Hände auf meine Schultern und hielt mich auf Armlänge von sich. Im flackernden Licht der brennenden Hütten konnte ich sehen, wie dreckig und verrußt sein Gesicht war. Auf seiner Kleidung war überall roter Staub und der Ärmel seiner Jacke war zerrissen. »Olivia, was bei den Mächtigen ist mit dir passiert? Haben dir diese Dinger etwas getan?«

»Sie ... haben mir wehgetan.« Meine Brust fühlte sich zu eng, zu klein an. Ich legte eine Hand auf Jamies Wange und atmete zittrig durch. Sanft strich mein Daumen an seinem Wangenknochen entlang und hinterließ dabei eine Blutspur. »Was ist mit dir? Und wo ist Finn? Geht es ihm gut?«

Jamie schien sich zu versteifen. Er schielte auf meine Hand. Langsam, so als wollte er mich nicht erschrecken, legte er seine Finger auf meine und zog sie von seinem Gesicht.

Ich hielt die Luft an. Wieso stieß er mich von sich? Er wusste, wie sehr ich ihn brauchte. *Er war alles, was ich hatte.*

»Die Schatten haben ihn mitgenommen, ich suche ihn schon seit einer Ewigkeit. Dann habe ich dich gespürt und bin sofort hergekommen. Olivia, was hat Yuth dir angetan?«

»Du hast mich gespürt«, wiederholte ich leise und seufzte selig auf. *Hüter. Der beste von allen.*

Mein Mund öffnete sich erneut, da ich ihm noch eine Antwort schuldig war – ich konnte nichts dagegen tun. »I-Ich wurde von Yuth befragt. Aber ich habe ihm nicht einmal in die Augen gesehen. Ich bin stark geblieben, ganz so wie wir es besprochen haben. Er konnte mich nicht manipulieren!« Stolz erfüllte mich. Das hatte Yuth mir erzählt. Er hatte mir gesagt, dass er stolz auf mich war. Er hatte mir gesagt, er würde Hochachtung vor mir empfinden, da ich ihm während unseres Gesprächs nicht einmal in die Augen gesehen und Widerstand geleistet hatte.

Ein Lächeln machte sich auf meinen trockenen Lippen breit und ich drückte die Schultern durch.

Der Blick, mit dem Jamie mich bedachte, war seltsam. Erst ungläubig, dann irritiert. Er schien einen Moment zu überlegen, was wieder die Furche zwischen seine Augenbrauen zauberte. Mit einem Mal bekam ich das Bedürfnis, sie mit den Fingerspitzen fortzuwischen.

Ich bin so froh, dass er hier ist. Ohne Jamie bin ich nichts. Ohne ihn kann ich nicht leben. Ohne ihn will ich nicht leben.

Plötzlich schnappte er nach Luft. Er blickte sich um. »Ich kann ihn wieder spüren. Finn ist nicht weit von hier. Komm mit!«

Wir hasteten durch Trümmer und wichen Holzbalken aus, die auf dem Boden lagen. Flammen schlängelten sich um Jamies Hand, spendeten Licht und Hitze, und ich klammerte mich an seinen ansehnlichen muskulösen Arm. Selbst hier in der Zone, in diesem Moment schaffte es Jamie, einfach nur anbetungswürdig auszusehen. So groß und muskulös, mit dem breiten Kreuz und dem perfekten markanten Gesicht. Erneut wollte ich aufseufzen, doch diesmal verkniff ich es mir. Er war einfach perfekt!

Wir konnten hören, wie die Schatten uns verfolgten. Das Stöhnen und Ächzen war nie weit von uns entfernt, drang jedoch nicht in unseren Lichtkegel vor.

»Olivia, vielleicht sollten wir –« Jamie verstummte, als das Echo einer Stimme durch das Dorf drang.

Wir sahen uns in alle Richtungen um.

Der Ruf erklang wieder.

»Ist das Finn?«, flüsterte ich und machte einen Schritt auf die Trümmer der Hütten zu.

Jamie packte mich am Oberarm. »Nicht so schnell. Die Schatten werden dich mitnehmen, wenn du dich zu weit von mir entfernst.«

Ich taumelte zurück, bis ich gegen seine Brust stieß. »Vielleicht hat Finn wieder einen dieser Schübe. Vielleicht wird er wieder von der Zone gerufen. Oder wohl eher von Aldebaran ...«

Ruckartig blieb ich stehen und schnappte nach Luft. *Natürlich. Aldebaran. Der Ruf. Finn.*

»Was ist los?«, fragte Jamie und drehte sich zu mir um.

Ich dachte an Jènnye. Ich dachte an die Tafel und das Loch in der Höhle. Meine brennende Lunge und den glühenden Sand.

»Ich glaube, ich habe noch eine Idee. Um das Rätsel zu lösen«, murmelte ich.

Diesmal war ich es, die Jamie mit sich zerrte. Wieso war ich nicht schon früher darauf gekommen? *Die Lösung* war die ganze Zeit vor unserer Nase gewesen.

Wir erreichten die große Hütte atemlos. Das Feuer, das ich gelegt hatte, brannte noch immer.

Ich entdeckte Finn sofort. Er kniete mit dem Rücken zu uns am Steinpodest und stützte sich mit einer Hand daran ab. Seine Schultern hoben und senkten sich, so als würde er nach Atem ringen.

Langsam ging ich zu ihm. Die Flammen um das Mädchen herum waren fort, doch Jamie blieb neben mir und spendete mit seinem Feuer Licht.

Das Mädchen schlief noch immer friedlich. Vermutlich war es nicht einmal echt, so wie alles andere hier. Nur eine leere Hülle. Ein Teil des Rätsels.

Finn hustete und wischte sich mit dem Handrücken über den Mund. »Was ist der Plan?«, krächzte er schwach, ohne sich zu uns umzudrehen.

»Würde mich auch interessieren«, murmelte Jamie.

Ich lehnte mich nach unten und riss Finn das Ledersäckchen vom Hals.

»Hey!« Empört und mit glasigen Augen blickte er zu mir auf. »Liv, was soll das?«

Ich ließ es vor Jamie und Finn in der Luft baumeln.

»Das ist der Plan. Und wir sind blöd, dass wir nicht schon früher drauf gekommen sind.«

Finn blickte mich ungläubig an. »Du meinst Sternenstaub?«

Ich nickte. »Wäre Jènnyes Sternenstaub nicht gewesen, hätte die Karte uns nicht nach Flagstaff geführt. Der Sternenstaub war der Schlüssel, um die Karte nutzen zu können. Er war notwendig, um auf Aldebarans Zone zu stoßen. Dieses Rätsel ist nicht dafür gemacht, dass es jemand anderes als die Beschenkten lösen, oder? Es ist unsere Prüfung, um uns würdig zu erweisen. Deshalb kann die Lösung des Rätsels nur etwas sein, das ausschließlich wir mitbringen können. Und das ist Sternenstaub eines Mächtigen.«

Mit großen Augen sah Finn mich an. Doch nicht nur Finn, auch Jamie. »Bei den Sternen, Olivia«, flüsterte er und klang beinahe ehrfurchtsvoll.

Ein Lächeln breitete sich allmählich auf Finns Lippen aus, während er sich aufrichtete. »Du kleines Genie! Probieren wir es aus.«

Ich betrachtete das Ledersäckchen einen Moment lang. Dann gab ich es Finn zurück. »Du bist Aldebarans Beschenkter. Du solltest es tun.«

»Wo soll ich den Sternenstaub hintun? Einfach auf sie draufschütten?«, fragte er, während er den Verschluss aufzog.

Ich zuckte mit den Schultern. »Also die Erdnuss hat sie runtergeschluckt, glaube ich. Vielleicht wird sie den Sternenstaub auch schlucken.«

Jamie stöhnte auf. »Bitte sag mir nicht, dass du ihr etwas zu essen gegeben hast.«

Ich warf einen Blick über die Schulter. Das *Du-bist-noch-dämlicher-als-ich-dachte* war ihm ins Gesicht geschrieben.

Meine Wangen wurden heiß und ich drehte mich wieder zum Podest um. »Irgendetwas musste ich tun. Und noch sind wir alle am Leben.«

Er schnaubte leise. Es klang, als wollte er mehr sagen, doch er blieb stumm und beobachtete, genau wie ich, Finns bebende Hand dabei, wie sie den Rand des Ledersäckchens an die Lippen des Mädchens legte.

Bitte, betete ich stumm. *Bitte lass es funktionieren.*

Finn kippte den feinen, schwarzen Sand in den Mund des schlafenden Mädchens.

Langsam wich Finn zurück und wir warteten gespannt. Lediglich das leise Knacken des brennenden Holzes durchbrach die Stille.

Mit jeder Sekunde, die verging, schwand auch meine Sicherheit.

Es passierte nichts. Was, wenn es nicht geklappt hatte? Das war unsere letzte Hoffnung gewesen!

Ein brodelnder, tiefer Laut brach plötzlich durch die Luft. Die Stirn des Mädchens knackte auf, was uns allen und vor allem mir schockierte Schreie entlockte.

Mir wäre übel geworden, hätte sich die Haut um den Riss nicht schlagartig in grauen Stein verwandelt.

Blitzschnell zog er sich über ihren gesamten Körper, bis es wenige Sekunden später von dem Mädchen keinen einzigen Zentimeter mehr gab, der nicht zu Stein geworden war.

Dann war es wieder totenstill.

Wir starrten die versteinerte Gestalt an, als wäre das alles nicht wirklich. Der Riss, von der Mitte der Stirn beginnend, zog sich hinunter zum rechten Ohr. Und dann ...

Schien die Nacht zu enden.

Rot glühendes Sonnenlicht drang plötzlich durch die unzähligen Löcher und Schlitze der Hütte und die Kälte in der Luft wich so plötzlich trockener Wärme, wie es niemals auf natürliche Art passieren könnte.

Finn hob ruckartig den Kopf und sah mich an. Schlagartig wurden seine Augen leer und seine Pupillen klein. »Liv. I...ich ... ich glaube, es hat ... es hat funktioniert. Es hat funktioniert!«

Ich schrie auf und sprang Finn in die Arme. »Finn, wir haben es geschafft!« Ein Quieken entfuhr mir, als Finn mich mit einem Jauchzen im Kreis herumwirbelte.

Jamie stimmte in unser Lachen ein, was mich dermaßen verblüffte, dass ich mich von Finn löste und mich zu ihm umdrehte. Er strahlte mich an und ich spürte, wie mir bei dem wunderschönen Anblick warm ums Herz wurde. Ich konnte nicht anders. Ich trat zu ihm, schlang die Arme um seinen Hals und drückte meine Lippen auf seine.

Ein Seufzen entfuhr mir und ich schloss die Augen. Noch nie hatte sich etwas so gut angefühlt, wie Jamie zu küssen. Seine Lippen waren unglaublich. Einladend weich und warm. Eine halbe Sekunde überlegte ich, die Arme wieder herunterzureißen, aus Angst, er könnte mich wieder von sich schieben. Doch seine Hände berührten meine Taille. Er erwiderte den Kuss, was mich mit puren Glücksgefühlen erfüllte und mit etwas anderem, was heiß und kitzelnd meine Wirbelsäule hinunterkroch.

Plötzlich versteifte Jamie sich. Unsanft schob er mich von sich und stolperte zurück. Er sah mich mit starrer Miene an. »Olivia. Was ... du ...«

Seine Reaktion war wie ein Schlag ins Gesicht. Der Schmerz seiner Abfuhr wurde plötzlich so heftig, dass ich nicht mehr atmen konnte. *Nein. Ohne ihn kann ich nicht leben. Er darf das nicht tun!*

»Äh, Leute«, sagte Finn zaghaft und ließ mich damit den Blick von Jamie lösen. Als ich Finns Miene sah, wurden meine Wangen augenblicklich heiß. Er wirkte nahezu entgeistert und seine Augen zuckten zwischen Jamie und mir hin und her. Was war nur sein Problem? Wieso reagierten er und Jamie, als hätte ich etwas Seltsames getan? Es war schließlich kein Geheimnis, dass Jamie und ich uns liebten.

»Was ist?«, fragte ich nervös und strich mir aufgekratzt die zerzausten Haare hinter die Ohren.

»Es ist noch nicht vorbei. Aldebarans Sternenstaub ist immer noch nirgendwo in Sicht.« Finn räusperte sich und riss den Blick von mir los. Er wandte sich wieder dem Podest zu. »Ich habe die ganze Zeit schon dieses Gefühl. Dass ich sie anfassen muss.«

Ich verpasste ihm einen kleinen Schubser und lächelte. »Worauf wartest du dann noch?«

Wieder warf er mir einen sonderbaren Blick zu. Dann stellte er sich näher an die versteinerten Überreste des Mädchens und ließ seine Hand über dessen Wange schweben.

»Das ist ein Wahnsinnsgefühl«, murmelte er. Ich sah, wie er schluckte und den Kiefer anspannte.

Endlich berührte er den Stein – und mit einem hohlen Zischen fiel die gesamte Statue plötzlich in sich zusammen. Zu Staub. *Aldebarans Sternenstaub.*

Eine Energiewelle fegte durch den Raum und ein neues, seltsam anders vibrierendes Gefühl drang durch mich durch und presste mir mit einem Mal die Luft aus der Lunge. Es war so stark, dass es mir die Füße vom Boden riss und ich unangenehm auf meinen Knien landete. Meine Haut prickelte und das Blut in meinen Adern summte, sodass meine Finger zuckten.

Finn vergrub seine Hände in dem grauen Sternenstaub und begann zu keuchen und am ganzen Körper zu beben. »Das ... das ist er.« Er lachte auf.

Das war mein und Jamies Stichwort, nach vorne zu taumeln und es Finn gleichzutun. Ein Ächzen entfuhr Jamie. Er atmete scharf ein, doch ich wusste, dass er als Begabter mindestens so ähnlich fühlte wie wir Beschenkten.

Ich steckte meine Hände in den Sternenstaub und stöhnte auf, als die Kraft stärker wurde und wie auf Jènnye wirbelnd und heiß durch meinen Körper jagte. Glück durchfloss mich. Vibrierend und dickflüssig und in all seinen Nuancen.

Ich lachte wieder, konnte es nicht unterdrücken, als es meinen Hals hinaufkroch. Meine wunden Lippen rissen dabei ein, aber das war mir egal.

Finn war der Erste, der seine Hände aus dem Sternenstaub

nahm. Seine Wangen waren rot und seine dunklen Augen glänzten. Er strahlte uns schwer atmend an. »Gehen wir zurück. Packt so viel Sternenstaub ein, wie ihr könnt!«

»Nein«, sagte Jamie. Er war der Nächste, der seine Hände aus dem grauen Staub nahm. Sein Gesicht war leichenblass und seine goldenen Augen glasig. »Wir nehmen nur so viel mit, wie wir brauchen.«

»Das klingt fair«, sagte Finn und klopfte seine Hände ab.

Ich nahm die Hände aus Aldebarans Sternenstaub und spürte, wie das elektrisch kribbelnde Gefühl ein wenig nachließ. Doch es machte mir nichts aus. Ich hatte mich noch nie besser gefühlt.

»Lasst uns den Sternenstaub auf die Karte geben«, sagte ich. Mein Blick zuckte zu Finn. »Du hast sie doch noch bei dir, oder?«

Er nickte und zog sich den Rucksack vom Rücken.

»Die Karte ...« Jamie sah Finn und mich angespannt an. Ich sah, wie sich sein Blick begierig auf Finns Rucksack heftete. »Ich ... dürfte ich ...«

»Du willst sie berühren?«, fragte ich überrascht.

Jamie fuhr sich mit den Händen über das Gesicht, rieb sich unruhig über den Nacken. »Ich spüre sie schon die ganze Zeit und habe mich im Loft schon gefragt, woher dieses Gefühl kommt.«

Mein Mund klappte auf. »D-Du hast die Karte gespürt?«

»Ich vermute, dass ich durch meine Hüterfähigkeiten sehr feinfühlig gegenüber Energien geworden bin. Auch euren Sternenstaub konnte ich mehr als deutlich spüren, ohne zu wissen, was es war.«

Finn und ich warfen uns einen Blick zu. Ich sah, dass die Stirn meines besten Freundes genauso gerunzelt war wie meine. Konnten wir das zulassen? Was würde passieren, wenn ein Begabter die Tafel berührte? Nicht, dass es für Begabte tödlich endete.

Bevor ich zu einer Antwort ansetzen konnte, kam Finn mir zuvor.

»Okay«, sagte er. »Hier. Fass sie an.«

Jamie schien sich wie in Zeitlupe zu bewegen und gebannt und ängstlich zugleich beobachtete ich, wie er sich vor Finn stellte.

Er streckte die Hand aus und legte sie auf die schwarze Steintafel.

Ich erwartete nichts. Weder eine Reaktion von ihm und ganz besonders nicht von Finn.

... Oder von mir.

Doch plötzlich wummerte glühend heiße Energie durch die Luft, brach aus der Karte heraus, aus Jamie und aus Finn. Sie fegte wie knisternde, heiße Luft eines wütenden Feuers durch meinen Kopf, setzte meinen Geist in Flammen und schien meine Seele schmelzen zu lassen. Jamie brüllte auf, ob vor Schmerz oder Überwältigung konnte ich nicht sagen. Mit einem Mal hatte ich keine Kontrolle mehr über mich oder meinen Körper, denn obwohl alles in mir danach verlangte, zu Boden zu gehen und mich zusammenzukrümmen, trat ich auf Finn und Jamie zu und packte die Karte ebenfalls.

Meine Sinne wurden von der rauschenden Kraft verschluckt, mein Körper schien weit weg und schwer zugleich, im gleichen Moment spürte ich jedoch auch, wie sich meine Seele abzukühlen schien.

Und dann leuchteten plötzlich Linien auf der Steintafel auf. Wie Risse krochen sie über die schwarze, glatte Oberfläche und bildeten ein Zeichen. Ich fragte mich, was es bedeutete, denn ich war im nächsten Moment nicht mehr in der Lage, etwas zu sehen. Die Kraft verschluckte mich und raubte mir jeden Sinn. Ich konnte nur noch fühlen. Ich brauchte nicht zu sehen, was sich auf der Karte befand, denn ich *spürte* es. Zwei Wirbel. Zwei Wirbel, die aneinanderlagen. Ein Zeichen, das mir vertraut war, ein Zeichen, das zusammen mit vier anderen auf meinem Unterarm verewigt worden war. Das Zeichen des Feuers. Ich fragte mich, was es bedeutete. Ob die Sterne wussten, dass Jamie Regulus-Begabter war ...

Aber auch das war nicht nötig. Denn genauso, wie Finn und ich mit altem Wissen erfüllt worden waren, als wir herausfanden, wohin uns die Karte schicken würde, nämlich nach Flagstaff, Arizona, so wusste ich nun auch mit einer so ursprünglichen Sicherheit, was vor sich ging.

Wir hatten uns geirrt. Die Karte hatte uns nicht zur Aldebaran-Zone geführt. Sie hatte uns nicht gezeigt, wo die nächste Zone lag, die wir aufsuchen mussten. Nein. Als wir die Karte auf Hawaiki berührt hatten, war das Zeichen von Regulus auf ihr aufgeleuchtet – und ich sah das Bild dieser Erinnerung so klar vor mir, als würde ich in der Zeit zurückreisen und mich wieder in exakt diesem Moment befinden.

Die Karte der Sterne hatte uns zu Jamie geführt. Deshalb waren wir nach Flagstaff gekommen, nicht wegen der Zone.

Denn Jamie war der Beschenkte von Regulus.

40. Kapitel

Wir ließen alle gleichzeitig von der Karte ab, so als würde sie uns abstoßen, uns davor bewahren, zu tief in ihrer Macht zu ertrinken. Mit einem dumpfen Schlag fiel sie zu Boden.

Keuchend stolperte ich zurück und fiel ebenfalls hin, genau wie die anderen beiden. Es wunderte mich nicht, dass sich mein Gesicht nass anfühlte. *Blut*. Und Schweiß, der meinen gesamten Körper zu benetzen schien.

Keiner von uns sagte etwas. Für eine Weile saßen wir einfach nur da und warteten, bis unsere Körper sich wieder beruhigt hatten.

Jamie setzte sich auf und blickte mit entsetzter Miene auf seine zitternden Hände. Auch von seinem Kinn tropfte Blut. Es klebte ihm unter der Nase, an den Lippen, in den Augenwinkeln und den Ohren. »Nein«, flüsterte er. »Das ist nicht wahr, ich …«

Er schaffte es nicht, die Worte auszusprechen. Finn und ich warfen uns einen Blick zu und als ich das Wissen in seinen Augen sah, war es mir klar. Wir alle mussten es gespürt haben, nicht nur ich.

Jamie war einer der Beschenkten. Er war kein Regulus-Begabter. Er war Regulus-*Beschenkter*. Er war genauso ein Nachkomme der Krieger wie Finn und ich! Und offenbar war irgendein Teil von ihm gerade erweckt worden. Deshalb war diese Energie so heiß gewesen, deshalb hatte es sich angefühlt, als würde sie selbst meinen Geist und meine Seele in Flammen setzen!

»Verflucht«, flüsterte Jamie, ehe seine Hände plötzlich hell aufleuchteten. Doch es waren nicht die roten und goldenen Flammen, die seine Hände sonst immer benetzten. Diese hier waren gleißend hell, weiß und so heiß, dass ich die Hitze selbst aus einem Meter Entfernung schmerzend auf meinem Gesicht spüren konnte.

Jamie erschrak sich vor dem weißen Feuer so sehr, dass es augenblicklich wieder erlosch. Mit geweiteten Augen sah er Finn und mich an. »Das ist unmöglich. Ich hätte es gewusst, wenn ich ...«

Plötzlich erstarrte er und wurde blass. Seine Augen verdrehten sich, füllten sich mit Blut, als wären es Tränen, und er kippte zur Seite.

»Jamie!« Ein Schrei entfuhr mir und ich krabbelte zu ihm. Sein gesamter Körper begann unkontrolliert zu zucken.

»Was passiert mit ihm?«, fragte Finn, während ich Jamies Kopf auf meinem Schoß bettete. Das Zucken wurde schlimmer und er riss in einem stummen Schrei den Mund auf. Blut lief ihm aus den Augenwinkeln.

»Nein!«, keuchte ich. Ich hatte keine Ahnung, was ich machen sollte, wusste nicht, was –

Mein Kopf zuckte nach oben und ich sah Finn mit großen Augen an. »Sternenstaub.«

»Was?«, erwiderte er panisch.

»Bitte sag mir, dass noch etwas von Jènnyes Sternenstaub im Rucksack ist!«

Hastig begann Finn im Rucksack zu wühlen. »Hier. Hier!« Ein weiteres Ledersäckchen. Er warf es mir zu. Und bevor ich wusste, was ich tat, übernahmen meine Instinkte. Ich riss das Säckchen auf und schüttete den Sternenstaub auf Jamies blutüberströmtes Gesicht.

»Hilft es?«, fragte Finn, während Jamies Beine haltlos über den Boden rutschten und er das Kreuz durchbog.

Ich schluchzte panisch auf. »Nein! E-Es hilft nicht. Die Tafel. Gib mir die Tafel!« *Wenn Jamie stirbt, sterbe ich auch. Denn ich kann nicht ohne ihn leben. Ich brauche ihn. Er ist alles, was ich habe.*

»Wieso sollte die Tafel helfen, wenn –«

»Finnley!«

Er reichte sie mir. Ich packte sie und legte meine Hand auf Jamies Wange.

Ich konnte es spüren.

Mein Herz machte einen Satz. Durch die Tafel konnte ich spüren, was mit Jamie geschah. Ein Zauber löste sich von seinem Geist. Ich erinnerte mich daran, wie es sich angefühlt hatte, als Yuths Zauber sich von mir gelöst hatte. Es war schmerzhaft gewesen. Dabei war dieser Zauber nicht alt gewesen.

Jamies Zauber jedoch war alt. Nicht etwa Tage, Wochen oder Monate. Als meine Energie sich durch die Tafel mit ihm verband, war es, als würde ich in ihn hinabtauchen. Jamie *hatte* einmal gewusst, dass er Regulus' Beschenkter war. Er war damit aufgewachsen, behütet und in sicherer Umgebung. Ich sah keine Erinnerungen oder Bilder oder Gefühle. Ich war einfach nur von Gewissheit erfüllt.

Wie von dem Wissen, dass Yuth diesen Zauber auf Jamie gelegt hatte, als er noch ein kleiner Junge gewesen war. Dieser Zauber lag bereits den Großteil seines Lebens auf ihm und war tief mit ihm verwurzelt, wie ein Geschwür, dessen Adern sich in seinen Geist gegraben hatten, mit ihm verwachsen waren, mit Tausenden Verzweigungen und einem hässlichen, pulsierenden Körper. Und jetzt, wo sich der Zauber von ihm löste, trotz der tiefen Verbundenheit, zerriss es ihm die Seele.

»Nein!«, heulte ich auf.

Ich presste die Augen zusammen und tat das, was mich die Kraft des Wassers gelehrt hatte. Ich lenkte meinen Geist, lenkte die vibrierende Energie, *meine* Energie. Jedoch staute ich sie nicht in meinen Händen, um Wasser zu bewegen, ich griff nach Jamie. Ich griff nach seiner Seele, die ich plötzlich warm und klar spüren konnte.

Und ich hielt sie zusammen.

Jamie zog hustend den Atem ein. Obwohl ich spürte, wie gefährlich es meinen Geist strapazierte, als ich diesen gewaltsam aus meinem Körper drückte, um Jamies Seele zusammenzuhalten, hörte ich nicht auf. Ich ging sogar noch einen Schritt weiter. Ich griff nach der vibrierenden Macht der Karte, nach Jènnyes Sternenstaub, der an Jamies blutigem Gesicht kleben geblieben war, und nach Aldebarans Sternenstaub und lenkte diese Kräfte in Jamies Kopf, zu seinem Geist, meinem Geist, seiner Seele und Yuths tödlichem Zauber.

Plötzlich brüllte Jamie. Er brüllte unglaublich laut und zuckte und bewegte sich auf eine so unnatürliche Art und Weise, als würde er Höllenqualen durchleiden.

»Bei den Sternen, Olivia, was tust du da?«, schrie Finn.

Es war, als würde ich mit der Karte und dem Sternenstaub und Jamie verschmelzen. Und es schmerzte so sehr, dass auch ich zu schreien begann.

Mein Geist bekam Risse, wurde zu sehr überdehnt und splitterte auf, wie massives Holz, das von einem einschlagenden Blitz getroffen wurde. Die Qualen waren so groß, dass ich die Welt um mich herum nicht mehr spüren konnte. Ich blutete. Doch kein Blut. Je mehr ich versuchte, Jamies Seele zu retten, desto schlimmer wurde die meine malträtiert.

Verschwinde!, schrie meine innere Stimme dem geschwürartigen Zauber zu. Ich konzentrierte die Kraft der Karte und die von Jènnyes Sternenstaub auf den Zauber und lenkte sie genau dort hin. *Verschwinde! Verschwinde!*

Ein Teil von mir schien zu wissen, was er tat. Ich ließ die Kraft sich im Kreis drehen. Unfassbar schnell.

Jamies Brüllen wurde schlimmer. Meine Schmerzensschreie wurden lauter.

»Olivia!«, drang es weit entfernt zu mir durch. »Scheiße, da kommt blaues Licht aus Jamies Augen und aus seinem Mund! Was passiert hier!?«

Ich ließ die unbändigen Kräfte der Sterne immer schneller und schneller durch Yuths dunklen Zauber wirbeln.

So lange, bis dieser schrumpfte. Er starb. Die Macht der Karte und die der beiden Mächtigen zerstörten ihn. Der Zauber wurde nicht von Jamies Seele gerissen ... er löste sich auf. Bis schließlich nichts mehr von ihm übrig war. Als es endlich vorbei war, spürte ich ein Knacken in meinem Kopf.

Plötzlich war alles schwarz. Und ich versank im Nichts.

41. Kapitel

Ich konnte mich nicht bewegen. Mein Geist war zu schwach, um meinem Körper Befehle zu erteilen. Ich fühlte mich grauenhaft. Doch einige Dinge waren anders. Da waren Stimmen, und zwar mehr als zwei. Ich erkannte Jenkins Stimme. Und die von Sua und Ozlo.

»Was, wenn sie nicht mehr aufwacht?«

»Sua«, warnte Jamies Stimme scharf. »Sag so etwas nicht. Sie wird wieder aufwachen. Sie darf nicht einfach … nicht nachdem sie mich …«

»Dich gerettet hat?«, hörte ich Finn vorschlagen.

Kurz blieb es still.

»Können wir bitte noch mal von vorne anfangen?«, erklang Ozlos Stimme leise. »Oder vorzugsweise an der Stelle, wo du ein Beschenkter sein sollst und Yuth dich verzaubert hat.«

»Oz. Ich kann noch nicht darüber sprechen. Es tut mir leid. Sobald ich versuche, mich an früher zu erinnern, tut es unglaublich weh.«

Sua schluchzte leise. »Bei den Mächtigen. Olivia hat dir das Leben gerettet. Und ihr alle seid Beschenkte!?«

»Hey, Jenkins«, fragte Finn leise. »Wie kann es eigentlich sein, dass du als einfacher Mensch auf die Sterne schwören kannst und sie deinen Ruf erhören?«

»Ich habe die Unsterblichkeit durch ihren Sternenstaub erlangt. Wenn ich schwöre, greift das ebenso bei mir wie bei euch.«

»Und wieso kannst du dich noch immer bedanken, ohne Gefälligkeiten nachkommen zu müssen?«

»Ich bin vielleicht unmenschlich genug, um auf die Sterne schwören zu können, doch ich bin kein Begabter. Wenn ich mich bedanke, greift es nicht. Ich weiß, weshalb du fragst. Durch die Wahrheits-Gefälligkeiten konntet ihr Yuths Zauber brechen. Ich weiß, dass er euch als Vorsorge dient. Aber dieser Schwur meinerseits von eben war stark. Es hätte mich nicht gewundert, wenn ich ihn nicht überlebt hätte.«

»Finn, lass gut sein«, sagte Jamie mit leiser, klarer Stimme. »Jenkins hat auf die Sterne geschworen, dass er unschuldig ist.«

Ich war erschrocken und überwältigt. Oder ich sollte es wohl sein. Ich war zu schwach, um tatsächlich so zu fühlen. Jenkins war unschuldig? Er hatte seine Unschuld auf die Sterne geschworen? All die Zeit hatten wir ihn also zu Unrecht verdächtigt ...

Ich wollte Wut verspüren. Wut auf Yuth und seine grausamen, widerlichen Wächter-Fähigkeiten. Doch ich konnte einfach nicht.

»Tut mir leid, Jenkins«, murmelte Finn.

»Hm?«

»Dass Liv und ich dich verdächtigt haben.«

»Ihr habt was?«

»Na ja, wir dachten, dass du hinter dem Angriff auf Liv und mich gesteckt hast und unseren Aufenthalt im Loft irgendwie eingefädelt hast. Wir kennen dich nicht besonders gut. Es hätte doch möglich sein können, dass du vom rechten Weg abgekommen bist.«

Jenkins schwieg kurz. Alle schwiegen kurz.

»Finnley«, sagte er, beinahe schon sanft. »Ich bin froh, dass ihr misstrauisch geblieben seid. Blindes Vertrauen ist tödlich. Ich hoffe jedoch, dass wir es schaffen, uns in nächster Zeit gut genug kennenzulernen, um uns besser einschätzen zu können.«

Wieder schwieg die Runde.

Ich wollte unbedingt aufwachen. Ich wünschte, ich hätte genug Kraft. Ich wollte einfach nur *da* sein. Wach sein. Ich fühlte mich so hilflos. Oder ich würde mich gerne hilflos fühlen. Ich wusste nicht mehr, ob ich wirklich fühlen konnte, weil mein Geist keine richtige Verbindung mit meinem Körper herstellen konnte. Es war, als würde mich bloß ein seidener Faden mit ihm verbinden.

Und ich wünschte mir mehr denn je, dass ich die furchtbare Angst spüren konnte, die das eigentlich in mir auslösen sollte.

»Olivia.«

Jamies tiefe Stimme war wie warmer Honig. Sie sickerte durch mich hindurch und schien mich zu besänftigen. Das zumindest spürte ich und es war eine Wohltat.

»Ich glaube, sie ist wach.«

Jemand schnappte nach Luft. »Wirklich? Woher weißt du das?« Das war Finn.

»Sie hat Angst. Und sie fühlt sich hilflos. Das ist alles, was ich spüren kann.«

»Hier.«

Kurze Stille.

»Wieso gibst du mir die Karte der Sterne?«

»Ich, äh ... keine Ahnung. Sie ist mächtig. Vielleicht kann die Kraft Liv helfen?«

»Oder sie macht es nur noch schlimmer«, meinte Sua. »Wenn sie wirklich so stark ist, wie ihr gesagt habt, könnte dieses Ding doch größeren Schaden anrichten, oder nicht?«

»Sua hat recht«, sagte Jenkins. »Ich denke nicht, dass wir Olivia in Berührung mit der Karte bringen sollten. Wer weiß, was dann passiert?«

»Ich glaube, ihr Geist ist zu verletzt«, murmelte Jamie. »Vielleicht kann sie deshalb ihre Augen nicht öffnen. Als sie mich gerettet hat, konnte ich spüren, wie sehr er verletzt wurde.«

»Das ist gar nicht gut«, sagte Ozlo. »Vielleicht wacht sie nie wieder auf!«

»Sie ist bei Bewusstsein, Oz«, sagte Jamie leise. »Das ist ein gutes Zeichen. Hätte es sie in Stücke gerissen, wäre sie schon längst fort. Dann hätte sich ihr Geist vom Körper gelöst und wäre gestorben.«

»Das ist furchtbar«, flüsterte Sua. »Himmel, ich wünschte, Oz und ich könnten etwas tun. Jetzt habt ihr uns vollkommen umsonst hierhergebracht.«

»Es war nicht umsonst. Wir haben Yuths Zauber gebrochen.«

»Aber jetzt ist Yuth misstrauisch, dass ihr uns hergebracht habt und ihn nicht! Was, wenn er uns suchen kommt? Was, wenn er schon auf dem Weg ist?«

Ozlo schnaubte leise. »Ich verstehe sowieso nicht, was in seinem Kopf vorgeht. Wieso ist er nicht mitgekommen? Immerhin will er den Sternenstaub unbedingt in die Finger bekommen und er hat euch dafür gebraucht, um ihn zu beschaffen.«

»Livi«, hörte ich Finn leise sagen. Diesmal schien es, als wäre er näher bei mir. Dann spürte ich, wie Fingerknöchel über meine Wange streiften.

Moment. Ich *spürte*, wie Fingerknöchel über meine Wange streiften! Und mein Herz. Es begann, schneller zu schlagen vor Aufregung. Noch eine körperliche Empfindung!

»Finn«, erklang plötzlich Jamies alarmierte Stimme. »Was hast du getan? Irgendetwas an ihren Gefühlen hat sich geändert.«

»Nichts! Ich hab sie nur berührt!«

Stille. Ich wurde nervös, hoffnungsvoll, gespannt. Und noch nie war ich erleichterter, Emotionen spüren zu können.

»Sie ist aufgeregt. Ich glaube, es hat irgendetwas mit ihr gemacht, als du sie gerade berührt hast. Mach das noch mal.«

Erneut spürte ich Finns Berührung. Diesmal ergriff er jedoch meine Hand.

»Vielleicht liegt es daran, dass ihr Beschenkte seid«, überlegte Jenkins. »Eure Kräfte stützen sich gegenseitig. Die Sterne setzen auf physische Verbindungen für den Energiefluss, deshalb auch das Berühren von Karte und Sternenstaub.«

Obwohl ich es nicht sah, glaubte ich, dass Finn den Kopf schüttelte. »Ich glaube nicht, dass es wirklich an mir liegt. Ich glaube eher, dass es an Aldebaran liegt. Seine Kraft *erdet*. Vielleicht ist es das, was Liv helfen könnte.«

»Ich hole etwas von seinem Sternenstaub.«

Voller Anspannung wartete ich ab, was als Nächstes geschehen würde. Dann, als Finn meine Hand losließ und etwas auf meine Handinnenflächen rieseln ließ ...

Es war, als würde die Erdanziehungskraft endlich wieder wirken. Mein Geist wurde von meinem Körper angezogen wie ein Stein, den man hoch in die Luft geworfen hatte und der nach wenigen Augenblicken wieder auf dem Boden landete.

Mein *Aufprall* war alles andere als sanft.

Keuchend schlug ich die Augen auf. Aldebarans Kraft strömte bebend durch meine Adern und spendete mir Kraft.

Blinzelnd versuchte ich etwas zu erkennen, doch die ganze Welt drehte sich gefährlich schnell.

»Ja!«, schrie Finn und lachte auf. »Es hat funktioniert! Sie ist wieder da!«

Die Zwillinge jubelten los und ich sah, wie Jenkins erleichtert aufatmete.

Ich blinzelte erneut, bis ich meinen Blick fokussieren konnte. Dann sah ich Jamie an. Er wirkte müde und die Schatten auf seinem schönen Gesicht sahen erschreckend aus. Doch als unsere Blicke sich begegneten, formten sich seine Lippen zu einem Lächeln.

Wärme breitete sich in meiner Brust aus. Er war wohlauf. Yuths Fluch hatte ihn ebenso wenig getötet wie mich. Deshalb konnte ich nicht anders, als Jamies Lächeln zu erwidern. Und als ich das tat, fühlte ich einen süßen, überwältigenden und wohltuenden Schmerz in meinem Herzen. Mir wurde noch schwindeliger.

Finn ergriff meine Hände. »Komm, setz dich auf. Schaffst du das?«

Ich löste meinen Blick von Jamie und deutete ein Nicken an. Dann zog mich mein bester Freund in eine sitzende Position. Kurz darauf fand ich mich auch schon in seiner Umarmung wieder und ich schloss mit einem erleichterten Seufzen die Augen.

»Danke, Finn«, flüsterte ich, damit die anderen es nicht hören konnten. Ich hatte mich in meinem Leben schon so oft bei Finn bedankt, dass ein Mal mehr oder weniger keinen Unterschied machte.

»Jederzeit wieder, Livi. Und jetzt lass uns endlich von hier verschwinden und diesem verfluchten Wächter einen gehörigen Tritt in den Hintern verpassen.«

Finn stützte mich, als wir zurück zum Lager gingen. Die Dorfruinen waren wieder in das rot glühende Licht einer untergehenden Sonne getränkt, auch wenn nirgendwo am rostigen Himmel eine solche auszumachen war. Genauso quellenlos wie zu Hause auf Hawaiki, auf *Jènnye*, im Landesinneren. Jeder Schritt fühlte sich grauenhaft an. Es belastete nicht nur meinen Körper, sondern auch meinen Geist, der meinen Körper schließlich befehligen musste. Der Sternenstaub, den Finn mir auf meine Hand gegeben hatte, war verschwunden, fast so als hätte mein Körper ihn absorbiert, wie ein trockener Schwamm einen Tropfen Wasser. Aus diesem Grund hatte Jenkins ein wenig mehr davon eingepackt, für den Fall, dass ich mehr brauchte.

Jamie und Finn halfen mir, vom Plateau zu steigen. Genauer gesagt reichte Finn mich nach unten wie einen Säugling und Jamie nahm mich entgegen. Er stellte mich auf meinen unsicheren, wackeligen Beinen ab. Und vielleicht bildete ich es mir nur ein, doch es kam mir so vor, als würde er mich ein paar Herzschläge länger als nötig halten. Mit einem verhaltenen Räuspern gab er mich anschließend jedoch wieder frei.

»Willkommen zurück.«

Ich blickte auf – und begegnete geradewegs Yuths Blick. Mein Geist war so schwach, dass ich ihm einfach nicht ausweichen konnte.

Ein triumphierendes Lächeln machte sich auf den Lippen des Wächters breit. So breit, dass es beinahe von einem Ohr bis zum anderen reichte, und es wirkte geradezu unmenschlich.

»Nicht, Liv.«

Plötzlich war Finn da und stellte sich vor mich. Erleichterung erfüllte mich, als ich Yuth nicht mehr sehen konnte.

»Wir wissen, was du getan hast, Yuth!«, rief Finn.

»Ach?«, erwiderte der Wächter, auch wenn ich es nicht sehen konnte. Mir war schwindelig und mir war schlecht. Ich wollte nur schlafen. Ich hatte keine Kraft mehr und es war so schwer, meinen Körper zu befehligen.

»Du mieser Bastard!«, schrie Sua und wollte auf ihn losgehen, doch Jamie und Ozlo hielten sie fest. »Du hast uns mit deinen Worten vergiftet! Du Teufel!«

Einatmen. Ausatmen. Einatmen. Blinzeln. Ausatmen. Blinzeln. Schlucken. Halbwegs gerade stehen bleiben. Nicht umkippen. Nicht einschlafen.

»Olivia, komm her«, erklang Jenkins leise Stimme. Seine Hände legten sich auf meine Schultern und er drehte mich zu sich um und hielt mir seinen Rucksack hin. »Rein da mit deiner Hand«, flüsterte er. Als ich in den Rucksack griff, stieß meine Hand augenblicklich auf jede Menge Sternenstaub.

Ich schnappte nach Luft. Und plötzlich war Atmen so viel einfacher. *Sein* war so viel einfacher.

»Ich habe keine Ahnung, wovon du sprichst, Sua«, hörte ich Yuth mit ruhiger Stimme sagen. »Und es ist sehr unhöflich, dass du mich nicht ansiehst, wenn ich mit dir spreche, kleine Antares-Begabte.«

Ich sah zwar nur Jamies Rücken, doch er spannte sich an und seine Hände ballten sich zu Fäusten. Er machte einen Schritt auf den Wächter zu. »Wir haben dich durchschaut. Was auch immer deine Wächtergabe eigentlich ist, wir haben deinen Zauber gebrochen.«

Ich wusste nicht, was ich erwartet hatte. Dass Yuth leise zu lachen begann, jedenfalls nicht. Seine Gestalt drehte sich zur Seite, wo Fire und Gregor standen. »Ihr zwei habt genauso wenig eine Ahnung wie ich, was James da spricht, nicht wahr?«

Erschrocken blickte ich zum großen, hünenhaften Regulus-Begabten. Er machte eine finstere Miene. »Keinen blassen Schimmer. Mann, Jamie, was ist nur los mit euch? So respektlos redet man nicht mit einem Wächter!«

»Sie sind übergeschnappt!«, sagte Fire und lachte erschrocken auf. »Was auch immer diese Zone mit euch gemacht hat, ihr habt den Verstand verloren, so mit Yuth zu sprechen!«

»Gregor«, sagte Jamie ruhig und sah seinen Freund eindringlich an. »Hör mir jetzt genau zu. Yuth lügt. Er lügt schon die ganze Zeit. Und du weißt, was sein Zauber mit dir macht. Ich habe es dir und Fire erklärt und dann …«

»Und dann was?«, fragte Yuth herausfordernd. Gregor und Fire sahen Jamie jedoch nur mit aufgerissenen Augen an.

»Dann habe ich euch eine Gefälligkeit erwiesen. Erst vor wenigen Stunden. Ich kann euch nicht anlügen. Ich sage die Wahrheit. Yuth manipuliert euch. Er manipuliert uns schon die ganze Zeit. Wir sind keine Einheit, die die Beschenkten jagt. Wir sind eine gewöhnliche Jägereinheit, die Abtrünnige festnimmt.«

Fire zuckte zusammen und presste sich die Hände an den Kopf. Gregor schrie auf und schloss die Augen, ehe Schmerz über sein Gesicht huschte. »Scheiße noch mal. Wie oft an einem Tag soll ich dieses ekelhafte Gefühl von Klauen in meinem Kopf noch spüren?«

Wie und wann hatte es Jamie geschafft, den Zauber von Gregor und Fire zu lösen? Wieso hatte ich es nicht mitbekommen? In welchem verstohlenen Moment war das geschehen? Wie auch immer er das getan hatte, ich empfand tiefe Erleichterung. Und Anerkennung.

Vorsichtig wagte ich einen Blick in Yuths Richtung und sah, wie seine triumphierende Miene verrutschte. Er war wie erstarrt. Dann fing er sich jedoch wieder und sah mit einem Mal so wütend aus, dass mir eiskalt wurde.

»Also«, sagte Jamie langsam. »Jetzt, wo du keine Marionetten mehr hast, fangen wir am besten ganz von vorne an, Yuth. Wenn das überhaupt dein Name ist.«

Der Wächter lächelte zerknirscht, doch es glich mehr einer entstellten Grimasse. »Ich gratuliere. Wenn ich ehrlich bin, hätte es mich auch enttäuscht, wenn die Beschenkten der Mächtigen so leicht kleinzukriegen wären.«

Offenbar erwartete er irgendeine Reaktion von den Begabten, eine Art letztes Ass im Ärmel. Doch als keiner reagierte und Finn und mich niemand anzugreifen schien, wurde Yuth sichtbar blass. Er wich zwei Schritte zurück. »Wie habt ihr das gemacht, Junge?«, zischte er. »Es hätte dich umbringen müssen, davon zu erfahren!«

Gregor brüllte wütend auf, ehe Flammen aus seinen Händen schossen, geradewegs auf Yuth zu. Doch mit einer einfachen Drehung wich der Wächter dem Angriff aus.

»Du hast keine Chance gegen uns alle!«, rief Fire, deren Hände nun ebenfalls in Flammen aufgingen.

Jamie setzte sich auch in Bewegung, und als seine Hände aufleuchteten, waren es wieder die hell leuchtenden weißen Flammen. »Ich weiß, was du getan hast, Yuth«, sagte er leise und bedrohlich. »Als der Zauber gebrochen wurde, kamen die Erinnerungen zurück. Ich weiß, dass du meine Eltern getötet hast, als ich neun Jahre alt war. Du hast mich verschleppt und mich selbst ausgebildet und mir eingeredet, dass ich ein gewöhnlicher Regulus-Begabter sei. Dabei hast du von Anfang an gewusst, dass ich einer der Beschenkten bin.«

Ich sah, wie nicht nur Yuth erschrocken zurückwich, sondern auch Fire und Gregor.

»Was?«, flüsterte der große Regulus-Begabte und starrte Jamie ungläubig an. »Verflucht, d-du bist einer der ...«

Yuth wirkte bestürzt. »Der Bann war so alt, dass er deine gottverdammte Seele in Stücke hätte reißen müssen.«

»Da hatte ich wohl Glück«, erwiderte Jamie trocken und ging noch weiter auf den Wächter zu. »Was bist du, Yuth?«

»Das fragst du noch?«, warf Sua ein. »Er ist mit Sicherheit ein Abtrünniger! Ein Ordensmitglied der Auriga!«

Plötzlich lächelte Yuth wieder und schüttelte den Kopf. »Ihr Narren. Ich bin weder Wächter noch Begabter noch Abtrünniger. Ich bin der Auserwählte!« Er hob die Hände, die gleich darauf aufleuchteten. Doch es war nicht einfach Feuer, es schien elektrisch zu summen. »Die Hydrus haben mich zu ihrem Auserwählten ernannt und mir Kräfte vermacht, um euch Beschenkte aus dem Weg zu räumen.«

Mein Mund klappte auf. »Was?«

Finn lachte auf. »Sicher. Schon wieder eine deiner Geschichten.«

Das irre Lächeln, das sich auf Yuths Lippen breitmachte, war unheimlich. »Ihr wollt euch absichern?! Nun gut, ich schwöre es auf eure heiligen Sterne!«

Was auch immer es war, das ihn auf den Beinen hielt – als das Gericht der Sterne durch Yuth hindurchfloss, schaffte er es, nicht in die Knie zu gehen.

Das Entsetzen in mir war eiskalt und beißend. »Jenkins«, sagte ich beunruhigt. »Bitte sag mir, dass das nicht sein kann.«

Doch Jenkins wirkte gleichermaßen erschüttert. Sein Gesicht war aschfahl geworden. »Er schwört es. Ich kann mir nicht vorstellen, dass er eine Lüge überleben würde.«

»Gut möglich«, warf Ozlo ein. »Den Schwur wird er vielleicht überleben, aber Jamie nicht.«

Mein Kopf zuckte zu Jamie, um zu sehen, was Ozlo meinte. Und tatsächlich. Jamie nutzte den Moment, in dem Yuth nicht ganz bei Sinnen war, um ihn anzugreifen.

Er holte kraftvoll mit den Armen aus, stieß sie nach vorne, doch kein Feuer erschien. Stattdessen schien die Luft zu flimmern und mit einer gehörigen Ladung rotem Staub wurde Yuth plötzlich in die Luft katapultiert.

Erschrocken schrie ich auf und trat hinter Finn hervor. Jamies kampfbereite Haltung hatte sich nicht geändert, als Yuths Körper wieder nach unten geschossen kam. Zu meinem Entsetzen stellte ich fest, dass er jedoch viel zu genau auf Jamie zuschoss.

Das war kein Sturz.

Jamie schien es ebenfalls zu bemerken. Er setzte sich augenblicklich in Bewegung, doch da war Yuth bereits bei ihm. Ich konnte nicht sehen, ob Jamie es geschafft hatte auszuweichen, denn der Aufprall ließ nicht nur die Erde beben, sondern auch eine gigantische rotbraune Staubwolke aufwirbeln, die uns die Sicht nahm und wenige Augenblicke später das gesamte Lager erfüllte. Ein erschütterndes Donnergrollen erklang und knisternde Blitze zuckten für eine Sekunde durch den dichten Staub.

»Nein!«, schrie ich entsetzt, nahm meine Hand aus dem Sternenstaub und taumelte blindlings los. Doch Finn hielt mich fest. »Nein! Yuth ist ... er hat ...«

Wieder schien die Luft zu flackern. Kein Geräusch drang aus der roten Staubwolke, die mir augenblicklich in den Augen brannte und uns alle husten ließ.

»Wartet!«, rief Sua. »Rennt nicht einfach blindlings los, wer weiß, was Yuth vorhat!«

»Jamie!«, rief Finn. »Kannst du uns hören?«

Mein Puls raste und ich blickte schwer atmend durch den roten Staub.

Langsam erkannte ich die Umrisse einer Gestalt. Eines Schattens. Er bewegte sich durch die Staubwolke, geradewegs auf uns zu. Finn ließ mich sofort los, schob mich hinter sich und begab sich in Kampfstellung.

Doch als die Gestalt näher kam, sahen wir, dass es Jamie war. Er humpelte und presste sich die Hand auf den Bauch.

Und er wirkte wie erstarrt, als er uns erreichte.

»Yuth ist weg«, sagte Jamie keuchend.

»Er ist *weg*?«, wiederholte ich wie betäubt. Ich blinzelte Jamie an, während sich der Staub nur langsam wieder legte. Die anderen reagierten weniger nüchtern mit Schock und Wut.

Jamies grimmige Miene jagte mir beinahe Angst ein. Er sah mir in die Augen. Es kam mir vor, als wollte er sichergehen, die Wahrheit zu sagen.

»Dieser seltsame Blitz eben ... er hat ihn mitgenommen. Yuth ist fort.« Jamie wiederholte die Worte, so als könnte er es selbst nicht glauben.

Hastig traten alle seine Begabten zu ihm, zu uns. In einer seiner schmutzigen Hände hielt Jamie ein zusammengerolltes, halb verbranntes Papier, das die anderen im gleichen Moment wie ich zu bemerken schienen.

»Was hast du da in der Hand?«, fragte Jenkins beunruhigt.

Ein Muskel an Jamies Kiefer zuckte. Dann drehte er das Papier um.

Ich las die Worte selbst und ich wusste nicht, ob sie mich perplex oder starr vor Angst werden lassen sollten.

Yuth hat versagt. Er wird für seine Schwäche bezahlen.
Ihr könnt ihn haben.

»Was ...?«, setzte ich an. Doch im gleichen Moment machte Jenkins ein seltsames Geräusch.

Er schien Jamie das angebrannte Papier regelrecht aus der Hand zu reißen, was gar nicht zu seiner Art passte. Seine Augen huschten immer wieder über die Worte und er schien mit jeder Sekunde entsetzter zu werden.

»Jenkins, verflucht!«, stieß Finn hervor. »Was soll das?«

Ich machte einen Schritt auf ihn zu. »Was hat das zu bedeuten?«

Langsam hob Jenkins seinen Blick und auf seinem Gesicht stand der blanke Horror. »Ich weiß nicht, wie sie es gemacht haben. Es sollte nicht möglich sein. Sie dürften diese Kraft nicht besitzen.« Er schluckte und sah uns der Reihe nach an. »Seht ihr dieses Zeichen mit den neun gezackten Blitzen? Diese ... diese Nachricht stammt von den Hydrus selbst.«

Epilog

Ich erinnerte mich kaum noch daran, wie wir die Zone verlassen hatten. Ich konnte nicht einmal sagen, wie wir es zurück ins Loft geschafft hatten. Ich war völlig erschöpft und kraftlos, besonders mein Geist. Selbst die kleinsten Dinge kosteten mich so viel Kraft, dass ich anschließend wieder mit meiner Hand in Aldebarans Sternenstaub endete, um Kraft zu schöpfen und meinen Geist erneut an meinen Körper zu binden. Nach unserer Rückkehr schlief ich. Sehr, sehr lange. Als ich schließlich erwachte, konnte ich spüren, wie viel besser es mir ging. Mit genügend Schlaf und Sternenstaub schien sich mein Geist tatsächlich erholen zu können.

Ich hatte jegliches Zeitgefühl verloren. Regenerierte ich nun seit Tagen? Oder schon seit Wochen? Jedenfalls erwachte ich eines Nachts und wusste nicht, wo oben und unten war. Neben dem Bett stand eine kleine Schale mit Aldebarans Sternenstaub, der selbst im fahlen Mondlicht silbrig zu schimmern schien.

Ächzend setzte ich mich auf. Das ließ die ganze Welt gefährlich schwanken und ich griff hastig in die Schale, um die Irritation zu mildern.

Himmel, war ich müde. Ausgelaugt, trotz des vielen Schlafes. Wenigstens war der Schlaf erholsam gewesen und ich war kein einziges Mal aus einem Albtraum erwacht. Ehrlich gesagt konnte ich mich an keinen einzigen Traum erinnern. Vielleicht war es aber auch besser so.

Mit geschlossenen Augen saß ich da und wartete, bis der Sternenstaub aus der Schüssel verschwunden war. Mein Körper absorbierte alles, so als sei ich ein Verdurstender und der Sternenstaub der letzte Schluck Wasser.

Ich seufzte erleichtert auf und gähnte herzhaft. Dann nahm ich mir ein T-Shirt und eine von den kurzen Schlafhosen, die vermutlich Sua mir hingelegt haben musste, und schlich mich nach nebenan, ins Badezimmer.

Die heiße Dusche war eine Wohltat, trotz des Chlorgeruchs. Doch es war nicht nur das. Es fühlte sich so an, als könnte ich die Kraft des Wassers mehr als zuvor spüren. Genauer gesagt fühlte es sich so an, wie als Finn mich berührt hatte und die Kraft des Wassers stärker geworden war. Jetzt, wo ich Aldebarans Sternenstaub berührt hatte, war dieses Gefühl und diese Stärke ... Sie waren auf mich übergegangen, ein Teil von mir geworden.

Ich spülte mir das Shampoo aus den Haaren und hielt mein Gesicht in den harten, dampfenden Wasserstrahl. Ganz vorsichtig ertastete ich die Kraft des Wassers. Es jagte mir ein wenig Angst ein, meine Kräfte zu benutzen, seitdem mein Geist so verletzt worden war. Wo sich das sanfte Vibrieren des Wassers zuvor kühl und wohltuend angefühlt hatte, fühlte es sich jetzt an, als würde man eine offene, nässende Wunde berühren, ein scharfer, spitzer Schmerz schoss mir dabei durch den Kopf.

Verflucht. Ich war noch nicht so weit. Und ich konnte meine Kräfte noch nicht wieder nutzen.

Nachdem ich aus der Dusche gestiegen, mich abgetrocknet und angezogen hatte, machte ich mich auf den Weg durch die Trainingshalle auf das Dach.

Das Loft hatte eine andere Atmosphäre bekommen. Jetzt, wo wir wussten, dass die Begabten auf unserer Seite waren, wirkte es nicht mehr wie ein Gefängnis oder ein Minenfeld.

Ich tapste die kalten Betonstufen hoch und öffnete die schwere Metalltür so lautlos wie möglich. Die kühle Nacht hatte etwas Beruhigendes an sich. Und der Anblick der Sterne spendete mir Trost. Doch als ich das Dach betrat und sich die Tür hinter mir schloss, sah ich im Sternenlicht die Umrisse einer Gestalt an einem der Trainingsfelder stehen.

Erschrocken wich ich zurück. Ich hatte nicht damit gerechnet, um diese Uhrzeit noch jemandem zu begegnen.

Bevor ich mich wieder davonschleichen konnte, wurde ich jedoch bemerkt.

»Olivia?«

Überrascht blinzelte ich in die Dunkelheit. »Jamie«, sagte ich leise und entspannte mich wieder. Zaghaft lief ich auf ihn zu. »Was machst du hier?«

Er kam mir entgegen und blieb vor mir stehen. Wie lange ich auch geschlafen hatte, ich hätte beinahe vergessen, wie groß und einnehmend seine Gestalt war. Ich spürte, wie sein Körper Wärme ausstrahlte, besonders in dieser kalten Nacht und mit dem noch kälteren Boden unter meinen nackten Füßen. Ich schlang die Arme um mich.

»Du bist wieder wach«, sagte er leise und lächelte. »Schön zu sehen. Wir haben uns schon gefragt, ob wir noch einmal zu Aldebarans Zone aufbrechen müssen, um dir neuen Sternenstaub zu besorgen.«

»Wie lange habe ich geschlafen?«, fragte ich und runzelte die Stirn.

Er legte den Kopf schief und musterte mich auf eine Art, die mir den Bauch auf seltsame Weise verknotete.

»Wir sind vor zwei Wochen aus der Zone zurückgekehrt.«

Mein Mund klappte auf. »*Vor zwei Wochen!?*«

»Wie geht es dir?«, fragte er leise.

Ich blinzelte irritiert und strich mir die Haare hinter die Ohren. Konnte ich wirklich zwei Wochen lang geschlafen haben? Wie war das möglich? »Mein Geist ist noch ziemlich angeschlagen, aber ich denke, er und mein Körper sind wieder einigermaßen verwachsen.«

»Das ist gut. Wirklich. Freut mich zu hören.« Er streckte seine Hand aus. Zaghaft legte er sie mir auf die Schulter und drückte sie. Trotz des dicken Pullovers sickerte die beinahe schon magische Wärme des Regulus-Beschenkten durch mich hindurch und ließ mich aufseufzen. Wir sahen uns einen Moment lang an. Dieser

Moment sorgte dafür, dass mir mit einem Mal so viel heißer wurde, was nichts mit Jamies Berührung und seinen Kräften zu tun hatte.

Ich wusste nicht warum, doch mich überkam ein solches Verlangen, jeden Abstand zwischen uns zu schließen und das Gesicht an seinem Hals zu vergraben, dass mein Herz einen schwindelerregenden Satz machte.

Und genau deshalb wich ich einen Schritt zurück.

Er beobachtete mich, nahm jede Regung auf meinem Gesicht wahr.

Verstohlen richteten sich meine Augen auf seinen Mund, ehe ich verlegen den Blick senkte. Mit einem Mal musste ich daran denken, was in der Zone geschehen war.

Ich hatte Jamie geküsst.

Mein Kopf zuckte erneut nach oben und ich wich noch einen Schritt zurück, bis Jamies Hand mich nicht mehr berührte. Scham brannte auf meinen Wangen und ich nahm eine aufrechtere Haltung an. »Es tut mir leid, was in der Zone passiert ist. I-Ich stand unter Yuths Zauber. Er muss gebrochen worden sein, als ich den Zauber, der auf dir lag, aufgelöst habe.« Ich musste an die Wahrheits-Gefälligkeit denken und überlegte fieberhaft, wie ich beweisen konnte, dass der Zauber gebrochen war ...

»Ich liebe dich nicht«, sagte ich hastig und schloss den Mund.

Jamies Augenbrauen wanderten nach oben, ehe es um seine Mundwinkel herum schließlich zu zucken begann. »Gut zu wissen, Crate.«

Erneut wurde mir heiß vor Verlegenheit, doch ich hielt seinem Blick tapfer stand. »Deshalb habe ich dich geküsst«, erklärte ich weiter, auch wenn ich mir dabei dämlich vorkam. »Ich glaube, Yuth wollte neue Schwachstellen erschaffen. Deshalb hat er mir eingeredet, dass du alles bist, was ich habe.« Er hatte mehr als das getan. Wäre Jamie gestorben, hätte ich mir das Leben genommen. Zu wissen, welche Macht Yuth auf mich ausgeübt hatte, jagte mir eine Heidenangst ein.

Jamies Blick wurde nahezu sanft. »Ist schon vergessen. Mach

dir keine Sorgen. Mir war sofort klar, dass Yuth dich in die Mangel genommen haben muss, als er dich zurück ins Lager gezogen hat. Ich ... ich hätte dich nicht zurücklassen dürfen.«

Ist schon vergessen. Ich konnte mir nicht erklären wieso, doch irgendwie störten mich seine Worte und was sie bedeuteten ...

Hastig verwarf ich den Gedanken. »Es war das einzig Richtige. Nur so konntet ihr ins Dorf, ohne von ihm oder den anderen Begabten überwältigt zu werden.«

Jamies Miene verdüsterte sich. »Er hat dich zu einem Selbstmordkommando geschickt, Olivia.«

Ich zuckte mit den Schultern, obwohl mir bei der Vorstellung schlecht wurde. *Bring mir den Sternenstaub. Es ist das, wonach du dich am meisten sehnst. Tu es für mich. Und für Jamie. Für ihn würdest du doch alles tun, nicht? Er ist alles, was du noch hast. Der wichtigste Mensch in deinem Leben. Bring mir den Sternenstaub, damit ihm niemand etwas anhaben kann. Rette den Mann, den du liebst.*

»Es ist vorbei«, flüsterte ich mit belegter Stimme. »Yuth ist fort. Zumindest fürs Erste.«

Jamie schüttelte jedoch den Kopf, was mich überraschte. »Erinnerst du dich noch an die Botschaft der Hydrus? Als wir wieder am Loft ankamen, haben Gregor und Oz vor dem Eingang Yuths Leiche gefunden. Es sah so aus, als ob ihn ein Blitz erschlagen hätte. Auf der gesamten Welt herrscht Aufruhr, denn mit Yuths Tod scheinen auch alle seine Zauber gebrochen zu sein. Einige Begabte haben es nicht überlebt. Selbst Rena, eine der Wächterinnen, hätte es beinahe nicht überstanden. Seitdem herrscht in fast jedem Begabtenhaus ziemliches Chaos. Gregor hat sich auf den Weg zu den Wächtern gemacht, um ihnen bei der Aufklärungsarbeit zu helfen. Die anderen aus unserer Einheit, die euch angegriffen haben, sind zurückgekehrt und haben sich uns wieder angeschlossen. Es war schließlich nicht ihre Schuld, was passiert ist. Ich hoffe, es macht dir nichts aus, dass Ever wieder bei uns ist. Trina und Stefano haben sich Gregor angeschlossen, falls dich das beruhigt.«

Entgeistert sah ich Jamie an. Das konnte unmöglich alles sein Ernst sein. »Jamie, wann ist das alles passiert?«

Er überlegte kurz. »Drei Tage nachdem wir aus der Zone zurückgekehrt sind, schätze ich. Jedenfalls kurz bevor wir herausgefunden haben, wohin uns die Karte als Nächstes schickt.«

Mein Herz blieb stehen. »Was?«, flüsterte ich. »Das habt ihr schon herausgefunden? Ohne mich?«

Jamie wirkte beinahe verlegen und fuhr sich mit der Hand durch die Haare. »Es waren immerhin zwei Wochen. Tut mir leid, dass du nicht dabei sein konntest. Wir werden nach Neuseeland fliegen.«

Blinzelnd schüttelte ich den Kopf. Dann lachte ich erschrocken auf. »Neuseeland. Das ist weit weg, oder?«

Jamie lächelte. »Ein wenig.«

»Was habt ihr noch herausgefunden? Sind wieder Zeichen auf der Karte aufgetaucht?«

»Nein. Finn und ich haben nicht mehr erfahren als Neuseeland. Mehr hat uns die Karte nicht verraten, vermutlich, weil du sie nicht berührt hast. Aber das ist ein guter erster Anhaltspunkt. Wir warten, bis es dir besser geht, dann finden wir heraus, was genau uns in Neuseeland erwartet.«

»Okay«, sagte ich widerwillig. Am liebsten hätte ich mir gleich die Karte geschnappt, um mehr herauszufinden, aber vermutlich war es wirklich besser, wenn ich mich und meinen Geist noch ein wenig schonte. Noch etwa elf Monate. Wir hatten nur noch elf Monate Zeit, um den oder die letzte Beschenkte zu finden und drei weitere Zonen der Mächtigen ausfindig zu machen. Eine Aufgabe der Unmöglichkeit.

Wieder schwiegen wir, doch diesmal knirschte ich mit den Zähnen. *Zwei Wochen.* Ich hatte alles verpasst, ich war unbrauchbar. Schwach und verletzt. Zwei Wochen lang waren die Ereignisse in der Zone schon her und ich war nicht stark genug gewesen, um durchzuhalten.

»Olivia«, sagte Jamie sanft und trat vor mich. Es ließ mich aufblicken.

Besorgnis lag in seinen Augen. »Ich kann Schuldgefühle spüren.«

Ich lachte erschöpft auf. »Und das wundert dich? Ich habe alles verschlafen.«

Vorsichtig strich er mir eine dicke Haarsträhne hinter das Ohr, und die Berührung, die Geste, war so erschreckend intim, dass ich die Luft anhalten musste. »Du hast mir das Leben gerettet. Wenn du nicht gewesen wärst, hätte Yuths Zauber mich getötet.«

Er senkte seine Hand nicht wieder. Stattdessen strich sein Daumen federleicht über meinen Wangenknochen, was mich die Luft anhalten ließ. Stumm blickte ich zu ihm auf.

»Ich stehe in deiner Schuld«, murmelte er.

Kaum merklich lehnte ich mich in die Berührung und schluckte schwer. »Bitte keine Gefälligkeiten mehr«, sagte ich.

Er sah mich eindringlich an. »Bist du dir sicher? Diese hier steht dir zu.«

Doch ich schüttelte den Kopf.

»Na schön.« Er schien kurz zu überlegen. »Lass uns noch einmal von vorne anfangen. Keine Gefälligkeiten, keine Zauber. Ich befreie dich hiermit aus jeder Schuld und jeder Gefälligkeit. Und ich werde nie wieder zulassen, dass dir oder jemand anderem hier der freie Wille genommen wird.«

Ein seltsames Gefühl strömte mit einem Mal durch meine Adern, kühl und leicht. Es fühlte sich ... befreiend an.

Ich rang nach Atem. »Jamie, du ... du hast ...«

»Es war nicht fair von mir, dich nicht von den beiden Gefälligkeiten zu befreien, auch wenn sie uns gerettet haben. Eine solche Macht sollte niemandem zustehen.«

Seine Worte verblüfften und erleichterten mich zugleich. Er schien es wirklich ernst zu meinen.

Andererseits konnte er mir nur die Wahrheit sagen.

»Dann tue ich es dir gleich. Ich befreie dich hiermit von allen Gefälligkeiten.«

Die Andeutung eines Lächelns umspielte Jamies Lippen. Und ich konnte nicht anders, als es zu erwidern.

»Dann ist das hier ein Neustart?«, fragte er und kam noch näher, bis ich den Kopf in den Nacken legen musste. Ich spürte plötzlich, wie er sanft meine Hand ergriff. »Hallo. James Eden. Hüter und Beschenkter von Regulus. Sehr erfreut.«

Diesmal machte sich ein richtiges Lächeln auf meinen Lippen breit, während es in meiner Brust zu glühen begann. »Olivia Crate«, flüsterte ich. »Beschenkte von Antares und ...« Meine Stimme versagte, als sein Arm sich um meine Mitte legte und Jamie mich zu sich zog.

»Ja?«, murmelte er und lehnte sich zu mir herunter. Eine Gänsehaut strömte über meinen Körper, als unsere Nasenspitzen sich berührten. Er war so nah. Mit einem Mal erfüllte mich das brennende Verlangen meinen Kopf nur noch ein winziges Stück anzuheben, um diesen quälenden Abstand zwischen unseren Lippen zu schließen.

»Ich freue mich auch, dich kennenzulernen«, wisperte ich beinahe lautlos. Ich schloss die Augen, als ich spürte, wie Jamie sich nach unten beugte.

Doch kurz bevor seine Lippen die meinen berührten, erstarrte er plötzlich. Nein, er erstarrte nicht einfach. Dort, wo ich Jamie berührte, spürte ich auf einmal, wie eine bebende Energie über seinen Körper rann. Diese Art von Kraft war mir mittlerweile mehr als vertraut.

Das waren die Sterne.

Plötzlich taumelte Jamie zurück und stieß ein ersticktes Geräusch aus. Er presste eine Hand auf die Brust und kniff die Augen zusammen.

»Was ist los?« Ich trat alarmiert auf ihn zu, doch er hob die Hand. »Nicht ... Nicht. Komm nicht näher.«

»Ist es wieder Yuths Bann? Nein, das kann nicht sein. Diese Kraft fühlt sich an, als wäre sie von den Mächtigen.«

Sein ruheloser Blick traf auf meinen, er öffnete den Mund und ... Nichts. Kein Wort löste sich von seinen Lippen.

Mit geweiteten Augen starrten wir uns an.

Schließlich schüttelte er den Kopf, noch immer ohne seine Hand von seiner Brust zu nehmen. Die Finger krallten sich regelrecht in sein Shirt.

Was auch immer vor sich ging, die Kräfte der Mächtigen waren deutlich spürbar gewesen. Und sie hinderten ihn daran auszusprechen, was auch immer vor sich ging.

»Tut mir leid«, flüsterte er und schüttelte leicht den Kopf, so als fiele es ihm schwer, einen klaren Gedanken zu fassen. Langsam setzte er sich wieder in Bewegung. Doch er lief nicht zu mir, sondern zur Tür des Daches. Er sah mich nicht einmal mehr an, wirkte distanziert und angespannt. »Es ist schon spät, Olivia. Wir sollten schlafen gehen.«

Perplex folgte ich ihm. »Okay«, stieß ich hervor. Zu irritiert, um nachzubohren.

Mein Herz spielte verrückt. Ich war verwirrt, fühlte mich zurückgewiesen und gleichzeitig auch nicht.

So viele offene Fragen. So viele ungelöste Geheimnisse. Es gab so viel, das ich noch nicht wusste, das es noch herauszufinden und zu erledigen galt.

Was auch immer ich geglaubt hatte, als wir von Hawaiki aufgebrochen waren, ich hatte mich geirrt. Genauso wie nach den Geschehnissen in der Aldebaran-Zone.

Lautlos folgte ich Jamie zurück ins Loft.

Wir standen noch immer am Anfang. Wir hatten Jamie gerade erst gefunden, wussten nicht, was uns erwartete und wo wohl der oder die vierte Beschenkte steckte. Wir konnten noch nicht mit unseren Kräften umgehen und mussten diese fremde Neue Welt noch kennenlernen und uns in ihr zurechtfinden. Soviel wir in den letzten Wochen auch erlebt haben mochten.

Das hier war nur der Beginn unserer Reise.

Glossar

Einen Aussprache-Guide findest du unter diesem QR-Code und folgendem Link:

www.piper.de/tami-fischer-buecher

Hawaiki Der Name der Insel, auf welcher Olivia und Finnley leben.

Whakahara Dieses Wort steht auf Hawaiki für große, monströse Riesenwellen. Whakahara ist ein Schauspiel und kein Gegner und lehrt die Menschen, Respekt vor dem Ozean zu haben. Während Whakahara ist es verboten ins Wasser zu gehen.

Kaurehe Dieses Wort steht auf Hawaiki für Monster oder Missgeburt. Bezeichnung für jemanden, der im negativen Sinne als andersartig empfunden wird

Riaka Dieses Wort steht auf Hawaiki für Mut, Stärke und Stolz.

Mokopuna Enkel*in

Hine Tochter

Koupu Bezeichnet etwas Heiliges und ist als ein unbedingtes Verbot zu sehen. Jedoch ist es mehr als ein Verbot, da es sich auf bedeutsame, geweihte, und/oder als heilig empfundene Orte bezieht. Demnach zieht die Verletzung des koupu schwerste Strafen nach sich.

Taotu Die heiligen Tattoos auf Hawaiki.

Nikau Name eines Springers

Tangaroa Name eines Springers

Tiaki Name eines Springers

Ihaia Name von Olivias Vater

Ōriwia Der Name des Chiefs für Olivia

Achtung! Wer mit Part I des Buches noch nicht fertig ist, könnte ab hier gespoilert werden!

Die Mächtigen Sterne

Jènnye Der mächtigste Stern am Nachthimmel. Alle anderen sind ihm unterlegen. Der einzige Mächtige, der weder Begabte, noch Beschenkte besitzt, jedoch verleiht er Hütern und Wächtern besondere Fähigkeiten.

Antares Der Winterstern. Seine Kräfte offenbaren sich in Form des Elements Wasser.

Regulus Der Sommerstern. Seine Kräfte offenbaren sich in Form des Elements Feuer.

Aldebaran Der Herbststern. Seine Kräfte offenbaren sich in Form des Elements Erde.

Pollux Der Frühlingsstern. Seine Kräfte offenbaren sich in Form des Elements Luft.

Weitere Begriffe

Begabte Menschen, die als ungeborenes Kind zufällig das Sternenlicht eines Mächtigen absorbiert und somit Fähigkeiten erhalten haben. Von ihnen gibt es Tausende, ihre Kräfte sind jedoch nicht sonderlich stark und stammen immer nur jeweils von einem der Mächtigen. Auch sind ihre Kräfte nicht vererbbar und müssen nicht durch Sternenstaub erweckt werden.

Beschenkte Die Nachkommen der Krieger, welche sich einst opferten, damit die Hydrus auf Jènnyes Insel eingesperrt werden konnten. Von ihnen kann es zeitgleich immer nur vier Stück geben und ihre Kräfte werden vererbt. Diese Kräfte sind stark, können jedoch erst mit dem Sternenstaub aller fünf Mächtigen vollständig erweckt werden.

Die Hydrus Neun dunkle Sterne, die so verdorben sind, dass der Himmel sie einst ausspuckte.

Zone Ein Ort zwischen den Ebenen, der von einem der fünf Mächtigen erschaffen wurde.

Begabtenhaus Ein Ort, wo Begabte aufwachsen und lernen mit ihren Kräften umzugehen.

Wächter Begabte, die von den Mächtigen dazu auserwählt wurden, über die Begabten zu herrschen. Ihnen wurden zusätzlich zu ihren Kräften als Begabte Fähigkeiten von Jènnye verliehen, die dazu dienen, ihre Gesellschaft geheim zu halten. Nur Hüter können Wächter werden und müssen sich dafür irgendwann den Wächter-Prüfungen unterziehen.

Hüter Begabte, denen neben ihren Kräften als Begabte, Fähigkeiten von Jènnye verliehen wurden, die dazu dienen, ihre Gesellschaft geheim zu halten. Hüter haben einmal in ihrem Leben die Chance, bei den Wächter-Prüfungen teilzunehmen, um ebenfalls Wächter zu werden. Die meisten leiten jedoch Begabtenhäuser, Jägereinheiten o. Ä.

Abtrünnige Begabte, die sich von den Mächtigen und den Wächtern abgewendet haben und ihre eigenen Ziele verfolgen. So gut wie alle von ihnen gefährden die Sicherheit und die Geheimhaltung der Begabten. Wenn sie keine Verbrecher sind, gehören sie meist einer Sekte an, oder dem Orden der Auriga.

Orden der Auriga Leben und dienen nicht im Namen der Mächtigen, sondern im Namen der Hydrus. Der Glaube an diese dunklen Sterne ist ihre Religion. Sie werden von den Wächtern als hochgefährliche und extremistische Sekte eingestuft.

Danksagung

A Whisper of Stars hat einen ganz besonderen Platz in meinem Herzen. Als ich 11/12 Jahre alt war hat die Reise begonnen und die Geschichte hat mich meine ganze Jugend über begleitet, war stets mein Safeplace, wenn es mir sehr schlecht ging, und mein sicherer Hafen. Ich habe die Geschichte Dutzende Male geschrieben und Dutzende Male gelöscht, bis sie endlich so wurde, wie ihr sie heute lesen könnt. Ohne Olivia & Co wäre ich nicht dort, wo ich heute bin und wäre nicht der Mensch, der aus mir geworden ist. Mein erster Dank gilt also A Whisper of Stars selbst. Ich bin mir sicher, dass die Sterne wollten, dass ich die Geschichte schreibe. :D

Mona, dir ist das Buch gewidmet. Kaum zu glauben, aber du hast AWoS schon geliebt, als ich es damals, ganz unerfahren und grausig, zu Papier gebracht habe. Tag für Tag und Jahr für Jahr hast du mich das nicht vergessen lassen und an mich geglaubt, nicht nur, weil du meine große Schwester bist. Danke für deine Unterstützung, deine Motivation und deine Liebe. Ich hoffe, diese finale Version gefällt dir. Es ist die letzte! Versprochen!

Ein großes Danke geht auch an den Rest meiner Familie. Es gibt keine Worte, die ausdrücken, wie sehr ich euch Liebe und wie froh ich bin, dass ihr mich immer so geliebt und akzeptiert habt, wie ich bin.

Danke, Nina. Dafür, dass du meine beste Freundin bist und mich immer unterstützt hast. Du warst meine Testleserin, noch bevor ich wusste, was das ist. Viel Liebe für dich.

Danke, Reiner. Du warst von Anfang an dabei und bist geblieben, selbst als das Leben uns in verschiedene Richtungen hat gehen lassen. Danke für unsere Brainstorm-Session damals mit Mama im Urlaub!

Bettina, Gabi, unsere Zusammenarbeit hat die Geschichte erst in die Richtung gelenkt, in die sie unbedingt gehen musste. Danke für euren Input und die Mühe! Danke auch an alle meine früheren Facebook-Testleser.

Juliane, du hast die Frühversion der Geschichte quer durch Australien geschleppt und mit viel Liebe zurück zu mir nach Sydney gebracht! Ich hoffe, wir sehen uns ganz bald wieder.

Klaudi, danke! Ich freue mich schon, dir und Cara meine Stimme zu leihen. :)

Irgendwie tauchst du in jeder Danksagung auf, Anika, aber ohne dich geht absolut nichts! Viel Liebe!

Ich danke natürlich auch meiner besseren Hälfte. Der Schreibwahnsinn würde ohne dich gar nicht funktionieren. Eigentlich würde kaum etwas ohne dich funktionieren. Du bist mein Fels in der Brandung und dir gehört mein Herz. Danke für alles.

Danke auch an die PJs. Ava, unsere Worksessions sind das Beste an meinem ganzen Autorenalltag. Wie hat Belli es so schön in ihrer zauberhaften Breakaway-Widmung gesagt? Danke, dass ihr meine Familie wurdet.

Natürlich geht auch noch ein besonderes Dankeschön an meine großartigen Testleser: Adriana, Amelia, Ariana, Friederike, Jana, Janika, Jule, Lana, Marie, Saskia und Anabelle. Ohne euch wäre das Buch nicht einmal ansatzweise so rund geworden. Ihr seid unglaublich toll. Fühlt euch fest gedrückt!

Danke natürlich auch an den Piperverlag, dass ihr der Geschichte ein zu Hause gegeben habt. Danke für eure Zeit und die Mühe, um das Buch strahlen zu lassen!

Und zu guter Letzt danke ich Dir, liebe*r Leser*in! Für's Lesen und Liebhaben. Ich hoffe, der Beginn dieser abenteuerlichen Reise hat Dir gefallen! :)

Bei Fragen, Anregungen, oder einfach um sich auszutauschen, findest du mich auf Instagram unter @tamifischerr oder via E-Mail: hello.stfischer@gmail.com

Alles Liebe,
eure Tami ♥

Disclaimer

Fast alle Worte der Alten Sprache sind Maori – die offizielle Sprache der Maori (Ureinwohner Neuseelands).

In A Whisper of Stars stammen die Vorfahren der Inselbewohner von Menschen ab, die von überall auf der Welt kommen, darunter auch aus Neuseeland. Die vielen verschiedenen Mentalitäten, Kulturen und Religionen sind auf der (fiktiven) Insel nicht mehr präsent und wurden vergessen, was im Verlauf der Geschichte genauer erläutert wird. Die Alte Sprache (Maori) ist alles, was von den vielen Kulturen übrig geblieben ist. Da die beschriebene fiktive Gesellschaft jedoch seit mehreren Jahrhunderten isoliert vom Rest der Welt lebt, haben manche Maori-Worte nicht mehr die gleiche Bedeutung, wie heute auf Neuseeland, da sie in einem anderen Kontext und in einer anderen Gesellschaft verwendet werden.

Bei Fragen und für einen Diskurs, wende Dich gerne an die Autorin und den Verlag.